De Menou

L'HISTOIRE
DV CARDINAL
DVC
DE IOYEVSE.

A LA FIN DE LAQVELLE SONT
plusieurs Memoires, Lettres, Dépéches, Instructions,
Ambassades, Relations, & autres pieces non encore imprimées.

Par le sieur AVBERY, *Aduocat en Parlement & aux*
Conseils du Roy.

A PARIS,

Chez ROBERT DENAIN, au Palais, en la
Salle Dauphine, à l'Annonciation.

M. DC. LIV.

AVEC PRIVILEGE DV ROY.

A MONSEIGNEVR
L'EMINENTISSIME
CARDINAL
MAZARIN.

ONSEIGNEVR,

Quoy que la satisfaction d'auoir déja donné au public cinq volumes de l'Histoire des Cardinaux, & d'auoir essuyé le plus fort du trauail, me deût auoir engagé assez fortement à

la poursuite d'vn ouurage si auancé:
neantmoins la difficulté que ie rencontre à conduire cette histoire generale
iusqu'à ces derniers temps, par la disette des memoires qui me manquent,
m'auoit presque fait tomber la plume
des mains, & me resoudre de laisser
à d'autres la gloire aussi bien que la
peine de ce qui reste à acheuer. De sorte qu'il n'a pas fallu pour m'exciter,
vn motif moins puissant que le desir
de correspondre de ma part à l'attente de V. E. qui a eu la bonté de me
témoigner souuent qu'elle agreoit mon
trauail, & de m'exhorter mesme à le
continuer. C'est ce qui m'a fait entreprendre separément l'Histoire de quelques-vns des plus Illustres Cardinaux
de ce siecle, en attendant que ie puis-

se recouurer des memoires pour celle des autres Cardinaux moins celebres, & r'assemblant en vn corps toutes ces pieces, mettre la derniere main, & vne fin à l'Histoire generale. Et partant ie ne doute point que V. E. n'ait encore assez de bonté pour approuuer cet expedient, & souffrir que ie continuë tousiours de prendre la qualité,

MONSEIGNEVR,

De son tres-humble, tres-obeyssant
& tres-fidele seruiteur,

AVBERY.

ã iij

Extraict du Priuilege du Roy.

PAR grace & priuilege du Roy donné à Paris le 7.
Aouſt 1654. & ſigné par le Roy en ſon Conſeil, CHAS-
SEBRAS, il eſt permis au ſieur AVBERY Aduocat en
Parlement, & aux Conſeils Priué & d'Eſtat de ſa Maieſté,
de faire imprimer *l'Hiſtoire particuliere des Cardinaux de
Ioyeuſe, du Perron, de Richelieu & autres*, *& à la fin de chaque vie pluſieurs Memoires, Lettres, Dépéches, Inſtructions,
Ambaſſades, Relations, & autres pieces non encore imprimées :* &
ce pendant le temps & eſpace de neuf années conſecu-
tiues ; auec defenſes à tous Libraires & Imprimeurs autres que ceux qui auront droit dudit ſieur AVBERY, d'imprimer leſdites Hiſtoires particulieres & Memoires, ſous
pretexte de déguiſement ou changement qu'ils y pourroient faire, à peine de confiſcation, & de l'amende portée par ledit Priuilege.

Et ledit ſieur AVBERY *a permis à Robert Denain Marchand
Libraire de Paris, d'imprimer l'Hiſtoire particuliere du Cardinal
de Ioyeuſe, tant de fois & en tel volume qu'il voudra ; & luy permet de iouyr pleinement du priuilege cy-deſſus, pour ladite Hiſtoire, ſuiuant l'accord fait entre eux.*

Acheué d'imprimer pour la premiere fois le vingtiéme
Aouſt 1654.

L'HISTOIRE
DV CARDINAL DVC
DE IOYEVSE.

A tres-ancienne, tres-noble & tres-illuſtre famille de Ioyeuſe, qui a pris ſon nom d'vne petite ville en Viuarets, conſerue encore auec plus de ſoin les anciens monumens qui luy reſtent de la pieté, & de la religion de ſes Anceſtres, qu'elle ne fait les autres titres enfumez de leur generoſité, & de leur nobleſſe, & ſe vante ſur tout d'eſtre iſſuë de ſaint Gaudens, qui eſt particulierement reueré au pays de Comminges, où il a ſouffert autrefois le martyre, & ſcellé de ſon ſang le zele extréme qu'il auoit pour la defenſe du vray culte. Lequel zele n'ayant aucunement degeneré dans ſes deſcendans, s'eſt encore extraordinairement ſignalé par les grans & heureux exploits d'vn Seigneur de Ioyeuſe, qui accompagna le Roy S. Louis au voyage de la Terre-ſainte, où ayant eſté acculé dans vne rencontre par l'armée ennemie, il ne laiſſa pas de ſurmonter par ſon courage le hazard & le danger preſent, ny de ſe faire iour l'eſpée à la main à trauers des plus eſpais & plus ſerrez eſcadrons: puis éſtant aſſiegé dans vne ville de Syrie, il y braua l'eſpace de plus de huiĉt mois, toutes les forces barbares, & ſouſtint auec vne ma-

Elog. Card. MS. è Biblioth. D. du Puy n. 311.
Martyrol. Gallic. ſupplem. 30. Septemb.
Oraiſ. Fun. par Montereul.
Papyr. Maſſon. elog. t. 1. in elog. Henrici Ioyoſæ.

A

gnanimité & vne patience incroyable toutes les incommoditez d'vn si long & si penible siege.

A quelque temps de là Vierne d'Anduse Dame de Ioyeuse s'estant alliée à Guy de Randon de Chasteau-neuf, celuy-cy prit auec le surnom les armes de Ioyeuse, & y adioû-
ta aux six pals d'or & d'azur, le chef de gueules chargé de
trois testes d'hydre d'or. Et Louis Baron de Ioyeuse, l'vn de
ses petits fils, ayant l'an 1379. épousé en secondes nopces Tiburge Dame de S. Didier, donna suiet à Randon II. du
nom, Seigneur de Ioyeuse & de S. Didier, leur fils, d'écar-
teler les anciennes armes de Ioyeuse, de celles de S. Didier,
qui sont d'azur au Lyon d'argent, à la bordure de gueules
chargée de huict fleurs de lys d'or.

Louis, fils aisné de Randon fut assez heureux pour accroî-
tre ses eloges, comme son pere auoit accru leurs armes, &
il fut effectiuement le premier qui s'intitula Vicomte de
Ioyeuse, cette ancienne Baronnie ayant esté erigée de son
temps en Vicomté par le Roy Charles VII. Lequel, s'il témoigna en cela de l'inclination & de la faueur pour la Maison de Ioyeuse, il se laissa neantmoins vaincre en ce poinct
par Louys XI. son successeur & son fils, qui fit épouser à
Louys de Ioyeuse petit fils de cét autre Louys, Seigneur de
Botheon & Comte de Grand-Pré, de Bouzac & de Rochefort, Chambellan de sa M. Ianne de Bourbon fille de Ian
de Bourbon II. du nom Comte de Vendosme, & luy fit
l'honneur de passer procuration au sieur du Bouchage, qu'il
eust à assister en son nom à son contract de mariage, qui est
du troisiéme de Feurier 1477. & mesme de l'y qualifier son
neueu.

Lequel honneur & auantage de l'alliance Royale ne manqua pas de rejallir particulierement sur le frere aisné dudit
Louys & chef de la famille; qui estoit Guillaume Vicomte
de Ioyeuse, pere de Ian Vicomte de Ioyeuse, Seigneur de S.
Sauueur &c. & ayeul de Guillaume II. du nom Vicomte de
Ioyeuse, sieur de S. Sauueur, de S. Didier, & d'Arques, Mareschal de France, Gouuerneur & Lieutenant general pour
le Roy en Languedoc: où l'on ne sçauroit croire la vigilance
& le soin qu'il apporta à combatre la rebellion & le schisme,

& à maintenir les peuples dans l'obeïssance & le culte qu'ils doiuent tant à Dieu qu'à leur Prince. Si bien que Gabutius parlant du bon accueil & de l'escorte qu'il fit au Cardinal Alexandrin neueu du Pape Pie V. lors qu'il passa par le Languedoc pour se rendre en Espagne, louë extraordinairement sa fidelité & son zele, & l'honore du titre, ou de l'eloge particulier *de tres-bon Prince*. Vita Pij V. l. 4. c. 8.

Il auoit épousé Marie de Batarnay seconde fille de René de Batarnay, & d'Isabelle de Sauoye, fille de René bastard de Sauoye Comte de Villars. En quoy l'on peut dire que s'allierent auantageusement deux familles fort illustres, & qui auoient esté également cheries autrefois du Roy Louys XI. prés de qui Philippes de Commines dans ses Memoires fait foy qu'Imbert de Batarnay Seigneur du Bouchage, a eu vn tres-grand credit, & de tres-illustres employs. Ou plustost il seroit heureusement arriué qu'vn si deuot & si zelé Seigneur comme estoit le Vicomte, auroit pris vne alliance fort sortable auec vne Dame si pieuse qu'estoit Marie de Batarnay, de qui l'on remarque que son plus ordinaire exercice estoit la meditation & la priere; qu'elle auoit vn soin tout particulier de macerer son corps, & de mortifier sa chair; qu'elle ne se nourrissoit que de pain bis & de bœuf, ou d'autre viande plus grossiere, quoy que sa table fust tousiours seruie d'autres mets plus delicieux selon sa qualité; qu'elle ieusnoit tous les Vendredis, le Caresme tout entier, & encor l'Aduent de quelques Religieux, qui est depuis la feste de Toussaincts iusqu'à Noël; que pour vacquer plus long-temps à l'oraison, elle ne prenoit son repos ou son somme que sur les bras d'vne chaire qui luy seruoit de lict; & qu'elle imitoit ainsi de fort prés les mortifications ou l'austerité de Françoise de Batarnay mariée au Vidame d'Amiens, sa sœur: laquelle, quoy qu'elle eût d'autant plus besoin de repos, qu'elle épuisoit toutes ses forces par ses ieusnes presque continuels & ses abstinences, ne laissa pas neantmoins de demeurer l'espace de vingt ans sans se coucher, & il fallut interposer l'exprés commandement de ses Directeurs pour la faire enfin condescendre de se mettre au lict pour deux ou trois heures au plus, & d'accorder ainsi ce peu de relasche à ses exercices ou entretiens spirituels. Liu. 8. ch. 16. p. 856. Elog. des Dam. illust. . . . p. 66. & t. 1. p. 750.

A ij

Au reste, de fi vertueux conionts ne pouuoient produire
que de femblables enfans, ny pretendre à vne lignée moins
nombreufe, ou à vne benediction moins fignalée que celle

qu'ils receurent effectiuement de fept garçons de fuitte, qui
employerent prefque dés leur plus âge leur valeur, ou
leur zele, & mefme prodiguerent prefque tous leur vie pour
la defenfe de la Religion & de l'Eftat.

Anne de Ioyeufe Baron d'Arques en Languedoc, premier
Duc de Ioyeufe, Pair & Admiral de France, Cheualier des
Ordres du Roy, Gouuerneur pour fa Maiefté en Normandie,
& Lieutenant general de fes armées, n'eut point de lignée
de Marguerite de Lorraine fille de Nicolas de Lorraine
Comte de Vaudemont.

François Cardinal de Ioyeufe fe vit pourueu tant deuant
qu'aprés fa promotion, de diuerfes fortes de benefices, &
nommément des Archeuefchez de Narbonne, de Thoulouze & de Roüen, & des Abbayes de Marmonftier, de S. Michel du Mont au diocefe d'Aurenche, & de S. Martin de
Pontoife.

Henry de Ioyeufe Comte du Bouchage en Dauphiné, puis
Duc de Ioyeufe, Pair & Marefchal de France, Cheualier
des deux Ordres du Roy, Grand Maiftre de fa Garderobbe,
Gouuerneur & Lieutenant general pour fa M. és pays d'An-
jou, de Touraine, du Maine & du Perche, fut conionct par
mariage auec Catherine de Nogaret, fille de Ian de Nogaret, Seigneur de la Valette, & foeur de Ian-Louys de Nogaret de la Valette premier Duc d'Efpernon, Pair de France,
Colonel de l'Infanterie Françoife, & Gouuerneur du pays
Meffin & de la Guyenne; de laquelle il n'eut qu'vne fille, à
fçauoir Henriette-Catherine de Ioyeufe, Princeffe au deffus de toute forte d'eloges, veufue aujourd'huy de Charles
de Lorraine Duc de Guyfe, dont elle a eu plufieurs fils, &
entre eux vn qui porte la qualité de Duc de Ioyeufe; & auparauant veufue d'Henry de Bourbon Duc de Montpenfier,
dont elle auoit eu Marie de Bourbon Ducheffe de Montpenfier, mariée à Gafton-Ian-Baptifte de France Duc d'Orleans & de Chartres, lequel n'en a eu que Mademoifelle
d'Orleans Ducheffe de Montpenfier, de qui le port maie-

ſtueux, & ſa bonne grace marquent aſſez viſiblement l'a-
uantage de ſa tres-haute & tres-illuſtre naiſſance.

Antoine Scipion de Ioyeuſe fut pourueu extraordinairement, & par diſpenſe, du grand Prieuré de Thoulouze,
nonobſtant les Statuts de l'Ordre de S. Ian de Hieruſalem, auſquels ſa Saincteté dérogea pour cette fois.

Lettr. de Paul de Foix l. 3. lett. 51. p. 575.

Georges de Ioyeuſe Baron de S. Didier mourut ieune,
& il faut entendre de luy, & non pas du Marquis de S.
Sauueur, la remarque qu'a faite P. Maſſon dans l'eloge du P. Ange de Ioyeuſe Capucin, que l'vn de ſes freres
mourut icy à Paris d'apoplexie.

Elog. t. 1. p. 503.

Claude de Ioyeuſe Marquis de S. Sauueur fut tué auec
le Duc ſon frere, en la bataille de Coutras.

Et Honnorat de Ioyeuſe ne pût pas rendre des preuues
de ſon courage comme ſes freres, eſtant decedé en fort
bas âge.

François donc, leur ſecond fils, naquit le 24. Iuin, feſte
de S. Ian Baptiſte 1562. & receut la premiere teinture de
la vertu, par le moyen de la Vicomteſſe ſa mere; laquelle
ſçachant que l'eſprit docile des ieunes gens eſt vne table
d'attente capable de bonnes & de mauuaiſes impreſſions,
prit peine de luy former les mœurs dés ſes plus tendres
années, & d'obſeruer exactement iuſqu'à ſes moindres inclinations qui ſe portetent d'elles meſmes à la pieté, & s'a-
iuſterent ainſi ſans contrainte au genre de vie, & à la profeſſion qu'il deuoit vn iour embraſſer. Si bien que ce fut
pour la recherche ſeulement de la ſcience, & non plus
de la vertu, qu'on le mit auec deux de ſes freres au College à Thoulouze; où neantmoins il ne fit qu'eſbaucher
ſes eſtudes, & les vint acheuer à Paris, au College Royal
de Nauarre, où il eut pour conducteur & pour maiſtre
aux lettres tant Grecques que Latines, André Guijon, l'vn
des plus ſuffiſans & plus celebres perſonnages de cette fa-
meuſe Vniuerſité. Puis ayant fait ſous vn autre ſon cours
de Philoſophie, il voulut auparauant que de ſe conſacrer
à la Theologie, donner quelque temps à la Iuriſpruden-
ce, & fut eſtudier pour cet effet à Orleans, où il ne manqua pas d'eſtre receu fort ieune Docteur en l'vn & l'autre
Droict.

Oraiſ. Fun. par Mou- ter. Vie du P. Ange par Brouſſe ch. 2.

A iij

Dauila lib.
6. p. 347.
Cependant le Seigneur d'Arques, son frere aisné, croisſoit tous les iours de plus en plus en authorité & en credit dans la Cour, & semblable à vn nouuel astre, dont la lumiere naissante obscurcit tout à coup celle des autres, il possedoit entierement auec le ieune de la Valette, depuis Duc d'Espernon, la faueur & les bonnes graces du Roy Henry I I I. estans sans contredit les premiers & plus considerables en cette troupe choisie de ieunes Seigneurs, que ce Prince entretenoit à dessein de les éleuer auec le temps aux gouuernemens & aux charges, & lesquels il cherissoit auec vne passion, & des tendresses qui se conçoiuent aisément par la pompe funebre, & par les honneurs extraordinaires qu'il fit rendre à la memoire, & aux cendres de Caylus, de Maugyron, & de S. Maigrin. Aussi sa Maiesté sembloit-elle reconnoistre en la personne de ces deux-là, tant la valeur & le courage du Seigneur de la Valette le pere qui s'estoit acquis grande reputation dans les armées, où il auoit tousiours commandé la Caualerie legere; que la fidelité & le zele du Vicomte de Ioyeuse Lieutenant General depuis fort long temps en Languedoc, où il auoit maintenu heureusement le seruice du Prince, & defendu auec succez l'interest de l'Estat contre les factions & les ligues. Mais le merite particulier & l'adresse du Seigneur d'Arques contribua sur tout à son auancement, & à sa fortune, & ne le fit pas moins admirer que cherir de sa Maiesté. Laquelle, comme si elle eust voulu faire voir dans vn mesme suiet des effets, ou des preuues tout à fait extraordinaires de sa bonté & de sa puissance, ne se contenta pas de le combler de richesses & de biens, mais le surchargea encore en mesme temps de dignitez & d'honneurs, & l'ayant destiné pour son beau-frere, par le moyen de son mariage auec Mademoiselle Marguerite de Lorraine, fille du Comte de Vaudemont, sœur de la Reyne, il fit eriger en sa faueur le Vicomté de Ioyeuse en Duché & Pairrie, auec des auantages & precipus tout particuliers, & fit celebrer en suite les nopces auec vn appareil, & des ma-
L'année
1581. p.
84.
gnificences tout à fait Royales. Le Ieudy septiéme Septembre, iour des Arrests en robbes rouges, *remarque vn*

Autheur du temps dans le Iournal du Regne d'Henry III. le »
Seigneur d'Arques vint en Parlement en personne, & assisté »
des Ducs de Guise, d'Aumale, Villequier & autres Sei- »
gneurs, fit en sa presence publier les Lettres de l'erection »
du Vicomté de Ioyeuse en Duché & Pairrie, & icelles en- »
teriner & registrer, oüy & ce consentant le Procureur Ge- »
neral du Roy, par l'organe de Monsieur Augustin de Thou »
son Aduocat, auec la clause qu'il precederoit tous autres »
Pairs (fors les Princes yssus du sang Royal, ou de Maisons »
Souueraines, comme Sauoye, Lorraine, Cleues & autres »
semblables) & tout ce en faueur de mariage d'entre luy & »
Damoiselle Marguerite de Lorraine fille de Vaudemont, »
sœur de la Reyne. Ils furent fiancez au Louure le Lundy »
dix-huictiéme Septembre, en la Chambre de la Reyne, & »
le Dimanche suiuant, vingt-quatriéme dudit mois, fu- »
rent mariez à S. Germain de l'Auxerrois, à trois heures a- »
pres midy. Le Roy mena la mariée au Monstier, suiuie de »
la Reyne, Princesses & Dames de la Cour, tant richement, »
& pompeusement véstuës, qu'il n'est memoire d'auoir veu »
en France chose si somptueuse : les habillemens du Roy & »
du marié estoient semblables, tant couuerts de broderie, »
perles, & pierreries, qu'il estoit impossible de les estimer : »
car tel accoustrement y auoit qui coustoit dix mil escus de »
façon, & toutefois aux dix-sept festins qui de rang de iour »
à autre par l'ordonnance du Roy, depuis les nopces, fu- »
rent faits par les Princes & Seigneurs parens de la mariée, »
tous les Seigneurs & les Dames changerent d'accoustre- »
mens, dont la pluspart estoit de toile & draps d'or & »
d'argent enrichis de passemens, grimpures, recameures, »
& brodures d'or & d'argent, & pierreries, & perles en grand »
nombre & de grand prix : la dépense y fut faite si grande, »
y compris les mascarades, combats à pied & à cheual, ioux- »
tes, tournois, musiques, danses d'hommes & femmes, & »
cheuaux, presens & liurées, que le bruit estoit que le Roy »
n'en seroit point quitte pour douze cens mil escus. »

Le Roy donna à Ronsard & Bayf Poëtes, pour les vers »
qu'ils firent pour les mascarades, combats, tournois & au- »
tres magnificences des nopces, & pour la belle musique »

" par eux ordonnée à chanter auec les inſtrumens , à cha-
" cun deux mil eſcus, & donna en ſon nom & de ſa bou-
" che les liurées de draps de ſoye à chacun : meſme donna
" & promit payer au marié dans deux ans prochains, la ſom-
" me de quatre cent mil eſcus, pour le dot de la mariée. Et
" pource que tout le bien d'elle qui luy pouuoit eſtre eſcheu
" des ſucceſſions de ſes defuncts pere & mere , ne pouuoit va-
" loir plus de vingt mil eſcus au plus, le Roy fit au contract
" de mariage interuenir le Duc de Mercœur, aiſné de la Mai-
" ſon de Vaudemont, & faire valoir le bien de la mariée ſa
" ſœur cent mil eſcus, qu'il en promit payer au Duc de
" Ioyeuſe , en luy quittant ſes droits ſucceſſifs, dont le
" Roy s'obligea enuers le Duc de Mercœur pour ſa déchar-
" ge & pour l'en acquitter. Et diſoit-on que quand on re-
" monſtroit au Roy la grande dépenſe qu'il faiſoit , il ré-
" pondit, Qu'il ſeroit ſage & bon meſnager aprés qu'il au-
" roit marié ſes trois enfans: par leſquels il entendoit par-
" ler d'Arques, la Valette, & d'O.

" Le Mardy dixiéme Octobre, le Cardinal de Bourbon
" fit ſon feſtin des nopces du Duc de Ioyeuſe en ſon Abbaye
" de ſainct Germain des Prez, & fit faire à grands frais ſur la
" riuiere de Seine, vn grand & ſuperbe appareil d'vn grand
" bac, accommodé en forme de char triomphant, auquel le
" Roy, Princes & Princeſſes, & les mariez deuoient paſſer
" du Louure au Pré aux Cleres en pompe fort ſolemnelle:
" car ce bac, ou char triomphant , deuoit eſtre tiré par
" deſſus l'eau par autres batteaux déguiſez en cheuaux ma-
" rins, Tritons, Baleines, Sereines, Saulmons, Dauphins,
" tortuës & autres monſtres marins, iuſques au nombre de
" vingt-quatre, en aucuns deſquels eſtoient portez à cou-
" uert au ventre deſdits monſtres, les Trompettes, Clairons
" Hautbois, Cornets, Violons & autres Muſiciens d'excel-
" lence, meſmes quelques tireurs de feux artificiels , qui
" pendant le traict deuoient donner maints paſſe-temps,
" tant au Roy qu'à cinquante mil perſonnes du peuple de Pa-
" ris, qui eſtoit ſur les deux riuages. Mais le myſtere ne fut
" pas bien ioüé, & ne peut-on faire marcher les animaux,
" ainſi qu'on auoit proiecté; de façon que le Roy ayant aux

Tuil-

Tuilleries depuis quatre iufques à fept heures du foir attendu le mouuement & acheminement de ces animaux a-
quatiques fans en voir aucun effect, depité & marry, dit qu'il
voyoit bien que c'eftoient des beftes qui commandoient
à d'autres beftes ; & eftant monté en coche auec les Reynes
& tout le train, alla au feftin, qui fut iugé le plus magnifique de tous, nommément en ce que ledit Cardinal feit reprefenter vn iardin artificiel, garny de fleurs & de fruits,
comme fi l'on euft efté en May ou en Aouft.

Le Dimanche quinziéme la Reyne fit fon feftin au Louure, lequel elle finit par vn Ballet de Cerés & de fes Nym-
phes, le plus beau, le mieux ordonné & executé qu'aucun
d'auparauant.

Le Lundy feiziéme, en la belle & grande lice, à grands
frais & peines & en pompeufe magnificence, dreffée &
baftie au iardin du Louure, executa le Roy vn combat de
quatorze blancs contre quatorze iaunes, à huict heures au
foir aux flambeaux ; & le Mardy dix-feptiéme vn combat
à la picque, à l'eftoc, au tronçon de la lance, à pied & à
cheual ; & le Ieudy dix-neufiéme, pour fin des Carroufels
& Ballets, fut fait le ballet des cheuaux, auquel les cheuaux d'Efpagne, courfiers, & autres du combat, en combattant s'auançoient & réculoient, & fe tournoient au fon
& à la cadence des trompettes & clairons fonnans, y ayans
efté dreffez cinq ou fix mois auparauant. Tout cela fut
beau & plaifant : mais la plus grande excellence qui fe veit
lefdits iours de Mardy & Ieudy, fut la Mufique de voix &
d'inftrumens, la plus harmonieufe & deliée qu'on ayt iamais oüy ; furent auffi les feux artificiels qui brillèrent auec
incroyable efpouuantement, & contentement de toutes
perfonnes, fans qu'aucun fuft offenfé. Vray eft que le feu
prit en vne grange où l'on refferroit ces chariots & autres
harnois de galeres, & animaux accommodez aufdits
combats : mais n'en aduint autre dommage que de ladite
grange, & de tout ce qui eftoit dedans, qui fut tout bruflé.

Et la haute faueur d'Anne de Ioyeufe ne profita pas à
luy feul, mais auffi à fes freres, & particulierement à noftre
ieune Abbé, que le Roy honora d'abord de la charge d'vn

Montereul

B

de ſes plus intimes & plus confidens Conſeillers, & luy
donna entrée dés l'âge de dix-neuf ans en ce ſanctuaire
de l'Eſtat : lequel pour rendre d'autant plus célebre ou
plus auguſte, ſa Maieſté fit enuiron le meſme temps quelques conſtitutions touchant les habits des Conſeillers, ſelon la diuerſité des ſaiſons, & ordóna que les Clercs ou Prelats qui auroient entrée au Conſeil, ſeroient veſtus depuis
le premier iour d'Octobre iuſques au premier iour de May,
de robbes longues de velours violet cramoiſy, les manches longues & eſtroites à la cornette de taffetas de meſme couleur, excepté les Cardinaux, qui pourroient porter ladite cornette de taffetas cramoiſy ; & depuis le premier iour de May iuſques au premier iour d'Octobre, de
robbes longues de ſatin violet cramoiſy, les manches
longues & eſtroites, & la cornette de meſme couleur,
excepté encore les Cardinaux, qui pourroient touſiours
porter la meſme cornette de taffetas cramoiſy. Puis l'Archeuesché de Narbonne ayant vacqué par le decez de
Simon Vigor, fameux Predicateur & Theologien de ce
temps-là, elle l'en fit pouruoir auec diſpenſe d'âge ; & en
ſuite fit ſolliciter efficacement ſa promotion au Cardinalat. Pour laquelle on peut voir dans l'extraict qui ſuit,
que ſa M. fit faire inſtance dés l'an 1581. quoy qu'alors il
n'euſt pas 20 ans accomplis, par M. de Foix ſon Ambaſſadeur à Rome, auprés de Gregoire XIII. comme auſſi
pour la promotion de M. de Lenoncourt, qui ayant eſté
demandé le premier, ne fut neantmoins creé qu'aprés
luy. La premiere choſe que ie traittay auec noſtre ſaint
Pere en l'audience que i'eus hier, *écrit-il au Roy, du 11.*
Decembre 1581. ce fut de la promotion de Meſſieurs de
Lenoncourt, & l'ARCHEVESQVE DE NARBONNE,
dequoy ie feray cette lettre à part. Et luy dis tout au commencement que voſtre Maieſté eſtimoit que ſa Saincteté feroit quelque promotion de Cardinaux à ces Feſtes
prochaines, dautant qu'il y auoit long-temps qu'elle
n'en auoit fait, & que cependant il eſtoit decedé vn
grand nombre de Cardinaux; Qu'auſſi eſtimoit voſtredite
Maieſté qu'en faiſant promotion, ſa Saincteté n'oublieroit

Thuan. lib.
80. p. 619.
Memoir.
MS. de
la Biblio
th.de M.
du Puy
n. 218.

Lettr. de
P. de
Foix liu.
1. lettr.
25 p. 233.

la France, qui eftoit le premier & plus grand Royaume de
la Chreftienté; attendu mefmement qu'au dernier Concile de Trente, auquel fa Sainéteté eftoit prefente, &
duquel elle eftoit grand obferuateur, il auoit efté ordonné que les Cardinaux feroient prins & creez de toutes les
nations de la Chreftienté, felon qu'il s'y en trouueroit de
capables, & auroit fa Sainéteté egard à la recommandation & prieres que voftre Maiefté, qui eftiez fon fils aifné,
luy en auiez par cy-deuant faites, & me commandiez de
luy reiterer & faire de nouueau. Et iaçoit que voftre Maiefté euft en fon Royaume plufieurs perfonnes dignes d'ê-
tre par fa Sainéteté promeuës à vne telle dignité, & que
vous euffiez grande raifon & occafion de le requerir pour
plufieurs; que toutefois pour ne le charger gueres, & ne le
preffer de furpaffer le nombre qu'il fe pouuoit eftre propofé, voftre Maiefté fe contentoit de luy en propofer pour
cette heure deux, que vous defiriez eftre preferez à tous
autres, defquels vous pouuiez auoir écrit & fait parler par
cy-deuant. Et le premier de ces deux eftoit Monfieur de
Lenoncourt.............. Le fecond que voftre Maiefté defiroit eftre promeu à la dignité de Cardinal, & pour
lequel vous feriez particulierement obligé à fa Sainéteté,
comme vous reconnoiffiez l'eftre defia pour l'expedition
que fa Sainéteté luy auoit accordée ces iours paffez, eftoit
Monfieur l'Archeuefque de Narbonne, frere de Monfieur le Duc de Ioyeufe, beau-frere de voftre Maiefté; la
maifon duquel vous defiriez illuftrer autant qu'il vous feroit poffible, puifque vous l'auiez eftimée digne de l'approcher fi prés de voftre Maiefté que vous auiez fait; Que
i'auois moy-mefme toute connoiffance de l'antiquité de
cette maifon, & des vertus & merites de Monfieur de
Ioyeufe fon pere, & pouuois affeurer fa Sainéteté, comme
ie faifois, en Dieu & confcience, que la maifon de Ioyeufe
eftoit illuftre; auffi ne connoiffois-ie point en tout le païs
vn Seigneur de meilleur entendement, ny plus affectionné au feruice de voftre Maiefté, & à la conferuation de la
Religion Catholique que luy, & qu'il auoit aidé plus que
nul autre à conferuer vos fuiets de Languedoc, où il eftoit

« voſtre Lieutenant general, en l'obeïſſance du ſaint Siege
« & de voſtre Maieſté; Que ie ſçauois auſſi que ledit ſieur
« Archeueſque de Narbonne, comme auſſi tous ſes freres,
« eſtoit bien nay, & auoit eſté fort ſoigneuſement inſtruit
« & éleué en la vertu, bonnes mœurs, & toutes bonnes let-
« tres, & auoit donné telle expectation de ſoy, que cha-
« cun croyoit qu'il eſtoit pour eſtre vn des plus dignes Pre-
« lats de la Chreſtienté; Qu'à la verité il eſtoit encore ieu-
« né d'âge, mais non pas tellement ieune toutefois, que
« ſa Saincteté ne l'euſt iugé d'âge competant pour tenir vne
« Archeueſché & Primatie des premieres de l'Egliſe. Et
« outre tant de bonnes qualitez qui ſuppléoient quelque
« peu d'années que ſa S. y pourroit requerir de plus, V. M.
« demandoit cette promotion à ſa S. en don & de grace ſpe-
« ciale, & la vouloit tenir & reconnoiſtre de ſa bonté com-
« me vne des plus grandes faueurs que V. M. en pouuoit ia-
« mais receuoir de telle ſorte. Et comme S. M. eſperoit
« l'obtenir en conſideration de ſa deuotion & pieté enuers
« le S. Siege, & enuers la perſonne de ſa S. & en conſidera-
« tion auſſi de ladite alliance que ſa S. connoiſſoit eſtre trop
« plus que ſuffiſante occaſion d'vne telle inſtance, & ſi affe-
« ctionnée priere & requeſte: auſſi V. M. luy promettoit
« qu'elle s'eſtudieroit à accroiſtre de plus en plus en ce ſuiet
« les bonnes qualitez qui doiuent ſeruir d'ornement à telle
« dignité, de ſorte qu'il pourroit ſeruir d'exemple & patron
« de vertu à vn chacun, & ſa S. en receüroit toute ſatisfa-
« ction & contentement. Bref, ie luy dis pour toute con-
« cluſion, que ie ne pouuois auec aucunes paroles luy expri-
« mer l'ardent deſir que V. M. auoit d'obtenir cette grace
« de ſa S. & que ſans icelle nulle excuſe ne vous pourroit
« contenter. Voila, SIRE, ce que ie dis quaſi de mot à mot
« à noſtredit ſaint Pere, & auec toute l'affection qui m'ac-
« compagne en l'execution de vos commandemens; laquel-
« le eſtoit encore en cecy échauffée par des particulieres oc-
« caſions que i'ay de ſeruir à la dignité, tant de Monſieur de
« Lenoncourt, que de Monſieur l'Archeueſque de Nar-
« bonne. Sa S. m'écouta fort volontiers, & auec vn viſage
« plus gay qu'il n'auoit accouſtumé auoir par cy-deuant,

quand on luy parloit de promouuoir quelqu'vn, & ne me „
dist point qu'il ne vouloit faire promotion pour encore, „
comme il souloit répondre par cy-deuant : (ce que Mon- „
sieur le Cardinal d'Est prend pour vn signe certain qu'il „
veut faire promotion de Cardinaux à ces prochaines fê- „
tes) mais me dist sa S. qu'elle y aduiseroit, & qu'elle estoit „
bien aise d'entendre les bonnes qualitez de ceux que vô- „
tre Maiesté desiroit estre promeus, pour s'en souuenir, & y „
auoir égard en temps & lieu. Et parce qu'il ne disoit au- „
tre chose, & que ie voulois en tirer quelque promesse, & „
étraindre la chose dauantage, ie luy repliquay que ie desi- „
rerois grandement en pouuoir écrire à vostre Maiesté par „
ce courrier quelque chose de certain, & que ie le supplois „
tres-humblement de m'en donner le moyen ; & qu'aussi „
bien de deux promotions que vostre Maiesté luy deman- „
doit, la premiere estoit desia, long temps y auoit, comme „
accordée & deuë; & la seconde importoit si fort au desir & „
affection de V.M. qu'il sembloit qu'elle ne vous pouuoit „
estre refusée. Sa Saincteté me répondit qu'elle y vouloit „
penser, & que c'estoit vne grande chose que de faire des „
Cardinaux, & qu'elle en delibereroit. Et puis en me re- „
gardant & soûriant me demanda si V.M. ne m'auoit point „
commandé de parler pour autres que ces deux. Et ie luy „
répondis, qu'en verité vostre Maiesté n'en auoit nommé „
ny specifié que ces deux. Et bien, dit-il. Et ainsi se finit „
ce propos, & ie passay à vne autre affaire, comme il est „
contenu en vne autre lettre que i'ay écrite à V. M. où est „
tout le contenu des parties & negotiations de madite au- „
dience d'hier. Monsieur le Cardinal d'Est trouue ladite „
réponse fort bonne. Ie ne faudray cy-après d'en repren- „
dre le propos, & en rafraischir la memoire à sa S. à toutes „
les fois que ie verray y auoir commodité, & estre expe- „
dient. „

Mais l'affaire ayant traisné desia prés de deux ans, qui
estoit vn long temps pour vn fauory de Prince, qui croyoit Iournal du
deuoir commander aussi souuerainement de là comme de- reg. d'Hen-
çà les Alpes; le Duc de Ioyeuse se resolut de l'aller pour- ry III. p.
suiure en personne : & sous pretexte de vouloir presser 144. 149.

quelques autres expeditions & affaires d'importance, dont
sa M. l'auoit chargé vers le Pape, il fut luy-mesme à Rome
enuiron le mois de Septembre 1583. & y mena auec soy
l'Archeuesque de Narbonne son frere. La consideration
du rang que le Duc tenoit icy en France, le souuenir des
grands exploits que le Mareschal de Ioyeuse leur pere,
auoit faits en Languedoc contre les Religionnaires, & la
ciuilité ou courtoisie naturelle de Gregoire XIII. enuers
les Princes & Seigneurs esträgers, firent qu'ils receurent en
cette Cour-là, tout le bon accueil possible. De sorte que le
Pape aucunement ialoux de ce que le Cardinal d'Est Protecteur de France, les ayant logé magnifiquement dans
son Palais, luy auoit comme enuié la satisfaction de leur
bailler vn departement dans le sien propre, donna charge
au Cardinal de S. Sixte, son neueu, de les regaler au reste,
& leur faire toute la bonne chere, & tout le bon traittement dont il se pourroit auiser. A quoy il satisfit pleinement, & les traitta vn iour entre autres en la vigne du Cardinal de Verceil, où se trouuerent à table six Cardinaux,
deux Ducs, & trente Barons François; festin qui ne coû-
ta guere moins de deux mil escus au Pape, & auquel on
ne seruit pas seulement des viandes les plus exquises, mais
aussi du plus rare & plus prodigieux poisson. Au reste,
pour comble de cette bonne reception ils remporterent
auec eux promesse solemnelle & precise du Pape, de les
gratifier au pluftoft du chapeau rouge qu'ils demandoient,
& ils furent à peine de retour icy en France, que sa S. dé-
gagea sa parole, & crea l'Archeuesque de Narbonne Cardinal auec dix-huit autres, vn Lundy douziéme de Decembre de la mesme année 1583.

Ce premier voyage que nous venons de remarquer qu'il
auoit fait en Cour de Rome, & duquel il n'estoit pas encore bien délassé lors qu'il receut les nouuelles de sa promotion, fut cause qu'il ne se hasta pas autrement d'y aller
prendre le chapeau, & il ne s'y achemina effectiuement
que lors que le S. Siege vint à vacquer par le decez du Pape, qui mourut au mois d'Auril 1585. Et neantmoins quelque diligence qu'il sceust faire pour lors, il n'y fut pas as-

Ciappinel.
la vita di
Greg. XIII.
p. 78.

Petramel.
p. 195.

Montereul.
Lettr. MS.
du Card. de
Ioyeuse de
la Biblioth.
de M. du
Puy n.
374.
Petramel.
p. 275.
Vghell. in
addit. ad

fez à temps pour entrer au Conclaue, & pour se trouuer
à l'élection de Sixte V. Lequel acheua en luy les solemnitez ou ceremonies qu'on a accoustumé d'obseruer en la reception des nouueaux Cardinaux, & luy bailla nommément en vn Consistoire, qui se tint le Lundy 20. du
mois de May ensuiuant, l'Eglise de S. Syluestre ou de S.
Martin des Monts pour titre, au lieu duquel il opta depuis
successiuement celuy de la Trinité du Mont, & de S. Pierre aux Liens, puis l'Euesché de Sabine & celuy d'Ostie.

Ayant ensuite receu & rendu les visites ordinaires, & satisfait pleinement à tous ces petits deuoirs, qui font vne
bonne partie de l'occupation de cette Cour, il s'en reuint
aussi-tost en France, & fut receu au mois d'Aoust de la mesme année Conseiller honoraire au Parlement de Paris,
auec priuilege exprés de seance, de voix & d'opinion deliberatiue en ladite Cour, tant à l'Audience qu'au Conseil. Et à quelques dix-huit mois de là, comme si presque
toutes les années luy deuoient produire de nouuelles
Commissions, & de nouuelles charges, sa M. luy fit l'honneur de le substituer au Cardinal d'Est, qui mourut en ce
mesme temps, & de le declarer en sa place Protecteur de
nos affaires en Cour de Rome. Où estant ainsi obligé de
nouueau de se rendre, il prit son chemin par le Languedoc
à dessein de regler, comme il fit, son diocese de Narbonne, puis ayant passé par la Prouence, il fut, suiuant ses
instructions, conferer à Turin auec le Duc de Sauoye, qui
ne le regala pas seulement comme Ministre du Roy, mais
le traitta aussi de parent. Et ayant esté encore visiter en
passant le Duc de Ferrare, mais non pas celuy de Mantouë
ny de Florence, ausquels il se contenta pour de certaines
considerations d'enuoyer des Exprez pour leur faire tenir
les dépeches qu'il auoit pour eux, il arriua en fin à Rome,
& y fit vne espece de triomfe plustost que d'entrée, ayant
écrit luy-mesme dans quelqu'vne de ses lettres, *que excepté*
le College des Cardinaux qui vient receuoir le nouueau Car-
dinal qui doit receuoir le chapeau, il auoit receu au reste plus d'hon-
neur & d'accueil à cette sienne arriuée à Rome, qu'il ne fit lors
qu'il prit le chapeau. Ce qui luy ayant esté d'abord vn pre-

Ciacon. p.
1819.
Gall. Pur-
pur.

Memoir.
MS. de la
Biblioth. de
M. du Puy
n. 218. &
589.
Libert. de
l'Eglis. Gal-
lic. t. 2. ch.
22. n. 35.
p. 645.
Montereul.
Lettr. MS.

iugé que les mouüemens & les troubles de la France ne
luy auoient pas entierement ofté en cette Cour fon ancien
credit, il ne manqua pas d'y feruir fa patrie auec d'autant
plus de courage & de zele, qu'il crût fes trauaux & fes
peines pouuoir eftre encore vtilement employez, comme
ils furent effectiuement en quelques affaires, mais non pas
en toutes, & principalement aux plus violentes & plus fu-
neftes, lefquelles ie pafferay ainfi plus volontiers pour
m'arrefter aux autres.

Lettr. MS. Sixte V. Pape auffi abfolu & auffi feuere qu'il y en ait eu,
voulant mettre en pratique la maxime qu'il auoit ordinairement en bouche, que le moyen le plus prompt que pouuoient auoir les Princes pour fe faire craindre, & par confequent obeyr, eftoit d'affembler le plus de finances qu'ils
pouuoient, fe propofa d'eriger en titre d'offices les fonctions de Solliciteurs des expeditions beneficiales, & d'en
creer cinquante à mille efcus chacun, & paffa mefme iufqu'à faire defenfe qu'aucun euft à folliciter de là en auant
fans en auoir premierement obtenu lettres de fa Sainteté.
Ce qui ne pouuoit eftre que dommageable au feruice du
Roy, & aux affaires de fes fuiets, dautant que ces nouueaux Officiers euffent eu droit d'exiger le double de ce
qu'ils prenoient auparauant, & que d'ailleurs ceux à qui
les Banquiers de France addreffoient leurs pourfuites, n'a-
chetant point de ces offices, n'euffent plus fceu folliciter
de leur chef, mais feulement par l'entremife des autres,
ny par confequent expedier d'affaires qu'auec des lon-
gueurs & des dépenfes extraordinaires. C'eft pourquoy
noftre Cardinal Protecteur, qui ne ceffoit de veiller pour
l'intereft & le bien de fa patrie, en écriuit incontinent au
Roy, & luy témoigna comme quoy il eftoit refolu de s'oppofer abfolument à l'execution de ce deffein, qui fut prefque auffi-toft laiffé qu'entrepris, fur ce que les Solliciteurs
tinrent bon à ne vouloir point acheter de ces offices, ny fi-
nancer plus haut que huit ducats pour vne permiffion par
écrit, qu'ils furent contents de prendre pour pouuoir continuer de là en auant leurs fonctions.

Lettr. MS. Le mefme Pape s'eftant plaint à luy dans vne audience,
que

que le Roy ne s'estoit point opposé comme il deuoit à l'entrée des Reystres en France, & qu'il auoit mesme ennoyé ses ordres au Duc de Guyse, à ce qu'il n'eust point à combattre cette armée estrangere : il ne pût souffrir plus long temps vn discours si iniurieux à l'honneur de son maistre, & luy dit assez brusquement que sa S. estoit tres-mal informée. Surquoy le Pape luy ayant reparty en colere, & auec vne espece de transport qui luy fit mettre les deux mains aux costez, & le regarder fixement entre deux yeux, à dessein de l'estonner, luy ayant, dis-ie, reparty d'vn accent imperieux, qu'il estoit tres-bien informé, & qu'il sçauoit bien ce qu'il disoit : Il ne se laissa pas abattre pour cela, mais s'estant découuert & leué, il luy fit vne grande reuerence, & le supplia de ne trouuer pas mauuais s'il luy disoit que c'estoit vne calomnie qu'on luy auoit donné à entendre, & qu'il n'estoit pas de sa prudence de se laisser ainsi surprendre, & encore moins de sa charité de croire si facilement telles choses du premier & meilleur fils qu'eussent le S. Siege, & l'Eglise. Replique sans doute hardie & genereuse, s'il en fut iamais, & d'autant plus remarquable, qu'elle partoit de la bouche d'vn ieune Cardinal de 25. ou de 26. ans, & qu'elle estoit faite à vn Pape, qui affectoit de se faire craindre.

Et certes, le zele extréme qu'il auoit pour l'interest de l'Estat, luy faisoit supporter à contre-cœur, que tous ces bruits semez exprés à Rome par les ennemis couuerts de la France la ruinoient infailliblement de credit de là les Alpes, & encore plus, qu'il n'auoit pû iusque-là en verifier au Pape la fauss_eté & la calomnie, quoy que pour cét effet il luy eust representé dans les rencontres la singuliere pieté & religion du Roy Henry III. & allegué mesme à ce propos les exploits iournaliers de l'Admiral de Ioyeuse, son frere, lequel estant fauory de ce Prince, & pouuant sçauoir par consequent autant que pas vn des plus secrets desseins de sa M. ne laissoit pas de combattre tout de bon le party & les forces des Religionnaires, comme il le fit bien voir à Coutras, où il fut tué auec vn de ses freres. Lequel accident ioint à la retraite du Comte de Bouchage dans le

C

Conuent des Capucins estoit capable d'abattre le courage
de tout autre que du Cardinal de Ioyeuse, que l'on peut
dire auoir ainsi perdu en moins de six semaines trois de ses
freres.

Thuan. l.
87. p. 179.
Dauil. l. 8.
p. 453.
Cette retraite inopinée du Comte surprit extraordinairement toute la Cour, & donna lieu aux vns & aux autres,
selon leurs differentes passions, de s'aller imaginer qu'il
auoit esté porté à cela, ou par vn regret & déplaisir sensible
de la mort de la Comtesse son épouse, comme s'il eust
voulu protester par là de luy garder toûjours la mesme fidelité que de son viuant, & de ne donner iamais par de secondes nopces vne belle mere, ou marâtre à leur fille vnique: ou par foiblesse, comme s'il n'eust sceu endurer plus
long-temps le faix d'vne si haute fortune, ny conseruer de
la moderation parmy tant d'excés, estant tres-certain que
la felicité & l'abondance sont encore plus difficiles à supporter que ne sont la disette & la misere: ou enfin par cautele & prudence humaine, comme s'il eust eu soupçon de
quelque reuers de fortune, & qu'il eust mieux aimé preuenir que d'estre surpris, & quitter de luy-mesme les biens
& les honneurs auparauant qu'ils le quittassent.

Vie du P.
Ange de
Ioyeuse ch.
2. p. 35.
Mais, sans m'arrester à toutes ces imaginations & à ces
discours, ie ne douteray point de rémarquer aprés ceux qui
ont particulierement écrit sa vie, qu'ayant eu dés son plus
bas âge de l'inclination à la Religion, & à l'Institut de S.
François, il y fut confirmé de temps en temps par diuerses
auantures, & que n'estant encore que ieune escolier à
Thoulouse, il luy arriua comme il estoit dans la Bibliotheque des Cordeliers, d'y prendre au hazard vn liure pour lire, & d'entendre en mesme temps, ce luy sembloit, vne
voix interieure, qui luy demandoit s'il se sentoit bien disposé à pratiquer tout ce qui estoit contenu dans ce liure,
puis venant à l'ouurir il trouua que c'estoit la Regle & la
Vie des Freres Mineurs. Ce qu'ayant pris aussi-tost pour
vne inspiration diuine, il auroit vestu dés lors l'habit de S.
François, si ses parens ne s'y fussent opposez, & ne se fussent auisez en suite pour luy faire passer cette fantaisie, de
l'enuoyer estudier icy à Paris, puis de le marier au plustost;

comme ils firent auec Mademoiselle de la Valette; party d'autant plus sortable que les deux Maisons de la Valette & de Ioyeuse estoient desia alliées par le moyen du mariage de Ianne de Batarnay, l'vne des tantes du Comte, auec Bernard de la Valette, l'aisné des deux freres de la Comtesse; & cette double alliance agréoit d'autant plus à l'Admiral de Ioyeuse, qu'il esperoit par là estre indre plus fortemēt la bonne correspondance auec le ieune de la Valette chery comme luy du Roy Henry III. & son riual par consequent en la faueur & aux bonnes graces de ce Prince. Au reste, l'estat de mariage ne détourna pas absolument comme l'on croyoit, l'esprit du Comte de Bouchage de la pensée de Religion ; au contraire l'austerité & la modestie exemplaire de sa ieune épouse le confirmant tous les iours de plus en plus dans le dessein de la vertu, le faisoit aspirer encore plus souuent à la derniere perfection Chrestienne: iusque-là qu'estant tous deux épris également des mesmes flammes, & du mesme amour diuin, ils se promirent reciproquement, & firent vne espece de vœu mutuel, que le suruiuant se retireroit incontinent aprés la mort de l'autre dans vn cloistre, & consacreroit le reste de ses iours à la pieté & à la solitude. Si bien que le Comte ayant suruécu, creut estre obligé de s'acquiter de sa promesse, & il y fut particulierement incité par ce qui luy arriua, meditant vne fois entre-autres dans son cabinet sur l'instabilité des choses humaines, & la perte qu'il venoit de faire de sa chere moitié ; car ayant pris ses heures pour ioindre la priere vocale à la mentale, il rencontra à l'ouuerture du liure ce verset du Psalmiste, *Dirupisti Domine vincula mea, tibi sacrificabo hostiam laudis: Seigneur vous auez rompu mes liens, ie vous sacrifieray vne hostie de loüange.* Lesquelles paroles appliquant aussi-tost au suiet qu'il meditoit actuellement, & les receuant comme si elles se fussent addressées à luy en particulier, il se laissa emporter là dessus à diuerses resolutions, & à diuerses pensées; & ayant cependant laissé cheoir par mégarde son liure, il le ramassa, & tomba encore en l'ouurant, par vne prouidence diuine plustost que par hazard, sur le mesme verset, *Dirupisti Domine vincula mea, tibi sacri-*

Elog. des Dam. illustr. t. 1. p. 335. Dauila l. 8. p. 453. Vie du P. Ange ch. 3. p. 54. ch. 4. p. 71. 72. 86. & ch. 5. p. 95.

C ij

ficabo hostiam laudis. Ce qui luy confirma, que Dieu sans
doute exigeoit de luy l'effet de sa parole, & l'execution de
ses promesses. Il est vray qu'il estoit encore irresolu de l'institut, qu'il deuoit embrasser, mais il se determina assez promptement sur la rencontre qu'il fit estant dans le carrosse du
Roy de deux freres questeurs Capucins auec la besace sur
l'épaule, sur lesquels ayant aussi-tost arresté également son
attention & sa veuë, & consideré auec de grands yeux leurs
vestemens, leurs contenances & leurs démarches, le Roy
qui s'en apperceut, & remarqua en luy quelques indices
d'estonnement & de transport, luy dit conformément à la
pensée qu'il se doutoit bien qu'il en auoit. *Voilà de vrais*
freres & imitateurs de S. François, & ils obseruent sa regle selon
qu'il l'a premierement instituée. Ce peu de paroles dans cette
rencontre l'émeurent extraordinairement, & comme si
elles luy eussent sonné la retraite & l'eussent conuié de
haster ce qu'il meditoit, il se resolut de quitter le monde
au plustost, & d'embrasser serieusement vn institut qu'il
voyoit estre dans vne si haute & si generale approbation.
Il entra donc dans les Capucins le 4. Septembre 1587.
26. iours seulement après la mort de la Comtesse son é-
pouse, & s'y rendit sur la minuit accompagné de deux de
ses valets de chambre & de son Aumosnier, lesquels ne sçachant où il alloit, furent bien estonnez de luy voir prendre l'habit comme il fit à l'heure mesme dans l'Eglise. De
sorte qu'ayant le lendemain fait rapport de ce qu'ils auoient
veu, toute la Cour en fut aussi-tost émeuë, & dés le matin
le Roy accompagné de l'Admiral de Ioyeuse, qui peu de
iours auparauant estoit arriué en poste de l'armée qu'il
commandoit contre les Religionnaires pour quelques re-
creuës, fut aux Capucins, & demanda tout en colere au
Pere Prouincial qui auoit receu le frere Ange, c'estoit son
nouueau nom de vesture, comment il auoit osé receuoir
sans son congé, & encore plus, faire changer d'habit à vn
Seigneur de cette qualité, & dont la presence n'estoit pas
moins chere à l'Estat qu'elle luy estoit necessaire, auec protestations, & auec menaces de le tirer bon gré mal-gré hors
du cloistre. Sur quoy le bon Pere s'excusa le mieux qu'il

pût, proteſtant ſouuent au Roy qu'il ne l'auoit point ſollicité à cela, mais qu'il auroit creu bleſſer ſa conſcience de
l'éconduire de ſa demande, laquelle il luy auoit pluſieurs
fois inſtamment reiterée, comme il pouuoit atteſter luy-
meſme à ſa Maieſté. Et cependant l'ayant enuoyé querir,
ie laiſſe à penſer quels furent à cét abord les ſentimens &
les tendreſſes tant du Roy que de l'Admiral, lors qu'ils vi-
rent l'vn ſon fauory, & l'autre ſon frere la teſte razée, couuert d'vn habit de bure & ceint d'vne groſſe corde. Ils employerent l'vn & l'autre toute leur induſtrie pour luy perſuader de retourner au monde, & de ne s'engager pas plus
auant en vn genre de vie, qu'il ne pouuoit auſſi bien continuer long-temps : mais ce fut en vain, n'ayant iamais ſceu
auoir de luy d'autre réponſe, ſinon qu'il eſtoit reſolu de
pourſuiure vn ſi genereux deſſein, & qu'il eſperoit moyennant la grace de Dieu, éprouuer ſes forces égales à ſon courage & à ſes vœux.

Lequel changement toucha au vif l'Admiral, qui ne
le celoit pas, & le qualifioit le plus grand malheur qui
luy ſceuſt arriuer, ſoit par vne bienüeillance, & par vne
tendreſſe particuliere qu'il portaſt à ce frere : ou par intе-
reſt, ſur la crainte qu'il eut, qu'eſtant doreſnauant deſti-
tué de la correſpondance d'vn ſi aſſidu & ſi fidelle Agent
qui l'informoit au vray des intrigues de la Cour pendant
ſon abſence, & l'entretenoit touſiours dans les bonnes
graces du Prince, il ne fuſt plus en eſtat de reſiſter long-
temps au Duc d'Eſpernon ſon riual, qui au contraire eſtoit
comblé tous les iours de nouuelles faueurs de fortune, &
quelques iours auparauant auoit épouſé l'heritiere de la
Maiſon de Cadale. Ce qui le fit reſoudre, à ce que l'on tient,
d'acheuer à quelque prix que ce fuſt vne guerre qui l'éloi-
gnoit de la Cour, & de releuer ſon credit qui ſembloit dé-
cliner, par quelque exploit heroïque. C'eſt pourquoy
ayant obtenu de ſa Maieſté permiſſion de liurer bataille
au Roy de Nauarre, ſoit qu'il allaſt en Guyenne, ou qu'il
reuinſt vers la riuiere de Loyre, il ſe rendit le 15. d'Octobre
à Barbezieux, & de là à Chalais, ſur la nouuelle qu'il eut
que le Nauarrois eſtoit à Pons, & auoit deſſein de paſſer

Thuan. lib.
87. p. 179.
181. ac Da-
uil. lib. 8.
p. 465.
Memoir.
MS. de la
Biblioth.
de M. du
Puy n. 418.

en Guyenne pour se poster au deuant de luy, & le charger
au passage de la riuiere de Drogne. Mais ayant sceu qu'il
s'estoit arresté à Montguyon, il partit de Chalais le 19. pour
aller gagner le logement de Coutras, qui est sur la mesme
riuiere, puis changea tout à coup de resolution & de marche, quoy qu'il ne fust qu'à vne lieuë de ce logement, &
rebroussa à la Roche-Chalais, d'où il enuoya des parties
pour apprendre des nouuelles de l'ennemy, lequel comme
on luy eust rapporté qu'il auoit pris le chemin de Coutras
pour y passer la riuiere, il recogneut bien qu'il auoit fait
vne faute de ne s'estre pas saisi le premier de ce poste, côme
il pouuoit & en auoit eu le dessein. Lequel dessein ayant
repris aussi-tost, il donna le rendez-vous à ses troupes pour
vne heure après minuit dans la plaine, qui est entre Coutras & Roche-Chalais deçà la riuiere, & partit fort peu
accompagné sur les onze heures pour s'y rendre. Mais
l'infanterie, le canon & quelques hommes d'armes n'ayant
pû faire la mesme diligence que les autres, il se trouua le
lendemain matin dans la plaine auec la seule caualerie:
laquelle n'ayant pas laissé de ranger en bataille afin d'estre
d'autât plustost prest, & mieux en estat de defense, il enuoya
cependât recônoistre l'ennemy par quelques-vns des siens,
qui ayant fait vn homme de cheual prisonnier, apprirent
de luy que le Roy de Nauarre auec toutes ses troupes auoit
passé la riuiere, & s'estoit approché à trois lieuës de là en
resolution de le combattre. Dequoy il fut si ioyeux, qu'il
luy promit le double prix de sa rançon, en cas que ce qu'il
disoit se trouuast veritable, & à l'heure mesme s'estant vn
peu écarté des troupes accompagné de son Escuyer, il dé-
cendit de cheual & se mit à genoux pour faire sa priere, puis
estant remonté, il auança quelques cinq cens pas auec l'armée, pour aller gagner le champ, qui fut effectiuement celuy de bataille. Où il ne fut pas plustost arriué, qu'il vit
parestre au dessous d'vn bois voisin les ennemis, dont la
contenance ou la démarche iustifioit assez le rapport du prisonnier, & marquoit visiblement l'enuie qu'ils auoient de
combattre. Et certes le Roy de Nauarre auoit tout suiet
de desirer la bataille, dautant qu'il se voyoit enfermé en

Vie du Plef-
sis Mornay
liu. 1. p. 110.
& 111.

tre deux riuieres, & dans vn bourg sans viures, duquel
le chasteau tenoit contre luy, & où il n'eust sceu subsister
encore vn iour sans de tres-grandes incommoditez. D'ailleurs, il ne pouuoit repasser la Drogne sans receuoir quelque eschet en sa reputation, qui importe extrémément
dans la guerre, ny sans perdre le dessein de ioindre les Reystres ; & encore moins passer l'Isle à la veuë de l'ennemy, &
auec vne armée chargée d'artillerie & de butin, sans diuiser ses forces, & se mettre au hazard d'vne déroute. Si bien
que du Plessis-Mornay luy dit plusieurs fois que toute sa
crainte estoit que le Duc de Ioyeuse ne s'abstinst de combattre. Et neantmoins le Duc en auoit, sans comparaison,
plus de desir & de passion que le Nauarrois, soit qu'il eust
dessein de faire retentir les chaires des Predicateurs de
Paris de ses hauts faits, & de ses victoires, comme il s'estoit
vanté, à ce que l'on tient, aprés quelques auantages qu'il
auoit desia remportez sur les mesmes Religionnaires : ou
qu'il fust puissamment ému des trophées du Duc de
Guise, dont il enuioit la reputation & le credit qu'il s'é-
toit acquis parmy les Catholiques, & duquel il eust bien
voulu estre en ce poinct le riual : ou qu'il taschât de se
monstrer reconnoissant de la dignité de Cardinal qu'il
auoit obtenuë pour son frere, enuers le Pape, qui l'auoit
loüé estant à Rome de son zele, & exhorté sans doute de
marcher sur les pas du Mareschal de Ioyeuse leur pere, qui
auoit si souuent matté les Heretiques rebelles en son Gouuernement de Languedoc, & leur y auoit fait la guerre à
outrance : ou enfin qu'il voulust executer ponctuellement
ses instructions & ses ordres, & rendre toutes les preuues
de fidelité qu'il estoit obligé enuers son Prince, & son
bienfacteur.

Ayant donc rassemblé toutes ses forces, il les rangea
luy-mesme en bataille, mais non pas si auantageusement
que fit le Roy de Nauarre, lequel ayant auec soy bien d'autres Chefs & des soldats mieux aguerris les espargna autant
qu'il pût, & fit commencer le ieu si à propos par l'artillerie, que les Catholiques en estant grandement incommo-
dez, l'Admiral fut contraint de precipiter le combat, &

donna des premiers auec sa Cornette, & ayant eu d'abord
son cheual tué sous luy, il ne fut pas plustost remonté sur
vn autre par son Escuyer, qu'il retourna vne seconde fois
à la charge, & y fut malheureusement abattu, & auec luy
toute l'armée, qui ne rendit presque point de combat après
la perte de son General, comme si elle n'eust esté animée
que par sa valeur & par son exemple : aussi estoit-elle composée de force volontaires, la pluspart Courtisans, qui
auoient beaucoup plus de presomption & de vanité que de
courage ou de conduite. A la bataille de Coutras faite

Memoir.
MS.de la
Bibliot.
de M. du
Puy n.
573.

" de nos iours tous frais, *remarque le sieur de Brantosme dans son*
" *Histoire*, il y en eut force aussi des plus fringans & fendeurs
" de nazeaux qui en firent de mesmes, & qu'il leur sembloit
" aduis qu'ils n'y seroient iamais assez à temps auec leurs cour-
" tes iournées & courtes traites, menassans les Huguenots,
" brauans, faisans des rodomontades plus que ne fit iamais
" le Capitaine Ruina à l'endroit de Zanny ou Pantalon. Dés
" la premiere charge ils prindrent si bien la chasse & la fuite,
" que deux heures après ils arriuarent aucuns à Aubeterre,
" lieu de seure retraitte, aussi étonnez que trépassez, à ce que
" m'ont asseuré force personnes qui les recueilloient, & leur
" faisoient le bien veniar, encor ne s'y pouuoient-ils asseu-
" rer tant le poux de la peur les battoit. D'autres se sauua-
" rent en d'autres places, lesquels n'estoient pas plus asseu-
" rez les vns que les autres, au diable l'vn qui en a éclatté de
" regret, mais laissarent couler tout doucement la rougeur.
" Monsieur d'Alençon tout grand qu'il estoit (car les grands
" ont ce priuilege de passer mieux ces fautes que les petits)
" n'en fit pas ainsi après la bataille de Pauie, que le regret
" par semblable faute, gaigna de telle façon qu'il l'emporta
" à la mort, dont il fut fort loüé ; non moins que son grand
" & braue ayeul le Comte d'Alençon à la bataille d'Azin-
" court, qui estant en la meslée, se poussa si auant qu'il rua
" vn grand coup d'épée sur l'armet du Roy d'Angleterre, &
" du coup luy abatit vne grande partie de sa couronne ; en
" criant Ie suis le Comte d'Alençon : Mais il fut incontinent
" enuironné des Archers du corps du Roy Anglois Henry,
" qui contre la volonté de leur maistre le mirent à mort.

C'estoit

C'eſtoit vn traict celuy-là digne de gloire.

La bataille neantmoins, pour peu qu'elle, dura, ne laiſſa pas d'eſtre aſſez ſanglante & funeſte par la mort de plus de deux mille, ou ſelon d'autres, de plus de trois mille du coſté ſeul des Catholiques, & nommément de l'Admiral; Lequel ayant eſté abatu par terre, & mis ainſi hors de defenſe, il fut tué de guet à pend par quelqu'vn qui le reconnut, quoy qu'il criaſt bonne guerre, & luy promiſt cent mille eſcus de rançon. Si bien qu'il eſt conſtant, comme i'ay appris en conferant auec feu Monſieur du Puy qui le ſçauoit d'vn Gentilhomme de la Religion, témoin oculaire, que l'Admiral qui eſtoit veſtu ce iour-là d'vne caſaque de velours bleu paſſementé d'argent, ayant eſté emporté fort bleſſé de la mélée, & accoſté à vn tronc d'arbre que le canon auoit razé aſſez prés du pied, il ſuruint là quelques Caualiers qui demanderent qui viue, & ayant appris que c'eſtoit Monſieur de Ioyeuſe, ils luy firent hauſſer la viſiere, & luy déſalcherent leurs piſtolets dans la teſte. Il y en a qui adiouſtent qu'il n'euſt pas volontiers ſuruefcu à vne ſi triſte & ſi malheureuſe iournée, & que comme il vit la déroute de ſon armée, & que S. Luc luy demandoit, *Qu'eſt-il queſtion de faire, Monſieur ?* il répondit, *de mourir aprés cecy, & ne viure iamais plus, Monſieur de S. Luc.* Il fut porté mort au logis du ſieur du Pleſſis, & fut eſtendu ſur la table de la ſalle. Si bien que le Roy de Nauarre, qui ayant trouué ſon departement plein de priſonniers bleſſez, auoit commandé que l'on porraſt ſon diſner au logis de Monſieur du Pleſſis, fut encore obligé de ſe paſſer de ladite ſalle, & ſe contenter de la chambre au deſſus; où durant ſon repas luy ayant eſté amenez tous les priſonniers de qualité, auec les drapeaux pris ſur l'ennemy, qui furent 56. enſeignes de gens de pied, & 22. cornettes de caualerie, on luy fit remarquer l'heureuſe & triomfante rencontre, d'eſtre ainſi en meſme temps enuironné de tous ces trofées, & d'auoir ſous ſes pieds le General de l'armée ennemie, le Duc de Ioyeuſe, qu'ils diſoient auoir promeſſe du Pape de la confiſcation de toutes ſes terres ſouueraines. Ses entrailles furent enterrées le lédemain matin en l'Egliſe Parrochiale de Coutras,

Hiſtoir. de Brantoſme MS. de la Biblioth. de M. du Puy n. 610.

D

& il fut deliuré argent & saufconduit à son Secretaire nommé Maron, pour conduire son corps qui auoit esté embaumé par les soins de Monsieur de Turenne proche parent des Ioyeuses, à Tours, & de là à Paris, où le Roy luy fit faire de tres-somptueuses & tres-magnifiques obseques. La salle d'honneur fut dressée à S. Iacques du Haut-pas, où l'on exposa trois iours de suite son effigie tirée aprés le naturel, couronnée d'vne couronne Ducale, vestuë d'vne tunique de toile d'or damasse, & par dessus du grand manteau Ducal d'écarlat violet, & ayant au col le grand collier de l'Ordre du S. Esprit, d'or massif. L'on mit encore au costé droit de l'effigie le chapeau Ducal doublé d'hermine mouchetée, au costé gauche le sifflet de l'Admirauté, & aux pieds l'ancre. Le conuoy se fit aux Augustins, auquel furent conuiées les Cours souueraines, auec tout ce qu'il y auoit pour lors d'Ambassadeurs, de Cardinaux, de Princes & de Seigneurs, & auquel assisterent tous les Ordres Religieux, & parmy les Capucins le nouueau frere Ange, puisné du defunct, qui monstra là sa constance, & fit voir vn visage indifferent dans tout cét appareil lugubre, quoy que la pluspart des autres Religieux fondissent en larmes. L'Oraison Funebre y fut faite par Roze Euesque de Senlis, qui mesla de l'inuectiue dans le panegyrique, & duquel ny le Roy ny les parens du defunct n'eurent pas suiet d'estre contens; comme en fait foy l'extrait qui suit, d'vne depesche du Cardinal de Ioyeuse écrite de Rome. *La splendeur & magnificence des funerailles qu'il a pleu à V. M. faire à mon frere, a comblé & couronné les infinies obligations qu'il auoit à vostre liberalité & bonté, & nous a de plus en plus obligez, nous qui luy auons suruescu, à viure & mourir à son exemple, comme nous ferons à toutes occasions pour vostre seruice. Et celuy qui s'est porté si mal en l'Oraison Funebre, n'a pas tant osté de la grandeur de l'acte & de l'honneur que V. M. a voulu faire à la memoire du defunct, comme il a adiousté à l'opinion & experience qu'on a long temps y a, qu'il n'y a auiourd'huy gens plus passionnez, violens & seditieux, que ceux qui ont deuoir, obligation & profession d'enseigner & prescher tout le contraire. Si i'oy parler par deçà du ressentiment que V. M. en a fait, & qu'elle sera contrainte de faire cy-*

Memoire MS. de la Biblioth. de M. du Puy p. 324.

Vie du P. Ange ch. 5 p. 106.

Lettr. MS.

aprés enuers ses semblables, ie ne faudray à dire ce qu'elle me commande.

Par cette mesme lettre il se voit comme quoy nostre Cardinal se sentoit obligé de si grands honneurs rendus à la memoire de son frere, ou plustost consolé d'vne mort si sensible, sur le suiet de laquelle le Roy luy auoit desia fait témoigner ses vifs ressentimens par Mr l'Ambassadeur resident à Rome, & dépéché mesme vn Gentilhomme exprés auec lettres écrites de sa main. Ce qui luy fit redoubler sa fidelité & son zele au seruice d'vn Prince si reconnoissant & si munifique, lequel ayant l'année d'aprés fait mourir le Cardinal de Guyse & emprisonner celuy de Bourbon, ne donna pas peu d'affaires au Cardinal Protecteur à tâcher d'excuser à Rome ce procedé, & reietter toute la faute sur les Guyses, & sur les Ligueurs, qui auoient contraint Sa M. par leurs attentats, de faire voir des effets extraordinaires de sa iustice, ou au moins de sa puissance, & de venger en fin son authorité Royale qu'ils auoient si souuent violée. Mais le Pape, qui estoit tousiours Sixte V. n'estant pas satisfait de telles excuses, & estant d'ailleurs animé par les Partisans tãt de l'Espagne que de la Ligue, ne laissa pas aprés trois ou quatre mois d'interualle, de proceder contre le Roy par Monitoire, lequel estant datté du 3. May 1589. ne fut neantmoins publié que trois semaines aprés, ny affiché aux portes de S. Pierre & de S. Ian de Latran que le 14. du mesme mois. Si bien que dans cét entre-temps le Cardinal de Ioyeuse eut loisir de pouruoir à ce qu'il crut estre de la reputation, & de l'honneur de la France ; & se retirer auant cette publication à Venize, où la Seigneurie qui entretint tousiours genereusement, nonobstant tous ces troubles, son alliance auec le Roy, le logea assez magnifiquement à S. George. Dans laquelle retraite & durant ce relasche forcé que luy donnoient les affaires, son plus ordinaire entretien estoit auec les gens de lettres, & particulierement auec Arnaud d'Ossat son Secretaire, & depuis Cardinal, outre lequel il y en a qui luy marquent encore pour domestiques Genebrard Docteur en Theologie, & depuis Archeuesque d'Aix, & Bonnaud aussi Docteur en

Thuan Histor.lib. 95. p.429.& de vita sua lib. 4.p. 62.

Elog. MS. Montereul.

D ij

Theologie, & depuis Euefque de Mirepoix : & mefme le
Prefident de Thou rapporte, que s'eftant rencontré en ce
mefme temps à Venize, il ne bougeoit prefque du Palais
de noftre Cardinal, & qu'ils entendoient prefque tous les
iours enfemblement la Meffe du Pere Ange de Ioyeufe, qui
y eftoit auffi, & logeoit pareillement proche de là à S. Roch,
qui eft vn Monaftere des Capucins.

Thuan.
Monter.

Il receut à Venize les nouuelles de la mort fanglante &
precipitée du Roy Henry III. fon bon maiftre, & fur l'o-
pinion qu'il eut d'abord que les Princes & la Nobleffe s'v-
niroient dans cette rencontre pour venger coniointement
vn fi execrable parricide, il creut qu'il ne luy feroit pas encore feur de retourner en France durant de fi eftranges def-
ordres, & qu'il luy feroit plus feant d'attendre à Rome,
où il fe retira auffi-toft, à iuger des coups, & à obferuer de
loin l'agitation & le progrez des affaires de France. Lefquelles ayant pris vn autre cours qu'il ne s'imaginoit, il
preiugea fort bien que fon feiour feroit deformais inutile
de là les monts, mais qu'il ne feroit pas tout à fait infru-
ctueux icy en France, tant pour l'appuy de fa maifon dont
eftoit chef Antoine-Scipion de Ioyeufe, fon frere, que
pour le fouftien de la Religion & de l'Eglife affaillie im-
punement dans tout le Royaume, mais particulierement
de là la Loyre: & il fe rendit ainfi en Languedoc à deffein de
refider dorefnauant à Thoulouse, fon nouuel Archeuéché,
dont il n'auoit pas encore pris poffeffion, & où voulant ré-
tablir autant qu'il pourroit la difcipline, & la reforme Ecclefiaftique, il y fit affembler vn Synode Prouincial, &
renouueller d'vn commun accord des Euefques Suffragans
vn bon nombre d'anciens Reglemens & de Conftitutions
Canoniques.

Memoir.
MS. de la
Biblioth.
de M. du
Puy n. 661.

Il y en a d'autres qui foupçonnent qu'il ne quitta pas le
feiour de Rome, fur l'opinion qu'il eut qu'il feroit moins
vtile à fon party en cette Cour-là qu'ailleurs; mais qu'ayant
deffein de ne paroiftre point mêlé, s'il pouuoit, dans toutes ces intrigues, il crut qu'eftant en France il ne laifferoit
pas de feruir à Rome la Ligue auec autant d'efficace, & plus
de fecret, par le moyen du Pere Ange fon frere. Lequel

ils difent qu'il y fut chargé en ce mefme temps-là d'vne negotiation tres-importante au nom de Monfieur de Ioyeufe, leur frere, & de Monfieur de Nemours, dont le deffein eftoit, fuppofant la diffipation de l'Eftat infaillible, de partager entre eux le Languedoc & le Lyonnois, ou au moins d'en recueillir le débris fous le bon plaifir du Pape, qui mettoit à conuert, par le moyen de cette Ligue, fon Comté de Venaifcin ; & ne pouuans goufter l'irruption du Duc de Sauoye en Prouence, ils firent propofer à Monfieur de la Valette d'eftre de la partie auec eux, & ils luy enuoyerent offrir de l'ayder à chaffer le Sauoyard de la Prouence pour s'en accommoder luy-mefme, & fe foûmettre tous enfemble à vne protection du Pape, tandis que le Roy n'eftoit pas encore reconcilié à l'Eglife. Le P. Ange vit pour cét effet en paffant le fieur de S. Canat à Pertuys, où il fit mefme quelque feiour en attendant l'aueu tout entier, & le plein confentement dudit fieur de la Valette, pour qui Tabaret faifoit les entremifes & principaux meffages. Mais l'on vit prefque en vn moment tous ces beaux deffeins de Principautez imaginaires diffipez par l'emprifonnement du Duc de Nemours, & par la mort violente, tant de la Valette que de Ioyeufe.

Celuy-cy qui ne prenoit les ordres que de luy-mefme, & auoit quelque but ou intereft feparé de celuy de la Ligue, ayant fait d'affez heureux progrez, & d'affez illuftres conqueftes en Languedoc, où il eftoit quelque chofe de plus que Gouuerneur & Lieutenant general, fe refolut d'affieger Villemur en Quercy, petite ville diftante fort peu de Montauban ; d'où neantmoins il luy fallut leuer le fiege affez precipitamment à caufe du paffage de Monfieur d'Efpernon qui alloit en Prouence, & s'eftoit détourné exprés du droit chemin pour le combattre, ou au moins pour luy donner ialoufie. Mais il y remit auffi-toft aprés le fiege, & fe promettoit mefme de l'emporter affez facilement à caufe de la foibleffe de la garnifon qui n'eftoit que de trois cens hommes, comme il euft pû faire fans la preuoyance & la valeur de Monfieur de Themines, lequel pour fauuer cette place, fe hazarda d'y introduire luy-mefme du fecours,

Thuan. lib. 103. p. 238. &c. Dauil. l. 13. p. 816. &c. Montgr.

& s'y enferma effectiuement auec quelques volontaires.
Ce qui en ayant rendu le siege beaucoup plus difficile,
Ioyeuse ne laissa pas de bien esperer tousiours de son entreprise, & la poursuiuit de là en auant auec d'autant plus de
chaleur & d'effort qu'il y rencontroit d'opposition & de defense. C'est pourquoy le Duc de Montmorency Gouuerneur pour le Roy dans la Prouince, donna ordre à Lecques,
à Chambault & à Montoyson de s'approcher auec leurs
troupes pour luy faire leuer le siege : mais ayant esté au deuant d'eux auec sa caualerie seule, ils en vinrent aux mains,
& neantmoins auec peu d'auantage de part & d'autre, si ce
n'est que ceux-là n'ayant pû auancer, furent contraints necessairement de rebrousser sur leurs pas. Laquelle retraite estant prise par Ioyeuse pour déroute, ou au moins pour
fuite, il retourna comme en triomfe au siege, fit allumer des
feux par tout le camp en signe d'allegresse, & tâcha par diuers autres moyens de décourager les assiegez, leur faisant
croire qu'il auoit entierement défait le secours. Et il se
comporta à peu prés comme s'il en eust esté persuadé luy-
mesme, ayant relâché quelque chose de sa vigilance ordinaire, & dispersé imprudemment sa caualerie dans les vil-
lages circonuoisins. Laquelle n'ayant pû ainsi rassembler
assez promptement lors que les Royaux grossis de nouuelles troupes le vinrent attaquer derechef iusques dans ses
retranchemens : il y receut d'abord vn assez notable échec
& se vit contraint de combatre entre la premiere & seconde tranchée ; où neantmoins la victoire ayant esté quelque
temps douteuse, Themines la fit incliner tout à coup, par
le moyen d'vne sortie, & chargea si à propos les assiegeans
pris ainsi par deuant & par derriere, que ne voyans plus
d'esperance de salut pour eux que dans la fuite, ils se preci-
piterent à qui gagneroient les premiers leur pont de batteaux qu'ils auoient fait sur le Tarn ; lequel s'estant rompu
pour n'estre pas bastant de supporter vn si grand faix, &
vne foule si extraordinaire, il y en eut presque autant de
noyez dans cette riuiere que de tuez au champ de bataille.
Le Duc de Ioyeuse qui se retiroit en bel ordre, ayant trouué le pont rompu, voulut gueer la riuiere à cheual & armé

comme il estoit ; mais la foiblesse de son cheual qui estoit
fatigué du combat, n'ayant sceu resister à la rapidité de
l'eau qui commençoit à s'enfler de corps morts, il courut
pareille fortune que les autres, & fut ainsi défait & noyé,
non seulement en mesme mois d'Octobre, mais aussi en
mesme iour 20. auquel cinq ans auparauant le Duc Anne
de Ioyeuse, & le Marquis de S. Saũueur, ses freres, auoient
esté défaits & tuez à Coutras.

La nouuelle de cette défaite estant portée à Thoulouze
remplit aussi-tost toute la ville de consternation, chaque ordre croyant auoir perdu en Monsieur de Ioyeuse son defenseur ; & ils deploroient d'autant plus son destin ou son
infortune, qu'ils voyoient cette illustré & genereuse famille comme esteinte en luy : car il ne luy restoit plus que deux
freres, le Cardinal & le Capucin, qui se trouuerent pour
lors tous deux à Thoulouze. Le Cardinal ne fit point difficulté d'accepter le Gouuernement de la Prouince, qui luy
auoit esté decerné par le Parlement ; mais il s'excusa de la
conduite des armées dont ils le vouloient aussi charger,
sur son inexperience, & qu'il luy seroit non seulement honteux, mais aussi hazardeux de se mesler d'vn mestier si important & si difficile, sans en auoir fait auparauant l'ap-
prentissage. Surquoy la pluspart des Capitaines ou Officiers de l'armée qui se voyoient sans General & sans Chef,
s'estans assemblez le lendemain en son Palais, le sollicite-
rent puissamment, puisqu'il ne luy plaisoit pas d'endosser
les armes, qu'il eust à enioindre au P. Ange, auparauant
Comte de Bouchage, de quitter le Cloistre & de reprendre pour quelque temps la profession militaire en laquelle
il s'estoit desia autrefois signalé. Ce qu'il ne trouua pas
mauuais ny incompatible auec la deuotion & le zele tout
de feu du P. Ange ; mais il crut qu'il falloit auoir son consentement, pour lequel obtenir toute la Noblesse, Messieurs du Parlement & les Capitoulx le furent trouuer aux
Capucins, & le coniurerent, par ce qu'il y a de plus religieux & de plus saint au monde, qu'il se laissast toucher à
la desolation presente de son pays, & qu'il eust pitié d'vne
Prouince restée sans chef, & exposée comme en proye à la

Thuan.
Monter.
Vie du P.
Ange.

fureur & à la rage des Heretiques, qui se promettoient de triomfer bien tost de la Religion, & d'y eriger des trofées du débris des temples & des autels. A cela il repartit d'abord qu'ayant dit vn adieu si solemnel au monde, il ne pouuoit honnestement s'en dédire, & encore moins démentir ses paroles par des actions contraires; qu'il n'y auoit pas d'apparence que le salut d'vne Prouince, comme le Languedoc où il y auoit tant d'autres Seigneurs de valeur & de marque, dépendist absolument de sa sortie hors du cloistre, & que la Religion ne peust estre defenduë que par vn solitaire ou vn Religieux; en vn mot, qu'il n'y auoit rien de plus opposé à sa profession que l'art militaire, ny rien de plus éloigné de son repos & de sa solitude que la conduite d'vne armée. Puis se voyant trop importuné, il crut leur fermer tout à fait la bouche s'il leur remonstroit, comme il fit, qu'il ne pouuoit sans se rendre apostat, quitter l'habit qu'il auoit promis de porter le reste de ses iours, & qu'il mourroit plustost de mille morts, que de rien faire qui blessast sa conscience. Mais il s'engagea luy-mesme où ils l'attendoient : car luy ayant pareillement témoigné qu'ils n'auroient eu garde de le solliciter d'vne chose où il y allast de son honneur & de sa conscience, ils promirent de luy rapporter au premier iour l'attestation des Theologiens, & mirent cependant des espions & des gardes secretes à l'entour du Conuent, de crainte qu'il ne s'enfuist, & n'eludast par sa retraite, puisqu'il ne pouuoit pas autrement, leurs importunitez & leurs instances.

Les Theologiens donc, parmy lesquels estoient les Curez de la ville, & quelques Prelats de la Prouince; s'estant assemblez sur ce suiet dans la salle de l'Archeuesché, conclurent tous vnanimement que le Comte de Bouchage ne pouuoit pas seulement en saine conscience sortir de cloistre pour se charger de l'intendance & du soin de la guerre, & prendre en main la defense de la Religion, qui couroit fortune de se perdre; mais mesme qu'il y estoit obligé sous peine de peché mortel & de damnation de son ame. Lequel resultat les Thoulouzains ne manquerent pas aussi-tost de porter aux Capucins au nombre d'enuiron trois

mille

mille, ou mesme, selon d'autres, au nombre de quatre à cinq mille, qui n'estans plus capables de raison, mais de fureur, se déborderent licentieusement dans les iardins & dans le cloistre, & menacerent tumultuairement de mettre le feu au Monastere, si on ne leur restituoit à l'heure mesme celuy en qui ils auoient desormais toute leur esperance. Si bien qu'ils l'emmenerent bon-gré mal-gré dans l'Archeuesché, où le Cardinal son frere luy confirma la resolution & le decret des Theologiens ; en consequence duquel ayant deuétu le lendemain l'habit de Capucin, & pris le deüil seculier auec l'épée que le mesme Cardinal luy ceignit, il parut ainsi en public, & fut à la Messe parmy les acclamations de tout le peuple, qui ne pouuoit se saouler de le voir, ou plustost de l'admirer. Puis ayant esté conuié par quelques Conseillers deleguez du Parlement de se trouuer au Palais, il'y fut declaré Gouuerneur de la Prouince coniointement auec le Cardinal son frere, & chargé particulierement de l'intendance & de la conduite des armées, comme celuy-là l'estoit de la direction & du soin des affaires.

Au reste la conscience de ce nouueau General d'armée ne pouuant pas estre tout à fait en seureté auec ce decret seul & sans la dispense du Pape, le Cardinal écriuit aussi-tost en sa faueur à Rome, & supplia par lettres sa S. de luy accorder en consideration de leur famille, qui auoit si bien merité de la Religion & du S. Siege, qu'il pust non seulement porter l'habit seculier & l'épée, mais aussi (à ce qu'ont voulu dire quelques-vns) se marier, & laisser aprés luy d'autres Seigneurs de Ioyeuse, qui fussent tousiours prests de répandre leur sang, comme leurs ancestres, pour la defense de l'Eglise. Mais le Pape se garda bien d'accorder ce dernier poinct, si tant est qu'il ait esté demandé, comme on doute bien fort, & sa S. luy permit seulement dans vne conioncture si pressante d'endosser les armes & de combatre les Heretiques, comme auoient fait ses freres. Laquelle dispense n'estant pas assez ample au gré du Cardinal, il ne manqua pas dans le voyage qu'il fit l'année d'aprés en Italie, d'en solliciter vne nouuelle auprés du S. Pere,

Lettr. de M. de Maisse MS. de la Bibliot. de M. du Puy. n. 245. f. 36. D'Ossat liu. 1. lettr. 17. p. 103. & 111. Brousse ch. 7. p. 145.

E.

qui le transfera par sa Bulle du mois de Iuin 1594. de l'Ordre de S. François d'Assise à celuy de S. Ian de Ierusalem, *Pour y tenir lieu & rang de Prestre & non de Cheualier, auec permission neantmoins de pouuoir pendant la guerre se vestir de court, porter l'épée, commander aux gens de guerre, & gouuerner cette Prouince-là*; & commit l'execution de cette Bulle à l'Euesque de Lodesue, lequel assisté d'vn Commandeur de Malthe, luy donna solemnellement la croix blanche au grand contentement de tout l'Ordre. Mais cette restriction, *pendant la guerre*, n'estant pas encore au goust du Cardinal, qui preuoyoit bien que la guerre non plus que le pretexte ne dureroit pas tousiours, & qui craignoit par ce moyen de perdre vne seconde fois ce cher & vnique frere, il obtint au commencement de May 1595. vne troisiéme dispense de sa S. *à ce que sondit frere, nonobstant ledit lieu & rang, pour toute sa vie & en tout temps, tant de paix que de guerre, peust aller vestu de court, porter l'épée, tenir gouuernemens & tous honneurs & dignitez seculieres, tant militaires que ciuiles.*

Monsieur de Ioyeuse cependant ne laissoit pas de maintenir tousiours son party en Languedoc, & d'empécher le plus qu'il pouuoit qu'Henry IV. n'y fust reconnu auparauant que sa côuersion eust esté approuuée par le S. Siege. Neantmoins il se trouuoit assez embarassé à contenir les peuples, qui se laisserent emporter desormais à leur pieté, ou inclination naturelle enuers leur Prince, lequel ils sçauoient estre Catholique; & il fut obligé pour retenir la ville de Thoulouze, qui estoit sur le poinct de se declarer, d'en chasser vne partie du Parlement qui ne respiroit plus que la liberté de pouuoir publier ses sentimens conformes aux loix fondamentales du Royaume, & qui au partir de là s'estant retiré à Castel Sarrazin tâcha en suite d'y animer par ses sages decrets les dernieres & miserables reliques de la puissance & de l'authorité Royale.

Laquelle nouueauté, ou lequel mouuement, qui se fit le onziéme Auril 1595. rendit les desseins de Monsieur de Ioyeuse bien fort suspects, & décria mesme le procedé du Cardinal, de qui les Courtisans se dispenserent en suite de iuger selon leur caprice, & d'accuser ou defendre comme

Dauil. lib.
15. p. 995.

bon leur fembloit la paffion qu'il témoignoit dés-lors de fe
vouloir foûmettre à l'obeiffance du Roy. Ce qu'on ne doit
pas trouuer eftrange, puifqu'encore auiourd'huy il y a peine à le iuftifier enuers la plufpart qui le blafment d'auoir
efté l'vn des plus opiniaftres & plus paffionnez Ligueurs, &
luy reprochent pour cét effet tant le procedé de fes freres,
que le fien propre, & les fecretes negotiations qu'il pourfuiuoit à Rome; d'où il eft conftant qu'il entretenoit cor- **Memoir.**
refpondance auec Monfieur de Montpezat, que le Duc **MS. de la**
de Mayenne auoit enuoyé en Efpagne fur le fuiet de l'éle- **Biblioth.de**
ction d'vn Roy de France, comme il fe voit par la depeche **M. du Puy**
fuiuante. **n. 88.**

A MONSIEVR DE MONTPEZAT,
à Madrit.

MONSIEVR, *l'ay veu par lettres de celuy qui eft à Ma-
drit pour moy, qu'on vous y attendoit enuiron le 12. du
mois paffé, qui me fait efperer que nous aurons bien toft le bien de
receuoir de vos nouuelles, que nous attendons en grand deuotion,
parce que vous eftes au lieu où eft le premier mouuement qui fait
mouuoir tout le refte, & duquel toutes chofes dépendent, & qui
nous peut donner lumiere en noftre negotiation, parce que la refolution dépend de celle que vous ferez de là. Ie vous puis feulement auifer que fa Saincteté continuë toufiours en la ferme refolution que vous fçauez qu'il fit publiquement en vn Confiftoire auant
que Monfieur de Neuers partift, qui eft de ne receuoir point le Roy
de Nauarre, attendu fon impenitence, le fcandale & le peril de la
Religion. Elle nous a confirmé cela mefme dans nos audiences, &
dit attendre le mariage de l'Infante: & pour les forces, qu'on peut
attendre ce que fa M. Catholique luy en mandera depuis auoir
parlé à vous: à qui donc toutes chofes eftant remifes, ie ne vous
amuferay pas dauantage que pour prier Dieu, Monfieur, qu'il vous
conferue en bonne fanté.*

Voftre tres-affectionné coufin à vous feruir
FR. CARD. DE IOYEVSE.

De Rome le 15.
Feurier 1594.

E ij

Thuan. de vitâ suâ lib. 4. p. 62.
Neantmoins il vaut mieux s'arrester au témoignage du Président de Thou, qui remarque de luy en termes exprés, que pour auoir esté Ligueur il n'auoit iamais esté factieux, & que s'estant engagé dans ce party par la consideration de sa dignité & de sa naissance, plustost que par interest, ou par mauuaise volonté, il y auoit lieu d'excuser ses fautes particulieres, bien loin de le charger de celles des autres, dans lesquelles il n'auoit pas le plus souuent aucune part. Et de fait, au dernier mouuement de Thou-louze Mr de Ioyeuse luy ayant mandé aussi-tost ce qui en estoit, & dépéché mesme vn Gentilhomme exprés pour l'informer de bouche, luy qui reconnoissoit que cette entreprise estoit trop hardie, & demandoit bien d'autres forces que celles de son frere, qui n'y pourroit gagner que la malueillance des plus considerables, tant de la ville que du Parlement, & que d'ailleurs l'on n'auroit garde d'aiou-ter foy à ses protestations de fidelité & à ses promesses, tant que celuy-là agiroit de la sorte, il luy renuoya au plustost le mesme Gentil-homme auec charge de l'exhor-ter de sa part qu'il eust à pacifier le mieux qu'il pourroit les affaires, & à moyenner de bonne heure son accord, s'il vouloit preuenir la honte & la ruine de leur famille.

D'Ossat liu. 1. lettr. 20. p. 118.

Ambass. du Perron liu. 1. p. 17.
Il luy dépécha encore à cette mesme fin vn second ex-prés, aprés que le Roy se fust reconcilié auec le Pape, pour l'inuiter par son exemple à ne point capituler auec son Prince, luy témoigner le déplaisir & le chagrin que luy causoit cette des-ynion, & luy remonstrer qu'il ne pour-roit plus auoir de pretexte de continuer la guerre à sa M. aprés vne absolution si solemnelle. A laquelle les Espa-gnols & les factieux s'estant opposez de tout leur possible, nostre Cardinal qui n'estoit ny l'vn ny l'autre, la sollicita ef-ficacement au contraire, & declara auec non moins de ge-nerosité que de prudence, dans le Consistoire, lors que le Pape luy en demanda son auis, que quoy qu'il n'ignorast pas que l'absolution baillée dans la conioncture presente preiudicioit extrememét à Monsieur de Ioyeuse son frere, qui n'auoit pas encore mis les armes bas, qu'elle importoit neantmoins si fort pour le salut de la France, l'auantage de

D'Ossat liu. 1. lettr. 29. & liu. 2. let-tr. 39.

la Religion Catholique, & le bien de toute la Chreſtienté,
que non ſeulement il eſtoit d'auis qu'on la baillaſt, mais
qu'au hazard meſme de ſon propre frere, & de toute leur
Maiſon, il ſupplioit inſtamment ſa S. de ne la plus differer.
Auſſi fut-il le premier dans Rome à en chanter le *Te Deum*
à S. Louis des François incontinent qu'elle fut baillée; à
mettre les armes du Roy ſur la porte de ſon Palais, & à
faire les feux de ioye, & les autres ſignes d'allegreſſe. Laquelle generoſité obligea en ſuite le Roy de luy continuer
la charge de Protecteur de nos affaires, quoy que ce ne fuſt
pas le ſentiment de quelques-vns, qui euſſent voulu rendre ſa fidelité ſuſpecte; mais d'Oſſat autrefois ſon Secretaire, le ſceut ſi bien iuſtifier dans vne de ſes lettres, qu'il
rentra d'abord auſſi auant dans la confidence d'Henry IV.
qu'il auoit eſté dans celle de ſon Predeceſſeur, & tira ainſi
vn fort illuſtre auantage de cette eſpece d'apologie, qui
nous apprend force particularitez que le public ſans cela
euſt bien pû ignorer. Quant aux voſtres, *écrit-il à Mon-* »
ſieur de Villeroy, la principale & quaſi ſeule choſe à laquelle »
i'ay à répondre, eſt celle qui concerne Monſieur le Cardi- »
nal de Ioyeuſe. Surquoy auant que de paſſer outre, ie vous »
ramenteuray comme lors que la Protection luy fut donnée »
par decez de Monſieur le Cardinal d'Eſte, le feu Roy & »
vous me commandaſtes de ſeruir ſa M. prés de luy, à »
quoy i'obeys, & il me traitta touſiours auec toute la dou- »
ceur & honneur poſſible, & auant qu'il fuſt ſix mois me »
donna le Prieuré de S. Martin du vieux Belleſme; & aprés »
la mort du feu Roy, s'en eſtant retourné en France, encore »
qu'il ſe miſt du party auquel eſtoit ſon pere, ſon frere, & »
la ville de Thoulouze, dont il eſt Archeueſque, toutefois »
il n'a laiſſé de me monſtrer en ſon abſence la meſme affe- »
ction, ny de ſe fier de moy en ce qui eſtoit de ſon particulier, »
& qui ne touchoit la querelle publique; & de ma part ie luy »
ay touſiours rendu toute la gratitude & reuerence poſſible, »
& ſeruice auſſi en ſon particulier quand il s'en eſt preſenté »
occaſion: c'eſt pourquoy mon témoignage pourra mainte- »
nant eſtre eſtimé de peu de poids, auquel auſſi ie ne m'in- »
gererois ſans voſtre commandement. Et neantmoins ie »
E iij

« vous iure en foy d'homme de bien, que si ie sçauois qu'il
« fist quelque chose contre le seruice du Roy, & contre le
« bien public du Royaume, ie ne le vous celerois point,
« pource que mon premier deuoir & serment aprés Dieu,
« est au Roy, & à ma patrie : mais Dieu m'est témoin que de
« toutes ces choses qu'il vous a pleu m'écrire qu'on soup-
« çonne de luy, ie n'en sçay rien, encore que ie croye bien
« qu'il aura fait tout ce qu'il aura pû pour faire auoir à son
« frere les meilleures conditions qui se pourroient. Au con-
« traire, ie puis & dois en cette occasion luy porter témoi-
« gnage de verité, que depuis qu'il arriua à Rome il y a vn
« an, ie luy ay tousiours oüy tenir tous bons propos de paix &
« d'accord, & qu'il m'a tousiours fait bonnes les raisons que
« ie luy alleguois pour le bien & repos de la France, a plu-
« sieurs fois demádé, & monstré de suiure mon auis de ce qu'il
« deuoit faire & dire au Pape ; & s'estant Monsieur de Mayen-
« ne plaint à luy par lettres, iusques à taxer son integrité, de
« ce qu'il y auoit de ses deputez, & de son frere, & de la ville
« de Thoulouze à la Cour ; il me communiqua la lettre qu'il
« luy récriuoit, & me commanda de luy minuter vne partie
« de sa réponse, par laquelle il me disoit luy vouloir persua-
« der de s'accorder luy-mesme. Ce que ie fis de fort bonne
« ancre, pource que cela tournoit au seruice du Roy & du
« public. Et encore dernierement auant que i'eusse receu
« la copie qu'il vous a pleu m'enuoyer de la lettre que le
« Roy luy écriuit le 28. Nouembre, il m'en auoit enuoyé de
« Gennes l'original par son Medecin appellé Monsieur
« Mercier, afin que ie disse audit sieur Mercier qui auoit à
« parler au Pape d'autres choses dudit Cardinal, ce qu'il me
« sembleroit qu'il en deuroit dire à sa S. ce que ie fis, & le
« luy baillay par écrit en Italien, comme il me sembla qu'il le
« deuoit dire pour plus grand contentement de sa S. & ser-
« uice de sa M. Et n'a pas esté que ie n'aye plusieurs fois pésé
« & regardé si ces choses se feroient à cautelle pour couurir
« d'autres desseins ; mais en vn fort long temps, & en vne
« grande varieté de choses & de rencontres, ie ne me suis ia-
« mais pû apperceuoir qu'il y eust rien qui allast de trauers.
« Aussi m'ayant dit plusieurs fois ledit Cardinal auant que

de partir d'icy, qu'il faifoit bon office auprés du Pape &   „
d'autres pour l'abfolution du Roy, ie l'ay creu, non pas   „
fimplement pource qu'il me le difoit, mais pource que ie   „
fçay bien qu'il a de l'entendement beaucoup, & qu'il   „
connoift tres-bien en quoy confifte fon profit & fon hon-   „
neur, & qu'il voyoit bien, depuis la reduction de Paris   „
mémement, qu'il en falloit paffer par là, & qu'il eftoit ne-   „
ceffaire auffi pour fon particulier que luy & fon frere s'ac-   „
commodaffent fous peine d'eftre ruinez: & eftimoit qu'il   „
luy feroit plus d'honneur & de reputation par deçà, &   „
auprés de ceux qui reftent de leur party, fi leur reconcilia-   „
tion particuliere eftoit couuerte de la publique du Roy   „
auec le S. Siege. C'eft pourquoy ie l'ay creu alors, & efti-   „
me encore à prefent, qu'vn homme fi accort & fi caut   „
comme il eft, n'aura pû depuis entendre à ces chofes irreuf-   „
fibles & par trop dangereufes, mais bien à toutes condi-   „
tions auantageufes & feures pour fondit frere & leur Mai-   „
fon; & qu'vne grande partie de ce que l'on en dit, pourroit   „
bien prouenir de la défiance ou haine qu'on a encore du   „
paffé, ou du defir de luy faire fucceder quelque autre en la   „
charge de Protecteur. Si on luy doit laiffer la Protection   „
ou non, ie m'en remets à ce que le Roy & vous en iugerez   „
trop mieux. Mais puifqu'il vous a pleu en fçauoir mon auis,   „
ie vous diray premierement que la façon de fa reduction   „
me femble fort confiderable; car tout auffi-toft que le Roy   „
l'euft honoré d'vne fienne lettre qu'il me communiqua, il   „
luy récriuit, & le reconnut pour fon Roy, fe foufcriuant   „
fon tres-humble & tres-deuot fuiet & feruiteur, fans aucu-   „
ne capitulation ny paction prealable. Ce qu'il fit, non par   „
fimplicité ny par inaduertence, mais comme ie fçay tres-   „
bien auec qui il en delibera, par certaines affeurances   „
qu'il prit de la generofité & magnanimité du Roy, que fa   „
M. ne le traitteroit point moins fauorablement que ceux   „
qui auoient voulu capituler & auoir des feuretez auant que   „
faire la deuë reconnoiffance. Au demeurant, il me femble   „
eftre pour feruir le Roy auffi bien qu'autre que ie fçache,   „
ayant de la prudence & dexterité autant que fon âge le   „
peut porter, & eftant fort aymé & eftimé du Pape. Et de   „

« ſa volonté, ie ne voy point qu'on ait à s'en douter aprés
« l'accord de ſon frere : outre qu'ils ne ſont que deux Pré-
« tres qui ne peuuent fonder aucun deſſein ſur leur poſteri-
« té : comme au contraire , ſi on luy oſte la Protection , ie
« croy qu'il ſera mal content toute ſa vie , ſe ſouuenant de
« n'auoir pû auec ſa prompte reconnoiſſance retenir ce que
« le feu Roy luy auoit donné, là où d'autres moindres que
« luy ont par opiniaſtreté & obſtination extorqué ce qui
« auoit eſté donné à d'autres : & comme eſt le naturel des
« hommes , luy, ſon frere , & leurs amis & ſeruiteurs ſeront
« plus marris de cecy qui leur a eſté oſté, qu'ils ne ſçauront
« de gré au Roy de tout le reſte qu'il leur aura laiſſé. Da-
« uantage , luy eſtant oſtée la Protection , il y en aura plu-
« ſieurs qui la deſireront, & ſe feront recommander par di-
« uers, dont il aduiendra qu'on en mécontentera encore d'au-
« tres qui auront eſté poſtpoſez au Protecteur nouueau, &
« déplaira-t-on encore aux Princes & Seigneurs qui les auröt
« recommandez ; là où ſi elle demeure à celuy qui l'auoit
« deſia, outre que luy & les ſiens demeureront contens, per-
« ſonne des autres n'aura à ſe plaindre qu'on l'ait laiſſée là
« où le feu Roy l'auoit colloquée. Ie ne veux mettre icy en
« ligne de compte qu'il eſt deſia tout remply de biens , &
« pourra ſeruir le Roy ſans auoir beſoin de l'importuner
« pour ſoy ny pour les ſiens, au lieu qu'il faudra remplir vn
« nouueau, & ſes parens, amis & ſeruiteurs. Cela n'eſt pas
« fort conſiderable en vn ſi grand Roy, qui a tant de moyens
« de bien faire. Mais ie conſidere bien , au pis aller, la faci-
« lité grande qu'il y a de ſe défaire d'vn Protecteur, quand il
« ne ſe porteroit bien , ou qu'il ne ſeroit plus agreable, eſtant
« choſe qui ſe peut faire à toutes les fois que l'on veut auec
« vne ſeule lettre , par laquelle le Roy luy écriue qu'il ne ſe
« méle de ſes affaires , & en ne luy écriuant plus auſſi. Ie con-
« ſidere auſſi, que la fonction principale de Protecteur eſt en
« matieres conſiſtoriales, auſquelles il ne peut rien alterer,
« & que les Ambaſſadeurs qui ont la direction des affaires
« d'Eſtat, ne leur en font part ſinon de celles que le Roy com-
« mande ; ou que bon leur ſemble. Il eſt vray qu'au Concla-
« ue c'eſt le Protecteur qui conduit le party du Roy ; mais
　　　　　　　　　　　　　　　　　　　　　　　auſſi

aüffi ne vois-ie pas pourquoy Monfieur le Cardinal de „
Ioyeufe, & tout autre Cardinal François qui n'a rien hors „
de France, ne doiue fuiure au Conclaue l'intention du „
Roy, aüffi bien qu'vn Cardinal Italien qui aura fes biens, „
& fes parens, amis & alliez, & toute fa fortune en Italie, „
& fes deffeins particuliers pour l'agrandiffement de fa mai- „
fon. Voila, Monfeigneur, ce que ie vous puis répondre: „
dequoy tant s'en faut que i'attende aucun gré du perfon- „
nage ny d'autres, qu'il ne fçaura iamais par moy que i'aye „
écrit tout cecy; & craindrois pluftoft que d'autres qui ne „
feront de cét auis, m'en pourroient fçauoir mauuais gré; „
outre que fi la Protection luy demeure, ie preuois qu'il „
pourra auoir quelque mécontentement de moy, pource „
qu'en ce cas il voudroit poffible m'attirer chez luy comme „
i'y ay efté autresfois, & ie fuis refolu de n'entrer mef-huy „
au feruice domeftique de luy ne d'autres. „

Aüffi toft aprés l'abfolution, il fit eftat de s'en venir en
France, & ayant eu pour cét effet fon audience de congé
du Pape le 30. Decembre, il partit de Rome trois iours
aprés, qui fut le fecond Ianuier 1596. Surquoy le fieur du
Pleffis-Mornay, & les autres Religionnaires qui eftoient
du Confeil, tafcherent d'allarmer le Roy, comme fi ce voyage euft efté quelque Legation fecrete, & que le Cardinal
euft efté chargé par le Pape de quelque negotiation preiudiciable à l'Eftat prefent des affaires, afin de rendre l'vn &
l'autre odieux à fa Maiefté. Mais l'affaire ayant efté exami-
née, il fe trouua moins de fondement que de malice en ce
foupçon, & il fe verifia que le Cardinal de Ioyeufe, comme s'il euft preueu ces faux bruits, n'auoit pas mefme voulu prendre aucunes lettres de recommandation de fa Sainteté, & auoit eu toutes autres fins à entreprendre ce voyage que l'on ne s'imaginoit. Il eftoit en doute fi le Roy luy
confirmeroit la Protection, & crut que s'allant recommander luy-mefme à fa M. il obtiendroit plus aifément la
continuation de cette charge, ou au moins qu'il éuiteroit
parfon abfence de Cour de Rome le creuecœur & la honte qu'il luy faudroit effuyer, fi l'on y faifoit choix en fa prefence d'vn nouueau Protecteur. Il defiroit d'ailleurs met-

Ambaff. du
Perron liu.
1. p. 33. & 50
D'Offatliu.
2. lettr. 37.
p. 165. & let-
tr. 45. p. 199
Memoir. du
Pleff. Morn.
t. 2. p. 429.

E

tre ordre à quelques affaires particulieres qui se ressentoient
bien fort des desordres passez , mais sur tout renouueller
de viue voix les protestations de fidelité & d'obeïssance
qu'il n'auoit encore faites que par lettres au Roy. Sa M. le
receut tres-bien au siege de la Fere où il la fut trouuer,
luy témoigna le dessein qu'elle auoit de se seruir de son
conseil pour les affaires publiques , & luy permit à peine
d'aller faire quelque seiour en son Archeuesché de Thoulouze, où tout commençoit à se calmer par le moyen de
l'accord conclu nagueres auec Monsieur de Ioyeuse son

Hist. d'Hé-
ry IV. par
Dupl. pag.
284.
Memoir.de
Cheuerny
p.320.

frere. Il auoit stipulé pour soy le baston de Mareschal de
France , & ramené en suite à l'obeïssance du Roy les villes
de Narbonne , Carcassonne , Alby, Gaillac, Castelnau-
d'Arry, & quelques autres ; outre Thoulouze capitale de
la Prouince, où la Cour de Parlement ne manqua pas de
s'aller restablir aussi-tost pour y exercer comme auparauant la Iustice.   Monsieur de Ioyeuse dernierement après

Memoir.
MS.de la
Bibliot.
de M. du
Puy n.
610.

"   qu'il eust fait la paix auec le Roy, *remarque le sieur de Bran-*
"   *tosme dans son Histoire* , & qu'il fallut rentrer dans Tholo-
"   ze, la Cour de Parlement qui s'en estoit fuye & retirée à
"   Castel-Sarrazin pour là y exercer la Iustice. Ainsi qu'elle
"   s'y acheminoit , mondit sieur de Ioyeuse estant allé ce
"   iour-là à la chasse sur leur chemin, fust qu'il eust fait à es-
"   cient ou autrement , voyant venir tous ces Messieurs de
"   ce corps , il picqua à eux pour les saluer tous. Ce qu'a-
"   prés auoir fait, il entreprit Monsieur le premier President,
"   & parlant à luy l'accompagna pour vn peu de chemin sans
"   prendre égard quelle main il tenoit , ou possible qu'il le
"   faisoit à poste. Le premier President d'alors luy dit, Mon-
"   sieur tenez vostre rang: Monsieur de Ioyeuse, qui est vn
"   tres-habile homme, il l'a bien monstré, luy répondit fort
"   habilement, Monsieur ie ne tiens point de rang quand ie
"   suis à la campagne, puis luy ayant dit & entretenu de quel-
"   ques autres mots ne touchans ce faict, & ayant encore fait
"   vn peu de chemin auec luy, il partit & luy dit seulement,
"   Adieu Mʳ le President, ne faillez pas de tenir & garder vô-
"   tre rang quand il faudra , & puis picqua & suiuit sa chasse,
"   & le planta là & sa trouppe. I'ay veu aucuns blâmer fort

cette curioſité de Monſieur le premier Preſident, de s'eſtre „
ainſi allé amuſer à contreroller le rang de Mʳ de Ioyeu- „
ſe, & que ce n'eſtoit là qu'il falloit dire ce mot, mais au „
lieu ſolemnel ou ceremonieux que l'occaſion s'y fuſt pre- „
ſentée. Auſſi euſt-il affaire à vn homme tres-habile, & qui „
luy fit réponſe de meſme, & qui en vn autre endroit n'euſt „
pas donné ce ſuiet à Monſieur le Preſident de luy faire te- „
nir rang, car il ſçauoit trop bien ſon deuoir & ſon entre- „
gent, lequel pour ce coup mondit ſieur le Preſident n'enten- „
dit pas bien. Car bien ſouuent ay-ie veu nos Rois & nos „
grands Princes allans par pays, & nous appellans ne fai- „
ſoient nulle difficulté de parler à nous, ou à main gauche, „
ou à la droite, ſelon la haſte ou le loiſir qu'ils auoient de „
parler à nous & nous entretenir, & nous ne faiſions non „
plus de ceremonies, ny obſeruions aucune curioſité de „
parler à eux, & tout eſtoit de guerre ou de rang. Voila „
pourquoy il fait bon de ſçauoir toutes choſes pluſ- „
que les ſciences & iuriſprudences : auſſi dit-on que tou- „
te la ſapience du monde ne ſe couure pas ſous vn bonnet „
carré.

De là on iugea bien puiſqu'il auoit deſiré par la paix vne
charge militaire, qu'il n'auoit plus de deſſein dans la ſoli-
tude, & qu'il faiſoit eſtat de reprendre ſes anciens exercices, & gouſter derechef des diuertiſſemens de la Cour, Brouſſ. ch.
comme il fit quelques trois ans : au bout deſquels il ſe re- 8. p. 165.
ſolut de renoncer vne ſeconde fois, mais pour iamais, au
monde, & à ſes intrigues, & attendit à executer ſa reſolution le ſecond Lundy de Careſme 1599. qu'il ſe retira la
nuict aux Capucins, après auoir laiſſé ſur la table de ſon cabinet vne forme de teſtament, & enioint à ſes valets de
Chambre de n'en ouurir la porte à qui que ce fuſt iuſqu'a-
prés le ſermon qu'on ſçauroit de ſes nouuelles, comme l'on
ſceut effectiuement par le moyen du P. Capucin qui preſ-
choit le Careſme à S. Germain de l'Auxerrois. Ce qui ſur-
prit encore vne fois Paris, n'y ayant pas lieu d'attendre
rien de ſemblable de ſes actions & deportemens exterieurs,
ſous leſquels ils prenoit peine de cacher ſon deſſein ; iuſ-
que-là que ce iour-là meſme il auoit accompagné par di-

uertiſſement vne lieuë hors de la ville Monſieur d'Eſpernon qui alloit trouuer le Roy à Monceaux, & il enuoya
auec luy vn de ſes Gentils-hommes chargé de la lettre qui
ſuit pour Monſieur le Duc de Montpenſier ſon gendre, par
laquelle il luy donnoit auis de ſa reſolution, & par meſme
moyen luy diſoit le dernier adieu.

Memoir.
MS. de M.
du Puy n.
88.

MONSEIGNEVR, Il pleut à Dieu dés l'année paſſée
me toucher le cœur, m'ouurir les yeux, & me faire recon-
« noiſtre le perilleux eſtat en quoy eſtoit mon ame viuante
« de la façon que ie faiſois, & eſtant comme ie ſuis Religieux
« Profez & Preſtre, dont le caractere ne ſe peut effacer. Et
« bien qu'il euſt pleu à noſtre S. Pere auoir agreable, que
« quittant l'habit de ma profeſſion, ie retournaſſe au monde
« pour y ſeruir à Dieu & à ſon Egliſe, & m'euſt par ſa diſpen-
« ſe, nonobſtant mon vœu, rendu capable de pouuoir tenir
« honneurs & dignitez ſeculieres ; neantmoins entrant plus
« particulierement en moy-meſme, & conſiderant à bon eſ-
« cient que l'intention de noſtre S. Pere lors qu'il me donna
« cette diſpenſe, fut ſur ce qu'on luy fit connoiſtre que la ne-
« ceſſité en eſtoit, comme à la verité elle eſtoit lors aſſez im-
« portante pour l'honneur de Dieu & bien de l'Egliſe, i'ay
« eu crainte que cette extrême neceſſité eſtant paſſée, qui
« ſeule iointe à la diſpenſe fut ſuffiſante de me faire ſortir
« hors de mon cloiſtre, Dieu qui ne peut eſtre trompé, & qui
« eſt ſcrutateur des cœurs, voire qui penetre iuſques au plus
« profond de nos penſées, & à qui nos ſecretes intentions
« ne peuuent eſtre cachées, ne me chaſtiaſt fort ſeuerement
« ſi ie demeurois plus long temps en l'eſtat auquel i'ay veſcu
« depuis quelques années. Car bien que la diſpenſe me per-
« miſt de viure au monde en habit ſeculier, il ne s'enſuit pas
« qu'il fuſt bon de continuer plus long temps cette vie. Car
« toutes les choſes qui ſont permiſes ne ſont pas touſiours
« expedientes, dautant qu'elles n'edifient pas. Il m'eſtoit
« donc permis, mais non pas expedient. Ie n'eſtois pas ab-
« ſolument en mauuais eſtat, pource qu'il m'eſtoit permis,
« mais i'eſtois en grand danger, parce qu'il eſtoit plus neceſ-
« ſaire pour le ſalut de mon ame d'eſtre autrement, & auſſi
« pour edifier mon prochain. Beny ſoit le Pere de miſeri-

corde qui me donna l'année paffée, comme ie vous ay defia "
dit, la lumiere & connoiffance de mon deuoir, & main- "
tenant de plus me donne la force & la refolution de l'e- "
xecuter. Car il faut que i'auouë que ie me laiffay empor- "
ter à la chair & au fang, fur ce que Monfieur le Cardinal "
me manda que quand il vous en auoit parlé, comme ie l'en "
auois fupplié, vous auiez monftré de ne l'auoir pas agrea- "
ble : Mais maintenant fortifié d'vne grace plus puiffante, "
ie puis hardiment dire, que par la feule bonté, faueur fpe- "
ciale & mifericorde diuine, non de moy-mefme, qui ne "
puis rien que pecher, ie triomfe à ce coup du diable & du "
monde, parce que ie fçay bien que ie fais vne chofe du tout "
éloignée & contraire aux regles de la prudence humai- "
ne, & que humainement & felon le cours des chofes du "
monde, on me pouuoit mettre beaucoup de raifons en "
auant, qui ne manquent pas de bons pretextes, pour me "
perfuader de le faire : n'eftoit que S. Paul m'apprend que "
la prudence humaine eft folie deuant Dieu, & que ce qui "
eft folie deuant les hommes eft tenu pour fageffe deuant "
fa diuine Maiefté. Pour vaincre la chair & le fang, ie me "
fuis reffouuenu d'vne fentence de laquelle ie me reffouue- "
nois fort en ma premiere conuerfion, que i'auois leuë dans "
vne Epiftre que S. Hierôme écriuoit, fi ie ne me trompe, "
à Conftantin, luy perfuadant de fe retirer en Religion, "
où il y a, (ie mettray les mots, car vous entendez le Latin) "
Licèt in limine iaceat pater, & fciffis veftibus vbera quibus te nu- "
triuerat oftendat mater, per calcatam matrem, pérque patrem fic- "
cis oculis ad vexillum crucis euola, folum pietatis genus eft in "
hac re effe crudelem. "

Le diable auffi a efté vaincu auec toutes les fugge- "
ftions & empefchemens qu'il a tâché de me mettre en la "
tefte, m'eftant vrayment refolu de le déchaffer en confide- "
ration de ce que i'apprens de noftre Seigneur mefme, "
Quid prodeft homini fi vniuerfum mundum lucretur, animæ verò "
fuæ detrimentum faciat? "

Ie m'affeure, Monfeigneur, que vous me ferez cét hon- "
neur de croire que ie n'ay rien fait que ie ne deuffe, prin- "
cipalement quand vous viendrez à confiderer qui nous "

« sommes, & qui est Dieu. Et si vn moindre que vous, vous
« auoit fait vne promesse, ne voudriez-vous pas absolument
« qu'il vous la tinst, & s'il faisoit autrement, ne le trouue-
« riez-vous pas mauuais? A plus forte raison donc ne dois-ie
« pas garder inuiolablement la promesse & vœu solemnel
« que i'ay fait à Dieu en face de l'Eglise, de demeurer tout le
« temps de ma vie en l'obseruation de la Regle que i'ay
« voüeé? Si i'y faillois ne m'en demanderoit-il pas iustement
« compte tres-estroit & tres-seuere le iour du Iugement?
« Cette vie est fort briefue & passe comme vne fumée, &
« l'autre est eternelle & sans fin, où nous ne recueillerons la
« recompense ou la peine, que selon les œuures que nous au-
« rons faites en celle-cy. Si tout cela ne vous émeut à le trou-
« uer bon, ie vous supplie tres-humblement vous imaginer
« que ie suis mort, comme il peut auenir tous les iours par
« vne infinité d'accidens de cette miserable vie, dont les
« exemples iournaliers ne nous font que trop de foy. Mais
« il y a en cecy, Dieu mercy, vne difference, c'est que si ie
« fusse mort en l'estat auquel i'ay vescu depuis quelque
« temps, i'estois en grand danger de damnation eternelle.
« Ce qui n'estant, i'espere que Dieu me fera la grace de pou-
« uoir faire penitence en ce monde de mes pechez. A quoy
« estant absolument resolu, comme ie m'y suis aussi absolu-
« ment reconnu obligé, i'ay estimé qu'il estoit plus à propos
« de le faire que de le dire. Pource qu'aussi bien toutes les
« raisons qu'on m'eust pû alleguer au contraire, n'eussent
« esté que paroles perduës, ausquelles il y auroit de l'offen-
« se de Dieu. Ne le trouuez donc pas mauuais, Monsei-
« gneur, ie vous supplie, & me faites cét honneur de croi-
« re que tant que ie viuray, où que ie sois, ie ne manqueray
« iamais de prier Dieu qu'il vous donne, Monseigneur,
« le comble de ses graces & benedictions en ce monde, & y
« ayant esté longues années, il vous comble de sa gloire en
« l'autre.
«

Vostre tres-humble & tres-obeyssant
seruiteur IOYEVSE.

Au reste le Cardinal ayant satisfait pleinement aux obligations de Prelat, & residé suffisamment en son Diocese,

il quitta le Languedoc pour s'en venir en Cour : où il se signala en mesme temps par quelques illustres emplois, & fit nommément la ceremonie des Fiançailles de Françoise de Lorraine fille vnique & heritiere du Duc, & de la Duchesse de Mercœur, auec Cesar Monsieur, depuis Duc de Vendosme dans le chasteau d'Angers, ayant fait auparauant à Nostre-Dame de Clery celle des Epouzailles d'Henriette Catherine de Ioyeuse, aussi fille vnique & seule heritiere d'Henry de Ioyeuse Comte de Bouchage & Mareschal de France, auec Henry de Bourbon Duc de Montpensier.

Et cependant se negotioient en Cour de Rome quelques affaires importantes à l'Estat & au Roy, pour l'acheminement desquelles sa M. crut que la presence du Cardinal Protecteur estoit necessaire d'autant plus que le Cardinal d'Acquauiua, à qui on auoit laissé la Viceprotection des affaires de France, ne s'en acquittoit pas autrement bien au gré de nos Ministres, & se monstroit vn peu trop respectueux enuers le Roy Catholique, dont il estoit né suiet. Le Roy donc luy ayant commandé de se rendre le plus promptement qu'il pourroit de là les monts, il se mit en estat d'obeyr, & prit son chemin par le Languedoc, & n'ayant aresté que huit iours à Thoulouze, & trois à Narbonne, il passa par la Prouence, dans le Piedmont, l'vne & l'autre de ces deux Prouinces également infectées de contagion. Ce qui ayant rendu son voyage plus difficile & plus long, il ne sceut arriuer assez à temps à Ferrare pour y trouuer le Pape, comme c'estoit son dessein : mais il luy fallut tirer droit à Rome, où il se rendit le 13. Feurier 1599. & fut baiser les pieds à sa S. vne demie heure aprés qu'il fut arriué : comme s'il eust voulu recompenser par la diligence presente les retardemens passez, ou plustost ménager iusques aux moindres momens du peu de temps qu'il preuoyoit dés lors qu'il employeroit en cette Cour là. D'où effectiuement trois mois aprés il fit demander au Roy congé de partir, sur la necessité pressante de ses affaires domestiques, qu'il ne pouuoit plus negliger sans les perdre. Neantmoins, pour pressé qu'il pust estre, il ne laissa pas

Hist. d'Henry IV. par Dupl. p. 331.
Hist. Genealog. de S. Matthe liu. 28. ch. 4. p. 317.

Memoir. MS. de la Biblioth. de M. du Puy n. 88.
Vita Peiresk. lib. 1. p. 27.
D'Ossat liu. 5. lettr. 163. 176. & 184.
Extrait de l'Ambass. de M. de Luxemb. 1597. MS.

d'y ſéiourner encore quelques mois, pendant leſquels reüſſit la diſſolution du mariage du Roy Henry IV. auec la Reine Marguerite, & il ne partit ainſi de Rome que la nuit d'entre le 25. & le 26. du mois d'Aouſt : Et meſme comme s'il eût oublié volontairement ſes intereſts particuliers tandis qu'il s'agiſſoit de l'intereſt public, il n'alla pas d'abord qu'il eût repaſſé les monts ſe retirer en Languedoc, où eſtoient neantmoins ſes affaires; mais il ſe rendit icy à Paris, où il receut & executa la Commiſſion du Pape, qui luy donnoit pouuoir conioinctement & à l'Archeueſque d'Arles, & au Nonce, de declarer le mariage du Roy nul, en cas que les faits alleguez ſe trouuaſſent veritables, & de

Memoir.
MS. de la
Biblioth. de
M. Camu-
zat.

iuger ſinon ſouuerainement au moins diffinitiuement vn procez, où il y auoit pour parties le Roy & la Reine ; & où furent éleus pour Promoteur Charles Faye Abbé Commendataire de l'Abbaye de S. Fuſcien au dioceſe d'Amiens, Chanoine de Noſtre-Dame de Paris, & Conſeiller au Parlement : pour Greffier, George Loüet Abbé Commendataire de l'Abbaye de Touſſaints au dioceſe d'Angers, Chanoine & Archidiacre en la grande Egliſe de cette meſme ville d'Angers, & auſſi Conſeiller au Parlement : pour Procureur du Roy, ſon Procureur general Iacques de la Gueſle : & pour Procureur de la Reine, Martin l'Anglois Maiſtre des Requeſtes de l'Hoſtel, & Edouard Molé pareillement Conſeiller au Parlement, pere de Monſieur le Garde des Seaux d'auiourd'huy.

Ce procez eſtant vuidé, comme il fut le Vendredy 17. Decembre 1599. quoy que la ſentence ne fuſt prononcée aux Procureurs des parties que le Mercredy 22. du meſme mois, le Cardinal de Ioyeuſe eut enfin quelque relaſche pour aller mettre ordre à ſes affaires particulieres qui l'appelloient, comme nous auons deſia dit, à Thoulouze ; où il eſtoit bien-aiſe d'ailleurs de faire de temps en temps quelque reſidence, pour auoir l'œil à la manutention des decrets qu'il auoit fait faire dans quelques Synodes pour la reforme de la diſcipline Eccleſiaſtique. Mais il n'y eut pas

Montereul. reſidé bien long temps, qu'il receut ordre de la Cour ſur la fin de l'année ſeculaire 1600. d'aller receuoir la Reine
Marie

Marie de Medicis qui abordoit à Marseille, & saluër des premiers vne si glorieuse & si illustre Princesse, à qui il ne manqua pas de rendre ses deuoirs, ny de l'accompagner iusqu'à Lyon, où se firent les épouzailles. Il est vray que sa residence fut plustost interrompuë pour lors que discontinuée, ayant repris incontinent aprés le chemin du Languedoc, d'où il entreprenoit ordinairement toutes ses expeditions & ses voyages.

La santé du Pape estant assez douteuse, & menaçant d'interregne le S. Siege, il eut ordre de partir pour Rome, comme il fit enuiron le mois d'Aoust 1603. & fut passer *incognito* par l'Allemagne à Vienne en Austriche, puis à Venize, où il ne se fit connoistre qu'à Monsieur le Nonce & à Monsieur l'Ambassadeur, & se rendit enfin à Rome auec vne Cour fort nombreuse & vn train fort magnifique, à dessein de releuer le plus qu'il pourroit la reputation Françoise en cette Cour. Où ayant seiourné quelques six mois, & voyant que la santé du Pape se fortifioit tous les iours de plus en plus contre l'opinion & contre l'attente vulgaire, il resolut de faire cependant vn voyage de peu de mois en France, & passa encore déguisé & en habit gris à Venize, pour assister *incognito* à la ceremonie de l'Ascense; au moins à ce que cinq ou six personnes diuerses qui le reconnurent, furent rapporter à Monsieur l'Ambassadeur, qui ne l'ose pas neantmoins debiter pour absolument vray, quoy qu'il ne doute pas d'asseurer *qu'il se plaisoit à voyager en petite compagnie, & dissiper son train en plusieurs trouppes pour éuiter les ceremonies, & estre plus libre à voir ce qu'il auoit enuie de voir.* Passion, qui n'a pas esté particuliere à luy seul, mais commune à plusieurs autres grands personnages, & nommément aux Cardinaux André d'Austriche, & Ian de Medicis, depuis Pape, sous le nom de Leon X. comme nous auons desia remarqué ailleurs dans leurs eloges ou leurs vies.

Estant donc promptement retourné à Rome, le S. Siege vint trois ou quatre mois aprés à vacquer par le decez de Clement VIII. qui donna lieu au Conclaue. Où comme Protecteur ayant eu la conduite & le soin de nos inte-

G

D'Offat liu. 9. lettr. 346. & 353. Ambaff. de Frefne-Canaye t. 2. part. 1. p. 151. 167. & part. 2. p. 244.

Monter. Ambaff. de Cañaye t. 2. part. 2. p. 462. & 550. Ambaff. du

Perron liu. 3. p. 396. 398. & 410. refts, il y fit heureufement triomfer le party François, & reüffir auec non moins d'auantage que de gloire, l'élection de Leon XI. pour laquelle le Roy, côtre la couftume, fit icy chanter le *Te Deum*, & faire des feux de ioye, & de laquelle les Efpagnols au contraire furent mortifiez à vn poinct qui ne fe fçauroit conceuoir. Le Cardinal d'Auila Protecteur d'Efpagne ne douta pas de s'y oppofer en plein Conclaue, criant à pleine tefte comme s'il euft efté hors de foy, *Trahifon, Trahifon : Ie protefte, ie protefte : Il eft ennemy du Roy Catholique, le Roy Catholique l'exclud de fa propre main, & fe declare fon ennemy.* Le Cardinal d'Oria qui dans la brigue alloit promettant aux vns des Euefchez & des Abbayes, & menaçant les autres de leur faire caffer leurs penfions, fut fi fort furpris, ou pluftoft tranfporté dans cette rencontre, qu'il s'alla imprudemment addreffer au Cardinal de Ioyeufe pour le prier qu'il les aydaft à faire l'exclufion de ce fuiet, parce qu'il eftoit ennemy de leur Prince : Surquoy noftre Cardinal le traitta de mocqueur, & luy offrit, s'il vouloit, d'aller de compagnie à l'obedience. Vne heure aprés l'élection l'on n'oyoit dans les ruës qu'acclamations & voix confufes de perfonnes qui crioient, *La France a vaincu : Benits foient les François. Viue France & Florence.* Dans lefquelles acclamations l'Ambaffadeur d'Efpagne ne fçachant quelle partie tenir, & n'ofant tantoft plus paroiftre en public, de regret & de honte d'auoir fi mal employé les foixante mil efcus qu'on luy auoit enuoyez de Naples pour diftribuer dans le Conclaue, il fut bien aife, fous pretexte de la femaine fainte & du bon iour qui approchoit, de s'aller cacher en vn Monaftere, difant tout haut qu'il auoit perdu à Rome fa femme, fon argent, & fa reputation. En vn mot l'Ambaffadeur & les Cardinaux Efpagnols extrauaguerent fi fort dans cette conioncture, qu'ils furent contraints d'en demander pardon au Pape, qui reconnut ainfi l'obligation qu'il auoit à la France, & protefta plus d'vne fois à nos Miniftres, qu'il eftoit redeuable de la Tiare à fa M. & que s'il fe pouuoit mettre en pieces pour luy témoigner fon affection & fa gratitude, il le feroit tres-volontiers. Au refte, puifque les Efpagnols

faifoient tant de bruit de cette élection, & témoignoient
fi ouuertement le déplaifir fenfible qu'ils en auoient, il a
fallu neceffairement pour la faire reüffir malgré toutes
leurs oppofitions & leurs trauerfes, que le Cardinal de
Ioyeufe y ait apporté vne dexterité & vne prudence toute
particuliere; laquelle ie ne fçaurois mieux iuftifier, à mon
auis, que par la dépéche ou la relation qu'il en écriuit luy-
mefme au Roy.

   S I R E,

Le Pape mourut le Ieudy troifiéme de Mars enuiron la »
minuit. Ie le fy fçauoir incontinent à Meffieurs les Car- »
dinaux François, & à Monfieur de Bethune voftre Ambaf- »
fadeur, lequel ie priay de fe rendre le Vendredy fuiuant au »
Conuent de la Trinité du Mont, afin d'auoir plus de moyen »
de luy parler fans eftre détourné : où nous eftans rendus le- »
dit iour de bon matin, ie luy monftray les lettres que V.M. »
m'auoit enuoyées à Marfeille fur le fuiet du Siege vacant, »
& luy baillay le pacquet dans lequel eftoient les lettres »
que V.M. luy écriuoit & à tous les Cardinaux, en vne fem- »
blable occafion. Et dautant que nous iugeafmes l'eftat de »
cette Cour eftre tel, qu'il eftoit neceffaire que les inten- »
tions de V.M. fuffent tenuës fecretes, & que nous auions »
quelque fuiet de craindre vn contraire effet, fi elles eftoient »
communiquées à tous les Cardinaux François : Nous fuf- »
mes d'auis qu'il n'eftoit point de voftre feruice de leur mon- »
trer lefdites lettres à tous indifferemment, mais bien en »
tout éuenement de les porter au Conclaue. »

Et dautant que nous auions preffenty durant la maladie »
du Pape, que les Efpagnols Montalto, Sainte-Cecile, & »
autres mal affectionnez à Aldobrandin, comme Sforza, »
Aquauiua, Santi-Quatro, s'vniffoient enfemble pour s'op- »
pofer aux deffeins dudit Aldobrandin : Ie iugeay que nous »
ne pouuions mieux faire que de nous ioindre auec luy, »
parce que fon feul party eftoit au double plus fort que ce- »
luy de tous les autres, & que nous voyons ceux qui luy »
eftoient contraires defirer tous les fuiets que V.M. reiet- »
toit, & ne vouloir point ceux qui vous eftoient les plus »
agreables. C'eft pourquoy ie me refolus d'aller trouuer le »

" mefme matin ledit Aldobrandin , & luy dy que ie venois
" luy confirmer de noũueau les affeurances que l'Ambaffa-
" deur de V. M. & moy luy auions données de voftre bonne
" volonté en fon endroit , de laquelle nous eftions prefts en
" cette occafion de luy témoigner les effets , & y eftions mef-
" me portez auec plus d'ardeur que du viuant du Pape : & en
" auions d'autant plus de moyens que vos commandemẽs
" en l'affaire qui fe prefentoit , eftoient fort generaux , V.
" M. defirant tant feulement d'auoir vn Pape qui fuft fage
" & homme de bien , pour connoiftre & vouloir ce qui eftoit
" du bien & de la liberté du S. Siege , & qui euft auffi du cou-
" rage & de la valeur pour s'oppofer aux deffeins de ceux
" qui s'efforçoient à l'opprimer , & qu'elle feroit bien aife que
" toutes ces qualitez fe rencontraffent en vn fuiet qui aimaft
" fa perfonne & fa maifon comme elle les cheriffoit.

" Et pour gagner dauantage ce credit enuers ledit Cardi-
" nal Aldobrandin , ie luy dy que parmy fes creatures il s'en
" trouueroit de tels : & par ainfi qu'il n'auroit qu'à en choifir
" quelqu'vne , & faire tout ce qui luy feroit poffible , afin
" qu'elle puft reüffir. Surquoy aprés m'auoir amplement re-
" mercié , il me fit auffi plufieurs offres de fon cofté , & don-
" na toutes fortes d'affeurances de vouloir feruir V. M. en
" cette occafion.

" Et parce que ie iugeois eftre neceffaire de nous affeurer
" auant toute autre chofe , de n'auoir point pour Pape quel-
" qu'vn de ceux que V. M. reiettoit : Ie me refolu de tenir cét
" ordre en ma negotiation ; fçauoir eft de m'affeurer pluftoft
" de nos exclufions , & aprés trauailler à faire tomber le fort
" fur celuy qui vous feroit le plus agreable. Ie dy au Cardi-
" nal , qu'il n'importoit pas tant à voftre feruice d'auoir tel
" Pape que vous pourriez defirer , pourueu qu'il fuft bon &
" fage , comme de n'en auoir pas vn qui fe fut monftré partial
" par le paffé , & qui continuant , vous donnaft fuiet de mé-
" contentement. Surquoy m'ayant répondu que nous nous
" laiffaffions entendre plus particulierement là deffus ; Ie luy
" dy librement que V. M. ne vouloit point du Cardinal de
" Como , pour les raifons que luy mefme fçauoit. Ce que
" ie fis , parce qu'on m'auoit dit qu'il eftoit difpofé à le fauo-

rifer : & il ne me le nia point, ou pour le moins qu'il ne le »
reietteroit pas. Et le preſſant ſur cela de nous dire claire- »
ment ſon intention, il me dit qu'il ne ſe vouloit point decla- »
rer contre Como, afin de pouuoir par ce moyen tenir »
Montalto en crainte, & le faire venir à quelque choſe de »
ce qu'il deſiroit. Ie luy repliquay, que s'il ne tenoit qu'à »
faire peur à Montalto, nous l'ayderions volontiers à la luy »
faire, pourueu qu'il nous aſſeuraſt qu'il ne nous en vien- »
droit point de mal. Ce qu'il me promit & m'en donna ſa »
parole. Ie pourſuiuy encore pour le faire ouurir & declarer »
ſur les ſuiets qui luy plaiſoient le moins. Ce qu'il fit, & re- »
conneu par ſon diſcours qu'il ne vouloit point ny Aſcoli ny »
Montelparo, ny aucune creature de Montalto : mais que »
s'il eſtoit contraint de venir à quelqu'vne d'icelles, celle »
qui luy ſeroit moins deſagreable, eſtoit Camerino. Ie luy »
dy que pour le regard d'Aſcoli & de Montelparo, nous »
le ſeruirions ; & me reſioüy de reconnoiſtre que par ce »
moyen nous eſtions quaſi aſſeurez de nos excluſions. Ce »
qui me fit d'autant plus reſoudre à m'vnir auec luy, parce »
que c'eſtoit, comme i'ay deſia dit, ce à quoy nous deuions »
taſcher premierement que de nous éclaircir de tous ceux »
que V. M. ne vouloit point. C'eſt pourquoy ie me reſolu »
auſſi de ſonder ledit Cardinal ſur le faict de Bianchetti : »
mais il y alla merueilleuſement retenu, me diſant qu'il ne »
pouuoit pas manquer à vne de ſes creatures. »

Ie fy entendre tout ce diſcours à Monſieur l'Ambaſſa- »
deur, & fu d'auis qu'allant voir ledit Cardinal, il le preſſaſt »
ſur ledit Bianchetti plus que ie n'auois fait, & l'aſſeuraſt »
que par ce moyen il ſeroit ſeruy de nous plus librement. »
Ce qu'ayant fait, ledit Cardinal s'auança de luy dire qu'il »
ne ſe pouuoit declarer ouuertement contre ledit Bianchet- »
ti : mais que quand il en ſeroit beſoin, il mettroit en liber- »
té quelques-vnes de ſes creatures pour luy aller contre. »

Au partir de chez le Cardinal Aldobrandin, ie fu voir »
le Cardinal Sforce qui eſtoit arriué le iour auparauant, le- »
quel me témoigna vne tres-mauuaiſe volonté à l'endroit »
dudit Aldobrandin, deſirant que le College des Cardi- »
naux caſſaſt quelques compagnies de Corſes que ledit Al- »

« dobrandin auoit fait venir en cette ville peu de iours auant
« la mort du Pape, & que Martio-Colonna n'eust point la
« charge des armes, comme ledit Aldobrandin desiroit. Il
« me monstra aussi du refroidissement à l'endroit du Cardi-
« nal de Florence, prouenant à mon auis de ce qu'il desespe-
« roit qu'il pust reüssir, estans les Espagnols, comme il me
« dit, mal satisfaits de luy.

« L'aprésdinée nous allasmes à la premiere Congregation
« generale de tous les Cardinaux, où les seaux furent rom-
« pus, & les supplications qu'on appelle de la daterie, ap-
« portées, & quelques Officiers creez. Et dautant qu'il y a
« vne ancienne ceremonie par laquelle au premier Consi-
« stoire, où les Cardinaux se trouuent estans arriuez à Rome,
« le Pape leur ferme la bouche, c'est à dire, la faculté d'auoir
« voix ny en Consistoire ny en la Congregation, & en l'au-
« tre d'aprés il la leur ouure : il auint qu'au dernier Consi-
« stoire que le feu Pape tint, il ferma la bouche au Cardinal
« Conti, adioustant aux paroles qu'on auoit accoustumé de
« dire en cette ceremonie, que ledit Cardinal n'auroit point
« de voix au Conclaue en l'élection du Pape, s'il aduenoit
« que Dieu disposast de sa personne. Tellement que sa mort
« estant immediatement suruenuë aprés cette action, & la
« bouche n'ayant point esté ouuerte audit Conti, personne
« ne doutoit qu'il ne fust priué de la faculté de donner sa voix
« en l'élection du Pape. Toutefois il fit grande instance au
« contraire, & aprés auoir long temps parlé en ladite Con-
« gregation, il conclud qu'ayant bien fait estudier cét affai-
« re à de grands personnages, il trouuoit qu'on ne luy pou-
« uoit dénier la voix au Conclaue par iustice, laquelle il de-
« mandoit au College, & laissa aller quelques paroles, com-
« me de protester de nullité de l'élection du Pape, si on ne
« luy accordoit. Le Doyen du College, qui est aussi partial
« d'Espagne, comme ledit Conti se monstroit, dit qu'il fal-
« loit commettre la cause à trois Cardinaux, lesquels il nom-
« ma, & choisit ceux qu'il iugea deuoir estre les plus fauora-
« bles. Il fut enfin resolu que le Cardinal Iustinian & tous
« les Cardinaux qui ont esté autrefois Auditeurs de la
« Rote, qui sont au nombre de sept, estudieroient cette ma-

tiere, & feroient rapport de ce qu'ils en auroient trouué, »
au College pour la iuger.   »

On remarqua aux vœux des Cardinaux, que Baronius »
donna le sien si libre pour la negatiue, en presence dudit »
Conti, disant qu'il falloit faire grand cas des dernieres pa- »
roles que le Pape auoit prononcées en Consistoire, qu'on »
deuoit croire estre comme vne prophetie, qu'vn chacun »
iugea bien qu'il n'aspiroit point à estre Pape.   »

Le Samedy 5. se passa en visites des Cardinaux, qui me »
vindrent voir pour découurir où ie tendois, & entre autres »
ie reconnu le Cardinal del Buffalo estre porté à Bianchetti. »

Le Dimanche 6. aprés disner, nous nous assemblasmes »
tous les Cardinaux François chez le Cardinal Serafin, qui »
auoit la goute, où nous resolumes de nous tenir bien »
ioints & vnis ensemble, & que pas vn ne lâcheroit de son »
costé aucune parole d'inclusion ny d'exclusion, que du com- »
mun consentement de tous : de nous roidir à l'exclusion »
de Como, & à celle de Bianchetti, sur toutes, comme la »
plus difficile, sans nous en découurir toutesfois, & aprés »
cela faire tous nos efforts pour auoir Pape le Cardinal de »
Florence, ou Baronius.   »

L'Ambassadeur d'Espagne me vint voir au soir, me pro- »
testant que son Roy n'auoit en cette action aucune affe- »
ction particuliere, & n'auoit deuant les yeux que ce qui »
estoit du bien & de la liberté du S. Siege. Ie l'asseuray que »
V. M. auoit la mesme intention : ce qui me faisoit esperer »
de voir les François & les Espagnols vnis ensemble.   »

Aprés luy vint le Cardinal Santi-Quatro, qui me declara »
le desir qu'il auoit de s'asseurer que le Cardinal Bianchet- »
ti ne fust point Pape ; & ce pour plusieurs raisons qu'il me »
dit auoir en conscience : mais qu'il ne tenteroit pas de l'em- »
pescher s'il n'y voyoit de l'apparence : qu'à ces fins il desi- »
roit sçauoir mon intention. Ie ne la luy voulu point decla- »
rer du tout : mais ie luy dy bien que s'il auoit quelque »
moyen de l'empescher, nous penserions à le seruir. Il me »
dit que hors les creatures d'Aldobrandin, il se promettoit »
trois ou quatre vœux : qu'auec nous cinq, trois Venitiens, »
ce seroit douze ou treize : qu'il verroit s'il en trouueroit »

" d'autres en cette difpofition, me priant de faire le mefme
" de fon cofté : ce que ie luy promis.

" Le Lundy 7. Sforce me vint voir l'apréfdinée : & dautant
" que le bruit eftoit defia fort grand par toute la ville, que les
" affaires du Cardinal Baronius alloient bien, il me dit qu'il
" en auoit l'exclufion fi certaine, qu'il ne daigneroit y fonger ;
" aiouftant à cela, que fur l'heure mefme qu'il me parloit, il
" fe traittoit d'vn affaire d'importance duquel nous oyrions
" parler.

" Bien-toft aprés, Monfieur le Cardinal du Perron vint en
" mon logis, & fur le poinct que ie commençois d'entrer en
" propos auec luy, arriua le Cardinal Aldobrandin, qui nous
" dit auoir grande occafion de fe plaindre de nous, en ce que
" nous difions que les Cardinaux S. Clement & S. Marcel ne
" nous plaifoient point : car fi cela eftoit le bien & le plaifir
" qu'il pouuoit attendre de nous, il feroit reduit bien à l'é-
" troit, & quafi à vne feule de fes creatures, comme le Car-
" dinal Baronius : ce qu'il ne pouuoit endurer, & feroit con-
" traint en ce cas d'auifer à faire fes affaires ailleurs. Ie luy
" répondis que nous n'auions iamais dit ny penfé de les vou-
" loir exclurre : mais que i'auois répondu à ceux qui m'a-
" uoient parlé de S. Clement, que ie ne le connoiffois pas,
" & que m'eftant informé de luy, quelques-vns me l'auoient
" fort blâmé pour eftre fuperbe & colere, & m'auoient auffi
" auerty qu'vn de fes principaux neueux eftoit à la folde du
" Roy d'Efpagne : d'autres l'auoient loüé, l'eftimant homme
" de courage, & qui ne fouffriroit pas volontiers l'oppref-
" fion du S. Siege & de l'Italie : Que i'auois dit ce mefme
" iour audit Cardinal du Perron, que s'il auoit ces qualitez
" il nous feroit fort propre ; dequoy il me pourroit luy-mefme
" rendre bon témoignage, comme il fit. Pour le regard de
" S. Marcel, ie luy dis qu'à la verité on luy auoit fait quel-
" ques mauuais offices auprés de V. M. mais que ie luy auois
" témoigné, que le Cardinal d'Offat m'auoit fouuent dit
" qu'en plufieurs occafions il s'eftoit bien comporté pour fon
" feruice ; dequoy elle eftoit demeurée fatisfaite : Que par
" ainfi il pouuoit croire que nous n'auions iamais penfé à fon
" exclufion. Il me répondit là deffus, qu'il n'auoit pas cru
que

que nous l'euſſions dit abſolument : mais qu'il croyoit bien „
que nous n'y allions qu'à taſtons, & vſa du mot *Zoppican-* „
do, qui veut dire en boitant : Que pour cette cauſe il de- „
ſiroit que nous luy diſſions franchement ſi nous les auions „
agreables ou non. Me voyant ſi fort preſſé ie luy repliquay „
que nous eſtions cinq Cardinaux François, qui nous eſtions „
promis les vns aux autres de ne faire aucune reſolution „
d'importance ſans nous l'auoir communiquée : & partant „
que ie leur en parlerois & à Monſieur l'Ambaſſadeur, & „
luy en rendrois au pluſtoſt la réponſe. Surquoy il prit con- „
gé de nous, & monſtra s'en aller bien content. „

Sur le ſoir i'allay voir le Cardinal Beuilaqua pour ſonder „
ſa diſpoſition enuers le Cardinal Bianchetti, parce qu'on „
nous auoit dit qu'il ne l'aymoit pas. Il me dit qu'il ne le re- „
fuſeroit point, ſi le Cardinal Aldobrandin l'auoit agreable : „
mais que s'il le laiſſoit en ſa liberté, & que nous fuſſions „
reſolus de l'exclurre, il nous y ſeruiroit volontiers. „

Le Mardy 8. aprés la Congregation generale en laquel- „
le l'Ambaſſadeur d'Eſpagne parla, comme les Ambaſſa- „
deurs des Rois ont accouſtumé en ſemblables occaſions, „
& fit ſa harangue en Eſpagnol, le Cardinal Delfin me dit „
qu'il auoit charge d'Aldobrandin de me parler. Surquoy „
luy diſant que ie croyois qu'il eſtoit demeuré bien content „
de nous, il me répondit qu'au contraire il en eſtoit tres-mal „
ſatisfait, parce que nous ne luy auions donné aucune reſo- „
lution ſur l'affaire dont il nous auoit parlé, laquelle il vou- „
loit auoir ce ſoir meſme, afin de ſe reſoudre aprés de ſon co- „
ſté de ce qu'il auroit à faire. „

Sur cela Monſieur le Cardinal du Perron, Monſieur „
l'Ambaſſadeur & moy nous aſſemblaſmes : & aprés auoir „
conſideré, qu'encore que nous nous fuſſions declarez „
de n'auoir point deſagreables les ſuſdits Cardinaux S. „
Marcel & S. Clement, il y auoit neantmoins apparence „
que pas-vn d'eux ne pourroit eſtre Pape, parce qu'outre „
les plus anciens Cardinaux qui n'en vouloient point oüyr „
parler, il y en auoit encore pluſieurs parmy les creatures „
d'Aldobrandin qui les reiettoient ; & que ſi nous meſcon- „
tentions en cela ledit Aldobrandin, il nous pourroit peut- „

H

" eſtre mettre en barbe, ou prendre auec nous vne querele
" d'Allemand, & s'vnir auec les Eſpagnols : Nous nous reſo-
" luſmes d'aller voir les autres Cardinaux François, pour en-
" tendre leur opinion : Mais quant à nous, nous fuſmes d'ad-
" uis ſur l'heure, qu'il ne luy falloit pas donner de meſcon-
" tentement.

" I'allay voir incontinent les Cardinaux de Giury & Sera-
" fin, qui furent de meſme opinion, & m'en donnerent la pa-
" role : ce que ne fit point toutefois le Cardinal de Sourdis,
" s'excuſant ſur ce qu'il ne connoiſſoit pas S. Clement, & n'a-
" uoit pas bonne opinion de S. Marcel : & qu'en tout cas, il
" ne ſe vouloit point declarer, que dans le Conclaue, & après
" auoir oüy la Meſſe du S. Eſprit. Ie le priay d'y bien penſer,
" mais ie ne l'en preſſay point dauantage, parce que ie n'é-
" tois pas trop marry qu'il euſt pris cette reſolution, eſti-
" mant que cela nous pourroit ſeruir, & qu'Aldobrandin ne
" nous l'imputeroit.

" Et parce que Monſieur l'Ambaſſadeur & moy auions
" promis au Cardinal Delfin de l'aller voir à ſix heures du
" ſoir, nous nous reſoluſmes d'y aller enſemble ; & priaſmes
" le Cardinal du Perron, qui ſe trouua auec nous, parce que
" nous eſtions allez tous trois viſiter le Cardinal d'Eſt, d'y
" vouloir venir auec nous pour oüyr la réponſe que nous luy
" ferions : Qui fut que nous prierions le Cardinal Aldobran-
" din de nous excuſer, ſi nous luy diſions auec quelque reſ-
" ſentiment qu'il pouuoit proceder auec nous d'autre façon
" qu'il n'auoit fait, ſe plaignant de ce que nous nous laiſſions
" entendre à l'excluſion des perſonnes qui luy eſtoient les
" plus agreables ; car c'eſtoit vne choſe qu'on ne luy auoit ia-
" mais pû dire auec verité : Que moins encore nous deuoit-
" il menacer de faire ſes affaires ailleurs, veu que V. M. n'a-
" uoit pas comme luy de ſi grands intereſts & paſſions à qui
" ſeroit Pape, qui nous peuſſent faire changer la reſolution
" que nous auions priſe, parce que quiconque ſera Pape aura
" plus de beſoin de voſtre faueur, que vous de la ſienne. Que
" ce n'eſtoit pas auſſi ce qui nous mouuoit à luy faire bonne
" éponſe, mais bien le commandement que vous nous auiez
" fait de le fauoriſer & ſeruir en tout ce que nous pourrions.

C'eſt pourquoy nous venions luy donner cette parole pour »
quatre de nous, n'y ayant pû faire encore reſoudre le Cardi- »
nal de Sourdis, de n'exclurre point les deux Cardinaux ſuſ- »
dits. Ce que nous faiſions à la charge & condition toutefois, »
& non autrement, qu'aprés auoir fait ſes efforts pour les fai- »
re reüſſir, il viendroit auec toutes ſes creatures au Cardi- »
nal de Florence, qui eſtoit noſtre but & fin principale. »

Le Mercredy 9. le Doyen des Cardinaux fit lire à la Con- »
gregation vne lettre en Eſpagnol, que le Duc de Feria Vi- »
ceroy de Sicile écriuoit au ſacré College, par laquelle il »
luy mandoit qu'il luy enuoyoit la copie d'vne lettre qu'il »
écriuoit au Pape, n'ayant point encore ſceu ſa mort, pour »
ſe plaindre du Cardinal Baronius, ſur ce qu'il auoit écrit »
dans ſes Annales, touchant la Monarchie de Sicile ; & »
prioit ſa Sain&eté d'y vouloir donner ordre, & le ſacré »
College de faire cét office enuers elle. Sur cela le Car- »
dinal Baronius ſe leua & fit vne tres-belle apologie »
ſur ſes écrits, commençant par le verſet du Pſeaume »
Deus laudem meam ne quæſieris, quia os peccatoris & doloſi aper- »
tum eſt ſuper me : & dit qu'on auoit publié que les memoi- »
rès & inſtructions ſur leſquelles il auoit dreſſé ce diſcours, »
luy auoient eſté enuoyez de France ; mais que la France ne »
l'euſt ſceu faire, parce que les pieces deſquelles il l'auoit »
compoſé ne ſe trouuoient ailleurs que dans la Bibliotheque »
Vaticane. Qu'il n'auoit rien fait en cela que par le reïteré »
commandement du Pape, lequel il appelloit touſiours »
Pierre, diſant que Pierre l'auoit veu, leu, releu, conſideré, »
& fait voir à trois Cardinaux, & commandé expreſſément »
qu'il fuſt publié : Qu'il auoit touſiours parlé en ce traitté »
auec réſpe& du Roy d'Eſpagne, de qui il eſtoit né vaſſal : »
& finit diſant trois fois, *dies mali ſunt.* »

Le Cardinal d'Auila, à qui on auoit donné à lire ladite »
lettre, s'excuſa diſant l'auoir leuë, ſans en auoir ſceu le con- »
tenu : & que de ce que Baronius auoit dit, qu'on auoit publié »
que leſdits memoires eſtoient venus de France, qu'il ne l'a- »
uoit iamais oüy : mais qu'il eſtoit bien raiſonnable d'auoir »
égard à ſa M. C. qui eſtoit vn ſi grand Prince, ſi deuot à »
l'Egliſe, & qui auoit tant de moyen de la ſeruir. Sur cela »

H ij

« furuint vne grande rumeur entre les Cardinaux auec ac-
« cens aigres, comme de Bandini & S. George d'vne part,
« & de plusieurs autres, disans qu'il falloit bien auoir égard
« voirement au Roy d'Espagne, mais qu'aussi s'agissoit-il icy
« de la reputation d'vn Cardinal qui patissoit pour la Iustice,
« pour l'Eglise, & pour auoir obey au Pape, duquel on vou-
« loit lacerer la mémoire, estant à grand' peine enseuely.
« Dirent de plus qu'il falloit sçauoir qui auoit baillé cette
« lettre. Le Doyen dit que ç'auoit esté vn Secretaire du Pape
« nommé Argentio : On le fit venir, il soustint deuant tous
« qu'il n'auoit iamais receu ny baillé ladite lettre. A quoy
« ledit Doyen ne sceut que répondre. Ce qui luy fut vne
« grande confusion en cette assemblée, laquelle connut que
« ce n'estoit qu'vne grande imposture forgée pour nuire à ce
« Cardinal, de qui la pratique estoit bien auant. Quelques-
« vns creurent qu'Aldobrandin, qui ne se trouua point en
« cette Congregation, y trempoit & en estoit d'accord auec
« le Cardinal de Come & les Espagnols. D'autres auoient
« opinion que cela venoit des amis de Baronius, pour le ren-
« dre par ce moyen plus recommandable : mais ny l'vn ny
« l'autre n'estoit pas vray-semblable. Enfin on vid en cette
« Congregation vne grande diuision de volontez & témoi-
« gnages d'esprits aigris, mesme en l'élection de quelques
« menus officiers du Conclaue, comme Medecin, Chirur-
« gien & Confesseurs ; qui en fit craindre à plusieurs vn mau-
« uais succez. Sur cette affaire & cette belle lettre du Vice-
« roy de Sicile, ie creu que c'estoit là l'affaire d'importance
« que le Cardinal Sforce m'auoit dit qui se deuoit resoudre.
« La Congregation estant finie, le Cardinal Delfin nous
« fit entendre qu'il auoit rapporté ce que nous luy auions dit,
« au Cardinal Aldobrandin, lequel en estoit demeuré fort
« content, & nous asseuroit que nous n'aurions ny Come ny
« Bianchetti : mais que pour son particulier, il ne pouuoit ny
« ne vouloit se declarer ouuertement contre ledit Bianchet-
« ti : Qu'il nous promettoit aussi, qu'aprés auoir essayé quel-
« ques-vnes de ses creatures, il viendroit auec toutes elles au
« Cardinal de Florence, auquel ledit Delfin me pria de ren-
« dre pour luy bon témoignage.

I'allay voir l'apréſdinée le Cardinal de Florence, & luy
racontay bien au long tout ce que nous auions traitté &
capitulé pour luy auec ledit Aldobrandin, & les raiſons qui
nous auoient eſmeu à le contenter en S. Marcel & S. Clement ; ce que nous auions fait, ne voyant point ſuiet de
craindre qu'aucun d'eux peuſt reüſſir, & pour auoir plus
d'authorité enuers ledit Aldobrandin, pour le faire venir
où nous voudrions, qui eſtoit à ſa perſonne, laquelle V.
M. deſiroit par deſſus tous. Ie luy témoignay auſſi, comme ledit Cardinal Delfin marchoit de fort bon pied en ſon
endroit.

Le Cardinal Iuſtinian me vint voir ce iour meſme, ſe
plaignant de la violence d'Aldobrandin, qui non content
de la promeſſe qu'il luy auoit faite, d'exclure tous ceux
qu'il ne voudroit pas, deſiroit encore de plus qu'il s'obli-
geaſt à tous ceux qui luy eſtoient agreables: ce qu'il luy
refuſa.

Le Cardinal Santi-Quatro me vint voir aprés, pour ſçauoir
ce que i'auois appris pour le regard de Bianchetti. Ie luy dis
que nos affaires alloient mal de ce coſté-là, ſi Aldobrandin
ne nous aydoit ; que pour ce, ie le priois de faire quelque
choſe pour luy ; comme auſſi pour ſon reſpect, ie ferois le
ſemblable : ce que ie diſois pour voir ſi ie le pouuois tirer à
Baronius, qui eſtoit le ſeul Cardinal, duquel nous voulions
qu'on parlaſt alors. Il s'en retira neâtmoins, diſant qu'en pluſieurs autres choſes, & dans les creatures d'Aldobrandin &
hors d'icelles, il luy pourroit complaire : Et me dit encore
ſur cela qu'il luy eſtoit venu vne penſée à la teſte, qui eſtoit
que nous deuions traitter de faire vn Pape agreable aux
François, Eſpagnols & à tous, s'il ſe pouuoit : comme ſi
nous auions quelqu'vn qui nous dépleuſt, qu'ils nous en
aſſeuraſſent, & que nous en fiſſions de meſme en leur endroit, & qu'en ce cas nous conuinſſions d'vn tiers agreable à tous. Ie vis fort bien que cela ne venoit pas de luy,
comme il diſoit : mais que c'eſtoit vn artifice des Eſpagnols, pour vne des deux fins, ou pour gaſter l'affaire de
Baronius, duquel les Eſpagnols ne voyoient pas bien l'excluſion aſſeurée ; ou pour nous deſvnir d'auec le Cardi-

H iij

« nal Aldobrandin : qui fut caufe que i'entendis fort peu à
« ce qu'il me propofoit.

«　　Le Cardinal Aquauiua me vint voir aprés, & me dit,
« que nous pourrions peut-eftre auoir entendu qu'il eftoit
« plus vny que de couftume auec les Efpagnols , que cela
« n'eftoit pas neantmoins : mais qu'il fe falloit ioindre plu-
« fieurs enfemble pour s'oppofer à Aldobrandin, qui eftoit
« fon principal but , auquel mefme tendoit le confeil qu'il
« me donna de prendre garde à ne nous engager de parole
« à qui que ce fuft : parce qu'en ce faifant, nous y aurions plus
« d'honneur, & en ferions plus recherchez, & pourrions fai-
« re vn meilleur coup, & obliger dauantage celuy qui feroit
« Pape. En quoy il difoit vray, & l'aurions fait, fi nous n'euf-
« fions defiré d'auoir l'exclufion plus affeurée de ceux que
« nous ne voulions point, & acquerir d'autant plus de moyen
« de fauorifer celuy que nous defirions le plus.

«　　Le Cardinal Vifconti me vint voir aprés, qui me monftra
« fur la fifte des Cardinaux, que pourueu qu'Aldobrandin
« y allaft de bon pied , il ne manquoit que deux voix à Ba-
« ronius pour eftre Pape.

«　　Le Ieudy dixiéme, ie n'allay pas à la Congregation, où
« l'on ne fit que diftribuer les chambres du Conclaue. Iufti-
« nian me vint voir aprés difner, pour découurir de moy fi
« nous allions à l'exclufion de Bianchetti : ce que ie ne vou-
« lu point luy declarer.

«　　Le Vendredy onziéme, on leut en la Congregation ge-
« nerale les articles dreffez par quelques Cardinaux , qui peu
« de iours auparauant auoient efté deputez à cela , comme
« c'eft la couftume, pour eftre fignez par tous les Cardinaux,
« afin que celuy qui feroit Pape, fuft obligé à les obferuer.
« Il y auoit entre autres chofes, Que le Pape procureroit la
« guerre contre les Turcs : Qu'il acheueroit dans vn an d'vne
« façon ou d'autre, l'affaire de auxiliis : Qu'il donneroit aux
« Cardinaux pauures moyen de viure felon leur grade : Qu'il
« abfoudroit les Cardinaux de tous crimes, quelques atro-
« ces & enormes qu'ils euffent perpetrez. Ie fus d'auis que
« le dernier article fuft ofté , parce qu'il fonneroit mal , &
« qu'on s'en fcandaliferoit : mais on en retrancha feulement

ces trois mots, atroces, enormes & perpetrez. Le Cardi- ,,
nal Aquauiua dit qu'il y falloit adiouster, Que les neueux ,,
du Pape ne fussent plus Camerlingues ; ce qu'il dit pour ,,
offenser le Cardinal Aldobrandin qui en est pourueu ; mais ,,
il ne fut pas suiuy. Et le Cardinal de Sourdis dit que le Pa- ,,
pe deuoit communiquer les affaires des Princes au Con- ,,
sistoire : à quoy il fut contredit par le Cardinal Valenti. ,,

Ie fis entendre au Cardinal Aldobrandin qu'il aduisast ,,
à l'affaire du Cardinal Conti, parce que le Cardinal Gallo ,,
qui estoit son plus grand ennemy, venoit de me dire qu'il ,,
luy falloit octroyer la voix au Conclaue, parce qu'il se- ,,
roit contre luy. ,,

Monsieur l'Ambassadeur entra en l'assemblée generale, ,,
où il parla fort bien en Italien, & fut grandement loüé ,,
de tout le College. ,,

Le Cardinal Spinelli me vint voir l'aprésdinée pour me ,,
persuader à l'exclusion de Florence, disant qu'il auoit vn ,,
neueu à Naples, la fille duquel estoit mariée auec le fils du ,,
Regent, qui estoit tout le Conseil des Espagnols : lesquels, ,,
à ce qu'il disoit, le voudroient bien. Ie le remerciay de ,,
cét aduis, & le priay de m'excuser si ie ne le pouuois con- ,,
tenter en cela, parce que nous allions fort retenus aux ex- ,,
clusions : l'asseurant que ie tiendrois secret ce qu'il m'a- ,,
uoit dit. ,,

Monsieur l'Ambassadeur me vint voir aprés auoir esté ,,
chez le Cardinal Aldobrandin, auquel il me dit auoir par- ,,
lé fort librement, & n'estre pas reuenu fort content de luy, ,,
ne l'ayant pas trouué marcher de si bon pied qu'il desiroit, ,,
à l'endroit du Cardinal Baronius, & reconneu trop interes- ,,
sé pour S. Marcel. ,,

Le Samedy 12. le Cardinal Iustinian rapporta à la Con- ,,
gregation comme il auoit veu & estudié diligemment l'af- ,,
faire de Conti, auec les autres Cardinaux qui auoient esté ,,
à ce deputez ; & qu'ils auoient conclu d'vn commun ac- ,,
cord, que par iustice on ne luy pouuoit dénier la voix au ,,
Conclaue ; & n'en vouloit dire autre raison. Et dautant ,,
que les plus grands ennemis dudit Conti estoient reuenus ,,
à vouloir qu'il eust la voix au Conclaue, pour en estre aidez ,,

« às'oppofer au Cardinal Aldobrandin , & qu'il ne s'eſtoit
« appuyé en cét affaire que des Eſpagnols , & ne nous auoit
« daigné rechercher ; ie luy voulu monſtrer, qu'encore le
« pouuions-nous vn peu trauerſer. C'eſt pourquoy ie dis
« que ie faiſois voirement grand eſtat du iugement de ces
« Meſſieurs. Toutefois qu'il me ſembloit qu'on ſe deuoit te-
« nir à ce qui auoit eſté arreſté auparauant, ſçauoir eſt que
« leſdits Cardinaux ne feroient que rapporter les raiſons d'vn
« coſté & d'autre : afin qu'on peuſt rendre compte à tout le
« monde d'vn faiſt ſi graue , & pour nous oſter auſſi tout ſcru-
« pule , & qu'aprés les auoir entenduës, le College en deuoit
« faire la deciſion & la balottée par vœux ſecrets. Tous les
« anciens furent de contraire aduis, comme ayant eſté ga-
« gnez , & Aldobrandin dit ſon aduis fort ambigu. Neant-
« moins ſept ou huit Cardinaux furent de meſme opinion que
« moy : & de faiſt il paſſa ſuiuant cela : car leſdits Cardinaux
« ne firent que rapporter , & nous opinaſmes par voix ſecret-
« tes, toutes leſquelles furent en faueur de Conti, luy don-
« nant la voix actiue & paſſiue en l'élection du Pape, & n'y
« eut qu'vne ſeule au contraire.
« Le Dimanche ſe paſſa , ſans qu'il ſuccedaſt rien de me-
« morable.
« Le Lundy 14. aprés la Meſſe du S. Eſprit & oraiſon pro-
« noncée par Veſtrio, nous entraſmes proceſſionnellement au
« Conclaue , dans lequel nous iuraſmes l'obſeruation de
« quelques Bulles. Les Ambaſſadeurs & pluſieurs autres vi-
« ſiterent leurs Cardinaux dans leurs Celles. Ie me plaignis
« fort à ceux de Toſcane qui me vindrent voir , du peu d'e-
« ſtime & de confiance qu'ils auoient monſtrée enuers les
« Miniſtres de V. M. ne m'ayant iamais rien dit ny fait enten-
« dre de ce qui eſtoit de l'aduis & intention du grand Duc,
« ſur vne affaire de telle importance qu'eſtoit celuy que
« nous traittions : & meſme que perſonne n'eſtoit venu de ſa
« part que cinq ou ſix iours aprés la mort du Pape, & ne m'a-
« uoit-on parlé que dans le Conclaue : Que ce n'eſtoit pas
« ce que V. M. & nous deuions attendre de luy qui deuoit
« auoir tant de crédit en cette Cour , que par raiſon nous
« nous en deuions promettre toutes ſortes d'inſtructions &

d'aides.

d'aydes ; & qu'au contraire , il nous faisoit bien mal au »
cœur de les voir vnis & ne traitter qu'auec les Espagnols, »
qui à mon aduis, ne les en estimeroient pas dauantage : »
Que nous auions bien esté contraints, nous voyans si aban- »
donnez de luy , de penser à nous ; & faire le moins mal que »
nous auions pû. Ie leur exaggeray tant cela, qu'au lieu »
qu'ils se plaignoient des François, publiant par tout qu'ils »
s'estoient trop obligez à Aldobrandin, & qu'ils n'en pou- »
uoient esperer ny retirer aucun seruice ; ils furent con- »
traints d'entrer en excuses, & ne nous oserent presser de »
faire contre S. Marcel, qui estoit celuy qu'ils craignoient »
sur tous. Ie leur promis neantmoins de faire tout ce que »
ie pourrois pour seruir le grand Duc, quand ie sçaurois ses »
intentions. Et sur ce, ils monstrerent partir bien contens. »

Le Mardy 15. le Conclaue estant bien fermé, nous vis- »
mes vne ligue bien formée, de ceux que i'ay dit cy-dessus, »
contre Aldobrandin. Et dautant qu'il courut vn bruit »
qu'ils pourroient venir peut-estre à ce party d'offrir audit »
Aldobrandin qu'il leur donnast le choix d'vne de ses crea- »
tures : ie craignis qu'ils pourroient bien choisir Bianchetti, »
plustost que tout autre. C'est pourquoy ie me resolu de di- »
re audit Aldobrandin, qui m'estoit venu voir , que pour »
auoir plus de moyen de le seruir auec toute liberté, & sans »
penser à autre chose , nous desirions qu'il nous asseurast »
mieux de Bianchetti qu'il n'auoit fait. Que ce n'estoit pas »
assez de dire que nous ne l'aurions point : mais que ie desi- »
rois voir en particulier sur quoy cela estoit fondé , & de »
quelles personnes nous pouuions faire estat pour son ex- »
clusion. Se voyant pressé , il nous dit que nous ruinions »
ses affaires, de le contraindre à des choses si particulieres ; »
que l'asseurance qu'il nous donnoit en general nous deuoit »
suffire. Ie luy répondis que cela ne nous satisferoit pas, & »
qu'en nous donnant contentement, nous desirions & pou- »
uions le seruir. Ie n'en pû pourtant tirer autre chose. »

Il me demanda aprés ce que ie luy conseillois de faire »
pour cette heure. Surquoy aprés auoir bien pensé & con- »
sideré que l'affaire du Cardinal Baronius estoit en bon »
estat ; que le Cardinal Visconti m'auoit dit, que si ledit Al- »

I·

« dobrandin y vouloit marcher de bon pied, il pourroit reüſ-
« ſir : que pluſieurs en doutoient, comme i'en faiſois auſſi,
« que ledit Aldobrandin le deſiraſt bien dans ſon ame ; que
« pluſtoſt il n'euſt tenté quelqu'vn de ceux qu'il fauori-
« ſoit dauantage : Et moy au contraire, deſirant que ſi vne
« de ſes creatures deuoit reüſſir, comme pour lors il eſtoit
« tout à cela, que ce fuſt ledit Baronius pluſtoſt que tout au-
« tre ; Ie luy dis, qu'à la verité il deuoit tâcher à faire Pape
« vne de ſes creatures, & qu'au choix d'icelles il ne deuoit
« pas tant regarder à celle qu'il deſiroit le plus, comme à la
« plus aiſée, parce qu'il n'auoit plus à deſirer d'eſtre accreu
« par vn Pape, mais ſeulement d'eſtre fauorablement con-
« ſerué : Que pour tout cela le Cardinal Baronius me ſem-
« bloit le plus à propos. Il me pria de le conſeiller s'il deuoit
« tenir de le faire Pape cette nuit meſme : parce que d'vn cô-
« té il en craignoit l'iſſuë, & de l'autre il auoit regret de per-
« dre la belle occaſion qui ſe preſentoit : car en faiſant noſtre
« compte, nous auions trouué que nous eſtions enuiron qua-
« rante vœux, & n'en falloit que 41. pour faire vn Pape. Ie
« m'excuſay de luy donner ſeul conſeil en vne choſe de ſi
« grande importance. Il me pria d'aller à la chambre de Viſ-
« conti, où eſtant il nous dit qu'il feroit ce que tous deux luy
« conſeillerions. Surquoy Viſconti ne ſceut auſſi luy donner
« autre conſeil, ſinon qu'il falloit s'eclaircir de deux ou trois
« vœux, hors de ſes creatures, ſçauoir eſt Pinelly, Iuſtinian,
« & Monti ; & de trois ou quatre dans icelles, qui eſtoit Bian-
« chetti, Borgheſe, Arigon & Monopoli : & qu'on ſe reſou-
« droit aprés ſelon ce qui auroit eſté trouué.

« Bandini eſtant ſuruenu ſur ce propos, Viſconti dit en ſa
« preſence à Aldobrandin, que ſi Baronius auoit tant de dif-
« ficultez, qu'il en trouueroit bien de plus grandes en ſes au-
« tres creatures. Mais Bandini dit qu'il ne le croyoit pas, &
« qu'il en ſçauoit, à laquelle Montalto & les Eſpagnols iroient
« fort volontiers. Ie vis fort bien qu'il entendoit le Cardi-
« nal Bianchetti : & ioignant ce que Iuſtinian m'auoit dit,
« que ſi Aldobrandin leur vouloit laiſſer le choix d'vne de ſes
« creatures, qu'ils s'y accorderoient : ie me confirmay en cet-
« te creance, & me reſolus tout incontinent d'aller auec le

Cardinal du Perron, trouuer Delfin en qui nous auions »
depofé, comme i'ay dit cy-deſſus, nos promeſſes recipro- »
ques, & de luy dire franchement que fi Aldobrandin fe »
vouloit feruir de nous, il falloit refolument qu'il nous af- »
feuraſt de l'excluſion de Bianchetti, en l'vne de ces deux »
façons; ou en nous indiquant autant de fuiets qui nous »
eſtoient neceſſaires pour icelle, ou en donnant à tous trois »
fa parole & fa foy, qu'il s'oppoſeroit audit Bianchetti, iuf- »
qu'à fe declarèr luy meſme, s'il en eſtoit de befoin. Il nous »
affeura de luy dire à bon efcient. »

    Montalto me parla cette apréfdinée, & me dit aſſez dé- »
daigneuſement qu'il ne croyoit pas que nous fiſſions l'ex- »
cluſion à toutes fes creatures, comme on luy auoit rapporté, »
parce qu'on fçauoit bien que V. M. auoit des obligations »
au Pape Sixte, & qu'il s'eſtoit auſſi touſiours tres-bien »
comporté enuers la France. Ie luy répondis que ie n'auois »
aucune connoiſſance de ces obligations, qu'auſſi n'eſtoit »
ce pas cela qui nous empéchoit de les exclure: mais bien »
qu'ayant luy fait fouuent dire à V. M. qu'il eſtoit fon ferui- »
teur, vous feriez bien-aife de le fauoriſer. Et pour luy en »
dire la verité, la plus importante & principale raifon eſtoit, »
qu'il y auoit parmy fes creatures des fuiets que V. M. iu- »
geoit bons, & dignes d'eſtre Papes, & aufquels elle vou- »
loit beaucoup de bien. »

    L'affemblée que nous auions faite chez Viſconti l'apréf- »
difnée, donna telle frayeur à nos aduerfaires, croyans affeu- »
rément que cette nuit nous deuions faire Baronius Pape, »
que la plufpart d'eux dormirent veſtus, & entre autres le »
pauure Cardinal d'Auila tout vieux & malade qu'il eſtoit. »

    Sur le foir bien tard le Cardinal Delfin me vint dire que »
le Cardinal Aldobrandin fe contentoit de nous donner pa- »
role le lendemain à tous trois, d'empefcher que Bianchetti »
ne fuſt point Pape. »

    Le Mercredy 16. le Cardinal du Perron & moy ayant »
rencontré ledit Aldobrandin, il nous le confirma. Tout le »
iour fe paſſa en viſites iufques au foir, que ledit Delfin me »
pria de venir auec le Cardinal du Perron en fa chambre, »
où le Cardinal Aldobrandin nous attendoit, pour nous »

" faire folemnellement la promeſſe que nous deſirions : ſur
" laquelle neantmoins, quand ce fut au faiſt & au prendre,
" il nous fit de tres grandes difficultez. Et pour ce il nous luy
" fallut parler à bon eſcient, iuſques à luy dire que nous au-
" rions recours ailleurs, & que en ce faiſant il nous faudroit
" obliger à des choſes qui nous empeſcheroient de le ſeruir
" comme nous deſirions. Enfin il nous promit, & nous tou-
" cha dans la main, qu'il empeſcheroit ledit Bianchetti d'é-
" tre Pape à quelque prix que ce fuſt ; iuſques à ſe declarer
" ſoy-meſme, s'il eſtoit beſoin, pourueu que nous iuraſſions
" de le tenir ſecret, & de luy laiſſer gouuerner cét affaire par
" les meilleurs moyens qu'il aduiſeroit.

" Le Ieudy 17. le Cardinal de ſainte Cecile eſtant malade,
" voulut eſſayer d'auoir vne plus grande chambre que celle
" qu'il auoit dans le Conclaue : à quoy nous reſiſtaſmes auec
" toute la faction d'Aldobrandin, ſur le pretexte d'vne Bul-
" le qui le defendoit, mais en effeſt pour le contraindre par
" ce moyen de ſortir du Conclaue, comme il fit aprés auoir
" demandé ſon congé. Dequoy tous ſes confederez luy
" ſceurent fort mauuais gré, & luy-meſme fut marry de ce
" que ledit congé luy fut ſi facilement octroyé, & ne voulut
" ſortir de tout ce iour-là.

" Le Cardinal Santi-Quatro me vint voir, pour ſçauoir ce
" que i'auois fait pour le regard de Bianchetti ; & encore
" que i'en euſſe l'excluſion bien aſſeurée, ie luy dis neant-
" moins que cét affaire alloit mal, & que ie n'auois pû rien
" tirer du Cardinal Aldobrandin : ce que ie fy pour le per-
" ſuader qu'il s'en pouuoit deliurer, venant à Baronius :
" mais ie n'y pû gagner autre choſe.

" Bien-toſt aprés qu'il fut ſorty, Aldobrandin entra dans
" ma chambre, où il trouua les Cardinaux de Giury & du
" Perron. Il nous monſtra eſtre le plus trauaillé du monde,
" de ce qu'on luy faiſoit faire des choſes contre ſon gré, ſe
" plaignant de Viſconti, qui l'auoit comme contraint de par-
" ler à Montalto pour Baronius, eſperant qu'il le gagneroit :
" mais que luy en ayant parlé à regret, il en auoit auſſi rap-
" porté vne mauuaiſe réponſe : dequoy il eſtoit infiniment
" affligé.

Ie fus voir le Cardinal Baronius en fa chambre , à qui „
ie n'auois iamais ofé parler de fon affaire , tant s'en faut „
qu'il mandiaſt les yœux , & qu'il s'aidaſt à eſtre Pape, com- „
me pluſieurs autres : luy difant neàntmoins que i'eſtois fort „
ſcandaliſé de ce que le Cardinal de Ste Cecile qui faifoit „
profeſſion d'eſtre ſi deuot, luy eſtoit contraire. Il me ré- „
pondit que ledit Ste Cecile eſtoit trop intereſſé auec les „
Efpagnols, & qu'il auoit plus d'égard à ce qui eſtoit de ſon „
particulier, qu'à l'honneur de Dieu : puis ſe tournant vers „
vn tableau de la Vierge Marie, il me dit que ce feroit cel- „
le-là qui feroit ſa part en cette affaire. „

Le Vendredy 18. ſe paſſa fans faire choſe d'importance. „
I'allay voir le Cardinal de Florence , & luy fis entendre „
bien au long la bonne volonté que V. M. luy portoit , & „
comme elle le defiroit ſur tous autres, ne nous ayant ia- „
mais rien commandé auec plus d'inſtance que de trauailler „
& de nous roidir du tout à cela. Il m'aſſeura qu'il le croyoit „
ainfi, & me demanda en confidence ſi ie ne ſçauois point „
comme le grand Duc alloit en ſon endroit, & me coniura „
de luy en dire la verité. Ie luy dis que ie n'y auois reconneu „
que du bien, encore qu'en mon ame ie cruſſe autrement. „
Il s'eſtendit après à me dire ce qu'il feroit eſtant Pape, & „
entre autres choſes il me dit qu'il viuroit auec ſplendeur, „
& auroit vn particulier foin que les Egliſes fuſſent bien „
tenuës, & ne feroit que fort peu de Cardinaux , mais qu'ils „
feroient fort honorables : & s'il faifoit autrement, que ie „
luy reprochaſſe auec paroles aigres. „

Le Samedy 19. le Cardinal du Perron me dit que le Car- „
dinal Gallo luy auoit fait vn long difcours ; difant qu'en „
ce Conclaue les François n'acqueroient point de reputa- „
tion : qu'on voyoit les Efpagnols ſe remuer à bon efcient, „
& faire parler d'eux : & au contraire les François n'eſtre „
qu'adherans du Cardinal Aldobrandin. Ie ne fus point „
d'aduis non plus que luy, que pour tout cela nous chan- „
geaſſions de deſſein, puiſque fans nous remuer nous auions „
nos excluſions toutes aſſeurées, & que faifant autrement „
nous pourrions plus ruiner que ſeruir ceux que nous defi „
rions : qu'ayant l'effect de ce que nous demàdions, il ne nous „

« falloit guere foucier de ces bruits, parce que qui en auroit
« le profit en auroit l'honneur : & qu'il eſtoit bien aiſé à con-
« noiſtre qu'à nous ſeparer d'Aldobrandin, on gaſteroit quel-
« que affaire.

« Ce iour meſme entra le Cardinal Diechtriſtain : & nous
« eſtions en grand doute de quel coſté il inclineroit : mais
« nous ſceuſmes dés le ſoir meſme qu'il iroit contre Baronius,
« auquel neantmoins il auoit de trés-grandes obligations.

« Le Cardinal Delfin, ayant peut-eſtre entendu quelque
« choſe du propos que le Cardinal Gallo auoit tenu au Car-
« dinal du Perron, nous vint aſſeurer de la part d'Aldobran-
« din, qu'il ne commenceroit aucune pratique ſans nous en
« aduertir & nous en rendre compte.

« Le Dimanche 20. Monſieur l'Ambaſſadeur me fut dire
« à la rouë, par laquelle on a accouſtumé de faire entrer la
« viande des Cardinaux, que le caualier Clement voyoit ſou-
« uent l'Ambaſſadeur d'Eſpagne, & en meſme temps nous
« viſmes Aldobrandin traitter bien au long auec d'Auila &
« Sforce, ſans que nous en euſſions aucune communication.

« Ledit Aldobrandin dit en meſme temps au Cardinal du
« Perron & à moy en la chambre de Delfin, qu'il falloit fein-
« dre de vouloir faire Pape le Cardinal Como, pour eſſayer
« ſi par ce moyen il pourroit deſunir Montalto d'auec les Eſ-
« pagnols : nous reſpondiſmes que nous fians de ſa parole
« nous trouuerions bon qu'il s'aidaſt le mieux qu'il pourroit.

« Aprés cela me parlant de pluſieurs choſes qu'il falloit fai-
« re, il me dit qu'il vouloit tenir tous les vnis & confederez
« de l'autre bande en perpetuelle peine, & leur vouloir don-
« ner tous les ſoirs des allarmes, ſe voulant ſeruir d'vne choſe
« qu'il auoit oüy dire à V. M. qui eſtoit que vous auez gagné
« plus de places en trauaillant ceux de dedans par allarmes
« cõtinuelles, que par force de dehors : & nous conta auſſi que
« l'autre iour parlant à Montalto, il s'eſtoit ſeruy d'vne autre
« choſe qu'il vous auoit oüy dire ; car comme il le pria de vou-
« loir faire quelque choſe pour tous eux, il luy reſpondit ce
« que V. M. auoit répondu au Pape Clement, le priant de
« faire quelque choſe pour la Ligue, n'en vouloir rien faire,
« mais bien pour les particuliers de la Ligue qu'il luy recom-
« manderoit.

Le Lundy 21. le Cardinal dal Monte me vint voir l'a- »
préfidinée, & me dit auec grande émotion comme la pra- »
tique de S. Marcel alloit fort auant, & que par ainfi il fal- »
loit que nous penfaffions à l'empefcher. Ie luy répondis »
qu'il ne s'abufaft point d'efperer rien de nous en cela, & »
que ie ne luy voulois point celer que V. M. n'auoit iamais »
eu que de bonne relation dudit S. Marcel, tant par vos »
Ambaffadeurs, que par le feu Cardinal d'Offat, qui vous »
auoit témoigné comme il s'eftoit bien porté lors qu'il s'é- »
toit traitté de voftre abfolution, & de la declaration de la »
nullité de voftre mariage, & en l'affaire du Marquifat de »
Saluffes. Ce qu'oyant il fortit quafi hors de foy, & me dit »
en iurant s'il feroit dit que par noftre moyen le grand Duc »
vift Pape vn fi grand ennemy que celuy-là. Ie monftray »
eftre fort eftonné de ce qu'il difoit, veu que tant luy que »
le cheualier Vinta m'auoient dit auparauant que le grand »
Duc ne reiettoit point ledit S. Marcel, tant ils vfoient de »
diffimulation auec nous : que voyant à cette heure tout »
le Contraire, il m'excuferoit fi ie luy difois, que s'il adue- »
noit en cela du mal au grand Duc, il l'auoit bien merité, »
veu qu'il n'auoit iamais traitté de fes affaires qu'auec les »
Efpagnols, s'eftant vny auec eux iufques à empefcher & »
perfecuter vn fuiet que V. M. euft eu fi agreable, comme »
eftoit Baronius : Que voyant cela, nous auions efté con- »
traints de penfer à nous, nos affaires eftant en mauuais »
eftat fi nous n'auions eu aide que du grand Duc. Sur cela »
il partit en grande furie. Ie fus fort aife de luy auoir donné »
cette alarme & apprehenfion que S. Marcel puft reüffir Pa- »
pe : & auertis mefme fous main quelques-vns de mes amis »
de fa bande, du danger qu'il y auoit que les François, & »
Aldobrandins eftant vnis enfemble pour ce fuiet, & les Ef- »
pagnols y venans, il ne fuft creé Pape, comme il y auoit »
apparence que les Efpagnols y viendroient, parce qu'eftans »
leurs affaires en l'eftat que ie les voyois, ils ne pouuoient »
fortir auec plus d'honneur du Conclaue, qu'en faifant Pa- »
pe ledit S. Marcel. Ce que ie faifois pour deux raifons : »
l'vne pour attirer par ce moyen quelqu'vn d'eux au Cardi- »
nal Baronius : l'autre pour les hafter à s'affeurer de l'exclu- »

« clufion de S. Marcel, laquelle ie defirois en mon ame, afin
« que par ce moyen nous peuffions faire refoudre Aldobran-
« din de n'efperer de faire Pape vne de fes creatures, & le re-
　duire à venir pluftoft à Florence. Le fecond deffein qui
" eftoit de l'exclufion de S. Marcel me reüffit : car ils y tra-
« uaillerent tellement toute la nuit qu'ils l'affeurerent.

« 　　Le Cardinal Aldobrandin me vint voir le foir, eftant ex-
« tremément affligé du bruit qui couroit par le Conclaue
　touchant S. Marcel, eftimant, comme il difoit, que fes en-
"　nemis l'auoient femé pour luy exclurre toutes fes creatu-
" res ; & me demanda confeil de ce qu'il auroit à faire. Ie luy
« rendis compte premierement de ce que le Cardinal dal
« Monte m'auoit dit, & comme ie l'auois affeuré que nous
　irions à S. Marcel, dequoy il me remercia fort : & que
　pour le confeil qu'il m'auoit demandé, il me fembloit que
"　pour faire ceffer ledit bruit, il deuoit prier le Cardinal d'A-
« uila de vouloir affeurer les autres, que ledit Aldobrandin
« n'en auoit iamais parlé.

« 　　L'on mit encore en auant la pratique du Cardinal Tofco,
　fans le confentement d'Aldobrandin : car c'eftoit vn artifi-
"　ce des ennemis dudit Aldobrandin, que de mettre en ieu
" celles de fes creatures en qui il efperoit le plus, pour leur
« faire des exclufions, & l'éclaircir par ce moyen qu'il ne s'at-
« tendift point d'en faire reüffir quelqu'vne.

« 　　Le Mardy 22. i'allay trouuer le Cardinal Delfin & luy
　communiquay deux penfées qui m'eftoient venuës. La
"　premiere defquelles eftoit, que i'auois enuie de parler au
« Cardinal Aldobrandin, & luy dire comme il me fembloit
« qu'il deuoit bien aduifer fi auec fondement il pouuoit ef-
« perer de faire Pape vne de fes creatures ; ce que ie iugeois
　tres-difficile : Que s'il connoiffoit n'en venir à bout, il fe-
"　roit fagement en ce cas, de penfer en quelque autre fuiet,
" fans attendre dauantage : premierement parce qu'effayant
« encore fefdites creatures, & ne reüffiffant pas, il les desho-
« noreroit aucunement, & leur nuiroit pour vne autre fois.
« 　　Secondement, parce que fi fes aduerfaires pouuoient eftre
　affeurez vne fois d'auoir toutes les exclufions d'icelles, ils
"iroient bien pour lors auec plus de difficulté au fuiet qu'il
　　　　　　　　　　　　　　　　　voudroit

voudroit choifir hors de fefdites creatures, qu'ils ne feroient „
pas maintenant ayant encore vn peu d'apprehenfion qu'il „
n'en pûft reüffir quelqu'vne. Tiercement, parce qu'atten- „
dant encore plus long temps à faire cette refolution, ce- „
luy qui feroit Pape ne penferoit point luy en auoir beau- „
coup d'obligation, voyant qu'il s'y feroit refolu lors qu'il „
n'en pouuoit plus, & lors qu'il eftoit décheu de toutes fes „
efperances. „

La feconde penfée que ie communiquay audit Delfin, „
eftoit de mettre en confideration audit Aldobrandin, s'il „
ne luy feroit point vtile, qu'aprés auoir choifi celuy qui „
luy feroit le plus agreable hors de fes creatures, lequel fans „
doute reconnoiftroit luy en auoir la principale obligation, „
il luy témoignaft encore que la priere de V. M. auoit „
grandement feruy à luy faire prendre cette refolution; afin „
que de là V. M. euft fuiet d'écrire à fon Ambaffadeur, qu'il „
fift entendre à celuy qui feroit Pape, qu'outre les obliga- „
tions que vous auiez à la memoire du Pape Clement, „
vous en auiez encore tant au Cardinal Aldobrandin de „
vous auoir aidé à le faire Pape, qu'il vouloit bien luy fai- „
re fçauoir que les faueurs ou defaueurs qu'il receuroit de „
luy, vous les reconnoiftriez comme faites à voftre propre „
perfonne. Ce que ie difois ayant toufiours ma penfée tour- „
née fur le Cardinal de Florence, & afin de luy donner „
d'autant plus de fuiet de reconnoiftre l'obligation qu'il en „
auroit à V. M. Ledit Cardinal Delfin monftra d'approuuer „
fort ce difcours : mais il me dit qu'il croyoit n'eftre pas en- „
core temps de le faire entendre à Aldobrandin. „

Au partir de là, le Cardinal Pallotti me vint prendre, „
& aprés diuers propos & plufieurs plaintes de la longueur „
du Conclaue, de laquelle il donnoit le blâme à Aldobran- „
din, & que ie l'euffe defendu ; il me dit qu'il ne pouuoit „
refufer le party qu'on luy propofoit, qui eftoit qu'Aldo- „
brandin leur donnaft le choix d'vne de fes creatures; ou „
bien que hors d'icelles, il choifift le fuiet qui luy feroit plus „
agreable. Ie luy répondis que fi ledit Aldobrandin me „
demandoit confeil en cela, ie ne luy donnerois iamais d'ac- „
cepter le premier party, non pas mefme quand ils feroient „

K

« choix de celuy de ſes creatures qu'il deſiroit le plus, parce
« que celuy là auroit bien plus d'obligation à ceux qui l'au-
« roient choiſi qu'à celuy qui l'auroit receu : mais que le
« ſecond party me ſembloit bien plus raiſonnable de donner
« le choix à Aldobrandin de celuy qui luy plairoit le plus
« hors de ſes creatures : mais que ie croyois qu'au faire & au
« prendre ils n'en ſeroient pas tous d'accord. Il m'aſſeura
« que ſi, & qu'ils m'en donneroient tous la parole, & ſouſ-
« criroient à cela, s'il en eſtoit de beſoin. Ie luy dis, que s'il
« m'en faiſoit donner l'aſſeurance par tous ſes confederez,
« ie le propoſerois à Aldobrandin & luy parlerois, peut-eſtre
« d'autre façon que ie n'auois encore fait, qui eſtoit de luy
« dire qu'il ſe deuoit deſabuſer de l'eſperance de pouuoir
« faire Pape quelqu'vne de ſes creatures, eſtant bien aſſeu-
« ré que hors d'icelles il ne pouuoit venir qu'au Cardinal
« de Florence.

« Incontinent aprés ledit Cardinal de Florence me vint
« voir. Ie luy fis entendre tout le diſcours que i'auois fait à
« Delfin, & ce que m'auoit dit Pallotti, afin de ſçauoir s'il
« approuuoit que ie parlaſſe au Cardinal Aldobrandin en la
« façon que i'ay dit. Il me dit en eſtre fort content, & m'en
« fit de grands remercimens, reconnoiſſant comme il diſoit
« que ſi cét affaire luy reüſſiſſoit heureuſement, il en auroit
« l'obligation principale à V. M.

« Le Cardinal Como me vint voir bien toſt aprés, parce
« que, comme i'ay dit cy-deſſus, Aldobrandin auoit mis en
« auant ſa pratique, & aprés nous eſtre donné de reciproi-
« ques témoignages de noſtre affection, il me dit que nous
« eſtions en vn lieu où ie luy en pouuois témoigner les effets,
« & qu'il deſiroit eſtre éclaircy de ce qu'il en pouuoit atten-
« dre, parce que les bruits eſtoient au contraire. Ie fus long
« temps à me contenir, pour ne le faſcher point dans ma
« chambre, mais enfin il me preſſa tant, que ie fus contraint
« de luy dire, que ie ne luy voulois point celer, que les Mi-
« niſtres du feu Roy, qui eſtoient en cette Cour du temps
« de Gregoire X I I I. luy auoient fait entendre qu'il auoit
« fait & fomenté le commencement de la Ligue : Que le Pa-
« pe Sixte auoit dit depuis publiquement, que luy & le Car-

dinal de Sens auoient mis le feu & la guerre en France: ,,
Que les Ministres de V. M. qui ont esté depuis en cette ,,
Cour, auoient témoigné qu'il s'estoit monstré trop partial, ,,
& passionné pour l'Espagne. Il répondit là-dessus que tous ,,
ceux là auoient grand besoin que Dieu leur pardonnast, ,,
& qu'il auoit-tousiours esté tres-affectionné aux affaires de ,,
France, & plus que Cardinal du College, & me demanda ,,
si ie ne le croyois pas ainsi. Ie luy répondis que ie voulois ,,
croire ce qu'il me disoit. Il me pria de luy dire si i'auois ,,
commandement exprés de V. M. d'aller contre luy. Ie luy ,,
dis, que comme V.M. ne nommoit point ceux qu'elle desi- ,,
roit estre Papes; qu'aussi estoit-elle si iuste & raisonnable, ,,
qu'elle ne nous commandoit point expressément de le fai- ,,
re contre quelqu'vn. Il me repliqua, s'il seroit possible ,,
que n'ayant point ce commandement, (lequel ie ne voulus ,,
point auouër pour tout ce qui pourroit auenir) & ayant la ,,
bonne opinion que ie disois auoir de luy, ie preferasse les ,,
mauuais offices qu'on luy auoit faits, à ce que ie sçauois ,,
estre de la verité, & qu'il desiroit bien estre esclairey de ce ,,
qu'il s'en pouuoit promettre. Me voyant si pressé, ie dis ,,
que nous estions cinq Cardinaux François qui ne resol- ,,
uions rien les vns sans les autres, & qu'il me pourroit faire ,,
entendre quand il seroit temps de le seruir, que i'en parle- ,,
rois à ces Messieurs, & luy ferions sçauoir la resolution ,,
que nous aurions prise ensemble. Il poursuiuit encore, & ,,
me demanda si en leur parlant ie luy ferois bon office. Ie ,,
l'asseuray que ie leur dirois tout le bien que ie sçaurois ,,
de luy. ,,

Le Cardinal Ascoli me vint voir aprés, lequel n'entra ,,
point en semblable discours pour son regard. Si bien fit le ,,
Cardinal Montelparo, qui vint incontinent aprés, & me ,,
demanda s'il estoit vray que V. M. fust mal content de luy, ,,
comme on luy auoit rapporté. Ie l'asseuray bien ample- ,,
ment qu'elle n'en auoit iamais receu de mécontentement, ,,
& qu'il le pouuoit iuger luy-mesme, puisqu'il sçauoit bien ,,
n'auoir iamais eu aucun affaire en main qui touchast V. M. ,,
& son Royaume, auquel il ne se fust bien comporté. Il me ,,
dit qu'il estoit bien seruiteur du Roy d'Espagne, parce ,,

« que le Roy son pere luy auoit fait mille graces: mais qu'il
« ne croyoit pas que cela luy deuſt preiudicier; veu qu'il
« eſtoit bien vny, comme nous ſçauions, auec le Grand Duc,
« lequel ne vouloit autre que luy. Aprés l'auoir aſſeuré que
« cela ne luy pourroit aucunement nuire; il me dit qu'on
« luy obiectoit encore qu'il ne s'entendoit point aux affaires
« du monde: mais qu'à cela il répondit que s'il n'en euſt eu
« beaucoup de connoiſſance, vne ſi grande Religion com-
« me la ſienne, qui eſt de S. Auguſtin, ne luy auroit point
« donné les premieres charges de l'Ordre, comme de Prieur,
« Prouincial & General, ny meſme n'auroit eſté Lecteur ſi
« long temps en toutes ſortes de ſcience. Ie luy dis que ſon
« argument eſtoit infaillible.
« I'allay voir aprés le Cardinal Aldobrandin, & luy fis en-
« tendre ce que Pallotti m'auoit dit, ſçauoir qu'il me feroit
« donner la parole par tous ſes confederez, de laiſſer le
« choix audit Aldobrandin, de tel Cardinal qu'il voudroit,
« hors de ſes creatures: & pris ſur cela occaſion de luy faire
« le diſcours ſur lequel i'auois demandé conſeil à Delfin
« touchant les difficultez qu'il rencontreroit en toutes leſdi-
« tes creatures, du peu d'obligation qu'il acquerroit ſur celuy
« qui ſeroit Pape, s'il ne s'y reſoluoit qu'à toute extrémité. Ie
« luy repreſentay encore particulierement combien ce party
« luy ſeroit honorable & aſſeuré, ſi Pallotti ſatisfaiſoit à la
« promeſſe qu'il m'auoit faite: & partant que ie le conſeil-
« lois de ne differer plus à s'y reſoudre. Sur cela ie le vis fort
« penſif & en grande peine, comme vn homme qui ſe faſche
« de démordre de l'opinion qu'il a priſe, & ſe retirer d'vne
« paſſion ſi violente comme eſtoit la ſienne, d'auoir vne de
« ſes creatures. C'eſt pourquoy ie ne luy dis rien de l'autre
« partie du diſcours que i'auois fait à Delfin, touchant la
« part qu'il deuoit donner à V. M. en cette affaire, ne con-
« noiſſant pas bien comme il auoit pris ce que ie luy auois dit.
« Neantmoins ledit Cardinal Delfin me vint dire vne heure
« aprés, que ledit Aldobrandin auoit penſé au diſcours que
« ie luy auois fait, & qu'il auoit depuis enuoyé parler à
« Florence.
«   Le Mercredy 23. le Cardinal Pallotti me dit qu'Aldo-

brandin luy auoit fait entendre que quelques - vns luy „
auoient rapporté qu'il parloit mal de luy : Que fur cela il „
luy auoit répondu n'auoir parlé qu'à moy, & luy raconta „
tout le propos qu'il m'auoit tenu , auquel Aldobrandin „
auoit monftré ne prendre point plaifir : & me dit que fi ce- „
la eftoit , il ne s'en mefleroit plus, me priant de le faire fça- „
uoir. Ie luy dis qu'il auoit gafté tout l'affaire : Que fans „
doute Aldobrandin ne prendroit point plaifir à fortir hors „
de fes creatures: & que s'il m'en parloit , il faudroit que „
moy mefme luy confeillaffe de ne le faire point : & que „
par ainfi ie ne luy pourrois demander s'il auroit agreable „
qu'on continuaft cette pratique , puifque ie ne l'oferois „
confeiller d'y entendre. Neantmoins ledit Pallotti me „
preffa plus d'vne fois d'en fçauoir fa volonté. Ce qui me „
fit douter qu'il n'auoit pas trouué les chofes en l'eftat „
qu'il penfoit , & qu'il defiroit pouuoir trouuer quelque „
excufe pour s'en retirer. Toutefois ie luy dis que puifqu'il „
le vouloit ainfi, ie luy en parlerois : ce que ie fis. Mais ie „
confeillay Aldobrandin de trouuer bon que ie répondiffe „
de fa part, qu'il auoit fort reietté ce party , ne me femblant „
pas raifonnable qu'il y entendift, iufques à ce qu'on luy „
euft mis en main la chofe toute affeurée; ce qu'il approu- „
ua. Ie fus neantmoins confirmé au deffein de continuer „
cette pratique par Vifconti & Arigon, deux fort habiles „
Cardinaux, qui me dirent que fi Aldobrandin ne prenoit „
ce party viftement , qu'il ne feroit rien de ce qu'il vou- „
droit : qui fut caufe que ie voulus reparler audit Pallotti, „
& luy dire qu'Aldobrandin ne prenoit à déplaifir qu'il con- „
tinuaft. Mais i'apperceu par quelques coniectures, qu'il „
ne trouuoit pas Montalto fi difpofé à cela, qu'il m'auoit „
dit, comme ie m'en eftois defia douté, & fus puis aprés af- „
feuré par Aldobrandin. C'eft pourquoy nous fufmes d'a- „
uis de nous roidir fur Baronius plus que iamais, & les laif- „
fer venir, fans mettre encore en auant Florence. Dequoy „
Aldobrandin fut bien aife , pour n'eftre point preffé à fe „
refoudre de fe retirer de la penfée & efperance de faint „
Marcel. „

Le foir les Cardinaux Aldobrandin , Delfin & moy, „

« nous aſſemblaſmes chez le Cardinal Ceſi , & nous reſolû-
« mes d'eſſayer ſi nous pourrions faire quelque coup pour le
« Cardinal Serafin , & penſaſmes qu'il nous pourroit reüſſir,
« en priant quelques Cardinaux hors les creatures d'Aldo-
« brandin , de luy vouloir donner leurs vœux le lendemain au
« ſcrutin , ſeulement pour luy faire cét honneur, comme les
« Cardinaux ont accouſtumé de ſe rendre de tels offices : &
« auions reſolu , s'il y en euſt eu quelque nombre, de luy en
« faire donner par pluſieurs des creatures dudit Aldobrandin,
« ou nous reſeruer encore quelques-vns des plus aſſeurez
« pour luy faire l'accez, ſi nous euſſions veu que le nombre
« euſt eſté ſuffiſant.

« 　Le Ieudy 24. le Cardinal Baronius eut 23. voix : & par-
« ce que le deſſein que nous auions fait pour Serafin fut dé-
« couuert, nous ne fuſmes pas d'aduis de faire ce que nous
« auions proietté. Tout le reſte de ce iour-là le bruit courut
« par le Conclaue, qu'on vouloit le lendemain donner des
« accez audit Baronius , dequoy ceux qui luy eſtoient con-
« traires, eurent telle apprehenſion, qu'ils s'aſſemblerent le
« ſoir chez le Cardinal d'Auila, & iurerent de nouueau ſon
« excluſion.

« 　Sur ce que i'auois reconneu que Palſotti deſiroit ſe re-
« tirer de la negotiation que i'ay dit cy-deſſus, eſtant entré
« auſſi en plus grand doute qu'auparauant de Montalto ; Ie
« dis au Conclauiſte du Cardinal de Florence, que ſes af-
« faires n'alloient pas ſi bien comme il penſoit du coſté de
« nos aduerſaires, & que ie craignois que non ſeulement les
« Eſpagnols , mais auſſi Montalto s'en retireroit : ce qu'il
« me dit neantmoins ne pouuoir croire , veu les grands iu-
« remens qu'il luy auoit faits, pour l'aſſeurer du contraire.

« 　Le Vendredy 25. iour de l'Annonciation de N. Dame,
« Baronius eut 27. voix : dequoy ceux du party contraire
« furent grandement irritez, & principalement Montalto,
« qui dit qu'on les traittoit en enfans , & qu'on leur vou-
« loit faire peur : laquelle fut ſi grande , qu'ils firent rentrer
« auec grande haſte le Cardinal de Sainte Cecile dans le
« Conclaue.

« 　Aprés eſtre ſorty du Scrutin, i'allay viſiter ledit Cardi-

nal fainte Cecile, i'y rencontray Aquauiua qui me retira »
à-part, & me dit qu'on luy auoit parlé du Cardinal de Flo- »
rence, & qu'il efperoit de l'y reduire, & me pria de dire à »
Vifconti, qu'il feroit bien de le venir vifiter. Ie fis l'office, »
& le Cardinal Vifconti me dit, que fi l'affaire de Florence »
alloit bien, il falloit fe refoudre de parler clair & net à Al- »
dobrandin, & le détromper de l'opinion qu'il auoit de fai- »
re vne de fes creatures. »

Le Cardinal Delfin me vint voir aprésdiner, & fut de »
mefme opinion que moy, touchant ce que i'auois dit au »
Conclauifte de Florence, & fufmes encore tous deux d'a- »
uis que fi Vifconti ne fe refoluoit de parler plus froide- »
ment de cét affaire, il luy pourroit nuire : Ce que ie luy »
confeillay de luy dire, & promit de le faire. »

Cependant la pratique de Como, qu'Aldobrandin nous »
auoit dit auoit mife en auant, feulement pour diuifer les »
autres, alloit toufiours continuant. »

Sur le foir Aldobrandin me vint demander confeil fur »
deux chofes : l'vne, s'il ne deuoit pas dire à Montalto, qui »
trauailloit à faire l'exclufion de toutes fes creatures, que »
puifqu'il le traittoit ainfi, il la feroit auffi à toutes les fien- »
nes : l'autre, s'il deuoit traitter l'affaire de Como auec Sᵗᵉ »
Cecile, Como l'en ayant prié auec grande inftance. Sur la »
premiere, ie luy répondis qu'il me fembloit qu'il ne deuoit »
pas luy-mefme dire cela à Montalto, parce qu'ils fe pour- »
roient aigrir les vns contre les autres ; mais que ie ne trou- »
ueroispoint mauuais, qu'il le luy fift entendre par vn tiers. »
Sur la feconde, ie luy dis que la chofe meritoit qu'on y pen- »
faft, parce que ie craignois que Sᵗᵉ Cecile, fi habile comme »
il eft, où il découuriroit incontinent fon artifice, lequel »
il difoit ne tendre qu'à les defunir, ou qu'il le mettroit »
peut-eftre en tels termes, qu'il s'engageroit trop auant. »
Et encore que ie ne doutaffe point de fa foy, fi refolus-ie »
pourtant de communiquer ce qui fe traittoit de Como aux »
Cardinaux François, afin de prendre garde, & pouruoir à »
ce qui pourroit auenir. »

Le Samedy 26. ie reconneu par le difcours d'Aquauiua »
& de Santi-Quatro, qu'ils trouuoient difficulté en l'af- »

« faire du Cardinal de Florence, ne pouuant faire refoudre
« tous leurs confederez à donner l'élection libre à Aldobran-
« din ; & i'y en voyois encore du cofté du Cardinal Aldo-
« brandin, parce qu'il eftoit toufiours aheurté fur S. Marcel.
« Ce qui me fit confeiller à Florence de faire tout ce qu'il
« pourroit, afin qu'on attendift encore de parler de fon affai-
« re : car ie craignois qu'on ne le vouluft gafter : Ce qu'eftant,
« ie voyois que nous eftions reduits à demeurer vn an dans le
« Conclaue, ou à tomber en quelque fuiet extrauagant.
« 	Aldobrandin me fit dire par Delfin que nous n'euffions
« aucune apprehenfion qu'il nous manquaft de foy en l'af-
« faire de Como, encore qu'il ne parlaft point à nous de tout
« ce iour là : car ce n'eftoit que pour faire la peur plus
« grande.
« 	I'appris qu'Aldobrandin contre mon confeil eftoit allé
« parler à Ste Cecile, & qu'entre autres chofes ledit Ste Ce-
« cile luy auoit dit clairement qu'il ne penfaft plus à S. Mar-
« cel, & que luy-mefme fe feroit chef de l'exclufion. De-
« quoy ie fus bien aife : car ie ne defirois rien tant que de
« voir Aldobrandin hors de cette efperance, durant laquelle
« i'apprehendois infiniment que les Efpagnols ne penetraf-
« fent le traitté que nous faifions pour Florence, & qu'ils ne
« luy fiffent l'exclufion.
« 	Ie fceus auffi comme le Cardinal Aldobrandin auoit
« parlé au Cardinal d'Auila, lequel fe plaignit à luy de voir
« tous les iours tant de vœux eftre donnez à vn ennemy du
« Roy d'Efpagne, comme eftoit le Cardinal Baronius : &
« qu'Aldobrandin fe plaignant de fon cofté, des exclufions
« qu'il faifoit à fes creatures, & à mon aduis le requerant de
« quelque chofe, ledit d'Auila luy auoit répondu qu'il luy
« en rendroit réponfe dans deux iours, & luy en declareroit
« vn autre que le Roy d'Efpagne ne vouloit non plus que
« Baronius. Ie creu que c'eftoit Florence, & craigny qu'Al-
« dobrandin ne l'abandonnaft volontiers, pour obtenir quel-
« que chofe pour S. Clement, ou S. Marcel.
« 	Le foir Aldobrandin me vint dire qu'il auoit traitté ce
« iour-là auec fainte Cecile, & ne me difoit pas veritable-
« ment ce qui s'eftoit paffé entre-eux. Il me fit auffi entendre

dre que l'affaire de Como alloit fort auant , & qu'on en „
oyroit bien-toft parler , comme il aduint. Car incontinent „
aprés qu'il fut forty de ma chambre, Montalto y entra, „
eftant quafi hors de foy à caufe du bruit qui couroit de Co- „
mo : difant qu'il voyoit bien que c'eftoient des artifices „
d'Aldobrandin , lefquels ne luy feruiroient de rien ; & „
qu'il auoit quafi enuie d'aller luy-mefme à Como, s'affeu- „
rant bien qu'il feroit déplaifir à Aldobrandin. Ie luy dis que „
i'eftois de fon aduis, & que c'eftoient des artifices , defquels „
ie ne me pouuois émouuoir : dautant que ie croyois bien „
qu'en effect il le defiroit moins que tout autre : & que s'il fe „
refoluoit d'y aller, nous y irions encore, parce que nous „
n'auions point d'apprehenfion qu'il pûft nuire à V. M. de „
laquelle il auroit toufiours plus affaire, qu'elle de luy. Ce „
qu'ayant entendu, il eut encore plus de peur, & me deman- „
da fi nous ne nous banderions pas contre ledit Como. Ie „
luy dis qu'oüy, s'il fe faifoit chef de l'exclufion. Il voulut „
fçauoir combien nous ferions. Ie luy dis que ie l'affeurois „
pour cinq, & que i'efperois qu'auec les Venitiens, & quel- „
ques-vns de mes amis, ferions iufques à dix. Il répondit „
qu'auec cela il eftoit affeuré. Ie luy dis aprés que fi cela „
eftoit, Aldobrandin nous auroit bien fait vn mauuais tour: „
mais que les Efpagnols qu'il auoit tant feruis en cette oc- „
cafion, le luy auroient fait encore pire. „

Le Cardinal de Sourdis qui fe rencontra à ce difcours, „
luy dit ce que ie n'auois ofé luy dire, de peur qu'il euft trop „
de fuiet de reconnoiftre que nous voulions luy faire peur; „
Que fi les Efpagnols faifoient Pape Como, il feroit bien „
employé, pour s'eftre trop mis auec eux; & qu'Aldobran- „
din auffi feroit bien de le traitter en cette façon, puifqu'il „
s'eftoit bandé contre vn fi homme de bien, comme eftoit „
le Cardinal Baronius. „

Le Dimanche 27. ledit Cardinal Baronius eut 31. voix, „
dequoy le party contraire enrageoit, & particulierement „
le Cardinal d'Auila, qui difoit tout haut que c'eftoit trai- „
ter vn Roy trop indignement , de donner fi effronte- „
ment tous les iours tant de vœux à vn fien ennemy, & que „
fes fuiets mefmes y cooperaffent. „

L

« Le Cardinal dal Monte me parla long temps, & me
« dit qu'on donneroit, à son aduis, à Aldobrandin le choix
« de tous les Cardinaux hors de ses creatures, si on estoit as-
« seuré contre Como & Verone. Ie luy dis que moy luy por-
« tant cette parole, comme ie ferois, si ie les voyois bien re-
« solus à cela, ie m'asseurois bien de Como, & qu'il n'y auoit
« pas d'apparence que Verone fust Pape : que ie m'estonnois
« neantmoins que luy, qui estoit du Grand Duc, exclust vn
« Venitien, que cela seroit excusable aux autres.

« On bruyoit vn peu trop à mon gré du Cardinal de Floren-
« ce par le Conclaue. C'est pourquoy ie luy fis dire, & ad-
« uertis tous ses amis de ne parler point encore de luy, &
« qu'on luy faisoit vn grand tort d'éuenter vne affaire qui
« n'estoit point encore meure : & neantmoins c'est vn grand
« cas que les Espagnols n'en penetrerent iamais rien.

« Le Cardinal Sauli me vint voir l'aprésdinée, pour me
« prier de persuader à Aldobrandin de n'aller point au Car-
« dinal Camerino plustost qu'à luy, pour beaucoup de rai-
« sons qu'il me dit, & entre autres, pour estre ledit Came-
« rino pure creature de Montalto, n'estant auparauant qu'vn
« petit Chanoine de trente escus de rente : luy au contraire,
« personne née fort noblement : qu'il seroit fait auec gene-
« rale satisfaction de tous les Rois & Princes Chrestiens qui
« le desiroient, & lesquels ledit Aldobrandin pourroit o-
« bliger par ce moyen : qu'il n'auoit point de parens qui ne
« fussent riches : bref qu'on ne pouuoit attendre de luy que
« toutes choses grandes & honorables.

« Le Cardinal Delfin me vint voir aprés, & me dit qu'Al-
« dobrandin me prioit de parler comme de moy-mesme à
« Montalto, & luy offrir de porter parole audit Aldobran-
« din pour quelqu'vne de ses creatures. Ie luy dis fran-
« chement que si ie croyois que ce fust à bon escient, ie le
« ferois volontiers, mais que ie croyois bien qu'il ne vouloit
« qu'en mettre en auant quelqu'vne, pour puis aprés la rui-
« ner. C'est pourquoy ie le priay de m'excuser, si ie ne me
« voulois point mesler de cela. Il me dit que i'auois grande
« raison, & que c'estoit la verité qu'Aldobrandin n'auoit
« eu autre dessein, afin que par ce moyen Montalto n'espe-

raft plus de ſes creatures, & vinſt plus volontiers à quel- ”
que autre. Il me preſſa encore de parler à Montalto, pour ”
luy accroiſtre la peur de Como: ce que ie ne voulus faire ”
non plus, n'eſtant point de mon humeur de cooperer à vne ”
fiction ſi groſſiere, & laquelle ie ſçauois que ledit Mon- ”
talto auoit deſia découuerte. I'auois eu meſme peine de ”
participer à ce qui s'eſtoit paſſé là deſſus. ”

Le Cardinal d'Eſt ayant oüy parler de l'affaire de Como, ”
me vint offrir de ſeruir V. M. en cette occaſion. ”

Sur le ſoir le Cardinal Delfin reuint encore, & me dit ”
comme il auoit parlé à Montelparo pour luy faire peur de ”
Camerino, afin qu'on commençaſt de donner la iambe aux ”
creatures de Montalto, comme i'auois reconnu que c'é- ”
toit ſon deſſein, & de commencer nommément par Ca- ”
merino, parce qu'il le hayſſoit par deſſus tous les autres, à ”
cauſe qu'il luy auoit fait les plus mauuais offices enuers le ”
feu Pape, que pas vn autre Cardinal, ſur le ſuiet d'vne rela- ”
tion qu'il fit au Senat de Venize, eſtant de retour de ſon ”
Ambaſſade en cette Cour, laquelle luy auoit eſté ſurpriſe, ”
où il diſoit beaucoup de mal de pluſieurs Cardinaux. Et ce ”
qui l'émouuoit encore à deſirer l'excluſion dudit Cameri- ”
no, eſtoit qu'il ſçauoit qu'Aldobrandin l'auoit choiſi par ”
deſſus toutes les creatures de Montalto. ”

Le Lundy 28. Baronius eut trente voix, dequoy le party ”
contraire continuoit à ſe picquer bien fort, & particulie- ”
rement d'Auila, qui continuoit à crier qu'on traittoit fort ”
indignement ſon Roy, & accroiſſoit l'iniure en la pu- ”
bliant. ”

Les Cardinaux Aquauiua & Sforce me prirent au partir ”
du Scrutin, & me dirent que ſi Aldobrandin ſe vouloit ”
reſoudre à Florence, qu'ils eſperoient bien de ſes affaires. ”
Ie leur dis qu'il me ſembloit que les Eſpagnols luy eſtans ”
encore contraires, & Montalto peu reſolu d'y venir, & ne ”
ſçachât pas ſi toutes les creatures d'Aldobrandin y eſtoient ”
bien portées, & voyant luy-meſme n'eſtre pas encore hors ”
d'eſperance de pouuoir faire reüſſir quelqu'vn des ſiens, ”
ce ſeroit mettre en trop grand danger ledit Florence, de ”
le tenter, les choſes eſtant en cét eſtat: & partant qu'il ”

« eſtoit neceſſaire d'attendre encore : ce qu'ils iugerent
« auſſi.

« Aldobrandin me parla bien-toſt aprés, & me demanda
« conſeil, ſi ayant ſceu que ceux de la faction contraire
« faiſoient tous les iours des congregations, qu'à l'heure
« meſme qu'il me parloit ils eſtoient enſemble pour faire
« l'excluſion à ſes creatures ; il ne deuoit point faire de meſ-
« me pour exclure celles de Montalto. Ie luy dis que ie n'é-
« tois point d'aduis qu'il fiſt des aſſemblées : mais bien qu'il
« entendiſt en particulier les opinions de toutes ſeſdites crea-
« tures ſur ce ſuiet. Il me demanda aprés & au Cardinal
« Delfin, qui ſuruint ſur ce propos, ſi nous ne luy conſeil-
« lions pas de faire à bon eſcient ladite excluſion à toutes
« les creatures de Montalto. Ledit Delfin luy répondit qu'il
« n'eſtoit pas d'aduis qu'il la leur fiſt ouuertement, puiſqu'en
« effect il en eſtoit aſſeuré, & qu'il ſeroit bien aiſe de leur
« pouuoir dire en tout temps, que quelques occaſions qu'on
« luy euſt données, il ne les auoit point voulu exclure. Ie fus
« de meſme aduis, mais i'adiouſtay qu'il n'y auoit point de
« danger de leur faire ſçauoir par vn tiers qu'ils couroient
« cette fortune, parce que tant qu'ils ſeroient en eſperance
« du contraire, ils prolongeroient le Conclaue, & trauer-
« ſeroient les deſſeins dudit Aldobrandin : ce que ie diſois,
« afin qu'on ne vinſt point à l'excluſion ouuerte de pluſieurs
« d'entre eux, à qui ie ne deſirois pas qu'on fiſt ce tort, mais
« que pluſtoſt eux-meſmes s'en retiraſſent.

« Le ſoir nous nous aſſemblaſmes, les Cardinaux Viſcon-
« ti, Delfin & moy, & aprés auoir long temps diſcouru ſur
« l'eſtat de nos affaires, nous reſoluſmes qu'il eſtoit bon de
« faire vn dernier effort, afin que ceux de l'autre bande s'ac-
« cordaſſent plus facilement à donner l'élection libre à Al-
« dobrandin de tel ſuiet qu'il voudroit hors de ſes creatures :
« & que cela eſtant, nous deuions perſuader audit Aldobran-
« din, de ſe reſoudre à accepter ce party : & que pour ſur-
« monter les difficultez que les autres pourroient faire à le
« luy offrir, pour la crainte qu'ils auroient qu'il ne fiſt choix
« de quelque ſuiet qui leur fuſt deſagreable, comme eſtoit
« Como à Montalto, & Verone aux Eſpagnols ; falloit que

ie parlaſſe à l'oreille à Montalto & Auila, & leur donnaſſe »
parole qu'ils n'auroïent ny l'vn ny l'autre. »

Le Mardy 29. le Cardinal Aldobrandin parla à moy le »
matin, & me dit deux choſes: l'vne, qu'il auoit reconneu »
qu'on trompoit le Cardinal de Florence : l'autre, que ſi »
quelqu'vn des aduerſaires me parloit du party ſouuentes- »
fois dit, que ie les y confirmaſſe, mais que ie fiſſe qu'ils vinſ- »
ſent parler à luy, & qu'il les écouteroit auec quelques con- »
ditions : ce qui me fit croire que ſur cela il vouloit fonder »
quelque autre deſſein. »

Le Cardinal Santi-Quatro me vint voir peu aprés, & ie »
luy parlay conformément à la reſolution priſe le ſoir auec »
Viſconti & Delfin, ſur le ſuiet du Cardinal de Florence: »
ce qu'il monſtra grandement approuuer & en bien eſperer, »
& m'aſſeura qu'il y alloit trauailler ſur l'heure meſme. »

Vn peu aprés rencontrant Sforce, il me dit en paſſant »
que les Eſpagnols fuſſent venus à Florence, ſi Aldobran- »
din ſe fuſt reſolu à temps : qui me fit craindre que ſon affai- »
re ne fuſt gaſtée, & ie m'en affligeay beaucoup. »

Ce ſoir il vint vne grande émotion par le Conclaue, »
dont ie fus aduerty de deux endroits, coup ſur coup, fon- »
dée ſur ce qu'on diſoit qu'Aldobrandin auoit promis au »
Cardinal d'Auila, d'accepter telle de ſes creatures que luy »
& ſes confederez voudroient choiſir, & adiouſtoit-on »
qu'il s'eſtoit reſolu à Bianchetti. Et comme i'eſtois ſur le »
poinct de ſortir de ma chambre pour aller voir quel bruit »
c'eſtoit, ledit Aldobrandin y entra tout ému, accompa- »
gné de quelques Cardinaux des ſiens qui l'eſtoient encore »
plus contre luy, parce qu'ils ne vouloient Bianchetti non »
plus que nous. Il me pria d'enuoyer chercher le Cardinal »
Borromeo : ce que ie fis : lequel eſtant arriué, ledit Aldo- »
brandin nous pria bien fort de ne croire point ce qu'on di- »
ſoit de luy, nous aſſeurant n'auoir rien dit à Auila de ſem- »
blable. Sur quoy nous reſoluſmes qu'il le deuoit aller trou- »
uer ſur l'heure, accompagné de deux de ſes creatures, & »
luy parler clairement : ce qu'il fit, mais il ne prit que Ban- »
dini auec luy, ce qui me depleut. I'allay cependant faire »
entendre aux Cardinaux François ce qui ſe paſſoit, afin »

« de nous refoudre en cas qu'il nous vouluft manquer de pa-
« role & de foy, à trauailler à cette exclufion de Bianchetti,
« laquelle nous euft bien reüffi. Comme i'y allois, ie ren-
« contray Bandini qui me dit qu'Auila auoit confeffé à Aldo-
« brandin, qu'il ne luy auoit iamais tenu tels difcours : neant-
« moins à fix pas de là ie trouuay Aquauiua & Sforce qui me
« dirent tout au contraire, & qu'Auila auoit grand tort de
« s'en dédire, & de faict ils s'en allerent auec quelques
« autres trouuer ledit Auila, & luy firent reproche de ce
« qu'il n'auoit ofé fouftenir à Aldobrandin ce qu'il leur
« auoit dit, & qu'il y alloit grandement de fon honneur.
« Dequoy le bon homme d'Auila fut fi émeu, qu'il fe leua
« de fon lict où il eftoit defia couché, & en fortant de fa
« chambre tout tranfporté de cholere & hors de foy, il ren-
« contra Aldobrandin, & luy dit qu'il l'auoit furpris, & qu'il
« importoit grandement à fon honneur de fouftenir ce qu'il
« luy auoit dit eftre veritable : qu'ils eftoient tous deux Pre-
« ftres, mais qu'il eftoit né Caualier, & qu'il luy fouftien-
« droit mefme en ftoccade s'il eftoit befoin, qu'il luy auoit
« donné l'élection fufdite, fans en exclure ny Bianchetti ny
« Tofco. Le Cardinal Aldobrandin répondit, que qui diroit
« qu'il auoit donné cette élection, ne diroit pas la verité. Sur
« cela Auila dit en reiterât plufieurs chofes contre l'honneur
« d'Aldobrandin, luy difant mefme des iniures, iufques à di-
« re : *Efte hombre fuzio y mal nafcido merece que le fean dados*
« *buffetones.* Nous refolufmes enfin après auoir prou conte-
« fté & crié dans la chambre de Borromeo, où ledit Aldo-
« brandin m'auoit prié de venir, qu'il falloit accommoder
« cette affaire dés le foir mefme : & que ledit Aldobrandin
« aduoüeroit qu'il auoit dit à Auila, qu'il auifaft fi toute fa
« faction feroit d'accord en vne de fes creatures, que pour
« luy il n'en exceptoit pas vne : que mefme Bianchetti &
« Tofco furent nommez : & que fur l'affeurance qu'il luy en
« donneroit, il traitteroit auec elles : & qu'Auila auoit en-
« tendu par ce propos qu'il luy en laiffoit l'élection libre : ce
« qui n'eftoit pas pourtant ny le fens des paroles, ny l'inten-
« tion d'Aldobrandin. Neantmoins ledit Auila ne voulut
« oüyr parler ce foir d'aucun d'accord.

Le Mercredy 30. au matin ils s'accorderent, & resolurent qu'il ne se parleroit plus de cela. Le Cardinal Baronius eut trente deux voix.

Aldobrandin me demanda si i'estois mal content de luy, sur ce qui s'estoit passé le soir auparauant. Ie luy dis que ie ne me mettois pas en peine des paroles qu'il pourroit dire, parce que le croyant homme d'honneur & de foy, i'en attendois les effets veritables, & tels qu'il m'auoit tousiours promis: que ie le priois de m'en donner de nouueau les promesses: ce qu'il fit, & me pria de faire auec Visconti, qu'il ne s'offensast point de ce qui s'estoit passé.

Vn Cardinal de mes amis de l'autre bande, me dit qu'il falloit se resoudre à ne consentir point qu'on fist Pape vn ieune Cardinal: & le pressant de me dire de qui il se doutoit, il me confessa que c'estoit de Borghese, à qui il croyoit que plusieurs des leurs iroient, & qu'il auoit eu vne instruction des Espagnols, qu'ils le desiroient grandement & quasi sur tous.

Ie vis le Cardinal de Florence pour luy parler de son affaire, & luy dire en quel estat il estoit, & aduiser ce qu'il faudroit faire. Il me pria de voir Aquauiua qui me vint trouuer, & nous en discourusmes long-temps ensemble, sans nous en pouuoir bien resoudre, parce qu'il disoit ne pouuoir faire accorder toute sa troupe, de donner le choix à Aldobrandin, duquel nous auions souuent parlé, & auquel i'auois tousiours insisté pour iouër au plus seur. Ie ldisois aussi de ne pouuoir faire venir ledit Aldobrandin à moins qu'à cela, & qu'encore seroit-ce beaucoup.

L'Ambassadeur d'Espagne porta au sacré College vne lettre generale de son Roy, & des particulieres à tous les Cardinaux, hormis aux François, ausquels Sforce vint faire excuse de la part d'Auila.

Le Ieudy 31. ie pensay toute la nuict à l'affaire de Florence, & me sembla que si Aldobrandin se vouloit resoudre à luy, qu'il pourroit aisément reüssir. C'est pourquoy ie deliberay de luy persuader, & d'autant plus volontiers que le Conclauiste dudit Florence me vint presser & dire qu'il ne craignoit point qu'il y eust du hazard. L'ayant toute-

« fois communiqué à Delfin, il ne l'approuua pas, difant
« qu'Aldobrandin ne s'y deuoit aucunement refoudre, qu'il
« n'y vift plus clair, & que s'il faifoit le contraire, les chofes
« eftans en cét eftat, c'eft à dire fans y voir plus de fonde-
« ment, il offenferoit plufieurs de fes creatures qui eftoient
« encore en efperance : qui me fit encore croire qu'il auoit
« reconneu qu'Aldobrandin eftoit bien éloigné de cette
« penfée. Il me dit aprés cela qu'Aldobrandin s'eftoit refo-
« lu de faire éclaircir Sauli de fon exclufion. Ie luy dis que
« i'en eftois bien marry, mais qu'il feroit fort bien, puifqu'il
« n'en vouloit point, de luy faire fçauoir qu'il ne fe mift
« point en hazard de la receuoir : car cela rompit le col à tou-
« tes fes affaires. Ledit Delfin me tenta, pour fçauoir fi au-
« cun François n'ayderoit point en fon exclufion. Ie le priay
« qu'ils n'en fuffent point recherchez, parce que c'eftoit vn
« Cardinal de qui V. M. faifoit beaucoup d'eftat.

« 　　Bandini me vint voir, & me parlant de ce qui s'eftoit
« paffé entre Auila & Aldobrandin, m'apprit que Farnefe
« auoit efté caufe de leur accord, parce qu'encore qu'ils fuf-
« fent defunis en ce Conclaue ; fi eft-ce qu'eftans alliez, il
« defira que cela ne paffaft plus outre. La fin principale de
« fa vifite, fut pour s'éclaircir fi nous donnions l'exclufion à
« Bianchetti, & me preffa tant de luy dire, que voyant que
« cela eftoit defia affez diuulgué, & qu'il ne fe pouuoit nier,
« & que d'ailleurs nous eftions affeurez qu'il ne feroit point
« Pape, ie creu eftre de la dignité de V. M. de luy dire li-
« brement qu'on vous auoit fait de fort mauuais rapport du
« dit Bianchetti ; afin que cela donnaft exemple deformais
« aux autres de fe comporter en voftre endroit auec l'hon-
« neur & le refpect qu'ils doiuent ; ne me femblant point
« qu'en telle occafion, eftant Miniftre d'vn fi grand Prince,
« ie deuffe auoir la crainte de le declarer qu'ont les autres.
« La fin de fon propos fut de fonder fi en vne occafion nous
« irions au Cardinal Pinelli, qui eft fon proche parent ; ie
« luy dis qu'ouy.

« 　　Aprés qu'il fut party, Aquauiua reuint, & puis Santi-
« Quatro, qui tous deux me dirent qu'il feroit temps de faire
« refoudre Aldobrandin à Florence, s'affeurans que l'affaire
　　　　　　　　　　　　　　　　　　　　reüffiroit,

reüssiroit, s'il le vouloit, & me dirent clairement qu'il ne "
falloit point attendre que tous fissent l'offre recherchée, "
qui estoit de donner à Aldobrandin le choix de tous les "
suiets hors de ses creatures, parce que l'ayant tenté ils l'a- "
uoient trouué impossible. Ils me declarerent aussi que le "
temps pourroit nuire à cette affaire si on la retardoit. "

Sur ce discours vint Sforce, qui dit qu'on mettoit en "
pieces Sauli par le Conclaue, c'est à dire qu'on trauailloit "
à son exclusion tant qu'on pouuoit. Dequoy Aquauiua "
pensa enrager, & alla sur le champ aduiser de la faire cesser. "

Ie fus tout estonné que sur les trois heures de nuit, qui "
sont enuiron dix heures du soir en France, il vint bruit par "
le Conclaue qu'il falloit prendre le rochet, & aller faire "
Congregation generale, pour resoudre si on oyroit l'Am- "
bassadeur d'Espagne qui vouloit audience pour vne cho- "
se de tres-grande importance. Cela émeut infiniment "
toute la Compagnie, & plus que ie ne le sçaurois exprimer : "
car premierement il n'y eut celuy qui ne pensast que ce fust "
vn stratageme de quelqu'vn des partis, pour surprendre "
l'autre, & mener le College dans la Chapelle pour faire vn "
Pape : de sorte que d'vn costé ny d'autre personne ne le "
vouloit prendre : chacun discouroit & commentoit sur ce "
que ce pouuoit estre, & que pourroit vouloir dire l'Am- "
bassadeur d'Espagne à cette heure-là. Ceux qui disoient "
que c'estoit la mort du Roy ou de la Reyne d'Espagne, ne "
trouuoient pas que la cause fust vrgente, pour mettre le "
College à cette heure-là en confusion. Tellement que "
chacun croyoit qu'il eust à parler de quelque chose de bien "
grand touchant le Conclaue : comme de faire vne prote- "
station contre le Cardinal Baronius, ou vn ressentiment de "
ce qu'Aldobrandin auoit dit ces iours passez à Auila, ou "
quelque chose imaginable beaucoup plus grande que tout "
cela. Sur cette grande suspension d'esprit, voila l'Ambas- "
sadeur à la porte qui s'excusa de parler, que tous ceux qui "
estoient à l'entour de luy ne fussent sortis, pour estre ce "
qu'il auoit à dire de trop grande importance. On fit retirer "
vn chacun, mesme les Conclauistes. Et ce fut en fin pour "
faire entédre vn aduis qu'il auoit eu du Comte de Fuentes, "

M

" comme quelques ieunes Anglois estudians à Padoüe de-
" uoient se ioindre à d'autres qui estoient partis d'Angleter-
" re, faisans en tout le nombre de 500. & vestus en pelerins,
" pour saccager & piller l'Eglise Nostre Dame de Lorette.
" Il y auoit trois semaines que cét aduis auoit esté donné au
" College, qui n'en auoit tenu autre conte que de faire que le
" Cardinal Gallo, Protecteur dudit lieu, mandast au Gou-
" uerneur d'y prendre garde. Tellement que ie puis dire que
" de toutes les impertinences que ie vis iamais en ma vie,
" celle-là estoit la plus solemnelle. Aussi tous les Cardinaux
" de cette faction en eurent tres-grande honte, ne pouuant
" trouuer des paroles suffisantes pour l'excuser, & les autres
" s'en mocquoient bien fort. Il adiousta qu'il apportoit vne
" lettre que le Roy d'Espagne m'écriuoit, qui fut oubliée
" l'autre iour quand il bailla toutes les autres. Qui fut vne
" autre impertinence.
"   Après cela, le Cardinal d'Est me vint trouuer, & me dit
" qu'on faisoit la pratique de S. Clement, qui estoit son en-
" nemy, qu'il s'asseuroit que V. M. ne vouloit qu'il ne fust
" seruy en cela de nous, dequoy il me prioit. Ie luy répondis
" que ie m'émerueillois de deux choses de luy: L'vne dequoy
" il parloit de ce que personne autre que luy ne parloit: L'au-
" tre de ce qu'il esperoit, n'ayant voulu se declarer icy pour
" V. M. comme il auoit tousiours promis, & s'estant non seu-
" lement vny auec les Espagnols, mais encore fait tout le pis
" qu'il auoit pû, contre vn suiet que vous desiriez tant,
" comme le Cardinal Baronius: que pour luy qui n'auoit
" parlé de cela qu'après trois semaines du Conclaue, nous
" voulussions si cruellement offenser Aldobrandin qui mon-
" stroit à V. M. tant de bonne volonté, & qui estoit si puis-
" sant, & auoit vn si grand moyen de la luy rémoigner: que
" neantmoins en ce qui se pourroit ie le seruirois. Il s'en alla
" de moy fort picqué, & ie restay fort estonné de sa preten-
" tion, & scandalizé de sa procedure, qui ne fut pas plus
" prudente à l'endroit des autres qu'il recherchа, de tous les-
" quels quasi il fut refusé.
"   I'allay de là faire entendre le tout au Cardinal Aldo-
" brandin, lequel après m'auoir remercié de la réponse que

ie luy auois faite, me conta comme Borromeo & Sforce l'é- "
toient venu prier de ne faire point l'exclusion de Sauli, & "
d'arrester le Cardinal Cesi qui y trauailloit : comme aussi "
ledit Sauli luy-mesme l'en auoit prié peu deuant : & qu'il "
leur auoit respondu qu'il ne la feroit point faire, mais qu'il "
auoit grande occasion de s'offenser de ce qu'on la faisoit à "
S. Clement, duquel il ne parloit point. Et le trouuay si "
émeu, qu'il n'estoit pas possible de plus, bien qu'il me dist "
que Montalto venoit de luy mander qu'il ne la feroit "
point. "

Le Vendredy premier d'Auril, incontinent aprés le Scru- "
tin, ie pris le Cardinal Aldobrandin : & quoy que le Cardi- "
nal Delfin m'eust détourné de traitter encore de l'affai- "
re de Florence, si est-ce que ie me resolu de luy en parler à "
bon écient, & essayer de l'y faire resoudre : & luy dis com- "
me il auoit pû connoistre iusques icy nostre affection, con- "
stance & fidelité à le seruir à tous ses interests : que ie pro- "
testois de vouloir continuer : mais que sur l'asseurance qu'il "
m'auoit tousiours donnée de vouloir le Cardinal de Flo- "
rence, ie luy voulois bien dire comme il y auoit trois iours "
que quelques Cardinaux de l'autre party me pressoient de "
luy faire sçauoir que s'il le vouloit, il n'y auoit point de "
doute qu'il ne luy reüssist : que ie les auois tousiours reiet- "
tez, desirant de ne luy porter parole, que ie ne visse gran- "
de reputation pour luy, comme en luy faisant l'offre sou- "
uentesfois dite, & beaucoup plus de seureté, à sçauoir qu'ils "
s'asseurassent de tout leur party : mais qu'aprés auoir bien "
pensé à l'affaire, ie trouuois que pour sa reputation, elle "
ne pouuoit estre plus grande, puisque c'estoit luy qui le "
choisissoit, & de qui seul dépendoit cét affaire : que pour la "
seureté, elle estoit si grande qu'il n'en falloit douter, puis- "
qu'ils s'offroient à m'en donner parole, si ie la luy voulois "
porter : que toutefois ie ne l'auois pas voulu accepter, sans "
sçauoir s'il le trouueroit bon : mais ce qui me donnoit su- "
iet de luy parler d'autre façon que ie n'auois fait, estoit "
que ie reconnoissois que le retardement pourroit nuire à "
l'affaire, parce qu'on commençoit à en penetrer quelque "
chose, & que quelque Conclauiste mesme en auoit parlé, "

M ij

« & que si cela s'euentoit, le bruit pourroit bien apporter du
« preiudice audit affaire. Il me demanda pourquoy cela nui-
« roit, & quel preiudice pourroit apporter le retardement.
« Ie luy dis que ce seroit que les Espagnols se declareroient
« & trauailleroient à son exclusion, & que ceux qui estoient
« en bonne volonté se pourroient changer, ou se retirer pour
« le respect desdits Espagnols : là où s'il vouloit dés cette
« heure prendre leur parole, ils auroient cette bonne excu-
« se de ne la pouuoir retracter : & que par ainsi il auisast de
« ne laisser perdre cét affaire. Se voyant pressé de cette fa-
« çon, il ne me nia point qu'il ne fust encore en esperance de
« faire reüssir vne de ses creatures : mais il me dit qu'il falloit
« tenir cette pratique en pied, & en parler au Cardinal saint
« George : ce qu'il feroit. Sur ce ie le laissay en intention de
« le laisser encore vn iour ou deux à passer ses fantaisies : mais
« me resoluant de haster ladite pratique plus qu'il ne pensoit,
« aprés auoir pris la parole de tous ces Messieurs. Ledit Aldo-
« brandin m'ayant laissé, il se mit à parler au Cardinal Del-
« fin, qui me vint voir l'aprésdinée, & me dit qu'Aldobran-
« din luy auoit fait entendre tout ce que ie luy auois dit, &
« que ce propos auoit fait grand effect, & qu'il s'estoit reso-
« lu de parler à S. George. Neantmoins il m'alla auec cela
« mesler certains autres propos de l'esperance que ledit Aldo-
« brandin auoit encore de ses creatures, entre lesquelles il
« me parla du Cardinal Tosco, d'vne façon qui me sembla,
« si ie ne me trompe, qu'il le desiroit. I'eus d'autres visites
« qui furent cause que ie ne sorty de ma chambre qu'enui-
« ron les cinq heures : & m'en allant à la Chapelle, ie trou-
« uay qu'Aldobrandin se promenoit auec Florence, & l'en-
« tretenoit publiquement : ce que voyant ie pensay tomber
« de mon haut, considerant le peu de disposition, en quoy
« ie l'auois laissé le matin, de prendre si soudain vne bonne
« resolution pour luy ; croyant d'autre costé, que ne la prenąt
« pas, il donnoit en cela vn suiet tres-grand à ceux qui ne le
« vouloient point, de luy faire son exclusion. Cette conside-
« ration, auec ce que ie voyois qu'en cette Chapelle estoient
« les Cardinaux Montalto, Ste Cecile, Farnese, Sforce, &
« dal Monte, qui ne s'émouuoient point pour trauailler à

cette exclufion, me fit penfer qu'il falloit iouër à quitte ou „
à double, & fe refoudre entierement ou de le faire Pape „
ce foir, ou de le perdre du tout, parce que l'affaire s'eftant „
reduit en cét eftat, l'attente feulement de trois heures le „
ruinoit affeurément, parce que i'eu aduis que fur cét en- „
tretien en public on commençoit defia à s'émouuoir par le „
Conclaue : qui fut caufe que i'allay dire tout cela à Delfin, „
& le fommay de viftement faire refoudre Aldobrandin à „
paffer outre tout fur l'heure, n'y ayant plus de moyen d'at- „
tendre. Et eftant fi preffé de moy, il fit l'office. Et aprés „
que ledit Delfin luy eut parlé, ie pris auffi ledit Aldobran- „
din, & appellay encore le Cardinal du Perron, & luy dis „
franchement qu'aprés le propos du matin, ie n'auois pas „
deliberé de le preffer de quelques iours; mais puifque par „
fon entretien auec Florence il l'auoit mis en eftat d'eftre „
ruiné dans vne heure, comme ie luy dis que ie le fçauois „
affeurément, il falloit qu'il fe refoluft de faire ce que ie „
fçauois bien qu'il defiroit. Sur cela il fe fafcha, & me dit „
qu'il ne s'y pouuoit refoudre auec cette hafte : qu'il falloit „
qu'il parlaft premieremét à fes creatures, & principalement „
à S. George : qu'il defiroit qu'en telles occafions les Car- „
dinaux Deti & del Buffalo, qui eftoient hors du Concla- „
ue, reuinffent : & qu'outre cela, il mettroit ce fuiet en dan- „
ger, & qu'il le fçauoit. Ie luy dis qu'il ne perdift point de „
temps de parler à fes creatures, ny à S. George : qu'il pou- „
uoit enuoyer querir viftement les Cardinaux Deti & del „
Buffalo : & que pour le peril qu'il y auoit en attendant plus „
long temps, il falloit paffer outre, & que s'il auoit à fe per- „
dre, qu'on le perdift fur l'heure, parce qu'il le feroit enco- „
re plus dans deux heures, & que ie prenois cela fur moy. „
Ie luy repliquay cela mefme par plufieurs fois, & qu'il va- „
loit mieux le voir perir à l'heure, qu'au lendemain que fa „
perte feroit plus affeurée. Et enfin il connut par mon dif- „
cours, que s'il ne le faifoit, nous croirions qu'il n'y feroit „
allé de bon pied, & que fi nous le connoiffions, il ne pou- „
uoit plus faire eftat de nous : & ie tafchay de luy faire bien „
apprehender cela. Sur cela il fut encore preffé de mefme „
par les Cardinaux Borromeo, Vifconti & Baronius, de fa- „

« çon qu'il se mist à parler à ses creatures, selon qu'il les ren-
« controit. Et à la suitte de ce, tous les autres qui vouloient
« la mesme chose, de l'autre party, s'émeurent. Visconti fait
« resoudre S. George auec difficulté, ses creatures s'assem-
« blent, les Espagnols commencent à se remuer : qui me fit
« resoudre de commencer à me tenir coy vne demie heure,
« de peur que sur ce qu'on penseroit que ce fust brigue de
« nation à nation, il ne s'ensuiuist mauuais effect à l'endroit
« de plusieurs Cardinaux, vassaux du Roy d'Espagne. Enfin
« le Cardinal Aldobrandin m'enuoyant querir, & me man-
« dant que l'affaire alloit en auant, en m'acheminant ie trou-
« uay le Cardinal d'Oria pleurant & m'inuitant de la part
« du Roy d'Espagne à l'exclusion de Florence, comme son
« ennemy capital. Ie luy dis qu'il se mocquoit de moy, que
« ie m'asseurois que le Roy d'Espagne le vouloit, & que luy
« qui me parloit en estoit aussi content, & taschay de le tirer
« & mener auec moy, mais ie croy qu'il alla continuer sa bel-
« le pratique. Ie trouuay dans vne chambre du Conclaue
« quasi tous les Cardinaux auec leurs rochets, & le Cardi-
« nal d'Auila criant, tempestant & protestant qu'on trahissoit
« le Roy d'Espagne ; attendu que Florence estoit son enne-
« my, & qu'il n'en vouloit point, menaçant tous ses suiets de
« leur ruine. Ste Cecile & Farnese soustenoient le contraire,
« & le reprenoient de son impudence. Enfin, on commença
« à s'acheminer à la chambre dudit Florence, où l'on le sa-
« lue. Montalto y vint auec toutes ses creatures, & tous les
« autres Cardinaux en foule. Sur ce, Aldobrandin prie qu'on
« ne bouge, que lesdits Cardinaux Deti & del Buffalo ne
« fussent entrez, dequoy ie n'endeuois : car c'estoit donner
« temps à Auila de faire bien du mal durant cette attente, le
« Cardinal de Florence parloit comme estant Pape, & dit se
« vouloir appeller Leon XI. comme estant petit neueu de
« Leon X. Lesdits Cardinaux estant entrez, & Aldobran-
« din venant, nous le menons en la Chappelle. A la porte
« de la sale nous trouuasmes Auila qui l'arreste ; & le prie de
« l'excuser s'il auoit fait des resistances, & quelque escapa-
« de, mais qu'il auoit eu commandement de son Maistre de
« s'opposer à luy. Il luy répondit : le Roy d'Espagne n'en auoit
« iamais eu suiet.

De là nous le menons en la Chapelle, où il fut esleu „
d'vn commun consentement, vestu en Pape, & mené dans „
la chambre de Farnese, laquelle par sort se trouua la meil- „
leure, parce que la sienne fut incontinent deualisée, où „
tous les Cardinaux demanderent des graces, & dormit „
cette nuit fort peu. „

Le Samedy au matin, on le porta dans S. Pierre, où l'on „
le mit sur l'Autel, pour l'inthroniser, comme on dit, nous „
l'adorasmes puis le conduisismes dans sa chambre. „

Il ne suffisoit pas aux Espagnols de s'estre opposez ouuertement à l'élection de Leon XI. tandis qu'elle estoit à
faire, s'ils ne la combattoient encore secrettement aprés
qu'elle fut faite, & n'ayant sceu empescher auec tous leurs Ambass. du Perron liu.
efforts qu'il ne fût Pape, ils resolurent d'empescher par leurs 3. p. 405.
menées qu'il ne le fust pas long-temps, & luy abregerent
effectiuement le Pontificat auec la vie : au moins, s'il faut
adioûter foy aux menaces de leurs gens mesmes. Lesquels
s'estans vantez qu'ils s'en déféroient au plûtost par poison,
le Cardinal de Ioyeuse, comme s'il eût eu interést particulier de conseruer celuy qui estoit aucunement son ouurage,
ne manqua pas d'en faire donner aduis à sa Sainteté. Quoy
qu'il en soit, la mort precipitée de ce Pape donna incontinent lieu à vn second Conclaue, & fut par consequent
vn nouueau suiet de fatigue à nostre Cardinal. Lequel sou-
tenant auec vn pareil courage les nouueaux & derniers efforts des Espagnols animez de dépit, & qui croyoient que
ce fût au moins leur tour à reüssir en ce Conclaue, puisque
les François leurs competiteurs auoient eu tout l'auantage en l'autre, ne laissa pas de se maintenir encore heureusement en possession de faire incliner en faueur de qui bon
leur sembloit, les suffrages & les vœux du plus grand nom- Ambassad. du Perron
bre des Cardinaux, ny d'auoir derechef fort bonne part liu. 3. p. 431.
en l'élection de Borghese, qui prit le nom de Paul V. comme nous l'apprend cette autre relation ou dépesche qu'il
écriuit pareillement à sa M. „

SIRE, „
Monsieur le Cardinal du Perron, M. l'Ambassadeur & „
moy auons esté d'aduis de dépescher ce courrier à V. M. en- „

" core que par vn autre elle ait esté aduertie de la creation de
" ce Pape, non seulement parce qu'en icelle se sont passées
" des choses si notables & extraordinaires, qu'elles meri-
" tent bien que vous les sçachiez promptement ; mais princi-
" palement parce que V. M. y a tant de part, que i'ose bien
" dire qu'encore qu'elle n'ait pas eu cette fois le suiet qu'elle
" desiroit sur tous autres, comme elle eut en l'autre Concla-
" ue, parce qu'il nous a esté impossible, comme elle enten-
" dra particulierement par vne entiere relation que i'espere
" dresser de tout ce qui s'est negotié dans ledit Conclaue ;
" si est-ce que le nom & l'authorité de V. M. a bien eu sans
" comparaison plus d'éclat & d'éminence en cettay-cy,
" qu'elle n'eut en l'autre, comme elle iugera par le discours
" de ce qui se passa Lundy 16. de May, & le iour de la crea-
" tion du Pape, remettant à vous faire sçauoir le reste vne
" autre fois.
"   Ce iour-là donc, S I R E, le Cardinal Aldobrandin nous
" fit entendre que s'estant resolu de n'aller à aucune des
" creatures du Cardinal Montalto, & voyant la pluspart &
" les meilleures des siennes exclues, il estoit resolu de ten-
" ter ce iour-là de faire Pape le Cardinal Tosco, & desiroit
" sçauoir si nous en estions contens. Ie luy dis que i'en par-
" lerois aux Cardinaux François, & luy en rendrois après la
" réponse.
"   Nous nous assemblasmes, & après auoir bien discouru
" sur cét affaire, nous eusmes beaucoup de peine à nous y
" resoudre, parce que ledit Cardinal estoit estimé homme
" qui n'auoit point mené vne vie fort exemplaire, prompt à la
" colere, & accoustumé à dire des paroles peu honnestes, &
" à d'autres habitudes messeantes, non seulement à vn chef
" de l'Eglise, mais aussi à quelque personne que ce soit, qui
" ressent tant soit peu vne honneste & liberale nourriture:
" & enfin tel que nous n'en esperions que peu d'auancement
" pour le bien de l'Eglise, & peut-estre du reproche & du
" deshonneur à tout le sacré Collège des Cardinaux. Neant-
" moins voyant le peu d'esperance que nous auions d'ail-
" leurs, d'auoir vn suiet qui nous deust beaucoup plaire, la
" crainte de tomber en quelqu'vn des exclus par V. M. le
"   desir

defir de ne déplaire au Cardinal Aldobrandin, & finale- ”
ment l'opinion que nous auions que cét homme feroit bien ”
incliné aux affaires de V. M. pluſtoſt qu'autrement, nous ”
nous reſoluſmes d'aſſeurer le Cardinal Aldobrandin, que ”
nous confentions à cette élection. ”

Cependant que nous luy fiſmes cette réponſe, nous trou- ”
uaſmes les affaires fort auancées : car il auoit deſia parlé à ”
Montalto, qui auoit aſſemblé ſes creatures, & ne pouuoit ”
ſe reſoudre d'aller à ce ſuiet, parce qu'il l'abhorroit & crai- ”
gnoit grandement , & ne pouuoit rien faire au contraire, ”
n'ayant point de nombre de Cardinaux ſuffiſant à ſon ex- ”
cluſion , parce que Sᵗᵉ Cecile & les autres qui auoient fait ”
ligue auec luy , ſuiuant la bonne couſtume des ligues, ”
ayant eſté pratiquée d'vn coſté par Aldobrandin , & d'au- ”
tre par les Eſpagnols , l'auoit abandonné. ”

En cette incertitude, la rumeur eſtoit dans le Conclaue, ”
& le Cardinal Aldobrandin aſſemble ſes creatures, & leur ”
fait entendre ſa reſolution. Nous autres Cardinaux Fran- ”
çois faiſions vn corps à part, & nous tenions à quatre ou ”
cinq pas d'eux, pour monſtrer que nous nous vniſſions auec ”
eux. Ledit Cardinal Aldobrandin ayant acheué de parler ”
à ſes creatures, nous partons tous enſemble ; & eſtans ar- ”
riuez deuant la chambre du Cardinal Montalto, il entra ”
dans icelle pour le prier & coniurer de ſe reſoudre. Il de- ”
manda vn peu de temps : neantmoins la foule , le bruit & ”
le tumulte s'accroiſſant , & en vn lieu bien eſtroit comme ”
celuy où nous eſtions, les deux dits Cardinaux ſe prirent ”
par la main, s'acheminant à la Chapelle où l'on deuoit fai- ”
re l'élection. Nous autres François ſuiuions , nous ſou- ”
cians fort peu de nous aduancer, ny d'auoir grand part en ”
cette élection. ”

Sur cela , ſe preſente le grand Cardinal Baronius (il ſe ”
peut, ce me ſemble, appeller tel en cette action) lequel ”
ayant touſiours proteſté à Aldobrandin qu'il n'iroit iamais ”
à l'adoration de ce ſuiet, que le dernier, dit tout haut à cet- ”
te grande troupe confuſe ; qu'il vouloit que les paroles ”
qu'il alloit dire fuſſent ſceuës par la poſterité, & vſa de ces ”
mots du Pſeaume, *Scribantur hæc in generatione altera* : Que ”

N

" celuy que nous allions élire estoit indigne de cette charge:
" Que c'estoit faire vne grande playe à l'Eglise : Qu'il ne fe-
" roit point de schisme : mais qu'il n'iroit que le dernier à
" son adoration. Nous vismes alors vn zele bien ardent à
" l'honneur de Dieu, & vn exemple fort rare, qu'vn seul Car-
" dinal, sur l'acte propre de l'adoration, & voyant tous les
" autres vnis, osast parler auec tant de liberté.

" Sur ces paroles, le Cardinal Montalto se tourna vers le
" Cardinal Aldobrandin, & luy dit, Faisons ce saint homme
" Pape, qui parle auec tant de zele. Sur cela le Cardinal Iu-
" stiniano se mit à crier, Baronio. Cette voix fut suiuie de
" quelques autres. D'autre part on se mit à crier, Tosco. Et
" sur ces cris de Baronio & de Tosco, qui resonnoient par
" tout le Conclaue, plusieurs Cardinaux se prennent auec
" violence, & tirent les vns pour Baronio, les autres pour
" Tosco : & des Conclauistes mesmes furent si hardis, qu'ils
" entraisnerent des Cardinaux par les rochets & par les bras,
" qui pour l'vn, qui pour l'autre.

" En ce bruit & confusion, qui alloient tousiours croissant,
" nous nous acheminasmes en vne grande sale, où les Papes
" ont accoustumé de receuoir les Ambassadeurs des Rois,
" à chaque bout de laquelle il y a vne Chapelle, l'vne des-
" quelles est appellée Pauline, l'autre sert aux offices ordi-
" naires que le Pape fait auec les Cardinaux, & est appellée
" de Sixte, & en laquelle en ces occasions se retirent ordi-
" nairement les Cardinaux qui veulent faire l'exclusion ou-
" uerte, sur l'acte d'adoration. De fortune ie prend mon
" chemin en la Chapelle Pauline, tant parce que ie voyois
" qu'on y emportoit Baronio, lequel resistoit tant qu'il pou-
" uoit, s'attachant par les pieds & par les mains aux colomnes
" & aux portes, criant, Ie ne veux pas estre Pape, faites vn
" autre Pape qui soit digne du S. Siege : qu'aussi parce que
" c'estoit le lieu où se deuoit faire l'adoration de l'vn des deux
" qui seroit éleu par commun consentement.

" Il aduint que le Cardinal Aldobrandin, les Espagnols,
" Ste Cecile, & Farnese se voyans surpris de cette soudaine
" acclamation en faueur de Baronio ; au lieu de venir en
" la Chapelle des élections, emmenerent le Cardinal Tos-

co en l'autre: & quelques-vns vferent de violence en y traif- »
nant ceux qui n'y vouloient point aller , & en retenant »
d'autres qui auoient efté emportez par la foule contre leur »
volonté.

Nous fufmes bien prés de demie heure dans la Chapelle »
Pauline, fi eftourdis que nous ne fçauions ny pourquoy »
nous eftions là, ny ce que nous y faifions : & nous eftans vn »
peu reconnus, on commença à dire que nous eftions là »
nombre fuffifant pour faire l'exclufion de Tofco. Ie leur »
dis qu'ils fe trompoient grandement, & que nous n'auions »
pas cette intention : au contraire que nous eftions venus »
à deffein de le faire Pape. Et de faict, Meffieurs les Cardi- »
naux François & moy voulans fortir de cette Chapelle, »
on nous prie & coniure de ne bouger point; & moy conti- »
nuant à vouloir fortir, & m'efforçant d'ouurir la porte, il »
y eut deux ou trois Cardinaux, lefquels en pleurant, me »
faifirent fort bien au corps, & m'empefcherent auec gran- »
de violence de paffer plus auant. Ie ne continuay point à »
faire plus grande inftance, & me contentay de faire plu- »
fieurs grands fignes de croix, pour leur monftrer l'eftonne- »
ment & l'admiration en quoy i'eftois de voir vne fi extra- »
ordinaire procedure, en perfonnes de telle qualité. Nous »
nous affeons froidement, & au bout d'vne demie heure, le »
Cardinal Aldobrandin entre dans cette Chapelle auec »
grande émotion, fe plaignant à Montalto, de ce qu'on re- »
tenoit là plufieurs Cardinaux contre leur volonté. Mon- »
talto fe plaignit de mefme à luy, de ce qu'on en faifoit au- »
tant en l'autre Chapelle. Ils viennent aux paroles entre »
eux, & s'efchaufferent grandement l'vn & l'autre. Sur ce- »
la le Cardinal Aldobrandin dit qu'il ne falloit point faire »
de Pape en cette confufion; qu'il fe contentoit, fi on le trou- »
uoit bon, qu'on fe fift des promeffes reciproques, de ne »
traiter rien d'vn cofté ny d'autre iufqu'au lendemain aprés »
le Scrutin. Ils s'en contenterent : mais il aduint que l'vn »
ne fe voulut pas fier de l'autre. Surquoy le Cardinal Sauli »
propofa qu'il falloit donner la parole de l'vn & de l'autre »
cofté au Cardinal de Ioyeufe, & qu'on fe fieroit en luy: qu'il »
eftoit né Gentil-homme, & n'y voudroit point manquer. »

« Ils en furent contens, & me toucherent tous deux dans
« la main.

« Sur cela, Monſieur le Cardinal du Perron eſtant inſpi-
« ré, comme ie croy, de Dieu, parce que de cecy dépendit
« aprés le ſuccez de l'affaire, ſe mit à leur dire qu'ils aduiſaſ-
« ſent bien à la parole qu'ils donnoient; que pour nous, nous
« la maintiendrions conſtamment iuſques à nous declarer
« contre celuy qui la romproit, quand bien ce ſeroit en faueur
« du Cardinal Baronio : Vers lequel Aldobrandin s'eſtant
« tourné, & luy demandant s'il n'eſtoit pas content de ce que
« nous auions traité enſemble; le bon Cardinal ne le voulut
« pas écouter, proteſtant touſiours qu'il ne demandoit autre
« choſe, ſinon qu'il propoſaſt vn homme de bien, deſquels
« il auoit bon nombre parmy ſes creatures : & luy monſtra le
« Cardinal Bellarmin, diſant qu'il eſtoit preſt de ſe ietter à
« ſes pieds.

« Aprés cela, le Cardinal Aldobrandin s'en va parler à ſes
« creatures, en l'autre Chapelle : en reuenant bien-toſt aprés,
« il me dit qu'ils eſtoient d'aduis de faire vn Pape ce iour
« là. Ie luy répondis que c'eſtoit contre ſa parole. Il me re-
« pliqua qu'il nous auoit donné parole ſeulement, de faire
« tout ce qu'il pourroit pour le faire approuuer aux ſiens;
« mais qu'eux ne le voulant, il ne pouuoit s'en ſeparer. Sur
« cela i'appelle le Cardinal Montalto, & le prie d'oüyr ce
« que me diſoit Aldobrandin, & de me dire s'il vouloit auſſi
« ſe départir de ſa parole, afin que ie fuſſe libre & déchargé
« de la mienne enuers les vns & les autres. Le Cardinal Mon-
« talto monſtra s'en ſoucier fort peu; & i'euſſe eſté bien aiſe
« certes d'en eſtre deliuré, ne ſçachant comme reüſſiroit tou-
« te cette mêlée.

« Monſieur le Cardinal du Perron ayant, comme i'ay dit,
« cy-deſſus, promis expreſſément que nous irions contre le
« premier qui manqueroit; & iugeant bien en ſa conſcience
« qu'Aldobrandin manquoit de ſon coſté, & Dieu l'inſpi-
« rant, ſe reſolut à luy dire auec fort grande liberté, & fort
« genereuſement, que ſelon ce qu'il auoit entendu & com-
« pris, il iugeoit en ſon ame qu'Aldobrandin rompoit la pa-
« role qu'il auoit donnée, que pour nous, quoy que ce fuſt;

nous n'y manquerions iamais, l'ayant donnée en face de la ,,
Chrestienté, & que nous ne ferions rien iusques au len- ,,
demain. ,,

Cela estant passé, le Cardinal Montalto vint à nous auec ,,
tres-grande submission & humilité, contre sa coustume, ,,
nous priant que nous eussions pitié de luy, & nous remon- ,,
strant que nous auions en nostre main, ses biens, sa fortu- ,,
ne, & sa vie mesme : qu'il auoit tousiours esté vostre serui- ,,
teur, & vous seroit desormais tres-obligé, s'il nous plaisoit ,,
ne l'abandonner point en vne si grande necessité. ,,

Tous les autres Cardinaux qui estoient en la mesme ,,
Chapelle, vindrent en pleurant nous dire que leur conser- ,,
uation & leur ruine estoit entre nos mains : qu'ils estoient ,,
les plus anciens Cardinaux du College, & par consequent ,,
auoient rendu plus de seruice au S. Siege : qu'ils auoient ,,
seruy V. M. en son absolution, & en toutes les autres af- ,,
faires qui s'estoient presentées pour vostre seruice, auec ,,
grande affection : que vous auiez recommandé beaucoup ,,
d'eux pour estre Pape : que les Cardinaux Baronio, Bellar- ,,
min, Camerin & Sauli estoient en cette compagnie : que ,,
nous eussions pitié d'eux, & ne les menassions point à ,,
la boucherie.

Le Cardinal Iustinian, outre cela, vint en pleurant ame- ,,
rement nous dire de la part du Cardinal Montalto, que si ,,
nous nous voulions seruir de luy, il nous asseureroit non ,,
seulement de toutes nos exclusions, mais qu'outre cela il ,,
viendroit à toutes les creatures d'Aldobrandin, & à telle ,,
qu'il nous plairoit choisir ; se départant luy & les siens de sa ,,
liberté pour la mettre entre nos mains, & en disposer com- ,,
me il nous plairoit. ,,

Sur cela le Cardinal Delfin, qui portoit grandement ,,
Tosco, me vint demander en quel estat & disposition nous ,,
estions en son endroit. Ie luy dis que nous estions partis ,,
pour le faire Pape, & n'auions point changé de dessein, ,,
mais que nous estions depositaires des paroles & de la foy ,,
donnée. Il me demanda si nous voulions promettre abso- ,,
lument de ne changer point de volonté iusqu'au lende- ,,
main matin, parce que les Cardinaux qui estoient en l'au- ,,

« tre Chapelle, s'estoient resolus d'y faire porter leurs licts,
« comme plusieurs auoient desia fait, pour y coucher, & n'in-
« termettre point l'acte de l'adoration qu'ils auoient com-
« mencé. Ie luy répondis que ie ne pouuois luy donner cette
« asseurance, veu les grands accidens qui estoient arriuez, &
« pouuoient suruenir iusqu'au lendemain, & le miserable
« estat où se trouuoient ceux auec lesquels nous nous estions
« fortuitement rencontrez.

« Nous nous assemblasmes aprés, pour voir ce que nous
« aurions à resoudre. Monsieur le Cardinal de Giury dit
« qu'on se deuoit tenir à la neutralité iusqu'au lendemain,
« craignant, comme il disoit, de perdre le Cardinal Aldo-
« brandin. Mais Monsieur le Cardinal du Perron dit, qu'or-
« dinairement telles sortes de conseils estoient les pires &
« plus pernicieux en telles occasions & difficultez d'affaires:
« Ie dis qu'il me le sembloit, parce que le Cardinal Montal-
« to pendant cette nuit s'asseureroit d'ailleurs, & que nous
« aurions perdu l'occasion de l'obliger & faire profit des
« grandes offres qu'il nous faisoit, & si quand nous vou-
« drions, nous ne pourrions pas le lendemain faire le Pape.
« Monsieur le Cardinal du Perron dit tres-bien & excel-
« lemment sur cela, que par les considerations susdites, &
« aussi parce qu'il estoit aduenu que les Cardinaux Espa-
« gnols estoient en l'autre Chapelle, qui s'attribuoient l'hon-
« neur de faire le Pape, & le Cardinal d'Auila ne cessoit de
« crier, *Esto es el solo que el Rey mi sennor quiere, & ningun otro* : &
« que le Cardinal de Ste Cecile nous estoit venu parler
« comme nous menaçant, & qu'on faisoit entrer le Cardinal
« Madruzzo partisan d'Espagne dans le Conclaue, où par
« sa maladie il n'estoit encore entré, à la veuë de toute Rome,
« comme si c'estoit eux seuls qui faisoient le Pape, & qu'en-
« core que le sort nous eust portez & retenus dans cette Cha-
« pelle, que neantmoins on diroit que nous ne serions venus
« ne cette élection qu'aprés les autres, & n'y acquerrions que
« fort peu d'honneur : finalement considerant que ledit Car-
« dinal Tosco estoit vn suiet fort peu recommandable, l'é-
« lection duquel repugnoit à la conscience des plus hom-
« mes de bien du College ; il conclud que nous deuions

obliger Montalto, & accepter les offres qu'il nous faifoit, »
& nous declarer à l'exclufion du Cardinal Tofco. »

Meſſieurs les Cardinaux de Giury & Serafin furent de »
meſme aduis, & moy plus que tous eux, eſtimant cette »
opinion tres-prudente & tres-genereuſe. I'adiouſtay ſeu- »
lement qu'il falloit tâcher de ne perdre point le Cardinal »
Aldobrandin, & faire qu'il trouuaſt bonne noſtre reſolu- »
tion, y eſtant porté par tant de raiſons, & principalement »
par celle-là, qu'ayant acquis tous ces vœux à noſtre diſpo- »
ſition, nous aurions plus de moyen de luy faire ſeruice à »
tel autre qu'il voudroit de ſes creatures. Nous iugeaſmes »
tous Monſieur le Cardinal du Perron le plus capable de »
tous autres, à luy faire gouſter cette reſolution. Et nous »
ne nous trompaſmes point : car il ſceut ſi dextrement & ſi »
dignement faire cét office, qu'il nous vint dire qu'il ne »
s'en offenſeroit point, à ſon aduis, mais qu'il y vouloit vn »
peu penſer. Ce qu'ayant fait, il nous vint dire que puiſque »
nous eſtions reſolus à cela, il s'en contentoit ; toutefois »
qu'il deſireroit bien que nous fiſſions que Montalto nous »
promiſt de ne tenter ny faire pratique pour aucune de ſes »
creatures : laquelle condition nous iugeaſmes eſtre trop »
inique ; & pour aller plus meurement en vne affaire de tel- »
le importance, nous fuſmes d'auis d'entendre les opinions »
des Cardinaux Borromeo & Baronio, laquelle ie leur de- »
manday ſeparément, & leur propoſay nos doutes d'vn coſté »
& d'autre : enfin ils me conſeillerent de paſſer outre. Ie »
voulus encore parler au Cardinal Aldobrandin, & luy fai- »
re toucher au doigt combien noſtre reſolution eſtoit auan »
tageuſe pour ſon ſeruice, outre que nous eſtions contraints »
de la prendre pour celuy de V. M. Ie luy mis auſſi en conſide- »
ration qu'il nous la falloit faire promptement ; parce que »
ie voyois le Cardinal de Ste Cecile, & autres qui parloient »
auec Montalto, & en tiroient peut-eſtre quelque compo- »
ſition à noſtre deſauantage. Ie luy repreſentay encore, »
qu'il ne deuoit point entrer en aucune apprehenſion, parce »
qu'il auroit touſiours les meſmes ſeuretez. Il me dit qu'il »
le trouuoit fort bon, & que i'allaſſe promptement conclu- »
re cét affaire. Ie luy conſeillay de faire ſemblant de ne l'a- »

« uoir point agreable, pour ne donner mécontentement à
« aucun de ſes creatures.

　　Cependant Monſieur le Cardinal du Perron & moy al-
« laſmes acheuer cét affaire auec Montalto, & fut la conclu-
« ſion telle, Qu'il ſeruiroit V. M. en toutes ſes excluſions:
« qu'il iroit auec toutes ſes creatures, en celle d'Aldobran-
« din qu'il nous plairoit choiſir, & au temps & à l'ordre qu'il
« nous plairoit. Ie luy fis particulierement promettre qu'il
« viendroit à S. Clement. Ie luy repreſentay auſſi qu'il au-
« roit à reconnoiſtre cette grace de V. M. de l'auoir deliuré
« d'vn ſi grand peril. Il nous accorda tout ce que nous luy
« auions demandé, & qu'il feroit profeſſion de tenir cette
« grace de V. M. & la ſeruiroit toute ſa vie, comme il s'y re-
« connoiſſoit tres-obligé. Nous nous touchaſmes la main,
« & i'allay dire à Aldobrandin comme tout s'eſtoit paſſé ; &
« particulierement comme ledit Montalto s'eſtoit obligé à
« nous, de venir à S. Clement. Il m'en remercia auec tres-
« grande affection, & nous dit qu'il nous en demeuroit infi-
« niment obligé.

　　Les affaires eſtant paſſées en cette façon, ie creu certai-
« nement qu'Aldobrandin ietteroit à l'heure tout ſon penſe-
« ment ſur le Cardinal S. Clement, & voudroit rompre cet-
« te aſſemblée pour traitter cét affaire au lendemain. Et pour
« donner ſuiet à tous de ſe retirer & faire le lendemain quel-
« que choſe de meilleur, ie m'en allay le premier en ma cham-
« bre, & Monſieur le Cardinal du Perron attendit encore
« dans ladite Chapelle pour acheuer d'aſſeurer le Cardinal
« Aldobrandin, qui ne vouloit point prendre confiance de
« Montalto, s'il ne reiteroit les meſmes promeſſes en ſa pre-
« ſence, ou du Cardinal Delfin. Ce qui ne ſe pouuant faire
« lors, il fallut que ledit Cardinal du Perron luy promiſt que
« ſi aprés s'eſtre retirez dans leurs chambres, Montalto ne
« reiteroit les meſmes promeſſes, les Cardinaux François ſe
« ioindroient le lendemain à Toſco. Ie n'eus gueres eſté en
« ma chambre, que le Cardinal Viſconti me vint prier & con-
« iurer, que comme nous auions eu pitié des autres, que nous
« en euſſions à cette heure de luy, & de ceux qui s'eſtoient
« declarez à l'excluſion de S. Clement. Et le Cardinal de
　　　　　　　　　　　　　　　　　　　　　　　　ſainte

fainte Cecile me fit la mefme priere pour luy. Ie leur dis „
qu'il fe falloit repofer, & que nous ne nous precipiterions „
point, & leur monftrerions que nous auions grand defir „
encore de les feruir: quand voila contre toute mon opinion, „
& toute apparence, que le Cardinal Aldobrandin entra „
dans ma chambre, & me vint dire auec grande hafte, que „
fi nous voulions, le Cardinal Borghefe feroit Pape; & qu'il „
s'eftoit retiré de la pratique de S. Clement, pour ne faire „
point déplaifir à tant de gens qui en demeureroient offen-„
fez, & particulierement le Duc de Parme, & le Cardinal „
Farnefe, auec lefquels il defiroit fe reconcilier; que tout le „
monde auoit fort agreable ledit Cardinal Borghefe, & „
Montalto plus que tous les autres; mais qu'il luy auoit dit „
ne pouuoir rien faire fans noftre volonté, de laquelle dé-„
pendoit la fienne. Ie luy dis que ce fuiet me plaifoit fort, „
mais que ie defirois bien, auant que de m'y refoudre, parler „
auec les Cardinaux François. Sur cela, il fe mit à genoux, „
& nous fupplia au nom de Dieu, & pour l'amour de luy, & „
par tous les feruices qu'il auoit rendus à V. M. & par la me-„
moire du Pape Clement, de ne luy donner point d'empé-„
chement. Ie luy répondis que ie n'y voyois point de diffi-„
culté: mais que ie ne voulois rien faire fans en parler auf-„
dits Cardinaux. „

Monfieur le Cardinal du Perron fut prefent à tout cecy: „
I'enuoyay prier les autres de venir. Nous allafmes vers la „
Chapelle, où les autres Cardinaux eftoient tous affemblez. „
Ie rencontray le Cardinal Montalto auec tous les fiens, „
qui s'eftoit acheminé vers ma chambre, pour faire feule-„
ment ce que nous trouuerions bon, comme il y eftoit obli-„
gé: nous nous retirafmes dans celle de Borromeo, qui eftoit „
plus proche, où le Cardinal Aldobrandin vint, en nous „
preffant auec grande violence de nous refoudre, Ie deman-„
day au Cardinal Montalto, encore qu'il nous euft obligé „
fa volonté, fi ce fuiet luy eftoit agreable. Il me dit, que „
non feulement il luy eftoit agreable, mais que nous l'obli-„
gerions fort de nous en contenter. Le Cardinal Aldobran-„
din nous fupplia de luy faire cette grace, que de le vou-„
loir. Ie luy dis que ie loüois Dieu, qu'en feruant deux per-„

O

« fonnes que nous honorions grandement, nous auions
« pour Pape celuy que V. M. defiroit le plus, & vn fi homme
« de bien & de vie fi exemplaire, comme eſtoit le Cardinal
« Borgheſe. Et dés la parole prononcée par vos ſeruiteurs,
« & de voſtre part, S I R E, il fut fait Pape. Nous allaſ-
« mes incontinent à la Chapelle Pauline, où il fut éleu du
« commun conſentement de tous : & lors que ie luy bai-
« ſay les pieds, il me dit qu'il reconnoiſſoit ſa promotion
« au Pontificat, de V. M. & qu'il ne pouuoit paruenir per-
« ſonne à cette dignité, plus affectionnée à voſtre perſon-
« ne, ny à voſtre couronne, que luy ; & que nous le vous
« écriuiſſions.

« Voila, S I R E, le ſuccez de la negotiation de ce iour-là,
« & de la fin du Conclaue ; de laquelle ie croy que V. M. re-
« ceura beaucoup de contentement, voyant la diſpoſition
« des affaires s'eſtre rencontrée telle, que les Cardinaux vos
« ſuiets ſont demeurez comme les arbitres du Conclaue,
« & ayent eu ſi belle occaſion d'obliger à voſtre ſeruice, des
« principaux ſuiers du College : & que contre leur premier
« deſſein, & par pure inſpiration de Dieu, ils ayent empé-
« ché que l'Egliſe n'ait point eu pour chef, vn homme de
« qui la vie & la reputation eſtoit aucunement tachée, &
« que puiſque nous eſtions contraints de tomber en vn ſuiet
« indifferent, à cauſe de l'obſtination du Cardinal Aldo-
« brandin en ſes creatures, deſquelles nous ne pouuions eſ-
« perer Baronio, ny autre perſonne que vous euſſiez particu-
« lierement recommandée, nous en ayons eu vn, lequel ſans
« aucune contradiction eſt eſtimé tres-homme de bien, &
« tres-ſage, d'vne bonté & douceur de nature merueilleuſe,
« tres-vrité aux affaires Eccleſiaſtiques, eſquelles il s'eſt con-
« tinuellement employé, & aux premieres charges de cette
« Cour, & particulierement en celle de Vicaire du Pape, la-
« quelle il a exercée fort dignement. Ie veux croire qu'ayant
« toutes ces bonnes qualitez, il ſera agreable à V. M. & vtile
« à la France. A quoy i'eſpere qu'il ſera encore plus porté,
« par la reconnoiſſance qu'il aura d'auoir eſté bien ſeruy des
« Cardinaux vos ſuiets, en ſon élection, ne ſe pouuant nier
« qu'ils n'ayent eſté les inſtrumens de la volonté de Dieu,

pour empécher que le S. Siege n'ait esté remply d'autre „
personne, afin de le reseruer à luy à qui Dieu l'auoit desti- „
né pour le bien & seruice de son Eglise. Ie suis obligé aussi „
de témoigner à V. M. comme les Cardinaux ses suiets, se „
font tres-bien comportez en cette action. „

Quant à Monsieur le Cardinal du Perron, ie ferois tort „
à la verité & contre vostre seruice, si ie ne vous témoignois „
comme sa prudence & grand courage, & l'authorité que „
sa reputation luy a iustement acquise, ont esté la principa- „
le cause de l'honneur, que le party de V. M. en cette Cour „
a si heureusement acquis en ce Conclaue & en l'autre. „
I'oubliois de dire à V. M. que les Espagnols n'ont non seu- „
lement aucune part en la creation de ce Pape, mais aussi „
qu'il estoit fait, auant qu'ils en fussent auertis ; & lors qu'on „
commençoit à se mouuoir pour le mener à la Chapelle, on „
vid le Cardinal d'Auila s'informant qui estoit celuy qu'on „
vouloit faire Pape. Sur ce, ie prieray Dieu vous donner, „
S I R E, &c. De Rome ce 19. May 1605. „

„

Aprés quoy le Cardinal de Ioyeuse ne iugeant plus sa residence en Cour de Rome si necessaire ; il fit demander au
Roy congé d'en partir; lequel il pressa d'autant plus, que
la Duchesse de Montpensier se trouuoit grosse, & promettoit en bref vn heritier des grands biens de leur famille. Et
de fait quelques trois mois aprés qu'il fust retourné en
France, elle accoucha au chasteau de Gaillon en Normandie, l'vne des maisons appartenantes au Cardinal son oncle en qualité d'Archeuesque de Rouën ; dautant qu'il
auoit obtenu nagueres cét Archeuesché outre celuy de
Thoulouze; elle y accoucha, dis-ie, d'vne fille qui eut nom
Marie, & fut accordée trois ans aprés au Duc d'Orleans
second fils de France, lequel ayant peu vécu depuis, laissa
tant cette ieune Princesse sa future espouse, que le Duché
d'Orleans son appannage, à Gaston de France son puisné, pour lors Duc d'Aniou, & maintenant Duc d'Orleans:
vers qui le Cardinal Duc de Ioyeuse auoit d'autant plus
d'inclination, qu'il auoit eu l'honneur de le tenir sur les
fonts de Baptesme coniointement auec la Reyne Marguerite fille de France Duchesse de Valois, sœur des Roys

Ambass. du
Perron liu.
3. p. 450. &
463.
Ambass. de
Fresne Can.
t. 2. part. 2.
p. 652.
Hist. gene-
al. de Ste
Marthe, liu.
26. ch. 5.
Papyr.
Masson. in
elog. Henr.
Ioyos. t. 1.
elog. p. 504.
Cod. MS.

O ij

François II. Charles IX. & Henry III.

Lequel honneur d'estre Parrain d'vn fils de France, auoit esté precedé d'vn autre encore plus grand, qui fut de tenir quoy qu'au nom d'vn autre, le Daufin mesme. Car le Roy Henry le Grand ne se vit pas plustost pere d'vn Prince ou fils legitime, qu'il en designa pour Parrain le Pape, comme s'il eust voulu reconnoistre par là vne partie des obligations qu'il auoit au S. Siege, tant pour le faict de l'absolution, que pour la dissolution dé son premier mariage. Et il eust bien voulu aussi que c'eust esté Clement VIII. à qui il en fit faire dés lors le compliment. Mais dautant que l'on ne hâte pas d'ordinaire de semblables ceremonies, cela é-cheut à Paul V. l'vn de ses successeurs: lequel estant ainsi obligé de faire choix d'vn Legat *à latere*, qui le representast & vinst en France y tenir le Dauphin sur les fonts, le Cardinal Montalto neueu de Sixte V. brigua ouuertement vn si honorable, & si maiestueux employ. De sorte que ce fut beaucoup de gloire au Cardinal de Ioyeuse, de luy estre preferé, & d'estre choisi entre tant d'autres pour imposer au feu Roy le nom de Louys. Nom de tres-bon augure en France, & qui semble inspirer la pieté & la valeur aux Princes qui le portent. Et ce ne luy fut pas encore vn moindre honneur de receuoir effectiuement, quoy que sous vn personnage emprunté, & en qualité de Legat du S. Siege, de receuoir, dis-ie, de son Roy la main droite, & quelques autres deferences, comme il receut en cette celebre ceremonie, qui se fit au chasteau Royal de Fontainebleau le 14. Septembre 1696.

Aussi-tost aprés cette Legation de France, il en eut vne autre du mesme Pape en Italie, sur le suiet des differens qui s'émeurent entre sa S. & la Republique de Venize, & qui ayant brouillé presque toute la Chrestienté, furent sur le poinct d'armer vne partie de l'Europe contre l'autre, & d'y allumer vne guerre qu'il eust esté d'autant plus difficile d'esteindre, qu'on taschoit d'y interesser l'Estat contre l'E-glise, & les Princes seculiers contre le Pape. Ie ne trouue pas à propos de rapporter icy tous les petits mécontentemens & les dégousts qui precederent cette querelle; mais

Ambassad.
du Perron
liu.3.p.606.
& 609.
Libert. de
l'Egl. Gall.
tom. 2. ch.
25. n. 80. p.
738.

feulément les trois chefs ou articles qui fembloient toucher de plus prés l'intereft du S. Siege, & qui donnerent effectiuement plus fuiet de plainte au Pape; à fçauoir le ftatut ou decret, que l'on ne bâtiroit point dorefnauant aucunes Eglifes, Conuents ny Hofpitaux, fans l'expreffe permiffion du Senat: le ftatut, que l'on ne pourroit point donner ny aliener que fous certaines conditions, des heritages & immeubles aux Ecclefiaftiques & gens de mainmorte: & l'emprifonnement du Chanoine de Vicenze, & de l'Abbé de Nerueze, fait par ordre & authorité de Cour laye.

Dés l'an 1603. le Senat auoit fait defenfes generales à toutes perfonnes de quelque condition & qualité qu'elles fuffent, de conftruire ou fonder aucunes Eglifes, Monafteres, Hofpitaux, ou autres maifons pieufes, premierement dans la ville de Venize, capitale de l'Eftat, & depuis dans toutes les terres & pays de fon obeïffance, fans l'expreffe permiffion du Prince ou de la Republique; fous peine aux contreuenans de prifon & de banniffement perpetuel, & en outre de confifcation du fonds & des edifices.

Memoir. MS. de la Biblioth. de M. du Puy n. 271. Thuan. Hift. lib. 137. init. Ambaff. de Frefn. Can. t. 3. auant-prop. &c. Fr. Paolo Hift. delle cofe paffate &c. lib.1.

Deux ans aprés, au mois de Mars 1605. le S. Siege eftant vacant, il fut arrefté dans le Senat qu'on obferueroit dorefnauant dans tout le domaine de la Republique, l'ancienne ordonnance de 1536. qui n'auoit efté faite que pour Venife feule, & qui defendoit à qui que ce fuft de leguer, ceder, ny transporter perpetuellement des biens feculiers aux perfonnes Ecclefiaftiques, & vouloit que ceux qui leur auoient efté leguez ou baillez fuffent vendus dans deux ans, & le prix diftribué à ceux à qui il appartiendroit. A quoy l'on adiouta, qu'aucun ne pourroit dans Venize ny dans l'Eftat Venitien, fous quelque couleur & pretexte que ce fuft, vendre, donner, ou autrement aliener des immeubles à perfonnes Ecclefiaftiques, fi ce n'eftoit auec l'expreffe permiffion du Senat, qui ne s'accorderoit point que fous les mefmes conditions que l'on accorde l'alienation des biens publics, & que toute alienation autrement faite feroit annullée, l'immeuble confifqué, & le Notaire qui auroit receu le contract repris de Iuftice. Lequel nouueau decret fe fit fur les griefs & fur les plaintes de leurs princi-

palés villes, qui repreſenterent au Senat que par les im-
menſes & iournalieres acquiſitions des gens d'Egliſe, &
des autres priuilegiez, il leur reſtoit peu de terres pour ſupporter les charges neceſſaires de l'Eſtat : & la ville de Padouë nommément remonſtra que de huit cens mille arpens dont eſt compoſé ſon territoire, l'Egliſe en poſſedoit
trois cens mille, & auoit des rentes & des redeuances ſur
les autres cinq cens mille pour plus de la moitié du fonds.

Et quelques mois aprés, dans la meſme année, le Conſeil des Dix, qui eſt comme la Chambre de la Tournelle,
entreprit de faire le procés à deux Eccleſiaſtiques ſuiets
de la Republique, qui furent Scipion Sarrazin Chanoine
de Vicenze, & le Comte Brandolin Valdemarin Abbé de
Nerueze. Le premier eſtoit accuſé d'auoir par vn attentat
iniurieux à l'authorité Souueraine, leué de luy-meſme le
ſeellé appoſé par le *Podeſtà*, le Siege eſtant vacant, pour la
ſeureté & la garde de la Chancellerie Epiſcopale ; & d'a-
uoir voulu rauir doublement l'honneur d'vne honneſte
Demoiſelle, ſa parente, dont il auoit exprés fait gaſter de
bouës & d'immondices la porte de ſon logis, comme ſi elle
euſt eſté vne Courtiſanne publique, aprés auoir pluſieurs
fois eſſayé en vain de corrompre ſa chaſteté. Et l'Abbé
eſtoit chargé de crimes encore plus atroces, comme d'a-
uoir commis pluſieurs actes non ſeulement iniuſtes, mais
auſſi tyranniques, dans le territoire de Treuiſe, & dans les
lieux circonuoiſins, où il rauiſſoit impunément le bien des
vns & l'honneur des autres, & ne faiſoit non plus ſcrupule
de violer la femme d'vn particulier, que de luy enleuer ſon
heritage : d'auoir vſé aſſez frequemment d'art magique
pour iouïr de ſes amours, & accumulé ainſi vn grand crime
par vn autre encore plus enorme : de s'eſtre mélé de la
compoſition des plus preſens & plus ſubtils poiſons, auec
leſquels il s'eſtoit défait d'vn de ſes freres, d'vn Pere de
l'Ordre de S. Auguſtin, & d'vn ſien valet ; de ces deux-cy,
parce qu'ils ſçauoient vne partie de ſes deportemens, & de
l'autre, parce qu'il luy portoit ombre, & eſtoit comme ſon
emule perpetuel : d'auoir meſme eſſayé d'empoiſonner ſon
propre pere, de qui la nature fut plus forte que la rage de

fon fils, & furmonta, quoy qu'auec affez de peine, la ma-
lignité du poifon : d'auoir continué long temps vn incefte
auec fa fœur, & empoifonné pour ce fuiet vne feruante cor-
ratiere, ou au moins complice de cét infame commerce,
de peur qu'elle ne les allât deceler : & enfin, d'auoir commis plufieurs meurtres, & celuy nommément d'vn de fes
confidens, par qui il auoit fait tuer vn de fes ennemis, ne
mettant point de difference entre le miniftre & l'obiect
de fa paffion, ou pluftoft ne fe fouciant pas de multiplier fes
crimes, pourueu qu'il les crût cachez.

Voilà ce qui eft du principal fuiet de ce grand differend;
il nous en faut voir maintenant le progrez, & remarquer
que fur la fin du mois d'Octobre de la mefme année 1605.
le nouueau Pape Paul V. fe plaignit à l'Ambaffadeur de
Venife, que la Republique, le S. Siege eftant vacant, auoit
fait vn decret, qui defendoit aux Ecclefiaftiques d'acquerir des immeubles, lequel eftoit contraire au Concile, ad-
iouftant que bien qu'il y euft defia à Venize vn decret femblable, celuy-là eftoit beaucoup plus exprés & plus general, & que d'ailleurs les Canons declaroient nul l'vn & l'autre; c'eft pourquoy il vouloit refolument qu'ils fuffent an-
nullez, & donna charge à l'Ambaffadeur d'en écrire à la
Seigneurie. De laquelle celuy-cy ayant receu réponfe, il
fut rendre conte au Pape des raifons & motifs de ce nouueau decret. Mais fa S. n'en demeura pas fatisfaite, au
contraire, elle témoigna vouloir enuoyer vn Monitoire à
Venife, & mefme luy monftra l'excommunication qu'elle
auoit fait imprimer contre les Gennois, de qui elle eftoit
refoluë de fe faire obeyr en vne caufe toute pareille. Elle
fe plaignit encore au mefme de la detention tant du Chanoine de Vicenze que de l'Abbé de Nerueze, qui auoient
efté nagueres emprifonnez, & luy dit que fi la Republique
auoit priuileges de cela, qu'elle les fift voir. Puis le Pape de
fon mouuement ayant fait chercher dans les regiftres, il
fe trouua deux brefs donnez en diuers temps fur cette matiere de iuger les Ecclefiaftiques à Venife, l'vn par Clement VII. & l'autre par Paul III. Si bien qu'à la prochaine audience il entretint encore l'Ambaffadeur de cette af-

faire, & luy dit, qu'à la verité il auoit trouué ces deux brefs,
mais qu'ils estoient fort restreints, & mesme reuoquez par
la Bulle *in Cœna Domini*. Et aprés auoir repeté ses premieres plaintes touchant la susdite loy, pour l'acquisition des
immeubles, il dit qu'il en auoit encore veu vne autre qui
luy estoit auparauant inconnuë, par laquelle il estoit defendu de construire d'Eglises sans permission, & se plaignit
tout d'vne suite de quelques attentats, par lesquels il pretendoit la liberté Ecclesiastique estre lezée.

Aprés tant de plaintes, l'on en vint aux menaces, & mesme aux effects, sa Stè ayant enuoyé à son Nonce à Venize
deux brefs adressans au Duc Marin Grimani, & à la Republique, auec ordre de les presenter au plustost. Ce que
neantmoins le Nonce differa quelques iours, sur l'auis qu'il
eut que Leonard Donato auoit esté nommé Ambassadeur
extraordinaire à Rome pour iustifier au Pape le procedé de
la Seigneurie, croyant qu'il fust de son deuoir d'informer là
dessus le S. Pere, & de surseoir ainsi iusqu'à de nouueaux
ordres. Lesquels il receut la nuit de Noël, & il ne manqua
pas dés le lendemain matin de presenter les deux brefs aux
Senateurs assemblez pour se trouuer en corps à la Messe solemnelle de ce iour-là, mais sans le Duc Grimani qui estoit
aux abois, & expira effectiuement le iour d'aprés. C'est
pourquoy on ne les décacheta pas pour lors, mais aupará-
uant on procedà à l'élection d'vn nouueau Duc, qui fut
Leonard Donato, celuy mesme qui estoit designé Ambassadeur extraordinaire à Rome. Au lieu duquel ayant esté
choisi pour cette ambassade le Cheualier Pierre Duodo,
l'on ouurit enfin les brefs qui se trouuerent par mégarde
de mesme teneur, & dont la substance estoit: Que les années passées la Republique auoit excedé souuent dans ses
Conseils au preiudice des immunitez Ecclesiastiques, &
nommément l'an 1603. auoit étendu par vn decret du Senat à tout le Domaine, quelques vieilles defenses de construire à Venize d'Eglises ny autres lieux sacrez sans licence; & qu'au mois de Mars dernier elle auoit encore par vn
attentat semblable donné cours dans tout le Domaine à
vne autre loy aussi particuliere à Venize, qui defendoit l'a-
lienation

lienation ou le transport des biens seculiers aux personnes
Ecclesiastiques sans la permission du Senat. Lesquels statuts il declaroit nuls, admonétoit la Republique d'y pouruoir, & luy enioignoit de les reuoquer sous peine d'excommunication *latæ sententiæ*, & auec protestations ou menaces, en cas qu'il ne fust obey, de passer outre aux derniers remedes, sans autre citation.

A cela les Venitiens répondirent par écrit, qu'ils auoient
examiné ces ordonnances, tant les anciennes que les nouuelles, & qu'ils n'y auoient rien trouué qui pust choquer
l'authorité Papale, ny qui excedast le pouuoir legitime d'vn
Prince souuerain, & auquel par consequent il échet de
prendre garde quelles sortes de bâtimens s'entreprennent
de nouueau dans les villes de ses Estats, & quelles sortes de
personnes s'y introduisent sous pretexte mesme de pieté &
de religion : & par l'autre loy de ne point aliener pour
tousiours sans permission les biens seculiers aux Ecclesiastiques; ils n'auoient disposé que de choses purement temporelles, & sans autre dessein que de conseruer inuiolablement les forces de leur Domaine, qui sert de bouleuart à
la Chrestienté contre les Infideles; veu principalement
qu'en cela les gens d'Eglise ne perdoient rien des charitez qu'on leur faisoit, ayans comme ils auoient l'estima-
tion & le prix de ce qui leur estoit donné ou legué : c'est
pourquoy ils ne pouuoient croire qu'vn procedé si inno-
cent meritast des Censures, & encore moins se persuader
que sa Sainteté si pleine de pieté & de tendresse voulust
persister sans connoissance de cause dans les menaces.

Le Pape ayant receu cette réponse & l'ayant leuë en presence de l'Ambassadeur de la Seigneurie, il ne put pas dis-
simuler son émotion pour la faute qu'on auoit faite, d'enuoyer deux Brefs de mesme teneur, & qui n'equiualoient
qu'à vn seul : mais il se moqua au reste du contenu dans la
réponse qu'il traita de friuole, & témoigna estre tout à fait
resolu, au cas qu'on ne luy donnast pleine satisfaction, de
passer outre, & de tirer raison de façon ou d'autre, de la
Seigneurie. Laquelle n'estant pas pour se laisser fléchir à la
terreur, ny aux menaces, differoit tousiours à faire partir

le Cheualier Duodo son nouuel Ambassadeur vers le Pape, & peut-estre ne l'eust-elle point enuoyé du tout dans cette conioncture, sans le Nonce, qui ne cessoit de remontrer que par le moyen de cette ambassade les affaires se pourroient terminer à l'amiable.

Cependant le mesme Nonce fut presenter l'autre Bref, qui auoit esté oublié par mégarde à Rome, datté pareillement du 10. de Decembre, auec la mesme suscription, *Au Duc Marin Grimani, & à la Republique de Venize*, quoy que ce Duc fust mort dés les festes de Noël. Dans lequel Bref le Pape disoit auoir appris que les Venitiens n'auoient point eu d'égard au renuoy demandé par le Chanoine & l'Abbé, qui auoiét esté emprisonnez en vertu des priuileges & de la coustume de iuger les Ecclesiastiques: que la coûtume en ce cas n'estoit point considerable, & ne leur pouuoit donner aucun droit: & que pour les priuileges il falloit les luy faire tenir pour les examiner, dautant que les ayant leus, il trouuoit que la Seigneurie auoit outrepassé la iurisdiction qui luy auoit esté accordée; c'est pourquoy il leur enioignoit sous peine d'excommunication *latæ sententiæ*, que le Chanoine & l'Abbé fussent remis entre les mains du Nonce. A quoy le Senat fit réponse, que de remettre les prisonniers entre les mains du Nonce, c'estoit se dépouiller eux-mesmes d'vne authorité & d'vne iurisdiction qu'ils auoient tousiours exercée au sceu & auec l'approbation mesme des Papes ses predecesseurs, & laquelle n'estant guere moins ancienne que leur Republique, ils l'auoient continuée sans interruption iusques à present, & ne se souuenoient point d'en auoir iamais outrepassé les bornes legitimes; & partant ils s'asseuroient que sa Sté approuueroit leur procédé, & prendroit en bonne part ce qu'ils auoient fait pour la conseruation du repos public, & pour la vengeance de crimes atroces.

Mais ce n'estoit pas là le moyen d'adoucir l'esprit irrité du Pape, & toutes ces raisons alleguées de part & d'autre seruirent plustost à aigrir le differend qu'à l'appaiser. Si bien que l'Ambassadeur estant enfin arriué à Rome, sa Sté dés la premiere audience luy dit qu'elle la luy auoit donnée par complaisance, & non pas pour receuoir les raisons qu'il luy pensoit alleguer, & qui ne pouuoient estre que redites, & encore moins pour se départir de la resolution qu'elle auoit prise d'estre obeye de gré ou de force, en ce qui concernoit les poincts contestez; iusque-là qu'elle auoit desia fait dresser, & mesme imprimer la Bulle d'excommunication. Pour laquelle fulminer, il assembla le Consistoire le 17. d'Auril, & y ayant d'abord rendu compte de son procedé, & pris les opinions dés Cardinaux, il vint à la publication de la Bulle adressante aux Patriarches, Archeuesques, Euesques & autres Prelats du Domaine Venitien, par laquelle il declaroit les Senateurs & les principaux de la Seigneurie estre tombez en censures Ecclesiastiques, & auoir encouru excommunication, à cause des entreprises faites par eux sur la iurisdiction de l'Eglise, & du peu de soin qu'ils auoient eu de se reconnoistre, aptés les auertissemens paternels qu'il leur en auoit donnez: & partant concluoit que dés à present comme pour lors, il les frappoit d'excommunication & d'anatheme, si dans 24. iours aptés la publication de cette Bulle ils ne reuoquoient les choses attentées par eux au preiudice de la iurisdiction Ecclesiastique: & en cas qu'ils persistassent en leur obstination, il protestoit de passer outre à l'absolution du serment de fidelité de leurs suiets.

Ambassad. du Perron liu.3.p.567. & 806.

Mais les Venitiens ayant preueu cét orage, ils le coniurerent d'abord par le moyen des mandemens qu'ils dépécherent tant aux Euesques qu'aux Curez, & generalement à tous les Ecclesiastiques, de prendre garde sous peine de la vie que l'excommunication ne fust publiée, & des defenses qu'ils firent sous de rigoureuses peines aux Confesseurs de ne troubler sur cela les consciences de leurs penitens: ayant de plus fait proclamer à son de trompe, que tous ceux qui auroient copie de certain Bref affiché à Rome contre la Republique, eussent sous peine d'encourir l'indignation du Prince, à le porter aux Magistrats à Venize, & aux Recteurs ou *Podestà*, aux autres villes de leur obeïssance. Ce qui ayant esté ponctuellement executé, l'on s'estonna comme quoy en si peu de temps l'on en auoit imprimé à Rome

Ambassad. Fresne Can. r.3.l.5.p.14. 17.34.40. 15.141 207. Memoir. MS. n.271. F. Paolo Hist. lib.2. p.55.l.3.p. 101.& l.5.p. 180. & 189.

P ij

vn si grand nombre. De sorte que l'émotion ne fut pas à
l'égal de ce qu'on s'estoit imaginé, & il n'y eut point de
Reguliers ny autres qui n'obeyrent d'abord aux decrets du
Senat, & qui ne continuerent comme auparauant leurs
fonctions & leurs ministeres publics. Il ne se trouua que le
seul grand Vicaire de l'Euesque de Padouë, lequel le *Podesta* luy signifiant la defense du Conseil des Dix, de ne receuoir & encore moins publier aucun Rescrit de Rome,
eut le courage de répondre qu'il feroit ce que le S. Esprit
luy inspireroit là dessus : mais le *Podesta* luy ayant repliqué,
qu'en attendant & sans preiudice de cette inspiration, il
souffriroit qu'on executast ce que le mesme S. Esprit auoit
inspiré desia audit Conseil des Dix, qui estoit de le faire
pendre; le bon homme en prit vn tel effroy qu'il en pensa
mourir. Vn Curé de Venize fut plus rusé, lequel estant
pressé de se resoudre sur la mesme Ordonnance qui luy
estoit pareillement signifiée; *Ie suis d'opinion*, dit-il, *qu'il y a
moins d'inconuenient d'estre excommunié trente ans, que d'estre
pendu vn quart d'heure, parce qu'enfin les Princes se reconcilient,
& les viuans iouyssent du benefice de la reconciliation, au lieu que
les pendus ne sont plus en estat d'en iouyr.*

Neantmoins les Iesuites ne furent pas long temps sans aller declarer le commandement tres-exprés qu'ils auoient
receu de leur Pere General d'obeyr au decret du Pape, offrans toutefois de demeurer en la ville, & de continuer à
ouyr les Confessions, & instruire la ieunesse, pourueu que
le Senat ne trouuast pas mauuais qu'ils fermassent leur E-
glise. En quoy n'estans pas plus criminels que les Capucins,
les Minimes & les Theatins, qui demanderent pareillement à sortir, ils ne laisserent pas d'estre traittez auec vne
rigueur toute particuliere : dont on ne sçauroit alleguer
vraysemblablement d'autre cause, que la ialousie & la haine secrete de quelques-vns contre cét Ordre ; auquel pre-
iudicierent encore beaucoup depuis les écrits assez aigres
du Cardinal Bellarmin contre la Republique, & l'opinion
commune, que c'estoient eux principalement qui sous ombre de zele, fomentoient ce funeste differend.

Il est vray que la sortie precipitée, ou l'exil volontaire de tous ces Religieux qui y estoient en tres-grande veneration, n'émeut pas pour cela le menu peuple, pleinement persuadé que c'estoit vn poinct d'Estat, & non pas de Religion qu'on debatoit. Pour quoy confirmer de plus en plus, le Senat n'épargnoit ny soin ny trauail, & ayant sceu qu'on auoit affiché à Vicenze vn placard tendant à exhorter la Republique de se soustraire de l'obeyssance de l'Eglise Romaine, & de la tyrannie du Pape, qui y estoit qualifié Antechrist, ils en témoignerent de grands ressentimens, & donnerent charge d'informer contre les Autheurs de cét attentat, qu'on ne put iamais découurir.

Et certes, outre qu'ils auroient renoncé par là à l'ancienne reputation qu'ils ont tousiours euë d'affectionnez & fideles au seruice de la Religion & du S. Siege, ils se seroient encore eux-mesmes retranché le moyen de se preualoir de l'assistance du Roy tres-Chrestien leur allié. Lequel s'étant entremis d'abord à pacifier ce differend, & ayant employé pour cét effect ses Ministres, tant à Rome qu'à Venize, en estoit presque heureusement venu à bout, & il ne restoit tantost plus qu'à conclure l'accord; lors que le Roy d'Espagne enuoya offrir au Pape par vne lettre écrite de sa main le 5. Iuillet 1606. toutes les forces de ses Estats pour combatre l'opiniâtreté des Venitiens, & releua ainsi hors de saison le courage de sa Sté, qui estima pouuoir rendre par le moyen de ce nouueau secours sa condition beaucoup meilleure. Et le Comte de Fuentes Gouuerneur pour lors du Milanez, voulant aucunement rencherir sur le zele du Roy Catholique, & pretendant s'acquerir la gloire de Protecteur de l'Eglise, entra quelques iours aprés armé de toutes pieces au Senat de Milan; & là le braquemard nud en main, il protesta solemnellement estre prest de répandre iusqu'à la derniere goutte de son sang pour l'exaltation de la sainte Eglise, & pour le seruice du S. Pere. En quoy, à dire le vray, il y auoit beaucoup moins de zele que d'artifice du costé des Espagnols, lesquels enuieux au dernier poinct du progrez que faisoit l'entremise du Roy tres-Chrestien, s'auiserent de rompre cette negotiation par des offres de guerre fort auantageuses au Pape, & fi-

rent leur compte, que leur armement ne décourageroit pas
moins le Venitien, qu'il encourageroit le S. Pere, & les rendroit ainsi arbitres de tout le different; dont ils eussent bien
voulu que la France ne se fust point mélée, & lequel ils pretendoient eux seuls accorder à l'amiable & sans guerre,
qu'ils apprehendoient encore plus que les parties interessées : comme ils le declarerent bien tost aprés par l'enuoy
de D. Francisco de Castro, neueu du Duc de Lerme. Mais
il s'en fallut beaucoup que les Espagnols prissent le temps à
propos pour cette ambassade extraordinaire, comme les
François firent depuis pour la leur, en la personne du Cardinal de Ioyeuse, de qui Frà Paolo exalte particulierement
l'addresse, & aüoüe que l'honneur d'acheuer vn si grand
ouurage sembloit luy estre heureusement reserué.

Lib. 7. p.
305.

Sa Maiesté tres-Chrestienne n'eut pas plustost appris le
choix qu'on auoit fait en Espagne de la personne de D.
François de Castro, pour estre employé extraordinairement en cette importante negotiation, qu'elle resolut de
designer pareillement vn Ambassadeur extraordinaire,
pour le mesme employ. Et entre diuers autres suiets qu'on
luy proposa dans le Conseil, elle fit choix de nostre Cardinal, tant pour son raré & singulier merite qui luy auoit
acquis de la reputation en Italie, que pour sa qualité de
Cardinal, qui luy feroit prendre part également à l'execution de l'accord, & à la pacification du different. Neantmoins elle differa quelque temps de declarer vne si genereuse resolution, à dessein de donner loisir au Pape, & au
nouuel Ambassadeur d'Espagne de se repentir, l'vn de sa
credulité, & l'autre de sa presomption, comme effectiuement il arriua bien tost aprés. Car Paul V. s'estant laissé
piper d'abord aux offres Espagnoles, découurit aisément
dans la suite le vray but de ces gens-là, dont le procedé a
tousiours esté mercenaire, & qui regardans beaucoup
moins en cela l'interest du S. Siege que le leur propre, ne
furent pas honteux de luy demander enfin recompense de
leurs offres, ny de pretendre pour leurs dédommagemens
les decimes du Royaume de Naples, auec l'exemption ou
relaxation du fief de ce Royaume. De sorte que le Pape

Fr. Paolo
Hist. lib. 6.
p. 253. 255.
261. & 269.
Ambass. d.
de Fresne-
Can. t. 3. p.
284. 327. 351.
363. 423.
430. 453.
454. 457.
461. & 464.
Memoir.
MS. n. 584.
Thuan.
Hist. lib.
137. p. 1249.
& 1263.

ayant reconnu par experience la difference qu'il y a entre la cautele Espagnole & la sincerité Françoise, s'apperceut bien qu'vne negotiation si épineuse ne reüssiroit iamais que par l'entremise du Roy, & ne douta plus de demander luy-mesme l'acheminement du Cardinal de Ioyeuse, aprés auoir protesté plusieurs fois à Monsieur d'Halincourt, pour lors nostre Ambassadeur à Rome, qu'il seroit tousiours prest de souscrire à vn accommodemét raisonnable. Et d'ailleurs le Comte de Castro, qui s'estoit imaginé du commence-ment deuoir estre arbitre necessaire entre les vns & les au-tres, & leur prescrire telles loix que bon luy sembleroit, aprés auoir déployé toute son industrie, & essayé de se pre-ualoir tantost de sa qualité de neueu d'vn si puissant fa-uory que le Duc de Lerme, & tantost de celle d'Ambas-sadeur d'vn si grand Prince que le Roy Catholique, se vit aussi peu auancé au bout de trois ou quatre mois que le pre-mier iour, & eut par consequent tout suiet de souhaiter auec non moins d'ardeur que le Pape, ny que les Venitiens, la venuë du Cardinal qui le sortist d'vne negotiation, ou plustost d'vn labyrinthe, où il estoit en hazard de laisser beaucoup de son honneur.

Les choses estant ainsi disposées, sa M. resolut de le fai-re passer à Venize, & le chargea d'vne instruction assez am-ple, en datte du mois d'Octobre 1606. dont les principaux chefs & les articles plus considerables estoient: Qu'au par-tir de Lyon, ou du lieu où il se trouueroit, il s'achemineroit à Rome, sous pretexte, comme il fera courir le bruit, d'y aller rendre compte de sa Legation de France, & d'y con-tinuer en suite ses fonctions de Protecteur: mais en ef-fect pour auiser sur les lieux aux moyens les plus prompts pour accommoder le present differend d'entre sa Sté & la Seigneurie: Qu'il prendroit son chemin par Venize, où il seroit informé de viue voix par le sieur de Fresne-Canaye Ambassadeur ordinaire, en quel estat se trouuoit la nego-tiation du Comte de Castro, & ce qu'on pouuoit raisonna-blement esperer de plus: Que si dans cette conference il reconnoissoit que les affaires n'estoient pas encore dispo-sées à l'accommodement, il n'auroit que faire de rien pro-

poſer dans le Senat touchant ledit differend, mais ſe contenteroit de leur declarer, qu'ayant reſolu de prendre ſon
chemin par leur Eſtat pour ſe rendre à Rome, ſa M. luy
auoit commandé de les viſiter en paſſant, & de ſçauoir
d'eux s'ils ne le iugeoient point capable de leur rendre
quelque ſeruice en cette Cour-là, comme il ſera exprimé
plus particulierement en ſa lettre de creance : Qu'il paſſeroit de Venize à Rome, & confirmeroit de la part de ſa M.
les aſſeurances qu'elle auoit fait reïterer pluſieurs fois au S.
Pere, de la continuation de ſon zele, pour tout ce qui concerne le repos publique : Que ſi le Pape entendoit exiger
de la France, qu'elle ſe declaraſt contre les Venitiens, il
s'en excuſeroit le plus ciuilement qu'il luy ſeroit poſſible,
& luy remonſtreroit de nouueau que ſa M. pouuoit aider
dauantage le S. Siege dans la negotiation que dans la rupture : Que ſur tout il mettroit peine de faire croire tant à
Rome qu'à Venize, que ſon paſſage par cette derniere ville, auoit eſté ſeulement par rencontre, & ſans aucune charge, ny aucun deſſein : &, Qu'enfin, puiſqu'il eſtoit impoſſible de preſcrire preciſément comme quoy on auoit à ſe
comporter en vne negotiation ſi épineuſe, on laiſſoit à ſa
dexterité & à ſa prudence, qui s'eſtoit ſignalée en tant
d'autres occaſions, de ſe comporter en celle-cy ſelon qu'il
iugeroit pour le mieux.

Il ſe mit donc en chemin au mois de Nouembre, & au
partyr de Lyon pour Narbonne, il rompit ſon train à ſon
ordinaire, & congedia ceux de ſa ſuite, auec ordre de l'aller attendre à Turin. Où eſtant contraint de determiner la
route qu'il vouloit choiſir, il prit ſon chemin par Ferrare,
& ſe rendit *incognito* aux Papozzes village du Ferrarois, où
il crut que ſa conference auec Monſieur de Freſne-Canaye
Ambaſſadeur ordinaire à Venize, qui l'y vint trouuer, ſeroit tenuë plus ſecrete que non pas à Ferrare, où il eſtoit logé chez le Legat ; & où il fit exprés quelque ſeiour, afin de
donner temps aux vns & aux autres d'agréer ſon entremiſe. Laquelle d'abord leur fut preſque également ſuſpecte,
le Pape le conſiderant comme Miniſtre d'vn Prince qui
ſembloit fauoriſer d'autant plus la Seigneurie, que l'Eſpagnol

gnol s'estoit declaré contre, & les Venitiens le regardans
comme Cardinal Legat, & par consequent dependant en
quelque façon de la Cour de Rome. Neantmoins l'opinion, ou plustost l'experience qu'on auoit de son integrité,
corrigea aisément toutes ces défiances, & ayant fait trouuer bon au Pape qu'il passast par Venize auparauant que de
se rendre à Rome, il en fit donner auis par l'Ambassadeur
au Prince, lequel fit réponse, que sa venuë ne luy pouuoit
estre que tres-agreable, tant pour l'esperance qu'il auoit
que la Republique en receuroit infailliblement de nouueaux auantages, que pour le desir qu'il se presentast occasion de se reüancher en partie de tant de bons offices qu'il
continuoit tousiours de leur rendre. Si bien que s'estant
mis en chemin, le Senat donna ordre qu'il fust receu en ceremonie à Chiozza, où il arriua le 14. Feurier 1607. par le
sieur Antoine Foscarini *Podesta* de la ville, qui luy fit tout
le bon accueil & toutes les honnestetez imaginables, & le
regala tres-splendidement ce iour-là, & le lendemain qu'il
fut obligé d'y seiourner à cause du mauuais temps. Le 16.
il fut rencontré par soixante & onze Senateurs, & conduit
iusqu'à son Palais, qui estoit celuy de Ferrare sur le grand
canal, dans les bateaux dorez de la Seigneurie, & auec vn
tel concours de monde de tous les endroits de la ville, que
les plus vieux attesterent n'auoir veu de leur vie vne si belle entrée, excepté celle du feu Roy Henry III. au retour
de Pologne. Le Samedy il fut saluë le Prince, accompagné
de ce mesme nombre de Senateurs, toute la place de S.
Marc, & tout le Palais estant si plein de peuple, qu'à peine
pouuoit-on passer. Le Prince luy rendit la visite dés le lendemain, & ces deux entreueuës se passerent en simples complimens & ciuilitez, le Cardinal s'estant reserué de parler
d'affaires au Mardy ensuiuant qu'il fut à l'audience, où il
remontra qu'il auoit ordre du Roy son maistre de procurer
la satisfaction de la Republique, à laquelle reconnoissant
que la paix estoit necessaire aussi bien qu'à tout le reste de
la Chrestienté, il s'entremettroit volontiers pour pacifier
leur differend, & souhaitteroit de bon cœur de trouuer
quelque temperament qui pust contenter le Pape sans bles-

Q

fer l'intereſt ny l'honneur de la Republique : Que le Pape
demandoit, outre ce qui auoit deſia eſté accordé, que la
Seigneurie enuoyaſt exprés vn Ambaſſadeur pour le ſupplier de leuer les cenſures : Que tous les Religieux, & meſme les Ieſuites fuſſent rétablis : & Que le Roy puſt promettre à ſa Sté que l'on n'vſeroit point des loix contentieuſes
pendant le Traité. Sur lequel dernier poinct le Cardinal inſiſta particulierement, & les exhorta de ſe reſoudre au plûtoſt des moyens qu'ils iugeroient les plus propres pour au-
thoriſer cette promeſſe, qui les deuoit ſortir d'affaires.

La réponſe du Senat fut que le ban contre les Ieſuites
auoit eſté decerné pour affaires ſi importantes, & auec des
clauſes ſi rigoureuſes, que les loix de la Republique ne per-
mettoient pas de le reuoquer : Que la reputation ny l'honneur du Pape ne pouuoient pas eſtre intereſſez en cela,
puiſqu'on permettoit le retour aux autres Religieux qui
eſtoient ſortis pareillement pour obeïr à la Bulle de ſa Sainteté, mais qui n'eſtoient pas chargez de cas particuliers,
comme eſtoient les Ieſuites : qu'au reſte ils ne pouuoient
que ſe loüer grandement de la bonne volonté du Roy & du
Cardinal, & les remercier tous deux de leurs bons auis ;
mais que pour la parole qu'on leur demandoit de n'vſer
point de leurs loix pendant le Traité, ils n'auoient autre
choſe à répondre, ſinon qu'ils ne ſe départiroient pas en ce
poinct non plus qu'en tout autre de leur ancienne pieté
& religion.

Le Cardinal euſt bien deſiré vne réponſe encore plus pre-
ciſe & plus fauorable que celle-là, mais ſçachant l'ordre
formel qu'il auoit tant du Pape que du Roy, de pacifier ce
differend aux conditions les moins deſauantageuſes qu'il
luy ſeroit poſſible, il ne fit pas difficulté de s'en contenter,
aprés neantmoins auoir prié le Senat de la tenir ſecrete, &
luy donner temps de la faire agréer au Pape. Mais l'on ne
tint pas ſi fort le ſecret, que chacun ne conceut de cette
premiere audience vne eſperance infaillible d'vn prochain
accord, & ne benît preſque publiquement le Cardinal &
la France, à l'extréme côfuſion des Eſpagnols, qui voyoient
leur negotiation ſi malheureuſement auortée. Auſſi le

procedé du Cardinal de Ioyeuse fut tout autre que celuy
du Comte de Caftro, le Cardinal ayant par vne generofité digne de luy refufé de la Seigneurie le plat de deux cens
efcus par iour, lefquels le Comte auoit acceptez, & qu'il
receuoit actuellement depuis trois ou quatre mois.

Ayant donc obtenu à peu prés ce qu'il defiroit de la Seigneurie, & calmé en moins de deux audiences vn orage
qui menaçoit de mouuemens toute la Chreftienté, il partit
de Venize le 16. iour de Mars, aprés y auoir feiourné iuftement quatre femaines, & fe rendit en diligence & fans train
à Rome : où fa prefençe eftoit d'autant plus neceffaire, que
les Efpagnols également ennemis du repos public, & ialoux de la gloire de la France, auoient commencé d'y trauerfer fa negotiation, & s'efforçoient actuellement de
brouïller les affaires à mefure qu'il mettoit peine de les dé-
uelopper. Mais à dire le vray, il luy arriua dans cette rencontre à peu prés de mefme qu'au Soleil, lequel nous
voyons diffiper tous les iours par la chaleur ou la pointe de
fes rays, les brouïllars ou nuages que la terre ingrate des
faueurs qu'elle en reçoit tafche continuellement de luy oppofer. Et de faict, la principale difficulté confiftant au reftab-
bliffement des Iefuites, que le Pape fouhaitoit auec vne
paffion, non moins ardente qu'elle eftoit legitime, il s'auifa
aprés luy auoir remonftré qu'on ne deuoit pas s'attendre
d'obtenir ce reftabliffement par vn article exprés, de luy
propofer vn expedient, par lequel il fe promettoit vrayfem-
blablement d'en venir à bout, qui fut que fa Sté luy mit en
main vn Bref auec pouuoir abfolu de leuer les Cenfures,
lequel il porteroit à Venize ; & leur faifant voir fes facultez, il leur declareroit en mefme temps auoir commiffion
fecrete, mais expreffe, de ne rien executer qu'à la charge
que les Iefuites fuffent reftablis. Si bien qu'il efperoit, que
quand on verroit à Venize qu'il n'y auroit pas d'autre
moyen d'accord que celuy-là, ils y condefcendroient infailliblement.

Lequel expedient le Pape eut peine à la verité d'agréer,
mais il s'y accorda enfin, & remit ainfi tous fes interefts à la
difcretion du Cardinal, auquel il y en eut qui euffent bien

Q ij

voulu rauir l'honneur d'acheuer vne negotiation si important, & la gloire d'vne si illustre Legation, & qui proposerent à sa Sainteté, mais en vain, de substituer en sa place le Cardinal neueu, ou au moins de luy adioindre le Cardinal Zappata Espagnol. De sorte qu'ayant surmonté toutes ces difficultez, il n'eut garde de se rebuter pour celles qui se presenterent de nouueau en l'expression du Bref, où il falloit conseruer aux vns & aux autres leurs pretentions, & faire valoir l'authorité du S. Siege, sans neantmoins blesser la liberté de la Republique ; ce qui receuoit bien des difficultez & des contradictions en vn cas tout à fait singulier comme estoit celuy-cy. Car dans les autres rencontres les Papes reuoquans l'excommunication sur l'instance de ceux mesme qui en estoient frapez, pouuoient en inserant dans le Bref des témoignages de l'humilité des repentans, se rendre non moins formidables lors qu'ils leuoient leurs Censures, que lors qu'ils les auoient fulminées. Mais l'on estoit icy en vne coniončture bien differente, & il falloit sur tout s'abstenir de termes iustificatifs du procedé du Pape & de ses Censures, à moins que de vouloir rompre aussitost toute la negotiation. C'est pourquoy le Cardinal s'auisa d'vn nouueau temperament, qui fut de n'expedier point de Bref, mais de luy bailler ses ordres dans vne instruction secrete, qui seroit signée du Pape, comme elle fut. Puis sa Sainteté resolut de faire choix des deux officiers qui deuoient intreuenir auec le Legat aux actes portez par l'instruction, mais particulierement en la consignation des prisonniers, & en la reuocation des Censures. Et pour receuoir les prisonniers, fut nommé sans contredit Claude Montano Lieutenant Criminel à Ferrare : mais il y eut plus de difficulté pour le Notaire ou Greffier qui deuoit tenir le registre. Car de tous les Notaires de la Chambre qu'on nommoit, aucun n'agreant au Cardinal qui preuoyoit bien le retardement que le style ordinaire de la Cour Romaine pouuoit apporter à l'execution de l'accord concerté, il proposa enfin qu'on créast Paul Catel son Aumosnier Protonotaire Apostolique, & qu'il fust désigné pour Greffier en cette Legation. Ce qui fut fait, & facilita grandement ladite execution; dautant que Catel ne parut iamais à Venize en qualité de Protonotaire, ny d'Officier du Pape, mais seulement de domestique & caudataire du Cardinal.

Au reste, ayant expedié le plus promptement qu'il pût les affaires qu'il auoit à negotier à Rome, il affecta de retourner pour la Semaine Sainte à Venize, sur l'esperance qu'il eut que durant ces iours de deuotion il pourroit obtenir quelque chose de plus pour l'interest du S. Siege, & il precipita effectiuement son voyage à tel poinct, qu'il courut danger de la vie en passant d'Ancone à Venize. Où estant arriué le Lundy Saint, il fut dés le lendemain au Senat, & y exposa sa charge sans faire mention de Bref qu'il eust du Pape, & l'on auoit desia sceu qu'il n'en auoit point, mais seulement vne instruction signée de la main de sa Sté. Si bien qu'on le crut à sa parole, du pouuoir qu'il disoit auoir du Pape, & on ne le voulut pas obliger en consideration qu'il estoit l'vn des plus illustres suiets du sacré College, & Ministre de sa M. tres-Chrestienne, à representer ses lettres de creance ny ses facultez.

Ayant donc esté receu à exposer sa charge, il se mit à leur remonstrer que le Pape estoit tres-bien intentionné pour le bien public & le repos de la Chrestienté, & s'il sembloit s'estre roidy vn peu trop sur quelques poincts de la negotiation, ce n'auoit esté que par zele, ou par crainte qu'on ne l'accusast d'abandonner trop legerement les interests de l'Eglise: que l'accommodement auoit esté combatu à la verité par les mauuais offices de quelques personnes mal intentionnées, mais que la conclusion en auoit esté principalement retardée, à l'occasion des difficultez qui d'abord s'estoient rencontrées en foule, & depuis s'estoient toutes reduites à deux, sçauoir à l'enuoy d'vn Ambassadeur auparauant que les Censures fussent leuées, & au rétablissement des Iesuites: & que la premiere de ces deux difficultez auoit esté enfin surmontée par la facilité du S. Pere, qui tomboit d'accord que l'excommunication fust leuée auparauant; mais qu'il restoit encore la seconde, sur laquelle il auoit à leur parler. Il leur exposa en suite les conditions sous lesquelles on deuoit leuer les Censures; à

Hist. di Fr.
Paolo l. 7. p.
294. 305.
&c.
Ambass. de
Fresne Can.
t. 3. p. 522.
531. &c.
Ambass. du
Perron liu.
3. p. 750.
776. & ses
Oeuur. diuers. p. 872.

Q iij

ſçauoir qu'on conſigneroit les priſonniers ſans proteſter:
qu'on rétabliroit les Religieux ſortis à cauſe de l'interdit,
& leur reſtituëroit-on tous leurs biens: & qu'on reuoqueroit la proteſtation faite contre les Cenſures, & enſemble
la lettre Ducale écrite ſur ce ſuiet à toutes les villes du
Domaine. Il inſiſta particulierement qu'on reſtabliſt les
Ieſuites, auoüant bien qu'il pouuoit leuer les Cenſures ſans
cela, & neantmoins que c'eſtoit comme le ſeau de l'accommodement, ſans lequel il craignoit qu'il ne fuſt pas pour
durer, & les prioit par conſequent d'accorder cette ſatisfaction au Pape qui le ſouhaitoit auec vne ardeur extréme, au
Roy tres-Chreſtien qui le deſiroit en conſideration du Pape, & à luy qui parloit, touché d'vne ſemblable paſſion, &
qui ne feroit pas moins de cas de cette faueur, qu'vn ambitieux de la conqueſte d'vn Royaume. Sur quoy le Prince & le Senat firent réponſe à l'heure meſme, que la reſolution qu'ils auoient priſe d'accorder de grace les priſonniers au Roy, auoit eſté agreée, & partant qu'on ne la pouuoit plus maintenant reuoquer en doûte: mais qu'on ne
deuoit pas eſperer qu'ils abandonnaſſent ſi facilement leur
proteſtation, & encore moins qu'ils reſtabliſſent les Ieſuites chaſſez pour affaires tres-importantes à l'Eſtat, & pro-
ſcrits ſous des rigueurs, auſquelles il n'eſtoit pas permis de
contreuenir. Puis le Cardinal ayant repris la parole com-
méça à diſcourir de la façon que ſe deuoient leuer les Cenſures, qui ne fut pas encore ſans difficultez. Car comme il
ſçauoit que la Republique perſiſtoit touſiours opiniâtre-
ment à maintenir ſon innocence, & proteſter qu'elle n'a-
uoit point encouru aucune ſorte de Cenſures, & ſe montroit par conſequent tout à fait reſoluë de refuſer l'abſolution, dont elle diſoit n'auoir pas de beſoin; il vouloit au
moins faire quelque acte public par lequel il parût que le
Prince n'auoit pas laiſſé de la receuoir, & s'offrit pour cét
effect d'aller à l'Egliſe de ſaint Marc auec le Prince & la
Seigneurie, & de celebrer là vne Meſſe ſolemnelle, ou d'en
entendre vne baſſe, & benir à la fin les aſſiſtans: dautant
que par cét acte de celebrer deuant le Prince, ou d'aſſiſter
auec luy à vne meſme Meſſe, il paroiſtroit aſſez au peuple

que les Cenſures auroient eſté leuées par le moyen de
la benediction qu'il luy auroit baillée. Mais cét expedient ne pleut pas, à cauſe qu'il approchoit trop de l'abſolution, dont la ſeule ombre leur faiſoit peur, & ſembloit
donner atteinte non moins à leur liberté qu'à leur conſcience. Si bien que le Prince luy declara franchement
que comme ſon innocence & celle de la Seigneurie eſtoit
euidente, & ſans aucun ſoupçon de faute, ils ne ſouffri-
roient pas auſſi dans toutes ces ceremonies la moindre apparence de remiſſion ny de grace. Et le Cardinal ayant repliqué, que la benediction Apoſtolique eſtoit touſiours
profitable, & ne ſe deuoit iamais refuſer, il luy fut reparty
que cela eſtoit vray, & que la Seigneurie n'auroit garde
auſſi de la refuſer, ſi elle ne craignoit de ſe ſcandaliſer elle meſme, & trahir ſa propre innocence, receuant l'abſolution pour vn faict qu'elle maintenoit tres-legitime &
tres-naturel.

Le lendemain de cette audience la Seigneurie deputa
deux Senateurs, pour conferer les trois ou quatre iours ſuiuans auec le Cardinal ſur les meſmes poincts deſia debatus,
& pour applanir le plus qu'ils pourroient la voye d'accord.
A quoy les vns & les autres trauaillerent ſerieuſement, &
il fut d'abord remontré par les deux Senateurs, Que la Republique ſe contenteroit volontiers de la ſeule parole du
Cardinal, lors qu'il aſſeureroit que les Cenſures ſeroient leuées : Qu'ils conſentoient au rétabliſſement des Religieux
ſortis de leur Domaine à cauſe de l'Excommunication,
pourueu que le rétabliſſement fût reciproque, & que le S.
Pere receuſt pareillement en grace les autres Religieux re-
ſtez au ſeruice de la Republique : Que pour les apologies &
les écrits, la Seigneurie eſtoit preſte d'ordonner de ceux
qui auoient eſté faits en leur faueur, cela meſme qu'il plairoit au Pape d'ordonner des autres qui auoient eſté faits en
la ſienne : Que l'Excommunication ne ſeroit pas pluſtoſt
leuée, qu'on enuoyeroit vn Ambaſſadeur à Rome : Qu'on
reuoqueroit le Manifeſte incontinant aprés la reuocation
du Monitoire qui l'auoit precedé, & meſme qui luy auoit
donné lieu : Que des lettres écrites aux Villes & aux Com-

munautez, les vrayes estant secretes, & celles qui ont esté
publiées estant fausses, il ne seroit pas raisonnable d'obliger vn Prince à reueler vn secret d'Estat, & encore moins
à traitter de serieux vn mensonge : &, Qu'enfin pour ce
qui estoit des Iesuites, ce seroit ne vouloir point d'accord
que de s'aheurter à leur rétablissement, puisque la Seigneurie estoit resoluë de iamais n'y consentir.

Le Cardinal en suite remontra pareillement qu'ayant ordre du Roy de conseruer non moins la liberté de la Republique que la dignité du Pape, il ne faisoit pas difficulté
de leur persuader qu'ils receussent sans crainte la benediction Apostolique, non pas comme vne absolution, mais
comme vne benediction ordinaire que le Pape enuoye :
Qu'il ne leur pouuoit rien accorder concernant les écrits
& leurs Autheurs, dautant que c'estoit matiere d'Inquisition, à laquelle le Pape mesme n'oseroit toucher : Qu'il seroit bon d'enuoyer la premiere fois deux Ambassadeurs à
Rome, & non pas vn seul, parce que la faueur qu'ils rece-
uoient de sa Sté meritoit vne singuliere reconnoissance :
Qu'on eust à reuoquer le Manifeste auparauant que les
Censures fussent leuées : Que la lettre aux Villes & aux
Communautez, qui auoit esté publiée estant fausse, l'on en
fist mention au prochain Consistoire, & qu'on la traittât
d'imposture : & enfin qu'on dressât vn instrument des articles sur le modele qu'il en auoit apporté de Rome, où l'on
ne parlât en aucune façon des Iesuites, qui demeureroient
ainsi tacitement exclus ; ou si c'estoit vn poinct si important
qu'il ne pust estre passé sous silence, que l'on exprimast leur
exclusion auec les termes les plus doux qu'il se pourroit.
Pour ce qui fut de sçauoir si on consigneroit les prisonniers
auec, ou sans protestation, Monsieur de Fresne-Canaye
Ambassadeur ordinaire du Roy à Venize, decida d'abord
toute la difficulté par la raison qu'il allegua, que les prisonniers estant promis à sa Maiesté, c'estoit à luy son Ambassadeur de les receuoir, & que consentant comme il faisoit, qu'on les luy consignast auec protestation, ny le Pape, ny les autres n'auoient aucun droit de se méler, & encore moins de se formaliser de ce qui se passoit entre le
                                                          Roy

Roy son Maistre & la Republique.

Ce qui restoit ainsi à aiuster, estant assez facilement decidé, tant au Senat, que dans deux ou trois conferences secretes ; il fut enfin arresté, Que le Cardinal annonceroit dans le College au Conseil de la Seigneurie, que les Censures estoient leuées, ou les y leueroit effectuement, mais sans ceremonie : Qu'au mesme instant le Prince luy mettroit en main vn'acte, par lequel la Protestation seroit reuocquée : Que les prisonniers seroient consignez de la façon que Monsieur l'Ambassadeur auoit proposé : Qu'on ne dresseroit point d'instrumens du present accord, mais que la seule parole ou promesse tant de la Republique que du Cardinal suffiroit pour toute asseurance de part & d'autre : Que tous les Religieux seroient rétablis, à l'exclusion neantmoins des Iesuites, & de quatorze autres particuliers de diuerses Religions, lesquels on pretendoit estre en fuite pour leurs crimes, & non pas en execution de l'Interdit : Qu'on ne feroit point mention de la lettre écrite aux villes & aux Communautez, mais seulement seroit dressé vn Manifeste où la protestation seroit Precisément reuocquée, lequel on feroit imprimer aussi tost aprés que les Censures auroient esté leuées : Qu'on éliroit vn Ambassadeur pour enuoyer à Rome, & qu'on reserueroit les autres poincts moins considerables pour estre traittez à l'amiable auec sa Sainteté mesme.

En suite dequoy le Secretaire Marc Ottobon estant venu trouuer le Cardinal & Mr l'Ambassadeur pour conuenir ensemblement de la teneur du Manifeste, l'affaire d'abord passa de commun concert, iusqu'à ce qu'on vinst à l'article qui portoit que les Censures estant leuées, la Protestation auoit pareillement esté leuée ; d'autant que le Cardinal insista là dessus qu'il ne falloit pas mettre que la Protestation auoit esté leuée, mais qu'elle auoit esté reuocquée. Laquelle difficulté le Secretaire n'ayant sceu resoudre sur le champ, il en fit son rapport au College, où l'on debatit assez long temps sur ce poinct, & la pluspart furent d'auis que le Pape se seruant du mot de leuer pour ses Censures, la Republique s'en deuoit aussi seruir pour sa Protestation.

R.

Mais le Cardinal ayant repliqué qu'il falloit donc rompre, & qu'il ne pouuoit pas contreuenir directement à ses ordres, ils condescendirent enfin au mot de *renocquer*, mais afin de l'étendre s'ils eussent pû auec adresse sur les Censures du Pape, aussi bien que sur leur Protestation, ils voulurent que la renocation fut conceuë en ces termes, *Que la Protestation demeureroit particulierement renocquée.* Et estans ainsi tout d'accord, il ne restoit plus que de passer à à l'execution qui se fit le vingt-vniéme Auril 1607. en cet ordre.

Le Cardinal estant logé au Palais Ferrare, comme nous auons desia remarqué, Monsieur l'Ambassadeur s'y rendit le matin, comme aussi le Secretaire Marc Ottobon, auec deux Notaires de la Chancellerie Ducale, & des Officiers de la Iustice, qui menerent quant & eux Marc Antoine Brandolino Valdimarino Abbé de Nerueze, & Scipion Sarraceno Chanoine de Vicenze prisonniers. Puis le Secretaire ainsi accompagné entra dans vne Chambre où Monsieur l'Ambassadeur estoit auec ceux de sa suite en tresgrand nombre, & quelques-vns de la maison du Cardinal, & aprés l'auoir salüé à l'ordinaire, il luy dit que c'estoient là les prisonniers, lesquels, selon l'arresté, le Prince Serenissime enioignoit estre consignez à son Excellence en faueur du Roy tres-Chrestien, & neantmoins sous protestation que cela ne pûst preiudicier à l'authorité & au droit que la Seigneurie auoit de iuger les Ecclesiastiques. Sur quoy l'Ambassadeur ayant reparty qu'il les receuoit sous cette condition, le Secretaire en requit acte à l'heure mesme ausdits Notaires de la Chancellerie Ducale, en presence des Gentils-hommes & domestiques, tant du Cardinal que de l'Ambassadeur, & desdits Officiers de Iustice. Ce qu'estant fait, les prisonniers se recommanderent à l'Ambassadeur, lequel auec des termes pleins de ciuilitez, leur promit sa protection, & les faisant mener aprés luy, il fut auec toute la compagnie trouuer le Cardinal dans vne galerie proche de là, & luy dit, *Voicy les prisonniers qu'on doit remettre entre les mains du Pape:* & le Cardinal montrant de la main vn des assistans, répondit, *Liurez les à celuy-là,* qui estoit Claude

Montano commis pour cét effect par sa S.té, lequel se contenta de les toucher en signe de domaine ou de possession,
& pria les Officiers de Iustice qui les menoient, de l'obliger
tant que de les luy garder. Puis le Cardinal partit de son
Palais accompagné de l'Ambassadeur, & fut trouuer le
Prince, lequel aprés la Messe s'estoit rendu auec la Seigneurie au Senat, où chacun ayant pris sa seance à l'accou-
tumée, le Cardinal leur tint ce discours, selon qu'il auoit
esté concerté : *Ie me resiouys de me trouuer enfin à ce iour bien-
heureux, & que i'ay si fort souhaité, auquel i'annonce à V. Sere-
nité que les Censures sont leuées, & i'en ressens du plaisir pour l'a-
uantage qu'en reçoit toute la Chrestienté en general, & en particulier l'Italie.* Et à l'instant le Prince luy mit en main le decret, par lequel la Protestation estoit reuoquée. Aprés
quoy s'estant passez entre eux quelques ciuilitez & quelques complimens, il les pria d'enuoyer au plustost vn Ambassadeur à Rome, & sortit pour s'en aller à la grande Eglise qui est saint Pierre, où il celebra la Messe Pontificale-
ment en presence des Ambassadeurs, & d'vne foule innom-
brable de peuple. Au reste, pour toute la repugnance
que les Venitiens auoient témoignée à receuoir d'absolution, ny mesme de benediction, le Cardinal ne laissa pas de
la leur bailler adroitement malgré qu'ils en eussent, ayant
pris son temps que tous les Senateurs assemblez se tinrent
quelque espace debout, attendant, selon la coustume,
que le Prince s'assist le premier, & ayant fait dans cét entre-
temps vn signe de croix sous sa chappe. Ce qui est d'autant
plus vray, qu'il est certain en droit, que le consentement
n'est point requis de la part de ceux qu'on pretend absou-
dre des Censures Ecclesiastiques.

Ayant en suite dépéché vn courrier à Rome pour y donner auis de tout ce qui s'estoit passé à Venize, il resolut
de n'aller plus à l'audience que pour prendre son congé
aussi tost qu'il auroit receu nouuelles que le Pape auoit ratifié les actes de sa Legation, afin de ne se mesler que le
moins qu'il pourroit des nouuelles intrigues, & des nouueaux incidens qu'il preuoyoit deuoir infailliblement suruenir. Et il se retira mesme pour cét effect à la campagne,

où ayant appris les nouuelles de la ratification qu'il attendoit, il en receut inopinément d'autres du mécontentement du Pape : à qui l'on auoit enuoyé exprés pour luy faire
perdre patience, l'Escrit des Venitiens imprimé & addres-
sé aux Euesques dans toute l'estenduë de leur Domaine,
par lequel ils leur donnoient auis de tout ce qu'ils auoient
fait auec le Pape : en telle sorte que le Pape, & mesme vne
partie de la Cour de Rome croyoit que la Republique, au
lieu de reuoquer par là son Manifeste, le iustifioit au contraire, & montroit que c'estoit sa Sainteté qui auoit reformé ses procedures, & que la Republique n'auoit rien reuoqué de faict ; mais que le Pape ayant fait cesser la cause du
Manifeste par la leuée des Censures, le Manifeste demeuroit reuoqué par vne suite & par vn effet necessaire.

Cet écrit eut telle force, & les ennemis du repos public
sceurent si bien s'en preualoir, que le bruit courut dans
Rome, que le Pape aprés l'auoir leu, ietta de dépit son bonnet sur la table, & s'écria qu'ils s'estoit trop confié, & que
s'il eust creu que cela eust deu arriuer, il n'eust iamais donné
au Cardinal de Ioyeuse la faculté de leuer les Censures.
C'est pourquoy le Cardinal se mit en deuoir de iustifier sa
negotiation & son procedé au S. Pere, & luy sceut fort bien
remontrer par lettres, que cette piece dont sa Sainteté prenoit si fort l'allarme, ne regardoit point du tout le Traitté :
que c'estoit vn écrit separé que le Prince adressoit à ses suiets, & dont elle ne deuoit pas auoir de communication,
ny de connoissance, ou plustost qu'elle deuoit absolument
mépriser comme n'estant pas solemnel à son égard : en vn
mot que la Protestation auoit esté reuoquée en la mesme
forme qu'elle l'auoit souhaitté, comme il se iustifioit par
l'acte qu'il luy en enuoyoit reuestu de toutes ses formalitez,
& enregistré auec toutes les solemnitez requises.

Ausquelles dernieres raisons le Pape s'estant laissé con-
uaincre, il ne differa plus de rendre le témoignage & les
remercimens qu'il deuoit à sa vertu, ny de se congratuler
auec luy par lettres de l'heureux succez de sa Legation, &
loüer hautement sa diligence, sa fidelité, son adresse & sa
patience, qui meriteroient toutes à part leur eloge ; ayant

non seulement preserué l'Italie de naufrage, ou au moins de tourmente & de troubles, mais aussi fait triomfer glorieusement la France de l'Espagne, dans la partie de l'Europe, où le Roy Catholique est plus ialoux de son credit, & conseruè auantageusement à sa M. tres-Chrestienne la possession ou le titre fort ancien d'Arbitre cõmun des differends de la Chrestienté. Car il faudroit estre plus opiniâtre, & plus passionné que l'Enuie mesme, pour ne pas confesser que nous remportâmes en cette rencontre tout le veritable & solide auantage, & n'en laissâmes que l'ombre, & vne vaine apparence aux Espagnols. Lesquels ayant essayé inutilement de trauerser vne si importante negotiation, s'auiserent enfin d'y vouloir prendre part, & de pretendre pareillement à la gloire qui en deuoit reüssir. De sorte que comme on fut demeuré d'accord à Venize que Monsieur le Cardinal de Ioyeuse & Monsieur d'Alincourt Ambassadeur du Roy à Rome supplieroient le Pape au nom tant de sa Maiesté que de la Republique, qu'il luy pleust leuer les Censures, & qu'ils s'obligeroient par écrit en vertu du pouuoir special qu'ils en auoient, que les Loix & les Ordonnances du Senat specifiées par la Bulle du Pape ne seroient point executées tant que sa Sainteté seroit en negotiation auec l'Ambassadeur de la Republique: le Comte de Castro Ambassadeur extraordinaire d'Espagne s'ingera de supplier aussi sa Sté qu'il luy pleust leuer les Censures, & de luy faire la mesme promesse au nom du Roy son Maistre, quoy qu'il n'en eust aucun pouuoir. Ce que le Marquis d'Ayetonne trouua si mauuais, qu'il ne pût s'empécher de dire que s'il en eust entrepris autant sous le regne de Philippes II. sa teste n'eust pas esté asseurée. Et neantmoins le Pape pour quelques considerations particulieres fit semblant de luy en sçauoir gré aussi bien que la Seigneurie, qui le regala d'vn present de moindre prix à la verité que celuy qu'elle fit au Cardinal de Ioyeuse, qui fut de six mil escus, & l'autre seulement de trois mil. Mais c'estoit encore trop pour le peu d'obligation qu'ils luy auoient, si ce n'est peuteste de n'auoir point esté forcez au restablissement des Iesuites, lequel nostre Cardinal eust infailliblement obtenu

R iij

auec les autres articles , si le Comte de Castro qui vouloit trauerser l'entremise de Frāce, ou au moins se faire de feste,

Ambassad.
de Fresne-
Can. t. 5. l.
5. p. 322.

n'eust authentiquement asseuré les Venitiens que le Pape n'estoit pas pour s'opiniâtrer sur ce poinct, & ne leur eust ainsi donné là dessus gain de cause. Grande obligation sans doute que les Lesuites ont aux Espagnols , & insigne auantage que sa Sainteté remporta de l'entremise d'Espagne !

Au reste , toutes choses estant entierement pacifiées, & ayant esté fait choix de part & d'autre d'vn Nonce & d'vn Ambassadeur, qui furent l'Euesque de Rimini , & le Seigneur François Contarini , le Cardinal prit congé de la Republique , & partit le 26. May 1607. pour Lorette , d'où il passa à Florence , puis à Gennes , & de là en France. Où apres auoir receu de sa Maiesté le bon accueil qu'il meritoit pour auoir si bien sceu non seulement conseruer, mais accroistre la reputation de l'Estat , & la gloire de la nation,

Cod. MS.
Môtereul.

il se rendit à Rouën en son nouuel Archeuesché. Il y vouloit restablir luy-mesme la discipline Ecclesiastique , & rencherir encore sur la diligence , & sur les soins d'André Guyion , autrefois son Precepteur, & pour lors son Grand Vicaire , lors que les affaires publiques l'appellerent en Cour : où estant sans contredit le plus consideré de tous les Prelats de son temps, il ne manquoit pas d'y auoir aussi tous les plus glorieux & les plus illustres emplois ; comme furent entre autres de couronner à S. Denys la Reyne Marie de Medicis depuis Regente , & de sacrer le nouueau Roy Louys X I I I. à Reims. Et s'y estant faite par mesme moyen

Mémoir.
MS. de la
biblioth. de
M. Dupuy
p. 572.

vne nouuelle promotion de Commandeurs de l'Ordre du S. Esprit , il fut resolu d'y associer effectiuement nostre Cardinal, qui y auoit esté nommé dés l'an 1588. Mais la contention qu'il eut auec Monsieur le Prince , lequel d'eux deux seroit preferé, empescha encore qu'il ne fust creé, & le priua effectiuement de l'honneur du cordon bleu.

Il y en a qui voudroient presque auancer, que le mécontentement qu'il eut d'auoir esté contraint de ceder en cette rencontre à Monsieur le Prince, auroit esté la cause du voyage qu'il fit peu de mois apres en Italie. Mais i'ayme mieux en croire le suiet qu'il rapporte luy-mesme dans

quelqu'vne de ses lettres, qui fut le regret de voir le piteux
estat où se trouuoient pour lors en France les affaires de la
Religion opprimée impunément par les Huguenots. Aussi
fut-ce vn des chefs de son instruction, qu'aprés auoir salué
d'abord le S. Pere de la part de leurs Maiestez, & l'auoir remercié des bons offices qu'il leur auoit rendus sur l'accident deplorable de la mort du feu Roy, il iustifieroit à sa
Sᵗᵉ le traittement egal que leursdites Maiestez estoient
contraintes de faire à leurs suiets de l'vne & de l'autre Religion, par la crainte de troubler le repos public, & excuse-
roit par mesme moyen le mieux qu'il luy seroit possible l'Arrest du Parlement de Paris rendu peu auparauant contre
le liure du Cardinal Bellarmin.

Ambassad.
du Perron
l. 3. p. 857.

Memoir.
MS. de la
biblioth. de
M. Dupuy
n. 557.

Il partit de Lyon en Auril 1611. & s'achemina droit à Rome, où il reprit auec ses anciennes fonctions de Protecteur
de France, celles de Protecteur de l'Ordre de S. Antoine
de Vienne, & des Capucins, de qui il estoit d'ailleurs le
bien-faicteur & le deuot à cause du Pere Ange de Ioyeuse
son frere : & il fut employé de nouueau en quelques Congregations de Cardinaux, estant dés lors le plus ancien du
sacré College, quoy qu'il n'eust pas la qualité de Doyen,
dautant que le Doyenné & l'Euéché d'Ostie ne se donnent
qu'à ceux qui resident actuellement à Rome. De sorte
qu'il n'obtint l'vn & l'autre qu'au mois d'Auril de cette
mesme année par le decez du Cardinal Pinelli, quoy qu'il
eust deu le preceder, s'il eust eu plus de residence qu'il n'a-
uoit pour lors., & succeder immediatement au Cardinal
de Como qui estoit mort il y auoit plus de quatre ans. De
quoy le Cardinal du Perron ne put s'empécher de se plaindre au Roy dans quelqu'vne de ses lettres. Monsieur le
Cardinal de Ioyeuse est encore aux Papozzes, entre Ferrare & Venize, s'il eust fait les années passées vn peu plus de
residence à Rome, il seroit maintenant Doyen des Cardinaux, par le decez du Cardinal Come qui mourut Dimanche dernier. Chose qui apporteroit vn merueilleux poids
à l'authorité des affaires de V. M. Car estant encore
ieune, comme il est, & plein pour long temps de vigueur
de corps & d'esprit, il ne se peut dire quel pouuoir il auroit

Ambassad.
du Perron
Montereul.
Elog MS.

Vghell.
Ital. sacr.

Ambassad.
liu. 3 p. 702.

« dans ce College, & principalement au temps des Concla-
« ues. Cela meriteroit bien auec huit mil escus de rente que
« vaut le Doyenné, qu'il s'y tinst pour quelques années vn
« peu plus assidu, & que V. M. l'y astreignist. Car possible
« ne se rencontrera-t-il iamais occasion d'auoir vn Doyen
« des Cardinaux qui soit tout ensemble, & François & si
« ieune.

Monter.

Elog. des
Dam. illust.
t. 1. p. 751.

Estant de retour icy en France, il commença de bonne
heure à se preparer à la mort, & redoubla pour cét effect
ses charitez ordinaires, qui estoient telles que la Vidame
d'Amiens, l'vne de ses tantes, disoit souuent dans le fami-
lier, qu'elle n'apprehendoit rien tant que la mort de Monsieur le Cardinal son neueu, parce qu'elle n'auroit plus dequoy continuer ses aumosnes, & seroit ainsi obligée de
voir des miserables sans pouuoir les secourir. Il est vray qu'il
sembla y donner bon ordre par le grand nombre de fonda-
tions pieuses qu'il fit, par lesquelles épuisant volontairement des richesses caduques, & des thresors perissables, il
thesaurizoit necessairement au Ciel des biens perdurables
& solides. Il fit bâtir en vne isle proche de Narbonne vne
Eglise & vn Monastere, sous le nom de sainte Lucie, pour
des Religieux Hermites de l'ordre de S. Basile. Il fonda à
Pontoise vne maison pour les Iesuites auec vn Seminaire
de trente Ecoliers, lequel il transfera depuis par son testament de cette ville-là en celle de Roüen. Il institua & do-
ta encore à Pontoise vne Congregation de Dames bien
nées, qui peussent vaquer gratuitement à l'instruction des
ieunes filles, & leur apprendre non seulement la vertu & la
pieté Chrestienne, mais aussi les ouurages & les manufactu-
res bien-seantes à leur sexe & à leur condition. Il fonda pareillement à Dieppe vne maison pour les Peres de l'Ora-
toire, à dessein de contrebalancer & combatre par la vie
exemplaire de ces bons Ecclesiastiques, le libertinage &
l'impieté des Heretiques qui sont en assez grand nombre
dans cette ville maritime.

Tandis qu'il s'occupoit ainsi à la meditation de la mort,
& qu'il s'y preparoit par tant de bonnes œuures, l'apoplexie, maladie subite s'il y en a aucune, le saisit, sans pouuoir

uoir neantmoins le surprendre, puisqu'il mettoit actuellement si bon ordre aux affaires de sa conscience. Aussi la
violence du mal luy assoupit bien les sens exterieurs ; mais
ne luy empécha point pour cela les fonctions ordinaires
de l'ame, qui ne laissa pas de porter tousiours sa visée vers
le Ciel, ny d'aspirer auec vne sainte impatience à la vision
beatifique. C'est pourquoy la parole ne luy fut pas plûtost reuenuë, qu'il demanda à se confesser & communier, & voulut mesme receuoir le saint Viatique hors du
lict, quoy que les forces luy manquassent pour se pouuoir soustenir : Mais comme si ce diuin remede eût con-
tribué également à la santé du corps, & à celle de l'ame,
il commença bien-tost après à recouurer ses premieres
forces, & il crut effectiuement en auoir assez pour ne pas
refuser la charge que Messieurs du Clergé, assemblez
icy à Paris, pour la tenuë des Estats generaux du Royaume, luy furent presenter, d'y vouloir estre leur Chef, &
de presider à leur Chambre. Neantmoins parce que l'a-
poplexie a d'ordinaire de mauuaises suites, sa santé depuis ne fut iamais bien confirmée, & luy permit à peine, & seulement par interualles d'assister aux premieres
seances desdits Estats ; où il signala sa pieté & son zele,
qui merita des remercimens par vn Bref exprés du Pape
Paul V. de sorte que faisant scrupule doresnauant d'occuper vne place qu'vn autre plus sain qu'il n'estoit pas,
rempliroit auec plus d'assiduité, il abandonna entierement le soin de toutes autres affaires que celles de sa
conscience, & il ne laissa pas en cet estat-là d'entreprendre le voyage de Nostre-Dame de Montserrat : où estant
arriué la veille de Pasque, il y passa les festes en deuotion, y donna des ornemens de la valeur de six cens escus, contribua trois cens escus pour la reparation de l'E-
glise, & deux cens pour l'entretien de la Chapelle saint
Louis des François, y fonda moyennant mil escus les Li-
tanies de la Vierge, qui se chantent tous les iours aprés
Vespres par les enfans de Chœur ; en vn mot il y laissa
presque d'aussi illustres marques de son zele, & de sa liberalité qu'à Nostre-Dame de Lorrette ; où il a pareille-

Relat. du
voyag. de la
R. de Polo-
gne part. 3.
p. 201.

S

ment fondé moyennant huit mil ducats, vne Congregation particuliere de quatre Preftres.

Au partir de là il s'achemina à Vic - le - Comte , & y
prit des eaux, qui fembloient l'auoir guery. Neantmoins
cette apparence trompeufe ne luy fit rien relâcher de fes
exercices de deuotion iournaliere, & ne l'empécha pas
de faire huit iours de retraite au College des Iefuites de
Billon en Auuergne. D'où il auoit refolu de fe rendre
icy en Cour , lors que deux Religieux de l'Abbaye faint
Antoine de Viennois luy apporterent le teftament du
fieur Tolofany leur Abbé , decedé depuis peu , par lequel il fondoit trois nouuelles Maifons de fon Ordre,
vne à Caftelnaudary , lieu de fa naiffance ; vne autre à
Bourgoing en Dauphiné ; & la troifiéme à Ioyeufe : &
fupplioit Monfeigneur le Cardinal d'auoir foin de faire
executer en cela fa derniere volonté. Ce qui luy ayant
fait changer de refolution , il prit le chemin de Ioyeufe
au lieu de celuy de Paris, & y ayant fait executer la volonté de l'Abbé, il paffa en Auignon, & fut logé au Palais du Pape ; où fe fentant trauaillé d'vn flux de ventre, il
fut contraint de s'aliter le dix-neufiéme du mois d'Aouft,
iuftement au bout de l'an qu'il auoit efté atteint d'apoplexie. Dés l'heure mefme il iugea qu'il eftoit frappé à mort,
& le dit nettement à fes domeftiques , qui euffent bien
voulu fe tromper eux-mefmes, ou au moins luy faire croire que fon mal n'eftoit ny fi dangereux, ny fi grand qu'il
s'imaginoit. Mais il perfifta toufiours dans fon opinion,
que c'eftoit à ce coup que Dieu le vouloit retirer du monde, & luy redemander la vie qu'il luy auoit preftée, qu'il
falloit obeyr & fe frayer le chemin à vne meilleure & plus
heureufe. C'eft pourquoy il enuoya querir le Pere de
Lingendes Iefuite, pour lors Recteur du College d'Auignon, fe confeffa & receut de bonne heure les autres Sa-
cremens de l'Eglife , rendant continuellement graces à
Dieu de ce qu'entre les autres faueurs dont il l'auoit gratifié dans le cours de fa vie , il auoit permis pour comble
de grace, que voyageant, comme il faifoit , il euft efté
arrefté en vn lieu où il deuoit receuoir de fi douces con-

folations , & franchir hardiment vn paſſage ſi perilleux
que celuy de la mort ; & le coniurant par les entrailles de
ſa ſainte miſericorde de luy pardonner ſes fautes, d'auoir
pitié de ſon ame , & la receuoir dans le Ciel en la compagnie des bien-heureux.

Se preparant ainſi auec beaucoup de ſoin à ce dernier
paſſage, il n'oublia pas de faire ſon teſtament, par lequel
il inſtitua Madame de Guiſe ſa niece ſon heritiere, & honora ſes anciens ſeruiteurs & ſes domeſtiques de pluſieurs
legs, outre leſquels il en fit encore quantité d'autres pour
cauſes pies, qu'on dit ſe monter à plus de ſix cens mille Spondan.
liures. Puis ne pouuant pas diſſimuler le regret qu'il auoit an. 1615 n.
de ne pouuoir luy-meſme donner ſa benediction à Mon- 4.
ſieur & à Madame de Guyſe, & à Meſſieurs leurs enfans,
& dire le dernier adieu auant que partir de ce monde,
à des perſonnes qui luy eſtoient ſi cheres & ſi proches, il
ne manqua pas de leur écrire , & de leur recommander
ſur tout la crainte de Dieu , & le ſeruice du Roy , en
quoy il auoit touſiours crû que conſiſtoit le deuoir d'vn
vray Chreſtien & d'vn bon François. Auec leſquels ſentimens il mourut le vingt-troiſiéme Aouſt mil ſix cens
quinze, & finit dés la cinquante-troiſiéme année de ſon
âge ſa carriere, luy qui ne deuoit iamais mourir, au moins
ſi la vertu & le merite eſtoit capable de procurer l'immortalité, & des hommes en faire des demy-Dieux. Iamais les affaires de France, remarque de luy le Cardinal
Bentiuoglio, ne furent traitées à Rome auec plus de Diar. cap.
ſplendeur, ny plus de credit, que tandis qu'il en fut Pro- 6. p. 72.
tecteur ; la conſideration non ſeulement de la haute fortune de ſa famille , mais auſſi de ſon propre merite , &
de ſa capacité , adiouſtant vn tres-grand poids à ſes negotiations. A quoy venant de ſurcroiſt ſa mine graue &
la probité de ſes mœurs, l'on ne ſçauroit croire, adiou-
te-t-il , combien il fut touſiours reueré & chery tant à
Rome , lors qu'il y reſidoit, qu'en France où ſes affaires
particulieres l'obligeoient de ſeiourner plus ordinairement. Pour ce qui eſt de ſes obſeques, l'on y obſerua les

ordres qu'il auoit prescrits par son testament; si bien que son cœur fut inhumé sur les lieux, en l'Eglise des Iesuites d'Auignon, & son corps fut porté en celle des mesmes Peres à Pontoise, ausquels il laissa pareillement sa Chapelle & sa Bibliotheque.

F I N.

MEMOI-

MEMOIRES

EN FORME DE PREVVES,

POVR

L'HISTOIRE

DV CARDINAL DVC

DE IOYEVSE.

MEMOIRES
EN FORME DE PREVVES,
POVR L'HISTOIRE
DV CARDINAL DVC
DE IOYEVSE.

Eloge en Latin du Cardinal de Ioyeuse 1614.

Du cabinet de M. du Puy, MS. 311.

 RANCISCVS *Cardinalis de Ioyeuse ex clarissima & antiquissima Ioyosea familia in Septimania, seu Gallia Narbonensi originem trahit, quæ opibus, honoribus & rerum gestarum gloria, atque etiam affinitate cum stirpe Regia non semel contracta diu floruit, & floret, & domi forísque, & præcipuè in expeditionibus pro terræ sanctæ defensione susceptis, magnis honoribus & muneribus functa est. Patrem habuit Guiliermum de Ioyeuse Galliæ Marescallum, & in Prouincia Occitania Proregem, matrem Mariam Baterneam Comitis de Bouchage filiam, vitæ integritate imprimis & pudicitia, atque omnium virtutum genere ornatissimam. Ab ineunte ætate Franciscus peractis Philosophiæ & Theologiæ studiis, iam morum suauitate optimisque disciplinis imbutus, cùm se sacris ordinibus deuouisset, in Collegium Cardinalium cooptatus est à Gregorio*

a ij

XIII. pridie Idus Decembris anno 1583. cùm secundum supra vicesimum suæ ætatis esset ingressus. Mox Ecclesiæ Tholosanæ Archiepiscopus effectus, sublato è viuis Aloysio Cardinali Estense, Regni Franciæ apud Sedem Apostolicam Protectione ab Henrico III. Rege donatus est. Anagnosten in sacrarum litterarum studiis habuit Gilbertum Genebrardum posteà Archiepiscopum Aquensem, ab epistolis verò Arnaldum Dossatum posteà S. R. E. Cardinalem. Mortuo Henrico III. Galliam Narbonensem petiit, vt laboranti patriæ succurreret, Ecclesiámque Tholosanam cui præerat, saluberrimis institutis, & fratrem Hæreticos bello acerrimo profligantem consiliis moderaretur. Vnde celebrata Synodô Episcoporum disciplinam Ecclesiasticam ex sacrosancti Concilij Tridentini decretis stabiliuit, & Romam reuersus apud Romanum Pontificem Clementem VIII. vt Henrico IV. Francorum Regi benedictionem impartiretur, plurimum contulit : quo facto magna Christiano orbi tranquillitas, atque splendoris accessio non tantùm Galliæ Regno, sed etiam vniuersæ Christianæ Reip. successit. Tum Galliam repetens, vt cœptam disciplinæ Ecclesiasticæ restaurationem in Prouincia Tholosana promoueret, cúmque aliquot annos in eam curam impendisset, Romam rediit, rursúsque Galliam versùs iter arripiens, causam matrimonij sibi à Pontifice delegatam expediuit, assidentibus Archiepiscopo Arelatensi & Episcopo Mutinensi Sedis Apostolicæ Nuntiis, vt illius Ecclesiæ regimini totus incumberet, ex qua cùm sæpißimè publicorum negotiorum causa à Rege vocaretur, vt stationem potißimùm Regi viciniorem & magnis rebus gerendis commodiorem sortiretur, ad Ecclesiam Rhotomagensem nominante Rege translatus est, cùm nuper etiam Romana in aula ex ordine Presbyterali inter Patres ad Episcopalem fuisset assumptus. Subinensis dictus, necnon Congregationi in qua de Ritibus Ecclesiasticis agitur, tum alteri quæ de Episcoporum & Regularium causis cognoscit, & alteri quæ de rebus Consistorialibus deliberat, præfectus esset, ac Protector S. Antonij & Capucinorum effectus fuisset. Non vna aut altera, sed plurimis legationibus, diuersis ex causis, diuersísque temporibus functus est, illáque præcipuè honorificentißima sibi fuit, qua Serenißimum Galliæ Delphinum, nunc Ludouicum XIII. Christianißimum Regem, Pontificis nomine ad sacrum Baptismi fontem solemni ritu sustinuit. Bella luctuosißima imminentia sedauit, partos rumores composuit, priuatas & publicas causas con-

fecit, inimicitias pacauit, ac demum Respublicas integras cum Romano Pontifice conciliauit. Hinc tandem Dominico Pinello Cardinale sacri Collegij Decano & Episcopo Ostiensi morte subrepto, in eius amplissimum locum subrogatus est.

Ego Ioannes Malinfantius de Pressat Illustrissimi Cardinalis de Ioyeuse familiaris sidem facio suprascriptum elogium vera continere, eiusque iussu ita fuisse factum, & mihi è Gallia missum.

Genealogie de la tres-Illustre Maison de Ioyeuse.

Des Archiues de ladite Maison.

GVrgo de Ioyeuse eut vn fils appellé Dragonnet Baron de Ioyeuse, qui épousa Dame Beatrix de Rochefueil, duquel mariage fut procreé vn fils nommé Bernard de Ioyeuse.

Lequel Messire Bernard de Ioyeuse fut marié le 17. Nouembre 1312. auec Dame Alexende de Peyro, fille de Messire Astore sieur de Peyro, & de Dame Marguerite de Peyre & de Chalano, duquel mariage furent procreez six enfans; sçauoir, Randon de Ioyeuse, Guigon, Rostan, Marguerite, Randonne mariée à Messire Raymond de Peyro sieur de Seruieres, & Ieanne mariée au sieur de Grignan. Lequel Bernard de Ioyeuse institua son heritier vniuersel ledit Randon son fils aisné, par son testament du 17. Septembre 1344.

Randon de Ioyeuse fils & heritier dudit Bernard, le 14. Iuin de l'année 1346. assisté de frere Dragonnet de Ioyeuse Cheualier de S. Iean de Hierusalem, & Commandeur de la Commanderie de Petras, contracta mariage auec Dame Flore de Quailuz fille de Messire Dieu-donné Baron de Quailuz, duquel mariage fut procreé Louys de Ioyeuse, qui fut heritier vniuersel de son dit pere.

Louys fils & heritier dudit Randon fut marié en premieres nopces par le conseil & auis de Messire Garin de Ioyeuse son oncle & tuteur, & encore par l'auis & en presence des Nobles & vassaux de la Baronnie de Ioyeuse, le 8. Octobre

a iij

1367. auec Dame Marguerite de Chalançon, de laquelle il eut vne fille nommée Catherine de Ioyeuse, qui fut mariée auec Meſſire Guillaume Baron de Laudun; & en ſecondes nopces il eſpouſa haute & puiſſante Dame Tiburge Dame & Baronne de S. Didier, la Maſtre, Lapté & autres belles places, à la charge que ledit Louys & ſes ſucceſſeurs porteroient les armoiries de S. Didier auec celles de Ioyeuſe écartelées, comme ils ont fait depuis : & par cette alliance leſdites Baronnies de S. Didier, la Maſtre, Lapté & autres places ont eſté vnies à ladite Maiſon de Ioyeuſe. Duquel mariage il y eut deux enfans, ſçauoir Randon de Ioyeuſe, & Claire de Ioyeuſe, qui fut mariée à Meſſire Robert Vicomte d'Vſez Seigneur de Remolins, Sarnac & autres places; lequel Meſſire Louys de Ioyeuſe voulant aller faire le voyage de Hieruſalem, à la conqueſte des terres Saintes, fit ſon teſtament le 27. Octobre 1390. par lequel il inſtitua ſon heritier vniuerſel ledit Meſſire Randon de Ioyeuſe ſon fils, & de ladite Tiburge de S. Didier ſon épouſe.

En ce meſme temps les pays de Languedoc & Duché d'Aquitaine eſtoient infectez d'vne certaine ſecte de Religion appellée des Tuchins, qui s'eſtoient ſaiſis des villes de Niſmes, Vſez, Baignols & beaucoup d'autres lieux & places fortes, dans leſquelles ils commettoient pluſieurs rebellions & deſobeyſſances contre l'authorité du Roy. Ce qui donna ſuiet à Iean fils du Roy de France, lors Regent Duc de Bourgongne & d'Auuergne Comte de Poictiers, de donner pouuoir audit Meſſire Louys Baron de Ioyeuſe par ſes Lettres patentes données en Auignon l'an 1386. de faire des leuées de pluſieurs compagnies de Gentils-hommes & autres, pour ſous ſa charge & conduite courir ſus auſdits Tuchins, les tailler & mettre en pieces, comme il auroit fait & prins ſur eux à force d'armes toutes leſdites villes & places fortes, & par ſa vertu & vaillance cette hereſie print fin, & fut entierement extirpée.

Randon fils & heritier dudit Meſſire Louys, & de ladite Tiburge de S. Didier, eſtant Gouuerneur & Lieutenant general pour le Roy en Dauphiné, dont en print poſſeſ-

fion en l'année 1424. fut marié en premieres nopées auec
Dame Catherine Alberte de Monteilh le Gelat dite de
Charluz Dame de Boteon en Forefts, de laquelle il eut
Louyſe de Ioyeuſe, Iean Cheualier de Rhodes, Ieanne
mariée auec Meſſire Robert de la Fayette Mareſchal de
France; & en ſecondes nopces il épouſa Dame Louyſe de
S. Prieſt en Iareſtz, de laquelle il n'eut aucuns enfans. Et
ayant ledit Randon reſolu de faire le voyage de Hieruſalem & du S. Sepulchre, fit ſon teſtament le 16. Iuin 1415.
par lequel il inſtitua ſon heritier vniuerſel ledit Louys
ſon fils & de ladite de Monteilh, luy ordonnant pour tu-
teurs honnoraires Meſſire Louys de Poictiers Comte de
Valentinois, & Philippes de Leuis ſieur de Roches.

Louys fils aiſné & heritier dudit Randon épouſa le 29.
Octobre 1419. Dame Ieanne Louuet, fille de Meſſire
Iean Louuet ſieur de Theeys & de Salanier de la maiſon
de Cauuiſſon, duquel mariage furent procreez vn fils nommé Tannequin de Ioyeuſe, & trois filles, ſçauoir Marguerite, mariée au ſieur de Vauuert; Louyſe mariée en premieres nopces au ſieur de S. Vidal, & en ſecondes au ſieur d'A-
pignac, & Ieanne mariée au Seigneur de Leſtrange.

Ledit Louys fut fort aymé du Roy Charles VII. & ayant
eſté fait priſonnier à la Iournée de Creuant, combattant
contré les Anglois, le Roy pour le recompenſer de ſes pertes, & des ſeruices que luy auoient rendus ledit Louys &
ledit Randon ſon pere, leut fit don de 2000. liures de penſion, & du Chaſtel de Saulſet, pour en iouïr leur vie durant, & par ſes Lettres patentes du mois de Iuillet 1432. erigea la Baronnie de Ioyeuſe en Viſcomté, dont ledit Louys
fut premier Viſcomte.

Tannequin Viſcomté de Ioyeuſe, fils & heritier dudit
Louys, fut marié le 20. Iuin 1448. auec Dame Blanche de
Tournon, fille de Meſſire Guillaume Seigneur de Tour-
non, duquel mariage furent procreez Guillaume de Ioyeu-
ſe, Charles Eueſque de S. Flour & Abbé de Chambons,
& Louys de Ioyeuſe, qui fut marié auec illuſtre Princeſſe
Madame Ieanne de Bourbon, fille de Meſſire Iean de
Bourbon Comte de Vendoſme, du conſentement du Roy

Louys XI. qui l'appelloit son neueu, lequel en faueur dudit mariage erigea en Comté la terre de Grandpré ; & ledit
Louys eut pour son partage de Ioyeuse la terre de Boteon
en Forests, Bosac, Rochefort & S. Genieres lés Nismes.
Ledit Tannequin de Ioyeuse & ladite Blanche de Tournon eurent aussi deux filles, sçauoir Ieanne de Ioyeuse mariée au Comte de Montrauel, & Anne auec le sieur Baron
Desportes, & par son testament du 22. May 1426. il institua son heritier vniuersel ledit Guillaume de Ioyeuse son
fils aisné.

Ledit Louys de Ioyeuse eut de sadite femme Ieanne de
Bourbon vn fils nommé François, & vne fille nommée Anne : lequel François eut en mariage Dame Anne Gaste,
Dame de la Barge, duquel mariage y eut vne fille, laquelle aprés la mort de son pere épousa le Baron de S. Chau-
mont, qui fut tué bien tost aprés contre l'Espagnol à la
Groignie, & le pere dudit Baron épousa ladite Dame de la
Barge, veuue dudit François de Ioyeuse, & ladite fille re-
mariée au Baron de S. Heron en Auuergne, duquel mariage sont sortis plusieurs enfans masles.

Ladite Anne de Ioyeuse fut mariée au Seigneur de Cour-
zan Bailly de Forests.

Aprés le decés de ladite Ieanne de Bourbon, ledit Louys
de Ioyeuse se remaria auec l'heritiere de la Maison d'Alloin,
duquel mariage sortirent deux enfans, l'vn mourut grand
Archidiacre de Laon, & l'autre fut heritier de la Maison d'Alloin nommé Robert de Ioyeuse Comte de
Grandpré.

Guillaume Viscomte de Ioyeuse, fils aisné & heritier dudit Tannequin, fut marié auec Dame Anne de Balsac fille
de Messire Rosée de Balsac Seneschal de Beaucaire, de laquelle il eut 8. enfans, sçauoir Charles de Ioyeuse, Louys
Euesque de S. Flour, Guillaume Euesque d'Allet & Abbé
de Chambons, Iacques Abbé de S. Antoine de Vienne,
& Doyen du Puy, Thibault Cheualier de Rhodes, Iean
sieur de S. Sauueur, qui épousa l'heritiere d'Arques, Marguerite mariée au sieur d'Orlac en Auuergne, & Françoise au sieur de la Tourette : & par son testament du 19.
Mars

Mars 1493. inftitua fon heritier ledit Charles de Ioyeufe fon fils aifné.

Charles Vifcomte de Ioyeufe fils aifné & heritier dudit Guillaume époufa le 9. Decembre 1503. Dame Françoife de Mulon, fille de Meffire Antoine de Mulon Baron de Breffieuxferre & Ribieres, Lieutenant general pour le Roy en Dauphiné, duquel mariage furent procreez Louys de Ioyeufe, qui fut tué à la bataille de Pauie, Iacques de Ioyeufe, Heleine mariée au fieur de Brezons, & Ieanne au fieur d'Aurofe, & par fon teftament du 13. Iuin 1532. il inftitua fon heritier ledit Iacques de Ioyeufe, luy fubfti-tuant ledit Meffire Iean de Ioyeufe Baron d'Arques fon frere ou fon premier enfant mafle.

Ledit Meffire Iacques Vifcomte de Ioyeufe n'ayant point efté marié, mourut âgé de 20. ans, & par fon tefta-ment du 21. Iuillet 1540. il inftitua fes heritiers Meffieurs Guillaume de Ioyeufe Euefque d'Allet, Louys Euefque de S. Flour, & Iacques Abbé de S. Antoine fes oncles pa-ternels, par égales parts & portions, lefquels d'vn commun accord en firent don & remife audit Meffire Iean de Ioyeu-fe Baron d'Arques leur frere, fuiuant la fubftitution à luy faite par ledit Mre Charles Vifcomte de Ioyeufe fon pere.

Duquel Meffire Iean Vifcomte de Ioyeufe & de Dame Françoife de Voifins Dame & Baronne d'Arques, de Pui-uert & de la Tour de Fenoüillet, furent procreez Antoi-ne de Ioyeufe qui fut tué du viuant de fon pere à la prinfe que l'Empereur fit de la ville de Theroüane, Guillaume qui fut nommé à l'Euefché d'Allet, & qui depuis a efté Marefchal de France, Iean-Pol, Anne mariée à noble Seigneur Meffire François de Bruyres Baron de Chàlabre, Paule mariée au Seigneur de Chattes Senefchal de Vellay, Françoife au Seigneur Aymeric de Narbonne, Baron de Canpendu, & Catherine au fieur de Branquars Baron d'Oife, lequel Meffire Iean Vifcomte de Ioyeufe Lieute-nant general pour le Roy en Languedoc, & Gouuerneur de la ville de Narbonne, par fon teftament du 3. Feurier 1555. inftitua fon heritier ledit Iean-Pol, luy fubftituàt ledit Mre Guillaume de Ioyeufe nommé en l'Euefché d'Allet, quoy

b

qu'il fuſt ſon fils aiſné ainſi reconnu par ledit teſtament.

Eſtant ledit Iean-Pol decedé ſans enfans, par ſon teſtament du 18. Ianuier 1557. inſtitua ſon heritier vniuerſel ledit Meſſire Guillaume de Ioyeuſe ſon frere aiſné.

Lequel Meſſire Guillaume Viſcomte de Ioyeuſe ſeul &
legitime heritier de ladite Maiſon, Baron de S. Didier, la
Maſtre, Laudun, Leſcours, Arques, Puyuert, Couuiſan,
Seigneur de Lapté, Dumeres, Roquefort, Roquemaure
& autres places, Mareſchal de France, & Lieutenant general pour le Roy en Languedoc, eſpouſa Madame Marie
de Batarnay, fille de Monſieur le Comte du Bouchage &
de Dame Iſabeau de Sauoye ; duquel mariage furent procreez Meſſire Anne Duc de Ioyeuſe, Pair & Admiral de
France, fort aymé du Roy Henry III. qui le fit ſon beau-
frere, en luy faiſant épouſer tres-illuſtre Princeſſe Madame
Marguerite de Lorraine, ſœur de la Reyne Louyſe, dont il
n'y eut aucũs enfans, & en faueur dudit mariage le Viſcomté de Ioyeuſe fut erigé en Duché & Pairrie ; François Cardinal de Ioyeuſe Doyen du ſacré College des Cardinaux ;
Henry de Ioyeuſe Comte du Bouchage, Grand Maiſtre de
la Garderobe du Roy; Scipion de Ioyeuſe Grand Prieur de
Thoulouze ; George Baron de S. Didier mort ieune ; Claude ſieur de S. Sauueur, & Honnorat decedé en bas âge.

Ledit Meſſire Anne Duc de Ioyeuſe Pair & Admiral de
France, eſtant Gouuerneur & Lieutenant general pour le
Roy en Normandie, & Lieutenant general des armées de
ſa Maieſté, fut rué auec ledit Seigneur de S. Sauueur ſon
frere, qui n'eſtoit âgé que de 16. ans, à la bataille qu'il liura
contre les Huguenots deuant Coutras.

Ledit Meſſire Scipion de Ioyeuſe Grand Prieur de
Thoulouſe, eſtant Gouuerneur & Lieutenant general en
Languedoc, fut rué deuant la ville de Villemeur qu'il te-
noit aſſiegée.

Ledit Meſſire Henry de Ioyeuſe Comte du Bouchage
fut Duc de Ioyeuſe, aprés le decez de ſes freres, & auparauant ayant épouſé Madame Catherine de Nogaret ſœur
de Monſieur le Duc d'Eſpernon, eut d'elle tres-illuſtre
Princeſſe Henriette-Catherine de Ioyeuſe, à preſent Du-

cheſſe de Guiſe, laquelle ayant eſté reconnuë ſeule & legitime heritiere de la Maiſon de Ioyeuſe, épouſa en premieres nopces tres-haut & puiſſant Prince Monſeigneur Henry de Bourbon Duc de Montpenſier, duquel mariage eſt née tres-illuſtre Princeſſe Mademoiſelle Marie de Bourbon, à preſent Ducheſſe de Montpenſier; & en ſecondes nopces a épouſé tres-haut & puiſſant Prince Monſeigneur Charles de Lorraine Duc de Guiſe, Prince de Ioinuille Pair de France, Gouuerneur & Lieutenant general pour le Roy en Prouence, & Admiral des Mers du Leuant, duquel mariage ſont procreez pluſieurs beaux Princes & Princeſſes, qui donnent eſperance d'eſtre imitateurs des vertus & glorieuſes actions de leurs Anceſtres.

INVENTAIRE DES CONTRACTS DE

Du cabinet de Mr le Preſid. de Thou M.S. F.

Mariages, Teſtamens & autres titres & documens ſeruans à la preuue & verification de l'antiquité & nobleſſe de la Maiſon de Ioyeuſe, de laquelle Meſſire Anne de Ioyeuſe Pair & Admiral de France eſt deſcendu, contenant les noms, ſurnoms, qualitez & eſtats de ſes predeceſſeurs & anceſtres, leurs mariages & dernieres volontez, & dates deſdits titres & enſeignemens exhibez & preſentez de la part dudit ſieur de Ioyeuſe, pardeuant nous Iean de Montran Seigneur & Baron de Treſques, Conſeiller du Roy, ſon Iuge Maigé, & Lieutenant general en la Seneſchauſſée de Beaucaire & Niſmes, Commiſſaire à ce deputé par ſa M. preſent & aſſiſtant le Procureur du Roy en ladite Seneſchauſſée, ſuiuant le contenu és Lettres Patentes de ſadite M. chef & ſouuerain Grand Maiſtre de l'Ordre & milice du benoiſt S. Eſprit, données à Paris le 2. de Ianuier dernier 1582. ſignées de Laubeſpine, pour eſtre leſdits titres enuoyez clos & ſeellez és mains du Seigneur de Chiuerny Garde des ſeaux de France & Chancelier dudit Ordre, aux fins qu'ils ſoient veus, leus & entendus au prochain Chapitre des Seigneurs, Cardinaux, Prelats, Commandeurs & Officiers d'iceluy: Le tout ainfi qu'il eſt porté par leſdites Lettres Patentes : certifians & atteſtans en outre tous les titres & papiers deſignez par cedit Inuentaire , auoir eſté par nous ſous-ſignez, leus & verifiez, & tirez hors les archifs dudit ſieur de Ioyeuſe comme s'enſuit.

EN premier lieu entre leſdits titres à nous exhibez, & les plus vieux & anciens cy-aprés ſpecifiez, nous auroit apparu par la lecture d'iceux, auoir eſté en nature vn nommé Meſſire Guigo de Ioyeuſe, qui eut vn fils appellé Dragonnet Baron de Ioyeuſe, auec lequel Dame Beatrix de Rockefueil fut mariée, & en l'année 1283. & le 5. des Ides de Nouembre, regnant en France le Roy Philippes, fit teſtament ladite Beatrix, & inſtitua ſon heritier noble Arnauld de Roquefueille ſon frere, receu ledit teſtament par Me Hugue de la Saluie Notaire dudit ſieur de Ioyeuſe, cotté par lettre A.

Auſſi ledit Dragonnet eſtoit nepueu de Dame Randonne de Montauban, laquelle en l'année 1290. & le 13. des Calendes de Nouembre, eſtant fille de Meſſire Dragonnet ſieur de Montauban, par ſes codicilles lega au ſieur de Ioyeuſe ſondit nepueu la ſomme de 5000. eſcus coronne Prouinciaux (ainſi appellez) leſdits codicilles prins par Maiſtre Guillaume Audegaudy Notaire créé de l'authorité du ſieur de Montauban, & audit codicille le pere dudit Dragonnet ſe nôme Guigo de Ioyeuſe, cotté par lettre B.

En ce meſme temps ledit ſieur Dragonnet de Ioyeuſe creoit les Notaires en ſa Baronnie de Ioyeuſe, & aux contracts ſa bulle ou ſeel eſtoit mis en plomb ſous les armoiries anciennes de ladite Maiſon, des deux coſtez de laquelle Bulle ſeroit eſcrit, à ſçauoir en l'vn d'iceux ces mots, *Bulla Domini Gaudioſa*, & en l'autre *Dragonneti Militis*: & de ladite Bulle y auoit Notaire garde expreſſe. Ce qui ſe verifie par vn contract de permutation paſſé entre Guigo Delagorreſſe Cheualier, & Iourdan de Chaldera, receu par Maiſtre Guillaume Pelipot Notaire dudit ſieur Dragonnet de Ioyeuſe, en l'année 1301. & le 13. deuant les Calendes de Feurier, cotté C.

Lequel Dragonnet eut vn fils nommé Bernard de Ioyeuse, & en l'année 1312. & 17. Nouembre le mariage dudit fieur Bernard de Ioyeuse & Alexendo de Peyro fille de Meffire Aftore fieur de Peyro & de Dame Marguerite de Peyro & de Chalano ; pour paffer lequel mariage ledit fieur Dragonnet de Ioyeufe enuoya pardeuers ledit fieur de Peyro Meffires Beranger de Montpezat fieur de S. Giniers, & Gaufen de Nanis fieur de Chafteauneuf de Nanis fes Procureurs, ainfi qu'il eft mentionné audit contract de mariage, receu par Maiftre Roftang Peyreria Notaire Royal dans le chafteau de Beauregard au diocefe de Mende, cotté D.

Duquel mariage furent procreez fix enfans, à fçauoir Randon de Ioyeufe, Guigon, Roftan, Marguerite, Randonne mariée à Meffire Raymōd de Peyro fieur de Scruieres, & Ieanne mariée au fieur de Grignan, ainfi qu'il appert par le teftament dudit fieur Bernard de Ioyeufe, fait le 17. Septembre l'an 1344. inftituant fon heritier vniuerfel ledit Randon de Ioyeufe fon fils, auec les fubftitutions y contenuës, faifant auffi mention dans ledit teftament d'vne fienne fœur appellée Miracle de Ioyeufe, mariée au fieur Laudun : paffé iceluy teftament en la ville d'Aiguefmortes, pardeuant Maiftre Eftienne Victor Notaire Royal de ladite ville, cotté E.

Randon de Ioyeufe fils & heritier dudit Bernard, en l'année 1346. & le 14. Iuin, affifté de noble & religieufe perfonne Meffire Frere Dragonnet de Ioyeufe, Cheualier de S. Iean de Ierufalem, & Commandeur de la Commanderie de Petras, contracta mariage auec Dame Flore de Quailuz fille de Meffire Dieudonné Baron de Quailuz, le mariage paffé en la ville de Afrique diocefe de Vabres, pardeuant Maiftre Berenguier Ademar Notaire du Royaume de France, & terres regies par droit écrit, auec Maiftre Bernard Salgas auffi Notaire du Chafteau de Borniac, & des terres & Baronnie de Quailuz, cotté F.

Ledit Randon mariéà ladite Flore de Quailuz, fils & heritier dudit Bernard, fit fon teftament, auquel la datte ne fe peut lire ; mais trouue-t-on qu'il nomme & inftituë

b iij

son heritier vniuersel Louys de Ioyeuse son fils, & de ladite Flore, luy substituant Messire Garin de Ioyeuse, oncle
dudit Louys & frere d'iceluy Randon, & aprés Ieanne sa
sœur, mariée au sieur de Grignan, à la charge d'eslire vn
de ses enfans masles, qui fust tenu porter le nom & armes
de Ioyeuse, & à faute d'iceux, Dame Randonne de Ioyeuse, aussi sa sœur, femme à Messire Raymond de Peyro sieur
de Seruiere, chargée pareillement de choisir & eslire l'vn
de ses enfans masles qui portast la baniere, appellée par
eux *Vexillum*, auec le nom & les armes de Ioyeuse : ledit
testament passé pardeuant Maistre Raimond Notaire de
Ioyeuse, dans le chasteau dudit lieu, cotté G.

Louys fils & heritier dudit Randon fut marié par le conseil & aduis de Messire Garin de Ioyeuse son oncle & tuteur, en l'année 1367. & 8. Octob. auec Dame Marguerite
de Chalançon, fille de Messire Guillaume de Chalançon, &
audit mariage estoient presens plusieurs nobles & vassaux
de ladite Baronnie de Ioyeuse, qui donnerent aduis audit
tuteur de le passer, receu par Maistres Mathieu de Bou-
chet & Hugon Auribel Notaires publics, au chasteau de
Chirac : & dudit mariage eut vne fille nommée Catherine
de Ioyeuse, laquelle épousa Messire Guillaume Baron de
Laudun, ledit mariage dudit Messire Louys de Ioyeuse,
cotté H.

Depuis, ledit Louys fut marié en secondes nopces à
haute & puissante Dame Tiburge, Dame & Baronne de
S. Didier, la Mastre, Lapté & autres belles places, & en
faueur dudit mariage, elle se constitua en dot la moitié de
tous & chacuns ses biens, à la charge toutefois que ledit
Louys & ses successeurs porteroient les armoiries de S. Didier auec celles de Ioyeuse écartelées, comme ils ont fait
depuis, & par ce moyen & alliance, ladite Baronnie de S.
Didier, la Mastre, & Lapté & autres places ont esté vnies
à ladite Maison & Viscomté de Ioyeuse ; ledit mariage fut
receu par Maistres Iean Buffera & Iean Ayer Notaires du
Puy, le 26. May l'an 1379. Indiction 2. cotté I.

Iceluy Messire Louys de Ioyeuse fut employé pour debeller & chasser la maudite & terrible secte appellée des

Tuchins, rebelles & defobeyffans au Roy és parties de
Languedoc & Duché d'Aquitaine, lefquels infeftoient
tant les perfonnes Ecclefiaftiques, Gentils-hommes, Iufticiers, Officiers de fa Maiefté, que tous autres de fon
Royaume, tuans & meurtriffans inhumainement infinies
perfonnes, & prenans les villes, chafteaux & forterefles,
ayant les loix & commandemens dudit Sr par efcrit, &
de paroles de Iean fils du Roy de France lors regnant, Duc
de Berry & d'Auuergne, Comte de Poitiers, de leur courir fus, les tailler & mettre en pieces, comme il auroit fait,
& à cette occafion leué & affemblé plufieurs compagnies
de Gentils-hommes & autres fous fa charge & conduite
contre lefdits Tuchins, qui tenoient les villes de Nifmes,
Vzés, Baignols & beaucoup d'autres lieux & places fortes
qu'ils quitterent y eftans contraints de force & armes par
ledit Louys qui extirpa ladite fecte, ainfi qu'il eft contenu
par les Lettres Patentes dudit Iean fils & Lieutenant du
Roy, portans adueu & ratification de ladite execution,
données en Auignon l'an 1385. fignées, *Per Dominum Ducem*
& locum tenentem ad relationem. Confily, in quo Dominus Comes
de facro Cæfare & Vos eratis, BORDES, cotté K.

Ledit Louys fit teftament en l'année 1380. & le 27. Octobre, voulant aller faire le voyage de Ierufalem, à la conquefte des Terres faintes, & par iceluy inftitua fon heritier
vniuerfel Meffire Randon de Ioyeufe fon fils, & de ladite
Dame Tiburge de S. Didier, auec les fubftitutions y contenuës, receu en Aiguefmortes par Maiftre Pierre Ferrand
Notaire Royal, cotté L.

Par lequel teftament refulte ledit Louys auoir eu de ce
dernier mariage d'entre luy & ladite Tiburge deux enfans, à fçauoir Randon de Ioyeufe fondit heritier, & Claire auffi de Ioyeufe, qui fut mariée à Meffire Robert Vifcomte d'Vzés fieur de Remolins, Sarnac, & plufieurs autres
places, en l'année 1399. & le 8. Feurier, ainfi que dudit
mariage appert, receu par Maiftre Hugon Auribel Notaire de Ioyeufe, & figné par Maiftre Pierre Simon auffi Notaire fubrogé aux nottes d'iceluy, cotté M.

Ladite Claire fit fon teftament en l'année 1401. Indiction

9. & le 16. de Iuin, receu par Maiſtre Pierre Bonfils de Tour-
tonne Notaire au dioceſe de Niſmes, & inſtitua ſon heritier le premier enfant qui naiſtroit d'elle, & à faute d'iceux,
ledit Randon ſon frere auec iceluy Robert ſon mary par
égales parts & portions, cotté **N.**

Randon fils & heritier dudit Meſſire Louys de Ioyeuſe &
de ladite Tiburge de S. Didier, fut marié en premieres
nopces auec Dame Catherine Alberte de Moteilli le Gelat
dite de Charluy Dame de Boteon en Foreſts, de laquelle il
eut Louys de Ioyeuſe, Iean Cheualier de Rhodes, Ieanne
mariée auec Meſſire Albert de la Fayette Mareſchal de
France; depuis ledit Randon épouſa en ſecondes nopces
Dame Louyſe de S. Prieſt en Iaretz, de laquelle il n'eut aucuns enfans; & en l'année 1415. & le 16. de Iuin au temps du
Concile de Conſtance lors que le ſiege Apoſtolique vaquoit, ayant ledit Randon reſolu de voyager aux parties
de Ieruſalem, & au S. Sepulchre, fit ſon teſtament pardeuant Maiſtre Raymond Ferrand Notaire en Aubenas, in-
ſtituant ſon heritier ledit Iean Louys ſon fils & de ladite de
Monteilh, auec les ſubſtitutions y mentionnées, leganta
ſadite fille Ieanne la ſomme de 5000. eſcus, & ordonna en
outre qu'elle & ledit Louys ſon heritier ſe marieroient par
l'aduis & conſeil de Meſſire Louys de Poitiers Comte de
Valentinois, & Philippes de Leuis ſieur de Roches, tu-
teurs honoraires de ſes enfans, & par exprés, que le cas de
la ſubſtitution aduenant à ladite Ieanne ſa fille, & que Antoine fils dudit ſieur de Roches ne fuſt marié, qu'elle ſeroit
tenuë de le prendre à mary, & le preferer à tout autre, ſelon le bon plaiſir dudit ſieur de Roches : il ordonna auſſi
que les hardes, cheuaux & habits & meubles ſeroient
vendus, pour les deniers en prouenans employer à l'achat
des ioyaux & ornemens d'Egliſe, iceluy teſtament cotté **O.**

Louys fils dudit Randon, du viuant de ſon pere, & en
l'année 1419. & le 29. Octobre contracta mariage, ledit
Randon pour luy conſentant & ſtipulant, auec Dame Ieanne Louuette, fille de Meſſire Iean Louuet ſieur de Thays
& de Salinier, leſdites parties aſſiſtées de leurs parens, amis
&

& alliez, à fçauoir ledit de Ioyeufe de nobles & puiſſans
Seigneurs Meſsire Aſtore ſieur de la Peyro, Odon de Tournon & de Beauchamp, Guillaume de Champ ſieur de Re-
noyez, Robert de Laira ſieur de Cornillon, Guillaume de
Arlempdio Seneſchal de Rouën & quelques autres,
& ladite Ieanne Louuette, de Meſsire Louys de Cauail-
lon Vicomte de Tonnerre, Robert le Maſſon Chancelier
de Monſieur le Dauphin lors Regent en France, Tannequin du Chaſtel Preuoſt de Paris, & Iean Gerard Conſeiller dudit ſieur Dauphin, & la donation des corps fut faite en la ville de Bourges par Reuerend Pere en Dieu
Meſsire Pierre de Bois-rotier Archeueſque de ladite ville,
le Notaire qui receut ledit mariage nommé Pierre Ferran-
dier d'iceluy, & faut noter que ladite Dame Louuette
eſtoit de la Maiſon qu'on appelle auiourd'huy de Cauuiſſon, ledit mariage eſt cotté P.

Ledit Louys de Ioyeuſe fut priſonnier des anciens ennemis de ce Royaume, à cauſe de la beſogne & iournée
de Creuant, & en conſideration de ce, & des ſeruices par
luy auparauant faits à ſa Maieſté en ſes guerres, frais, pertes & dommages par luy ſoufferts, le Roy Charles lors regnant donna à ſa femme Dame Louuette en ſa faueur, eu
égard auſſi à la grande affection & familiarité que la Reyne
luy portoit, la ſomme de deux mil liures de penſion, à prendre par chacun an ſur le grenier à ſel de Sommieres, ainſi
qu'il eſt à plein deſigné par les Lettres Patentes de ſa Maieſté, de l'année 1425. ſignées, Par le Roy, le ſire de Giac &
autres preſens, Bude, & cottées Q.

Plus l'année enſuiuante 1426. ledit Roy Charles Dauphin de Viennois Comte de Valentinois, & Die, fait
don à Randon Sire de Ioyeuſe, & ledit Louys ſon fils, du
chaſtel & lieu de Saulſet, du coſté de Valentinois durant
leurs vies pour les trauaux, peines & deſpenſes qu'ils a-
uoient ſouſtenuës & ſouffertes au maniement des affaires
de la choſe publique, & des guerres de ce Royaume, meſmes au pays de Dauphiné, duquel ledit Randon de Ioyeuſe fut longuement Gouuerneur pour le Roy, & pluſieurs
autres iuſtes conſiderations contenuës és Lettres de don

c

fur ce expediées, & fignées par le Roy Dauphin en fon
Confeil, auquel les Comtes de Clermont & de Foix, l'Archeuefque de Thoulouze, l'Abbé de S. Auguftin, le fieur
de la Trimoille, le Maiftre des Arbaleftriers, l'Admiral, le
Sire de Giac & autres eftoient prefens, Frenoy, & cottées R.

Et le Roy Charles VII. voulant ledit Louys de Ioyeufe
bien & deuëment remercier de tous les bons & fignalez
feruices faits par luy & fes predeceffeurs à fa Couronne, &
qu'il faifoit & pouuoit faire à l'aduenir, crea & erigea la
Baronnie ancienne de Ioyeufe en Vifcomté, ainfi qu'il appert des Lettres d'erection & creation, parlefquelles fa M.
declare qu'il veut & entend que Meffire Louys de Ioyeufe
Cheualier & fon Chambellan foit nommé, tenu & reputé
pour Vifcomte de Ioyeufe, iouïffant des droits, prerogatiues, preeminences, franchifes, dont les autres Vif-
comtes de fondit Royaume ont accouftumé iouïr & vfer :
& afin qu'vn chacun veit à l'œil les iuftes caufes qui auoient
émeu S. M. à ce faire, il eft porté par lefdites Lettres, que
ledit Louys s'eftoit vaillamment employé au faict & per-
fecution contre les anciens ennemis de France les Anglois,
n'y ayant épargné fes vie, moyens, cheuaux ny chofe quelconque qui fuft en luy, non plus qu'au feruice du pere de
fadite Maiefté, mefme en l'armée leuée au pays de Gafco-
gne; auec plufieurs autres particularitez mentionnées efdites Lettres données en iceluy l'an 1432. au fiege deuant
Ax, fignées par le Roy, le Comte de Tancaruille & autres
prefens, Froment, feellées de cire verte fur deux lacs de foye
rouge & verte, & cottées S.

Et aprés en l'année 1441. & le 25. Mars, lors que ledit
Louys de Ioyeufe s'en alloit pour le feruice du Roy en la
Duché d'Aquitaine, & en l'armée affemblée par le commandement de fa Maiefté auprés de Tartas, fait fon teftament, nommant & inftituant fon heritier vniuerfel Tannequin fon fils, auec les fubftitutions y contenuës, declarant
par iceluy les enfans procreez du mariage d'entre ledit
Louys de Ioyeufe & Dame Ieanne Louuette : qui furent
ledit Tannequin de Ioyeufe, Marguerite mariée au fieur

de Vauuert nommé Meſſire Iean le Foreſtier, en l'année
1464. & le 27. Septembre, Louyſe de Ioyeuſe auſſi mariée
au ſieur de S. Vidal en premieres nopces, & en ſecondes au
ſieur d'Apignac, Ieanne laquelle épouſa le Seigneur de
Leſtrange, & fut ledit teſtament receu par Maiſtre Pierre
de Ponte Notaire de Ioyeuſe, cotté T.

Le 20. Mars 1446. ladite Dame Ieanne Louuette pour
& au nom dudit Meſſire Tannequin Viſcomte de Ioyeuſe
ſon fils, & dudit feu Meſſire Louys ſon mary, paſſa accord
& tranſaction auec noble Pierre du Peih ſieur de Malmey-
rac pour les chaſteaux & ſeigneuries de Gropieres & Béc-
de-Iou, qui auoient appartenu à Meſſire Bertrand de Gropieres, leſquels ledit ſieur Viſcomte de Ioyeuſe pour lors appellé Randon de Ioyeuſe pere audit Louys, auoit aſſiegé
& prins leſdites places qui eſtoient quaſi imprenables, &
d'icelles ayant déchaſſé les Tuchins & Bourguignons qui
s'en eſtoient emparez proditoirement, & à cette cauſe aſſemblé grand nombre de nobles Barons, & autres gens de
guerre dudit pays de Viuarets, Velay & Grenoble par commandement du Roy, & pour ſon ſeruice, y auroit dépendu
du ſien la ſomme de deux mil eſcus, outre leſquels ladite
Dame Ieanne de Louuette auroit accordé payer pour le
prix total deſdites places deux cens moutons d'or, &
moyennant ce ſeroient demeurées à ladite Maiſon de
Ioyeuſe, ainſi qu'il ſe verifie par ladite tranſaction prinſe
par Maiſtre Geruais Denidié Notaire Royal de la ville de
Niſmes, cotté V.

Ledit Tannequin Viſcomte de Ioyeuſe, fils & heritier
dudit Meſſire Louys & de ladite Louuette, fut marié en
l'année 1448. & le 20. Iuin, & luy fut donnée en mariage
Dame Blanche de Tournon fille à Meſſire Guillaume
ſieur de Tournon; le contract receu par Maiſtres Iean
Gros & Raymond Ferrand, l'vn Notaire de Ioyeuſe, &
l'autre de Tournon, cotté X.

De ce mariage furent procreez Guillaume de Ioyeuſe,
Charles Eueſque de S. Flour & Abbé de Chambons, &
Louys de Ioyeuſe, qui fut marié auec illuſtre Princeſſe
Dame Ieanne de Bourbon, fille de Meſſire Iean de Bour-

bon Comte de Vendofme, en l'année 1477. comme il appert par Lettres Patentes du Roy Loüys vnziéme lors regnant, portant procuration à Mefsire Imbert de Batarnay
fieur du Bouchage & du Brueil-doré Confeiller & Chambellan de fa Maiefté, de pafler le contract de mariage entre
ledit Mefsire Louys de Ioyeufe, fils dudit Tannequin &
de ladite Blanche de Tournon, & la fufdite Ieanne de
Bourbon, ainfi qu'il eft plus amplement déduit en icelles,
par lefquelles fa M. entre autres chofes nomme ledit Louys
de Ioyeufe fon nepueu, & en outre conuient aufsi remarquer qu'iceluy eut pour fon appennage de Ioyeufe Boteon
en Forefts, Bofac & Rochefort en Viuarais & S. Geniers
lez Nifmes : lefdites Patentes font fignées, Par le Roy, Pi-
cot, & feellées du grand feel à double queuë, comme il fe
verifiera par icelles icy cottées Y.

Ledit Tannequin de Ioyeufe & ladite Blanche de Tournon fa compagnie eurent aufsi deux filles, à fçauoir Ieanne mariée au Comte de Montrauel, & Anne auec le fieur
Baron de Portes, tous lefdits enfans nommez & declarez
par le teftament dudit Tannequin fait à Ioyeufe le 22. May
1486. receu par Maiftres Canthe Merlet, Iean Eftoffier &
Guillaume Mercier Notaires, & par iceluy inftitua fon heritier vniuerfel ledit Guillaume de Ioyeufe fon fils aifné, &
luy fubftituant fes autres enfans, & nommément ledit
Louys, qu'il dit eftre marié à ladite Ieanne de Bourbon
par fondit teftament cotté Z.

Guillaume Vifcomte de Ioyeufe fils & heritier defd. Mre
Tannequin & Blanche de Tournon fut marié auec Dame
Anne de Balfac fille de Mre Rofée de Balfac Cheualier Capitaine de 50. Hômes d'armes, & Senefchal de Beaucaire,
de laquelle il eut huit enfans, à fçauoir Charles de Ioyeufe,
Louys Euefque de S. Flour, Guillaume Euefque d'Aleth &
Abbé de Chabons, Iacques Abbé de S. Antoine & Doyen
du Puy, Thibaud Cheualier de Rhodes, Iean fieur de S.
Sauueur, Marguerite mariée au fieur d'Orlac en Auuergne, & Françoife au fieur de la Tourrette, lequel mariage
eft produit en la Cour de Parlement de Paris, au procés
meu à caufe des biens de Balfac, mais le tout fe verifiera par

le teſtament dudit Guillaume Viſcomte cy aprés , & nous,
remarquerons icy qu'il fut Conſeiller & Chambellan du
Duc , qui eſtoit pour lors en Bourbonnois , Comte de Foreſts , de l'Iſle Iourdan & de Villars , Pair & Chambellan
de France , ainſi que des Lettres de promotion dudit eſtat,
apert , données à Molinet le penultiéme Octobre 1487. ſignées par mondit ſieur de Berry , & cottées A A.

Le 19. du mois de Mars 1493. ledit Meſſire Guillaume
Viſcomte de Ioyeuſe fit ſon teſtament , nommant & inſti-
tuant ſon heritier vniuerſel ledit Charles de Ioyeuſe , auec
les ſubſtitutions y ſpecifiées par ſondit teſtament , par Maiſtre Raimond du Ga Notaire de Roſieres , & cotté B B.

Auquel Charles Viſcomte de Ioyeuſe , fils & heritier
dudit Meſſire Guillaume & de ladite Anne de Balſac , fut
donnée en mariage Dame Françoiſe de Mulon , fille de
Meſſire Antoine de Mulon Lieutenant general pour le Roy
au pays de Dauphiné ſieur & Baron de Breſſie-ſerre & Ribieres , au traité de Reuerends Peres en Dieu Meſsires
Louys de Ioyeuſe Eueſque de S. Flour , Guillaume de
Ioyeuſe Abbé de Chambons , Meſsire Antoine de Leſtrange ſieur dudit lieu , Seneſchal d'Agenois , Conſeiller &
Chambellan du Roy , & de Louys de Groulée , Abbé de
Bonneuaux & d'Aiguebelle , frere Iean de Beauuoir Prieur
de Montreul , & de noble Charles d'Autun ſieur de la Bau-
me d'Autun & de la Grege , Meſſire Guillaume d'Arſagné
Docteur és Loix , Viſbaillif de la grand Comté de Viennois & de Valentinois , le contract dudit mariage fut paſſé le 9. Decembre l'an 1503. cotté C C.

En l'année 1532. & le 13. Iuin , ledit Charles fit ſon teſtament pardeuant Maiſtre Berengon Sauion Notaire de
Ioyeuſe , dans lequel ſont nommez Iacques , Helene , qui
fut mariée au ſieur de Brezons , & Ieanne au ſieur d'Auroſe,
tous enfans dudit Meſſire Charles Viſcomte de Ioyeuſe,
& de la ſuſdite Dame Françoiſe de Mulon ſa femme , &
faut noter que du viuant dudit Charles , & auant ce teſtament eſtoit mort Louys de Ioyeuſe premier fils deſdits mariez à la bataille de Pauie , ainſi doncques il inſtitua ſon heritier vniuerſel Iacques de Ioyeuſe , auquel mourant ſans

c iij

enfans, il fubftituoit Meffire Iean de Ioyeufe fieur d'Arques fon frere, ou fon heritier, pourueu qu'il fuft mafle, à la charge de porter le nom & armes de Ioyeufe, ainfi qu'il fe voit plus à plein par ledit teftament, cotté D D.

Tellement que Meffire Iacques de Ioyeufe Vifcomte, fils & heritier dudit Charles & de ladite Mulon, n'ayant efté marié, ny par confequent eu aucuns enfans legitimes, fait fon teftament le 21. Iuillet l'an 1540. nommant & inftituant fefdits heritiers Reuerends Peres en Dieu Meffire Guillaume de Ioyeufe Euefque d'Allet, Louys de Ioyeufe Euefque de S. Flour, & Iacques de Ioyeufe Abbé de S. Antoine fes oncles paternels, par egales parts de tout ce qu'il auoit & pouuoit difpofer : mais lefdits fieurs d'vn commun accord en firent don & remiffion dudit heritage, & droit quelconque que leur pouuoit competer & appartenir, audit Meffire Iean Vifcomte de Ioyeufe, fieur & Baron d'Arques leur frere, comme le plus habile à fucceder, felon qu'a efté monftré cy-deffus, & eft ledit teftament cotté E E.

Et auoit efté ledit Mre Iean Vifcomte de Ioyeufe marié auparauant ladite fubftitution efcheuë à la Maifon d'Arques, auec Dame Françoife de Voifins Dame & Baronne d'Arques, fille de Meffire Iean de Voifins fieur de ladite Baronnie, & de Puiuert & de la Tour de Fenouillet ; ledit contract de mariage prins & receu par Maiftre Iean de la Marche Notaire, le 22. Nouembre 1518. cotté F F.

Lequel Mre Iean de Ioyeufe Vifcomte fufdit fit fon teftament le 3. Feurier 1555. luy eftant Cheualier de l'Ordre du Roy, Gouuerneur & Capitaine de Narbonne, & Lieutenant de Meffire Anne de Montmorency Conneftable de France, Gouuerneur & Lieutenant general pour le Roy au pays & Gouuernement de Languedoc, & dans iceluy teftament font nommez tous les enfans dudit Meffire Iean & de ladite Françoife de Voifins : qui font tels, Iean-Pol, Meffire Guillaume de Ioyeufe à prefent Marefchal de Fráce, Anne de Ioyeufe mariée à noble François de Bruyeres fieur & Baron de Chalabre, Paule au fieur de Chates, Françoife à noble Aimeric de Narbonne, fieur & Baron de Çanpandu, & Dame Catherine époufe à Meffire Aigmont de Branquart fieur & Baron d'Oife en Prouençe, qui eft encore viuante; par ledit teftament il inftitua fon heritier ledit Meffire Iean-Pol, luy fubftituant fondit autre fils Meffire Guillaume de Ioyeufe, comme amplement eft declaré audit teftament cotté G G.

Eftant Iean-Pol Vifcomte de Ioyeufe fufdit decedé fans enfans, & ayant fait fon teftament en l'an 1557. & le 18. Ianuier, pardeuant Maiftre Trontault Notaire Royal de la ville de Narbonne, créa & inftitua fon heritier vniuerfel ledit Meffire Guillaume de Ioyeufe fon frere, auquel par ce moyen & fubftitution fufdite, font obuenus lefdits Vifcomté de Ioyeufe & autres places, terres & feigneuries en dépendantes, & de ladite maifon, auec tous les biens d'icelle, & eft cotté ledit teftament par lettre H H.

Depuis ledit Meffire Guillaume de Ioyeufe auiourd'huy viuant, fieur de plufieurs grandes & belles places, mefmes de ladite Vifcomté de Ioyeufe, maintenant erigée en Duché, des Baronnies de S. Didier, la Mafte, les Cours, Laudun, Puibert, Cauuifan, Arques, des Seigneuries de Lapté, Dumeres, Roquefort, Rocquemaure & autres, Marefchal de France, & Lieutenant general pour le Roy au pays & Gouuernement de Languedoc, fe maria auec haute & puiffante Dame Madame Marie de Batarnay, fille à Meffire René de Batarnay Comte du Bouchage, & de Dame Yfabeau de Sauoye, lefdits mariez tous deux encore viuans : Defquels font yffus Meffires Anne Duc de Ioyeufe Pair & Admiral de France, marié auec illuftre Princeffe Madame Marguerite de Lorraine, de la Maifon de Vaudemont, François Archeuefque de Narbonne, Henry de Ioyeufe Comte du Bouchage, Grand Maiftre de la garderobe du Roy, & Capitaine de cinquante hommes d'armes auffi marié, Scipion Grand Prieur de Thouloufe, Georges fieur de S. Didier, Claude fieur de S. Sauueur, & Honnorat decedé en bas âge. Faict au Chafteau des Cours lez Laudun, le vingt-vniéme Nouembre l'an mil cinq cens quatre-vingts & deux.

Copie collationnée à l'original, qui a efté enuoyé à mondit Sei-

gneur de Chiuerny Chancelier dudit S. Ordre & milice du benoist S. Esprit, par nous sous-signez, escriuant sous nous Maistre Vincent Audemar Notaire Royal de Laudun, l'an & iour que
dessus. I. de Montran Iuge-Maige Lieutenant general, de Bon-
par Aduocat du Roy, Audemar Notaire.

Lettres d'Erection de Ioyeuse en Duché & Pairie.

HENRY par la grace de Dieu Roy de France & de Pologne, A tous presens & aduenir Salut. Les Rois nos
predecesseurs à bon droit ont iugé que l'honneur est le propre & plus digne loyer de la vertu, & ont veu par effect que
la Noblesse de France liberale de ses biens & de son sang
pour leur seruice, en la conseruation de cette Monarchie,
a singulierement estimé les marques qui sont demeurées
en leurs maisons & familles, de la valeur & des beaux & signalez faits d'armes d'eux & de leurs ancestres. C'est pourquoy ils ont esté soigneux non seulement d'honorer les
vaillans & vertueux hommes, des grandes charges & estats
de ce Royaume, mais aussi de decorer leurs terres & maisons, les éleuer & agrandir par titres honorables, afin que
les vertus euidentes & illustres fussent pareillement té-
moignées par remarquables ornemens qui parussent & se
manifestassent à tout le monde, par où ils ont non seulement reconnu & remuneré les grands merites, auec demonstration du contentement qu'ils en auoient pour le
bien de leur Royaume & suiets, mais encores ont laissé aux
enfans & successeurs par telles viues histoires de leur vaillance, & de son prix, certains enseignemens & poignans
exemples pour les animer à l'imitation de la domestique &
familiere valeur Françoise. Nous aussi, qui auec nos predecesseurs Rois honorons & prisons grandement la Noblesse
de ce Royaume, leur auons semblablement à toutes occasions & suiets qui s'en sont presentez, voulu bien largement
ment departir les recompenses & deuës remunerations des
peni-

penibles labeurs expofez audit bien & feruice de cette
Couronne. Entre lefquels nous auons mis en confideration l'antiquité, nobleffe & dignitez de la Maifon de Ioyeufe, & la vaillance, fageffe & vertueux déportemens de plufieurs magnanimes & genereux Seigneurs qu'elle a produit à grand foifon, dont la plufpart font morts és batailles
& rencontres de guerres, exploitans les beaux & cheua-
leureux faicts d'armes, & ceux d'entre eux qui font paruenus à l'experience & maturité pour adminiftrer les grandes
charges, & ont efté auffi dignement pourueus, comme ils
les ont honorablement exercées, ayant l'vn des Seigneurs
de cette Maifon vaillamment fouftenu vn fort long fiege
en Turquie contre les Sarrazins, pour la defenfe de la foy
Chreftienne, vn autre prudemment gouuerné la ville de
Gennes & pays circonuoifins en Italie, lors qu'ils eftoient
en la poffeffion des Rois de France, puis vn autre le Dauphiné & Lyonnois, les tenant pour cette Couronne contre
les ennemis d'icelle. Aprés lequel temps, la terre de Ioyeufe, pour plufieurs bonnes raifons fut erigée en Vicomté par
Lettres Patentes du Roy Charles feptiéme noftre prede-
ceffeur de tres-heureufe memoire ; & depuis Louys de
Ioyeufe nepueu du Roy Louys vnziéme, auffi de tres-haute memoire, efpoufa de fa volonté Damoifelle Ieanne de
Bourbõ, de laquelle eft iffu en droite ligne & troifiéme degré, noftre cher & bien amé coufin Meffire Anne de Ioyeufe noftre Chambellan ordinaire, Capitaine de cent Hommes d'armes de nos Ordonnances, & Confeiller de noftre
Confeil & affaires d'Eftat, à prefent Seigneur de ladite
Maifon, par la donation qui nagueres luy en a efté faite par
noftre cher & bien amé coufin Meffire Guillaume Vicomte de Ioyeufe fon pere, Cheualier de noftre Ordre, Confeiller d'Eftat & de noftre Confeil Priué, & noftre Lieutenant general en Languedoc. Auquel Meffire Anne Vicomte de Ioyeufe, comme nous ayons puis nagueres de l'aduis de noftre tres-chere & tres-amée compagne la Reyne,
& de noftre tres-cher & tres amé frere le Duc de Lorraine
& autres Princes de noftre fang & lignage, deftiné en mariage noftre tres-chere & tres-amée belle fœur la Damoi-

d

felle de Vaudemont Marguerite de Lorraine, pour toutes
les confiderations fufdites , nous defirons, comme il eſt
tres-raifonnable , faire demonſtration par grace fpeciale &
particuliere du grand contentement & fatisfaction que
nous auons des Seigneurs de la Maiſon de Ioyeufe , &
mefme des importans & tres-recommandables feruices
que nous auons receus dudit Meffire Guillaume Vicomte
de Ioyeufe, tant à la conferuation de noſtre pays de Languedoc puis 25. ans en çà, qu'en maintes autres grandes & la-
borieufes charges,& par fpecial de ceux que noſtredit coufin Meffire Anne à prefent Vicomte de Ioyeufe nous a rendus, non feulement auec toute affiduité prés noſtre perfonne, mais auffi és autres nos affaires d'Eſtat, & en tous lieux
d'honneur dont l'occafion s'eſt prefentée depuis que fon
âge luy a permis l'vfage des armes, Nous conuiant par fa fidelité & rares vertus à luy releuer, & empreindre auffi hautement fur le front de fa Maifon, les enfeignes & marques
d'honneur , compagnes ordinaires de la vertu, comme il
porte honorablement grauées fur le vifage les marques &
enfeignes de fa courageufe valeur par la bleffure qu'il y a
receuë en la derniere entreprife d'armes où il s'eſt trouué
pour noſtre feruice & repos de ce Royaume : Sçauoir fai-
fons que Nous bien informez & deuëment aduertis, que de
ladite Vicomté de Ioyeufe qui auant fon erection eſtoit
l'vne des plus anciennes Baronnies de France, & a toû-
iours eſté de gros & ample reuenu , font mouuans plufieurs beaux & grands fiefs & arrierefiefs : Outre lefquels
il y a prés , & aux enuirons de ladite Vicomté maintes
groffes Baronnies , terres & Seigneuries fous le reffort de
noſtre Senefchauffée, & Cour de Parlement de Thoulouze, & n'y à perfonne autre que luy qui ait droit de Iuſtice
efdites terres fors la noſtre Royale & Souueraine : Toutes
lefquelles terres & Seigneuries, leurs appartenances & dépendances, eſtant vnies & incorporées auec ladite terre de
Ioyeufe, pourroit monter, ainfi que nous fommes tres-bien
aduertis, à fi grand reuenu annuel, qu'il fera fuffifant pour
porter & maintenir le nom & titre de dignité Ducale.
Pour ces caufes & autres bonnes & iuſtes confiderations,

par l'aduis & deliberation de la Reyne noſtre tres-honorée
Dame & Mere, des Princes de noſtre ſang & lignage, &
autres grands & notables perſonnages & ſeigneurs de noſtre Conſeil, & de nos propres mouuement, certaine ſcience, grace & liberalité ſpeciale, pleine puiſſance & authorité Royale, ioignons, vniſſons & incorporons à ladite Vicomté de Ioyeuſe, du vouloir & conſentement de noſtredit Couſin & futur beau-frere, les terres & ſeigneuries de
Baubiac, Roſiere & la Blanchiere, de la Baulme, de S. Au-
ban, de S. André, de Congeres, de S. Sauueur & Bec de
Iuing, de Lapte, de Dumeres, & Baronnies de S. Didier
& de la Maſte ; laquelle Vicomté auec les fiefs & arrierefiefs qu'en tient & poſſede noſtredit Couſin, eſtant ainſi
augmentée & accreuë par le moyen de ladite ionction,
vnion & incorporation des terres ſuſdites, auons creé, erigé & éleué, creons, erigeons & éleuons en titre, nom, dignité & preeminence de Duché & Pairie de France, voulons & nous plaiſt, leſdits Vicomté, terres & Seigneuries
eſtre doreſnauant appellées & dites Duché de Ioyeuſe &
Pairie de France, pour en iouïr & vſer perpetuellement &
à touſiours par noſtredit Couſin & futur beau-frere Meſſire Anne de Ioyeuſe, & aprés ſon decez par ſes enfans
procreez de ſon corps en loyal mariage, & par ſes hoirs
ſucceſſeurs & ayans cauſes, en titre & dignité de Duché &
Pairie, auec les honneurs, prerogatiues & preeminences à
Ducs & Pairs de France appartenans, ainſi que les autres Ducs & Pairs de France en iouïſſent & vſent, tant en
Iuſtice & iuriſdiction, qu'en tous autres droits quelconques; Voulons noſtredit Couſin & ſes ſuceeſſeurs Seigneurs
eſdits lieux, eſtre & ſe nommer, & eſtre dits, cenſez & re-
putez & nommez Ducs de Ioyeuſe & Pairs de France, &
que ladite Vicomté auec leſdites terres & Seigneuries y
iointes & incorporées il tienne deſormais & à touſiours
en titre de Duché & Pairie de France, à vne ſeule foy &
hommage de Nous & de noſtre Couronne. A laquelle
Duché, terres & Seigneuries vnies & incorporées à icelle,
Nous voulons toutes les appellations reſſortir nuëment en
noſtre Cour de Parlemét de Thoulouze, & pour ce l'auons

diſtraite & exemptée de toutes nos autres Cours & iuriſdi-
ctions en tous cas, fors & excepté les cas Royaux, dont la
connoiſſance appartiendra à nos Iuges, pardeuant leſquels
ils ont accouſtumé reſſortir auparauant cette preſente erection, fors auſſi que quand il ſera queſtion de ſes droits de
Pairie, & qu'ils luy ſeront reuoquez en doute, il pourra ſi
bon luy ſemble les introduire & euoquer en noſtre Cour
de Parlement de Paris, qui eſt la Cour des Pairs, demeurans les autres cauſes des particuliers audit Parlement de
Thoulouze. Ce que nous auons voulu pour le ſoulage-
ment de nos ſuiets, hommes & iuſticiables dudit Duché
& Pairie, auſquels la diſtraction hors la Prouince ſeroit trop
griefue & dommageable, dont partant nous auons reſerué & exempté ledit Duché & Pairie, encore que la ſeance
des Pairs de France ſoit en noſtredit Parlement de Paris, &
que les appellations de leurs Iuſtices y reſſortiſſent ordinairement. En laquelle Cour de Parlement de Paris, nous
voulons neantmoins que noſtredit Couſin & ſucceſſeurs
Ducs & Pairs ayent lieu, ſeance & opinion deliberatiue,
& y puiſſent participer à tous droits d'honneur comme les
autres Pairs, & comme il fera en noſtredite Cour de Parlement de Thoulouze, & autres nos Cours. Toutefois
pource que noſtredit Couſin aura l'honneur par le mariage tel que dit eſt ia conclu & reſolu, épouſer la ſœur de
noſtre tres-chere & tres-amée compagne la Reyne, & d'é-
tre ſon beau-frere & le noſtre, voulons pour le decorer &
priuilegier de ſpeciale dignité & preeminence, que non
ſeulement en noſdites Cours de Parlement, mais auſſi en
tous lieux & actes de ſeance, ou degré d'honneur & de
rang, il ſiée, marche, opine & delibere par prerogatiue
particuliere immediatement après les Princes, & auant
tous autres Ducs & Pairs quelconques; Officiers de nôtre Couronne & tous autres ſans aucune exception. Si
nous a noſtredit Couſin dés le iour & datte des preſentes
fait le ſerment de fidelité tel qu'il eſt accouſtumé en telles
choſes, auquel nous l'auons receu, & receuons pour en
iouïr ſelon le contenu en ces preſentes, ſans que par le
moyen de cette preſente creation & de noſtre Edict fait à

Paris au mois de Iuillet 1566. ſur l'erection des terres & Seigneuries en Duchez, Marquiſats ou Comtez l'on puiſſe
pretendre ores & pour l'aduenir à defaut d'hoirs maſles en
la Maiſon de Ioyeuſe, ladite Duché & Pairie eſtre reünie
& incorporée à noſtre Couronne, & ſans que nous, ou nos
ſucceſſeurs Rois puiſſent audit cas vendiquer ledit Duché, auquel noſtre Edict, attendu les cauſes ſuſdites, nous
auons pour le regard de noſtredit Couſin & ſes ſucceſſeurs
dérogé & dérogeons par ces preſentes, ſans laquelle déro-
gation, iceluy noſtredit Couſin n'euſt accepté noſtre preſent don & grace & liberalité, ny conſenty en aucune ſorte en la preſente erection & creation, & ſous cette charge
& condition, nous a fait & preſté leſdits foy & hommage,
& ſerment de Duc & Pair, auquel & à la condition &
charge ſuſdite, nous l'auons receu & non autrement, le
tout ſans tirer à conſequence pour autres. Si donnons en
mandement à nos amez & feaux les gens de nos Cours de
Parlement de Paris & de Thoulouze, Chambres de nos
Comptes de Paris & de Montpellier, & à tous nos autres
Iuſticiers & Officiers, ou leurs Lieutenans preſens & aduenir, & à chacun d'eux, ſi comme à luy appartiendra, que
nos preſens erection & creation de Duché & Pairie ils faſſent lire, publier, & enregiſtrer, & de tout le contenu en
ces preſentes, ils faſſent, ſouffrent, & laiſſent noſtredit
Couſin Meſſire Anne de Ioyeuſe, & ſes ſucceſſeurs Ducs
de Ioyeuſe Pairs de France, iouïr & vſer pleinement, pai-
ſiblement, perpetuellement & à touſiours, ſans en ce leur
faire, mettre ou donner, ne ſouffrir leur eſtre fait, mis ou
donné aucun trouble, deſtourbier ou empéchement au
contraire, leſquels ſi faits, mis ou donnez leur eſtoient, ils
les mettent ou faſſent mettre incontinent & ſans delay à
pleine & entiere deliurance, & au premier eſtat & deu.
Car tel eſt noſtre plaiſir, nonobſtant, quant à ladite Pairie,
toutes ordonnances ou conſtitutions de nous, ou de nos
predeceſſeurs, par leſquelles l'on voudroit dire & pretendre le nombre des Pairs de France auoir eſté prefix & limité, meſmement celuy des Pairs Lais au nombre de ſix, ſoit
pour le ſacre des Rois, entrée au Parlement & ailleurs,

d iij

& autres actes quelconques : le tout nonobstant toutes autres Ordonnances & constitutions accoustumées, Edicts, mandemens, defenses & lettres à ce contraires, ausquelles nous auons dérogé & dérogeons, mesme à celle des Estats de Blois derniers, & à la dérogatoire de la dérogatoire d'icelles. Et afin que ce soit chose ferme & stable à tousiours, nous auons signé ces presentes de nostre main, & à icelle fait mettre & apposer nostre seel. Donné à Paris, au mois d'Aoust l'an de grace 1581. & de nostre regne le 8. Signé sous le reply HENRY, & sur ledit reply, Par le Roy, DE NEVFVILLE, & à costé visa, & seellées sur lacs de soye rouge & verde en cire verde du grand seel. *Leuës, publiées & enregistrées oy & y consentant le Procureur general du Roy, & a ledit Messire Anne de Ioyeuse fait & presté le serment de Pair de France, requis & accoustumé, & profession de sa foy qu'il a iurée. A Paris en Parlement le septiéme iour de Septembre l'an 1581. Ainsi signé,* DV TILLET.

Lettres de Iussion pour ladite Erection & verification d'icelle.

HENRY par la grace de Dieu Roy de France & de Pologne, A nos amez & feaux les gens tenans nostre Cour de Parlement de Paris, salut & dilection. Ayans pour plusieurs & bonnes causes & iustes considerations à ce nous mouuans, octroyé à nostre cher & bien amé Cousin Messire Anne Vicomte de Ioyeuse nostre Chambellan ordinaire, Conseiller de nostre Conseil & affaires d'Estat, & Capitaine de cent Hommes d'armes de nos Ordonnances, nos Lettres en forme de Chartre, contenant l'Erection de ladite terre & Vicomté de Ioyeuse, auec l'vnion & adionction de plusieurs autres Baronnies, terres & Seigneuries incorporées à icelle, en titre de Duché & Pairie de France, sur l'enterinement & verification desquelles Lettres vous auez par vostre Arrest du premier iour de ce mois ordonné certaines remonstrances nous estre faites par aucuns de

vous , lefquelles ils nous ont ce iourd'huy reprefentées à
viue voix par noftre cher & bien amé Confeiller en noftre
Confeil d'Eftat & premier Prefident en noftredite Cour,
Meffire Chriftophle de Thou, affifté de deux autres Prefi-
dens & autres nos Confeillers en icelle Cour. Aufquels
combien que de bouche nous ayons fait entendre quelle
eft noftre intention fur le contenu en ladite remonftrance,
nous auons bien voulu neantmoins decerner fur ce nos Lettres Patentes, pour deformais faire cefler toute difficulté
que vous pourriez faire en la publication & enregiftre-
ment des deffufdites nos Lettres. A ces caufes, ayant derechef eu l'aduis & deliberation de noftre tres-honorée
Dame & Mere, des Princes de noftre fang & lignage, &
des autres grands & notables perfonnages de noftre Confeil eftans lez nous, & pour les mefmes bonnes confiderations & particulieres raifons, qui nous ont meu d'octroyer
lefdites Lettres, vous mandons, & tres-expreffément en-
ioignons de noftre pleine puiffance, certaine fcience & authorité Royale, qu'incontinent ces prefentes veuës, vous
procediez à la verification d'icelles nos Lettres d'Erection
en Duché & Pairie, felon leur forme & teneur, purement
& fimplement, & fans aucune charge, reftriction & modification,& fans vous arrefter aufdites remonftrances & occafions d'icelles,& nonobftant tous Edicts & Ordonnances
à ce contraires, aufquelles nous auons derechef dérogé &
dérogeons par ces prefentes, que voulons vous feruir de
toutes iuffions que vous pourriez attendre de nous. Car tel
eft noftre plaifir & propre mouuement, fans tirer à confequence pour autres qui ne feroient fondez en femblable
raifon. Mandons pareillement à tous nos autres Iufticiers
& Officiers, ou leurs Lieutenans, à chacun d'eux, fi comme à luy appartiendra faire proceder à l'entiere execution
de nofdites Lettres & des prefentes. Et afin que ce foit chofe ferme & ftable à toufiours , nous auons figné ces prefentes de noftre main , & à icelles fait mettre noftre feel.
Donné à Paris le 4. iour de Septembre l'an de grace 1581.&
de noftre regne le 8. Signé H E N R Y , & plus bas, Par le
Roy, B R V L A R T, & feellé fur fimple queuë en cire iaune
du grand feel.

Du cabinet
de Mr Du-
puy, MS.
218.

*Extraict de quelques Reglemens du Roy
Henry III. concernant son
Conseil Priué.*

SA Maiesté considerant de quel poids & importance
sont les affaires qui se traitent ordinairement en ses Conseils d'Estat & Priué, comme estant les premiers lieux &
compagnies de son Royaume, pour daigner quelquefois
sadite Maiesté y assister & presider elle-mesme, où les affaires d'Estat & de Iustice & finances se traitent, ainsi qu'il
l'a ordonné; & iugeant sadite Maiesté qu'il est tres-honné-
te & requis que ceux qui en sont soient reconnus & remar-
quez de quelque difference des autres qui sont constituez
en autre degré moindre en charge & authorité, & tenus
d'vn chacun en telle dignité, honneur & reuerence, que le
lieu où ils sont employez le merite. Et dautant que ceux
qui ont l'honneur d'estre desdits Conseils sont choisis &
nommez du propre mouuement de sa Maiesté, sans que le
rang & le lieu qu'ils tiennent d'ailleurs leur puisse acquerir
ny preualoir de cette qualité, ains qu'ils ne sont tousiours
qu'en qualité de Conseillers de sa Maiesté: Aussi veut &
ordonne sadite Maiesté, que tous ceux qui auront cét honneur d'estre desdits Conseils d'Estat & Priué, soient desormais vestus auant qu'il leur soit permis d'entrer ny assister
ausdits Conseils, & durant iceux, de la façon & habit qui
ensuit, & sans lesquels habits, sa Maiesté declare qu'ils
n'auront seance ny voix deliberatiue ausdits Conseils en
aucune sorte.

Premierement depuis le premier iour d'Octobre iusques
au premier iour de May seront vestus tous les susdits Conseillers, à sçauoir les Ecclesiastiques de robe longue de velours violet cramoisy, les manches longues & estroites, &
la cornette de taffetas de mesme couleur, excepté les Cardinaux qui pourront porter ladite cornette de taffetas cramoisy, s'ils veulent: Ceux de robe courte portans épée, &
aussi

auſſi les trois Secretaires d'Eſtat qui ont à preſent l'honneur
d'eſtre deſdits Conſeils, de long manteau de velours violet
fendu iuſques au bas par le coſté droit, attaché d'vn cordon de ſoye violette, & ſera retrouſſé ledit manteau du coſté gauche iuſques par deſſus le coude : & ceux de robe
longue qui ne ſont Eccleſiaſtiques, de robe de meſme eſtoffe & couleur, ayant les manches larges, & le collet de ladite robe de la meſme forme qu'ont accouſtumé de porter
les gens de Iuſtice , & la cornette de taffetas noir. Tous
leſquels habits ſeront doublez de ſatin cramoiſy de haute
couleur , qui n'auront autre bord que le iet dudit ſatin,
auec vn arrierepoint de ſoye cramoiſie.

Et depuis le premier iour de May iuſques au premier iour
d'Octobre, ſeront veſtus tous les ſuſdits du Conſeil, à ſçauoir les Eccleſiaſtiques, de robe longue de ſatin violet cramoiſy , les manches longues & eſtroites, & la cornette de
taffetas de meſme couleur, excepté leſdits Cardinaux, qui
porteront ladite cornette de taffetas cramoiſi, & ceux de robe courte portans épée, & auſſi les ſuſdits trois Secretaires
d'Eſtat, de long manteau de ſatin violet cramoiſy fendu iuſques au bas par le coſté droit, attaché d'vn cordon de ſoye
violette, & ſera retrouſſé ledit manteau du coſté gauche
iuſque par deſſus le coude ; & ceux de robe longue qui ne
ſont Eccleſiaſtiques, de robe de ſatin de meſme eſtoffe &
couleur, ayant les manches larges, & le collet de ladite robe
de la meſme forme qu'ont accouſtumé de porter les gens
de Iuſtice , auec la cornette de taffetas noir. Tous leſquels
habits ſeront doublez de taffetas cramoiſy de haute couleur, qui n'auront autre bord que le iet dudit taffetas, auec
vn arrierepoinct de ſoye cramoiſie. Et tous ceux deſdits
Conſeils qui auront l'honneur d'eſtre de l'Ordre du S. Eſprit, qui doiuent porter la croix, l'auront ſur le reply de
leur manteau du coſté gauche, & la croix auec le ruban
bleu pardeſſus leſdits manteaux. Et auront ceux qui ne
ſont de robe longue, comme il eſt ordonné par le reglement, des bonnets de velours noir, ſans que nuls dans leſdits Conſeils y puiſſent porter de chapeau. Et pour eſtre
celuy qui eſt pourueu de l'eſtat de Chancelier, le Chef de la

e

Iustice de tout son Royaume, sa Maiesté ordonne qu'il sera vestu entrant & assistant aux susdits Conseils depuis le premier iour d'Octobre iusques au 1. iour de May, d'vne robe de velours cramoisy brun à grandes manches, doublée de satin cramoisy de haute couleur; & depuis le premier iour de May iusques au premier iour d'Octobre, d'vne robe de mesme forme de satin cannelé cramoisy, doublée de taffetas cramoisy de haute couleur auec la cornette de taffetas noir, & le saye de satin cramoisy de haute couleur; & les deux Controlleurs & Intendans, qui à present ont l'honneur d'estre desdits Conseils, seront vestus de velours ou satin violet, selon les saisons susdites, de robes qui iront iusques à my-iambes, ayant les manches longues & estroites, où ils auront les bras passez, lesquelles seront doublées comme les autres. Et dautant que sa Maiesté a permis, comme elle permet encore pour les longs & agreables seruices que luy ont fait les sieurs de Sarred & Ruzé, sa Maiesté veut & entend que venans & entrans ausdits Conseils, ils soient vestus de robes de mesme forme que les susdits Intendans. Et les Secretaires & Greffiers des Conseils seruans par quartier, auront de petites robes de velours ou satin noir, selon les saisons, qui auront les manches longues & estroites pour y passer les bras, & iront iusques aux genoux, & seront doublées de noir: & les Tresoriers de l'Espargne vestus comme les susdits Secretaires ou Greffiers desdits Conseils.

A tous lesquels sa Maiesté ordonne de se vestir des habits dessusdits, lors qu'ils voudront aller ausdits Conseils, en la salle du Grand Maistre, ou des Chambellans: defendant sa Maiesté aux Huissiers de ne les laisser entrer ausdits Conseils s'ils n'ont leurs habits, pour n'y auoir lesdits Conseillers sans iceux aucune entrée, seance, ny voix deliberatiue.

Les Huissiers desdits Conseils, toutes les fois que les Conseils se tiendront, pour le moins seront vestus de sayes & chausses de velours, auec vne robe à collet quarré de taffetas noir à manches pendantes depuis le coude, laquelle robe n'ira que iusques aux genoux, ayât vne chaisne d'or pen-

duë au col, au bout de laquelle pendra vne fleur de lys d'or, &
auront chacun vne petite baguette à la main : leur ordonnant sa Maiesté de se tenir l'vn des deux seruant en quartier à la porte desdits Conseils, & leur faire faire place iusques dans la chambre dudit Conseil, & l'autre pour accompagner ledit sieur Chancelier quand il ira ausdits
Conseils, & luy faire faire place, & feront le mesme lesdits Huissiers à l'issuë desdits Conseils, qu'ils auront faict à
l'entrée. S'il y a salle ou autre lieu à couuert deuant la
chambre desdits Conseils, l'Huissier qui sera demeuré à la
porte de ladite chambre, prendra garde quand il viendra quelqu'vn desdits Conseillers, pour les accompagner
& conduire iusques à la chambre desdits Conseils pour leur
faire faire place.

Sa Maiesté entend aussi que Chauder & Galloten l'absence desdits Secretaires & Greffiers, & non autrement,
ayent entrée ausdits Conseils, pour y faire le deu de la charge desdits Secretaires & Greffiers, & alors qu'ils y pourront entrer, auront pareils habits que lesdits Secretaires
& Greffiers, & sans lesquels ils n'y pourront entrer. Et
quand le Secretaire de la Reyne Mere de sa Maiesté y en-
trera, qui ne sera que comme il est dit cy-dessus, il n'y pourra entrer ny demeurer qu'il ne soit vestu de mesme habit
que les susdits Secretaires & Greffiers desdits Conseils :
defendant sa Maiesté tres expressément que quelques autres personnes que ce soient n'entrent ny demeurent ausdits
Conseils, soit par souffrance ou autrement, sur peine à M. le Chancelier, ou autre qui presidera d'en répondre à ladite Maiesté, sinon les personnes qu'il sera requis
d'appeller esdits Conseils, qui resortiront aussi tost qu'ils
auront fait ce qu'ils y auront à faire, & si autrement ils y
entrent ou demeurent, les Huissiers en quartier les feront
incontinent sortir, & s'ils y faillent, sa Maiesté entend
qu'ils soient priuez de leur estat, & mis d'autres en leurs
places.

Les Maistres des Requestes lors qu'ils seront au Conseil
Priué, où ils peuuent entrer, & lors qu'ils seront prés de
sa Maiesté, seront vestus auec robes noires de soye qui se-

ront à grandes manches, & n'entreront point autrement
audit Conseil Priué.

Sa Maiesté commande tres-expressément à Monsieur le
Chancelier de faire obseruer de poinct en poinct le contenu desdits Reglemens cy-dessus, pour le regard des susdits
Conseils en chacun d'iceux, sans exception de personne
de quelque qualité qu'elle soit, sur peine à mondit sieur le
Chancelier d'encourir l'indignation de sa Maiesté, & de
luy en répondre, & sur peine à ceux desdits Conseils chacun pour leur regard d'en estre priuez & ostéz.

Des Archi-
ues de la
Maison de
Ioyeuse.

Bref du Pape Gregoire XIII. à Monsieur le Cardinal de Joyeuse touchant sa promotion.

GREGORIVS PAPA XIII.

ILECTE *fili noster salute & Apostolicam benedictionem. Cùm
pro muneris nobis diuinitus iniuncti solicitudine, diu mul-
túmq; animo nostro versaremus de supplendo sacro venerabilium fratrum nostrorum S. R. E. Cardinalium senatu, tu nobis inter primos
occurristi, quem ob tuam eximiam religionem, prudentiam, fidem,
integritatem, cæterásque virtutes quibus præditus es, in hoc amplissimum Collegium cooptaremus. Itaque nuper in Consistorio nostro secreto de eorumdem fratrum consilio & assensu, te ad omnipotentis Dei laudem & honorem, ac sanctæ Apostolicæ Sedis splen-
dorem & exaltationem, ipsius S. R. E. Cardinalem creauimus &
declarauimus, mittimúsque nunc tibi per dilectum filium Ale-
xandrum Roffenum Camerarium nostrum biretum rubrum à nobis de more benedictum, primum tantæ per nos tibi collatæ digni-
tatis insigne. Te igitur fili vehementer hortamur in Deo Domino,
vt quemadmodum summum hunc in te honorem benigné contulimus, ita singularem animi gratitudinem tuis assiduis erga nos &
Sedem Apostolicam studiis & officiis in dies magis ac magis augere
contendas. Quod quidem te pro tua præstanti pietate facturum
esse non dubitamus. Datum Romæ apud sanctum Petrum sub an-*

nulo Pifcatoris die decima-quarta Decembris 1583. Pontificatus noftri anno duodecimo.   CÆS. GLORIERIVS.

Et la fufcription eft, *Dilecto filio noftro Francifco S. R. E. Diacono Cardinali de Ioyofa.*

Extraict des Regiftres de Parlement, du Vendredy 23. iour d'Aouft 1585.

Du Cabinet de Mr Dupuy MS. 218.

CE iour, veuës par la Cour les grand' Chambre & Tournelle affemblées, les Lettres Patentes du Róy, dónées à Paris le 10. iour de ce mois, fignées, Par le Róy, DE NEVFVILLE, par lefquelles ledit Seigneur voulant fauorablement traitter Meffire François Cardinal de Ioyeufe, luy permet & accorde qu'il ait entrée, feance, voix & opinion deliberatiue en ladite Cour, tant à l'Audience que Confeil, & en toutes caufes & matieres qui s'y traitteront, felon l'ordre & rang qui luy appartient, & a accouftumé eftre fait aux perfonnes de fon ordre, grade & qualité: L'information faite de l'ordonnance d'icelle Cour, à la requefte du Procureur general, fur la vie, mœurs & conuerfation Catholique dudit Cardinal de Ioyeufe: les conclufions dudit Procureur general, & la matiere mife en deliberation: A efté arrefté qu'il y fera receu en faifant le fermét pour ce requis, & profeffion de la Foy & Religion Catholique, Apoftolique & Romaine fuiuant l'Edit: ce fait luy mandé, après le ferment par luy fait la main mife au pis, de bien & deuëment exercer l'eftat fufdit, tenir les deliberations de ladite Cour clofes & fecrettes, & s'y conduire & comporter comme à vn bon & fidele Confeiller en Cour Souueraine appartient: Il y a efté receu, & fait la profeffion de foy qu'il a iurée.

Bref du Pape Sixte V. à Mr le Card. de Ioyeufe, pour pouuoir eftre facré deuant l'âge.
SIXTVS PAPA V.

Des Archiues de la Maifon de Ioyeufe.

DILECTE *fili nofter falutem & Apoftolicam benedictionem. Significafti nobis quòd pro feliciori directione & gubernio Ecclefiæ Narbonenfis, cui nuper te in Archiepifcopum & Paftorem præ-*

c iij

fecimus, ac diocesanorum tuorum commoditate, cuperes minus consecrationis quantocius suscipere. Quare nos honesto huic tuo desiderio annuere volentes, tuis supplicationibus inclinati, tibi qui vt asseris in vigesimotertio, vel circa tuæ ætatis anno constitutus existis, vt postquam ad Presbyteratus ordinem fueris promotus, à quocumque Catholico Antistite gratiam & communionem Apostolicæ Sedis habente, accitis & in hoc sibi assistentibus duobus aliis Catholicis Episcopis, munus consecrationis suscipere & illo vti possis, ac eidem Antistiti, vt illud recepto prius à te iuxta formam solitam debito iuramento, cuius tenorem de verbo ad verbum per tuas patentes litteras tuo sigillo munitas per proprium Nuncium ad nos quantocius destinare curabis, tibi impendere licitè valeat, auctoritate Apostolica tenore præsentium, de speciali gratia indulgemus, iecumque super præmisso ætatis defectu ad hoc disse isamus: non obstantibus constitutionibus & ordinationibus Apostolicis, ac dictæ Ecclesiæ iuramento, confirmatione Apostolica, vel quauis firmitate alia roboratis, statutis & consuetudinibus, cæterisque contrariis quibuscumque. Datum Romæ apud sanctum Petrum, sub annulo Piscatoris die 23. Ianuarij 1586. Pontificatus nostri anno primo.   IO. BAPTISTA CANOBIVS.

Et la suscription est, *Dilecto filio nostro Francisco, tituli sancti Siluestri Presbytero Cardinali de Ioyosa nuncupato.*

Du cabinet de Mr Dupuy, MS. 504.

Extraict des depesches de l'Ambassade du Marquis de Pisani à Rome 1586. 1587. & 1588.

AV ROY.

26. Aoust 1586.

IE me resolus plustost à ce qui me sembla conuenir à son Royal seruice que non à ma santé, laquelle ie n'estime, ne ma vie, qu'autát que ie iugeray luy en pouuoir faire.

Ie luy dis qu'encore que sa Sainteté & V. Maiesté eussent trouué bon mon retour vers elle, que neantmoins ie me sentirois indigne de traicter les affaires de deux si grands Princes, & que ie n'entreprendrois d'y entrer, si premier sa Sainteté ne me fortifioit de sa sainte benediction, & me pardonnast ce que i'auois fait de faute par le passé par igno-

rance, & penfant bien faire ce que ie deuois au feruice de
V. Maiefté ; là deffus fa Sainteté me tira à elle, & m'em-
braffa & baifa aux deux ioüës.

Le fieur de Cherelles propofa à fa Sainteté le faict de
Charles Monfieur, lequel il nous accorda pour le Bref
pour le Grand Maiftre, où vne infinité de gens penfoient
que nous trouuerions beaucoup plus de difficulté pour l'o-
pinion que fa Sainteté a fur le faict des Baftards.

Le Roy Catholique a enuoyé au Pape 7000. efcus de
penfion, 3000. efcus fur l'Euefché de Cordoüa pour le
Cardinal Montalto, & 4000. fur les domaines de Naples,
pour Dom Michaël fon autre nepueu.

Av Roy.

11. Septemb.

IE dis au Pape que V. Maiefté eft neceffitée de fe garder de toutes parts, & pour ce ne voulant rien laiffer à faire de ce qui pourroit feruir au bien de fes grandes affaires,
elle auroit trouué bon que la Reyne fa Mere enuoyaft vers
le Duc de Montmorency, pour le conuier de ce qu'il doit
à fa propre confcience, à la Religion Catholique, & à fon
Roy, à ce qu'il fe vouluft reduire à fon feruice & à fon deuoir, fe retirant de toutes les pratiques qu'il auoit au contraire, auec lefquelles il portoit & fauorifoit l'opinion des
Huguenots. Et fa Sainteté ne me laiffant paffer plus auant
me dit, Il eft aidé auec cela du Roy d'Efpagne & du Duc »
de Sauoye, & fe plaint à cette heure bien fort d'vne gran- »
de armée que l'on enuoye contre luy, conduite par Mr le »
Duc de Ioyeufe, pour luy mettre & la vie & l'honneur »
en compromis, lefquels neantmoins il defendra contre »
ceux de Guife, dont il ne fe peut nullement confier, & »
contre tous autres qui voudront attenter contre luy. Mais »
outre cela, il eftoit tres-bon, & tres humble fuiet & ferui- »
teur de V. M. & que quand il verroit le moyen d'affeurer »
fa vie & fon honneur, il effayeroit encore de le reduire à »
fon feruice, pourueu que V. M. l'honoraft de fes bonnes »
graces, & vn an aprés il luy reftituëroit & remettroit le »
Gouuernement de Languedoc entre les mains, pour en or- »
donner & difpofer comme il luy fembleroit le meilleur. Et »

faifant fa Sainteté vn grand ris, elle me dit, pourquoy V.
M. ne luy pardonneroit-elle auffi bien comme à Monfieur
de Neuers, & à tant d'autres qui luy auoient vfé de tant
d'infolences, le faifant entrer fi mal à propos en vne guerre
de tant d'importance, & où l'on y auoit veu toutes chofes
fi confufes & mal entenduës, dont il vouloit grand mal aux
autheurs, & qu'il ne penfoit pas que Dieu leur pardonnaft
iamais, & que peut-eftre l'amé du Pape Gregoire en fçauroit bien que dire. Mais puifque les chofes eftoient venuës en ces termes, qu'il falloit que V. M. s'affeuraft que
Dieu l'ayderoit, & que de fa part elle feroit tout ce qu'elle
pourroit. Sur ce que fa Sainteté m'auoit dit du Roy d'Efpagne & du Duc de Sauoye, ie luy dis que le bruit eftoit
qu'il l'eftoit encore de fa Sainteté. Chofe à la verité qui
donnoit vn grand fcandale à tous les Catholiques, pour ce
qui touchoit la Religion, ou appartenoit à l'Eftat, parce
que ledit Duc de Montmorency eftoit du tout partifan des
Huguenots & Lieutenant general de leur caufe, fous le
Roy de Nauarre. Et que fur ce ie luy pouuois dire auec
humilité & le refpect deü, que fe gouuernant ainfi le monde, V. M. deuoit entendre à la feureté de fes affaires, puifqu'elle connoiffoit qu'vn chacun tend de faire fon profit
de la ruine d'iceux. Et que quant à ce qu'elle me difoit que
le Duc de Montmorency fe doutoit de ceux de Guyfe, que
ie la fupplioïs penfer comme cela fe deuoit croire, puifque
ces deux partis eftoient en fi bonne intelligence auec le
Roy d'Efpagne, que de fa Sainteté mefme ï'auois appris
qu'il affiftoit l'vne & l'autre des factions ; chofe du tout
indigne d'vn Roy tant Chreftien & Catholique, à l'endroit
d'autre fi grand, & duquel il a receu tant d'amitié & bons
offices en fes affaires de Flandres, aufquelles fi V. M. euft
voulu entendre il y a long temps qu'elle en fuft le maiftre.
Mais qu'au lieu de cela, elle auoit pluftoft entretenu la
guerre en fon Royaume, fe mettant en tres-grand danger
de rompre du tout & à la découuerte, auec feu Monfieur
le Duc pour l'empéchement que V. M. luy faifoit contre
fes entreprifes de Flandres, & qu'à cette heure en recom-
penfe l'on tenoit la main aux Huguenots, & fufcitoit-on
autres

autres fuiets à la rebellion, & à troubler l'Eftat fous diuers
pretextes. Et que reuenant à ce qui touchoit le doute
que le Duc de Montmorency pourroit auoir de ceux de
Guyfe, il ne s'en pouuoit mieux affeurer, que de fe ietter
du tout entre les bras de V. M. & fe fortifier de fa bonne
grace, luy rendant l'obeïffance. Et quant à ce qu'on luy
enuoyoit Monfieur de Ioyeufe, que ie me confiois tant en
fa Sainteté, qu'elle iugeroit que V. M. le deuoit faire ainfi,
puifque ledit Montmorency auoit les armes en main pour
la protection des Huguenots, & encore fufcité, comme
l'on le croyoit, des Efpagnols: faicts fi contraires à ce que
fonnent leurs belles paroles, que V. M. fera toufiours confeillée de ne s'y fier, mais de remedier à fes affaires, que
comme V. M. a pardonné à Monfieur de Neuers, elle le
fera à tous les Catholiques qui fe mettront en leur deuoir.

Il eft arriué icy vn courrier François, qui a fait tout ce
qu'il a pû pour fe cacher de moy, mais il n'a pû fi bien
faire que ie ne l'aye découuert. Il s'appelle la Buffiere, &
eft, comme il dit, cheuaucheur d'efcurie de V. M. & vn
tres-mauuais garçon. Il eft depeché de Monfieur de Neuers addreffé icy à vn agent qu'a ledit Seigneur, nommé
Camille Volté, homme qui fait profeffion d'eftre grand
fauteur de la ligue, & ennemy des affaires de V. M. l'ay-
tant fait que i'ay fait venir chez moy ce bon garçon de courrier, lequel m'a voulu paiftre de cent menteries, mais enfin luy ne ledit Volté n'ont fceu fi bien fe déguifer, que ie
n'aye découuert qu'il y auoit lettres dudit Seigneur de Neuers pour le Pape, & plufieurs Cardinaux. Et Monfieur le
Cardinal de fainte Croix m'en a fait voir vne qu'il luy écrit
en termes generaux, & neantmoins pour faire bonnes &
entretenir fes pratiques en cette Cour. Ce mauuais garçon de courrier m'a dit, qu'il auoit charge expreffe de dire
par tout que V. M. auoit prié ledit fieur de Neuers de la venir trouuer, & accompagner la Reyne fa mere, pour traitter & faire la paix: mais qu'il luy auoit repliqué comme
V. M. entendoit cette paix, & que fi c'eftoit en intention
de permettre autre Religion que la Catholique, il ne
s'employeroit nullement à faire ladite paix. Et fes lettres

f

sont bien conformes à cela, car il promet par icelles, comme i'ay bien veu par celles du Cardinal de sainte Croix, que l'on m'asseure estre les plus sacrées, qu'il ne souffrira qu'il soit fait aucune chose qui puisse nullement preiudicier à la Religion Catholique. Et s'il m'est permis de dire ce qu'il me semble de cette expedition & negotiation, ie diray auec le bon congé de V. M. & tout respect, & comme son tres-fidele & tres-humble seruiteur, que Monsieur de Neuers auec sa raison & bonne discretion deuoit laisser à V. M. le soin de la communication de cét affaire auec les Princes estrangers, comme n'appartenant qu'à elle. Ce que sa Sainteté mesme m'a confirmé ce iourd'huy que i'ay eu audience d'elle, me disant qu'il n'estoit pas grand besoin que ledit Seigneur enuoyast courrier exprés, & qu'il eut bien suffi qu'il eust fait entendre ce qu'il mandoit par le courrier de l'ordinaire, n'estant enfin autre cas sinon que V. M. l'auoit enuoyé querir, & receu auec tres-bon visage, le priant d'assister la negotiation de la paix auec la Reyne sa mere, qu'il prioit sa Sainteté ne prendre soupçon pour cela qu'il voulust rien faire qui preiudiciast tant soit peu à la Religion Catholique. Et puis me dit qu'il sçauoit combien ledit sieur estoit obligé à la Couronne, & que les bons suiets le sont d'obeyr à leur Roy, sans auoir égard ailleurs, & me promettoit encore comme il me l'auoit mandé par le Cardinal de sainte Croix, que s'il venoit quelqu'vn qui voulust attenter en quelque sorte que ce fust au preiudice des affaires de V. M. qu'il m'en aduertiroit & diroit tout ce qui en seroit. Ie croy que V. M. me donnera bien congé de n'en croire qu'autant qu'il conuiendra à son Royal seruice, & au bien de ses affaires.

Sa Sainteté me confessa en confidence, que Monsieur de Montmorency luy auoit écrit ce que dessus de ses affaires.

Sa Sainteté s'est plaint à moy de la dépense que cette guerre luy occasionne pour la conseruation d'Auignon & du surplus du Comtat. Sur quoy i'ay voulu prendre occasion de luy dire pour faire dépescher pluftost la Vice-Legation d'Auignon, qu'il falloit que sa Sainteté s'asseurast d'y dépendre au double aussi-tost que Monsieur le Cardinal de Guyse en seroit pourueu , parce qu'il se voudroit seruir de ce moyen pour pointiller Monsieur de Montmorency , lequel ie m'asseure ne perdroit aussi pas temps à entreprendre ce qu'il pourroit de son costé , quelque respect qu'il portast à sa Sainteté, qui m'a dit qu'il approuuoit fort cét aduis & s'en seruiroit , & qu'il faudroit que le Cardinal de Guyse eut patience.

Il y a icy vn tres-mauuais & pernicieux instrument Piles Abbé d'Orbais Chanoine de Nostre-Dame de Paris , lequel y est au nom & comme Agent de Monsieur le Cardinal de Guyse. Il trauaille tout ce qu'il peut pour y faire reuiure le nom de la Ligue, & y donne infinies nouuelles au preiudice des affaires de V. M. traittant ordinairement auec tous les Cardinaux de la faction Espagnole, & auec l'Ambassadeur mesme d'Espagne, tirãt luy & le Cardinal de Sens cette corde d'vn mesme accord. I'ay prié sa Sainteté de ne donner credit ne à l'vn ne à l'autre , en ce qui toucheroit les affaires de V. M. Ce qu'elle m'a promis : mais il seroit à propos que V. M. y donnast ordre encore de son costé , & le fist retracter d'icy. Car ie sçay bien qu'il a ses audiences particulieres, où il ne fait bien pour vostre seruice, & c'est l'organe du Cardinal de Sens, à qui sa Sainteté m'a dit qu'il y auoit plus de neuf mois qu'elle auoit si bien fermé la bouche, qu'il n'oseroit plus prendre la hardiesse de luy en parler , & que le Pape Gregoire, Sens, & Como estoient cause de la ruine de la France, à son tres-grand regret , & dommage de la Chrestienté , & que considerant ce que la France estoit, si de son Pontificat il l'eust rencontré en sa grandeur, il eust entrepris de faire des miracles à l'exaltation de la Religion Catholique.

AV ROY.

17. Septemb.

SA Sainteté voulut que la Caualcade de Monsieur de Luxembourg se fist par la porte S. Pierre, afin que nous nous rencontrassions au leuement de l'aiguille , de sorte que tout Rome y estoit.

Le iour de l'obedience , Brescius fit sa harangue tresbien.

f ij

Sa Sainteté me dit que Dieu feroit cette grace à V. M. de mettre son Royaume en paix, & luy donner succession, & qu'alors il feroit des entreprises pour entretenir & occuper l'esprit & le courage des François, qui ne peuuent estre oisifs, & sans remuër quelque cas, & à la barbe des Espagnols, vous iriez tous deux restablir & refaire la Goulete qu'ils auoient perdu à si bon marché & à leur honte; & qu'en la memoire du bon Roy saint Louïs, vous reprendriez Tunis, & subiugueriez Alger; entreprise qu'il tenoit tres-facile, pourueu qu'elle fust resoluëment deliberée & executée. Que c'estoit les guerres qu'il alloit découurant & proposant, non de la faire aux Chrestiens, quelque chose que l'on voulust dire, ne desirant autre que de voir leur repentance & conuersion. Qu'il vouloit tant faire que de mettre quatre millions d'or dans le chasteau saint Ange, en ayant auec son bon ménagement desia mis vn, & au mois d'Auril qui vient esperoit y en auoir vn autre. Et qu'il eust bien mieux auancé cette besongne, mais que son predecesseur l'auoit laissé si engagé pour la mauuaise administration qu'il auoit fait de son Pontificat, qu'il n'auoit sceu dauantage. Et que quand il vint à estre fait Pape, il auoit trouué toutes choses en confusion, ne se pouuant quasi plus viure seurement en Italie. Que ces Barons de Rome qui auoient du commencement de son Pontificat voulu faire les mauuais, s'estoient bien tost resolus à deuenir sages, s'asseurans qu'il y alloit de leur teste pour la resolution en laquelle ils le voyoient. Et que ce mesme moyen seroit propre au remede des affaires de V. M. & que ie luy mandasse de sa part que c'estoit les conseils qu'elle luy donnoit à l'endroit des plus grands qui voudroient luy alterer son Estat, & ne voudroient obeyr à ses loix & commandemens.

Sur ce que sa Sainteté me dit lors que ie proposay de traitter auec le Roy de Nauarre pour sa conuersion, qu'il craindroit qu'après que le Roy de Nauarre se seroit conuerty, qu'il ne changeast; ie ne voulus disputer contre luy connoissant son naturel. Ie luy dis que ie croyois tout ce qu'il disoit du peu de seureté qu'on pourroit auoir, que le

Roy de Nauarre demeuraſt ferme quand il abiureroit l'o-
pinion qu'il tient : mais cependant auſſi ie voudrois que
V. M. en fiſt profit, le ruinant de reputation & de credit,
tant auec les Huguenots du Royaume, qu'auec les Princes Proteſtans & autres, auec leſquels il a ſes principales
intelligences, & de telle ſorte l'entretenir, que quand il
voudroit retourner à ſes premieres pratiques, il fuſt ſi bien
décheu de toute confidence des intelligences qu'il a à
cette heure, qu'il luy fut impoſſible de s'en pouuoir plus
valoir. Que ie croyois aſſeurément qu'au premier ſoupçon
que les Huguenots auroient de luy, ils ſeroient à demy
ruinez du tout & ſans nulle difficulté, s'il les abandonnoit.
Que ſa Sainteté pourroit aſſiſter à ce deſſein. Il me dit qu'il
craignoit touſiours qu'il n'y auoit à ſe fier du Roy de Nauarre, qu'il falloit attendre ce qui reüſſiroit de la negotiation de la Reyne Mere.

Sur ce qu'il me demanda pourquoy l'on auoit laiſſé venir les Ambaſſadeurs de Dannemark & Suiſſe, ie répondis
qu'on entretenoit les Suiſſes tant qu'on pouuoit, afin de
differer la leuée que les Proteſtans vouloient faire des Suiſſes, d'autant qu'ils ne mettroient aux champs qu'aprés le retour des Ambaſſadeurs.

L'entrepriſe ſur Geneue eſt preſte, les deux chefs *Latino Vrſino*, & le Comte de Larne preſts à partir.

I'ay fait donner aduis à Monſieur de la Valette, & en ſon
abſence au ſieur de la Fite, afin de prendre garde à la ſeüre-
té du Marquiſat de Saluſſes, ne me fiant trop, ou du tout
point que l'on n'y attentaſt, ſi ſes bons voiſins y reconnoiſ-
ſent tant ſoit peu d'auantage ou occaſion.

Le Pape a dit au Cardinal de ſainte Croix, que connoiſſant bien que ie ne dépendois que de V. M. il vouloit traitter en toute confidence auec moy, mais qu'il deſiroit que
ie fuſſe tres-ſecret, ne me laiſſant entendre auec qui que ce
fuſt, autrement qu'il s'en retireroit. Que premierement ie
ne priſſe nulle ombre ny ialouſie, ſi elle auoit permis au
Roy d'Eſpagne de leuer en ſes Eſtats deux mil hommes de
guerre, dont le ſieur Iean de Monté auoit la charge, &
eſtoit pour les mener aux garniſons du Duché de Milan, au

f iij

lieu des forces qui y font à cette heure : parce que l'on les
enuoye toutes auprés du Prince de Parme en Flandres,
où ledit Roy luy fait entendre en auoir grand befoin pour y
reformer l'attentat des Anglois, qui eft de s'efforcer de
tout ce qu'ils peuuent pour fortifier leur entreprife aux
Pays-bas, & qu'en cette occafion il n'euft fceu nier au Roy
Catholique cette permiffion. De plus que fa Sainteté eftoit
refoluë de faire l'entreprife de Geneue, & que les Efpagnols n'y auroient aucune part, & qu'il la vouloit prendre,
afin qu'elle demeuraft à l'Euefque, fans toutefois fermer la
bouche à Monfieur de Sauoye, de dire ou faire oüyr fes
prétentions, pour fur icelles luy faire iuftice & raifon. Et
que fi V. M. n'euft efté ainfi embarraffée aux troubles de
fon Royaume, elle l'euft priée & conuiée de l'affifter. Sa
Sainteté fe contentera, fi cela peut aider au bien d'icelle,
que V. M. en conformité toutefois d'vne bonne & affeurée intelligence entre eux deux, fift toutes demonftrations
d'apparence de vouloir empécher & trauerfer cette entreprife, en laiffant neantmoins fous main paffer l'execution.
I'ay les mains liées de ce cofté, de peur d'alterer rien, & d'en
communiquer auec Monfieur le Cardinal d'Eft, qui eft
tres-refolu d'enuoyer vn courrier exprés pour donner à
V. M. les aduis qu'il a.

Du 22. Sep-
tembre.

Av Roy.

SA Sainteté a dit au Cardinal de fainte Croix, qu'il com-
muniquaft au Cardinal d'Eft l'affaire de Geneue, s'affeurant bien que ie ne faudrois à m'en declarer auec luy, &
partant feroit meilleur qu'il le fceuft par fon commandement.

Du 7. Octo-
bre.

Av Roy.

I'E vs audience de fa Sainteté, laquelle auffi toft me fit
affeoir.

Le naturel du Pape eft, que l'on doit vouloir tout ce qu'il
veut, & luy n'eftre obligé qu'à ce qu'il luy plaift.

Sa Sainteté me dit qu'il n'auoit voulu communiquer
l'entreprife fur Geneue au Roy d'Efpagne ny à aucun Prince, finon peut-eftre à Monfieur de Sauoye pour la dépen-

dance que cette entreprise a auec les moyens, qu'il est forcé de prendre de ses pays, & que sur cette entreprise il vouloit auoir le bon conseil & aduis de V. M. pour sçauoir
combien elle a d'experience aux affaires de la guerre, n'entendant neantmoins la rechercher de chose qui portast preiudice à ses affaires, attendu l'estat auquel elle les voyoit
à son tres-grand regret reduites.

Ie dis à sa Sainteté, m'ayant donné liberté de luy dire ce
que ie croyois, que ie n'auois oüy parler d'autre chose depuis que i'estois à Rome, que de cette entreprise, & que
ceux de Geneue se fortifioient, que cela brouilleroit tout
le monde, & les Suisses se mettroient en defense.

Il me dit qu'il vouloit faire l'entreprise, connoissant
estre vne honte aux Princes Chrestiens d'auoir enduré si
longuement deuant leurs yeux, & au mépris de l'honneur
de Dieu cette abomination, & qu'il esperoit qu'il enuoyeroit les legions d'Anges pour ruiner toutes les forces qui
se pourroient opposer à ses desseins.

La nouuelle est icy, que Messieurs de Berne sont resolus
si tost que l'on assaillira Geneue, de loger en Bresse cinq ou
six mil cheuaux Reistres, & vne bonne force d'infanterie,
pour empescher les viures qui pourroient estre apportez
aux assiegeans.

Le Pape est né le iour de sainte Lucie.

Monsieur de Luxembourg m'ayant veu remettre au lit
pour soulager vn mal de pied que i'ay, monstra desirer d'a-
uoir vne audience particuliere, suscité à cela, comme ie
le sçay, d'aucuns qui luy faisoient entendre qu'il y alloit
de sa dignité, & qu'il sembleroit, s'il s'en alloit sans cela,
qu'il n'eust peu traitter auec le Pape sans moy qui l'auois
seruy de *Magister*. Mais ayant sceu la Clielle qui est tres-
auisé, & connoissoit ce que telle audience qu'il vouloit demander sans que i'en sceusse rien importoit, il luy remon-
stra, & fit en sorte qu'il s'en desista, mais assez mal volontiers, & là dessus elle fut demandée pour nous deux, afin
de le licentier pour partir.

Le lendemain, enuoyant voir si le sieur de Luxembourg
estoit prest pour aller à la Messe, il me vint trouuer en ma

chambre, & me dit qu'il s'en alloit deuers le Pape, qui luy
auoit mandé par vn Eſtafié qu'il l'allaſt trouuer & ſeul.
Que neantmoins il me l'auoit bien voulu dire premier, &
m'en demander mon aduis. Ie luy répondis, qu'il n'auoit
pas grand beſoin de mon aduis, puiſqu'auec le ſien il s'é-
toit ſi aiſement determiné de cette audience auant que me
communiquer, attendu meſmement la bonne correſpondance dont i'auois touſiours vſé auec luy, à ce qu'il fiſt ſa
charge tant plus dignement & honorablement. Et que ie
le priois d'auiſer que luy & moy ne fiſſions vn pas de clerc
à ce qui touchoit le ſeruice de V. M. Qu'il ſe ſouuinſt où
nous eſtions, & les gens à qui nous auions affaire, & qu'il
n'y auoit pas faute de ceux qui voudroient encore s'ils pouuoient faire vn deſordre entre nous, pour gaſter tout ce que
nous auions fait de bien, au meſpris de ce qui reſtoit icy
pour le ſeruice de V. M. Que i'euſſe deſiré, puiſqu'il diſoit
que le Pape l'appelloit à vne audience extraordinaire, que
c'euſt eſté plus honorablement que par vn Eſtafié, & qu'il
euſt donné occaſion de luy faire repeter par quelque digne
moyen cette audience, de laquelle ie iugeois qu'il eſtoit ſi
deſireux au plus fort de mes remonſtrances. En riant il me
dit, mais que penſeriez-vous pourquoy l'on m'enuoye appeller? Ie luy répondis, que ie n'auois point appris l'art de
deuiner, mais bien ce qui ſe deuoit obſeruer à loyaument &
dignement ſeruir V. M. Il me dit qu'il croyoit, ou qu'il luy
voudroit fier quelque choſe de tres-grande importance
pour le redire à V. M. & qu'il ne vouloit pas qu'il s'écri-
uiſt: ou peut-eſtre le faire Cardinal. Ie luy dis que quant
à la premiere, il n'y auoit point d'apparence, parce qu'ac-
compliſſant ce qui luy eſtoit commandé par ſes inſtructions, il ne ſeroit de deux mois prés de V. M. & que ie
ne penſois pas que de ce coſté icy l'on luy peuſt dire choſe qui fuſt plus importante à ſon Royal ſeruice, que ce qu'il
auoit là entre mains; & ce à quoy il s'embarquoit, pouuoit
bien engendrer quelque inconuenient, quand ce ne ſeroit
qu'vn mépris qui en pourroit venir en ce que i'ay à negotier
en cette charge, de laquelle V. M. auoit monſtré ſe fier
trop en moy, pour que luy à faute d'experience, & ne vouloir

loir se seruir de conseil, y voulust embarrasser son seruice, & la dignité du lieu que ie tiens. Et que quant à ce qu'il disoit que ce pourroit estre pour le faire Cardinal; ie pourrois tres-asseurément deuiner que ce ne seroit pas pour cela. Mais que quand bien cela seroit, qu'auec honneur il ne le pouuoit accepter sans l'exprés commandement de V. M. Là dessus il me dit vne autre raison, que quand l'on estoit enuoyé deuers vn Prince, c'estoit pour faire tout ce qu'il voudroit, & qu'eussay-ie voulu qu'il eust fait si ce mandement luy fust venu par les ruës, que de luy il y fust allé sur l'heure. Quand i'ay veu qu'il ne m'entroit auec autres raisons à defendre cette action, où ie pensois qu'il y alloit de la dignité du seruice de V. M. & de cette charge, ie l'ay prié de trois choses, l'vne, qu'il regardast plus meurement ce qu'il faisoit, qu'il ne laissast occasion à la Gazette de faire quelque mauuais conte, & dire que nous fussions separez, ou que sa Sainteté ne se fiast pas en moy, & communiquast tout à Monsieur le Cardinal d'Est; croyant à la verité que cette façon de faire ne conuenoit nullement à son seruice, & qu'il estoit tres-necessaire que i'en fisse ce peu de ressentiment. Là dessus il partit pour aller à ladite audience, & passa par chez Monsieur le Cardinal d'Est. Au retour il m'a encore dit comme en passant, que ie ne sçaurois deuiner ce que luy a dit le Pape, encore qu'il m'en eust desia parlé, & que c'estoit touchant Monsieur de Montmorency. Ce qui sera dauantage, ie veux croire qu'il en donnera si bon compte à V. M. que ie ne doute pas qu'elle n'en demeure bien satisfaite, comme ie la supplie tres-humblement de l'estre de l'assistance que i'ay faite audit sieur de Luxembourg, auquel ie la puis asseurer que ie n'ay espargné aucune chose de celles que i'ay pû pour ayder à illustrer, & bien & dignement faire sa charge, & honnorer sa personne, comme tout le monde en est témoin.

Vostre Maiesté feroit beaucoup pour toute la Noblesse, de commander que sur grosses peines ils n'eussent à sortir de son Royaume sans la Royale licence & passeport, pour les desordres que la plus grande part fait quand ils sont icy, où ils viuent sans ordre, raison ny respect, & auec cela il se

g

tire vne grande quantité d'argent de son Royaume, lequel n'y rentre iamais plus.

AV ROY.

QVANT au Pape auec tout respect & le congé de V. M. ie luy diray ce qu'en dit l'Ambassadeur d'Espagne, qui est, qu'il ne sçait plus comme il doit negotier auec luy, parce qu'il ne tient secrette chose qu'il luy die, ne luy dit iamais verité, & ne luy obserue rien de ce qu'il luy accorde ou promet.

AV ROY.

SA Sainteté me dit qu'elle sçauoit tres-bien & estoit vray, que le Roy d'Espagne & le Duc de Sauoye fauorisoient & aidoient le Mareschal de Montmorency, mais qu'il ne disoit pas s'estre armé pour la defense & auancement des Huguenots, ains d'estre ioint auec eux afin de defendre contre ceux de Guyse l'ysurpation qu'ils vouloient faire du Royaume, où plus que tous les autres vrais François, il estoit encore tres-interessé pour l'enuie & inimitié que lesdits de Guyse auoient tousiours porté à sa Maison & à luy. Mais pour ce qui touchoit V. M. il desiroit de se rendre digne de son pardon & de ses bonnes graces. Et enfin qu'elle croyoit de mettre ledit de Montmorency à toute raison.

I'entends que l'Ambassadeur de Sauoye a charge des affaires du sieur de Montmorency, & que par cette voye il traitte auec le Pape de ce qu'il a à faire.

Ie croy asseurément que ce grand remuëment qui se fit du Pape & de Monsieur de Sauoye, pour l'entreprise de Geneue, estoit regardant ce qui aduiendroit en l'execution de celle d'Angleterre, pour estre aussi tost prest de se valoir dans l'occasion qu'ils en auroient, plustost que pour executer celle de Geneue, parce qu'on a veu qu'aussi-tost que celle d'Angleterre a esté découuerte, les forces que l'on auoit acheminées à si grand haste se sont aussi-tost arrestées, sans qu'il se parle plus de Geneue. Et ce qui m'en asseure dauantage, SIRE, c'est que croyant asseurément le Pape, que à cela il se pourroit mieux seruir de Monsieur

de Luxembourg que de moy , de qui il croyoit estre mieux
entendu, il auoit voulu negotier seul auec luy, ayant sceu
aussi que ledit sieur le desiroit & attentoit, non pour autre
respect, que pource qu'il y auoit de ses gens qui luy disoient
qu'il luy falloit ce seul poinct pour rendre sa Legation plus
honorable, sans autrement, à mon aduis, regarder ce que
telles choses importoient à son seruice. I'eus tousiours soupçon que ledit sieur de Luxembourg ne m'auoit pas communiqué bien confidemment ce que le Pape luy auoit traitté, & que pour chiffrer, il prenoit le faict de Monsieur le
Mareschal de Montmorency. Mais en effect ie me suis é-
claircy du doute auquel i'estois, & ay trouué que le Pape
estoit bien fort trauaillé en son esprit, dequoy l'entreprise
d'Angleterre auoit esté faillie, & de ce qu'il voyoit la Reyne d'Escosse en tres-grand danger, non tant pour respect
de sa personne, que pour estre bien auant au faict de
l'entreprise, dont il se voudroit excuser, taisant & laissant
là ladite Reyne, plustost que de monstrer qu'il fist office
pour elle. Mais croyant que Monsieur de Luxembourg
ne le découuriroit plus auant, il luy voulut dire en secret,
que vostre Maiesté fist toute sorte d'office pour le bien &
seureté de ladite Reyne, croyant que V. M. a toute sorte de
bonne intelligence, & correspondance auec celle d'Angleterre, & sur ce suiet donna sa creance audit sieur de
Luxembourg, l'enchargeant bien que personne n'eust communication de ce faict que V. M. seule, desirant que cela
fust si secret, qu'il ne l'auoit pas seulement voulu écrire à
son Nonce, ne me le communiquer à moy, de peur que le
faisant entendre à V. M. par lettres elles ne fussent veuës
de personne qui découurist cét affaire, lequel il desiroit
tenir si secret. Mais neantmoins ie l'ay découuert sans autre écriture que la diligence que m'y a fait faire le soupçon
perpetuel où ie suis, que ie ne la sers qu'à demy, combien
que i'employasse & misse cent fois l'heure ma vie en hazard
pour son seruice. Et ainsi picqué & meu de ce zele, & ayant
découuert cette negotiation Vendredy dernier, ie demanday audience, où estant après auoir traitté les choses ordinaires de cette charge, ie dis au Pape que suiuant les affai-

g ij

res de la Reyne d'Escosse qu'elle recommandoit à V. M. par
ledit sieur de Luxembourg, ie le pourrois asseurer que V.
M. comme Roy tant Chrestien & plein de bonté, & ayant
tousiours eu ladite Reyne en particuliere protection auoit
aussi tost qu'elle auoit sceu que le soupçon que l'on auoit
pris d'elle en la coniuration decouuerte contre la Reyne d'Angleterre luy feroit courre quelque fortune, enuoyé vers elle pour assister, defendre & recommander auec
toute chaleur & instance ladite Reyne d'Escosse, voulant
recharger cét office autant que V. M. verroit qu'il en seroit
besoin pour le bien & seureté d'icelle, à laquelle elle porte
toute affection, amour & bienueillance, & qu'encore entendant V. M. que sa Sainteté en receuroit plaisir, elle s'y
efforceroit tant plus volontiers. Elle fut quelque temps
premier que me rien dire, ébahy ce sembloit que i'eusse
sceu si particulierement ce qu'elle m'auoit voulu taire.
Mais enfin elle me dit que cette pauure Reyne luy faisoit
grande pitié, & que de luy il n'en osoit presque parler, parce
qu'il n'y auroit pas faute de malins qui le chargeroient d'a-
uoir part à l'entreprise faite contre la Reyne d'Angleterre, & que pour ne confier ce faict à l'escriture, elle auoit pensé d'en charger Monsieur de Luxembourg pour le dire de
bouche. Mais que depuis il s'en estoit bien repenty, croyant
qu'il n'eust pas bien entré au faict par faute de l'intelligence
de la langue, & ne l'auoit pas iugé de ce coup-là pour homme beaucoup versé aux affaires. Et aussi qu'il auoit entendu que de deux mois il ne seroit prés de V. M. mais qu'il se
confieroit à moy & me parleroit librement, me priant aussi
que i'obseruasse le secret qu'il desiroit, & qu'il me recommandoit, & que ie priasse V. M. de ne se laisser entendre
qu'il luy eust iamais rien traitté sur ces affaires, ains bruslast
aussitost les lettres, par lesquelles ie les luy aurois fait entendre. Et là dessus sa Sainteté commença à dire qu'elle
sçauroit bien que V. M. auoit vne tres-bonne intelligence
auec la Reyne d'Angleterre, par laquelle elle pourroit auec
elle tout ce qu'elle voudroit, & qu'elle la prioit de s'employer de cœur & d'affection à vouloir procurer la liberté
de la Reyne d'Escosse bonne Princesse, persecutée pour la

Religion Catholique, qui luy appartenoit de si prés com-
me elle faisoit, & auoit esté Reyne de France, & que la
Reyne d'Angleterre estoit vne infidéle, priuée de son
Royaume par censures Apostoliques. Laquelle il sçauoit asseurément en conformité du Roy de Dannemark, Duc de
Saxe & autres Princes Protestans auoir enuoyé traitter vne
Ligue auec le Turc, pour le persuader de faire la paix auec
le Persan, & entreprendre de tourner ses forces contre le
Pape, l'Empereur & le Roy d'Espagne, & mesme contre
V. M. si elle se vouloit ioindre auec eux, & qu'elle & les
autres Princes adherans à elle, se ioindroient & iroient
auec ledit Turc, & de son costé donneroit tant d'affaires
à V. M. & au Roy d'Espagne qu'ils n'auroient pas grands
moyens de s'opposer à ce que ledit Turc voudroit entreprendre, fust en Italie & Hongrie, remarquant l'Empereur pour Prince de peu de moyens tant spirituels que tem-
porels, & ne peignant de rien mieux les qualitez & parties
desquelles elle veut égaler le Roy d'Espagne. Et néant-
moins quelque dépense qu'eussent fait les Ministres de cette negotiation auec les Bachats, ils n'y auoient sceu rien
auancer : mais voulant attenter toutes sortes de moyens
pour paruenir à leurs desseins, s'estoient attachez aux Pré-
tres, qui auoient plus d'entrée auec le Turc, & les ayant
gagnez à force de leurs dons, ils auoient enfin mis le Turc
en opinion d'entendre à la Ligue, à laquelle ceux-icy l'appelloient, & de rechercher & negotier de nouueau la paix
auec le Persien. Toutefois que pour l'année 1587. il ne pouuoit armer pour entreprendre quoy que ce fust : mais que
si les Princes susdits continuoient en cette volonté, il promettoit pour l'an 88. de faire les plus grandes armées de
mer & de terre que l'on vist iamais. Ayant esté sa Sainteté,
comme elle m'a dit, tres-estonnée d'auoir découuert cette
negotiation si particulierement qu'elle a fait, & par des
moyens tres-asseurez, & voyant le dommage & danger
que couroit la Chrestienté, elle desiroit que l'on se prepa-
rast de bonne heure & pour n'estre pris à l'impourueu, &
qu'vn des principaux moyens seroit de gagner la Reyne
d'Angleterre, & la faire deuenir Catholique, ce que sa M.
peut tenter.   g iij

Sa Sainteté me dit qu'il ne nioit pas qu'il n'euſt eſté recherché de pluſieurs qui entreprenoient de la tuer, & auec
peu de dépenſe. Mais qu'il les auoit tous reiettez comme
choſe qu'il deteſtoit & abhorroit. Qu'il auoit vn Pere
Ieſuite, & duquel il ſe fioit & eſtoit vn tres-homme de
bien, qui eſtoit de preſent à Anuers, lequel il auoit vne
fois enuoyé à Londres pour reconnoiſtre s'il y auroit moyen
de reduire ladite Reyne d'Angleterre: Mais qu'ayant
donné quelque ſoupçon de luy, il auoit eſté contraint ſe
retirer. Ce qu'il n'auoit toutefois pû faire ſans ſe valoir
du Chancelier, encore qu'il fuſt Heretique, lequel l'aſſiſta
neantmoins, & luy donna deux cens eſcus pour s'en aller,
comme il fit, aprés auoir conneu dudit Chancelier, que ſi
vne fois quelqu'vn qui fuſt Catholique entroit en confidence auec la Reyne, elle ne ſeroit peut-eſtre ſi mal aiſée à
reduire comme on la croit.

Le ſieur D. Amedée a fait la ſubmiſſion de Sauoye.

Monſieur de Sauoye a voulu donner à vn citoyen & Gentilhomme Romain le titre de Marquis, & s'en ſeruir pour
ſon Ambaſſadeur prés ſa Sainteté.

D. Amedée a fait tout ce qu'il a pû afin que ie ne me
trouuaſſe en Chapelle, & luy euſt lieu d'y aller: mais le
Pape n'a iamais voulu m'en parler. Le Cardinal Alexandrin m'en parla auec opinion que ie luy accorderois. Et
quand il m'euſt dit tout ce qu'il auoit pû pour me le perſuader, ie luy dis que ie ne penſois pas que ledit ſieur Amedée fiſt difficulté de ſe trouuer en Chapelle, ou autre acte
que ce fuſt deſſous vn Ambaſſadeur de France, & que ie
luy conſeillois de n'en point faire, parce que ie m'y trouue-
rois pour ne point perdre l'occaſion le moins que ie pourrois d'aſſiſter & ſeruir à ſa Sainteté. Ces Chapelles ont du-
ré quatre iours où i'ay touſiours aſſiſté, & ledit Amedée n'y
eſt point venu.

Seroit œuure digne de ſa Maieſté, ſi elle oſtoit Monſieur
Seraphin hors de la pauureté & miſere qui l'accable, & l'aſſeure que ſi elle le connoiſſoit, elle prendroit plaiſir de faire
pour luy, parce qu'il le merite, tant pour ſes vertus, que
pour eſtre tres-deuot & fidele ſeruiteur de V. M. & ſuiet

tres-digne de s'en seruir, luy estant facile de l'obliger auec
peu de chose.

AV ROY.

Du 17 No-
uemb.

IL est vray que Monsieur de Neuers a icy vn homme qui
se dit son Agent, auquel Monsieur le Cardinal de sainte
Croix a dit il y a quelques iours, qu'il feroit bien de me visiter. A quoy il respondit qu'il n'en feroit rien, parce qu'il
sçauoit bien que son Maistre me hayoit & vouloit mal. Et
depuis deux ou trois iours il a retourné dire audit sieur Cardinal, que si ie voulois dire n'auoir iamais parlé ny escrit à V.
M. de Monsieur de Neuers, qu'il me viendroit voir. Ie
respondis au Cardinal qu'il me suffisoit de sçauoir que Monsieur de Neuers fust seruiteur de V. M. & en ses bonnes
graces, pour faire que ie le seruisse de tout mon pouuoir,
mais que ie priois cét Agent de ne venir point en ces poin-
tilles auec moy, estant asseuré que Monsieur de Neuers ne
laisseroit à me commander, où i'aurois moyen de luy faire seruice.

Le Pape bandé aux choses expeditiues ne peut souffrir
les lentes & futures.

Le Pape a la fieure double tierce, mais pour cela il ne
s'est voulu mettre au lict, ne se retirer des affaires, tenir re-
gime, ne croire les Medecins, ains tous les iours donne
audience, se trouue en Consistoire, à la Congregation de
l'Inquisition & signature. Encore qu'il eust la fieure, l'allant voir, ie le trouuay fort de parole, il me conta son
mal, & la resolution qu'il auoit de s'en defendre, ne laissant aux Medecins lieu de pratiquer leurs ignorances sur
luy, pource que aussi donnant temps aux affaires, il s'en
attiroit vne si grande charge, que tout ce qu'il auroit fait
de mieux iusques à cette heure, seroit en danger d'vne encore pire confusion que celle qu'il auoit trouuée à l'entrée de son Pontificat.

Le Pape me dit, que du commencement de son Pontificat il y auoit vingt-sept mil bannis, dont n'en estoit mort
depuis que sept mil, après lesquels il s'en estoit bien fait
d'autres.

Av Roy.

LE Pape me conta son indisposition, & combien il auoit
fait d'effort pour ne se laisser reduire à donner tréue
aux affaires, mais qu'enfin il l'auoit gagné contre le mal &
l'opinion de ses Medecins, se trouuant du tout deliuré de
l'vn, & bien deliberé de ne vouloir auoir affaire de l'autre,
me disant là dessus infinies belles choses sur l'ignorance des
Medecins, & sur la qualité & estat de ses affaires, qu'il
voyoit tres-bien acheminez par la force qu'il leur apportoit, y estant tellement attaché & vigilant qu'il n'y vouloit
perdre vne seule heure, pour sçauoir combien cela luy re-
culeroit le bon ordre auquel il les vouloit mettre, & laisser à ceux qui luy succederoient, qu'il vouloit croire qu'ils
auroient la mesme bonne intention que luy, me suiuant
fort long temps ce propos, & me remarquant de plusieurs
de ses predecesseurs, les gouuernemens tant bons que
mauuais.

Nous auons obtenu l'Indult pour les benefices de Bretagne & Prouence.

Le Pape a donné vne Abbaye au Cardinal de Pelleué, que
V. M. ne pourra pas approuuer.

Le Pape me dit, que du temps de Gregoire, que toutes
fois & quantes qu'il se tenoit Chapelle ou Consistoire, ledit Gregoire, Como & Sens estoient tousiours des derniers,
& long-temps aprés les autres à s'y trouuer, & que depuis
ayant veu ce qui s'est ensuiuy, il a iugé certainement qu'ils
estoient brassans la ruine de ce beau Royaume.

Latino Vrsino, que l'on hastoit cét esté pour l'entreprise de Geneue, est mort.

Av Roy.

LE Pape est resolu de ne donner deux Cardinaux, mais
de reseruer l'autre pour la premiere promotion.

Av Roy.

LE Pape me dit que si V. M. eust permis à Monsieur de
Guyse de prendre Sedan, que la surprise de Rocroy
ne

ne fuſt auenuë. Ie luy répondis, que ceux qui luy auoient
fait entendre cela l'auoient bien trompé, s'ils luy auoient
fait l'entreprise de Sedan ſi facile. Que de ma part ie croyois
que c'eſtoit vne place auſſi mal-aiſée à attaquer qu'il s'en
trouuaſt en toutes ces frontières de delà. Et que ſi Monſieur de Guyſe auoit ce penſement, qu'il le deuoit plûtoſt executer dés le commencement qu'il prit les armes,
que non pas tourner toutes ſes entrepriſes contre les villes
de V. M. ainſi qu'il auoit fait de Toul & Verdun, & qu'il
auoit voulu faire de Mets, & pluſieurs autres tres-Catho-
liques & fideles à V. M. Que ie priois ſa Sainteté de reietter
tous les artifices, auec leſquels l'on luy taſchoit encore donner le tort des fautes que faiſoient ceux qui vouloient tant
iuſtifier leurs actions, leſquelles ſe manifeſtoient de iour
en iour, pour eſtre toutes bandées à leurs intereſts & ambi-
tions particulieres, & qu'au contraire V. M. ne tendoit
ſinon d'employer toutes ſes forces & moyens pour auancer
la gloire de Dieu, & pour executer ſon Edict de la reünion
de ſes ſuiets à la Religion Catholique; ce qui s'euſt peu
faire, ſi cette priſe d'armes faite tant mal à propos n'euſt
ainſi des-vny les Catholiques, qui la pluſpart ont bien connu qu'il n'y auoit en ces entrepriſes de Religion que le
pretexte. Que partant chacun ſuiuoit le party, où il eſtimoit faire ſes affaires ſans autrement penſer en ſa conſcience, ainſi qu'il s'eſt aſſez connu en ceux qui ont eu charge
des armes, que quelque artificieuſe iuſtification dont ils
ayent voulu vſer, ont bien monſtré par effect en tout ce qui
s'eſt paſſé par leurs mains, que rien que leurs deſſeins ne
leur a fait prendre les armes.

AV ROY.

EST arriuée ce matin la mort du Cardinal d'Eſt, ſuffo-
qué d'vn catharre qui le trauailloit auec ſa fieure quar-
te. C'eſtoit le plus grand & fidele parent & ſeruiteur que
V. M. euſt au monde.

Cette nuit il s'eſt confeſſé & communié, & demandant
à toute heure s'il viuroit iuſques à ce matin pour parler à
moy. Au poinct du iour il m'a enuoyé querir, & fait ſortir

h

tout le monde, & encore qu'il peust à grande peine me parler, si m'a-t-il monstré vne face & vn cœur de me dire ce
dont le temps luy a donné loisir, tel qu'il est impossible de
le representer à V. M. Son propos a esté, SIRE, qu'il m'a-
uoit voulu donner la peine de venir iusques à luy, pour me
prier de luy faire ce bon & dernier office auec V. M. pour
l'asseurer qu'il n'auoit point de regret à mourir, mais bien
de ne l'auoir seruie mieux, & auoir eu assez de temps de le
pouuoir faire, & loisir d'estre pû aller iusques en France
pour y mourir, après s'estre deschargé le cœur auec ses neueux, pour leur dire librement le tort & iniure qu'ils s'e-
toient fait, d'auoir donné à V. M. aucune occasion de ma-
le-satisfaction, & les reduire de telle sorte, qu'il les fit dignes de ses bontez & graces, sinon rompre du tout auec
eux, & les abandonner du tout, & que l'asseurasse que de
sa part il luy auoit tousiours esté tres-fidele seruiteur. Aussi me prioit-il de faire foy à V. M. qu'il auoit donné au sieur
Tolomeo son Maistre d'Hostel, & lequel l'auoit longuement & tres-fidelement seruy, l'Abbaye de saint George,
laquelle il luy prioit luy conseruer & faire iouir. Surquoy ie
luy demanday s'il n'auoit point disposé de ses autres benefices. Il me dit que non, & qu'il pensoit auoir permission
de V. M. de le pouuoir faire, mais qu'il n'y auoit plus de
temps, & mesme que quand il l'eust eu, il l'eust encore fallu faire authoriser du Pape, & qu'il auoit ses neueux de Nemours, qui n'auoient point fait chose qu'il eust entendu
estre contre son seruice, & que si ceux de Guyse aussi se
rendoient dignes de ses bonnes graces, & luy faisoient fidele seruice, il prioit fauoriser les vns & les autres, me retournant à dire qu'il me prioit autre fois de representer à
V. M. qu'elle perdoit vn tres-grand & fidele seruiteur, &
moy vn bon frere & bon amy. Et là dessus auec ces propres
mots, il a demeuré la bouche ouuerte & rendit l'esprit sans
se trauailler autrement. Aussi-tost que i'ay veu ce pauure
Seigneur mort, ie suis de ce pas allé trouuer le Pape pour
luy en donner la nouuelle, & le prier de consoler V. M. de
cette perte, ne mettant la main à nulle sorte de prouision à
ces vacances, ausquelles V. M. ne perdoit son droit, en-

core que ledit Cardinal suft mort en Cour, puifqu'il eftoit
Protecteur de fes affaires prés fa Sainteté, où il falloit qu'il
refidaft de neceffité, & que ie la fupplios tres-humblement
de ne faire aucune forte de difficulté à le m'affeurer ainfi,
afin que ie le fiffe entendre à V. M. par vn courier exprés,
que ie luy allois depécher à la mefme heure. Il m'a répondu à cela, qu'il ne me pouuoit pas refoudre affeurément, ny
m'accorder ce que ie luy demandois pour l'importance du
faict, fur lequel il ne fçauoit la confequence que ladite vacance luy apportoit, mais qu'il s'en informeroit & penferoit. Ie luy ay repliqué auec la force que i'ay pû, pour le
faire départir de toutes les pretentions qu'il pouuoit allé-
guer en la nomination de ce vacant, en laquelle encore que
V. M. euft pouuoir fans aucune difficulté ; neantmoins
auois-ie voulu luy porter le refpect de luy en parler auant
que de depécher en la diligéce que l'occafion m'obligeoit,
& fçauoir ce qu'elle me commanderoit pour le feruice de
l'vn & de l'autre. Il m'a dit, *Nous ferons bien-aifes de fauori-*
fer fa Maiefté de ce que nous pourrons, mais vous luy ferez enten-
dre de noftre part que nous nous informerons bien du merite de ce
faict, & que nous luy promettons de ne toucher audit vacant, &
que nous le laifferons en l'eftat auquel il eft, iufques à luy auoir fait
fçauoir de vos nouuelles, & noftre intention, & auoir entendu la
fienne.

I'enuoye à V. M. le fieur de la Boderie mon Secretaire,
tres-fidele fuiet & feruiteur de V. M. la fuppliant tres-humblement de me le renuoyer au pluftoft. Ie la fupplie tres-
humblement qu'auec cette occafion il luy plaife me tirer
de la pauureté, & neceffité qui me menace & preffe, fans
que ie puiffe eftre remedié qu'auec fa feule bonté & liberalité. Ie ne veux point mettre en confideration 37. ans qu'il
y a que ie fers, la plufpart du temps hors du Royaume, où
i'ay confommé tous les biens que i'auois recueilly de mon
pere : mais me ietter totalement fans autre importunité entre les bras de fa benignité.

M. D. LXXXVII.

Aprés la mort du Cardinal d'Eft on delibera d'enuoyer à Rome

pour Protecteur le Cardinal de Ioyeuſe, qui arriua l'an 1587. en
meſme temps que le nouueau Nonce arriua vers le Roy.

19. Ianuier.

AV ROY.

LE Pape m'a parlé en défaueur de la Ligue, tout ce qu'il
peut, & comme il m'auoit ià dit autrefois, que l'ame
de ſon predeceſſeur, qui auoit eſté occaſion d'icelle, en
ſouffroit à cette heure comme feroient en leurs temps celles de Sens & de Come.

27. Ianu.

AV ROY.

SA Sainteté conclud qu'il ne falloit nullement eſperer
en la conuerſion du Roy de Nauarre, auquel il auoit entendu que V. M. auoit donné paſſeport pour enuoyer deuers les Proteſtans & la Reyne d'Angleterre, pour auoir
aduis de ce qu'il auoit à faire, & qu'il eſtoit à croire qu'ils ne
luy conſeilleroient qu'eſtre pertinax en ſon hereſie, & que
s'il auoit enuie de ſe reduire & aider à la pacification du
Royaume, il n'iroit chercher ces conſeils, leſquels l'on ne
doit attendre que tres-mauuais & pernicieux. Ie répondis, que cela pouuoit ſeruir non ſeulement à ſuſpendre le
ſecours que les Proteſtans auroient peu determiner d'enuoyer à ce Prince au ſecours des Huguenots : mais bien
qu'ils iugeroient auſſi-toſt venir facilement à s'accorder
auec V. M. puiſqu'ils eſtoient entrez en parlement auec elle, premier que d'auoir appris leur aduis, & que s'y mettant
quelque ſoupçon cela pouuoit grandement ſeruir à ſes affaires. Et qu'auſſi de nier leſdits paſſeports, c'eſtoit le rebuter du tout d'entrer plus auant en conférence, laquelle
il n'y auoit vn ſeul homme de bien bon ſeruiteur de V. M.
qui ne la luy euſt conſeillée, & de faire tout ce qu'elle pourroit pour pacifier les troubles de ſon Royaume.

Ie taſchois de l'embarquer, pour que l'on viſt qu'il inter-
uenoit ouuertement à la paix. Il me promit qu'il écriroit
à Monſieur de Montmorency auec toute affection, que ſe
trouuant à la Conférence, il fiſt tout ſon pouuoir pour maintenir & conſeiller ce qui ſeroit de l'honneur de Dieu & de
ſon ſeruice, aider & fortifier les intentions & volontez de

V. M. & de la Reyne fa mere, luy recommandant en tout & par tout l'honneur, refpect & feruice qu'il doit à fon Roy.

Av Roy.

LE Pape me dit refoluëment qu'il n'expedieroit iamais cét Euefché de Bayeux pour le Cardinal de Vendofme, fi ce n'eftoit qu'il renonçaft à la Coadiutorerie de Rouën. Il me dit que c'eftoit vouloir tenir vn pied en deux efcarpins, & qu'à cette heure s'il le vouloit fouffrir, les Cardinaux voudroient s'accouftumer à tenir deux Euefchez, & que c'eftoit dérober l'Eglife de Dieu. Qu'il fçauoit qu'il auoit dit qu'il ne viendroit point icy autrement s'il n'auoit l'Euefché de Bayeux, & que pour cela, s'il eftoit de fa creation qu'il le dégraderoit, comme il feroit ceux qui y faudroient, felon le ftatut qu'il en auoit fait. Ie répondis qu'il n'eftoit fi bien accommodé qu'il conuenoit à vn fi grand Prince, qu'il n'auoit pû venir iufques à cette heure. L'on me répondit qu'il fe determinaft feulement de venir, & que luy faifant fçauoir, on luy feroit bien donner moyen par Monfieur le Cardinal de Bourbon: car s'il ne le vouloit faire par amour, que l'on luy feroit faire par force, luy prenant deux ou trois Abbayes. Le Cardinal de Sens & Piles font les correfpondans de ceux qui font ces bons offices au Cardinal de Vendofme.

Ie baife tres-humblement les mains à V. Maiefté de la faueur qu'elle m'a fait, de trouuer bon la prouifion que la Boderie a obtenu de l'Abbaye de Brenne, laquelle ie la puis affeurer eftre bien employée, parce qu'il eft tres-fidele & diligent à fon feruice, & eft homme qui peut eftre employé en toutes fortes de bonnes affaires.

Av Roy.

LE General des Iefuites m'a enuoyé le Pere Mage Venitien, que V. M. defire aller en France pour faire la vifite de cét Ordre.

Av Roy.

TOVT le mal eft, qu'où ce Prince s'aheurte vne fois, il yeft fi entier, qu'il n'y a plus de remede, & aprés cela

h iij

ie fuis fi feul icy, que V. M. ne m'impucera, fi ie ne luy fais
de meilleurs feruices, luy pouuant dire qu'il n'y a vn feul
en tout ce College qui foit remarqué pour fon feruiceur &
partifan pour dire vne bonne parole quand elle fait befoin.
Mais i'efpere que la prudence & bonne maniere de Monfieur le Cardinal de Ioyeufe y remettra toutes chofes en la
fplendeur & dignité qu'elles doiuent eftre, & tant pluftoft
qu'il pourroit eftre de pardeça feroit le meilleur. La Protection euft efté bien employée en la perfonne du Cardinal
de fainte Croix Vice-protecteur, fi elle fe fuft donnée à vn
Cardinal Italien.

Monfieur d'Offat fera tout ce qu'il pourra de ce que V.
M. luy commandera, & ne fera iamais las de le feruir, & il
n'eft poffible do mettre homme quel qu'il foit auprés de
Monfieur le Cardinal de Ioyeufe, qui foit plus vtile, intel-
ligent & à propos que luy.

Du 10.
Mars.

Av Roy.

SVr la Protection en la perfonne du Cardinal de Ioyeufe, on me répond, me demandant comme il feroit, ne
fçachant parler Italien, & que de tout temps cette Protection auoit efté exercée par Cardinaux Italiens, comme
confecutiuement par Triuulfe, Ferrare, Vitelly & d'Eft.

Le Pape maintient que c'eft de fon droit la diftribution
de la vacance des benefices du Cardinal mort en Cour.

Le Pape a adoüé enfin la diftribution des benefices de
Monfieur le Cardinal d'Eft. Montalte a accepté l'Abbaye
fainte Croix en fa part : mais à la charge de penfion de deux
mil efcus fur Aufch pour le College des Anglois à Rheims,
pour dix ou douze ans. Il n'y a perfonne qui ne die & ne
connoiffe que le Pape en cette occafion a porté vn tres-
grand refpect à V. M. mais ie l'affeure bien qu'il n'y falloit
vfer de moindre diligence & artifice qu'il s'eft fait, comme
luy eft pour exemple le vacant de feu Monfieur de Foix, lequel encore qu'il fuft mort icy fon Ambaffadeur du temps
d'vn Pape traitable & liberal, & ayant icy feu Monfieur
le Cardinal d'Eft fi grand & puiffant, fi ne fut il pas affez
fort pour arrefter le garbouïl qui en eft né & dure encore.

Il me dit que le Roy de Nauarre & le reste des Heretiques de son party ne cherchent autre chose que de gagner
le temps, parce qu'ils n'estoient pas assez pourueus de leurs
forces quand ils seroiët attaquez comme il faudroit, & que
cette ruse de demäder d'estre enseigné estoit venuë iusques
à luy, parce que le Roy de Nauarre le luy auoit proposé par
ses propres lettres, se plaignant de la rigueur auec laquelle
on l'auoit traité par la Bulle faite contre luy sans l'oüyr; en
quoy on l'auoit rendu de pire condition luy qui est né Chré-
tien, que l'on n'auoit fait les Indiens qui sont en regions si
esloignées & idolatres, à qui l'on auoit enuoyé des Predicateurs. Que si l'on luy en vouloit enuoyer, il les ouyroit tres-
volontiers, & leur donneroit toute sorte de seureté. Mais
que l'on iugeoit bien de son intention, & que les Apostres
& Disciples ne demandoient pas des seuretez de leurs personnes quand ils alloient prescher la loy Chrestienne, &
que d'en enuoyer à ceux-cy, ce seroit chose perduë, aussi
bien que de les oüyr en vn Synode ou assemblée, ainsi qu'ils
demandoient; estans tels colloques ce qui auoit donné
principalement pied aux plus grands maux de la France.

Quant aux Indults pour les Cardinaux ses suiets, qui
ont à venir icy, pour leurs benefices, cas aduenant de mort;
on m'a dit que feu Monsieur le Cardinal d'Est a fait toute
diligence de retrouuer si l'on en auoit iamais obtenu de
semblables: mais que iamais il n'en a sceu trouuer nouuelle.

Ie ne puis plus subsister icy faute de moyens. Ie suis em-
barqué de plus de vnze mil escus.

Av Roy.

SA Sainteté m'a dit, que ce que le Roy d'Espagne subministre
pour tenir la France en trouble, ie sçay que si fait, mais ce n'est
pas pour haine qu'il ait particuliere contre sa Maiesté, ne pour con-
querir & se faire Roy de France; ains pour s'engarder qu'on n'entre-
prenne sur la Flandre comme l'on auoit fait par le passé, ainsi qu'en
estoit encore bien témoin Cambray, & par le moyen de ses intelligences donner assez à faire aux François en leurs maisons & propre cause, sans auoir à penser plus auant. Ie respondis que le
Roy d'Espagne ne pouuoit nier de sçauoir tres-bien que ce

n'estoit nullement la volonté de V. M. comme elle luy a
trop bien monstré du viuant de feu Monsieur le Duc son
frere, lequel sans doute s'en fust fait Seigneur, sans les
défaueurs que V. M. luy auoit faites aux entreprises qu'il
auoit si certaines, que le Roy d'Espagne ne les pouuoit nullement remedier. Outre que lesdits pays s'estoient mille
fois voulu donner à elle : mais qu'au lieu de cela défauori-
sant en tout ce qu'elle pouuoit ledit sieur Duc, elle auoit
souffert que toute sorte de secours & commoditez fussent
tirez de son Royaume en faueur des affaires des Espagnols.
Ce qu'ils ne sçauroient nier, parce que tout le monde le
sçait, & le danger que cela apportoit à son Royaume pour
le mécontentement qu'en auoit ledit Seigneur. Mais qu'à
cette heure il n'estoit plus question de dire que les François
pourroient donner secours aux Flamans rebelles, veu que
les bandes qu'ils appelloient Espagnoles sont presque toutes de François, qui les seruent tres-bien, & de telle sorte
que ie ne sçay comme toutes choses iroient de ce costé-là
sans eux.

Asseurant bien, que la conduite des Espagnols est de
faire leurs affaires sans se soucier plus auant de celles de
ceux qui se meslent auec eux, & que i'auois appris à les
connoistre en onze années que i'auois vécu auec eux, pouuant parler auec verité des bons offices que V. M. leur auoit
faits aux diuerses reuolutions qu'auroient eües les affaires
de Flandres.

L'on m'a accordé la confirmation de la permission que
V. M. a faite aux Religieux des Feuillans, de luy nommer, en
cas de vacance de cette Abbaye, trois Religieux, desquels
elle choisira lequel il luy plaira, pour le nommer au Pape.

4. Auril.

AV ROY.

C'EST la condition du Cardinal de Pelleué de faire mal
iusques à ses amis quand il peut, & est iugé pour tel
de tout le monde.

Piles Abbé d'Orbais se fait connoistre pour Agent du
Cardinal de Guyse. Il n'y a nouuelles de France qu'il ne
sçache, & en fait profit comme il vient à son propos. Mais
quoy

quoy que ce foit au def-auantage des affaires de V. M. le
meilleur toutefois que i'y voy, c'eſt que le Pape monſtre
donner foy ſeulement à la raiſon, & à ce que ie luy dis de
ſa part, receuant tres-bien les oppoſitions que ie fais
aux intentions & menteries de ces impoſteurs & reuol-
teurs. Le Pape ſe rit de la prouiſion qui a eſté faite contre
le Cardinal de Sens, ne m'en ayant iamais rien dit en ſa faueur, & quand il eſt queſtion de parler de luy, il monſtre
aſſez qu'il le deſ-eſtime de ce qu'il n'eſt iugé ſeruiteur de
V. M. & ſemble à l'ouyr que s'il le voit, c'eſt qu'il ne peut
faire de moins eſtant Cardinal. Ie ne laiſſe pas toutefois
de croire qu'il n'oye volontiers les nouuelles qu'il luy dit,
& ne profite de ſes aduertiſſemens le mieux qu'il peut.
Tout le monde pardeçà a trouué auſſi bon le ſequeſtre
qu'elle a fait ſur ſes biens, comme on trouue eſtrange la
nouuelle qui court, qu'elle luy en veut donner main-leuée,
de peur qu'il ne ſe declare encore plus ouuertement, ſe ren-
geant du tout auec les Eſpagnols, qui ne faudront pas de
luy donner bonne commodité. Ie ne voudrois pas eſtre le
répondant: mais quand il receuroit ouuertement d'eux, ce
ſeroit s'acheuer de perdre du tout. Et comme ſon tres-
humble ſeruiteur, ie luy diray, que puiſque les choſes ſont
paſſées ſi auant, quand elle viendroit à le reintegrer en ſes
biens, ie ne voudrois pas qu'il en euſt obligation qu'à elle-meſme. V. M. croye que ie n'ay nul intereſt ny affaire auec luy qui m'en faſſe parler. Car quand elle l'auouë-
ra & reconnoiſtra pour ſon fidele ſeruiteur, ie luy feray
comme à tel & Cardinal tout l'honneur que ie pourray:
mais, luy diray-ie, que ce ſera choſe de tres-mauuais exemple, qu'vn Cardinal François qui a tant d'obligation au
ſeruice de V. Maieſté & à ſa Couronne, ſoit entre tous ceux
de ce ſacré College, ſignalé & declaré à la découuerte fauteur des troubles & reuoltes de France. L'on a preſté des
charitez à Monſieur d'Eſpernon, & ne peuuent eſtre que
le Cardinal de Sens & Piles, qui ont voulu faire croire qu'il
auoit conniué & tenu toute ſorte d'intelligence auec le General de la faction Huguenote, & particulierement auec
Leſdiguieres & autres Huguenots de Dauphiné. Mais

quand le Pape m'en a parlé, ie luy ay fait confeſſer que c'é-
toient artifices de ceux qui ſont bien marris que V. M. ait
vn ſi bon & fidele ſeruiteur, me ſeruant à ce propos de ce
qu'elle me diſoit de luy ſur l'article de Monſieur de Montmorency, où i'ay dit que ce ſeroit faire iniure à ſa Sainteté
ſi l'on vouloit blaſmer ledit ſieur d'Eſpernon, pour auoir
recherché ledit Montmorency de quitter le party des Huguenots & l'attirer à ſon ſeruice, parce que ſa Sainteté
auoit propoſé de tenir la main à la meſme pratique.

Monſieur de Nazareth mort Nonce en France, i'ay demandé Moroſin Eueſque de Breſſe.

Ie conclus que V. M. doit faire eſtat qu'il n'y a perſonne
qui perde qu'elle, en la continuation de ces troubles en-
tretenus de l'ambition & intereſt de ceux qui en ſont les
autheurs. Parquoy il faut de neceſſité qu'elle y pouruoye
tant pluſtoſt par amour ou par force, ſe reüniſſant en quelque maniere que ce ſoit vn party pour ruiner l'autre : car
il faut que l'vn aille par terre, ſi elle veut aſſeurer ſon authorité & l'Eſtat, lequel elle voit clairement en vne euidente
confuſion : elle me pardonne ſi i'ay oſé entrer ſi auant en
cette matiere.

6. May.

Av Roy.

S A Sainteté me dit, que ceux que l'on appelloit de la Ligue, luy auoient écrit n'auoir autre intention que de
ſeruir V. M. & ſuiure ſes cômandemens ſans y eſpargner ny
leurs biens ny leurs vies en la ruine des Heretiques ; qu'ils
eſtoient aprés à mettre de bonnes troupes enſemble, pour
aller au deuant des forces qui ſe faiſoient en Allemagne,
pour décendre en France au ſecours des Heretiques : &
qu'il luy ſembloit que s'ils faiſoient ainſi, voſtre Maieſté
auroit occaſion d'eſtre ſatisfaite d'eux, & de s'en ſeruir à ſi
belles occaſions. Et ie repliquay luy diſant, que tout cela
ſeroit fort bon, s'ils faiſoient ſi bien, qu'ils donnaſſent occaſion à V. M. de faire à ſa Sainteté bon témoignage d'eux,
& non pas ſe licentier ſi auant, que de luy donner compte
des affaires de ſon Royaume, ſans ſa permiſſion, charge &
communication, m'aſſeurant bien que s'ils diſoient autrement à ſa Sainteté, & autre choſe que ce qui peut donner

quelque couleur à leurs fins, que sans doute elle auroit
desia fermé le pas à leurs pratiques: mais que pour remedier au danger que telles licences pourroient apporter, ie
la supplibis tres-humblement, comme i'auois desia fait,
de ne donner plus doresnauant cette mauuaise satisfaction
à V. M. de souffrir estre informée de l'estat de ses affaires
que par elle-mesme, estant à croire que ceux qui le feroient
sans commandement, le feroient tres-mal à propos, &
tromperoient sa Sainteté toutes les fois qu'elle les orroit
& croiroit, n'estant nullement raisonnable qu'vn sulet quel
qu'il soit, se licentie sans charge & commandement exprés de son Roy, de communiquer les affaires de son Royaume, & qu'il fist que ceux qui faisoient autrement ne s'ad-
dressassent plus à luy, iugeant le danger où ces manieres de
negotier ameneroient enfin toutes choses. Il monstra n'a-
uoir pas pris en mauuaise part ce que ie luy auois dit. Sa
Sᵗᵉ me demanda si V. M. se fioit à Monsieur de Neuers, luy
donnant le Gouuernement de Picardie. Ie luy dis que puisqu'elle luy fioit vne Prouince de si grande importance, &
puisqu'il auoit tousiours assisté la Reyne sa mere en son
voyage de Guyenne, qu'il falloit qu'il s'y fiast, mais que ie
ne doutois pas que bien tost il ne se suscitast de bonnes gens
qui luy portans enuie de le voir en bonne grace de V. M. &
la seruir fidelement, ne faudroient de luy faire auprés de sa
Sainteté tous les mauuais offices qu'ils pourroient, mais
que ie la priois ne leur prester l'aureille. Sur quoy il me promit qu'aussi ne fera-t-il.

Monsieur d'Ossat m'a dit que feu Monsieur le Cardinal
d'Est a fait tout ce qu'il a peu pour auoir tout ce qui estoit
de ces Indults; mais qu'il n'en a iamais sceu auoir.

Le Cardinal Gambara tire tant qu'il peut à la fin, & ne
peut faillir qu'il n'aille auiourd'huy au Paradis des Espagnols: car ie croy qu'il l'estoit plus que Chrestien, mais
auec cela tres-habile homme & grand Cardinal.

AV ROY.

19. May.

L'ON m'a dit que d'argent l'on n'en vouloit donner
nullement, & prester aussi peu, & que de l'alienation

du temporel de l'Eglise l'on n'en accorderoit dauantage, sinon que premierement V. M. n'en fust d'accord auec le Clergé, attendu la rumeur qu'ils auoient fait l'année passée, iusques à auoir menacé de se départir de l'obeyssance de sa Sainteté, comme V. M. en auoit donné aduis, ainsi qu'on me le pourroit faire voir par les écritures que l'on en auoit.

Av Roy.

2. Iuin.

LE Cardinal de Sens m'a fait rechercher par diuers moyens de s'aboucher, ou pouuoir rencontrer auec moy, mais que i'ay tousiours répondu, que quand il m'apparoistra qu'il sera bon & loyal suiet & seruiteur de V. M. que i'iray volontiers à luy, pour le respect de sa dignité Cardinalesque, mais que voyant comme il a fait iusques-icy, ie ne le voulois voir ny oüyr. Aussi à la verité si ie faisois autrement, ie me condamnerois pour vn tres-grand & mauuais Ministre & ignorant : mais ie me sçauray bien garder qu'il ne prenne cét auantage sur moy. Il s'est vanté que Messieurs de Guyse luy auoient offert des repressailles pour ses biens sequestrez, & que d'Espagne on luy offroit dix mil escus de rente.

Av Roy.

7. Iuin.

IE suis bien trompé si le Pape a autre intention en toutes ces promesses, que pour monstrer qu'il a de grands pensemens; ce qu'il veut luy seruir à amasser vn grand thresor, duquel ie ne pense pas qu'il donne iamais vne Reale à homme du monde; & V. M. croye qu'elle l'a bien empéchée, quand elle luy a fait proposer & presenter party sur les affaires d'Angleterre, semblant qu'il ait honte que ie luy en redie à cette heure quelque chose, me changeant aussi-tost de propos.

Av Roy.

23. Iuin.

I'AY demandé l'Indult pour les Cardinaux François, à celle fin que si aucuns d'eux mouroient en Cour de Rome, V. M. pust disposer de leurs benefices en vertu dudit

Indult. Le Pape me dit que les Cardinaux vinssent, & que
puis il y penseroit, mais que i'asseurasse cependant V.M.
qu'il la fauoriseroit, & lesdits Cardinaux de tout ce qu'elle pourroit : & comme ie voulus repliquer pour en auoir de
faict l'execution, il me répondit, qu'en France d'on vouloit auoir tout, & le dépouiller de ce que l'on pouuoit, mais
qu'il ne le vouloit souffrir. Qu'il donnoit & faisoit, mais
qu'il n'auoit encore veu qu'on luy eust accordé aucune
chose qu'il eust desiré, ordonné & proposé. Qu'il estoit
Pape, & qu'il se feroit bien croire des choses qui luy appar-
tenoient, & s'alloit ainsi peu à peu s'échauffant. Ie l'in-
terrompis le plus doucement que ie pus, & le priay penser
& s'informer des exemples que l'on trouuera de semblables
graces, lesquelles V.M. ne pouuoit attendre moins de luy
que ses predecesseurs les auoient eües des Papes passez.

AV ROY.

30. Iuin.

L'EVESQVE de Glasco peut sans autre scrupule exercer la charge qui luy sera commise par le Roy d'Escosse, sans encourir aucune coulpe ou peine, le m'ayant ainsi
dit le Pape.

Il m'a dit de la Reyne d'Angleterre, C'est vne galante
femme celle-là, puisqu'elle braue les deux plus grands
Rois, tant par mer que par terre.

On a trouué à vne ruine que le Pape a fait abatre à saint
Iean de Latran, prés du Baptistere du grand Constantin,
en vne petite cassette de rame mangée de rouille cent me-
dailles toutes neufues, qu'on croit y auoir esté mises par
Constantin, ou sainte Helene.

AV ROY.

13. Iuillet.

LE Pape a dit, que quelque apparence de demonstration
que fist V. Maiesté, qu'elle estoit en tres-bonne intelligence auec la Reyne d'Angleterre & les Huguenots, &
aidoit à troubler les affaires du Roy d'Espagne, tant en
Flandres qu'autre part. I'ay sceu cecy de part que ie croy
asseurément que l'on l'a ainsi dit, comme l'on me l'a rapporté.

27. Iuillet.

'A y rendu sa Saincteté tellement éclaircie de ceux de la
Ligue, qu'en toutes les coleres du monde il m'a con-
fessé qu'ils l'auoient trompé. Qu'vne fois ils l'auoient af-
seuré qu'il ne viendroit nulles forces d'Allemagne en faueur des Huguenots. L'autre fois que s'ils venoient, ils
estoient si forts auec les aides de leurs partisans, du Roy
d'Espagne & du Duc de Parme, qu'ils les romproient &
déferoient sans doute, & faisant au reste tout ce qu'ils pouuoient pour luy rendre V. M. suspecte, & luy faire croire
qu'elle eust intelligence & communication auec lesdits Allemans, & le reste des Huguenots. Ie tascheray au moins
de le conduire à l'alienation du bien d'Eglise.

Ce matin le Pape a fait en Consistoire vne grande ha-
rengue, dont le style a bien monstré la premeditation contre le Roy d'Espagne, & la difficulté qu'il a faire de reformer sa Pragmatique sur les titres des Cardinaux & Euesf-
ques, en laquelle il ne l'a traité de rien moins que de Schifmatique & Sacrilege : Schifmatique, en ce qu'il vouloit
introduire vne façon de proceder auec les Chefs de l'E-
glise, toute autre que n'vsent tout le reste de la Chrestienté; & Sacrilege, en ce qu'il mettoit & temerairement la
main aux choses sacrées, taschant auec le fossiegue Espagnol d'opprimer & abaisser ceux dont, s'il estoit bien Catholique, il deuroit de tout son pouuoir aduancer l'honneur & dignité : concluant à la fin que Dieu le puniroit de
cét orgueil, & que quant à luy il censuroit ladite Pragmatique, & ordonnoit qu'elle seroit employée dans l'indice
des liures prohibez & defendus, pour faire compagnie à
ceux de Martin Luther, voulant que tous ceux qui s'en ser-
uiroient fussent compris dans l'excommunication portée
par la Bulle, *In Cæna Domini*, décretant cependant, & ordonnant à tous lesdits Cardinaux & Euesques de n'accepter aucune lettre non suscrite des titres & qualitez
qu'on a accoustumé de leur donner, mais de la rompre &
lacerer en presence du porteur, excepté seulement des
Rois, desquels les suscriptions sont differentes, selon la
façon d'écrire vsitée en leur langue.

AV ROY.

L'ON yous enuoye la Bulle de l'alienation des ſeconds cinquante mil eſcus de rente du temporel de l'Égliſe, Ie ne penſe pas que V. M. puiſſe attendre autre ſecours d'icy que de belles paroles.

Sa Sainteté louë extrémement la reſolution que V. M. a priſe d'aller en perſonne en ſes armées, & faire teſte aux forces d'Allemagne, ayant bien découuert à cette heure les artifices de ceux qui ne le deſirant pas auoient fait acroire à ſa Sainteté, qu'elle ne s'en determineroit iamais, ains qu'au contraire qu'elle eſtoit d'accord auec les Huguenots.

AV ROY.

S'IL n'y a autre remede pour obtenir l'Indult pour les Cardinaux François, il faudroit que chaque Cardinal aide & eſſaye de l'auoir pour le ſeruice & contentement de V. M. chacun en ſon particulier, puiſque c'eſt d'elle qu'ils tiennent les biens & honneurs, & feu Monſieur le Cardinal d'Eſt m'a dit cela meſme pluſieurs fois.

L'on m'aſſeure que ceux de Guyſe ont promis au Duc de Parme de luy tenir la main à luy faire reprendre Cambray: & autres, qui ne le diſent pas ſans raiſon, m'aſſeurent que ledit Duc n'eſt attaché que pour la neceſſité de ſes affaires à celles d'Eſpagne, & que le temps le pourra mieux faire voir. Il euſt bien deſiré marier le Prince ſon fils auec Madame de Lorraine.

AV ROY.

SA Sainteté m'a dit qu'on luy faiſoit encore acroire que ces forces d'Allemagne ne marchoient point encore, & que quand elles le feroient, elles ne ſeroient telles que l'on les publioit, & qu'en Lorraine on eſtoit aſſez fort, & encore plus deliberé de leur courir ſus & les combatre: mais que ſi ce que ie luy diſois eſtoit vray, que l'on l'auroit bien trompé. Ie répondis, que le pis que ie voyois en cette tromperie eſtoit qu'elle tomboit du tout ſur V. M. & au blafme de fa Sainteté, qui ne fe denoit laiffer abufer aux fauffes couleurs, pour ne s'eftre bien attaché aux vrayes que ie luy auois repreféntées tant de fois, & auec tant de verité de la part de V. M.

Le Duc de Sauoye a laiffé paffer par fes païs cinq mil Suiffes Proteftans, qui vont fe ioindre aux autres Heretiques.

A V ROY.

9. Septemb.

IE fuis allé à l'audience pluftoft pour apprendre ce qu'vn Gentil-homme de Monfieur le Duc de Loraine, nommé Villy demandoit, & y auoit à traiter; & pour fe celer, il vint premierement décendre à vne hoftellerie, fe difant Milannois, & auffi-toft il fe coula chez le Cardinal de Sens, lequel le lendemain matin le mena au Pape, auec luy l'Abbé d'Orbais, & Hatton Agent de Monfieur le Duc de Loraine en cette Cour, & tous enfemble negotierent les affaires qui les menoient, & furent affez longuement à ladite audience, & au fortir de là s'en allerent negotier auec le Cardinal Rufticucci, où ils furent affez long temps. Et le lendemain lefdits de Villy & Hatton retournerét chez ledit Cardinal, lequel le mefme foir ennoya audit de Villy par le Secretaire Corteze la depêche du Pape, qui fut vn Bref, duquel la copie ira auec la prefente, & plufieurs belles paroles en general, qui concluoient que l'on fift (*pur du douero*), & que l'on ne faudroit point de ce cofté icy. Et auec cela ainfi bien dépéché, ledit de Villy s'eft party d'icy en trois iours. En mon audience, après auoir efté vn peu en deuis, ie dis au Pape qu'il deuoit auoir efté bien informé de ce Gentil-homme de Monfieur le Duc de Lorraine, de ce qui fe paffoit de ce cofté là en la defcente des forces d'Allemagne, qui venoient en tres-grand nombre en faueur des Heretiques de France, & que fa Sainteté pouuoit à cette heure iuger la difference qu'il y auoit de la bonté de V. M. & de fes raifons, aux paroles de ceux qui auoient voulu auec tant d'artifices tromper fa Sainteté, & en faire profit, pour paruenir aux deffeins qu'ils ont, qui eft de fe valoir des troubles & diffenfions de ce beau Royaume de France; luy remarquant en fubftance ce que ie luy auois dit tant de fois

de

de l'intention qu'auoient ceux qui fe couuroient d'vn pretexte fi fpecieux, que de celuy de la defenfe & reftaura-
tion de la Religion Catholique, laquelle ie voyois auoir
efté par eux infiniement ébranlée en la diuifion qu'ils a-
uoient faite des Catholiques & fuiets de V. M. eftant tres-
certain que tout eftoit en danger de fe perdre, fi ce n'eftoit
la grande patience & prudence auec laquelle elle s'eftoit
conduite iufque-là, & qu'auec le congé de fa Sainteté, ie
la voulois bien aduertir que c'eftoit à elle à pouruoir, que
l'on ne tentaft & prouoquaft V. M. plus auant, tournant à
luy difcourir de l'eftat des affaires, & à quoy elles viendroient enfin à l'obliger pour conferuer fa dignité & reputation, & ne laiffer triompher fes enuieux de la totale ruine de fon Eftat. Il écouta fort volontiers ce que ie luy en
voulus dire, & prenant la parole il me dit, comme il a fait
plufieurs fois, fe frapant les mains, & iettant les yeux en
haut, *O Dieu, Pape Gregoire, Sens & Como ont mis à perdition*
ce Royaume; & moy m'ont importuné de faire beaucoup de chofes,
mais ie ne les ay pas voulu croire, & cette leuée d'armes fans le fceu
& confentement du Roy ne m'a iamais pleu, & preuoyois bien qu'il
en deuoit reüfir vn grand defordre. Et fortant de ce propos il me
demanda comme i'auois fceu que ce Gentil-homme de
Monfieur le Duc de Lorraine eftoit venu, qu'il eftoit vray
qu'il y eftoit venu, & que le Cardinal de Sens le luy auoit
coduit, mais qu'il ne luy auoit point mal parlé de V. M. mais
bien s'eftoit plaint qu'elle ne leur auoit point tenu promeffe, pour empefcher que les forces eftrangeres n'entraffent
par ces frontieres-là, & que pour s'eftre attendu à elle, ils
n'auoient peu autre cas, & qu'ils eftoient reduits à la de-
fenfiue, luy demandant aide & affiftance, mais qu'il leur
auoit répondu, qu'ils auoient trop mal executé ce qu'ils
auoient promis, mais que faifans leur deuoir, il ne faudroit
point de fon cofté. Et que ie me pouuois bien affeurer que
ceftuy-cy de Monfieur de Lorraine n'auoit negotié autre
cas, & n'auoit eu autre réponfe de luy. Ie luy remarquay
bien ce que ie luy auois toufiours répondu, quand il me difoit qu'il garderoit bien fans que V. M. s'en meflaft, que
les Allemans entraffent en France, pour fecourir les Hu-

k

guenots , & conclus qu'il deuoir aider V. M. à celle fin
qu'elle ne fuccombaft fous le faix, qui ne fe pourroit faire
fans vn tres-grand dommage du S. Siege, & fans luy apporter beaucoup de regret, voyant de fon temps, & à faute de
fa faueur & bon fecours, la ruine de ce bel Eftat. Ce qu'il
y a de plus certain que cét homme a emporté, c'eſt qu'il s'en
eſt retourné comme il eſtoit venu, fi ce n'eſt qu'on luy a
donné vn Bref pour réponſe aux Lettres qu'il auoit apportées.

Ie dis mot pour mot, fuiuant la teneur de la Lettre de fa
Maieſté, la grace qu'elle faiſoit au Cardinal de Sens, en
luy faifant main-leuée pour l'amour de fa Sainteté, des biens
qui luy auoient cy-deuant eſté faiſis. Sa Sainteté preſta fort
l'aureille à ce que ie luy en dis, & demeürant aſſez plus
que de couſtume à répondre, il me dit en ces propres mots,
" Il eſt vray que ledit Cardinal a fait de tres-grandes fautes,
" & offenſé le Roy, dont il meriteroit d'eſtre bien chaſtié; &
" m'en fuis fi fort fcandaliſé, que ie m'ébahiſſois comme l'on
" demeuroit fi long temps à le faire, luy difant ſouuentefois
" que finalement il luy en prendroit mal : & depuis ie luy ay
" defendu qu'il ne me parlaſt iamais d'affaires qui touchaſ-
" fent fa Maieſté, de façon qu'il a eſté plus de fix mois fans
" qu'il m'en ait ouuert la bouche. Mais ie connois la bonté
" du Roy, pour ce ie la loüe & eſtime grandement, vous
" chargeant le remercier de ma part, auec les plus expreſſes
" paroles que vous pourrez, du plaiſir qu'il m'a fait, de m'a-
" uoir en ma confideration accordé main-leuée des biens du-
" dit Cardinal, lequel i'eſtimeray tres-ingrat & mauuais
" homme, s'il ne fert le Roy de tout fon pouuoir, ainſi que fa
" confcience & deuoir l'y obligent: vous aſſeurant que i'ai-
" deray fa Maieſté à le chaſtier s'il fait autrement. Il m'a ſemblé auoir connu en luy qu'il ne penſoit pas que V. Maieſté
fe deuſt rendre fi facile à luy accorder ceſte grace, mais il
en a reçeu grand plaiſir. Sur quoy ie luy ay voulu faire vn
peu gouſter le plaiſir qu'elle prenoit à luy faire voir combien elle defiroit de donner toute forte de contentement à
fa Sainteté.

Le Pape dit touſiours que l'on faſſe, & que de fa part il

ne manquera pas, mais V. M. experimente que c'eſt autant
que rien. Toutefois il le faut entretenir le mieux que l'on
pourra, & faire eſtat, que ſi l'on n'en peut tirer profit, ce
ne ſera peu de gain de n'en tirer point de mal. Ie connois
bien à la maniere que l'on me parle à cette heure de V. M.
& de ſes affaires, que l'Eueſque de Breſſe en donne de tres-
bons aduis, tellement qu'il importe aſſez au ſeruice de V.
M. de bien ménager ledit Nonce. Ayant eu aduis que les
ſeize enſeignes de Suiſſes qui eſtoient entrez en Dauphiné au ſecours des Huguenots y auoient eſté combatus &
défaits le 9. Aouſt, ie luy dis qu'il pouuoit auoir ſouuenan-
ce qu'à mes audiences paſſées, i'auois dit à ſa Sainteté que
Monſieur de Sauoye auoit donné paſſage à cinq ou ſix mil
Suiſſes Proteſtans, qui eſtoient entrez par le moyen de ce
paſſage en Dauphiné, pour ſe ioindre auec les Huguenots
de cette Prouince-là, par le moyen & ſecours deſquels ils
penſoient faire vn merueilleux progrez. Mais nonobſtant
que V. M. fuſt abandonnée de tout ſecours humain, & ſes
ennemis eſſayaſſent par tous moyens qui leur eſtoient poſſi-
bles à ruiner ſes affaires, que toutefois elle eſtoit aſſiſtée
de la force & puiſſance de Dieu, comme il ſe voyoit par la
mort de ces Suiſſes qui auoient eſté défaits par le Colonel
Alfonſe Corſe, lequel auec vne petite troupe de cinq à ſix
cens hommes les auoit vaillamment attaquez, & auſſi heureuſement défaits. Sa Sainteté fut ſi ſurpriſe d'aiſe de cette bonne nouuelle, que ie croy qu'il m'en baiſa cent fois,
pleurant de l'abondance du plaiſir qu'il ſentoit, me demandant pluſieurs fois s'il eſtoit vray, & que ie luy contaſ-
ſe cette nouuelle, de laquelle il receuoit ſi grand plaiſir, &
que i'auois bien fait de ne la luy auoir dite du commencement de l'audience, parce qu'il croyoit qu'il en fuſt mort
de ioye, & commença là deſſus à me dire pluſieurs choſes
en faueur de V. M. & de la France, blaſmant fort ceux qui
auoient donné paſſage par Sauoye auſdits Suiſſes. Il continuë encore à louër ce faict d'armes, & ſoit qu'il diſne ou
ſouppe, il ne parle d'autre choſe aux Cardinaux qui ſont
auec luy. Et Samedy à l'audience il entra ſi auant en ce propos auec l'Ambaſſadeur d'Eſpagne, qu'il luy dit que ces ex-

ploits estoient vrayement de François, & que là où ils vouloient mettre la main, il n'y auoit rien qui se peust parer
d'eux. Et encore dit-on qu'il luy demanda, quand on en or-
roit-on autant dire des Espagnols, & que si vostre Maiesté
auoit cette abondance d'or qui vient des Indes, qu'il esperoit qu'elle auroit bien tost la fin des Huguenots, & de
tous ceux qui luy brouïlloient ses affaires.

Sa Sainteté manda au Cardinal de Sens la grace que V.
M. luy auoit faite, & qu'il m'en vinst remercier, & faire le
deuoir qu'il deuoit à l'Ambassadeur de son Roy. Ce Cardinal pria Monsieur de Fargis de me venir trouuer pour me
disposer de le receuoir & ouyr. A quoy ie ne me rendis nullement difficile; encore que V. M. ne me commande point
que ie viue auec luy autrement que i'ay fait par le passé.
Venu, m'ayant fait vn tres-humble & grand ressentiment
de l'honneur & grace qu'il luy a pleu faire, en luy restituant
la iouïssance de ses biens, me priant d'asseurer V. M. que
iamais elle n'eust vn plus fidele & affectionné suiet & seruiteur, & que ie le connoistrois pendant que ie serois icy aux
occasions qui se presenteroient, croyant que s'il pouuoit
auoir sa bonne grace qu'il seroit resuscité, tenant, ce disoit-
il, ceux-là pour morts, qui sont en disgrace de leur Roy. Ie
luy ay répondu, que pour auoir celle de V. M. il ne falloit
qu'estre homme de bien, & reconnoistre & faire son deuoir,
& qu'elle ne tendoit à autre chose qu'à la pieté & iustice,
aimant vniquement ses suiets & seruiteurs, & que de ma
part ie luy ferois toutes sortes de bons offices, afin de le faire tenir pour tel, mais que c'estoit à luy à m'en donner les
moyens, ce qu'il m'a asseuré qu'il fera.

AV ROY.

21.Septemb.

LA malice est grande de ceux qui ont écrit que V. M.
auoit veu de mauuais visage le Colonel Alfonse Corse,
aprés cette défaite, comme si V. M. l'auoit trouué mauuaise.

I'accorday au Pape, que ceux qui disoient que le Duc de
Sauoye estoit cause de la défaite des Suisses auoient raison, parce que s'il ne les eust laissé passer ils n'eussent pas
esté défaits.

Le Pape ne se peut tenir de monstrer à cette heure, qu'il se repent d'auoir fait cette promotion du Cardinal Alano ainsi hors de temps, & contre sa propre Bulle.

I'ay rendu la visite au Cardinal de Sens. Il semble qu'il soit tout resuscité depuis qu'il m'a visité. Il m'a monstré vne lettre de Monsieur de Guyse de Nancy, écrite de sa main, où il luy dit qu'il s'en alloit à la teste des forces d'Allemagne, qui passoient le Rhin par certains endroits qui leur auoient esté découuerts par le Duc de la petite pierre, & qu'il estoit resolu de boire ce calice, encore qu'il n'eust auec luy que quinze cens lances, & trois mil arquebuziers, faisant fort le dolent en cette lettre, de l'estat auquel il voyoit les affaires reduites. Surquoy ie dis, que s'il s'en doit prendre à autre qu'à luy-mesme, ie ne m'y connoissois pas.

AV ROY.

SA Sainteté m'a dit en riant, que la peur qui auoit esté faite au Cardinal de Sens, le rendroit par aduenture plus modeste pour l'aduenir, qu'il n'auoit esté par le passé.

Le Pape à ses repliques m'a bien monstré qu'ils ont gens icy qui vsent de bien grandes diligences, pour faire leur cause bonne, faisant croire que ce qui empesche les vaillances qu'ils promettoient executer contre le passage des Allemans, ne procede que des trauerses que l'on leur fait, & de ce que l'on ne leur maintient ce qui leur auoit esté promis, alleguans qu'au contraire l'on faisoit tout ce que l'on pouuoit, pour leur débaucher ceux qu'à leurs dépens ils auoient mis ensemble, leur faisant toutes les trauerses que l'on pouuoit pour les décrier, & faire perdre le credit.

Ie demande quatre cens mil escus de prest du Pape, sur l'alienation, mais il les a refusé. Il faut se contenter qu'il ne preste rien aux autres.

Il me dit, que lors que les affaires commençoient à se bien porter en France contre les Huguenots, l'on faisoit la paix auec eux, & qu'il estoit bien à craindre que l'on n'en fist autant cette fois, ainsi qu'il en auoit plusieurs aduis.

Le Pape mesme se rit du Cardinal Alano, & de la pro-

motion qu'il en a faite, le iugeant homme de fort peu de valeur, & du tout inutile. Mais nonobstant tout cela, il se traite tousiours de l'enuoyer en Flandres, encore que ce soit
assez froidement. On s'en pensoit seruir pour l'Angleterre. L'Espagnol luy donne pension, l'ayant porté au Cardinalat.

19. Octob.

AV ROY.

I'AY bien connu que les Ministres de la Ligue trauaillent
beaucoup pour magnifier les faits des Chefs de leur parti,
sans auoir égard au respect qui se deuroit porter aux affaires
de V. M. Mais le meilleur qui soit à cette heure en cela, c'est
que le Pape m'a monstré en ces deux audiences, qu'il con-
noist bien que ceux de la Ligue n'auoiēt pas fait tous les miracles desquels ils se vantoient, encore qu'il me dist les raisons qu'ils alleguent en defense de leur cause, voulans reietter le tout sur V. M. Et neantmoins il monstre receuoir
la defense que ie fais contre les artifices dont ils s'efforcent
d'abuser sa Sainteté. Veu que sa Maiesté employoit sa personne auec tant de hazard à la teste d'vne armée de trente à
quarante mil hommes estrangers entrez en son Royaume,
& tirez par la main d'autres pareilles ou plus grandes forces de ses suiets souleuez à la defense de leurs opinions.
Mais que le pis estoit, que ceux qui estoient cause de ces
troubles, au lieu de se ioindre auec V. M. à la defense publique, & la seruir comme ils deuoient, il sembloit qu'ils
ne pensoient à autre chose qu'à faire durer la guerre; & entretenir les Catholiques pour mieux brouiller les affaires,
s'estans tres-bien esloignez des forces d'Allemagne qu'ils
disoient tant vouloir combatre, & les ayant laissé passer bar-
re franche à leur barbe.

Sur ce que ie luy ay asseuré que les Venitiens auoient prê-
té à V. M. cent mil escus, il me dit qu'il vouloit bien iouër
vn autre plus gros ieu, & qu'il vouloit donner tout à fait,
pourueu qu'il vist comme l'on feroit.

2. Nouemb.

AV ROY.

LE Pape menace d'oster le bonnet au Cardinal de Lenoncourt s'il ne vient à Rome, & de ne faire plus de

Cardinaux à la nomination de sa Maiesté, puisqu'ils ne viennent pas à Rome.

Ie dis au Pape, que quand V. M. monta à cheual pour
aller trouuer ses forces, & combatre le Roy de Nauarre, si
elle le pouuoit attraper, les Ambassadeurs d'Espagne,
d'Angleterre & Sauoye, furent seuls qui ne daignerent la
visiter, ny prendre congé d'elle, comme il est tres-accoustu-
mé. Que de celuy d'Angleterre, ie l'eusse volontiers excusé
pour deux respects, le premier, pour le peu d'intelligence qui est entre V. M. & la Reyne d'Angleterre : & l'autre
parce qu'elle sortoit en campagne, pour faire à bon escient
la guerre à ceux de son opinion. Mais que du Roy d'Espagne & du Duc de Sauoye, ie ne les pouuois excuser en cét
article, d'en auoir vsé comme l'Anglois : i'entendois en effect que ces deux Ministres n'estoient pas mal d'accord,
encore que ce fust chose que tout le monde sentoit assez
mal, puisque leurs Maistres se disoient Catholiques. Et sans
me laisser passer plus auant, il me dit qu'on luy auoit donné
compte de ce faict, & que les Ambassadeurs se defendoient
disans, que ceux qui estoient allez vers V. M. auoient esté
appellez & non eux, & que le prouerbe estoit, *Antequam vo-*
ceris ad Consilium ne accesseris. Et qu'aussi bien Monsieur de
Sauoye n'estoit pas sans raison, tant à cause du passage de
Monsieur de Chastillon par son pays, qu'à cause de celuy
des Suisses. Ie dis que ie ne croyois pas que l'on eust enuoyé
appeller les Ambassadeurs pour telle occasion, mais bien
qu'on leur eust enuoyé dire ce qu'ils auoient à faire pour
l'exercice de leurs charges pendant qu'ils seroient absens
du Roy, ou du Prince prés lequel ils resident, & que sur
cela ils prenoient volontiers occasion de demander vne audience : mais que c'estoit chose qui se pratiquoit par tout
le monde, que les Ministres des Princes Catholiques fissent
demonstration, & vsassent de quelques complimens en telles occasions. Et que quant aux raisons de Monsieur de
Sauoye pour le passage des Huguenots par ses pays, ie
n'en voulois entrer plus auant en connoissance, sinon pour
dire à sa Sainteté qu'elle se prist au faict & non pas aux paroles, & que c'estoit elle qui deuoit trouuer le plus mau-

uais, de voir que l'on donnast ainsi le pas libre à tous les
Heretiques, pour s'en aller en France faire la guerre à vn
Prince si grand defenseur de la Foy qu'est V. M.

Sa Sainteté a promis faire Cardinal Monsieur de Paris,
parce qu'il le connoissoit pour tres-fidele seruiteur de V. M.
& qu'il l'auoit trouué si modeste, que l'ayant de son propre
mouuement voulu faire Cardinal quand il estoit pardeça, il
l'auoit refusé, disant qu'il n'accepteroit iamais cette dignité, sinon par la faueur de V. M.

I'ay prié sa Sainteté de ne faire iamais Cardinal l'Euesque de Glasco, si V. M. ne l'en prioit, puisqu'il n'auoit rien
au monde que par sa liberalité.

A la verité c'est vne chose tres-remarquable, & de mauuais exemple, de n'auoir depuis 23. ans que Monsieur Seraphin sert, rien iamais fait pour luy, où au contraire les
Espagnols depuis ce temps-là ont auancé vne vingtaine de
ceux qui les ont seruy en cette charge. On luy a osté tout
plein de benefices, ausquels il estoit tres-bien fondé, & au
moindre signe que V. M. a voulu faire à ce qu'il ne dispu-
tast ses droits, il a tout aussi-tost baissé la teste, pour du tout
obeyr à sa Royale volonté.

Sur l'instance que i'ay faite à sa Sainteté, de prester à V.
M. il m'a dit qu'il ne pouuoit sans l'aduis des Cardinaux,
& qu'il feroit Congregation des Cardinaux Sainte Croix,
Saluiaty, Mondeuy, Cornare, Santiquatre & Mathei.

Sainte Croix m'a dit, qu'entrant en son audience, le Pape
luy auoit de luy mesme donné lieu de faire l'office qu'il desiroit, luy disant, que ce matin Monsieur le Cardinal de
Ioyeuse & moy aurions esté vers luy pour le presser à nous
resoudre de ce que nous pourrions mander à V. M. mais
qu'il nous auoit répondu, que pour n'auoir encore eu le
rapport de la Congregation, il ne le pouuoit faire. Là dessus le Cardinal Sainte Croix luy auoit dit, que l'aduis de la
Congregation estoit que sa Sainteté ne pouuoit refuser à
V. M. la demande qu'elle luy faisoit, pourueu que sans parler des deniers de l'alienation, elle luy donnast bonnes seuretez en Italie, fust à Florence, Gennes, Venise ou Rome,
de toute la somme ensemble, en chaque lieu, ou separément,

ment, felon la commodité de V. M. de la luy rembourfer
dans vn an, n'eftant pas d'aduis qu'elle la luy preftaft autrement, de peur que fes deniers ne vinffent à payer les Reiftres pour les renuoyer chez eux en faifant vne paix. Mais
qu'auffi fi l'on voyoit, qu'auec le temps que les progrez de
cette guerre fuffent auffi auantageux à l'honneur de Dieu,
& bien de fon Eglife, comme le commencement le pouuoit
promettre, que ladité Congregation eftoit d'auis que fa
Sainteté ne redemandaft iamais ladite fomme à V. M. ny à
fes pleiges, mais la luy donnaft. Et que le Pape auoit trouué cette refolution fort bonne, & auoit commandé de la
nous faire entendre comme eftant fa derniere conclufion.
A la verité c'eft traiter auec V. M. auec beaucoup moins
de refpeƈt & dignité, que la caufe qu'elle difpute maintenant ne femble le meriter. Mais fi eft-ce que i'ay penfé cét
offre n'eftre pas à reietter, eftimant que ceux qu'elle auroit
deliberé bailler pour caution en France de la reftitution de
ladite fomme, auront bien moyen de s'affeurer par deça,
quand on leur donnera ladite alienation pour gage, & que
les deniers auront à en venir directement en leurs mains,
fans paffer par celles de Caftille, ny autres Threforiers. Et
quand ce ne feroit que pour mettre ces trois cens mil efcus
en France, que i'entends eftre tres-épuifée d'argent, ie ferois d'auis qu'elle fift effort de luy bailler les cautions qu'elle defire, & feroit à propos qu'elle s'en refoluft incontinent.
Cependant ne pouuant feruir V. M. de nos vies aux occafions qui s'offrent à prefent, nous auons obtenu de fa Sainteté vn Iubilé pour tous ceux qui prieront Dieu aux Oraifons des 40. Heures qui fe feront aux Eglifes de S. Louys,
de la Trinité, de fainte Potentiane, où demeurent les Religieux Feüillans qui font icy, pour l'Eftat de la France, la vi-
ƈtoire & fanté de V. M. où depuis hier qu'elles font commencées, il y a vn tel concours de gens, & vne telle deuotion, que les plus vieux n'ont point de fouuenance de
l'auoir iamais veu femblable en quelque an Saint qui ait
efté. Ce qui nous donne bon courage, & fait efperer que
Dieu n'infpire point cette extraordinaire deuotion dedans
tant d'ames, pour ne fe vouloir rendre ployable aux prieres

l

qui luy sont faites, & nous console encore, en ce que nous voyons que l'affection du bien de V. M. & de son Royaume se monstre si forte & vniuerselle par deçà.

A LA REYNE MERE.

POVR le Cardinal à cette heure Grand Duc de Toscane, ie sçay qu'il n'est pas trop satisfait des Espagnols: mais il est prudent, & ne voudra pas ruiner ses affaires, ains les restablir de mieux en mieux. Le Pape le craint, parce qu'il sçait de ne luy auoir pas trop donné occasion d'estre bien satisfait de luy. Mais chacun dissimule & ioüe au plus fin. L'on asseure qu'il a trouué d'argent comptant plus de dix millions d'or, & vn million de pierreries.

AV ROY.

SA Sainteté me dit auoir esté tres-bien aduertie par son Nonce, du plaisir que V. M. auoit eu de la défaite, & la gratification de laquelle elle auoit vsé à l'endroit d'Alfonse Corse.

Monsieur de Guyse a écrit au Pape, taschant de s'excuser enuers luy, de ce que l'on luy auoit voulu mettre sus qu'il n'estoit conduit à la suite de cette guerre que de pure ambition, & non de zele qu'il portast à la Religion, luy protestant neantmoins tout le contraire, & le priant pour conclusion de sa harangue, de le vouloir assister de quelque secours d'argent, attendu qu'il n'en auoit tiré aucun de V. M. depuis qu'il auoit les armes en main; ains auroit fait à ses dépens tous les frais de cette guerre. La réponse fut en paroles generales, selon la coustume de deçà. Mais Dieu veüille qu'aussi bien ils ne s'y attendissent pas, & que ce fust seulement pour trauerser nos demandes. Il écriuoit de plus qu'il alloit trouuer V. M. & qu'elle se vouloit enfin seruir de luy, mais qu'il l'asseuroit que quand elle en auroit fait, qu'elle s'en sçauroit tres-bien défaire.

Il court par deçà depuis deux ou trois iours vne nouuelle de la défaite & mort de Monsieur de Ioyeuse, ce qui nous semble impossible à croire, attendu les lettres qui sont icy de Lorraine du dernier du mois passé. Monsieur le Cardinal de Ioyeuse en éuenta hier ie ne fçay quoy par l'indifcretion d'vn autre Cardinal, ce qui l'a mis en fi extrême peine, que depuis il n'a voulu eftre veu de perfonne. Il rend vn tres-grand deuoir icy au feruice de V. M.

Selon le bon congé qu'il a pleu à V. M. me donner, i'ay mis fin à mon mariage. Ie luy baife les mains du don de cent mil liures. Il a plû auffi à V. M. ordonner à la Boderie douze mil liures, fa fidelité le merite.

Av Roy. 1. Decemb.

SA Sainteté trouue tres-mauuais que Monfieur le Cardinal de Ioyeufe fift tant de deüil & reffentiment, veu qu'au contraire il deuoit eftre tres aife & louër Dieu, que fon frere euft employé fa vie à defendre vne fi jufte querele. Mefme qu'il defiroit que ledit Cardinal fe trouuaft à la premiere Chapelle de l'Aduent veftu de rouge entre les autres Cardinaux veftus de violet. Il s'en eft excufé. Cét equipage me fembloit vn peu extrauagant.

Ie dis à fa Sainteté, que ie ferois trop marry d'eftre forcé luy faire entendre le doute que i'auois ; que d'icy l'on fauorifaft peu fes affaires, en donnant trop de credit à ceux qui ont caufé tant de defordre, lefquels faifoient encore nouuellement tout le profit qu'ils pouuoient de la bonne réponfe qu'en auoit emporté le fieur de Villy. Lequel à fon retour auoit efté pris des Huguenots, auec tous les memoires, inftructions & brefs qu'il portoit, lefquels les ennemis alloient publiant, difans que fa Sainteté défauorifoit V. M. & fomentoit les troubles de fon Royaume, faifant, ce croy-ie, les chofes plus grandes qu'ils ne les auoient trouuées en fubftance, & auoient fceu que V. M. l'auoit ainfi iugé. Sa Sainteté m'a dit vn monde de chofes pour iuftifier la negotiation dudit fieur de Villy.

Ie ne fuis pas d'aduis que l'on laiffe de faire bonne mine, & de monftrer que V. M. a grande efperance que fa Sainteté veut fauorifer en tout & par tout fes affaires, à celle fin que par là on vienne à s'affeurer que fi l'on n'en a & du bien & fecours, pour le moins l'on fe retiendra de ne faire point de mal, puifque de ce téps vn chacun eft aptre à en pouuoir faire.

I ij

Le Cardinal de Pelleué monstra vne lettre de Monsieur de Neuers au Cardinal Rusticucci, par laquelle il luy faisoit entendre la necessité que V. M. auoit d'estre à ces occasions aidée & secouruë des bons moyens du Pape, dont il pria ledit Rusticucoi de faire office deuers sa Sainteté, ce qu'il m'a dit auoir fait. Dequoy sa Sainteté s'estoit mise à rire, disant que la bonté de cét homme se voyoit à cette heure, & qu'il eust mieux fait d'auoir pris ce chemin du commencement, & non pas d'auoir mis pied au desordre de ce Royaume, & qu'il se souuenoit fort bien quelle condition i'auois mise au deuant, quand par commandement de V. M. i'auois fait entendre à sa Sainteté, que pour l'amour d'elle, elle luy donnoit main-leuée de ses biens, qui estoit telle qu'elle l'appelleroit à garantie des occasions que ledit Cardinal luy pourroit donner de retomber en sa disgrace, ne luy ayant depuis voulu donner aucune audience, où il voulust traiter d'affaires qui touchassent V. M.

Ils ont fait apporter vne nouuelle qu'ils font courir imprimée, qu'ils ont défait vingt-vne cornettes de caualerie.

AV ROY.

23. Decemb.

SA Sainteté a pris la bonne nouuelle des Reistres si sechement, que si ce n'eust esté rien, ne faisant aucune demonstration d'aucune sorte d'allegresse, & aussi peu de vouloir aider & secourir le reste de ses affaires; ains m'a rudoyé tout ce qu'il se pouuoit penser, quand ie le luy ay voulu persuader, encore que ç'ait esté auec les plus humbles termes que i'ay pû.

Le lendemain de mon audience il y eut Consistoire, où la raison vouloit que le Pape fist vne resiouissance publique de la bonne nouuelle que ie luy auois donnée : mais il n'en dit iamais vn seul mot; ains au contraire aux Cardinaux qui s'en voulurent resiouyr auec luy, il la leur fit de si peu de merite, que chacun en resta scandalisé.

Le Cardinal de Ioyeuse en son audience particuliere, a receu aussi peu de satisfaction qu'il auoit fait du Consistoire.

Ie croy que le secours que ie demandois à sa Sainteté à si bonne occasion, fit qu'il n'estima autant qu'il deuoit la bonne nouuelle que ie luy auois donnée.

Ie croy que fa Sainteté ne nous fera du mal, où il luy couftera de l'argent; d'autres moyens & menées, ie n'en voudrois pas répondre, ains feray toufiours d'aduis que l'on s'en prenne garde, comme V. M. le reconnoiftra qu'il eft neceffaire de faire par les papiers & chiffres que ie luy en-uoye, que i'ay furpris des Miniftres qui font par deçà de ceux de la Ligue, efperant d'y voir encores plus auant, ou pour le moins n'y manqueray-ie de diligence. Mais pour entretenir cette pratique, il ne faut pas qu'elle s'éuente de delà, parce que ie perdray auffi-toft les moyens que i'ay de deçà, d'y voir quelque cas du iour à la iournée. V. M. pour-ra iuger par le ftile de ces écritures, de l'intention de ceux qui manient ces negotiations.

Sa Sainteté eft fort en peine de ce que V. M. fe veut op-pofer aux forces du Duc de Lorraine, & a dit que V. M. deuoit eftre Catholique ou Heretique, & parla du befoin que V. M. auoit defdits fieurs de Lorraine, fi elle vouloit auoir la fin totale des troubles & calamitez que les Hereti-ques ont apporté, eftendant cela auec fi longues paroles, que nous n'en auons iamais penfé voir la fin. Se laiffant en-tendre qu'il ne faifoit point de doute, que fi ceux de Lorrai-ne auoient affaire des forces du Duc de Parme, qu'ils n'en fuffent aidez, ne niant pas de fçauoir que le Roy d'Efpa-gne fauorifaft lefdits de Lorraine : mais feulement pour ce qui regarderoit la defenfe de la Religion Catholique, & non pas pour luy troubler fon Eftat.

AV ROY.

28.Decemb,

SA Sainteté s'eft mife en extréme colere de ce que V. M. auoit voulu preferer Monfieur de Candale Euefque d'Aire à Monfieur de Paris, à qui il auoit promis le Car-dinalat.

On difoit mal de Monfieur de Paris, & pis de Monfieur de Candalè, pour détourner le Pape de donner aucun Cardinal à V. M.

Là deffus aduint que Meffieurs les Cardinaux de Pelleué & de Ioyeufe, penfant comme ie croy, faire bien, le foir de

I iij

la promotion & bien tard, écriuirent vne polisse au Pape,
par laquelle ils luy mandoient, puisque, nonobstant tout ce
qu'ils luy auoient dit, & fait dire, de l'incapacité de Monsieur de Paris, sa Sainteté ne se démouuoit point de son opinion, ils luy protestoient que V. M. le chasseroit de son
Royaume, & Monsieur de Retz aussi, & que de moy elle
me reuoqueroit de cette charge, pour me chasser en la compagnie de ces deux. Sur cette polisse le Pape se mit en vne
extréme colere, & à six heures de nuit m'enuoya vn sien
Secretaire appellé le Cortese, par lequel il me manda le
contenu en icelle, & la colere en laquelle il estoit, demandant si i'y auois part, & qu'il sembloit que l'on luy vouloit faire peur; mais que tant s'en falloit, qu'il ne feroit iamais Cardinal à la requisition de V. M. me rapportant là
dessus des paroles si aspres, que ie n'ay la hardiesse de les redire. Estant surpris de si prés, ie me trouuay bien empéché
au party que ie deuois prendre, de peur que ce Prince au
peu de temps qui restoit à negotier, ne se precipitast à ce
qu'il disoit, qui eust bien esté tout ce que pouuoient desirer & demander ceux qui voudroient voir du tout ses affaires méprisées & ruïnées. Toutesfois à la fin ie me resolus
de répondre par les plus gracieux termes que ie peus, & luy
dis que de ma part ie n'auois rien sceu de cette polisse, mais
puisque ces Seigneurs l'auoient écrite, ie iugeois que ce
n'estoit pas pour offenser sa Sainteté, ains seulement auec
intention de seruir V. M. en la preference qu'elle demandoit de Monsieur l'Euesque d'Aire tout plein de merite,
veu les bonnes qualitez qui l'accompagnoient, & que V.
M. le proposant, elle auoit tant esperé en l'amitié & bonté
de sa Sainteté, que si elle ne luy pouuoit donner ces deux
Cardinaux qu'elle luy demandoit, à tout le moins elle luy
donneroit cestuy-cy par preference. Là dessus ledit Secretaire me rechargea, & me dit, que cela mettroit encore le
Pape en plus grande colere, & qu'il estoit d'aduis que ie
me contentasse de dire que ie n'auois nulle part en ladite
polisse, & suppliasse seulement sa Sainteté de ne défauori-
ser V. M. en cette promotion pour quelque occasion que
ce fust. Et iugeant à la verité que ce party estoit le meilleur

que i'euſſe pû prendre en pareille occaſion, ie me valus du
conſeil & de l'aide dudit Secretaire, qui eſt ſeruiteur de V.
M. & de mes amis, & le priay de faire cette réponſe au Pape; ne voulant point toutefois luy diſſimuler, que ie defen-
dis tout ce que ie pûs cette incapacité alleguée contre
Monſieur de Paris, afin que s'il venoit à eſtre exclus en cette occaſion par la preference d'vn autre ſuiet plus accepté à
V. M. il ne le fuſt au moins totalement de l'eſperance qui
luy euſt pû reſter de l'eſtre en vne autre plus fauorable, &
me ſembla que mon deuoir & ma conſcience m'y obligeoient. l'ay creu eſtre obligé de rembarrer les calomnies
contre luy, mais ſi proteſteray-ie à V. M. que ce ne fut nullement en intention de preiudicier à la preference qu'elle
deſiroit, comme ie n'auray iamais pour reſpect de qui que
ce ſoit ma volonté ſeparée de ce que ie la connoiſtray af-
fecter. Sa Sainteté m'a dit auoir fait Monſieur de Paris
Cardinal, parce qu'il le luy auoit promis il y a deux ans par
vn Bref exprés, & m'a promis de faire Monſieur d'Aire à la
premiere promotion. Le Grand Maiſtre a eſté fait Cardinal, gardant ſon Magiſtere.

M. D. LXXXVIII.

A v R o y.

4. Ianuier.

VOstre Maieſté n'a pas faute icy de malins eſprits,
& me déplaiſt qu'il faille que ie luy donne encore ce
témoignage du Cardinal de Pelleué, qui eſtant Vendredy
en Chapelle, ſalüé du Cardinal Gonzague, qui ſe reſioüiſ-
ſoit des bonnes nouuelles que le ſieur Bandini apportoit de
l'entiere victoire de V. M. & de la route des Reiſtres, il
répondit en ſe riant, qu'elle prendroit encore mieux cinq
cens mil eſcus ſi on les luy vouloit donner, mais qu'à Monſieur de Guyſe ils ſeroient bien employez, qui voudroit
qu'il ſe fiſt quelque choſe de bon. Ie croy qu'il ſera toû-
iours gouuerné de cét eſprit, qui n'eſt aucunement inuiſi-
ble, parce que ouuertement il ſe voit courir à cette part-là
ſans nulle ſorte de reſpects. Mais luy ayant le Pape retranché beaucoup de la trop grande liberté auec quoy il ſou-

loit luy parler des affaires de la Ligue, il s'ingere à cette
heure sous main d'autres moyens, &, croy, les pires qu'il
peut.

AV ROY.

11. *Iannier.*

QVAND ils ont veu V. M. resoluë de monter à cheual,
& se mettre en campagne, cela a beaucoup seruy à
découurir leurs artifices. I'ay encore parlé au Pape de cette grande armée du Duc de Parme, laquelle il alloit de plus
en plus approchant des frontieres de Picardie & de Champagne, sans en dire la raison, ce qui ne pouuoit estre sans
donner de grands soupçons à V. M. parce que ces forces-là
se deuroient employer vers la Hollande & Zelande, & non
pas s'acheminer vers les frontieres de son Royaume. L'on
me voulut fort persuader, que V. M. se deuoit asseurer que
l'on n'attenteroit ny remuëroit en rien auec les forces d'Espagne à son preiudice, & que l'on luy en répondoit. Mais
ie ne fus pas court à luy répondre sur toutes ces seuretez,
sur lesquelles s'allant échauffant peu à peu, il m'alla donner vne attaque de Cambray, se laissant aller, de dire qu'il
ne seroit de merueille s'ils vouloient auoir Cambray, que
l'on leur auoit dérobé & occupé. Et se reconnoissant aussi-
tost, me changea de propos: & moy ie cherchay de le l'y
faire rentrer, à quoy il n'y eut ordre, s'y tenant serré le plus
qu'il put.

Le Pape est resolu de ne plus accorder de grace de benefice pour bastard quel qu'il fust.

28. *Iannier.*

AV ROY.

AV lieu du peu d'argent que V. M. demande, l'on se
met de nouueau à offrir vn secours de vingt mil hommes de pied & dix mil cheuaux. Ie ne pense pas que l'on
me tienne si goffe, que ie ne croye cette offre pour vne vanité, ou vne moquerie, & aussi parce que i'ay autrefois répondu à cet article, le meilleur m'a semblé de monstrer le
mépriser, n'y répondant aucune chose. Ie sçay en premier
lieu que ce Prince ne voudroit dépendre cent mil escus le
mois, pour payer telle quantité de gens, qu'il dit ne vouloir
dépen-

dépendre que de luy seul, & les enuoyer en France pour y
faire obeyr V. M. de l'autre, qu'il ne sçauroit faire vne telle leuée en toute sa vie, & quand tous les Princes y con-
courroient auec luy.

Piles Abbé d'Orbais fait courir le bruit, que ceux de
Lorraine ont taillé en pieces tous les estrangers qui se reti-
roient sous les passeports de V. M. & qu'elle ne parloit
plus que de traiter la paix auec le Roy de Nauarre, & autres Huguenots.

Desarmer ceux qui veulent auoir les armes en main pour
leur interest & appetit particulier, & V. M. l'estre à bon escient pour faire comme elle voudra, & iugera luy estre necessaire, me sembleroit bien plus à propos, que de venir icy
pour estre aidé & prendre conseil : car ce seroit ruiner ce
que l'on penseroit faire.

Du 25. Ian-
uier.

A V R O Y.

ON m'a respondu que l'on auoit information, que le
Clergé auoit resolu d'aider V. M.

Du 5. Pe-
urier.

IE dis au Pape que sa Sainteté auoit tousiours monstré
porter à Vostre Maiesté le respect qui se deuoit à vn si
grand Roy, si bien meritant du saint Siege & de sa Saincteté, pour le respect & amour qu'elle portoit à sa personne, & que se confiant en cela, & en sa mesme prudence, ie n'auois pas voulu croire ce qui se disoit, que parlant au Consistoire des affaires de France, elle auoit tenu vn style, par lequel elle auoit monstré peu fauoriser
l'honneur, que merite V. M. touchant la défaite qu'elle auoit faite des forces estrangeres entrées en son Royaume pour la destruction de la Religion Catholique. Et que
si ce qui se disoit de ce qu'il en auoit parlé audit Consistoire
s'en écriuoit, il ne pourroit autrement arriuer que V. M.
ne s'en sentist offensée. Ce que ie ne voudrois estre aduenu
par faute de ma diligence, & que pour cette occasion, autre
que d'en écrire, ie priois sa Sainteté de m'en éclaircir, afin
que ie n'eusse à écrire que ce que i'aurois oüy de sa propre
bouche, & non pas ce que le monde en disoit selon sa pas-

m

fion. M'ayant ainsi oüy parler, il sembla tout aussi-tost s'alterer, & comme nous nous promenions par la chambre, il
fit trois ou quatre tours sans dire mot, sinon qu'il se battoit
les mains, selon qu'il est coustumier de faire quand quelque chose luy déplaist. Et puis tournant le visage vers moy,
il me dit qu'à ce propos, il auoit pris deux chefs, par le premier desquels son intention estoit de monstrer la grace que
Dieu auoit faite par vn signalé miracle à la Religion Catholique, & à la France, d'auoir ainsi dissipé & ruiné vne si grande armée d'ennemis qui s'estoient mis ensemble à la ruine
de l'vne & de l'autre. Le 2. chef estoit, qu'il n'en falloit
point faire d'autres resiouyssances, sinon que chacun en
son cœur en rendist graces à Dieu, comme n'ayans les hommes nulle part en telle victoire : mais ayant laissé au contraire d'y faire beaucoup de choses qu'ils pouuoient, s'y
comprenant aussi bien que les autres, m'alleguant par infinies & longues paroles plusieurs histoires de la sainte Ecri-
ture. Ie répondis, que ie voulois bien dire à sa Sainteté,
que Dieu auoit fait V. M. seule digne d'auoir rompu la
puissance de si grands ennemis, à la honte & confusion de
ceux qui par leur ambition ont mis la Religion en compromis, & que si V. M. eust voulu se valoir des remedes
qu'elle pouuoit, & se soucier plus de la conseruation de
son Estat & authorité, que de la Religion, ceux qui tiennent la main à l'entretien de la guerre auroient bien à penser à autre chose qu'ils n'ont fait iusques à cette heure, où
i'estimois qu'il estoit temps qu'elle pensast en son particulier pour ce qui luy touchoit, puisque l'on tenoit si peu de
compte du merite qu'elle s'estoit acquis sur le S. Siege, &
surtous les Princes Catholiques. On me répondit en belles paroles.

24. Feurier.
AV ROY.

SA Maiesté ayant veu par experience en ses plus fortes tri-
bulations, qu'elle ne deuoit plus attendre secours que
du Ciel, & de ses propres resolutions, si saintes & bonnes,
qu'elle en feroit honte à tous ses enuieux & maitueillans.

L'on m'a asseuré que Iean Baptiste de Tassis estoit mort

en Flandres, & que le Duc de Parme auoit mis les mains
sur ses papiers, entre lesquels il s'est trouué vne instruction
qui luy estoit faite de la propre main du Roy d'Espagne,
par laquelle il luy commandoit tres-expressément de prendre garde aux deportemens & intentions dudit Duc, montrant par là ne s'en fier autant qu'il en estoit besoin ; & auec
cela m'a-t-on asseuré de bonne part, que si Marc Antoine
Colomne ne fust mort, on l'eust fait entrer en la place dudit Duc, & que pour cette occasion il auoit esté appellé en
Espagne, Ce que ledit Duc sçait auec bien peu de satisfaction des occasions qu'on luy donne en son particulier.

J'ay sceu de plus tres-asseurémét, que l'an 83. ceux de Guyse traiterent fort étroitement auec le Pape Gregoire & le
Roy d'Espagne l'entreprise d'Angleterre, promettans pour
l'execution d'icelle douze mil hommes de pied ; desquels
ils en payeroient quatre mil, & le Pape & le Roy d'Espagne
les huit mil autres, qu'ils auroient des ports à leurs commandemens aux costes de France, sans se laisser entendre
desquels. J'ay sceu cecy de tres-bonne part. Faut croire
que les mesmes desseins sont encore en pied, & pense qu'il
est à propos de s'en prendre garde.

A V R O Y.

Du 25. Fe-
urier.

ON a fait tous les mauuais offices qu'on a pû à Monsieur d'Aire, iusques à dire qu'il estoit si vieux & cas-
sé, qu'il seroit inutile, & ne pourroit iamais venir icy. Le
Pape m'a promis de le faire Cardinal, & que i'en asseurasse vostre Maiesté.

Les statuts de Florence portent, que mourant la femme
sans enfans, tout son dot est acquis au mary, au contraire
mourant le mary, il ne retourne à la femme que ce qu'elle
a baillé pour son dot.

J'ay oüy parler du Marquisat de Salusses sur le propos
du mariage de la Princesse auec le Grand Duc de Toscane.
J'ay euenté & sceu de certain qu'il ne tourneroit à autre
commodité à son Altesse, & ny ne seroit accepté de luy,
que pour en faire vn échange auec le Roy Catholique, au
lieu de Portthercole, Telamona & Orbitello qu'il occu-

m ij

pe dans ſon Eſtat. Ce qui ſeroit ſi dommageable au ſeruice de V. M. qu'il me ſemble hors de propos d'employer le dit Marquiſat en ce mariage. Le Grand Duc eſpere vn million d'or de dot.

Du 7. Mars.

AV ROY.

SA Sainteté me dit qu'il falloit traiter autrement auec vn Turc, qui ſe venoit rendre à la Religion Catholique, qu'auec vn Heretique. Qu'au Turc, ou autre qui eſtoit né infidele, il iroit au deuant de luy pour embraſſer ſa bonne volonté ; mais qu'au Chreſtien pariure il le falloit attendre, & vſer auec luy pour le receuoir à ſa conuerſion, comme l'Egliſe nous enſeigne. Et que quand le Roy de Nauarre prendroit cette voye, il aideroit touſiours à V. M. de ce qui dépendroit de l'authorité du S. Siege & de la ſienne pour le retirer. Mais que de luy il auoit peu d'opinion qu'il euſt nulle bonne volonté, ains pluſtoſt quelque deſſein pour gagner du temps, comme choſe qui pouuoit ſeruir à l'accommodement de ſes affaires.

Ie ſçay que le Pape eſt picqué auec les Eſpagnols, de ce qu'il y a fort long temps qu'ils ne luy ont plus rien communiqué de l'entrepriſe d'Angleterre, ayant pris opinion que l'on vouloit aſſeurément faire la paix.

Le Pape eſt tellement bandé à mettre vn troiſiéme million dans le chaſteau, auant que la troiſiéme année de ſon Pontificat ſoit accomplie, qu'il épuiſe tellement les banques de Rome, qu'il ne s'y trouue pas vn teſton ; qui eſt cauſe que pluſieurs ſont contraints de les fermer au grand preiudice du public.

Du 21. Mars.

AV ROY.

IL me dit que de ceux dont il croyoit, que ie voulois parler, ils l'aſſeuroient qu'ils ne deſiroient rien plus que de ſeruir V. M. & neantmoins que V. M. monſtroit ne ſe fier d'eux. Qu'vne fois elle leur commandoit d'armer, & le venir trouuer, & que quand ils s'eſtoient mis en dépenſe & en chemin pour le faire, qu'elle les contremandoit & deſarmoit ; m'eſtendant cela comme s'il euſt voulu défendre la cauſe de laquelle il ſe traittoit.

Ie luy ay dit qu'il n'y a point de faute, que la principale intention de la Reyne d'Angleterre, seroit de se pacifier auec le Roy d'Espagne, & qu'elle croit que le meilleur moyen qu'elle en ait, est de fauoriser les Huguenots de France, & asseurer ses affaires, seroit de mettre V. M. & ledit Roy aux mains, comme elle a fait voir tres-clairement par le passé, ayant pratiqué pour singulier instrument de ce que dessus feu Monsieur le Duc : Mais que l'ayant perdu, elle n'a pas failly d'aller à autres remedes qui ne pourroient estre que tres-dangereux, s'il n'y estoit diligemment pourueu par sa Sainteté, & que le nœud est de reünir les Princes Catholiques.

On m'a dit que par la mort du Marquis de sainte Croix, l'Espagnol auoit mis General de sa flotte le Duc de Medina Sidonia.

Ie répondis, qu'il n'appartenoit à autre qu'à V. M. de pouruoir aux places, & qu'elle ne vouloit qu'on entreprist sur ce qui est reserué à sa seule authorité, comme est la Protection de Sedan & Iamets.

Sur ce que faisoit le Duc d'Aumale en Picardie, le Pape me dit qu'ils luy donnoient compte que ce qu'ils en faisoient, estoit pour garder que six mil Huguenots qui deuoient passer par cette Prouince, pour aller au seruice de la Reyne d'Angleterre n'y passassent, & que tout ce qu'ils en faisoient n'estoit qu'en seruice de V. M.

Auec l'humilité que ie dois à V. M. & le desir que i'ay de voir son authorité en l'estat qu'elle doit. Ie luy diray que le meilleur expedient qu'à mon aduis elle peut prendre en ses affaires est, si celuy de la paix ne se peut, que pour desarmer au moins toutes les partialitez introduites en son Royaume elle demeure armée & accompagnée, afin que tout le monde coure à elle, & se contienne de sorte que chacun craigne qu'elle aille à luy, & quand elle fera vn bon corps de six mil Suisses, & mil cheuaux Reistres, elle sera asseurée que toutes les forces de son Royaume se rangeront prés d'elle, & quitteront toutes autres sortes de partialitez, estans venuës les choses à tels termes, qu'il faut par necessité vser d'vn extreme, & croy que celuy-là est le

m iij

plus doux & faifable ; car il n'empefchera point cependant
de negotier les moyens qui pourront eftablir la reünion de
fes fuiets.

Monfieur le Cardinal de Lenoncourt qui eft party, m'a
dit que le Pape luy auoit accordé l'Indult de Bretagne.

AV ROY.

LE Pape me demanda fi le Prince de Condé eftoit mort,
ie l'en affeuray. Il fe mit à plorer, difant que l'Eglife
de Dieu, & V. M. y auoient perdu vn grand ennemy.

Il m'excufa tout ce que faifoient ceux de la Ligue, difant que tout redondoit au feruice de V. M. mais que leurs
ennemis faifoient auprés d'elle tout ce qu'ils pouuoient
pour luy faire croire & l'entretenir en vne perpetuelle méfiance d'eux, pour les tenir loin, & ne s'en feruir, ny les employer, mais que ie l'affeuraffe de fa part qu'ils luy obey-
roient, & ne feroient que ce qu'elle voudroit.

Ie luy dis comme les Commiffaires de la Reyne d'Angleterre eftoient partis pour paffer en Flandres, afin de traiter
la paix auec le Duc de Parme ; il me fut répondu que l'on
ne croyoit pas que cette paix fe puft faire : mais en termes
qui me firent iuger que l'on ne fçait où l'on en eft, & que
les Efpagnols ne fe donnent pas trop grande peine de luy
donner plus auant compte de leurs affaires, qu'autant qu'il
leur peut feruir, & qu'ils en efperent tirer de la commodité.
Ce qui luy a appris à diffimuler plus qu'il ne faifoit, mon-
ftrant s'accommoder auec eux.

Ie luy dis que i'auois entendu que ceux de la Ligue faifoient vne diette à Nancy, fans aucune participation de
V. M. encore qu'elle fe fift par fes mefmes fuiets & confederez, & difoient qu'il y deuoit interuenir vn Nonce de fa
S.té, & vn Ambaffadeur d'Efpagne. Il demeura vn peu à
me répondre, & puis me dit, que V. M. ne deuoit prendre
alarme ny ialoufie de ladite diette, parce qu'elle ne traiteroit d'aucune chofe qui la touchaft, & que c'eftoit afin
de refoudre ce que l'on auroit à faire pour terminer les affaires de Cologne, & pouruoir à la reprife de Bonne. A
quoy ie répondis, que les fuiets de V. M. n'auoient affaire

de s'y trouuer, si ce n'estoit auec sa participation ou congé. Sur quoy il ne voulut entrer plus auant en propos, sinon de dire que V. M. ne receuoit nul interest, & ne deuoit auoir aucun soupçon de ce qui s'y traiteroit, & que ie l'en asseurasse. Il dit à Monsieur le Cardinal de Ioyeuse, qu'elle se faisoit pour pouruoir de bonne heure aux remuëmens qui se faisoient par les Princes Protestans contre Messieurs de Lorraine, & contre V. M. & que les sieurs de Bellieure & de la Guiche y seroient de sa part, ce qui n'approche aucunement de ce que l'on m'auoit dit. Ie dis au Pape, que ces Seigneurs n'estoient allez de la part de V. M. à cette assemblée, mais seulement pour appeller ceux de Lorraine à venir auec elle pour faire la guerre aux Huguenots. Il s'altera vn peu & me dit, qu'il sembloit que l'on se prenoit du tout contre ceux de Lorraine, & que l'on seroit bien aise de les ruïner : mais que là où on le tenteroit, qu'il ne les abandonneroit point, & les Princes Catholiques les defendroient, estans ces leuées qui se faisoient en Allemagne totalement contre eux, & non contre V. M. Ie luy répondis qu'il estoit fort mal informé, parce que ceux de cette Maison estoient tous ses vassaux & suiets, n'ayans rien que dans son Royaume, si ce n'estoit vn petit Estat d'vne iournée qu'auoit Monsieur de Lorraine, lequel il est impossible qu'il peust maintenir sans la protection de V. M. de maniere que c'estoit à ses dépens que tels ieux se faisoient, & que ie ne pensois pas que sa Sainteté se contentast que ie fisse entendre à V. M. qu'elle vouloit auoir part à aucune chose qui s'attentast contre son seruice. Sur quoy mille belles paroles.

AV ROY.

IL me voulut persuader que ceux de la Ligue ne faisoient rien qu'auec iustification, & que V. M. ne le deuoit prendre contre eux, mais plustost contre Lesdiguieres qui luy occupoit le Dauphiné, & passeroit bien tost plus auant, selon que les affaires prenoient pied. Ie le priay de trouuer bon que ie luy disse, qu'elle demeuroit chargée du mal qui pouuoit aduenir à toute la Chrestienté, si abandonnant V.

M. aux occafions qui s'offrent, elle continuoit d'oüyr & fauorifer ceux qui troublent fes affaires. Et pour Lefdiguieres & le progrez qu'il faifoit en Dauphiné, que fa Sainteté
& fes Miniftres en auoient la principale & plus grande faute, pour luy eftre adminiftré du Comté tout ce dont il auoit
befoin de ce cofté-là, & nié à ceux de V. M. qui pouuoit
prendre exemple de ce qu'elle eft obligée de faire pour la
conferuation d'vn fi grand Royaume, fur ce que faifoit fa
Sainteté, pour l'entretien d'vn fi petit Eftat. Mais que nonobftant tout cela V. M. eftoit refoluë de hazarder tout pour
la Religion. Il effaya de me rompre affez fouuent ce propos, mais ie me refolus de le mener iufques au bout. Il fe
mit à loüer V. M. ie luy dis qu'au contraire de les exhorter
d'obeyr au Roy, par où l'on connoiftroit qu'ils font en
bonne intelligence auec fa Sainteté, il les deuroit excom-
munier pluftoft que d'vfer d'autre refpeƈ auec eux, ou bien
pour cette heure écrire à fon Nonce qu'il le feroit s'ils n'o-
beyffoient & feruoient à V. M. Ce qu'il promit faire.

Du 3. May.

AV ROY.

LE Nonce eft tres-affeƈionné feruiteur de V. M. & de
fa part il fait tous les bons offices qu'il peut. Mais ie
fçay qu'il eft contraint d'aller dextrement, attendu l'humeur de l'homme à qui il a affaire, lequel il a appris à connoiftre depuis qu'il eft prés de V. M. connoiffant par infinies rencontres que i'en ay qu'il n'a pas peu de peine à tenir
toutes chofes en fi bons termes, que pour le moins fi elle
n'a de ce cofté toute forte de fatisfaƈion, elle n'en ait tout
le dégouft qu'elle pourroit auoir s'il y auoit vn autre Miniftre auprés d'elle, qui ne fuft autant fon feruiteur que cet-
tuy-cy. On fe prend à luy s'il n'écrit, & ne rencontre auec
les mefmes menteries & nouuelles que font iournellement
courir icy contre la dignité & le bien des affaires de V. M.
& en la faueur de ceux de la Ligue, le Cardinal de Sens &
Abbé d'Orbais.

L'on m'a monftré m'oüyr tres-volontiers, & d'eftre marry des troubles, & s'eft on laiffé aller plufque l'on n'auoit
fait iufques à cette heure contre les moteurs d'iceux, laiffant

fant glisser quelques mots par lesquels ie pouuois iuger que le Nonce auoit fait de bons offices, & m'a-t-on repeté de luy auoit enuoyé le Bref, & commandé en creance d'iceluy de faire de tres-viues instances, à ce que ces Messieurs qui font ainsi leur bande à part, rendissent toute sorte d'obeyssance & satisfaction à V. M.

Pour ne pouuoir répondre sur les remedes & expediens que V. M. prend pour s'asseurer de Sedan & Iamets, y mettre des Catholiques, & en oster les Huguenots, & y maintenir son authorité en la protection qu'il en a, retirant encore l'heritiere de Sedan, pour la faire nourrir à la Catholique, laissant l'administration de ses biens à Monsieur de Montpensier son oncle, Prince Catholique & deuotieux: Ie voy bien que l'on dissimule, & que l'on ne me replique pas selon que l'on en pense, & que l'on est d'accord auec Monsieur de Lorraine en la poursuite de l'entreprise. Mais ie trouue que l'expedient que V. M. prend de Monsieur de Montpensier est tres-bon & à propos, & qu'il ne s'y peut mieux, attendu la qualité du temps & des affaires.

A V R O Y.

Du 1ᵉʳ May.

IE ramenteueray à sa Maiesté les seruices du pauure Monsieur Seraphin, afin qu'elle donne ordre de tirer vne fois cet homme de bien de la necessité où il languit par trop long temps, au grand mépris des affaires de sadite Maiesté.

Lettres Patentes, touchant la Protection des affaires du Roy en Cour de Rome, donnée au Cardinal de Ioyeuse.

Du Cabinet de Mr Du- puy MS. 589.

HENRY par la grace de Dieu Roy de France & de Pologne. A tous ceux &c. Comme il ait pleu à Dieu appeller à soy feu nostre tres-cher oncle le Cardinal d'Est, qui auoit en son viuant la charge de Protecteur de nos affaires en Cour de Rome, laquelle, comme chacun sçait,

n

eſt de tres-grande importance au bien de noſtredit Royaume. Au moyen dequoy il ſoit tres-requis & neceſſaire pour
l'auancement de noſtre ſeruice icelle charge commettre à
aucuns de nos tres-chers & grands amis les Cardinaux du
ſaint & ſacré College, qui ſoit pour étroitement embraſſer
nos affaires, & la conduite d'iceux, auec vne ſinguliere &
fidele affection. Sçauoir faiſons, que nous conſiderans que
pour l'adminiſtration de ladite charge & Protection ne
pourrions faire meilleure, plus digne ny conuenable eſle-
ction que de la perſonne de noſtre tres-cher & feal couſin
grand amy François Cardinal de Ioyeuſe, tant pour la parfaite deuotion & bonne volonté qu'il porte au bien & accroiſſement de noſtre Eſtat, que pour la bonne reputation, credit & moyens qu'il a entre ſes freres audit ſacré
College, au moyen dequoy il ſera pour tres-dignement
remplir ladite charge : & à plein confians de ſes ſens, ſuffiſance, prudence, claires & loüables vertus, merites & grande experience, iceluy noſtredit couſin le Cardinal, pour
ces cauſes & autres bonnes & iuſtes conſiderations à ce
nous mouuans, auons fait & eſtably, faiſons, ordonnons,
& eſtabliſſons par ces preſentes Protecteur general & ſpecial en ladite Cour de Rome, des affaires de nous, nos
Royaumes, pays & ſuiets, & leſdits Eſtat, charge & offices
que par cy-deuant ſouloit tenir & exercer & adminiſtrer,
comme dit eſt, noſtre feu oncle le Cardinal d'Eſt, vacquant
à preſent par ſon treſpas, luy auons donné & octroyé, donnons & octroyons par ces preſentes, pour l'auoir, tenir doreſnauant, exercer aux honneurs, authoritez, prerogatiues,
preeminences, franchiſes, pouuoirs, puiſſances & facultez, droits, profits & emolumens accouſtumez, & qui y
appartiennent, & tout ainſi & par la meſme forme & maniere que noſtre feu oncle le Cardinal d'Eſt, & autres ſes
predeceſſeurs & Protecteurs des affaires de France en ont
iouy & vſé, en tous actes & qualitez qui touchent & concernent ledit Eſtat & charge. Si donnons en mandement
par ces preſentes à nos Ambaſſadeurs & Miniſtres qui ſont,
& ſeront cy-aprés reſidens en ladite Cour de Rome, auprés
de noſtre ſaint Pere le Pape, & à tous nos Officiers & Iuſti-

ciers que befoin fera, que noftredit coufin le Cardinal de
Ioyeufe, duquel nous auons pris & receu la foy, affeurance & fidelité fur ce requife & accouftumée, & iceluy mis
& inftitué en poffeffion & faifine dudit Eftat, charge & office, ils faffent, fouffrent & laiffent ioüyr & vfer pleinement
& paifiblement des honneurs deffufdits, & à luy obeyr &
entendre de tous ceux, & ainfi qu'il appartiendra en chofes touchant & concernant iceux Eftat, charge & office,
& ce qui en dépend. C A R tel eft noftre plaifir. En témoin
dequoy &c. Donné à Paris le 16. Feurier l'an de grace 1587.
& de noftre regne le 13. Signé, H E N R Y, & par le Roy,
D E N E V F V I L L E.

Lettres écrites de Rome au Roy Henry III. par
Monfieur le Cardinal de Ioyeufe, lors qu'il
eftoit Protecteur des affaires de France en
Cour de Rome.

Du cabinet
de Monfei-
gneur le
Chãcelier
Seguier, &
de Mr Du-
puy M S.
374.

Depuis le mois d'Aouft 1587. iufques en Auril 1588.

S IRE,
La derniere dépêche que ie fis à Voftre Maiefté fut de
la Cour de Monfieur le Duc de Sauoye, vous rendant compte de ce que i'y auois fait pour voftre feruice, fuiuant l'inftruction qu'il vous auoit pleu me donner à mon partement
de Paris, & de ce qui s'eftoit paffé en mon voyage iufques
là. Depuis ie continuay mon chemin, & vins à Ferrare, où
ie fis auec Monfieur le Duc & Madame la Duch, &
auec le Seigneur D. Alfonfe d'Efte les complimens que
V. M. me commandoit faire auec eux par ladite inftruction; dont ils monftrerent eftre tres-aifes, & s'en tenir
grandement fauorifez & honorez de V. M. auec declaration d'eftre grandement zelez à voftre feruice & au bien de
vos affaires. Et ne s'y paffa autre particularité notable dont
il foit befoin que ie vous écriue plus particulierement.
Partant de Ferrare ie dépéchay vn mien Gentil-homme

n ij

wers le Duc & la Ducheſſe, Prince & Princeſſe de Mantouë, auec les lettres que V. M. & la Reyne Mere leur
écriuiez, & auec d'autres miennes, par leſquelles ie les ad-
uertiſſois de mon acheminement à Rome, & du commandement que V. M. m'auoit fait, & de la bonne volonté que
i'auois de moy-meſme de les ſeruir en ce qui ſe preſenteroit
auprés de N. S. P. le Pape, & enuers ce College pour le
bien de leurs affaires. Ce qu'ils ont monſtré par les propos
tenus à mondit Gentil-homme, & par les lettres qu'ils
m'ont écrites, tenir à grande faueur & honneur, & en auoir
grande obligation à vos Maieſtez. Comme ie paſſois entre
Reggio & Modena, ie rencontray Madame la Comteſſe
de la Mirande, qui eſtoit venuë là expreſſément pour me
parler. A laquelle i'en dis autant comme i'en auois écrit à
Mantouë, y adiouſtant les admonitions portées par ladite
inſtruction, & la priant de donner à V. M. par ſes compor-
temens, toute occaſion de perſeuerer en la protection &
au ſoin que les Rois vos predeceſſeurs, & vous auez eu
iuſqu'icy d'elle & de ſes enfans. Et après cela ie luy dis le
particulier commandement que i'auois en faueur du ſieur
Alexandre Pico ſon fils, & la particuliere bonne volonté
que i'apporterois touſiours à l'execution de tout ce qui me
ſeroit commandé pour le bien d'elle & de ſes enfans, & de
toute leur maiſon, & pour tout ce qui pourroit tourner à
ſon contentement. La réponſe qu'elle me fit, me donna aſſez à connoiſtre qu'elle a toutes ſes penſées fichées en la promotion de ſondit fils. Car elle monſtra deſirer cela plus que
toute autre choſe, & d'eſtre preſte à ſupporter toutes autres difficultez, pourueu qu'elle euſt cette conſolation;
comme auſſi de ne pouuoir eſtre ſatisfaite ſans cela, quelque autre grace & faueur qu'on luy ſceuſt faire, iuſques à
dire que ſondit fils, pour des conſiderations qu'elle alleguoit, deuoit eſtre par V. M. auancé à cette dignité auant
tous autres, non ſeulement Italiens, mais auſſi François.
Ce que ie mets icy pour vous repreſenter ſa paſſion, & pour
vous rendre fidele compte de ce qui m'a eſté dit par elle, &
non pour aduis que i'entende vous donner de rien changer
en l'ordre qu'il a pleu à V. M. me preſcrire pour le regard

de ceux qui ont à receuoir tel honneur, par l'intercession &
recommandation de V. M. Ie n'ay point fait le chemin de
Florence, pour la grāde difficulté qu'on y fait d'y laisser passer ceux qui viennēt des lieux soupçonnez de la contagion,
n'ayant voulu dōner ce déplaisir au Grand Duc de Toscane
de me refuser le passage, ou de me l'accorder contre son
gré & auec scrupule, & mesme dautant que i'auois esté en
Prouence. Maisie ne faudray d'écrire audit Grand Duc &
Duchesse ce que ie leur eusse dit, suiuant ce qui est porté par
mon instruction; comme ie feray aussi enuers la Seigneurie de Venize par l'ordinaire, qui s'expediera sur la fin de
cette semaine. Approchant de Rome i'ay de temps en
temps aduisé Monsieur le Marquis de Pisany du iour auquel ie m'y pourrois rendre, & il me vint au deuant iusques
à Ciuita Castellana à quatre postes de Rome, où il me donna plusieurs bons aduis de l'estat des choses de cette Cour,
& instruction de ce que i'aurois à y faire & dire en ces commencemens. Et puis s'en retourna, pour me venir vne autre fois au deuant le iour que i'entrerois à Rome, auec le
plus de Noblesse qu'il seroit possible. Cependant arriué
que ie fus à Castelnuouo à deux postes de Rome, ie fus adnerty que le Cardinal de Pelleué, nonobstant que par personnes interposées ie luy eusse ià fait sçauoir indirectement
le commandement que i'auois de V. M. pour son regard,
se deliberoit de me venir au deuant, ou pour le moins de se
trouuer en mon logis quand i'y arriuerois. Ie dépéchay la
nuit expressément vn des miens, pour luy faire entendre de
ma part le matin auant qu'il sortist de son logis, que i'auois
commandement de V. M. de ne receuoir visite de luy, &
de ne le visiter point, & que i'estois resolu en tout & par tout
d'obeyr à V. M. Ce qui a esté cause qu'il m'a laissé en paix.
Ieudy dernier 20. iour de ce mois i'arriuay en cette ville
sur le soir, & fus rencontré hors la ville par Monsieur l'Ambassadeur, auec vn grand nombre, non seulement de Gentils-hommes François, mais des premiers & principaux Seigneurs & Gentils-hommes Romains des plus anciennes
& illustres familles de Rome. En quoy ledit sieur Ambassadeur monstra le grand soin qu'il auoit que ie fusse receu

& honoré, comme il appartenoit à la dignité & grandeur de
V. M. qui m'enuoyoit, & la dexterité & prudence dont il
a sceu vser cy-deuant enuers la Noblesse Romaine, pour se
faire aymer & estimer d'eux, & à maintenir parmy eux la
reputation & authorité de V. M. & de vostre Couronne.
Quelque temps aprés vindrent me rencontrer aussi hors la
ville Messieurs les Cardinaux de sainte Croix, & Mathei,
lesquels auec tout le reste que Monsieur l'Ambassadeur
auoit mené, me conduisirent iusques en mon logis. Autre
entrée n'a-t-on point accoustumé de faire à Rome aux Cardinaux qui y viennent aprés la premiere entrée que l'on
leur fait le iour qu'ils doiuent prendre le chapeau en Consistoire public. Mais ie puis asseurer V. M. que excepté
le College des Cardinaux, qui vient receuoir le nouueau
Cardinal, qui doit receuoir le chapeau, i'ay receu au reste
plus d'honneur & d'accueil à cette mienne arriuée à Rome,
que ie ne fis lors que ie pris le chapeau. Qui monstre que les
trauaux que V. M. & vostre Royaume souffrent depuis vn si
long-temps, n'ont point tant diminué de l'ancien respect
& authorité de vostre Couronne, comme les mal affectionnez voudroient donner à entendre; & que nonobstant nos
aduersitez & calamitez, il nous reste encore parmy les nations estrangeres és cœurs nobles & genereux, beaucoup
de bonne affection & deuotion vers la Couronne de France, & vers la personne de V. M.

Le lendemain matin nous fusmes à l'audience Monsieur
l'Ambassadeur & moy. Et pource que c'estoit la premiere,
& que la coustume est, que ceux qui sont venus en la compagnie d'vn Cardinal ou Ambassadeur nouuellement venu baisent les pieds à sa Sainteté, en quoy il y va du temps,
ie ne voulus luy tenir long propos. Et luy ayant baisé les
pieds de la part de V. M. ie me restreignis à ce que V. M.
par son instruction m'auoit commandé luy dire touchant la
reuerence que vous vouliez que ie luy rendisse en l'exercice
de la Protection dont il auoit pleu à V. M. m'honorer, &
l'asseurance que vous auiez, que sa Sainteté seroit le premier & le vray & absolu Protecteur de vos affaires, & des
prerogatiues, priuileges & tous droits des Eglises de Fran-

ce, & l'esperance que i'auois de ma part qu'il oyroit beni-
gnement, & prendroit en bonne part tout ce que i'aurois à
luy remonstrer cy-aprés, & à le supplier pour vostre seruice, pour le bien de l'Eglise Gallicane, tant en general
qu'en particulier.

Il me répondit que i'estois le bien-venu, & qu'il estoit aise
de ma venuë, qu'auant & depuis son assomption il auoit
tousiours grandement respecté & aimé la Couronne de
France, & la personne de V. M. & pensoit l'auoir monstré
par effet; qu'il auoit grand regret aux trauaux que V. M. &
que vostre Royaume souffroient, & en desiroit la deliurance sur toutes choses. Que Monsieur l'Ambassadeur là present prenoit grande peine pour vostre seruice, & y estoit
bien souuent trauersé en plusieurs sortes, & que sa Sainteté auoit eu plusieurs fois compassion de luy, le voyant seul,
sans aucun aide ny secours; qui estoit vne occasion à sa
Sainteté de se resiouïr de ma venuë, qui pourrois desormais
aider audit sieur Ambassadeur, & le soulager en ce qui seroit du seruice de V. M. Que ie vinsse vers sadite Sainteté
à toutes les fois qu'il me plairoit, & luy proposasse hardiment tout ce que i'estimerois estre pour vostre seruice, &
pour le bien des Eglises de France, qu'il l'oiroit volontiers,
& m'accorderoit tout ce qui se pouuoit; & telles autres
choses fort amiables. A quoy ie repliquay trois ou quatre
mots pour le remercier, & puis ie laissay à Monsieur l'Ambassadeur à dire & negotier ce qu'il auoit à traiter auec sa
Sainteté, lequel en rendra compte à V. M. ayant voulu
neantmoins que ie vous témoignasse, comme ie fais en verité & conscience, que lors qu'il luy parla du Cardinal de
Pelleué, sa Sainteté commença incontinent à dire plusieurs
maux de luy, & entre autres, qu'il estoit cause du trauail
que V. M. a maintenant, & des maux que la pauure France
souffre. Et cóme il luy fut dit par moy, que pour cela mesme
si V. M. luy faisoit quelque grace, ce seroit pour le seul respect de sa Sainteté, & que ce seroit à elle que ledit Cardinal en auroit obligation. Il ne se laissa iamais aller vn mot,
pour monstrer qu'il en deust estre aise; ains recommença à
dire mal dudit Cardinal de Pelleué plus fort qu'auparauant.

Quant aux autres chofes portées par l'inftruction , qu'il a
pleu à V. M. me donner, ie ne faudray de les traiter en lieu
& temps, & vous rendre compte de chacune particulierement, comme auffi ne faudray-ie de faire, dire & penfer
tout ce dont ie me pourray aduifer de moy-mefme pour le
feruice de V. M. & pour le bien de l'Eglife Gallicane conuenablement au deuoir d'vn bon Protecteur, & à l'honneur qu'il vous a pleu m'en faire, & aux autres infinies obligations que moy & tous les miens auons à la bonté & liberalité de V. M. Et entre autres chofes ie defire non feulement auoir bonne intelligence auec Monfieur le Marquis
de Pifany, pour luy affifter en ce qui fera de voftre feruice;
mais auffi luy porter tout refpect, & luy faire tout l'honneur & feruice en fon particulier, qui me fera poffible;pour-
ce que le bien de vos affaires le requiert ainfi, & que l'honneur & reputation de nous deux, & mefme de noftre nation en dépend aucunement, & que i'y fuis tres-enclin &
tres-difpofé de moy-mefme.

I'ay efté defia vifité de tous les Cardinaux qui font à Rome, & aprés cette dépéche ie les vifiteray tous, & rendray
les lettres de vos Maieftez à ceux à qui vous auez écrit, & à
chacun d'eux parleray felon ce que i'entends de leurs merites, honneurs & affections, pour entant que faire fe pourra, nous en preualoir aux occafions pour le feruice de V. M.
& aduiferons Monfieur l'Ambaffadeur & moy de ceux qui
feront plus propres pour vous faire feruice, & receuoir de
vos bienfaits, & en donnerons aduis à V. M. A tant ie prie
Dieu qu'il vous doint, SIRE, en parfaite fanté tres-longue & tres-heureufe vie. De Rome ce 24. Aouft 1587.

SIRE,
Par la derniere dépéche que ie fis à V. M. aprés mon
arriuée en cette ville, il y a quinze iours, ie vous rendis
compte de ce que i'auois fait pour voftre feruice, depuis
que i'eftois party de la Cour de Monfieur de Sauoye, tant
enuers Monfieur le Duc & Ducheffe de Ferrare, & les Seigneurs Don Alfonfe & D. Cefar d'Efte, qu'enuers les Duc
& Ducheffe, Prince & Princeffe de Mantouë, & Madame

la

la Comtesse de la Mirande. Et par la mesme depéche vous rendis aussi compte de l'honorable reception qu'on m'auoit fait arriuant en cette ville, & de ce qui s'estoit passé en la premiere audience que i'auois euë de nostre saint Pere, le 21. d'Aoust. Depuis i'ay écrit & enuoyé les lettres de V. M. & de la Reyne vostre mere, à la Seigneurie de Venize, & au Grand Duc & Duchesse de Toscane; le tout selon qu'il estoit porté par l'Instruction qu'il a pleu à V. M. me donner. Aussi ay-ie receu les visites que les Cardinaux ont accoustumé de faire à vn Cardinal nouuellement venu, & les ay renduës à tous, & ensemble les lettres que i'auois de vos Maiestez à vne partie d'iceux, réplissant celles qui estoient en blanc du nom de ceux qu'il a esté aduisé entre Monsieur le Marquis de Pisany & moy, & les accompagnant toutes des propos qui nous ont semblé les plus propres & conuenables à ce qu'on peut sçauoir des humeurs, affections & intentions de chacun. I'ay aussi visité la Signora Donna Camilla sœur du Pape, & luy ay rendu vos lettres, & tenu les propos que i'ay estimé conuenir à son sexe, & à l'honneur qu'elle a d'appartenir de si prés à nostre S. Pere. I'ay aussi baillé au Seigneur Comte Hercole Estense Tassone, & à Monsieur Seraphin Auditeur de Rote les lettres que i'auois pour eux, & leur ay dit de vostre part ce que i'ay estimé pouuoir conseruer & augmenter de plus en plus le zele & deuotion qu'ils ont au seruice de V. M.

Aprés tous ces complimens, i'estimay qu'il estoit temps de demander à nostredit S. Pere vne seconde audience, & ayant conferé de nouueau auec Monsieur l'Ambassadeur sur les poincts de mon Instruction, laquelle dés le commencement ie luy auois communiquée & laissée quelques iours, nous auisasmes que de demander pour cette heure à sa Sainteté directement & ouuertement qu'elle vous aidast des moyens du S. Siege, ce feroit temps perdu, attendu mesmement qu'elle venoit de vous accorder la permission d'aliener les biens d'Eglise pour le second million, & qu'il a accoustumé de vous compter cela comme si c'estoit autant d'argent comptant qu'il vous donnast de ses finances. Aussi trouuasmes-nous que depuis la datte de madite In-

O

ſtruction, il eſtoit aduenu quelque changement és choſes
de delà, ceux de la Maiſon de Lorraine s'eſtans aucunement accommodez au moyen du voyage que la Reyne voſtre mere fit à Reims dernierement ; & que pour toutes ces
conſiderations ie deuois auſſi temperer les propos que i'a-
uois à tenir à ſa Sainteté, ſelon l'eſtat auquel les choſes ſe
trouuoient à preſent. Qui fut cauſe que m'ayant eſté donné iour pour madite ſeconde audience le premier de ce
mois : Ie commençay par dire à ſa Sainteté, que lors que ie
partis d'auprés de V. M. vous m'auiez commandé de luy
expoſer pluſieurs choſes concernant l'eſtat de voſtre Royaume, & les grandes affaires que vous ſouſteniez, & le beſoin
que vous auiez d'eſtre aidé & ſecouru ; mais qu'ayant eſté
par voyage enuiron quatre mois, & ayant depuis mon arriuée conferé auec Monſieur le Marquis de Piſany, ie trouuois que i'auois pluſtoſt matiere d'action de grace enuers
ſa Sainteté, & de faict ie luy baiſois tres-humblement les
pieds, de ce qu'il luy auoit pleu vous accorder depuis peu de
iours que la Bulle d'alienation qui auoit eſté expediée l'année paſſée, fuſt en tout & par tout executée. Que V. M. en
receuoit grand aiſe & conſolation, comme elle en auoit
vn extréme beſoin & neceſſité. Outre que ie m'aſſeurois
que vous prendriez cette grace pour vn certain témoignage de la continuation de l'amitié paternelle que ſa Sainteté
vous portoit, de laquelle ie ſçauois que vous eſtiez merueilleuſement deſireux & ialoux. Comme auſſi ſçauois-ie
tres-bien, que comme fils aiſné de l'Egliſe, vous vouliez
auſſi eſtre le premier à luy obeyr, complaire & ſeruir à l'exé-
ple des Rois vos Predeceſſeurs, qui auoient touſiours tenu
le premier lieu, non ſeulement en la dignité Royale, mais
auſſi en pieté & deuotion vers le S. Siege, & en tous beaux
exploits & actions pour la conſeruation & accroiſſement de
la foy & Religion Catholique, & de l'authorité du ſaint
Siege, & des Papes de leur temps. En cet endroit noſtre
S. Pere, ſans me laiſſer paſſer outre, commença à me dire
qu'il auoit touſiours eu vn particulier ſoin de la France,
comme d'vn Royaume qu'il ſçauoit importer infiniment au
bien de toute la Chreſtienté, & aimoit particulierement la

personne de V. M. comme Prince tres-Chrestien & tres-
deuot, & de l'amitié duquel il estoit tout asseuré. Et fut
long-temps sur ce propos, disant & redisant plusieurs fois
vne mesme chose en diuerses sortes, comme il parle volontiers & longuement auec facilité & vehemence. Et aprés
qu'il eust assez à son gré loüé la France & V. M. & amplifié
la bonne affection qu'il vous portoit, & le soin qu'il auoit
de vostre Royaume, & de vos affaires : Il me dit qu'il me
vouloir parler confidemment encore plus qu'à vn Ambassadeur, comme à Cardinal que i'estois. Et puis commença vn autre long propos, duquel la premiére partie en somme fut vne deploration du miserable estat auquel la France
est reduite à present. L'autre partie fut de certaines choses qu'il disoit requerir en V. M. qui se reduisent à deux,
à sçauoir rigueur & amas d'argent. Sur la premiere, il fit
vn long discours de combien il importoit à vn Prince d'é-
tre craint & redouté, tant des siens que des estrangers, &
de ne se laisser iamais brauer à personne ny prés ny loin. Et
puis s'alleguant luy-mesme dit, qu'à son assomption au Pontificat il auoit trouué l'authorité du Pape fort rabaissée
dans Rome mesme, & au reste de l'Italie, & qu'il l'auoit
releuée ; Que les Princes d'Italie n'auoient pour lors gueres bonne intelligence entre eux, & moins de respect au
Vicaire de Iesus-Christ ; Que les principales familles, & les
premieres maisons de Rome estoient aux mains entre eux,
s'accordans tous neantmoins à ne se soucier point de ce que
le Pape feroit ou diroit d'eux ; Que tout l'Estat Ecclesiastique fourmilloit de bannis & d'autres malfaiteurs ; mais
qu'il auoit en bien peu de temps fait en sorte que les plus
grands auoient fait ioug, & que les brigants & autres mal
viuans auoient esté dissipez ou exterminez. Quant à l'a-
mas d'argent, il fit aussi vn semblable discours general, de
combien il importe à vn Prince d'abonder en finances, &
n'estre point souffreteux, & puis descendit à son particulier, disant, qu'en matiere de faire argent, vn Pape en comparaison d'vn Roy de France, estoit comme vne mouche
comparée à vn elephant, & toutesfois que luy en fort peu
de temps auoit fait vn grand amas de deniers, & en fai-

foit tous les iours, & en auoit defia beaucoup, & en auroit dauantage auant qu'il fuft long temps. La conclufion de tout ce propos fut qu'il falloit faire comme luy, fe faire craindre & amaffer force argent. A quoy il adioufta qu'il fçauoit bien qu'on pourroit faire quelque telle quelle réponfe à cela : mais qu'en effect & à la verité il falloit faire ce qu'il m'auoit dit. Ie reconnus à ces derniers mots, qu'il ne vouloit point que ie luy repliquaffe à cela ; mais ie ne laiffay pourtant de luy repliquer. Bien y proceday-ie auec plus de fubmiffion que ie n'euffe poffible fait, & commençay par louër fa grande charité paternelle enuers V. M & voftre Royaume, & le foin qu'il en auoit, & puis fa grande prudence, & les fages records qu'il vous donnoit, l'affeurant que ie les vous écrirois fidelement, & que V. M. les receuroit de fa part auec toute reuerence & gratitude : mais que ie le fuppliois tres-humblement de prendre de bonne part que ie luy diffe que V. M. auoit fait en l'vne & en l'autre de ces deux chofes tout ce qui s'y eftoit pû faire ; mais que la matiere eftoit difpofée en France autrement qu'icy, & les affaires & empefchemens y eftoient fans comparaifon plus grands. Et quant au point de la rigueur, qui eftoit le premier, V. M. auoit iufques icy fait contre les Heretiques tout ce qu'vn Prince tres-Chreftien & treszelé deuoit & pouuoit, & plus que l'eftat prefent de la France ne comportoit. Mais le malheur auoit voulu que l'herefie s'eftoit gliffée és premiers Princes du fang, & vn nombre infiny de Seigneurs, Gentils-hommes, & autres de tous eftats, & de toutes qualitez, gens pour la plufpart cauts & aguerris, qui en l'efpace d'enuiron trente ans auoient trouué moyen d'empieter des plus fortes villes du Royaume, & d'en fortifier vne infinité d'autres dont il n'étoit poffible les tirer d'vn fort long temps. Qu'vn plus grand malheur auoit voulu, qu'vn tres-grand nombre de Catholiques, & des premiers Officiers de la Couronne s'étoient ioints auec eux, pretendans que la guerre qui fe fait ne foit point vne guerre pour la Religion, mais vne querelle particuliere de Maifon à Maifon, lefquels auoient auffi grand nombre de villes & places fortes, & pretendoient commandement fur des prouinces entieres. Et qui eſt en-core pis, des Catholiques les plus animez contre les He-retiques, les plus grands laiſſans la pourſuite contre les He-retiques, s'eſtoient détournez à prendre les villes Catho-liques, & villes les plus nettes & plus éloignées de l'here-ſie, de façon que V. M. auoit à combatre non ſeulement les Heretiques, mais auſſi les Catholiques, tant ceux qui s'eſtoient vnis auec les Heretiques, que ceux qui faiſans profeſſion de plus hayr l'hereſie, s'eſtoient deſ-vnis d'auec V. M. Et des autres Catholiques qui eſtoient demeurez en l'obeyſſance de V. M. il y en auoit peu qui ne fuſſent pa-rens ou alliez de quelques Heretiques. De façon qu'ils ne pouuoient aller à cette guerre auec telle animoſité & alle-greſſe qu'il conuiendroit, ny y durer auec telle conſtance & perſeuerance qu'il ſeroit beſoin. Que d'ailleurs l'auda-ce des mauuais eſtoit d'autant plus grande, & la hardieſſe des bons d'autant moindre, & la France d'autant plus mal fondée, que V. M. n'auoit ny frere ny enfant qui luy puſt ſucceder ny le reuencher. Qu'outre toutes ces conſidera-tions priſes du Royaume meſme, ſans ſortir hors de la Fran-ce, les Heretiques eſtoient aidez & ſecourus des autres Heretiques, des nations eſtrangeres. Que les Catholiques vnis auec les Heretiques auoient encore des Princes eſtran-gers Catholiques pour fauteurs & protecteurs. Que les Catholiques qui auoient denoncé & commencé la guerre aux Heretiques auoient auſſi bonnes intelligences & prati-ques auec des Princes eſtrangers Catholiques, & en ti-roient argent & hommes, & toute ſorte de ſecours. Et V. M. n'auoit iuſques icy trouué en aucun Prince eſtranger Catholique ſecours d'vn ſeul denier, non pas ſeulement la compaſſion naturelle, qui prend ordinairement les cœurs les plus durs, quand ils voyent en peine vn de leurs ſembla-bles. Tous crioient de loin, qu'il falloit faire autrement la guerre, & exterminer l'hereſie, ſans ſçauoir ny conſiderer comment les choſes ſont diſpoſées, ny vouloir y contribuer rien du leur, & donnoient à V. M. des conſeils qu'ils ne prendroient pour eux meſmes. I'euſſe volontiers adiouſté, que tel accuſoit V. M. de ne faire aſſez rudement la guerre

aux Heretiques, qui eſtoit bien aiſe d'eſtre en paix ou
en trefue auec eux, pour ne dépendre quelque choſe de
plus à garder le ſien ; mais c'euſt eſté trop. Auſſi me ſembla-
t-il que ie l'auois aucunement émeu, & qu'il auoit rabatu
de ſon opinion premiere. Mais pourſuiuant mon propos,
touchant le fait de la rigueur, ie luy dis, que quant à la rigueur contre les Catholiques peu obeïſſans à V. M. &
neantmoins ennemis des Heretiques, comme ils auoient
retardé voſtre pourſuite contre les Heretiques, auſſi les
Heretiques que vous auiez ſur les bras eſtoient cauſe que
vous ne les auiez pourſuiuis par la force, non ſeulement
par l'empeſchement que leſdits Heretiques vous en donnoient, mais pource que vous ne vouliez faire cette playe
à l'Egliſe Catholique, ny donner cette ioye & auantage aux
Heretiques, ains endurer toute autre choſe pour pouuoir
pourſuiure l'entrepriſe que vous auez faite, de les éxter-
miner.

Quant à l'amas d'argent que ſa Sainteté deſiroit, le Roy
Henry voſtre pere mourant auoit laiſſé des debtes, à cauſe
des guerres paſſées pour plus de vingt millions d'or. Que les
vingt-huit ans qui s'eſtoient paſſez depuis, n'auoient eſté
que guerres, & guerres ciuiles, leſquelles auoient doublé
leſdites debtes. Qu'il n'y auoit eu année que l'eſtat de la
dépenſe neceſſaire n'euſt monté plus que celuy de la re-
cepte. Qu'outre leſdites debtes, les ſeditions auoient porté tel degaſt au Royaume en vn ſi long temps, que tous les
Eſtats en eſtoient ruinez, l'Egliſe, la Nobleſſe & le Tiers
Eſtat, de façon qu'on ne ſçauroit d'où ny comment faire
deniers, ny payer ce qui eſt deu. Ce que ie luy expoſay plus
au long & par le menu, concluant que V. M. n'auoit iuſques icy pû theſauriſer ny faire amas de deniers, ny meſme fournir à la dépenſe neceſſaire.

Il monſtra ne demeurer point ſi ſatisfait de ce dernier
poinct comme du premier, & dit quant à ce particulier,
qu'il auoit bien dit qu'à toutes choſes, pour vrayes & bonnes qu'elles fuſſent, il y auoit touſiours quelques reſponſes,
mais que c'eſtoit vne choſe bonne & neceſſaire à vn Prince
que d'auoir de l'argent, & qu'il en falloit amaſſer. Et moy

sans vouloir contester plus sur cela, luy asseuray derechef
comment i'auois laissé V. M. resoluë de poursuiure iusques
au bout la guerre que vous auiez entreprise pour la restau-
ration de la Religion Catholique en vostre Royaume. Qu'il
n'y auoit rien qui pust plus conforter V. M. en cette sainte resolution, que si vous connoissiez que sa Sainteté iu-
geast de vos intentions, par ses actions, & non par le faux
donné entendre de ceux qui veulent ietter sur V. M.
les fautes qu'eux-mesmes ont faites, & le retardement
qu'eux-mesmes ont apporté à l'execution des bonnes resolutions de V. M. contre les Heretiques. Que i'auois sou-
uentefois veu V. M. tres-ennuyée, pour auoir entendu que
sa Sainteté prestoit l'oreille à tels faux rapports, & ne iugeoit de vos actions selon que la sincerité dont vous y pro-
cedez le meritoit. Là-dessus sa Sainteté m'interrompit, &
me dit, qu'à la verité on luy en auoit dit beaucoup de choses, mais qu'il ne les auoit pas creuës. Et moy qui sçauois
que peu de iours auparauant il y auoit eu vn Gentil-homme de Lorraine appellé de Villy, qui estoit venu & s'en
estoit retourné en diligence, luy dis que sans aller plus
loin, le Gentil-homme de Lorraine qui estoit party deux
ou trois iours auparauant luy en deuoit auoir compté. Et
lors il me dit: Ie vous diray librement ce qu'il vouloit. Il
estoit venu pour me demander de l'argent; & ie luy ay dit,
que i'en auois; mais que si i'auois à en donner, ce seroit au
Roy que i'en donnerois, & non à eux. Et là dessus il retourna à parler de son argent, disant qu'il en auoit, & qu'il
vouloit bien qu'on le sceust, & l'auoit voulu dire à ce Gentil-homme mesme. Que plusieurs de ceux qui voyoient
l'amas qu'il en faisoit, disoient qu'il auoit quelque grand
dessein, & vouloit faire quelque guerre d'importance; mais
la verité estoit qu'il ne vouloit faire la guerre à personne, si
on ne l'y contraignoit. Que l'argent qu'il amassoit estoit
pour en secourir les Princes Chrestiens, & V. M. principalement : mais qu'il y aduiseroit bien auant que de vous
en aider, & qu'il faudroit que V. M. fust bien auant de son
entreprise, & qu'il y eust vn bien grand & notable progrez.
Ie ne voulus luy rien répondre à cette derniere partie : mais

ie le loüay grandement de la réponse qu'il disoit auoir faite
audit Gentil-homme, que s'il auoit à aider de son argent,
ce seroit V. M. qu'il en aideroit, non les autres. Et adioustay
suiuant mon Instruction, que les François Catholiques ne
pouuoient faire rien de bon pour la Religion Catholique,
ny pour l'Estat, s'ils ne suiuoient la banniere de leur Roy,
& s'ils n'obeyssoient à V. M. comme bons suiets doiuent
faire, & moins encore s'ils se conduisoient à l'appetit des
étrangers, qui taschoient d'asseurer & agrandir leurs Estats
par la ruïne & démembrement de la Monarchie Françoise.
Qu'vne des choses dont i'auois à supplier sa Sainteté au
nom de V. M. estoit qu'il luy pleust les admonester de ne
militer sous autre enseigne, que celle de leur Roy, & ne
chercher autre protection que celle de V. M. En quoy sa
S[té] feroit chose digne d'vn bon pere, & qui tourneroit au
grand aduantage de la Religion, & de tout le party Catholique, & à la ruïne des Heretiques, contre lesquels ne se
pouuoit rien faire de bon sans cela. Il me dit qu'aussi feroit-il, & qu'il les auoit ià admonestez, & continuëroit cy-
aprés. Qui est tout ce qui se passa en madite audience, excepté qu'à la fin ie demanday la grace de l'expedition de
l'Euesché de Mirepoix pour Monsieur Douuault, & quelques autres que sa Sainteté m'accorda.

Et auant que m'éloigner du propos de ladite audience,
ie diray à V. M. que quoy que le Pape me dist de la réponse
par luy faite au Gentil-homme de Lorraine, i'ay sceu de
bon lieu que par écrit il n'a répondu sinon en creance sur
ledit Gentil-homme, & que de bouche il luy a dit que
d'hommes il ne leur en auoit point enuoyé, & ne pouuoit
leur en enuoyer, parce que V. M. par son Ambassadeur &
par moy mesme l'auoit fait prier de n'en enuoyer point. Et
quant à argent, qu'il venoit de vous enuoyer douze cens
mil escus, entendant la derniere Bulle de l'alienation qu'il
vous a enuoyée. Sur laquelle réponse V. M. notera, s'il luy
plaist, comment d'vne mesme chose il répond diuersement
à diuerses personnes, & que ie ne luy parlay iamais de n'enuoyer point de gens, & n'eusse pû le faire quand bien
i'eusse voulu, ayant veu en la premiere dépéche que Monsieur

fieur le Marquis de Pifany me monftra à mon arriuée en cette ville, que V. M. ne vouloit point qu'on empefchaft les forces qui feroient enuoyées à Monfieur de Lorraine. Au demeurant Monfieur le Marquis de Pifany & moy auons conferé enfemble du faict des penfions & donatifs dont V. M. veut gratifier aucuns des Cardinaux, & nous a femblé que les huit mil efcus par an que V. M. y a deftinez, feront bien departis, en donnant aux Cardinaux Lancelot, Aldobrandin, Affolino & Mathei quinze cens efcus chacun, au Cardinal Sernano mil, & à vn neueu du Cardinal Rufticucci mil. Le Cardinal Lancelot eft Romain, promeu par le Pape Gregoire, fort honnefte, qui a efté Auditeur de Rote & Rapporteur des procés de la Reyne voftre mere, & a toufiours monftré bonne inclination aux chofes de France; & feu Monfieur le Cardinal d'Eft l'aimoit, & le vouloit bien fort gagner. Il a la fignature des Briefs, en quoy il peut beaucoup feruir, outre le feruice commun qu'on en peut tirer comme des autres. Monfieur le Cardinal Aldobrandin eft Florentin, homme de grand valeur, & ferme en ce qu'il a vne fois embraffé: Il a auffi efté Auditeur de Rote, & eft de la promotion de ce Pape, comme auffi tous les fuiuans. Affolino eft natif de Ferme en l'Eftat Ecclefiaftique, & eftoit Secretaire de ce Pape du temps qu'il eftoit Cardinal, aimé de fa Sainteté, & peut feruir durant & aprés ce Pontificat. Le Cardinal Mathei eft Romain de tres-noble maifon, bien apparenté & allié, & pourra beaucoup feruir V. M. non feulement de foy mefme, mais auffi par le moyen de fes parens, alliez & amis: il eftoit Auditeur de la Chambre quand il fut fait Cardinal, & ceux de fa Maifon ont toufiours monftré inclination à la France, auffi font-ils parens de la Maifon d'Eft. Le Cardinal Sernano eft natif de   en l'Eftat de l'Eglife, & eftoit vn Religieux Cordelier Lecteur en Theologie, compagnon d'études du Pape, non trop rompu aux affaires du monde, mais de la voix duquel on fe pourra affeurer, & pourra encore feruir à quelque autre chofe. Quant à Monfieur le Cardinal Rufticucci, nous auons eftimé qu'il ne prendroit point de penfion, & quand il en prendroit, il la luy fau-

P

droit fort groſſe. Mais comme le feu Roy Charles voſtre
frere donnoit penſion à vn ſien parent, auſſi nous penſons
qu'il ſera à propos que nous luy diſions de voſtre part, aprés
que V. M. l'aura trouué bon, que V. M. l'a en telle eſtime
qu'elle ne penſe point luy pouuoir donner pour cette heure choſe digne de luy : mais qu'elle le prie de trouuer bon
qu'elle donne mil eſcus de penſion par an, à tel de ſes neueux qu'il plaira à luy-meſme. V. M. ſçait comment il ma-
nie toutes les affaires d'Eſtat, & les mania auſſi du temps du
Pape Pie quint. Pourroit eſtre qu'entré-cy & que la réponſe
de V. M. viendra, Monſieur l'Ambaſſadeur & moy appren-
drions quelque particularité qui nous feroit chãger d'auis,
pour le regard de quelqu'vn deſdits Cardinaux ; & partant
plaira à V. M. aduiſer ſi elle deura approuuer tellement nôtre ſuſdit aduis, que nous ne ſoyons adſtreints d'y perſiſter,
s'il nous apparoiſſoit qu'il ne fuſt expedient pour voſtre ſeruice. Auſſi pourra-t-il eſtre que quelqu'vn des Cardinaux
cy-deſſus nommez ne voudra point accepter telle penſion,
comme nous nous doutons aucunement de Lancelot, &
encore plus d'Aldobrandin. Auquel cas, il ſeroit bon que
nous euſſions pouuoir d'en ſubſtituer d'autres, ou d'augmenter la penſion des autres iuſques à deux mil eſcus par
an, comme nous auons vne fois trouué par conſeil, de ne
donner point moins de deux mil eſcus à chacun, & en gratifier moindre nombre ; pource que ceux à qui on les preſentoit les accepteroient plus volontiers, & en tiendroient
plus fermes ; & les Eſpagnols qui donnent ordinairement
peu, ne s'y addreſſeroient point, & la reputation en ſeroit
plus grande enuers les autres qui n'en auroient point, leſquels encore ſeroient par l'eſperance d'autant plus inuitez
à ſeruir V. M. Mais en quelque ſorte qu'on le faſſe, il eſt neceſſaire de faire vn bon fonds pour continuer ce qu'on aura
commencé. Autrement ceux à qui on auroit commencé à
donner nous ſeroient ennemis iurez, & nous perdrions
toute reputation enuers les autres, & ne trouuerions plus
perſonne qui ſe vouluſt ranger de noſtre coſté, quelque
promeſſe que nous luy ſceuſſions faire. Monſieur le Comte Hercole Eſtenſe Taſſone nous a priez Monſieur l'Am-

baſſadeur & moy, de vouloir interceder enuers V. M. à ce
qu'il vous plaiſe écrire, & nous enuoyer vne lettre au Pape
en ſa faueur pour le faire Cardinal. Il eſt perſonnage de
maiſon illuſtre, âgé de 50. ans, homme de bien & d'entendement, & de grande experience en toutes ſortes d'affaires,
de tres-bonne reputation enuers toute cette Cour, & fort
conneu, aimé & eſtimé du Pape. Feu Monſieur le Cardinal d'Eſt en auoit deſia eu quelque promeſſe, & le tenoit
pour choſe ſeure. D'ailleurs il a ſeruy V. M. fort long
temps auprés dudit feu ſieur Cardinal d'Eſt, & continuë
touſiours en cette affection & deuotion; & la choſe eſt fort
reüſſible. A tant ie prie Dieu qu'il vous doint, S I R E, en
parfaite ſanté tres-longue & tres-heureuſe vie. De Rome ce 7. Septembre 1587.

S I R E,

S Depuis mon arriuée à Rome i'ay fait deux dépéches
à V. M. des 24. Aouſt, & 7. Septembre, par leſquelles
ie vous ay rendu compte entre autres choſes de ce que i'a-
uoy traité auec noſtre S. Pere en mes deux premieres audiences des 21. Aouſt & 1. Septembre, conformément à
l'Inſtruction qu'il vous pluſt me donner à mon partement.
A tous les poincts de laquelle, dont i'auois à traiter preſen-
tement auec noſtre S. Pere, ou auec autres, ie penſe auoir
ſatisfait, excepté des Eueſchez & Abbayes qui vaqueront
cy-aprés en Cour de Rome, & touchant les nouuelles charges qu'on a impoſées à la Datairie. Mais quant auſdites
vacances qui aduiendront en Cour de Rome, Monſieur
l'Ambaſſadeur n'a eſté d'aduis que i'en parlaſſe pour encore, & m'a perſuadé d'attendre qu'il vienne de France quelque nouuelle agreable au Pape, à l'ombre de laquelle ie
puiſſe faire cette requeſte, à laquelle nous craignons que ſa
Sainteté ſoit pour ſe rendre difficile. Quant aux nouuelles charges, perſonne ne s'en eſt encore plaint à moy, &
i'ay de moy-meſme ordonné aux Solliciteurs & Expedi-
tionnaires de m'en apporter memoires pour m'inſtruire, &
en parler quand & comme il appartiendra. Cependant ie
retournay à l'audiéce pour la troiſiéme fois le 13. de ce mois,

P ij

plus pour refuter vn faux rapport que i'auois entendu
qu'on auoit fait à fa Sainteté, à fçauoir que V. M. auoit efté
marrie de la défaite aduenuë auprés de Grenoble de 4000.
Suiffes qui alloient au fecours des Huguenots, que pour
autres affaires qui me preffaffent. Mais ne voulant donner à
connoiftre à fadite Sainteté que i'y fuffe allé expreffément
pour cela, ie commençay madite troifiéme audience du 13.
de ce mois par luy parler en faueur des Religieux François
de la Trinité du Mont, à ce que leur priuilege qu'on veut
enfraindre, leur fuft maintenu & conferué. A quoy noftredit S. Pere par fa réponfe fe monftra tres-enclin & tres-difpofé. Delà ie trouuay moyen de faire tomber le propos fur la
bonne nouuelle que nous auions euë par l'ordinaire paffé de
ladite défaite des Suiffes, & luy dis que ç'auoit efté vne belle faction de guerre, qui feroit de grand preiudice & dommage aux Heretiques, & de laquelle V. M. auoit receu vn
fingulier plaifir & contentement. Et là deffus le Pape me
dit qu'il auoit entendu que le fieur Alfonfe Corfe, qui auoit
efté de la partie, eftoit allé vers V. M. & qu'il falloit que
V. M. luy fift bon vifage, & le carreffaft. Ie luy répondis
que V. M. n'auoit garde de faillir à carreffer vn feruiteur fi
fidele & fi valeureux. Mais il faut, dit-il, que le Roy le
faffe, & qu'il le faffe à bon efcient, en quoy il me donnoit
affez à connoiftre qu'il doutoit fi V. M. le feroit ou non, &
par mefme moyen me donnoit auffi l'occafion que ie cher-
chois de luy dire, ce que i'auois deliberé. Ie luy dis qu'il
fembloit que fa Sainteté en doutaft, & que cela me faifoit
penfer qu'vne certaine calomnie qu'on auoit femée par Rome eftoit paruenuë à fes oreilles; mais que ie la fuppliois
tres-humblement de vouloir iuger par cette calomnie, de
toutes les autres paffées qu'on auoit cy-deuant inuentées
contre V. M. & de celles qu'on pourroit inuenter cy-aprés,
& de la mefchanceté & impudence de ceux qui les con-
trouuoient, & mettoient en auant. Car dés que la nouuelle
de cette défaite des Suiffes eftoit arriuée à Rome, on auoit
dit que V. M. en auoit efté fafchée. Chofe qui n'eftoit pas
feulement fauffe, mais qui ne fe pouuoit fçauoir, quand
bien elle feroit vraye, d'autant que cette défaite s'eftoit fai-

te aux portes d'Italie, & la nouuelle en auoit esté icy tout
aussi-tost, & depuis n'estoit venu ny pû venir en si peu de
temps aucunes nouuelles de V. M. ny de vostre Cour. De
façon que quand le faux seroit vray, personne ne pouuoit
sçauoir pour encore à Rome en quelle part V. M. auroit
pris cet exploit, sinon que tous ceux qui estoient bien informez de vos intentions & actions, auroient incontinent
iugé que V. M. en seroit tres-aise quand elle l'entendroit,
comme elle seroit tousiours de toutes autres choses qui
tourneront au bien & profit du party Catholique, duquel
V. M. estoit le premier, non seulement en dignité & puissance, mais aussi en ferueur & zele. Que i'estimerois faire
tort à V. M. & pareillement à sa Sainteté si i'entrois en aucune preuue de cela auec luy : mais que ie le priois encore
vne fois de iuger par cette calomnie, la fausseté de laquelle
il voyoit à l'œil & touchoit au doigt, quelle foy il deuoit adiouster à ce qui luy en auoit esté dit cy-deuant, & qui luy en
seroit dit cy-aprés. Alors il me confessa qu'on le luy auoit dit
voiremét, & mesme que plusieurs Cardinaux luy en auoient
parlé : mais qu'il voyoit bien que comme ie luy disois, cela
ne se pouuoit sçauoir, & qu'il y auoit des gens qui faisoient
mestier de semer dés propos sinistres contre l'honneur & reputation de V. M. qu'aussi ne les croyoit-il point, & ne
pouuoit penser qu'vn Roy qui faisoit tant d'actes de deuotion, comme il entendoit tous lesiours de V. M. fust autre
que tres-bon & tres-ferme Catholique. Et comme vn peu
aprés & sur ce mesme propos il me parlast de ce que mon
frere auoit fait contre le Roy de Nauarre : le luy dis que
cela mesme luy pouuoit donner à connoistre de quel pied
V. M. marchoit en cette guerre : car mondit frere & nous
tous, n'estans rien que ce qu'il a pleu à V. M. nous faire, sa
Sainteté pouuoit bien penser que mondit frere ne faisoit
rien que ce que V. M. vouloit. Que ie le priois aussi de
se souuenir comment Monsieur le Duc d'Espernon s'estoit
porté en son Gouuernement de Prouence ; ce que ie ne luy
décrirois plus amplement. Et veis manifestement que sa
Sainteté se laissoit persuader à la verité. Car outre qu'il me
dit qu'il croyoit de V. M. tout ce que ie luy en disois, ie luy

voyois changer en mieux de vifage, de gefte & de contenance. Et le laiffant en cette bonne difpofition, ie paffay
à certains autres offices, que i'auois efté prié de faire enuers luy pour quelques particuliers.

Quant aux occurrences de deçà, ie me remets à Monfieur
l'Ambaffadeur qui en rendra compte à V. M. & mefmes de
la fanté de noftredit S. Pere qui eût quelque indifpofition
ces iours paffez, dont ie l'eftime guery, iaçoit qu'il y en a qui
veulent dire qu'il a encore quelque fieure intermittente,
laquelle il diffimule. Mais c'eft le propre de cette Cour,
quand le Pape s'eft porté vn peu mal, ne croire point qu'il
foit guery, encore qu'on le voye. Il y a ià affez long temps
que l'on bruit icy que Monfieur le Grand Maiftre de Malthe s'en vient par deçà, inuité par fa Sainteté. Et pource
que ie ne puis rien penfer de bon de ce conuy, & que de fait
i'en ay preffenty quelque chofe de mal, ie me fuis enhardy
de luy en écrire à toutes aduentures, la lettre dont i'enuoye
copie à V. M. à laquelle ie me remets de tout ce que ie pourrois écrire à V. M. fur ce fuiet.

L'Euefque d'Alexandrie au Duché de Milan, qui eft auffi originaire dudit Duché, né à Rome, neantmoins de la
maifon des Palauicins, & éleué par le feu Cardinal Gran-
uelle, s'en va Nonce aux Suiffes; & m'eftant venu voir vn
de ces iours, il m'a dit qu'il eftoit fort affectionné au feruice
de V. M. & au bien de voftre Royaume, & que pendant fa
charge il feruiroit V. M. de tout ce qu'il pourroit, & n'en
feroit empefché pour eftre originaire des terres du Roy
d'Efpagne, & y auoir fon Euefché, pource que fon inclination eftoit telle, & que fa confcience n'y refiftoit point,
me priant d'en affeurer V. M. & voftre Ambaffadeur par
delà, & le tenir fecret au refte. I'ay fait femblant de croire tout ce qu'il me difoit, & l'en ay remercié & prié de continuer en cette bonne volonté, l'affeurant que i'en aduerti-
rois V. M. & que vous en feriez bien-aife, & luy departi-
riez voftre faueur autant & comme il aduiferoit, & de ma
part ie me fuis offert à luy en tout ce que ie pourrois faire
pour luy. Sur quoy V. M. aduifera ce qu'elle aura à commander à Monfieur le Prefident Bruflart voftre Ambaffa-

deur audit pays des Suiſſes. Cependant ie luy écriray les propos que ledit Eueſque m'a tenus, afin qu'il s'y prepare & aduiſe, ſi, ſans s'y fier autrement, il en pourroit en quelque choſe faire ſon profit pour le ſeruice de Voſtre Maieſté.

Le Seigneur Latino Orſino, qui mourut il y a quelque temps, laiſſa deux fils, âgez chacun de 25. ans, l'aiſné appellé Virginio eſt lay & marié, l'autre qui s'appelle Fabio, eſt d'Egliſe & aſpire à eſtre Cardinal. L'vn & l'autre me ſont venus voir icy pluſieurs fois, ſe diſans vos tres-humbles & tres-deuots ſeruiteurs. Et ledit ſieur Virginio me vint dire, que ie pouuois auoir entendu la reputation que ſon pere auoit laiſſée de ſoy au faict des armes, & que de ſa part il deſiroit la continuer en leur maiſon le plus qu'il luy ſeroit poſſible, & faiſoit grande dépenſe pour entretenir vn bon nombre de bons Capitaines, que ſon pere luy auoit laiſſé tres-affectionnez : Que ſi V. M. vouloit; il vous emmeneroit trois mil hommes de pied des meilleurs qui fuſſent en Italie : & quand vous n'auriez beſoin de tant de gens, il vous iroit ſeruir de ſa perſonne auec vne douzaine de Gentils-hommes. Ie l'en remerciay, & luy dis que ie vous en écrirois, & luy feray la réponſe qu'il plaira à V. M. me commander.

Dés le premier voyage que ie fis en cette ville, à l'occaſion du Siege vacant, Monſieur le Cardinal Albano me requit de parler à V. M. de luy faire quelque bien, comme ie fis. Il m'en a encore parlé depuis que ie ſuis arriué en cette ville, & m'en a fait bailler vn memoire qui ſera auec la preſente.

Monſieur le Marquis de Piſany eſt en termes de ſe marier ſous le bon plaiſir de V. M. auec vne Dame Romaine, qui eſt eſtimée fort ſage, & femme de bien, & eſt de Maiſon noble & illuſtre tant du coſté du pere que de la mere. Par le moyen de laquelle alliance il s'acquerra beaucoup de connoiſſances, amitiez & intelligences, pour pouuoir eſtre mieux aduerty de toutes choſes, & ſeruir d'autant mieux V. M. à laquelle auſſi par meſme moyen il acquerra des ſeruiteurs. Si voſtre Maieſté trouue bon qu'il paſſe outre, i'e-

ſtime qu'il tiendroit à grand honneur & faueur, qu'il vous
pluſt me commander de le dire au Pape de voſtre part, afin
qu'en ce qui eſt du fait dudit ſieur Marquis, ſa Sainteté ſoit
informée par autre que par luy, de la volonté & intention
de V. M. A tant ie prie Dieu qu'il vous doint, S I R E, en
parfaite ſanté, tres-longue & tres-heureuſe vie. De Rome
ce 21. Septembre 1587.

S I R E,

Depuis la derniere dépéche que ie fis à voſtre Maieſté le 21. Septembre, ie n'ay rien traité auec le Pape pour
voſtre ſeruice, ſinon que Dimanche 27. dudit mois ſa Sainteté voulant ſortir du matin pour aller prendre l'air, ie l'allay accompagner, & au retour ie luy dis quelque choſe de
ce que nous auions entendu des nouuelles de France, par
les lettres qui eſtoient arriuées depuis que l'ordinaire d'icy
eſtoit party pour Lyon. Et entre autres choſes ie luy fis bien
ſonner le bon accueil que V. M. auoit fait au ſieur Al-
phonſe Corſe, comme ie luy auois predit en mon audience
precedente que vous auriez fait, contre le faux bruit qu'on
auoit fait courir auant meſme que perſonne puſt ſçauoir
de fait comme la choſe ſeroit paſſée. Surquoy ſa Sainteté me dit que c'eſtoient de mauuaiſes gens qui ſemoient
tels bruits contre l'honneur de V. M. auſquels il ne croyoit
point; dequoy ie le loüay & remerciay. Le lendemain 28.
dudit mois de Septembre il y eut Conſiſtoire, où noſtre S.
Pere nous dit qu'il vouloit faire vne ſeconde Bulle pour
vn ſecond million qu'il auoit aſſemblé, ſemblable à la premiere Bulle, qui auoit eſté faite pour le premier million,
& qu'il eſtoit ià bien auant d'vn troiſiéme million qu'il vouloit encore aſſembler, aprés lequel il ne vouloit plus faire
amas d'argent, ſinon que pour en aider les Princes Chré-
tiens, & pour faire des aumoſnes. A quoy il adiouſta, que
pour auoir amaſſé de l'argent, il n'auoit laiſſé de faire pluſieurs grandes dépenſes pour la commodité & ornement de
Rome, leſquelles il ſe mit à déduire particulierement, ſans
obmettre aucune partie qui montaſt à la ſomme de dix mil
eſcus. L'on m'a dit, qu'aprés qu'il euſt fait le premier million,

lion, il dit qu'il n'en vouloit plus faire qu'vn autre, & comme neantmoins il est passé du second au troisiéme, aussi
passera-t-il du trois au quatriéme, & du quatriéme au cinquiéme, s'il vit & s'il a la commodité.

I'ay esté aduerty que Monsieur le Cardinal de Sainte
Croix est aprés à composer, ie ne sçay auec qui, du Prioré
de Leone, & de l'Abbaye de Breteüil qu'il a en Picardie.
Si cela se pouuoit empescher doucement sans l'offenser,
possible ne seroit-il moins mauuais pour vostre seruice, dautant que le bien qu'il a en France, sera toūsiours vn moyen
de le contenir en son deuoir à vostre seruice, & mesmes dautant qu'il est vn de ceux sur qui la consideration de l'interest peut beaucoup. L'ordinaire de Lyon qui deuoit arriuer
auant-hier n'est encore arriué, de façon que n'ayant à répondre à aucune lettre, ny autre suiet d'icy, ie n'ay dequoy
faire cette-cy plus longue. Et partant ie finiray, en priant
Dieu qu'il vous doint, SIRE, &c. de Rome ce 5. Octobre 1587.

SIRE,
C'est icy le troisiéme ordinaire que nous dépéchons
pour France, sans que celuy de Lyon soit encore arriué,
qui sera cause que la presente dépéche sera fort courte, &
ne contiendra que quelque peu d'occurrences de deçà. Le
Cardinal Assolino est decedé ces iours passez. Il estoit des
creatures de ce Pape, & auoit esté son Secretaire du temps
que le Pape n'estoit que Cardinal. Et pource que sa Sainteté l'aimoit, & se fioit en luy, & qu'il estoit d'ailleurs homme de seruice, Mōsieur l'Ambassadeur & moy auions trouué bon & expedient pour le seruice de V. M. qu'il fust vn
de ceux qui participeroient aux donatifs & pensions dont
vous voulez gratifier quelques-vns des Cardinaux, comme V. M. aura veu par ma seconde dépéche du 7. Septembre. Tellement que vacant cette place, il faudra aduiser
de substituer quelque autre Cardinal au lieu dudit Assolino, ou bien d'employer les quinze cens escus qu'il deuoit
auoir, à l'accroissement des pensions des Cardinaux Lancelot, Aldobrandin & Mattei de cinq cens escus chacune,

q

afin qu'ils ayent chacun deux mil escus par an, comme par
madite seconde dépéche i'écriuois à V. M. estre l'aduis de
quelques-vns pour les raisons y contenuës. Monsieur l'Ambassadeur & moy en confererons vn de ces iours, & en donnerons aduis à V. M. par le prochain ordinaire. Cependant ie ne dois obmettre de vous dire, que tant plus ie vay
en auant, tant plus ie connois que l'interest peut beaucoup
en cette Cour, & qu'il est besoin pour vostre seruice que le
dessein desdites pensions soit mis en effect, m'asseurant que
telle liberalité seruira grandement au bien de vos affaires,
& tournera encore à quelque reputation de V. M. Vn des
Cardinaux que Monsieur l'Ambassadeur & moy vous auons
nommez pour ledit effect, m'aduertir auant-hier d'vn propos qui auoit esté tenu au Pape, & que sa Sainteté auoit
puis aprés redit en sa presence, à sçauoir que si les Reistres
entroient en France, comme ils en estoient bien prés, ce
seroit pource que V. M. non seulement n'auoit point voulu
enuoyer à Monsieur de Guyse les forces qu'elle luy auoit
promises; mais auoit r'appellé de celles qui estoient ià auec
luy, & qui auoient commencé d'estre employées à empécher l'entrée desdits Reistres. Ie remerciay ledit sieur Cardinal de l'aduertissement qu'il me donnoit, & luy dis que
c'estoit vne calomnie semblable à tant d'autres qu'on auoit
mises en auant par le passé, & que l'on inuentoit encore
tous les iours contre l'honneur & reputation de V. M. pour
faire croire aux hommes, que s'il se fait quelque chose de
bon en cette guerre, V. M. n'y a & n'y aura aucune part, &
s'il ne s'y fait tout ce que les gens de bien voudroient, V.
M. seule en est & sera la cause. Sur quoy ie m'estendis plus
amplement, & n'oubliay entre autres exemples celuy de la
défaite des Suisses auprés de Grenoble. Dequoy ledit
sieur Cardinal me monstra se souuenir & estre bien aise d'en
sçauoir la verité, me promettant d'en dire ce que ie luy en
auois appris en toutes les compagnies où il se trouueroit, à
toutes les fois que le propos s'y addonneroit. Aussi ne faudray-ie à la premiere fois que i'yray à l'audience, de faire
venir cecy à propos, & de remettre le Pape au chemin d'en
croire ce qu'il doit, comme i'eusse fait Vendredy 16. de ce

mois, si ie l'eusse sceu: auquel iour ie fus à l'audience, non
pour aucun suiet que i'eusse à traiter pour vostre seruice,
mais pour remercier sa Sainteté de l'honneur qu'il m'auoit
fait, de m'auoir choisi pour vn de ceux dont il vouloit sçauoir l'aduis sur ce qu'il a deliberé de faire S. Bonauenture
Docteur de l'Eglise. Monsieur le Cardinal Gesualdo, qui
est le Chef de la Congregation des Cardinaux deputez
pour cet effect, estoit venu pardeuers moy deux iours auparauant, & m'auoit dit de la part du Pape, comme sa Sainteté m'auoit fait de ladite Congregation, tant pource qu'il
vouloit m'employer en choses d'importance, aux occasions
qui s'en presenteroient, que pource que les François deuoient estre particulierement bien aises de cet honneur,
que nostre S. Pere vouloit faire à la memoire & aux œuures
dudit S. Bonauenture, dautant que ce Saint auoit appris,
enseigné & pratiqué en France le meilleur de ce qu'il sçauoit, ayant estudié & esté Regent en l'Vniuersité de Paris,
& commenté le Maistre des Sentences, qui est François, &
ayant esté employé ailleurs en France, en affaires de grande
importance, & mesme au Concile de Lyon, où il trauailla
beaucoup, & y mourut. Et adiousta ledit Seigneur Cardinal, qu'il s'asseuroit que V. M. seroit bien aise de cette
resolution de sa Sainteté, & luy en écriroit pour l'en remercier, & pour l'y confirmer de plus en plus. Ce que ie pris
pour vne tacite exhortation que le Pape me faisoit faire par
ledit sieur Cardinal, à ce que i'en écriuisse à V. M. & la
suppliasse d'en écrire en tel sens à sa Sainteté. Il plaira à
V. M. aduiser si elle voudra complaire d'vne telle lettre à
sa Sainteté, & me commander à moy de luy en dire quelque mot de vostre part. A tant ie prie Dieu qu'il vous doint,
SIRE, en parfaite santé, tres-longue, & tres-heureuse vie.
De Rome ce 18. d'Octobre 1587.

SIRE,
Aprés auoir écrit à V. M. vne lettre qui sera auec la
presente, du iour d'hier est arriué le sieur de la Boderie, qui
m'a rendu les lettres qu'il a plû à V. M. m'écrire des 18. &
27. Septembre en réponse des dépéches que ie fis à V. M.

les 24. d'Aouſt & 7. Septembre. Monſieur l'Ambaſſadeur
m'a auſſi communiqué celles que V. M. luy a écrites des
meſmes dattes. Ie ne faudray d'obeyr à V. M. en tout ce
qu'il vous a pleu me commander par les miennes, & d'aſſiſter ledit ſieur Ambaſſadeur en ce que V. M. luy ordonne
par les ſiennes. Il vous rendra compte de ce qu'il a fait ce
matin auec le Pape, pour le ſecours de gens de guerre que
Monſieur le Nonce vous auoit offert de la part de ſa Sainteté, & touchant les trois cens mil eſcus que vous deſirez
d'elle en preſt. Pour leſquelles deux choſes ie me deliberay d'aller auſſi dés demain à l'audience, & en preſſer le
Pape autant que le beſoin que V. M. en a, & que la charité
de Pere qu'il eſt, & le zele qu'il doit à la Religion Catholique le requiert. Et tout auſſi-toſt qu'il y aura quelque reſolution, Monſieur l'Ambaſſadeur & moy vous en donnerons aduis par vn Courtier exprés. Et pource que i'eſpere
que ce ſera auant l'expedition du prochain ordinaire, &
dans peu de iours, i'en feray cette-cy plus courte. La reſolution que V. M. a priſe de ſe mettre aux champs, & aller
en perſonne conduire ſon armée, ſera matiere tres-propre
pour commencer mon audience. Cependant ie prie Dieu
qu'il fauoriſe cette entrepriſe à ſon honneur & gloire, à
l'encouragement des bons, & terreur des mauuais, & à
l'accroiſſement de voſtre reputation & authorité, & de l'o-
beyſſance & fidelité que vos ſuiets vous doiuent. Ie n'ou-
blieray auſſi de preparer ſa Sainteté, pource que V. M. m'é-
crit du reſpect & reuerence en laquelle vous auez ſes bons
records & conſeils, & m'aider de tout ce dont ie me pourray aduiſer, & prier les Cardinaux que V. M. me nomme,
& autres que Monſieur l'Ambaſſadeur & moy iugerons
eſtre propres à faciliter le ſecours qui vous eſt neceſſaire. Ie
loué Dieu du contentement qu'il plaiſt à V. M. auoir de ce
peu que i'ay fait iuſques icy, n'ayant en ce monde, aprés
Dieu, autre but que le ſeruice & ſatisfaction de V. M.
Quant au faict des penſions pour des Cardinaux, ie n'ay
rien à adiouſter à ce que ie vous en ay écrit par ma lettre
precedente du iour d'hier. Auec les ſuſdites deux lettres
de V. M. des 18. & 27. Septembre, i'ay encore receu celle

du premier de ce mois, par laquelle V. M. m'a commandé ce que i'ay à faire pour l'aduancement du mariage qui se traite entre Monsieur l'Ambassadeur & la Signora Iulia Sauella, en quoy, & en toutes autres choses qui concerneront le contentement dudit sieur Ambassadeur, ie le seruiray tousiours tres-volontiers de toute ma passion & affection, comme outre ses vertus & merites, il m'en donne particulierement toute occasion. Au demeurant ie fauoriseray le sieur Alessandro Pico, le sieur Comte Hercole Estense Tassone, & ceux de la Maison des Vrsins, de la façon que V. M. me commande, & me comporteray enuers le Cardinal de Pelleué, selon qu'il se comportera au seruice de V. M. A tant ie prie Dieu qu'il vous doint, SIRE, &c. De Rome ce 19. Octobre 1587.

SIRE,

S Par ma derniere lettre du 19. Octobre, i'écriuis à V. M. que ie deliberois d'aller à l'audience dés le lendemain pour parler au Pape du secours de gens & d'argent, que V. M. desiroit de sa Sainteté. Et par ma lettre du iour precedent vous auois écrit vne autre occasion que i'auois d'y aller pour oster au Pape vne mauuaise impression qu'on luy auoit donnée sur l'entrée des Reistres en vostre Royaume. Ie fus donc à l'audience, mais ce ne fut que trois iours aprés, à sçauoir le Ieudy 22. dudit mois. Et cependant parce que i'auois vne cause tres-fauorable en soy, & neantmoins fort déplaisante à la personne auec qui i'auois à la traiter, qui n'oit volontiers parler de débourser argent, ie me preparay le mieux que ie pus, & fis prouision tant de raisons pour remonstrer l'equité de cette demande, que de courage pour la soustenir vigoureusement, & en vne si bonne occasion ne fléchir point à la colere, qui a accoustumé de prendre ceux qui se voyent pressez & vaincus de raisons, & neantmoins ne veulent faire le bien qui se conclud & resulte d'icelles. Ie representeray à V. M. fidelement & par le menu, ce qui se passa en ladite audience, non qu'il n'y ait beaucoup de choses que V. M. à bon droit entendra mal volontiers, & que i'aymerois mieux taire que dire ;

q iij

mais pource que i'ay appris qu'vn des deuoirs d'vn bon Miniſtre eſt de referer fidelement à ſon Prince les réponſes
qu'on luy fait, & qu'il vous importe grandement de ſçauoir les faux bruits qu'on fait courir de V. M. par deçà, &
la foy qu'on y adiouſte. Ie commençay donc mon audience par luy dire que nous auions fraichement receu lettres
de France, & il me demanda auſſi toſt qu'eſt-ce qu'elles
contenoient, & que s'y faiſoit-il ? Ie luy répondis que V.
M. eſtoit à cheual, & faiſoit la guerre en perſonne aux Heretiques, & auoit rembarré le Roy de Nauarre, & rechaſſé
iuſques en Poitou vers la Rochelle, d'où il eſtoit auparauant party, & venu bien auant pour s'aller ioindre aux Reiſtres, & qu'ayant V. M. laiſſé de bonnes forces pour le garder de plus ſortir & s'auancer, elle s'en retournoit au deuant deſdits Reiſtres. A quoy le Pape me répondit fort ſe-
chement, *Il faut que le Roy faſſe, il faut qu'il faſſe.* Ie luy
dis que V. M. n'eſtoit que trop en volonté & eſtat de bien
faire, & qu'elle auoit fait, faiſoit & feroit ; mais qu'elle
eſtoit courte de finances, & n'auoit plus dequoy fournir
aux frais de la guerre, & ne pouuoit de quelques mois ſe
preualoir de la Bulle d'alienation qu'il vous auoit concedée
dernieremēt : & partant ſeroit digne de la bonté de ſa Sainteté de vous aider en attendant, de la ſomme dont Monſieur l'Ambaſſadeur l'auoit prié de voſtre part en ſa derniere audience. Que i'auois eu commandement de V. M. de
luy faire la meſme requeſte, & l'en ſupplicois tres-humblement, & de toute mon affection. En cet endroit il ſe mit à
faire vn grand ſouſpir, qu'il tira du profond de ſon cœur,
ſans dire autre choſe. Et moy voyant qu'il ne parloit point,
ie prins occaſion de continuer mon propos, & luy dis que
V. M. ne demandoit ladite ſomme qu'en preſt, & pourau-
tant de temps ſeulement comme il en faudroit pour retirer
ladite ſomme de la vente du temporel de l'Egliſe ; & qu'encore de ce preſt V. M. luy vouloit donner cautions & ré-
pondans tels, que ſa Sainteté ne pouuoit y rien perdre : de
ſorte que ſans encourir aucun danger, il feroit vn tres-
grand bien à V. M. & à tout voſtre Royaume. Alors il me
dit, qu'il vous donneroit plus volontiers de l'argent, qu'il

ne vous en presteroit; mais que ce seroit quand vous feriez
à bon escient la guerre, & qu'il verroit quelque notable
progrez. Ie luy répondis que V. M. ne pouuoit faire à meilleur escient, & que i'esperois qu'il en verroit bien tost quelque notable progrez; mais que pour cette heure V. M. ne
demandoit point qu'il vous donnast, mais seulement qu'il
vous prestast pour vn peu de temps & sous bonne caution;
en quoy, comme ie luy auois desia dit, il ne pouuoit rien
perdre. I'adioustay, qu'encore ne voudriez-vous luy faire
instance de ce prest, si la necessité ne vous y contraignoit.
Necessité, dit-il, & pourquoy le Roy s'est-il laissé tomber en telle
necessité? Pourquoy n'a-t-il fait reserue & amas d'argent pour
telles occasions? Il ne luy est rien aduenu, qu'il ne d'eust auoir pre-
ueu. Il deuoit auoir de long-temps fait prouision d'argent. Vn
Prince sans argent n'est rien. Ces paroles furent par luy prononcées auec vehemence & auec quelque colere; pour laquelle adoucir, i'employay ce que V. M. m'auoit écrit par
la lettre du 27. Septemb. & luy dis que sa Sainteté m'ayant
en ma seconde audience parlé de telle reserue de deniers,
ie luy auois dit les causes pourquoy V. M. ne l'auoit pû
faire par le passé, & que pour l'aduenir, ie luy auois écrit
ce bon records, auec d'autres que sa Sainteté m'auoit donnez pour V. M. & que vous me commandiez par vos dernieres lettres de luy en baiser les pieds, & l'asseurer que vous
les mettriez en execution autant que l'estat de vos affaires
& de vostre Royaume le pourroit comporter; & auriez toû-
iours en grand' faueur, qu'il vous en enuoyast de semblables. *Est-il vray, dit-il, le luy écriuistes-vous? Ouy,* luy dis-ie,
tres-saint Pere, ie le luy écriuis, & sa Maiesté m'a répondu ce que
ie viens de vous dire. Cela est bon, dit-il, il faut que le Roy le
fasse, il faut qu'il amasse de l'argent. Ouy, dis-ie, tres-saint
Pere, mais il n'en est point le temps pour encore, il faut penser de
fournir à l'entretenement de plusieurs armées que sa Maiesté a sur
les bras, qui sont vn abisme de dépense. Et là dessus ie luy dis
quelles armées, à sçauoir vne que V. M. conduisoit, vne
que vous auiez laissée à mon frère contre le Roy de Nauarre, vne que Monsieur le Mareschal de Biron dressoit, vne
que Mr de Guyse menoit, outre celle que vous auiez en.

Guyenne prés Monsieur le Mareschal de Matignon, en
Languedoc prés Monsieur le Mareschal de Ioyeuse, & en
Dauphiné prés Monsieur de la Valette. I'adioustay qu'il
falloit encore penser à en mettre sus d'autres, dautant qu'-
outre les forces que le Roy de Nauarre auoit prés de soy,
& és Prouinces cy-dessus nommées de François naturels,
& outre l'armée d'estrangers qui estoit ià entrée en France
bien auant, on faisoit encore leuée pour luy en l'Estat de
Berne de huit mil Suisses, & en Allemagne de six mil Reistres, qui seroient conduits par le Comte Otho de Lune-
bourg, de façon que la necessité de deniers qui estoit ià
extréme s'alloit augmentant tous les iours. En cet endroit il vomit la fausseté dont on l'auoit abbreuué, me disant en grand colere, que si V. M. eust voulu, ces estrangers ne fussent point entrez, mais que vous auiez commandé à Monsieur de Guyse de ne combatre point, & ne luy
auiez enuoyé les gens que vous luy auiez promis; ains auiez
rappellé des forces qu'il auoit ià prés de soy pour empécher
l'entrée ausdits estrangers. Ie luy dis assez brusquement
que sa Sainteté estoit tres-mal informée. Et il me repliqua
incontinent, sans me donner moyen de luy dire autre chose, qu'il estoit tres-bien informé, & qu'il sçauoit bien ce
qu'il disoit : & en prononçant ces mots, il mit ses deux
mains aux costez me regardant entre deux yeux d'vne terrible façon. Ie ne m'estonnay pas pour tout cela; ains me
leuant sur mes pieds, & luy faisant vne grande reuerence,
le priay de ne trouuer pas mauuais si ie luy disois que c'estoit
vne calomnie qu'on luy auoit donné à entendre, semblable à d'autres dont ie luy auois fait toucher au doigt la
fausseté; qu'il n'estoit digne de sa prudence, de se laisser
ainsi tromper, ny de la charité de pere, de croire telles
choses du premier & du meilleur fils que l'Eglise eust; Que
V. M. l'auoit tant de fois prié de iuger d'elle, non par les
faux rapports de gens interessez, mais par ses actions; Qu'il
n'y auoit requeste au monde plus equitable que celle-là :
& seroit mesme iniustice de la refuser, & sa Sainteté auoit
elle mesme interest qu'on n'adioustast foy à telles calomnies, attendu que pour le lieu qu'elle tenoit, il se parloit

par

par tout d'elle, & s'en parleroit à iamais. Il me sembla se
repentir d'en auoir tant dit ; & m'ayant fait rasseoir & couurir, se monstroit beaucoup plus moderé. Et moy vsant de
cette occasion, commençay à luy remonstrer, qu'outre ce
que Monsieur l'Ambassadeur & moy sçaurons & luy affer-
mions de la verité des choses, il pouuoit luy-mesme iuger
s'il estoit vray-semblable que V.M. n'eust voulu que l'entrée de vostre Royaume fust empeschée aux estrangers, &
luy demandois pour quelle fin ne l'eussiez voulu, & s'il
pensoit que vous pretendissiez quelque honneur ou profit,
que vostre Royaume fust ainsi inondé d'vn tel deluge d'é-
trangers; ou bien s'il croyoit que vous fussiez seul entre tous
les hommes qui n'aimassiez la conseruation de vous-mesme, & de ce qui vous appartenoit. Ie luy disois de plus, que
de faueur enuers les Heretiques, vostre incomparable deuotion & zelé à l'honneur de Dieu, & à la conseruation de
la Religion Catholique ne laissoit aucun lieu à tel soupçon,
& les trauaux que les Heretiques vous auoient donnez en
vostre ieunesse, & aux Rois François & Charles vos freres,
& à la Reyne vostre mere, & le traitement que vous leur
auiez fait à Iarnac, à Moncontour, & à la S. Barthelemy, &
en autres lieux & temps, monstroient assez qu'ils ne pouuoient attendre aucune faueur de vous, ny V.M. leur en
faire. Que si quelqu'vn vouloit dire que ce fust en haine
de la Ligue, cetuy-là monstreroit son peu de sens. Car si
V.M. auoit quelque sentiment de ce qui s'est passé depuis
trois ans, pourquoy auroit-elle defendu à Monsieur de
Guyse de combatre contre les Reistres ? quel plus bel spe-
ctacle, ny plus agreable pouuoit auoir V.M. si ainsi estoit,
que de voir ces deux armées s'entre-défaire, & estre deliuré des vns & des autres ? Qu'au reste il ne se trouueroit
point que V.M. eust rappellé des forces que Monsieur de
Guyse eust auec soy ; mais il se trouuoit bien qu'on auoit
écrit & par deçà & par delà, qu'ils estoient assez forts pour
empécher que les Reistres ne passassent, & qu'auant qu'il
fust guere de iours, on oyroit parler qu'ils auroient fait vn
bon seruice à la Religion Catholique & à la France, & telles autres choses. Et si sa Sainteté vouloit rememorer ce

r

qui luy en auoit efté dit , & faire chercher ce qui luy en
auoit efté écrit, elle trouueroit tant en fa memoire qu'en fa
Secretairerie, que ie luy difois la verité, & iugeroit par là
à qui il auoit tenu que les Reiftres n'euffent efté combatus
& empéchez d'entrer en France, & puis aprés ie luy lairrois
à penfer de l'intention d'vn chacun ce qu'il luy plairoit. Ie
luy confeffois qu'il pourroit bien eftre que V. M. voulant
monter à cheual, & fortir aux champs comme elle a fait,
n'auroit voulu enuoyer tout ce qu'elle auoit, & en auroit
retenu prés de foy vne partie pour comparoir aux champs
auec la dignité de Roy, & Roy de la premiere Couronne de
la Chreftienté, & auec la feureté requife, & que de faire autrement, c'euft efté vne faute à laquelle on ne fçauroit donner vn nom affez vil & contemptible. Que de demeurer
enfermé, & affis vne main fur l'autre, & laiffer les affaires
& toutes les forces du Royaume en l'arbitre d'autruy, comme quelques Rois mal aduifez & peu tenans la generofité
Françoife, auoient fait autrefois entre les mains des Maires
du Palais, voftre generofité, proueffe & valeur, & voftre
prudence ne le permettroient point. Et quand ces vertus
n'euffent efté en V. M. au fouuerain degré où elles eftoient,
l'experience de ce qui en aduint aufdits Rois mal-aduifez,
& les nouuelletez aduenuës depuis trois mois, vous excite-
roient à monter à cheual, & à faire ce que vous auez fait.
Et là deffus ie priay fa Sainteté de me dire en confcience, fi,
attendu les chofes paffées, il vous confeilleroit de mettre
toutes les forces és mains d'autruy. En cet endroit, comme s'il fuft deuenu tout vn autre homme, il me dit que i'a-
uois raifon, & qu'il ne vous le pourroit confeiller en bonne
confcience, encore qu'il vift neantmoins que cette défiance feroit caufe de la ruïne du Royaume, & qu'il ne fe pourroit faire rien de bon en cette guerre, ny en autre chofe
d'importance, & qu'il l'auoit toufiours dit ainfi. Et là deffus il fe rua fur le feu Pape Gregoire, & fur les Cardinaux
de Come & de Sens, qu'il difoit eftre caufe des derniers
remuëmens aduenus en voftre Royaume , & principalement le Cardinal de Sens, qui meritoit, difoit-il, d'eftre
pendu demain, ce qu'il redit par deux ou trois fois. Et puis

adiousta, quant au Pape Gregoire, qu'il auoit bonne intention, & auoit esté trompé. Quant au Cardinal de Come, qu'il l'auoit fait pour seruir au Roy d'Espagne, duquel il estoit partisan pour la vie. Quant au Cardinal de Sens, qu'il l'auoit fait par pure méchanceté, se plaisant à mal-faire, & ne sçachant faire rien de bon. Et quant à ceux de de-là, dit qu'ils auoient tres-mal fait de s'estre sousleuez, & qu'il ne leur auoit esté loisible de prendre les armes sans le commandement de V. M. pour quelque occasion ou pretexte qu'ils sceussent alleguer, qu'ils ne prospereroiét point, que Dieu les puniroit de tant de maux dont ils estoient cause, & mesme de ce que pour la iuste occasion de défiance qu'ils vous auoient donnée d'eux-mesmes, les Heretiques ne pouuoient estre chassez du Royaume comme ils eussent esté sans cela, & qu'il en auoit pleuré luy-mesme plusieurs fois estant encore Cardinal. Ie fus tres-aise d'auoir refuté vne telle calomnie, & d'ouyr le Pape ainsi parler, & de le voir remis au chemin de croire ce qu'il deuoit, i'açoit qu'il estoit sorty au reste hors du propos de prester argent. Pour auquel le remettre, aprés l'auoir loüé du bon & sain iugement qu'il faisoit des choses : ie luy dis qu'il s'asseurast vne fois pour toutes, quoy qu'on luy peust dire cy-aprés, que V. M. ne manqueroit iamais du zele que doit auoir vn Roy tres-Chrestien, soit à la conseruation de la Religion Catholique, & de l'authorité du S. Siege, ou à l'extirpation de l'heresie, & que vous auiez succedé non seulement à la Couronne & grandeur, mais aussi à la deuotion & pieté des Rois de Frâce tres-Chrestiens, qui auoient tant de fois defendu le S. Siege & les Papes, & estoient venus en personne pour remettre les saints Peres en leur siege auec de puissantes armées à leurs dépens, & au hazard de leur propre vie. Chose qui meritoit que sa Sainteté, qui en receuoit auiourd'huy le fruiét, en eust souuenance en ce grand besoin & necessité où vous estiez. Et quand vous y seriez pour choses temporelles, encore seroit-il raisonnable qu'il vous aidast pour les occasions susdires, & pour le nom de Pere qu'il portoit, & pour le deuoir de fils, que vous luy rendiez ; mais il s'agissoit de conseruer la Religion Catho-

lique, & extirper les herefies, à quoy il auoit plus d'obligation, & plus d'intereft que V. M. Que les Heretiques qui
font la guerre en France, eftoient beaucoup plus fes ennemis que les voftres; qu'ils ne difoient pas que la Royauté
foit chofe mauuaife, ny qu'il ne faille point obeyr aux Rois;
mais du Pape & du Pontificat, on fçauoit bien ce qu'ils en
blafphement, & ne refufoient d'obeyr à V. M. finon pour
autant que vous les voulez contraindre d'eftre Catholiques, & de reconnoiftre le S. Siege, & fa Sainteté. Qu'on
fçauoit, & il ne le celoit pas auffi, qu'il eftoit fort commode d'argent, que les anciens fages nous auoient laiffé par
écrit, qu'eftre commode & riche ne confifte point en la poffeffion de la finance, & des autres biens; mais en l'vfage, &
à l'employer en chofes bonnes & d'importance; Que fa
Sainteté ne fçauroit employer la commodité de deniers
qu'il auoit, en occafion meilleure ny plus importâte au bien
de l'Eglife & du S. Siege en particulier. Et fi fa Sté eftoit
defireufe d'honneur, comme elle s'eftoit monftrée par plufieurs belles & honorables actions, & par plufieurs memoires qu'il laifferoit de foy à la pofterité; la conferuation de
la Religion Catholique en France eftoit vn œuure de fi
grand merite, & d'vne telle reputation & gloire, que fadire
Sainteté ne pouuoit fonder l'immortalité de fon nom fur vn
plus feur & durable fondement. En cet endroit il ietta vn
autre foufpir auffi grand que le premier, & dit qu'on luy
auoit dit que V. M. ne luy faifoit point demander de l'argent à prefter pour efperance que vous euffiez d'en auoir;
mais que vous vouliez faire la paix, & cherchiez vn pretexte pour l'excufer. A cela ie répondis que cette calomnie venoit de la mefme forge où auoit efté forgée la premiere, &
tant d'autres precedentes; mais que V. M. ne cherchoit
aucune excufe, & n'auoit autre intention que celle que
vous luy faifiez reprefenter par Monfieur l'Ambaffadeur &
par moy; mais qu'à ce propos ie luy voulois bien dire de moy
mefme, que fi le malheur vouloit que V. M. n'eftant point
aidée, fuft en fin contrainte de s'accommoder, il fe trouueroit affez de gens qui vous en excuferoient, dautant que
nul n'eft obligé de faire plus qu'il ne peut. I'adiouftay qu'il

y auoit beaucoup de bons Catholiques en France, qui n'esti-
moient cette guerre vtile ny expediente à la Religion Catholique: comme à la verité, si iusques icy il y auoit eu vne
goutte de bien, on voyoit toute vne mer de maux ; que
ceux-cy pourroient bien n'attendre pas à excuser la paix,
quand elle seroit faite, mais se souuenir du refus de sa Sainteté, quand il vous auroit refusé, pour la conseiller à V. M.
& outre les autres raisons qu'ils pensent auoir pour soustenir leur opinion, diroient que puisqu'en vne cause qui importe plus au S. Siege & au Pape, qu'à la Couronne de France, sa Sainteté n'auroit voulu prester vne somme d'argent
sous bonne caution, en quoy elle ne pouuoit rien perdre,
V. M. ne s'y deuoit tant opiniastrer que d'en perdre son
Estat, & se ruiner tout à fait; & mesme que sa Sainteté re-
fusant de vous aider, il ne falloit rien esperer des autres
Princes qui n'y ont point tant d'obligation, & qui auroient
pour excuse ce refus de sa Sainteté. Lequel refus pourroit
encore par tels Conseillers estre rendu plus odieux, en luy
opposant l'aide & secours que les Heretiques s'entre-don-
nent. Que chacun sçauoit que le Roy de Nauarre, quand
il seroit en la plus grande prosperité où il se soit veu depuis
qu'il est né, n'estoit rien en comparaison de V. M. & maintenant qu'il est excommunié & anathematizé, priué de
tous ses biens, honneurs & dignitez, chassé & poursuiuy
à cor & à cry, il se pouuoit dire qu'il n'a rien en ce monde
que son extraction ; & toutefois la Reyne d'Angleterre luy
presente argent, les Princes Protestans l'aident d'argent,
d'hommes & armes; les Reistres, Lansquenets & Suisses se
prestent eux & leur vie ; bref il trouuoit tant de credit parmy les Heretiques estrangers, qu'il a pû faire venir à son
secours de pays lointains vne armée si grosse & puissante,
que la somme que V. M. demandoit à sa Sainteté en prest
ne suffiroit à en payer guere plus d'vn mois. Et ce credit
qu'il trouuoit parmy les estrangers, ne prouenoit d'ailleurs
que de la similitude d'erreur & de fausses opinions qui
estoient entre eux. Dont sa Sainteté pouuoit coniecturer
combien l'on pourroit trouuer mauuais, que luy qui estoit
chef de la vraye Religion, ne voulust prester sous caution

vne fomme de deniers au Roy tres-Chreftien, premier fils
de l'Eglife, pour aider à conferuer la mefme Religion
Chreftienne & Catholique au premier Royaume de Chreftienté. Il me dit qu'il feroit faire vne Congregation de
quelque nombre de Cardinaux, comme il auoit defia dit à
Monfieur l'Ambaffadeur, & que les chofes de telle importance ne fe pouuoient ny deuoient faire fans confeil,
& fans en auoir bien & meurement deliberé. Ie luy dis,
que le confeil eftoit vne fort bonne chofe ; mais que les
Congregations apportoient ordinairement de grandes lon-
gueurs, & que V. M. & voftre Royaume, & la Religion
Catholique auoient befoin d'vn prompt fecours : qu'à pré-
ter fous bonne caution il n'y a point de hazard, & n'eftoit
befoin d'en beaucoup deliberer. *Bafte*, dit-il, *nous en voulons auoir l'aduis de quelques Cardinaux*, & nomma Meffieurs
les Cardinaux de Sainte Croix, Santi-quattro, Saluiati,
Mondoui, Cornaro, & Mathei, & me commanda de faire
fçauoir à Monfieur le Cardinal de Sainte Croix, que Monfieur l'Ambaffadeur & moy auions expreffément fait venir
de S. Gregoire, qu'il luy allaft parler ; Ce que ie fis : Et parce que ladite Congregation ne s'eftoit encore tenuë Lundy
au matin 26. Octobre qu'il y eut Cõfiftoire, ie priay noftre S.
Pere de cõmander à Monfieur le Cardinal de Sainte Croix
de la tenir ; ce qu'il fit le lendemain Mardy 27. Et dautant
qu'ils ne refolurent point l'affaire, ils firent vne autre Congregation lé Ieudy 29. en laquelle ils ne refolurent non
plus. Demain Monfieur l'Ambaffadeur & moy déuons aller enfemble à l'audience, tant pour auoir de fa Sainteté
vne refolution de ce faiĉt, que pour luy parler de ceux que
V. M. defire eftre promeus à la dignité de Cardinal à cette
premiere promotion. Et dautant que cette lettre n'eft ià
que trop longue, ie la finiray icy, & me referueray à vous
rendre compte de ce qui fe paffera en ladite audience, par
vne autre lettre à part. A tant ie prie Dieu qu'il vous doint,
SIRE, &c. De Rome ce 1. Nouembre 1587.

SIRE,
Par ma lettre d'hyer i'écriuis à V. M. ce qui s'eftoit paf-

ſé en l'audience, que i'auois euë de noſtre S. Pere le 22. d'O-
ctobre. Par celle-cy ie vous écriray ce qui s'eſt paſſé en celle que Monſieur l'Ambaſſadeur & moy auons euë ce iour-
d'huy aprés la Chapelle du matin. Nous y auons traité de
deux choſes, l'vne touchant le preſt de trois cens mil eſcus,
dont nous voulions auoir reſolution, l'autre des Cardinaux
à faire en la prochaine promotion. En la premiere partie il
y a eu pluſieurs paroles perduës, dautant que ſa Sainteté
ſortoit facilement de propos, & y reuenoit mal volontiers.
Et partant ie les obmettray icy pour euiter à prolixité, &
pource auſſi qu'vne partie eſt ſemblable à ce que ie vous en
ay écrit par mes precedentes ; comme, qu'il falloit que V.
M. fit qu'elle debellaſt tous ceux qui luy ſeroient deſ-
obeïſſans, tant Catholiques qu'Heretiques, & a meſme
nommé des premiers Catholiques, diſant que V. M. leur
deuoit faire trancher la teſte, & telles autres choſes. Enfin
aprés l'auoir pluſieurs fois ramené au propos, il nous a dit
qu'il auroit honte de preſter à V. M. & meſme vne ſomme
ſi petite, qu'il voudroit vous en donner, & donner à millions, mais que tout allaſt bien. Et toute la concluſion que
nous en auons pû tirer, a eſté que la Congregation ne luy
en auoit encore rien rapporté, & qu'il verroit l'aduis qu'on
luy donneroit. Et comme nous luy diſions que nous ferions bien attendre l'ordinaire, s'il plaiſoit à ſa Sainteté en
ſçauoir & nous en donner la reſoſution ; Il nous a dit qu'il
n'eſtoit point beſoin de retarder l'ordinaire, & que nous
pourrions bien puis aprés enuoyer vn Courrier extraordinaire, & que nous luy laiſſaſſions faire ſes affaires à loiſir &
ſans precipitation. Voilà quant à la premiere partie de nôtre audience de ce iourd'huy. L'autre a eſté plus pertinen-
te, & pour cela meſme, & que c'eſt matiere nouuelle dont
il n'auoit encore eſté negotié par moy, ie l'écriray à V. M.
plus au long. Ie luy ay donc dit, pource que Monſieur l'Ambaſſadeur à voulu que ce fuſt moy qui parlaſt ; que comme
i'auois touſiours voulu proceder enuers ſa Sainteté auec
tout reſpect & reuerence, & auec la moindre importunité
qu'il me ſeroit poſſible, i'auois auſſi reſerué à luy expoſer
les choſes que V. M. m'auoit commiſes par mon Inſtruction,

chacune en sa saison, & en son temps & lieu. Que les Quatre temps de l'Hyuer s'approchoient, ausquels V. M. s'attendoit qu'il feroit promotion de Cardinaux, & qu'elle y auroit bonne part, comme il estoit bien raisonnable, & digne de l'amitié que sa Sainteté vous portoit. Que vous m'auiez commandé de luy proposer certains personnages, lesquels ie ne pouuois plus differer à luy proposer. En cet endroit il m'a arresté, & m'a dit que i'attendisse, & que ie ne luy parlasse plus de cela, qu'il ne nous eust premierement dit ce qu'il nous vouloit dire là dessus; & puis monstroit à sa parole & à sa contenance tous signes de colere. *Et bien, dit-il, Lenoncourt ne vient point? Sçauez-vous qu'il y a? Que le Roy ne pense pas que ie luy fasse pas vn Cardinal, & Lenoncourt se peut bien asseurer que ie luy osteray le bonnet.* Et comme nous commencions à luy dire que Monsieur de Lenoncourt viendroit. *Non, non, dit-il, ie vous dis que s'il n'est icy le iour que ie feray la promotion, ie ne feray point de Cardinal pour le Roy, pas vn; & en ce mesme Consistoire ie priueray Lenoncourt de la dignité de Cardinal, & n'y aura point de faute, & qu'on ne m'en parle point, car i'y suis tout resolu, & le feray: C'est vn pariure, il y a vnze mois que ie l'ay fait Cardinal, & il ne vient point encore.* Ie luy ay dit que Monsieur le Cardinal de Lenoncourt viendroit, & qu'il le nous auoit écrit. *Et comment viendra-t-il? Il faudroit donc qu'il vinst en poste.* Nous luy auons asseuré qu'il viendroit, & que nous croyons qu'il fust ià party, & qu'il ne tiendroit pas à cela que sa Sainteté ne fist des Cardinaux à V. M. *Et bien, dit-il, nous verrons ce qui en sera; mais souuenez-vous bien de ce que ie vous ay dit, & croyez que ie n'y faudray point; & cela presupposé, dites à cette heure tout ce que vous voudrez.* Aprés cela ie luy ay dit, que quant à Monsieur de Paris, V. M. le tenoit pour Cardinal certain, sa Sainteté ayant promis de le faire ià auant la derniere promotion, & encore depuis par lettres écrites à V. M. & audit sieur de Paris; & partant V. M. n'estimoit point qu'il fust besoin de faire autre instance pour luy; mais le supplier seulement de se souuenir de mettre en effect l'intention qu'il luy auoit plû vous en donner. *Ouy, dit-il, ie l'ay promis & le tiendray, ie feray volontiers Cardinal l'Euesque de Paris, ie le connois &*
                                                                l'estime,

l'eſtime, & dés qu'il eſtoit icy ie le voulus faire, mais il ne le voulut point, & pour cela meſme ie l'en ay depuis eſtimé d'autant plus
digne. De là ie ſuis venu à luy dire que V. M. affectionnoit
fort Monſieur l'Eueſque d'Aire, & m'en auoit écrit de telle affection, que vous ne pouuiez eſtre ſatisfait s'il n'eſtoit
honoré de cette dignité à la premiere promotion. Qu'auſſi c'eſtoit vn des plus dignes ſuiets qui pourroient eſtre preſentez à ſa Sainteté, vn Seigneur de tres-illuſtre Maiſon
apparentée, & alliée des plus grandes Couronnes de Chreſtienté, vn Prelat comblé de vertus, de ſçauoir, d'âge, de
biens, & de toutes qualitez loüables, en qui cette dignité
ſeroit colloquée auſſi bien qu'en homme de ce ſiecle, ſans
faire tort à perſonne. Noſtre S. Pere a répondu là deſſus,
qu'il contenteroit encore V. M. de ce ſuiet en temps & lieu.
Que ſes promotions n'eſtoient nombreuſes & alloient peu
à peu, mais que tout viendroit à point en attendant vn peu.
Qu'il vouloit faire Monſieur de Paris vne fois, & puis les
autres, ſelon que V. M. les affectionnoit, & que V. M. feroit bien de perſiſter en luy, & qu'auſſi bien mal-aiſément
le changeroit-il à vn autre, aprés tant de promeſſes, & le
connoiſſant comme il le connoiſſoit, & s'eſtant paſſé ce
qui s'eſtoit paſſé pour ſon regard. Ie luy ay repliqué que
V. M. eſtoit tout aſſeurée, quant à Monſieur de Paris, mais
qu'elle deſiroit auſſi extrémement mondit ſieur l'Eueſque
d'Aire, & meſme dautant que ſa Sainteté n'auoit encore
fait qu'vn Cardinal François. *Ie vous ay dit qu'ils le ſeroient*
tous deux, dit-il, mais chacun en ſon temps. Et moy voyant
qu'il commençoit à changer de ton, ne luy ay voulu repliquer autre choſe, ſinon que i'eſperois qu'entre cy & la promotion ſa Sainteté ſe diſpoſeroit de complaire V. M. en
perſonnes ſi qualifiées, & pour ne point preiudicier audit
ſieur d'Aire, ie laiſſay expreſſément de parler de Monſieur
l'Abbé de Chaſteliers. Et paſſant outre à ce que ie luy voulois dire de plus, *Ie ſupplie voſtre Sainteté, tres-ſaint Pere, dis-*
ie, de conſiderer qu'és promotions qui ſe font ordinairement, les
Rois de France, qui pour eſtre fils aiſnez de l'Egliſe, deuroient eſtre
aduantagez ſuiuant leurs prerogatiues, ſont neantmoins leſez &
grandement intereſſez, ſous pretexte qu'on ne fait point plus grand

ſ

nombre de Cardinaux de nation Espagnole que de la Françoise, dautant que cependant on en fait de Siciliens, Napolitains, Milanois, & tels autres suiets de la Couronne d'Espagne. A cela le Pape a répondu, que ceux-là n'auoient point esté faits à l'instance des Rois d'Espagne, mais estans Italiens & suiuans la Cour de Rome, ils estoient paruenus à la dignité de Cardinal par autres moyens, & pour autres respects ; & si V. M. auoit des Estats en Italie, il en seroit autant des vostres. Ie luy ay repliqué, que quand ainsi seroit que les Rois d'Espagne n'auroiét point eu de part à la promotion de leurs suiets Italiens, lesdits Rois ne laissent pourtant d'en recueillir le fruict, dautant qu'ils estoient de leurs suiets, & qui attendoient des biens de leur Souuerain, pour eux & pour leurs parens & alliez, & amis qu'ils auoient és lieux de leur naissance & origine. *Cela est vray*, dit le Pape, *mais que peut-on faire à cela ? Il y a vn remede*, dis-ie, *tres-saint Pere, c'est qu'on deuroit en recompense faire aussi des Cardinaux Italiens qui eussent inclination aux affaires de France, & au seruice du Roy, outre les François de nation. C'est bien dit*, dit le Pape, *nous le trouuons raisonnable. Vostre Sainteté*, dis-ie, *le trouuera encore plus raisonnable, quand elle entendra que le Roy n'affectionne, & ne vous veut nommer que personnes de merite, qui font seruice au S. Siege & à vostre Sainteté, & que vostre Sainteté a d'ailleurs occasion de faire Cardinaux. Et qui ?* dit le Pape. *L'Abbé Bandini*, dis-ie, *qui vous sert à Fermo, en la ville que vous aymez le plus. Ouy vrayement*, dit-il, *il me sert fort bien, c'est vn fort honneste ieune homme, & ie n'en ay encore eu plainte aucune. Vous auez puis après*, tres-saint Pere, dis-ie, *Monsieur l'Euesque de Bergamo, qui vous a tres-bien & tres-dignement seruy de Nonce en France, personnage de grande pieté & merites. Et cetuy-là aussi*, dit-il, *est vn tres-honneste Prelat. Il y a encore*, dis-ie, *le Comte Hercole Tassone personnage de Maison illustre & de grande vertu, qui sert vostre Sainteté. Ouy*, dit-il, *c'est vn bon vieillard fort honneste homme. De ceux-là donc, tres-saint Pere*, dis-ie, *il vous plaira en gratifier le Roy, selon que ie vous les ay proposez.* A quoy il a répondu qu'il s'en souuiendroit, & puis s'est mis à dire qu'il desiroit que le party de V. M. fust restably en cette Cour, non seulement pour l'amitié qu'il vous portoit, mais aussi pour son

intereft propre. Qu'il reconnoiffoit que le party d'Efpagne
y eftoit trop puiffant, & que cela preiudicioit mefme au S.
Siege. Que fi le party de France y eftoit reftably, cela feruiroit pour contrepoifer les chofes d'Efpagne, non feulement au bien & feruice de V. M. & de voftre Couronne,
mais auffi du S. Siege, & de luy-mefme. *Mais il faut dire la*
verité, dit-il, vous autres François, y eftes fort negligens, & au
contraire le Roy d'Efpagne s'y aide de toutes façons, par penfions,
par benefices qu'il donne, & par autres voyes: Car au refte les Efpa-
gnols n'y font pas plus ny tant aimez que les François, mais le
profit qu'on en tire eft caufe qu'on fait pour eux. Ie luy ay dit là
deffus que V. M. en vouloit prendre cy-aprés plus de foin
qu'on n'auoit pas fait par cy-deuant, & qu'elle le feroit
d'autant plus quand elle entendroit que ce feroit non feulement le bien de fes affaires, mais auffi de ceux du S. Siege, comme fa Sainteté difoit, & que V. M. ne vouloit auoir
rien qui ne fuft du tout au feruice du S. Siege. Qu'auffi y
feriez-vous d'autant plus encouragé, quand par la premiere promotion il vous y feroit des feruiteurs. A quoy i'adiouftay, que dernierement fa Sainteté auoit fait extraordinairement vn Cardinal Anglois, à la requefte du Roy d'Efpagne, & que là deffus plufieurs & à bon droit auroient pris
occafion de dire que V. M. en deuroit demander autant,
& à moy-mefme depuis que i'eftois arriué à Rome, plufieurs
m'en auoient parlé. Toutefois V. M. ny nous qui eftions
vos Miniftres, ne luy en auions fait aucune inftance, atten-
dans qu'à la premiere promotion il le recompenferoit. Il a
répondu à cela, qu'il ne l'auoit point fait en confideration
du Roy d'Efpagne, mais pour confoler les Catholiques
d'Angleterre, & leur donner vn Chef aprés la mort de la
Reyne d'Efcoffe. Ie luy ay repliqué, que les Miniftres du
Roy d'Efpagne ne diffimuloient point que ledit Cardinal
n'euft efté fait à la requefte de leur Maiftre, & que luy-mefme reconnoiffoit auffi fa promotion dudit Roy d'Efpagne.
Et de quoy luy pourroit feruir ce bon homme-là? dit le Pape. Tres-
faint Pere, dis-ie, quand il n'y auroit autre chofe, c'eft toufiours
vne voix de plus. Quand le Roy nous euft fait inftance, dit-il, pour
vn femblable, nous l'euffions auffi bien fait, & mefme on nous a dit

qu'il y auoit vn Archeuesque de Glasco Escossois, si le Roy le veut,
nous le ferons. Alors Monsieur l'Ambassadeur a pris la parole, & supplié sa Sainteté de ne le faire point sans en auoir
premierement entendu l'intention de V. M. dequoy nous
vous écriuions. *Ce sera bien fait,* dit-il, *mais écriuez luy aussi*
que ie ne feray cetuy-là, ny pas vn autre, si Lenoncourt n'est icy le
iour de la promotion, & que ie degraderay Lenoncourt. Au reste s'il
vient selon la promesse, & le serment qu'il en a fait, ie feray l'E-
uesque de Paris, pour les considerations susdites, & puis i'aduiseray
pour les autres que vous m'auez nommez de la part de sa Maiesté.
Laquelle me fera plaisir de perseuerer en la personne dudit Euesque
de Paris, que ie ne pourrois laisser en arriere pour vn autre mis en
liste depuis, & depuis ma promesse reiterée. Et quant aux Italiens,
dis-ie, *tres-saint Pere, il plaira à vostre Sainteté les auoir aussi en*
consideration, & vous en souuenir. Ie m'en souuiendray, dit-il. &
là dessus nous auons pris congé de luy, & n'auons pas plûtost esté hors de sa chambre, que nous auons resolu ensemble d'enuoyer vn homme exprés pour aduertir V. M. de la
ferme deliberation du Pape, de ne faire aucun Cardinal à
V. M. & de degrader du Cardinalat le Cardinal de Lenoncourt, s'il n'est icy le Mercredy des Quatre Temps, qui sera
le 16. Decembre. Car nous ne doutons qu'il ne soit pour
faire en cela tout ce qu'il dit, qui seroit vn grand dommage
pour le seruice de V. M. & vn grand scandale pour ledit
sieur Cardinal de Lenoncourt, & encore quelque affront à
vous-mesme. Si V. M. se resoult, comme nous croyons
qu'elle fera, de faire partir ledit sieur Cardinal de Lenoncourt, il sera bon que luy ne pouuant estre icy aux Quatre
Temps, il depéche par le chemin quelqu'vn en diligence
pour aduertir le Pape & nous, comme il s'en vient, & fait la
plus grande diligence qu'il peut, & sera icy au plûtost que
faire se pourra. Et nous nous seruirons de cela pour appaiser le Pape, & pour le garder de faire le mal que nous croyõs
certainement qu'il feroit, s'il n'y auoit aduis certain pour le
moins de son partement & acheminement par deçà. Quant
à l'Archeuesque de Glasco, nous craignons Monsieur l'Ambassadeur & moy qu'il soit partisan de la Ligue, auquel cas
nous estimons que V. M. se pourroit seruir pour quelque au-

rre fuiet, de l'offre que le Pape fait pour l'Archeuefque de Glafco; dequoy nous nous remettons à ce qu'il plaira à V. M. en aduifer & nous commander.

Comme i'eftois preft à acheuer cette lettre, Monfieur le Cardinal de Sainte Croix m'a fait fçauoir, qu'il auoit efté cette apréfdinée à l'audience, & que le Pape luy auoit dit que Monfieur l'Ambaffadeur & moy y auions efté ce matin pour fçauoir la refolution du preft dont V. M. luy faifoit inftance, & que luy Cardinal de Sainte Croix luy auoit dit que la Congregation auoit aduifé que fa Sainteté deuoit prefter à V. M. la fomme de trois cens mil efcus, en luy baillant par vous bonnes & fuffifantes cautions en Italie, à fçauoir à Rome, Florence, Venize & Gennes, foit en l'vne de ces villes feulement, ou en plufieurs d'icelles; mais que de prendre des cautions en France, fa Sainteté ne le deuoit point faire, & moins donner ladite fomme, de peur que venant à fe côclure vne paix, on n'en payaft les Reiftres, comme on auoit fait autrefois; & que par ce moyen ladite fomme fuft perduë pour fa Sainteté & le S. Siege; & que le Pape entendant ladite refolution, luy auoit dit qu'il la trouuoit bonne, & luy auoit commandé de la faire entendre de fa part à Monfieur l'Ambaffadeur & à moy, & qu'il préteroit ladite fomme à V. M. à ladite condition; y adioûtant fa Sainteté cela de plus, & de fon propre mouuement, que fi la guerre fe pourfuiuoit fort & ferme contre les Heretiques, & que fa Sainteté y vift quelque notable progrez, elle donneroit à V. M. ladite fomme, & en quitteroit tant vous que vos cautions. Cette réponfe à quelque apparence de bien, mais quant à donner & quitter, cela dépendra de l'interpretation qu'il voudra luy-mefme donner à fon dire; & eft vray-femblable qu'il ne fe contentera iamais de chofe que l'on puiffe faire en cette guerre. Quant au preft, quand bien il s'en enfuiura, ce fera fi tard, à caufe de ces cautions, que V. M. ne s'en pourra preualoir guerés plûtoft que de l'alienation, fur laquelle nous luy auons dit qu'il fera payé. Encore ne tiens-ie pas le preft mefme pour guerés affeuré. Car s'il n'y eft point enclin, comme il n'eft point, il rebutera toutes les cautions, & ne fe contentera

f iij

de pas vne. Et y a encore danger que les cautions mesmes,
quelque belle apparence qu'ils puissent aussi monstrer, ne
fassent en derriere de mauuais offices pour se faire recuser
eux-mesmes. Mais de cela & de telles autres choses, le
temps nous en éclaircira. Cependant cette telle quelle resolution du Pape touchant ledit prest, est encore cause que
plus volontiers nous vous dépéchons expressément celuy
que nous vous eussions dépéché pour le seul fait de Monsieur le Cardinal de Lenoncourt. A tant ie prie Dieu qu'il
vous doint, SIRE, en parfaite santé, tres-longue, & heureuse vie. De Rome ce 2. Nouembre 1587.

SIRE,

Le courrier exprés que Monsieur l'Ambassadeur &
moy vous dépéchons pour les occasions contenuës en mes
lettres d'hier & d'auant-hier, n'estoit encore party quand la
dépéche qu'il pleust à V. M. nous faire de Pluuiers le 12. d'O-
ctobre est arriué. Pour à laquelle répondre i'adiousteray encore cette troisiéme aux susdites d'hier & d'auant-hier. Ie
loüe Dieu & remercie tres-humblement V. M. de ce qu'elle
a trouué bon, que suiuant le conseil de Mr le Marquis de Pisany i'aye differé à demander à nostre S. Pere la nomination
des Eueschez & Abbayes vaquans en Cour de Rome, &
ce que i'ay fait pour le regard des Religieux de la Trinité
du Mont, & refuté les calomnieux bruits qu'on auoit fait
courir icy sur la défaite des Suisses, & ne faudray de dire à
sa Sainteté ce qu'il vous plaist me commander, particulierement sur ce troisiéme poinct. Quant à l'instance que V.
M. luy veut estre faite du secours de deniers, nous l'auons
ià faite Monsieur l'Ambassadeur & moy, tant separément
que coniointement, & en auons eu la réponse & resolution, que V. M. verra par ma lettre d'hier. Quant à Monsieur le Grand Maistre de Malthe, l'on dit qu'il vient, encore que ie ne le tienne pas pour chose asseurée. Si V. M.
luy veut écrire sur le suiet de son voyage, & m'enuoyer la
lettre, il pourra estre qu'entre cy & le temps auquel ie la
receuray, i'auray appris quelque chose touchant ce faict,
qui fera que i'enuoyeray vostre lettre, ou ne l'enuoyeray

point, si V. M. me laisse en liberté de l'enuoyer, ou ne l'enuoyer point. Qui est tout ce que ie puis répondre pour cette heure à ce qu'il a pleu à V. M. m'en écrire. Au demeurant ie me comporteray enuers les sieurs Virginio & Fabio
des Vrsins ainsi que V. M. me le commande, & selon que
Monsieur l'Ambassadeur sera d'aduis, auec lequel ie con-
fereray aussi touchant ce que vous pourriez faire pour
Monsieur le Cardinal Albano. Quant à fauoriser le mariage dudit sieur Ambassadeur, i'y ay desia fait tout ce qu'il a
voulu, & n'y obmettray rien de tout ce qu'il me dira, comme
aussi ne feray-ie en aucune autre chose qui soit de son contentement & seruice. Ie remercie tres-humblement V.
M. de l'Abbaye du Mont saint Michel, qu'il vous a pleu
me donner, reconnoissant ce bien, comme aussi tous
les autres, de vostre seule bonté sans aucun mien merite.
La pension de deux cens escus qu'il a pleu à V. M. accorder
à vn des enfans de Chicot, luy sera payée des premiers &
plus clairs deniers qui prouiendront des fruicts de ladite
Abbaye, non seulement pource que V. M. comme tout
autre peut donner & apposer telle charge & condition
qu'il luy plaist; mais pource que moy estant vostre Creature, & seulement ce qu'il a pleu à V. M. me faire, ie ne
veux en cela, ny en aucune autre chose de ce monde, auoir
autre volonté ny inclination que le bon plaisir de V. M.
A tant ie prie Dieu qu'il vous doint, SIRE, en parfaite
santé, tres-longue & tres-heureuse vie. De Rome ce 3.
Nouembre 1587.

SIRE,
Le sieur Coyrenot qui fait icy les affaires de Monsieur
le Cardinal de Lenoncourt vient de m'aduertir qu'il a parlé au Pape, qui luy a dit autant & plus qu'il n'auoit fait à
Monsieur l'Ambassadeur & moy, de la deliberation en laquelle il est de degrader de la dignité de Cardinal ledit
sieur Cardinal s'il n'est icy le iour de la prochaine promotion 16 Decembre, & que luy Coyrenot vouloit dépécher
pour cela vn homme exprés vers ledit sieur Cardinal de Lenoncourt. Laquelle occasion i'ay prise pour écrire la pre-

sente à V. M. & luy accuser la reception de trois siennes lettres que ie receus auant-hier pour des affaires de particuliers ; l'vne du 11. Septembre en faueur des Cheualiers de Lesches, & de Pienne ; la 2. du 8. d'Octobre pour l'expedition gratuite de l'Abbaye de S. Medard de Soissons ; la 3. du mesme mois d'Octobre, pour l'éclaircissement & verification de ce qui s'est passé touchant la mort & succession de feu Monsieur le Cardinal de Rambouillet. Esquels trois offices, ie m'employeray de toute ma puissance & affection, suiuant l'obeyssance & reuerence que ie dois à tous vos commandemens, & en rendray compte à V. M. à mesure que i'y auray fait quelque chose, n'ayant pour le present à vous dire autre chose, pour vous auoir écrit tres-amplement par trois lettres du 1. 2. & 3. de ce mois, qui vous seront renduës par courier exprés, que Monsieur l'Ambassadeur & moy vous dépéchasmes, ledit iour 3. de ce mois. A tant ie prie Dieu qu'il vous doint, SIRE, &c. De Rome ce 6. Nouembre 1587.

SIRE,

S Ie vous écriuis à V. M. bien amplement le 1. 2. & 3. de ce mois, & depuis encore s'estant presentée occasion d'vn courrier qu'on enuoyoit à Monsieur de Lenoncourt, ie vous écriuis le 6. de ce mois, & vous donnay aduis de toutes les lettres que i'auois receuës, & de tout ce que i'auois icy negotié iusques ausdits iours. Depuis ie n'ay point receu aucune lettre de V. M. n'estant encore arriué l'ordinaire de Lyon, comme il y a ià assez long-temps qu'il n'arriue plus à son iour, ny que cinq ou six iours aprés : & n'ay pour le present à écrire à V. M. que quelque peu de choses, que ie traitay auec nostre saint Pere auant-hier en l'audience qu'il me donna du matin. En laquelle, pour dire ce mot à V. M. en passant, ie le trouuay si equitable & si moderé, qu'il me sembla tout autre qu'il n'auoit esté lors que nous luy demandions de l'argent à prester. Soit que la diuersité des matieres soit cause de cette dissimilitude, ou que depuis il y eust pensé, & possible fait son profit des répóses que ie luy auois faites. Mercredy au soir 11. de ce mois

estoit

estoit arriué icy vn courrier de Lorraine, pour demander
à nostre S. Pere les benefices de feu Monsieur le Cardinal
de Vaudemont. Et le lendemain Ieudy M^r l'Ambassadeur & moy aurions arresté, qu'en l'audience qu'il auroit le
Vendredy iour de ses audiences ordinaires, il prieroit sa
Sainteté de ne point disposer desdits benefices sans attendre la nomination ou priere de V. M. selon les lieux où ils
se trouueroient assis, & que i'irois puis aprés à l'audience
le Samedy, & m'y conduirois selon la réponse qu'il en auroit eu le Vendredy. Et pource que nostredit S. Pere auoit
fait fort bonne réponse audit sieur Ambassadeur, comme
V. M. l'entendra de luy-mesme : ie commençay mon audience, aprés neantmoins auoir auec luy regretté la mort
de Monsieur le Cardinal de Vaudemont, par remercier sa
Sainteté de ce qu'il auoit répondu le iour d'auparauant à
Monsieur l'Ambassadeur, qu'il ne disposeroit aucunement
des benefices qui auoient vaqué par le decez dudit sieur
Cardinal, iusqu'à ce qu'il en auroit sceu la volonté de V.
M. A quoy il me répondit qu'il estoit vray qu'on les luy
auoit demandez, tant les Euéschez que les Abbayes, &
que Monsieur de Lorraine mesme luy en auoit écrit : mais
qu'il n'y auoit voulu toucher, & n'y toucheroit point iusques à ce que V. M. en auroit declaré sa volonté; qu'il estoit
Prince iuste, qui vouloit que chacun eust ce qui luy appartenoit. Ie l'en remerciay encore vne fois, & luy dis que sa
Sainteté faisoit en cela iustement enuers V. M. mais aussi
tres-sagement pour soy & pour le S. Siege. Car les villes
de Toul & de Verdun, dont entre autres benefices Monsieur le Cardinal de Vaudemont estoit Euesque, estant en
vostre protection & puissance, & en la frontiere de vostre
Royaume, V. M. pour l'importance d'icelles, & pour l'interest que tout vostre Estat y auoit, ne comporteroit iamais
qu'il y eust des Euesques nommez par autre que par V.
M. mesme, & que ceux qui y pensoient venir par autre
voye, se trompoient grandement. Que de telles choses
quand elles seroient accordées, n'en pourroit venir qu'vne
mauuaise intelligence entre le S. Siege & la Couronne de
France, qui seroit trop preiudiciable à la Chrestienté. Que

t

de les demander mesme à sa Sainteté autrement que sous
le nom & authorité de V. M. ne signifioit & ne pouuoit apporter rien de bon pour le regard de la reuerence & gratitude qui estoit deuë à V. M. & de la conseruation de vostre
bienueillance & liberalité accoustumée, de laquelle on
deuoit attendre & reconnoistre pour le moins ce qui ne se
peut tenir, ny auoir sans elle. Sa Sainteté dit là dessus, que
i'auois raison, & que i'écriuisse à V. M. qu'il n'y feroit rien
que vous ne luy eussiez fait entendre vostre volonté. Aprés
cela, dautant que i'auois esté aduerty par vn certain qui
frequente le Cardinal de Sens, que le Pape auoit refusé audience audit Cardinal, le Ieudy au matin aprés l'audience
dudit courrier de Lorraine, & que ie ne le croyois pas rel-
lement que ie n'en voulusse estre encore mieux éclaircy, ie
mis sa Sainteté en propos dudit Cardinal, & luy dis que ie
ne doutois pas que le Cardinal de Sens n'eust esté d'autre
aduis, & qu'il n'eust fait instance du contraire. Alors sa
Sainteté me dit que le Cardinal de Sens estoit venu au matin pour luy en parler, mais qu'il luy auoit refusé audience.
Que huit iours auparauant il estoit venu vn autre courrier
de Lorraine que ledit Cardinal de Sens auoit voulu introduire, & que sa Sainteté auoit dés lors refusé l'audience
audit Cardinal. Qu'au Consistoire qui s'estoit tenu Lundy 11. de ce mois, ledit Cardinal estoit allé à la chaire de sa
Sainteté, comme font les autres Cardinaux, & luy auoit
voulu parler de l'occasion de la venuë dudit premier courrier de Lorraine, & que sa Sainteté luy auoit dit qu'il se re-
tirast, & qu'il luy seroit tres-mal de parler de ces choses-là,
& mesme aprés la grace que V. M. luy auoit faite des fruits
de ses benefices. Que conformément à cette réponse, &
à ces trois refus qu'il luy auoit desia faits, il estoit resolu de
iamais ne le plus écouter en choses de Ligüe, ny de vostre
Royaume. Qu'il auoit bien oüy vn Abbé qu'il y auoit icy
pour ceux de Guyse, il entendoit l'Abbé d'Orbais, & auoit
écrit à Mr de Lorraine, que pour certains bons respects
il n'auoit voulu ny deu donner audience au Cardinal de
Sens. Ie le loüay grandement de cette si iuste & sage resolution, & luy dis que V. M. en seroit tres-aise, quand elle

l'entendroit. Et luy sans me laisser passer outre, continuant
son propos du Cardinal de Sens, me dit qu'il feroit bien
de s'en aller hors de cette Cour, & que le Pape Gregoire
luy auoit donné le Gouuernement de Massa, & qu'il feroit
bien de s'y retirer ; qu'il le deuoit auoir fait long-temps y
a, dés lors qu'il entendit que V. M. auoit mauuaise satisfaction de luy, sans y adiouster tant d'autres occasions de
nouueaux mécontentemens, & entasser tousiours mal sur
mal. Sur cela ie luy dis, que les refus d'audience que sa
Sainteté me venoit de dire, & les paroles qu'il luy auoit
dites à la seconde fois, luy feront mieux penser pour se corriger. *Corriger, dit-il, il est incorrigible, il ne se corrigera ia-*
mais, il n'a point de iugement, s'il en auoit il se feroit corrigé
par tant de choses que ie luy en ay dites, & par tant de rebuffes
que ie luy ay faites, depuis que i'ay veu que les remonstrances n'y
seruoient de rien. I'ay dit à nostre S. Pere, que sa Sainteté prenoit le chemin que V. M. auoit tousiours desiré, & dont
vous l'auiez fait prier infinies fois, qui estoit prendre information de vos affaires, & de l'estat de vostre Royaume
par vos Ministres, & non pas par personnes interessées &
passionnées. Qu'en cela sa Sainteté me donnoit occasion
de la remercier, au lieu de la supplier d'vne chose, dont V.
M. par sa lettre du 12. Octobre m'auoit commandé la requerir, à sçauoir de faire quelque demonstration à ceux
qui ordinairement calomnient V. M. comment telles choses luy déplaisent, afin de les rendre à l'aduenir plus retenus, quand il sera question de parler d'vn Prince tel que
V. M. Il me dit que ce que V. M. demandoit estoit tres-
raisonnable, & que si quelqu'vn luy en disoit mal, dont il
se fist autheur, sa Sainteté l'en chastieroit bien : mais que
les vns & les autres luy venoient dire, qu'on disoit cecy &
cela de V. M. & que d'aller rechercher qui seroient les autheurs d'vn tel bruit, ce ne seroit iamais fait. Ie luy dis là
dessus, que sans faire autre grande recherche, on sçauoit
à peu prés qui estoient ceux qui semoient tels bruits, & qui
en estoient payez, & par qui & pourquoy ; & que sans autrement m'expliquer, sa Sainteté me pouuoit facilement
entendre. Sa Sainteté demeura vn peu pensif, & puis me

t ij

dit, *Et bien bien, le Cardinal de Sens a là eu son cas, pour le moins vne partie, & en temps & lieu nous monstrerons semblable ressentiment enuers les autres à mesure qu'ils s'oublieront, & cependant le Roy se peut asseurer que ie ne leur veux adiouster aucune foy, ny croire de sa Maiesté rien qui soit indigne d'vn Prince tres-Chrestien.* Aprés que ie l'en eus bien remercié, ie passay à autres matieres, & luy parlay du fait des Cheualiers de Lesches & de Piennes, suiuant ce qu'il auoit pleu à V. M. m'en écrire par sa lettre de l'onziéme Septébre, à ce qu'il plust à sa S.^{té} leur accorder vn Bref, par lequel ils fussent remis au cheuissement des Commanderies qui leur touchent. A quoy sa Sainteté me répondit que le Grand Maistre s'en venoit, & que lors qu'il seroit icy, sa Sainteté luy en parleroit de bouche, & qu'aussi bien quand il receuroit vn Bref en chemin il n'y feroit autre chose par le voyage. Ie ne voulus le presser dauantage là dessus, mais bien de me seruir de cette occasion pour essayer de découurir quelque chose de l'intention de sa Sainteté sur la venuë de Monsieur le Grand Maistre, & luy dis, *Il est donc vray, Tres-saint Pere, que Monsieur le Grand Maistre vient?* Oüy, dit-il, *i'ay eu aduis que les galeres de Messine estoient parties pour l'aller prendre. I'espere,* dis-ie, *que ce sera pour quelque bon œuure, & prie Dieu qu'il la veüille fauoriser.* Alors il me dit que cette Religion s'en alloit sans dessus dessous, & qu'il y vouloit mettre ordre auec luy, & accommoder les choses. Cela ne m'osta pas le soupçon que V. M. aura veu que i'auois par la copie de la lettre à Monsieur le Grand Maistre, que i'enuoyay dernierement à V. M. Et sa Sainteté continuant, adiousta qu'entre autres choses en quoy les Cheualiers de Malthe failloient, ils ne faisoient qu'aller courir sur les Turcs. Qui seroit cause que si le Turc n'auoit guerre contre les Perses, il se ruëroit sur la Chrestienté. Que la Bible defendoit bien aucune fois à Israël de prendre femme des Infidéles; mais ne leur prohiboit point le commerce auec eux. Que telles pilleries ne seruoient qu'à vn peu de nombre de Cheualiers, sans apporter aucun profit au general de la Chrestienté; comme aussi ne nuisoient-elles qu'aux particuliers Turcs qui estoient volez, sans apporter aucu-

ne diminution au gros des Infideles. Ie luy loüay grandement ce propos, & reconnus en cela quelque chofe des Venitiens qui auront remonftré telles chofes, comme ils font
pleins de fageſſe, & plus prés du danger du Turc que nuls
autres Chreftiens; & penſay qu'outre les défiances & con-
trarietez que ie propoſois à Monſieur le Grand Maiftre par
ladite lettre que ie luy écriuis, il pourroit auoir encore
pour contraire la Seigneurie de Venize qui auoit le plus
grand intereftà telles courſes, & qui s'eſtoit fort offenſée
de quelques nauires Venitiennes, qui auoient efté priſes &
menées à Malthe ces années paſſées, encore que ce fuſt en
reuenche de ce que ladite Seigneurie auoit fait faire pour
empécher les courſes deſdits Cheualiers, & preuoyant
le dommage qui luy en pouuoit aduenir à elle du coſté du
Turc. Et dautant que quelqu'vn m'auoit dit que le Pape
faiſoit venir Monſieur le Grand Maiftre pour quelque entrepriſe qu'il auoit ſur Alger, encore qu'il n'y ait rien de
preſt, ny à mon aduis aucune apparence, toutefois ie laiſſay aller vn mot à l'aduenture, pour voir ſi ſa Sainteté s'en
lairroit rien entendre. Et luy ayant dit qu'à la verité ces
pilleries qui ſe faiſoient par des particuliers Chreftiens ſur
des particuliers Infideles n'apportoient aucun bien au public; i'adiouftay que les Cheualiers ſeroient mieux employez en quelque belle entrepriſe ſur les Infideles, qui im-
portaſt à toute la Chreftienté? *Oüy*, dit-il, *c'eſt en cela qu'il*
les faudroit employer, comme ce ſeroit à Fez, ou à Alger, ou en
quelque autre endroit. Et là il ſe prit à ſouſrire, & à mouuoir
ſa barbe ſans me répondre autre choſe. Ce qui me donna
à penſer qu'il pourroit auoir parlé à d'autres de ladite entrepriſe d'Alger, pour déguiſer la vraye cauſe du voyage
dudit ſieur Grand Maiftre, ſoit-elle bien ou mal. Et pour
changer de propos, ie luy parlay de l'expedition d'Apt
pour frere Pompée Perilli, ſur laquelle on faiſoit certaine
difficulté, dautant qu'en France on n'auoit pas pû depo-
ſer de ſes parens qui ſont en Italie. Et ſa Sainteté me diſt
qu'elle le connoiſſoit, & que ledit Pompée auoit eſté ſon
diſciple, & qu'il ſe trouueroit au Conuent de ſanto Apoſto-
lo des Religieux qui auroient connoiſſance de ſes parens;

que quelques-vns fçachans qu'il deuoit estre pourueu d'vn
Euesché, auroient presenté des memoires à sa Sainteté
contre luy, disant qu'il auoit presché deuant V. M. qu'il
faudroit obeyr à vn Roy encore qu'il fust heretique; mais
que sa Sainteté n'en croyoit rien, puisqu'on disoit que ç'a-
uoit esté en presence de V. M. s'asseurant que vous ne l'auriez point permis. Aprés cela ie parlay à sa Sainteté de
vouloir commander aux Iuges de la pourfuite que fait icy
Monsieur du Fargis, de faire tout ce qui pouuoit appartenir à l'éclaircissement de ce qui s'est passé à la mort de
Monsieur le Cardinal de Rambouïllet, & à la verification
de ce que sont deuenus les papiers dudit feu sieur Cardinal,
qui pouuoient tourner au profit de ses freres. Et pource
que Monsieur du Fargis voulut encore que ie priasse sa
Sainteté nommément, que la gehenne fust donnée aux
seruiteurs dudit feu sieur Cardinal, ie l'en suppliay, de façon toutefois que ie ne voulois point y engager ma conscience. Sa Sainteté me répondit qu'il entendoit que iustice fust faite, & qu'il l'auoit commandé en cecy particulierement, & que sa coustume estoit d'incliner à rigueur
pluftost qu'autrement, & qu'il en parleroit au Fiscal & au
Iuge qu'il connoissoit pour personnes fort rigides, & qu'il
leur commanderoit de faire iustice, & quelque chose de
plus: qui est tout ce qui se passa en ladite audience. I'auois
ià recommandé ce fait au Iuge, lequel ie trouuay fort enclin aux intentions dudit sieur du Fargis. Car encore
qu'il me dist que par le droit & par la pratique iudiciai-
re, il ne pouuoit faire donner la gehenne aux prisonniers,
toutefois il me conseilloit de le luy faire commander par le
Pape. Chose qu'à mon aduis vn Iuge ne doit point faire.
En somme si la pourfuite que fait ledit sieur du Fargis ne
reüffit selon son intention, ie ne penseray point que ce soit
à faute de rigueur, non plus qu'à faute de son industrie &
diligence. Le premier courrier de Lorraine, dont i'ay fait
mention cy-dessus, estoit venu, à ce que ie puis entendre,
pour demander argent au Pape, qui ne leur en a voulu pré-
ter. I'oubliay l'ordinaire passé d'écrire à V. M. que lors
que ie parlay au Pape du mariage de Monsieur le Marquis

de Pisany, sa Sainteté le loüa grandement, & entre autres
choses me dit, que ledit sieur Marquis estoit si ialoux de
l'honneur & reputation de V. M. qu'il ne pouuoit en oüyr
dire vn mot qui fust vn peu de trauers, qu'incontinent il
n'en monstrast vn grand ressentiment & ne s'en alterast. Ce
que i ay voulu dire à V. M. afin qu'elle soit de bien en mieux
informée de l'affection & zele dont ledit sieur Marquis la
sert. Ces iours passez nous auons eu en cette ville vn Iubilé que i'impetray du Pape, pour faire prier Dieu pour V.
M. & pour l'estat de vostre Royaume, sur l'occasion de la
guerre contre les Heretiques, & de ce que V. M. estoit
montée à cheual, & y alloit en personne, & y a eu vn si grand
concours de gens à saint Louys, à la Trinité du Mont, &
à sainte Potentiane, où il y a des François, & où on fait les
40. Heures, qu'il n'est memoire qu'il y en ait eu de pareil,
pour quelque autre deuotion que ç'ait esté. Cela me donna occasion de demander à sa Sainteté en ma derniere audience semblable Iubilé par toute la France. Ce qu'il
m'accorda, & ie l'enuoyeray à V. M. par cet ordinaire, s'il
est expedié, ou par le prochain. A tant ie prie Dieu qu'il
vous doint, SIRE, &c. De Rome ce 16. Nouembre 1587.

SIRE,

S Depuis la derniere dépéche que ie fis à V. M. il y a
quinze iours, ie n'ay receu aucune de ses lettres, ny eu rien
à negotier pour son seruice. De façon que ie n'ay pour cette heure à vous faire aucune réponse, ny à vous rendre
compte d'aucune negotiation. Et semble que Dieu qui
m'a affligé par la mort de deux de mes freres, m'a par mesme moyen voulu donner cette quinzaine libre pour plaindre & regretter ma perte, comme à la verité, SIRE, ie confesse l'auoir infiniment apprehendée, & en auoir esté, & en
estre encore grandement desolé. Toutefois ie me console
en Dieu premierement, qui gouuerne & dispose de toutes
choses par sa prouidence, & enuers lequel nos cheueux
mesmes sont comptez; & puis en ce qu'ils sont morts pour
la foy & religion Catholique, & pour le seruice de V. M. de
qui ils tenoient tout le bien & honneur qu'ils auoient. Ie

me confole encore grandement en l'efperance que i'ay, que V. M. ayant experimenté leur fidelité, & gratitude iufques au bout, l'attendra pareille de nous qui fommes reftez en vie, & qui vous auons les mefmes obligations; & continuëra à nous honorer de fa protection, bienueillance & faueur. Auffi Monfieur le Marquis de Pifany voftre Ambaffadeur m'a fur cette occafion tenu de la part de V. M. tous les propos de confolation que i'euffe pû defirer, ains beaucoup plus que ie n'euffe ofé defirer; dont ie remercie tres-humblement V. M. & prie Dieu qu'il me faffe la grace de vous pouuoir monftrer par effet, & fut-ce aux dépens de ma propre vie, la reconnoiffance & gratitude que ie vous en rends en mon cœur. Au refte i'oubliay l'ordinaire paffé à écrire à V. M. que les habitans de Tulet, qui eft vn lieu de voftre fouueraineté, tenant au Comtat de Veniffe, ont écrit au Pape, que ledit lieu appartenoit au S. Siege, & non à la Couronne de France, & prient fa Sainteté de les vouloir vendiquer comme fes fuiets, luy offrans & promettans de luy fournir de raifons & de preuues pour monftrer qu'ils font fes vrais fuiets, & non les voftres : & homme qui en a veu les lettres & memoires m'en a aduerty. Monfieur le Grand Maiftre de Malte doit eftre en cette ville pour toute cette femaine, & arriuoit auant-hier au foir à Terracine, qui eft au deçà du Royaume de Naples, en l'Eftat du Pape. Et puifqu'il n'a efté retenu de venir pour les confiderations que V. M. a entenduës par mes precedentes dépéches, il eft vray-femblable qu'il fçait affeurrément pourquoy le Pape le veut, & qu'il y a toute bonne intelligence entre fa Sainteté & luy. Il y en a qui eftiment qu'on le veut employer en l'entreprife d'Angleterre à ce Printemps prochain, ce qui feroit plus croyable que d'Alger. Toutefois ie ne fuis pas encore du tout hors du foupçon, dont i'ay par cy-deuant écrit à V. M. A tant ie prie Dieu qu'il vous doint, SIRE, &c. De Rome ce dernier de Nouembre 1587.

S I R E,
Le courrier Valerio que V. M. dépécha du Camp de
Chereliers

Cheleriers le 28. Nouembre, arriua icy Ieudy 10. de ce
mois, & me rendit la lettre qu'il vous auoit pleu m'écrire
le 23. du mesme mois de Nouembre, laquelle ledit courrier Valerio prit de l'ordinaire qu'il auoit trouué par le
chemin venant de Lyon en cette ville. La bonne nouuelle de la routte de l'armée heretique des Estrangers conte-
nuë en ladite lettre du 28. Nouembre, a porté grande ioye
à tous les gens de bien, & à moy particulierement vne tres-
grande consolation. Et se voit manifestement que Dieu
fauorise vos affaires, & les a en sa protection. Dequoy ie
louë sa diuine bonté de tout mon cœur, la priant de continuer à vous assister tousiours de bien en mieux. Monsieur
l'Ambassadeur fut à l'audience le iour mesme que ledit
courrier arriua, & rendra compte à V. M. de ce qu'il y traita. Et i'y allay le lendemain Vendredy 11 de ce mois. Tout
ce que ie fis à mon audience, fut de repliquer à nostre saint
Pere ladite bonne nouuelle que Monsieur l'Ambassadeur
luy auoit annoncée auparauant, & le supplier de vous vouloir aider de ses moyens maintenāt, & de faire Cardinal Mr
de Candale Euesque d'Aire à la prochaine promotion. Lesquels trois poincts ie traitay separément, & conuenablement à ladite qualité & circonstance d'vn chacun. Mais
pour le dire à V. M. en vn mot & auec la fidelité que ie luy
dois, ie n'eus sur tout cela aucune bonne réponse du Pape,
ny digne de la matiere en soy, ny de la personne de sa Sainteté, ny de celle V. M. & m'en retournay aussi mal edifié
& aussi mal content que de personne à qui ie parlasse iamais.
Sur la défaite de ladite armée heretique, il me répondit
que ce n'estoit rien, qu'il y auoit plus de quinze iours qu'il
sçauoit que les Suisses s'en retournoient, qu'il auoit aussi
preueu long têps y a que cette armée se déferoit d'elle-mesme, que ce peu de faction qui auoit esté faite par armes c'é-
toit Monsieur de Guyse qui l'auoit faite, & telles autres
choses dignes de courroux & de haine. Dieu me le par-
doint, plustost que de réplique. Ce neantmoins ie luy repliquay comme il estoit bien aisé, mais ie ne sçeu iamais tant
faire qu'il monstrast reconnoistre que ce fust rien. Sur le
second poinct, il me dit qu'il sçauoit bien que le Clergé

u

auoit compofé à certaine fomme pour l'alienation des derniers cinquante mil efcus de rente, & que par ce moyen
vous auriez de l'argent , & ne vous en manqueroit
point. Et comme ie luy euſſe repliqué que cela n'eſtoit rien
en comparaiſon de ce qu'il vous falloit, & meſme dautant
que V. M. vouloit aller en Poictou & Guyenne, pour y
debeller entierement les heretiques : il me dit qu'il falloit
attendre ce que porteroient les ſuiuans ordinaires, & ſelon cela, il verroit ce qu'il auroit à faire. Sur le troiſiéme &
dernier poinct, il me dit en grande colere, qu'il n'en vouloit rien faire, & qu'il n'en feroit rien. Et comme ie luy
remonſtrois les raiſons pourquoy il le deuoit faire, & le
priois d'y penſer : Il me dit que cela eſtoit tout penſé, qu'il
n'y vouloit plus penſer, & qu'il n'en feroit rien. Et moy
continuant encore à l'en ſupplier, il me dit que i'auois fait
mon deuoir, & que cela me deuoit ſuffire, & que ie vous
écriuiſſe hardiment que ie l'en auois fort preſſé , & qu'il
m'auoit répondu qu'il n'en vouloit rien faire, & qu'il n'en
feroit rien. Et pource qu'auec tout cela ie ne ceſſois point,
& m'allois roidiſſant de plus en plus, il me dit que ie ne luy
en parlaſſe plus, & que ſi ie n'auois autre choſe à luy dire,
ie m'en pouuois bien aller. Ce que ie fis, encore que i'euſſe quelque autre choſe à luy dire, & eus bien de la peine à
me garder de rompre auec luy, & l'euſſe fait, n'euſt eſté
pour ne m'oſter le moyen de venir à bout de cet affaire,
comme i'ay mis des gens aprés pour luy en parler; & y re-
tourneray moy-meſme auant que la promotion ſe faſſe, &
n'abandonneray cette pourſuite iuſques à ce que la choſe
ſoit faite ou faillie. Dequoy ie rendray compte à V. M.
aprés l'euenement qui ſera le Vendredy des Quatre Temps
prochains 18. de ce mois, comme ſa Sainteté nous predit
au Conſiſtoire qu'elle tint Vendredy matin onziéme de ce
mois, nous denonçant qu'on feroit des Cardinaux audit
iour Vendredy des Quatre Temps. Au demeurant V. M.
me commande de luy écrire ce qu'elle doit eſperer dudit
ſecours. Suiuant lequel commandement, & la meſme fidelité dont ie vous ay referé ce que deſſus, ie vous diray
qu'il me ſemble que ce Pape n'aydera V. M. d'aucune

somme d'argent, & si à force de honte ou autrement il estoit contraint de le faire, ce sera de si peu & si tard, & auec tant de ceremonies, reprochés & indignitez, que à mon aduis il vaudroit mieux tascher de faire vos affaires sans luy. Et suis bien trompé si le peu de cas qu'il a monstré faire du bon succez qu'il a pleu à Dieu vous donner, prouient d'ailleurs que de ce que par vn si grand progrez, & par ses promesses & vanteries passées il s'est veu obligé à vous aider de ses moyens pour continuer à acheuer ce qui reste à faire, & qu'il ne peut entendre à acquitter cette obligation. Monsieur le Cardinal de Lenoncourt estoit à Pauie le 29. Nouembre, d'où il m'écriuit qu'il pourroit arriuer en cette ville le 19. ou 20. de ce mois. Et s'il n'a point eu d'empeschement, & a voulu vn peu haster le pas, il aura peu gagner vn iour ou deux sur le chemin, pour estre icy le 18. qui sera le iour de la promotion, comme le Pape le veut & entend. Iaçoit que l'année dans laquelle on doit se rendre à Rome, se doiue compter du iour qu'on preste le serment. Monsieur le Grand Maistre de Malte arriua en cette ville, & y fit son entrée Mardy 8. de ce mois. L'honorable reception que le Pape luy a faite, semble promettre que sa Sainteté n'ait aucune mauuaise intention contre luy. Toutefois ie ne m'en asseure point encore du tout. La prochaine promotion nous en découurira quelque chose, estant l'opinion de plusieurs qu'il y sera compris. Monsieur le Cardinal Sauelle estant decedé ces iours passez, qui a esté vne grande perte pour l'Eglise, le Pape a donné la charge de Vicaire de Rome vacant par son trespas, à Monsieur le Cardinal Rusticucci, & luy a osté celle des affaires pour la faire gerer & administrer par le Cardinal Montalte son neueu. A tant ie prie Dieu qu'il vous doint, SIRE, en parfaite santé &c. De Rome ce 14. Decembre 1587.

S I R E

S En l'audience que i'eus du Pape Vendredy onziéme de ce mois, ie ne parlay point à sa Sainteté de ce que Monsieur de Lorraine auoit resolu d'entrer en vostre Royaume auec des forces, sans permission de V. M. dont il vous

u ij

auoit plû m'écrire par la lettre du 23. Nouembre, pource
qu'il me sembla que le propos ne s'y addonnoit point, &
que le Pape se coleroit à chaque mot. Mais hier au matin il
nous donna à Monsieur l'Ambassadeur & à moy matiere &
occasion de luy en parler. Ledit sieur Ambassadeur auoit
enuoyé demander audience Dimanche au soir treiziéme
iour de ce mois, & sa Sainteté luy fit dire qu'il la luy donnoit pour Lundy au matin, & qu'il vouloit que i'y vinsse
aussi, & que ledit sieur Ambassadeur me le fist entendre.
Ce qu'ayant fait entendre ledit sieur Ambassadeur, nous y
fusmes de compagnie hier au matin à 19. heures. Nostre S.
Pere nous fit vn discours qui fut fort long, dont le sommaire est, que V. M. auoit demandé secours à Monsieur de
Lorraine : Que mondit sieur de Lorraine s'estoit mis en
grands frais pour faire & vous amener ledit secours, lequel
estoit ià entré en vostre Royaume, & ne pouuoit tourner
en arriere. Que V. M. neantmoins n'en vouloit point vser,
& luy auoit fait dire, que s'il ne s'en retournoit vous luy feriez courir sus. Que ce seroit vn grand mal, si les Catholiques s'entre-défaisoient eux mesmes. Que ces défiances
ne pouuoient produire rien de bon. Que sa Sainteté voudroit exhorter V. M. de ne renuoyer point ledit secours, &
de se fier dudit sieur Duc de Lorraine, & de tous ceux
de cette Maison, qu'on ne pouuoit nier estre bons Catholiques, & ennemis particuliers des Heretiques. Que tout
ce qui auoit esté fait de bon en cette guerre, c'estoient eux
qui l'auoiét fait. Qu'ils auoient promis & protesté à sa Sainteté plusieurs fois qu'ils estoient & seroient tousiours bons
& loyaux seruiteurs de V. M. & qu'ils ne se mouuoient
d'autre chose que du zele qu'ils auoient à la Religion Catholique, & au bien commun de la France. Que sa Sainteté répondroit volontiers pour eux à V. M. Que sa Sainteté ayant interposé sa parole & sa foy pour eux, V. M. se
pouuoit bien asseurer d'eux, & n'auroit occasion d'y faire plus difficulté. Qu'aussi bien s'ils luy manquoient de
promesses, il les puniroit & ruineroit incontinent. Que
neantmoins sa Sainteté n'auoit voulu passer outre sans
nous en parler, & vouloit sçauoir nostre aduis là dessus, &

s'offroit d'y faire tout ce qui feroit trouué bon & faifable.

Quand il euft acheué, ie luy dis que V. M. par fes lettres m'auoit touché en paffant vn mot de ladite refolution de Monfieur de Lorraine; mais que vous en auiez écrit plus amplement à Monfieur l'Ambaffadeur, qui en pourroit mieux informer fa Sainteté. Et là deffus ie me teus pour laiffer parler ledit fieur Ambaffadeur, lequel répondit ce que V. M. entendra par fes dépéches. Quand il euft acheué de parler, & que le Pape euft repliqué quelque peu de mots là deffus, ie commençay à remercier fa Sainteté du foin qu'elle monftroit auoir de vos affaires, & de ce qu'en chofe qui vous concernoit, il n'auoit voulu rien faire fans en conferer auec vos Miniftres & feruiteurs, & de ce qu'il luy plaifoit s'offrir à ce dont nous le fupplierions pour le feruice de V. M. Aprés cela ie luy dis, que le fecours que Monfieur de Lorraine menoit, n'eftoit point aux conditions qu'il auoit efté demandé. Que V. M. auoit enuoyé pardeuers luy plus d'vne fois auant qu'il partift, pour prier de ne mener lefdites forces. Que toutefois il s'opiniaftroit de les vouloir mener en voftre Royaume malgré V. M. Ce qui ne fe pouuoit faire fans foupçon, ialoufie & offenfe grande de V. M. & mefmes à prefent que les chofes eftoient changées, & l'armée des heretiques eftrangers en route, & que V. M. n'en auoit plus de befoin. Que d'ailleurs chacun fçait fes affaires, & fa Sainteté deuoit croire, que puifque vous ne vouliez point de ce fecours, c'eftoit pour bonnes & grandes confiderations, & s'en deuoit auffi remettre à V. M. Que la chofe d'elle-mefme fans autre difcours, eft fufpecte & odieufe, de vouloir mener fecours à vn qui n'en veut point, ou pour plus de temps qu'il ne veut, & ne peut-on donner aucune bonne interpretation à telle entreprife. Car fi on veut dire qu'on n'a aucune mauuaife intention, pour le moins ne peut-on éuiter qu'on donne à croire, qu'on tient le Prince auquel on entreprend mener fecours malgré luy, pour vn homme qui ne fçait ce qu'il luy faut. Que ie priois fa Sainteté de fe mettre en voftre place, & iuger fi elle trouueroit bon qu'on luy en fift autant, & ce qu'elle feroit fi quelqu'vn entreprenoit telle chofe en fon endroit.

u iij

Que ce seroit vrayement vn grand mal, si les Catholiques
s'entre-défaisoient; mais ce mal deuoit estre imputé à qui
en seroit cause. Il n'y auoit Catholique qui se vouluft laisser ruiner pour vn autre, pour Catholique qu'il fuft. Le
danger & le mal estoit tousiours à euiter de quelque part
qu'il vinst, & n'y auoit religion, parenté & alliance, ou autre telle chose qui le peust faire trouuer bon. Que les défiances entre les Catholiques ne pouuoient vrayement
produire rien de bon; mais V. M. ne prenoit aussi la défiance de soy-mesme, ains c'estoit la chose mesme qui donnoit
la défiance & les deportemens passez. Que Mrs de Guyse
estoient à la verité Princes de grand valeur; mais aussi les
grands Estats n'auoient iamais esté vsurpez ou transferez
par personnes de peu. Qu'il ne se pouuoit nier qu'ils n'aillent de grande ardeur à cette guerre, & qu'ils n'ayent fait
de bonnes choses, comme à Vignory & à Aulneau; mais
c'estoit aussi à eux à faire principalement qui auoient suscité cette guerre, & qui estoient occasion que cette armée
estrangere estoit venuë en France, & à qui elle en vouloit
principalement. Que ce qu'ils auoient fait, ils l'auoient fait
auec vos forces & moyens, & c'estoit V. M. qui l'auoit fait
par eux. Qu'il y auoit beaucoup d'autres Seigneurs en vos
armées qui auoient fait & faisoient tous les iours tres-bien;
mais ils ne tenoient icy des gens à gages pour celebrer leurs
faits & gestes, comme Messieurs de Guyse y ont des gens
exprés pour y trompeter tout ce qu'ils font, & bien souuent
ce qu'ils ne font pas aussi. Que V. M. ne doute point qu'ils
n'aillent de cœur & d'affection contre les Heretiques; mais
elle ne peut ne doit oublier les choses passées, non seulement à la premiere sousleuation en Champagne & Bourgongne, & ailleurs; mais aussi qu'il n'y auoit si belle declaration, promesse & protestation au monde à laquelle on se
doiue arrester plustost qu'aux effects. Que ceux qui ont
quelque mauuais dessein n'ont garde de le publier à ceux
mesmes de qui ils veulent estre fauorisez, aidez & fortifiez;
ains le déguisent & couurent tousiours de quelque beau
pretexte. Que V. M. croiroit bien à la parole de sa Sainteté en ce qu'elle vous témoigneroit de la droiture de son

intention; mais sa Sainteté ne répondroit iamais de l'ambition d'autruy, aussi n'estoit-ce pas matiere qui fust disposée. Qu'vn grand Roy ne pouuoit ny deuoit dépendre de la parole d'homme du monde; ains aprés Dieu, de sa propre preuoyance & valeur, & de son bon conseil, forces & moyens. Que tout ce que ie pouuois dire à sa Sainteté, pour obeyr aux commandemens qu'il luy plaisoit de nous faire, de luy dire nostre aduis, estoit, que i'estimois que sa Sainteté feroit conuenablement à sa prudence, & à la raison en soy d'exhorter Monsieur de Lorraine de ne mener ny enuoyer des forces en vostre Royaume, sinon autant & comme il plairoit à V. M. & se conformer du tout à vos volontez & intentions en ce qui estoit de vos affaires & seruice. Quand mon propos fut finy, nostre S. Pere dit, que nous auions raison, & qu'il auoit desia fait ce que ie venois de luy dire, & que le iour auparauant par courrier exprés, il auoit mandé à Monsieur de Lorraine qu'il ne menast point de gens en vostre Royaume contre vostre volonté; & s'il falloit faire encore quelque chose il le feroit, & que nous le luy dissions. De quoy nous le remerciasmes. Aprés cela Monsieur l'Ambassadeur commença à parler de la promotion de Monsieur de Candale, & le Pape luy ayant répondu deux ou trois mots, ie prins la parole & continuay, & n'eus autre réponse de sa Sainteté, que colere & paroles fascheuses, qui seront mieux teuës qu'écrites. A tant ie prie Dieu qu'il vous doint, S I R E, &c. De Rome ce 15. Decembre 1587.

S I R E,
Vendredy au matin 18. iour de ce mois auant qu'aller au Consistoire, où se deuoit faire la promotion des Cardinaux, i'écruis à V. M. ce qui s'estoit passé iusques-là touchant le fait de ladite promotion, afin que les Cardinaux estans faits, il ne fallust faire autre chose qu'en bailler la liste au courrier, & le faire partir incontinent, comme il fut fait. Maintenant i'écriray à V. M. certaines particularitez qui se passerent dans le lieu du Consistoire, auant que ladite promotion se fist. Nostre S. Pere audit lieu du

Confiſtoire, aprés auoir donné audience particuliere à Monſieur le Cardinal Farneſe, & à quelques Cardinaux, ſelon le rang qu'ils tiennent, il me fit appeller, ayant retenu prés de ſoy Meſſieurs les Cardinaux de Sainte Croix, de Pelleué & Saluiati, auec leſquels il auoit parlé quelque temps, & en leur preſence me diſt qu'il vouloit faire Cardinal l'Eueſque de Paris, comme il m'auoit dit les iours paſſez; mais qu'on luy auoit dit beaucoup de choſes qui luy en faiſoient douter, & principalement deux : l'vne, qu'il auoit des enfans; l'autre, qu'il ne ſeroit agreable à V. M. & ſi ie luy confirmois ces deux choſes, ou l'vne ſeulement, il ne le feroit point Cardinal, & partant que ie luy en diſſe ce que i'en ſçauois ou croyois. Ie luy répondis, quant à la premiere, que i'auois eſté à Paris fort long temps, & auois eu moyen d'entendre aſſez de la vie, mœurs & conuerſation de Monſieur de Paris, mais ie n'auois iamais entendu qu'il euſt des enfans, & ne croyois point qu'il en euſt. Quant à la ſeconde demande que ſa Sainteté me faiſoit, ſi ledit ſieur de Paris ſeroit agreable à V. M. ou non, ie ne luy pouuois dire ſinon ce que ie luy auois dit auparauant, à ſçauoir que la perſonne de Monſieur de Paris en ſoy ſeroit bien agreable à V. M. & que vous ſeriez bien-aiſe qu'il fuſt fait Cardinal auec Monſieur de Candale; mais ſi ſa Sainteté ne vouloit faire Cardinal que l'vn d'eux, V. M. auroit plus agreable Monſieur de Candale, & ie ſuppliois tres-humblement ſa Sainteté au nom de V. M. que ſi elle n'en vouloit faire que l'vn, il luy pluſt faire Monſieur de Candale. Le Pape me repliqua qu'il ne vouloit ſçauoir de moy ſinon que ce qu'il m'auoit demandé, à ſçauoir ſi l'Eueſque de Paris ſeroit deſagreable à V. M. comme quelques-vns luy auoient dit. Car quant à la preference de luy, ou de Monſieur de Candale, il en auoit encore enuoyé parler le ſoir auparauant à Monſieur l'Ambaſſadeur, lequel luy auoit enuoyé dire qu'elle fiſt hardiment Monſieur de Paris, & que V. M. l'auroit pour le moins auſſi agreable que Monſieur de Candale, & qu'on ſçauoit bien qui auoit meu V. M. à recommander ledit ſieur de Candale. Ie luy dis, que ſa Sainteté ne pouuoit douter de l'intention de V. M. puiſ-

qu'elle

qu'elle en auoit vne lettre de voftre propre main, outre ce
que ie luy en affeurois, & que Monfieur de Candale auoit
tant de belles, rares & grandes qualitez en toutes fortes,
qu'il n'efcheoit aucun foupçon que la recommendation
que V. M. en faifoit, euft efté mendiée en façon du monde. A cela le Pape repliqua affez brufquement, qu'auffi
eftoit-il vray-femblable que l'Ambaffadeur euft la vraye
volonté & intention de fon Prince. Ie luy dis que fi fa Sainteté en doutoit, elle en auroit certitude dans vn mois, en
differant autant de temps à faire celuy que V. M. declaroit aymer le mieux. Il me répondit que ce feroit contre
fa Bulle, de faire Cardinaux hors le mois de Decembre. Ie
ne luy voulus repliquer, que depuis cette Bulle il auoit
fait le Cardinal Alano Anglois hors le mois de Decembre,
mais ie luy dis que fa Sainteté pouuoit dire en faifant la
promotion des doubles Cardinaux, qu'elle fe retenoit *in
mente* de faire vn Cardinal à V. M. lequel s'entendroit eftre
fait de mefme iour que les autres, mais il feroit puis après
feulement declaré quel il auroit efté. *Non, non*, dit-il, *nous
ferons Paris, puifqu'il ne fera pas defagreable au Roy; & fi vous
m'euffiez dit qu'il euft efté def-agreable à fa Maiefté, ou qu'il
euft eu des enfans, ie ne l'euffe point fait, mais ie n'euffe point
fait Candale pourtant, & euffe fait l'Abbé Bandini, pour lequel
fa Maiefté m'a écrit auffi.* Alors ie luy dis, que V. M. auroit
bien agreable l'Abbé Bandini, & l'auoit recommandé,
mais comme ie luy auois dit autrefois, V. M. entendoit le
recommander entre les Italiens, & le premier d'entre eux;
mais non pas en preference, ny en comparaifon des François, que V. M. entendoit eftre preferez. Et des François voftre M. pour cette heure defiroit Monfieur de Can-
le auant tout autre, & que s'il n'eftoit preferé, V. M. n'en
feroit point contente. Alors fe tournant vers les trois autres Cardinaux, il leur dit qu'il fçauoit bien ce que l'Ambaffadeur luy auoit mandé, & qu'il l'écriroit à V. M. par
le Bref qu'elle vous manderoit. Ie ne fçay s'il l'aura fait,
parce que i'ay depuis entendu qu'on auoit fait office pour
détourner cela. Tant y a que de tout ce que ie viens d'é-
crire à V. M. i'ay, outre le Pape, pour témoins les fufdits

x

trois Cardinaux, en la presence desquels furent tenus les susdits propos entre sa S^{té} & moy. A tant ie prie Dieu qu'il vous doint, SIRE, &c. De Rome ce 22. Decembre 1587.

SIRE,

Outre la dépéche que ie fis à V. M. par le dernier ordinaire des 14. & 15. de ce mois, ie vous en fis encore vne autre le 18. qui fut le iour de la promotion des Cardinaux, par vn courrier extraordinaire, & encore vne troisiéme le 22. par vn second extraordinaire sur l'extremité de maladie du sieur de Lonré, fils de Monsieur le Mareschal de Matignon, que Dieu appella depuis à soy, la nuit du 24. venant au 25. Depuis ie n'ay receu aucune lettre de V. M. à laquelle i'aye à faire réponse, & n'ay fait aucune negotiation, ny entendu aucun euenement dont i'aye à vous rendre compte; de façon que cette-cy ne sera que pour satisfaire à la coustume & au deuoir que i'ay d'écrire à V. M. par tous les ordinaires, & pour prier Dieu, comme ie fais deuotement, qu'il vous doint, SIRE, &c. De Rome ce 24. Decembre 1587.

SIRE,

Le sieur Mario Bandini arriua en cette ville le dernier Decembre sur le soir, & ce iour-là mesme Monsieur le Marquis de Pisany & luy vindrent me communiquer son instruction, & fut arresté entre nous, que nous enuoyerions demander audience au Pape pour le lendemain; laquelle nous estant accordée, nous y fusmes mondit sieur l'Ambassadeur, ledit sieur Mario & moy. Et dautant que c'estoit à moy à commencer, ie luy dis que V. M. luy enuoyoit le sieur Mario Bandini là present, pour des choses de grande importance, & qu'encore que V. M. eust vne infinité de suiets pour faire telles charges, ce nonobstant vous auiez voulu luy enuoyer vn de ses suiets, natif de la ville mesme de Rome, qui luy diroit & témoigneroit ce qu'il auoit veu, & ouy luy-mesme, outre la charge & instruction qu'il auoit de V. M. & partant nous le supplions, Monsieur le Marquis de Pisany & moy, de luy donner bonne & fauorable au-

dience. Et aprés que le Pape euſt répondu à cela briefue-
ment, que ledit ſieur Mario eſtoit le bien-venu, & qu'il
l'oyroit fort volontiers, & qu'il diſt hardiment. Ledit ſieur
Mario luy expoſa la charge qu'il auoit de V.M. & parce que
c'eſt à luy à vous rendre compte de ce qu'il dit, & de ce
qui luy fut répondu par noſtre S. Pere, ie m'en remettray
à luy ſans vous en écrire autre choſe, ſinon que ledit ſieur
Mario parla conformémét à l'inſtruction de V.M. & de fort
bonne façon. Mais le Pape fit vne réponſe la plus indigne
de ſa Sainteté, & de V.M. & de l'importance de l'affaire,
qui ſe pourroit imaginer, & ſuis bien-aiſe qu'il touché à
vn autre que moy de la vous faire entendre. Ledit ſieur
Mario, Monſieur l'Ambaſſadeur & moy fiſmes pluſieurs
repliques pour le mettre au chemin de répondre bien, ou
moins mal. Mais tant plus nous luy repliquions, tant pis
il répondoit. De façon que nous fuſmes contraints de
changer de propos, pour ne le laiſſer en ſi mauuais eſtat, &
ne nous départir d'auec luy en colere & auec rupture, comme il nous en donnoit occaſion. La cauſe d'vne ſi eſtrange
réponſe eſt la demande que ledit ſieur Mario & nous luy
faiſions du ſecours de deniers, & la promeſſe qu'il ſe ſou-
uient auoir faite d'en aider V. M. quand il verroit quelque bon ſuccez, & que V.M. feroit à bon eſcient, (car ainſi
a-t-il touſiours parlé) & qu'il ne veut, & pour ſon extrême
chicheté ne peut acquiter ſa promeſſe, ny faire enuers V.
M. le denoir auquel il eſt obligé de pluſieurs ſortes d'obligation. En ſomme, S I R E, il eſt ainſi fait, & ie vous ſupplie tres-humblement de ne vous y attendre plus. Car outre que ie n'eſtime point qu'il vous ſecoure iamais de deniers, ie croy, que tant qu'il aura opinion que V.M. luy en
veüille demander, il parlera touſiours indignement de vos
affaires, & s'il eſtoit deliuré de la peur qu'il a, qu'on luy demande argent, il pourroit changer de langage, & confeſſer qu'il eſt iour à midy. Cette ſienne maladie eſt augmentée par la malice de ceux qui ſont touſiours aprés luy pour
décrier toutes vos actions, & le détourner de vous donner
aucun ſecours d'argent, & luy ſuader d'en donner pluſtoſt
à ceux qui ont fait & font tout, qu'à V.M. qui n'a fait & ne

fait rien que retarder & empéchet leurs belles actions & genereux deſſeins, comme ils ne ceſſent de dire. Qui eſt tout
ce que i'ay eſtimé deuoir écrire à V. M. ſur le fait de la
charge dudit ſieur Mario Bandini, lequel outre la communication de ſon inſtruction, m'a rendu les deux lettres
qu'il a pleu à V. M. m'écrire par l'ordinaire, de ſaint Pierre le Monſtier le 9. du meſme mois; à la plus grande partie
deſquelles ſeruira de réponſe ce que ie viens d'écrire à V. M.
Quant au fait de la promotion, elle fut faite dés le 18. Decembre en la façon que V. M. aura veu par mes lettres enuoyées par courrier exprés. Quant au Iubilé, ie l'ay enuoyé à V. M. Quant à Monſieur le Grand Maiſtre, il fut
fait Cardinal. Ce qui nous aſſeure que le Pape n'a intention de faire aucune procedure contre luy; mais non pas
qu'il ne veüille apporter quelque diminution à la Grand-
Maiſtriſe, comme il ſe dit deſia, que ſa Sainteté la veüille
rendre temporelle, comme de ſix années. Et afin que ledit Grand-Maiſtre conſentiſt qu'on commençaſt à luy, ſa
Sainteté l'a voulu recompenſer de la dignité de Cardinal,
& auſſi pour ſe le rendre plus fauorable à d'autres reglemens qu'elle a intention de faire touchant la Religion de
S. Iean de Ieruſalem. Quoy qu'il en ſoit, & que l'on tienne la choſe fort ſecrete, V. M. qui a par trop experimenté combien ce Pape eſt chiche de la dignité de Cardinal
enuers telles perſonnes, peut iuger qu'il n'a ſans quelque
myſtere fait Cardinal, & fait venir icy vn Grand-Maiſtre
de Malte auquel il n'auoit aucune particuliere affection.
Le temps découurira ce qui en eſt, & ie ne faudray d'en
rendre compte à V. M. à meſure que i'en apprendray quelque choſe. Au demeurant ſa Sainteté qui met touſiours
en auant quelque nouueau moyen de faire argent, veut
eriger en titre l'office de Solliciteur des expeditions de benefice, & en faire cinquante, & les vendre mil eſcus chacun. Et a là fait defenſe, que perſonne n'euſt à ſolliciter
ſans en auoir premierement obtenu lettres de ſa Sainteté.
Dequoy ne peut prouenir que mal & foule à vos ſuiets,
qui ont à auoir des expeditions d'icy, & partant ie ſuis deliberé de m'y oppoſer. Ce que i'euſſe touſiours fait quel

qu'il euft efté enuers V. M. mais le voyant tel qu'il eft, &
que V. M. n'en doit attendre aucun fecours, i'y procede-
ray auec moins de fcrupule & plus de liberté. A tant ie prie
Dieu qu'il vous doint, SIRE, &c. De Rome ce 4. Ianuier 1588.

SIRE
l'efcriuis hier à V. M. touchant vos affaires, & répondis aux lettres qu'il vous auoit plû m'écrire des 9. & 15
Decembre, entre lefquelles il y en a vne de la main de V.
M. que ie remercie en toute humilité, & de toute mon affection, de tant de faueur & honneur qu'il luy plaift me
faire continuellement. Auffi, après Dieu, ie n'ay autre
confolation de la perte dont il vous plaift me faire mention,
que la bonne grace de V. M. Le fieur de Pardeillan, de la
vifite duquel il vous a pleu m'honorer, me preffe de le dépécher pour s'en retourner vers V. M. mais pource qu'il
m'eft grandement vtile à la pourfuite de la difpenfe du
Prieur de Toulouze mon frere, pour laquelle V. M. m'a
écrit, i'ay pris la hardieffe de le retenir pour quelques iours,
& mefme que nous pourrons dire icy qu'il n'attend autre
chofe que ladite difpenfe pour la porter à V. M. I'efpere
que nous l'aurons obtenuë auant que ie puiffe auoir réponfe de la prefente. Toutefois parce que le Pape s'y rend difficile, i'oferay encore fupplier V. M. comme ie fais tres-
humblement, qu'il vous plaife en écrire encore vne lettre
à fa Sainteté, & y faire mention comme vous commandez
audit fieur de Pardeillan de folliciter ladite difpenfe, & la
vous apporter. Ce qui donnera occafion audit fieur de
Pardeillan d'en parler à fa Sainteté, & l'en folliciter, &
fera toufiours accroiftre de plus en plus les obligations que
moy & tous les miens auons à V. M. à laquelle ie prie
Dieu qu'il doint &c. De Rome ce 5. Ianuier 1588.

SIRE,
Depuis que i'eus écrit à V. M. ma lettre du quatrié-
me de ce mois, Monfieur l'Ambaffadeur fut d'aduis que
Monfieur le Cardinal de Sainte Croix allaft à l'audience

x iij

pour la mesme occasion pour laquelle ledit sieur Ambassadeur, le sieur Mario Bandini & moy, y auions esté le premier iour de l'an. Et ledit sieur Cardinal de Sainte Croix y
estant allé, le Pape luy fit encore pire réponse qu'il n'auoit
faite à nous. Ledit sieur Ambassadeur voulut encore que
i'y retournasse après ledit sieur Cardinal de Sainte Croix,
& que ie me plaignisse à sa Sainteté des violentes répon-
ses qu'elle faisoit, & persistasse en la demande du secours
d'argent. Ce que ie fis hier au soir, suiuant plustost l'aduis
dudit sieur Ambassadeur que le mien, qui preuoyois que
ce ne seroit qu'adiouster indignité sur indignité. La réponse que i'eus, fut la mesme qu'il auoit fait auparauant,
en effect & en substance, mais non pas auec la prononcia-
tion & les paroles si violentes. *Que voudroit-on qu'il répon-*
dist? Comment voudroit-on qu'il parlast? Qu'il se tairoit du tout
si on vouloit; mais s'il falloit répondre, il ne sçauoit ny vou-
loit mentir. Que la verité estoit qu'il trouuoit mauuaise la ca-
pitulation qui auoit esté faite auec les Reistres. Qu'il n'auoit, long
temps y a, veu ny oüy chose qui luy eust tant despleu. Qu'il en
auoit vne si grande amertume en son cœur, qu'il n'en auoit pû
dormir depuis. Qu'il falloit auoir tout tué, & encore qu'il y fust
mort des Catholiques, c'estoit tout vn. Que du costé de V. M. n'a-
uoit pas esté tué vn seul Reistre, ny autre de l'armée estrangere.
Que si V. M. ne fust bougée de Paris, & se fust contentée d'enuoyer
des gens à Monsieur de Guyse, toutes choses fussent mieux allées,
& les Reistres ne fussent point entrez au Royaume, ou y estant en-
trez ils eussent tous esté taillez en pieces sans qu'il s'en fust retour-
né pas vn. Maintenant luy demander argent pour auoir fait tout
le contraire de ce qu'il falloit, quelle apparence y auoit-il? Qui
luy conseilleroit d'en bailler? Toutefois si on vouloit, il en deman-
deroit aduis à quelques Cardinaux, & en feroit faire vne Congre-
gation. Que i'aduisasse moy-mesme quels Cardinaux i'aimerois le
mieux, & que i'estimerois plus enclins & fauorables aux choses de
la France, qu'il les feroit assembler là dessus. Ie luy dis que i'aurois plusieurs repliques à luy faire sur la réponse qu'il venoit de me faire, mais luy auois autrefois repliqué à vne
grande partie de sa réponse, & il auoit trouué bonnes mes
repliques. *Que si ie voulois à present repliquer de nou-*

ueau selon mon cœur, ie le fascherois; ce que ie ne voulois
faire, ains estois retourné vers luy pour le moderer, & pour
en tirer quelque réponse plus gratieuse, que nous peussions
écrire à V. M. & tousiours seruir à la bonne intelligence
qui deuoit estre entre sa Sainteté & V. M. Quant à la Congregation que sa Sainteté offroit de faire faire, c'estoient
choses tousiours longues, & qui se terminoient ordinairement en vne negatiue. Que si sa Sainteté estoit disposée
d'aider V. M. chacun le trouueroit bon & l'en loüeroit;
mais si sa Sainteté n'y inclinoit point, à peine s'en trouue-
roit-il qui luy donnassent conseil qui luy deust déplaire.
Baste, dit-il, *ie ne puis faire telles choses sans conseil: Si vous*
voulez, i'en feray deliberer. Et ie me leuay là dessus, & m'en
allay sans luy repliquer autre chose. Et ne suis pas d'aduis
que Monsieur l'Ambassadeur & moy le sollicitions qu'il
fasse faire ladite Congregation, qui à mon aduis ne seruiroit d'autre chose que de faire courir plus long-temps par
Rome, & d'icy puis aprés par toute la Chrestienté le bruit
de nos necessitez, requestes & supplications, & des indignitez qu'on nous y fait. Toutefois i'en passeray tousiours
par l'aduis des plus âgez, & des plus sages. Monsieur le Cardinal de Sainte Croix nous a desia tres-bien dit vne chose,
que ie croyois desia de moy-mesme, que le Pape ne baille-
ra point d'argent, & que tant que V. M. luy en fera demander, il defauorisera toutes vos autres affaires, & que
pour mettre le Pape de vostre costé, contre la Ligue, il faudroit trouuer moyen que la Ligue luy demandast de l'argent, & que V. M. ne luy en demandast oncques plus. En
somme, SIRE, tout ce que ie vous puis dire tant de moy-
mesme, qu'aprés auoir oüy & écouté les plus aduisez, est
que le Pape ne vous aidera iamais d'argent; mais la honte
le pourroit bien conduire à vous aider d'hommes. Et en
cela il y aura encore du danger que lesdits hommes ou les
Chefs ne soient plus à la deuotion d'autruy que de V. M.
comme on l'a recherchée cy deuant, laquelle a à deliberer
là dessus, & prendre vne bonne resolution à ses affaires. A
tant ie prie Dieu qu'il vous doint, SIRE, &c. De Rome
ce 7. Ianuier 1588.

S I R E,

Monsieur le Cardinal de Sainte Croix, dont il est fait mention cy-dessus, monstre affection & zele au seruice de V. M. Il m'a dit que V. M. luy auoit fait donner assignation de six mil escus qui luy sont deus, dont il ne peut estre payé. Et dautant qu'il en a tres-grand besoin, il m'a requis de supplier V. M. de vouloir ordonner qu'il en soit payé.

S I R E,

Depuis le dernier ordinaire que nous dépéchasmes le 28. Decembre, i'ay écrit à V. M. par vn de mes Gentils-hommes les 4. 5. & 7. de ce mois, de façon que ie n'ay rien reserué pour cet ordinaire. Monsieur l'Ambassadeur qui fut à l'audience le 8. de ce mois, vous fera entendre ce qu'il traita, & ce que le Pape luy répondit. Nous auons esté conseillez mondit sieur l'Ambassadeur & moy, de ne pour-suiure point de Congregation pour les raisons contenuës en ma lettre du septiéme. Dequoy ie ne diray autre chose à V. M. me tenant à ce que ie vous en ay écrit par mes dernie-res dépéches. Qui est en somme que V. M. ne doit attendre aucun secours de deniers du Pape, & que si par honte ou au-trement, il estoit contraint de vous seruir de quelque cho-se, ce seroit d'hommes, & encore rechercheroit-on que les Chefs fussent plus à la deuotion de vos suiets que de V. M. Que de poursuiure plus le Pape de vous aider de deniers, outre que ce seroit temps & peine perduë, & ne seroit au-cunement de vostre dignité, ce seroit encore irriter le Pa-pe, & le bander du tout contre vos affaires, & luy faire dire de vos actions & intentions tout le contraire de ce qu'il voit & croit. Et qu'en matiere de secours reel & actuel, V. M. ne le doit compter pour rien; ains tascher de faire vos affaires sans luy, comme s'il n'estoit point du tout; ne rom-pre pourtant auec luy, pource que dépité il pourroit faire beaucoup plus de mal, que propice il ne fera iamais de bien. A tant ie prie Dieu &c. De Rome ce 11. Ianuier 1588.

S I R E,

S'en retournant le sieur Mario Bandini vers V. M. il

n'est

n'est besoin que ie vous écriue autrement par luy, dautant
qu'il vous rendra compte de tout ce qui a esté fait, & dit en
l'affaire, pour lequel V. M. l'auroit enuoyé, & que ie vous
ay cy-deuant écrit tout ce en quoy i'estois entreuenu. Ie
diray seulement ce mot à V. M. qu'encore que ledit sieur
Mario, & nous n'ayons pû rien impetrer du Pape, non pas
mesme qu'il vous sceust quelque gré du bien infiny que V.
M. vient de faire à la Religion Catholique, d'auoir reduit
à neant vne si puissante armée d'heretiques; si est-ce que ce
voyage dudit sieur Mario aura esté tres-vtile, si V. M. en
recueille cette verité, qui est à mon aduis tres-certaine,
qu'il ne faut esperer que ce Pape vous secoure iamais d'argent, ny le compter pour rien quand vous penserez aux
moyens de pouruoir à vos affaires. Et possible que Dieu le
veut ainsi, afin que V. M. ne soit de rien obligée à ceux qui
pour peu de chose dont ils vous eussent accommodé, voudroient puis après que vous fissiez toutes choses à leur gré,
& mesme qu'à leur appetit vous vous ruinassiez vous mesme & tout vostre Royaume, & afin que vous soyez d'autant
plus excusé enuers tous les hommes, si vous faites enfin ce
qui sera expedient pour la conseruation de vostre authorité & de vostre Estat, & de la Religion Catholique mesme.
A tant ie prie Dieu qu'il vous doint, SIRE, &c. ce dix-
huitiéme Ianuier 1588.

SIRE,
   Le courrier que nostre saint Pere auoit enuoyé pardelà à l'occasion de la derniere promotion, & celuy que i'a-
uois enuoyé aussi, furent icy de retour Ieudy 21. de ce mois,
& ie receus la lettre qu'il plust à V. M. m'écrire le 27. & fus
à l'audience Samedy 23. & suiuant le contenu de vostre-
dite lettre, ie dis à nostre S. Pere comment, & en quel des-
aroy ce peu qui estoit resté de l'armée estrangere estoit sorty
de vostre Royaume, & la resolution en laquelle V. M. persistoit d'aller au Printemps, assieger en personne les villes
detenuës par les heretiques, s'il ne reuoit à faute d'argent.
Et là dessus ie luy exposay comment V. M. estoit allée à Paris pour en faire prouision, & les difficultez qui s'y trou-
                                                    y

tioient, & mesme de la part du Clergé qui empéchoit l'e-
xecution de la Bulle d'alienation. Ce que ie luy disois non
pour aucune esperance que i'eusse d'en tirer aucun secours
pour V. M. mais pour la fin & intention que V. M. me si-
gnifie par sadite lettre. Il ne me répondit autre chose sur
cela, sinon que ce seroit bien fait d'amasser de l'argent, &
sans argent vn Prince, pour grand qu'il soit au reste, n'a
point de moyen de faire de grandes choses. Que ce seroit
bien fait aussi de poursuiure les heretiques iusques au bout,
mais qu'il ne seroit point de besoin que V. M. allast assieger les villes en personne, & suffiroit bien qu'elle y enuoyast
quelque grand Chef. Et dautant que c'estoient choses à
quoy ie luy auois repliqué autrefois, & que ie ne voulois
pour lors & en vain entrer en contestation auec luy, ie luy
dis seulement qu'autrefois sur semblables propos ie luy
auois bien amplement remonstré comment & pourquoy V.
M. n'auoit pû faire encore argent iusques icy, & le pouuoit encore moins que iamais, & de combien il importoit
au succez de la guerre, & à la dignité, reputation & seureté, tant de V. M. que de vostre Couronne, de ne mettre en
ce temps icy, & aprés tant de choses qui se sont passées, les
forces de vostre Royaume en main d'autruy, ains les retenir à vous, & les aller exploiter vous-mesme en personne.
Dequoy sa Sainteté monstra se ressouuenir, & me dit que
i'auois raison quant à ce dernier poinct. Aprés cela ie luy
dis comment Monsieur de Lorraine auoit contenté V. M.
en retirant & faisant sortir hors de vostre Royaume ses gens
de guerre: & que V. M. croyoit qu'outre la bonne disposition que mondit sieur de Lorraine y auoit apportée, les
bons records que sa Sainteté luy auoit donnez, auroient
grandement aidé à le faire resoudre en la meilleure partie,
& à se conformer à la volonté de V. M. qui en remercioit
trés-affectueusement sa Sainteté, la priant de continuer à
toutes occasions de departir tant à luy qu'à tous autres ses
bonnes & saintes admonitions, & exhortations à semblable fin. Ce propos luy fut fort agreable, & auec vn visage
riant me répondit qu'il estoit vray, qu'il auoit exhorté Monsieur de Lorraine à faire ce que V. M. vouloit, & qu'il le

feroit tousiours, & entendoit que V. M. fust obeye & seruie,
& si on faisoit autrement, il auoit bien moyen & intention
de chastier les desobeïssans, & telles autres choses qu'il a
accoustumé de dire auec grande confidence & opinion
qu'il soit fort craint & redouté de là les monts. Aprés qu'il
eust finy ce propos, & que ie l'en eusse tres-humblement
remercié, ie luy dis le grand plaisir qu'il vous eust fait
d'honorer Monsieur de Candale de la dignité de Cardinal, & le grand desir, que V. M. en auoit encore maintenant plus que iamais, & luy rendis la lettre que V. M. luy
escriuoit de sa main, auec vne traduction en Italien, luy disant que s'il pouuoit anticiper le temps de la promotion
dudit sieur de Candale, & le promouuoir aux premiers
Quatre-temps, sa Sainteté exalteroit vn personnage qui le
merite en toutes façons, & pour infinies considerations
que ie luy auois autrefois exposées, & V. M. le tiendroit à
grand faueur & obligation. Ie conformay ce mien propos
& ma contenance en la meilleure façon qu'il me fust possible, non tant pour esperance d'obtenir ma requeste, que
pour garder qu'elle ne fust mal prise estant faite si tost aprés
la derniere promotion. Et de fait sa Sainteté me monstra
la prendre en bonne part, & en sousriant me dit qu'il
ne vouloit point promettre pour les premiers Quatre-
temps, ny pour autre saison contraire à sa Bulle; mais que
V. M. se pouuoit asseurer que comme il l'auoit contentée
de Monsieur de Lenoncourt, & de Mr de Paris, aussi vous
contenteroit-il dudit sieur de Candale. Ce sont, SIRE,
les choses dont i'auois à traiter auec sa Sainteté par la susdite lettre de V. M. Au demeurant, ce qui s'est passé entre
Monsieur l'Ambassadeur & moy, sur le suiet de ladite derniere promotion, ne portera pour mon regard, aucun preiudice à la bonne intelligence qui doit estre entre nous
deux, non seulement pour la reuerence que ie porte à tous
vos commandemens, & pour la connoissance que i'ay combien cela importe au bien & reputation de vos affaires, & à
l'honneur de nostre nation, & à la particuliere dignité
de nos charges, & à la tranquilité & repos de nos esprits,
mais aussi pource que de moy-mesme, sans autre conside-

y ij

ration ny occasion, que de ma propre inclination & disposition, ie desire estre bien auec vn chacun, & particulierement auec Monsieur le Marquis de Pisany, que ie tiens,
aime & honore pour vn Cheualier d'honneur & de merite,
& tres-affectionné & zelé à vostre seruice, comme ie luy
feray tres-volontiers seruice en tout ce qui se pourra iamais
presenter. Quant aux benefices qu'il auoit plû à V. M. donner à feu Monsieur de Lonré, fils de Monsieur le Mareschal
de Matignon, il n'en a vaqué pas-vn par sa mort. Car il
n'auoit encore obtenu prouision d'icy que de l'Abbaye de
Cherbourg, aux Bulles delaquelle, comme i'ay cy-deuant
écrit à Monsieur de Villeroy, fut apposé vn decret, que ledit sieur de Lonré prendroit l'habit, & feroit profession de
l'ordre dont est l'Abbaye dans deux ans, autrement ladite
Abbaye, sans autre declaration, vaqueroit incontinent
aprés que lesdits deux ans seroient expirez, & lesdits deux
ans estoient expirez, trois ans auant qu'il soit mort, & il
estoit icy aprés à s'en faire pouruoir de nouueau, & la sup-
plication & autres memoires en estoient dressez, quand la
maladie dont il est decedé luy suruint. De façon que
n'ayant rien vaqué en Cour de Rome, on n'y peut rien impetrer sans vostre nomination, & quand on le feroit, ce seroit en vain. Toutefois ie prendray encore garde qu'on ne
puisse de fait prendre d'icy aucun pretexte ny moyen de
molester cette Maison; à laquelle V. M. a fait chose digne
de sa bonté & beneficence, de luy conseruer le bien & honneur qu'elle luy auoit fait; & outre les obligations infinies que i'ay à V. M. de mon chef, ie participe encore à cette-cy pour la parenté & alliance que i'ay auec ladite Maison. Qui est toute la réponse que i'auois à faire à la susdite
lettre de V. M. Quant aux choses de deçà, nostre saint Pere au Consistoire qu'il tint Vendredy 22. de ce mois, declara & publia comme il auoit institué quinze Congregations
de Cardinaux, & mis cinq Cardinaux en chacune, pour les
occuper tous à deliberer & luy donner aduis de diuerses
matieres qui y seront traitées. Monsieur le Cardinal Grand
Maistre partit hier aprésdisner pour s'en retourner à Malte, & monstroit s'en aller grandement content du Pape. De

ce qui s'est passé entre eux pour le regard de la reformation
de la Religion de Malte, ou d'autres choses, il ne s'en est
laissé rien entendre auec moy, & la chose est tenuë pour encore fort secrete. Tant y a qu'on ne sçauroit oster de l'o-
pinion de beaucoup de personnes bien sensées, qu'il n'y ait
quelque chose qui se pourra découurir auec le temps. A
tant ie prie Dieu &c. De Rome ce 25. Ianuier 1588.

SIRE,

S L'ordinaire de Lyon qui arriua auant-hier, ne nous
apporta aucunes lettres de V. M. de façon que ie n'auray à
vous rendre compte sinon des choses d'icy. Mercredy 3.
iour de ce mois, le Pape en Consistoire dit qu'il vouloit
donner aduis à la compagnie des choses de France, & qu'il
l'eust fait plustost, n'eust esté qu'il attendoit d'en estre bien
informé, comme il en auoit esté enfin bien aduerty, non
seulement du costé de France, mais aussi du costé d'Allemagne & de Suisse. Qu'il nous vouloit donc dire, qu'ils
estoient entrez au Royaume, premierement quatre mil
Suisses, lesquels auoient esté défaits incontinent, qu'on
ne sçauroit dire par qui, ny comment ils auoient esté défaits,
que c'estoit Dieu. Que depuis il y estoit entrée vne tres-
grande & tres-puissante armée d'Allemans & Suisses, d'enuiron quarante mil hommes, laquelle menaçoit d'abolir
la Religion Catholique en ce Royaume, & les choses y
auoient esté en tres-grand danger ; mais qu'elle auoit aussi
esté défaite par la seule vertu & grace de Dieu, sans que les
hommes y eussent rien fait. Qu'on se pourroit émerueiller
de ce qu'vn succez si heureux & si important estant arriué, il n'auoit fait faire aucune action de graces ny resioüys-
sance publique. Et pour cela il auoit bien voulu dire & declarer qu'il estoit d'aduis, & exhortoit tous les Cardinaux
d'en rendre graces à Dieu chacun en son cœur, mais d'en
faire aucune demonstration en public, il auoit estimé ne le
deuoir point faire pour la susdite consideration, que les
hommes n'y auoient rien fait, & que ç'auoit esté vn œuure
de Dieu pur & simple, sans aucun ministere des hommes.
Et à ce propos, allegua vn passage de la Bible du premier

y iij

liure des Rois, où le Roy Saül est griefuement reprimé, menacé & puny, de ce qu'en la victoire qu'il eut contre les Amalechites, il n'auoit obey au commandement que Dieu luy auoit fait par Samuël, de tuër hommes, femmes, petits enfans, bœufs, brebis & autre bestail. Pendant que le Pape tenoit ce propos, qui fut fort long, & dont ce que dessus n'est qu'vn bref sommaire, le cœur me battoit incessamment, voyant qu'encore que V. M. ne fust aucunement nommée, toutefois on comprenoit assez de qui il entendoit parler, & fus grandement tenté de luy répondre quand il auroit acheué. Mais d'vn costé i'estois si émeu, que ie ne l'eusse sceu faire auec la grauité & moderation que le lieu & les personnes requeroient ; & d'autre costé ie le voyois aussi luy si émeu quand il proferoit les susdits propos, qu'outre que d'ailleurs il est d'vn naturel vehement, il estoit desia en termes de faire vn affront au plus grand homme de la terre ; & ie n'eusse effectué autre chose que luy donner occasion d'accroistre l'indignité de la chose. Par ainsi ie me teus sans rien dire, auec grand' peine toutefois, & aussi auec intention de luy en aller parler en audience priuée, & mesme en compagnie de Monsieur l'Ambassadeur, s'il le trouuoit bon. Au sortir dudit Consistoire & auant que retourner à mon logis, ie m'en allay trouuer ledit sieur Ambassadeur, & luy dis ce qui s'y estoit passé pour ce regard, dont il fut marry comme moy-mesme. Mais il fut d'aduis que nous deuions nous comporter en cecy le plus doucement que nous pourrions, attendu l'humeur de ce Prince, & que bien souuent les grands ressentimens sont cause de faire remarquer au monde les offenses, ausquelles on n'auoit autrement pris garde, & accroissent bien souuent le mal en lieu d'y remedier. A quoy nous confirma puis après Monsieur le Cardinal de Sainte Croix. Nous resolusmes donc que nous n'irions point ensemble au Pape pour ce faict ; ains que nous irions chacun à part : & que ledit sieur Ambassadeur allant à son audience ordinaire le Vendredy ensuiuant, qui n'estoit qu'à vn iour de là, en parleroit comme d'vn bruit qu'il auroit entendu courir par la ville, que sa Sainteté au dernier Consistoire auroit tenu quelques pro-

pos qu'on interpretoit contre V. M. & puis selon la réponse que sa Sainteté luy feroit, il prendroit party & feroit
ses repliques, & selon qu'il me diroit puis aprés les choses
s'estre passées entre eux, ie me conduirois auec son aduis &
conseil. Ainsi ledit sieur Ambassadeur fut à l'audience ledit
iour de Vendredy 5. de ce mois, & aprés qu'il en fust retourné, & qu'il m'eust dit comment tout y estoit allé, il fut encore d'aduis de proceder en cecy le plus doucement que
faire se pourroit, non pour autre respect que pour la seule
consideration de vostre seruice, & pour ne rompre auec cet
homme dont le courroux & la haine pourroit plus nuire à
vos affaires, que sa bonne grace n'y profitera iamais. Ie fus
donc à l'audience hier à 22. heures, & la commençay par
des nouuelles que nous auions receuës par les lettres de
Lyon, & mesmement de la mort du Duc de Bouïllon à
Geneue, & de Cleruant à Chasteau-vieux en Bresse, &
par telles autres choses agreables. Et tout aussi-tost il me
répondit, Qu'il l'auoit ià entendu, & qu'il en estoit tres-
aise, & que Dieu nous aidoit bien. Ie luy repliquay, qu'à
la verité Dieu nous aidoit manifestement, & quasi visiblement; mais qu'il se voyoit bien aussi qu'il se seruoit du ministere des hommes. Il me dit que les hommes y faisoient fort
peu ou rien. *En telles choses*, dis-ie, *comme a esté la mort de*
ceux-cy dont nous venons de parler, il semble que les hommes y ont
fort petite part; mais en ce qui a esté le principal, comme la défaite
entiere de l'armée estrangere & heretique, il n'y a personne qui ne
sçache que Dieu par le moyen des hommes l'a empêchée de faire ce
qu'elle vouloit, & entierement ruinée. Ie vous dis, dit-il, *que les*
hommes n'y ont rien fait, & commençoit ià à s'alterer. Alors
pour le retenir ie le loüay de sa grande pieté laquelle faisoit qu'il attribuoit tout à Dieu, & de son ardent zele qui
estoit cause qu'il ne se pouuoit contenter de rien que les
hommes sceussent faire contre les heretiques, & puis adioustay, que ie luy voulois aussi dire comme son tres-humble seruiteur, & comme ayant vne petite partie du zele qui
abondoit en luy, que du tout abaisser les hommes comme
il faisoit, & comme il auoit fait en son dernier Consistoire,
c'estoit chose qui auoit esté interpretée contre V. M. com-

me si vous n'auiez fait ce que vous pouuiez & deuiez, &
que de tels propos qui pouuoient receuoir telles interpreta-
tions il n'en pouuoit auenir rien de bon, ny qui peust seruir
mesme à l'intention & au zele de sa Sainteté. Qu'il n'y
auoit homme pour lors tel qu'il fust, lequel voyant que sa
bonne volonté n'estoit point acceptée, ne se dépitast, ou
ne se décourageast. Que les Princes sur tous, comme sa
Sainteté le sçauoit trop mieux, & comme elle le pouuoit
sentir en soy-mesme, auoient vn certain sentiment & vn
cœur qui surpassoit le commun, dautant comme leur dignité & grandeur est pardessus l'estat, & ne pouuoient
souffrir qu'on les blasonne directement & indirectement,
beaucoup moins ceux qui auoient fait tant de deuoir, qu'on
ne les en sçauroit trop louër. Que V. M. en cette guerre,
comme en toutes les autres, auoit fait tout ce qu'vn Roy
tres-Chrestien, tres-zelé & magnanime pouuoit & deuoit
faire. Que si vous auiez en cette derniere occasion suiuy
plustost la prudence que le hazard, vous en estiez d'autant
plus à louër & estimer. Que mon âge ny ma profession ne
portoit point que ie sceusse gueres au fait de la guerre, aussi
ne voulois-ie pas m'ingerer d'en parler autrement; mais de
ce que i'auois leu & oüy dire, i'auois appris que la guerre
se fait à l'œil, & du iour à la iournée, selon que les choses,
le temps & les lieux y sont disposez, & que les maistres mesmes, comme les Rois & les Republiques, sont contraints
de s'en rapporter & reposer en la sagesse & fidelité de leurs
Capitaines & seruiteurs qui sont sur les lieux, sans leur prescrire de loin ce qu'ils auront à faire; tant s'en faut que
ceux d'vne autre nation tres-lointaine puissent ny doiuent
controller les Rois qui font eux-mesmes la guerre chez
eux & pour eux-mesmes, & qui ont le principal ou total interest en leur bien ou mal faire. Et s'il falloit qu'on entrast
en l'instruction de la façon qui auoit esté tenuë en France
pour ruiner cette armée estrangere, on trouueroit qu'on y
auoit fait tout ce que la raison & l'experience en telles choses requeroit. Que la raison ne vouloit point que V. M. ha-
zardast vne bataille contre vne armée, où il y auoit plus
grand nombre d'hommes qu'en la vostre, & laquelle d'ail-

leurs

leurs n'auoit aucune ville ny commodité, ains tout le pays
& toutes choses ennemies, & qui estoit assez combatuë de
la rigueur du temps, & de la faim, & de la maladie, & de
toute sorte de necessitez, & qui se ruinoit d'elle-mesme.
Que la tenir serrée de prés, & luy empécher le passage des
riuieres, & la prise des villes, & le fourrage, & toutes autres
commoditez, estoit le vray moyen de la debeller & ruiner
sans danger de perdre des vostres, la conseruation d'vn desquels, comme toute l'antiquité a estimé, valoit mieux que
la mort de plusieurs ennemis. Et l'experience a monstré
qu'il en a bien pris à ceux qui en ont fait ainsi, & mal à ceux
qui en ont fait autrement, comme il se voyoit és histoires
anciennes & modernes, & comme le Duc d'Albe, auquel
on ne pouuoit obiecter faute de zele, ny de cœur, ny de
prudence, l'auoit tres-bien & tres-heureusement pratiqué
en Flandres en cas semblable, contre vne grosse armée
d'estrangers, conduite par Casimir, & par le Prince d'O-
ranges. Que la des-vnion & separation des Suisses auec les
Reistres auoit esté vn œuure de tres-grande prudence de
V. M. Que ce peu de Reistres qui estoient retournez en
leur pays seruiront plus à la terreur de ces peuples, que
s'ils eussent esté assommez en France. Outre qu'eux ne
demandans qu'à s'en aller, V. M. qui en vn si grand estat a
tant d'autres choses à penser pour l'auenir, n'auoit deu irriter contre soy pour iamais vne nation puissante & belli-
queuse, de laquelle pour autres occasions, & pour autres
respects elle pourra plus d'vne fois auoir affaire cy-aprés.
Que sa Sainteté outre vos merites, feroit conuenablement
à sa bonté & charité paternelle, & à cela mesme qu'elle desiroit, d'estimer & parler de V. M. & des choses de la France le plus fauorablement que faire se pourroit, & de vous
fauoriser, aider & encourager en toutes sortes à luy possi-
bles, outre que d'ailleurs, le bien vniuersel de l'Eglise Catholique & le particulier du S. Siege le requeroient ainsi.
Il m'escouta assez patiemment, & me respondit que quant à
luy il falloit qu'il parlast comme il pensoit; & neantmoins
ce qu'il auoit dit au Consistoire n'auoit point esté pour en
rien offenser V. M. mais seulement pour rendre raison de

z

ce qu'il n'auoit fait aucune demonstration publique pour
la défaite de ladite armée, & qu'il auoit esté contraint d'en
rendre la cause, pource qu'il auoit entendu que l'on s'en
estoit émerueillé. Qu'au reste, il fauoriseroit tousiours les
affaires de V. M. & ne desiroit rien tant que de vous voir
paisible, & obey de tous vos suiets, & vostre Royaume flo-
rissant en tous biens autant comme il fut iamais. Ie mon-
stray me contenter de cela, & le remerciay de la bonne volonté qu'il declaroit auoir au bien de vos affaires, & de vostre Royaume. Après cela ie luy parlay de l'expedition de
l'Euéché de Verdun, qu'il auoit renuoyé à vne certaine
Congregation pour luy en donner aduis, & luy dis que telles choses, qui pour la qualité du lieu, tenoient plus de l'é-
tat, que de la discipline Ecclesiastique, sembloient se deuoir passer entre sa Sainteté & V. M. Et il me reconnut que
cela estoit vray, & qu'il estoit resolu d'en pouruoir celuy,
pour lequel V. M. luy auoit écrit; mais qu'il falloit oüyr
vn qui auoit esté esleu par le Chapitre, afin qu'il ne pust se
plaindre de n'auoir esté écouté en ses remonstrances; mais
qu'il y estoit mal fondé, & que sa Sainteté mesme ne vouloit point quitter le droit qu'il auoit d'y pouruoir sans le
Chapitre: comme aussi sçait-elle que pour vous estre cette
ville de telle importance qu'elle vous estoit, il y falloit
pouruoir d'vne personne en qui V. M. eust toute fiance.

Il n'a point esté besoin que ie luy aye parlé de ce qu'il
vouloit eriger en titre d'office les sollicitations des expeditions, & les vendre mil escus chacune, comme i'auois écrit
à V. M. que ie voulois faire. Car il s'en est departy, pource que les solliciteurs ont tenu bon à n'en vouloir point
acheter. Et afin qu'il ne semblast qu'on eust fait tant de
rumeur pour rien, on a ordonné que ceux qui voudroient
solliciter seroient tenus d'en prendre licence par écrit, de
laquelle on leur fait payer huit ducats. A quoy nous auons
conniué pour bonnes considerations, & que cela ne vaudroit pas le parler, & qu'il y a mesme quelque raison que
pour la fidelité & suffisance qui y est requise, chacun ne s'y
ingere point sans congé. Ie n'ay parlé à pas-vn Cardinal,
qui n'ait trouué mauuais les susdits propos que le Pape tint

audit Confiſtoire de Mercredy. Quelques-vns meſmes m'ont dit que ce qu'il en auoit dit, on connoiſſoit bien que c'eſtoit pour s'excuſer de n'auoir point preſté argent, plûtoſt que d'aucune autre choſe, & chacun luy en ſçait mauuais gré. Au demeurant, outre ceux qu'on a écrit autrefois d'icy à V. M. qui ſont pour reüſſir au futur conclaue, i'entends que les Eſpagnols font à preſent grandes brigues pour le Cardinal de Como qui eſt du tout à eux. C'eſt pourquoy il ſeroit beſoin d'aduancer le fruit des penſions pour vous acquerir des ſeruiteurs en ce College, & de pouruoir à ce que ce qui aura eſté commencé ſe continuë puis aprés. La Comteſſe de la Mirande m'a fait faire pluſieurs remonſtrances par vn ſien Secretaire qui eſt en cette ville, deſquelles il m'a baillé le ſommaire en vn memoire que i'enuoye à V. M. Outre lequel ie me ſuis apperceu aux propos dudit Secretaire, qu'elle a encore plus à cœur la promotion du ſieur Alexandre ſon fils, que rien de tout ce qui eſt contenu audit memoire, & qu'elle ſe tiendroit pour recompenſée de toutes ſes pertes, ſi elle pouuoit obtenir ce contentement. Monſieur le Cardinal Grand Maiſtre eſtant encore en cette ville auoit eſté inuité par le Viceroy de Naples de venir prendre ſon logis quand il s'en retourneroit, & tenir vn de ſes enfans à bapteſme: & ledit ſieur Cardinal auoit accepté le conuy. Mais comme il arriuoit à Naples par mer, le Viceroy ne le fit point ſaluër par l'artillerie de la ville, s'attendât que ledit ſieur Cardinal ſaluaſt le premier de la ſienne. Ce que luy ne voulant faire il paſſa outre, continuant ſon voyage ſans entrer en ladite ville. Ce qui a donné à diſcourir à cette nation, qui en prend volontiers toutes occaſions. Les vns donnent le tort au Viceroy, les autres audit ſieur Cardinal. Le Pape comme il me dit luy-meſme, tient pour le Cardinal Grand Maiſtre, non ſeulement à cauſe de ſa dignité, & qu'il auoit eſté inuité à Comperage; mais pource que lors que le feu Grand Maiſtre de la Caſſiere venant à Rome paſſa à Naples, il fut ſaluë le premier tout priſonnier, & à demy priué qu'il eſtoit. A tant ie prie Dieu qu'il doint, S I R E, &c. De Rome ce huitiéme Feurier 1588.

SIRE,

Le courrier Valerio arriua en cette ville le 14. de ce
mois, & par luy ie receus trois lettres de V. M. des 26. 27.
& dernier de Ianuier. La premiere concerne vn fait particulier d'vn procez de mariage, entre vn nommé Sexte de
voſtre Marquiſat de Saluſſes, & Damoiſelle Iſabeau de
Belliſeau de Blois, que V. M. veut eſtre iugé à Rome. Ie
ne l'empécheray point, puiſqu'ainſi plaiſt à V. M. encore
qu'on vous ait déguiſé beaucoup de choſes quant au faict,
toutefois ie ne veux m'arreſter à ce qui eſt du particulier
des parties. Mais ie vous diray pour voſtre ſeruice, & pour
le bien commun de vos ſuiets, que comme il n'eſt bon de
laiſſer faire ces ouuertures de tirer vos ſuiets à Rome, à
quoy tous les Rois vos predeceſſeurs ſe ſont touſiours viuement oppoſez, auſſi vos Officiers de Dauphiné & du Marquiſat de Saluſſes pretendent que ledit Marquiſat dépend
dudit Dauphiné, & qu'il en dépendoit ià auant que ledit
Marquiſat fuſt en voſtre Couronne; & par conſequent que
ledit Marquiſat eſt compris au Concordat ſous le Dauphiné, qui y eſt nommément exprimé. Et c'eſt la raiſon que
V. M. meſme alleguoit au feu Pape Gregoire, du refus que
vous faiſiez de laiſſer prédre poſſeſſion de l'Eueſché de Saluſſes au ſieur Pallauicino, qui en auoit eſté pourueu ſans
voſtre nómination & conſentement, & fallut que ſa Sainteté en pourueuſt celuy que V. M. vouluſt, qui eſt celuy qui
en eſt à preſent Eueſque. Outre cela i'ay veu vn priuilege
particulier donné par le Pape Leon X. aux Marquis de Saluſſes, que leurs ſuiets ne pourront eſtre tirez hors dudit
Marquiſat. Et quant à ce qui a eſté dit à V. M. que cette
cauſe eſt *de maioribus*, leſquelles ſont exceptées aux Concordats, les cauſes de mariage comme eſt cette cy, ne ſont
point *de maioribus*, & ne furent iamais reſeruées au S. Siege; ainſi les moindres Officiaux des Eueſques en connoiſ-
ſent. S'il eſtoit queſtion de canonizer vn Saint, ou d'eriger vn Eueſché en quelque ville, ou de transferer le ſiege
Epiſcopal d'vne ville en vne autre, ou d'vnir deux Eueſchez en vne, ou d'en faire deux, ou de quelque autre choſe reſeruée à noſtre ſaint Pere; ce ſeroit vne cauſe *de ma-*

ioribus. Par ainsi il me sembloit à moy, que cette cause de mariage pour ne faire preiudice au public de vos suiets deuoit estre renuoyée à vn des Euesques de vostre Royaume des plus prés de Salusses, où cette Damoiselle se fust encore pû preualoir de la protection & recommendation de V. M. à la conseruation de son bon droit, beaucoup plus qu'elle ne fera à Rome, où sans l'empeschement que i'ay donné, on vouloit sur ce fait faire le procés à vos Officiers dudit Marquisat, & les declarer excommuniez, pour auoir voulu conseruer vos droits, auec leurs franchises & priuileges: Qui est ce que i'auois à répondre à ladite premiere lettre du 26. Ianuier, laquelle réponse i'eusse faite par vne lettre à part, n'eust esté que ce fait pour l'importance & pour les raisons qui concernent le public, se pouuoit compter entre vos affaires, & estre traitée en cette dépesche. Par la deuxiéme lettre, qui est du 27. Ianuier, V. M. me commande de continuer à prier sa Sainteté de vous secourir d'argent; mais parce que ce commandement est reuoqué par la suiuante lettre, ie n'auray à y faire, ny à vous y répondre autre chose, sinon qu'il me semble que ç'a esté tres-bien aduisé de reuoquer ledit commandement pour les raisons contenuës en mes dépesches precedentes. Quant à poursuiure que Mr de Candale soit gratifié extraordinairement de la dignité de Cardinal, comme ie ne poursuiuis iamais chose auec tant d'affection & d'ardeur que ie fis sa promotion à ces Quatre-temps derniers; aussi suppliay-ie tres-humblement V. M. de croire qu'il n'y a moyen maintenant d'obtenir ce que nous desirons auant le mois de Decembre, & que d'en presser le Pape plus que ce que i'en fis, quand ie luy rendis vostre derniere lettre, seroit pluftost nuire que profiter: encore que ie ne pense pas qu'il y ait rien qui puisse empécher que nous ne l'obtenions à la première promotion que sa Sainteté fera. Au demeurant par les lettres que ie vous ay cy-deuant écrites, ausquelles n'est besoin que i'adiouste autre chose maintenant; V. M. aura pû voir comme entre Monsieur le Marquis de Pisany & moy toutes choses y passent & passeront tousiours cy-aprés, pour mon regard, selon la volonté & intention de V. M. La troisiéme

z iij

lettre, qui eſt du dernier Ianuier, contient pluſieurs choſes. Et quant au premier chef, qui eſt la reuocation du
commandement dont il a eſté parlé cy-deſſus, & que V. M.
veut eſtre dit & remonſtré au Pape là deſſus, i'en traiteray
auec ſa Sainteté demain, Dieu aidant, & en rendray compte à V. M. par vne lettre à part. Auſſi prendray-ie garde
aux déportémens du Cardinal de Pelleué, & ſi ſa Sainteté
propoſoit de vous enuoyer des hommes ie l'en détourneray,
encore que i'eſtime qu'il ne s'y offrira point ſi V. M. ne luy
fait rien demander, ſinon que ce fuſſent d'autres qui vou-
luſſent faire venir en voſtre Royaume des gens à leur deuotion, qui pourroient ſous-main vous les faire offrir par le
Pape, afin que V. M. s'en doutaſt moins. L'intereſt que
vos ſuiets auoient à l'erection des ſollicitations des benefices en cette Cour en titre d'office, & la vente d'iceux offices à mil eſcus chacun, eſtoit que par meſme moyen on permettoit aux Solliciteurs de prendre au double de ce qu'ils
prennent à preſent, & que ceux à qui les Banquiers de France addreſſent leurs matieres, n'achetans point leſdits offices, il euſt fallu que ceux-cy euſſent ſollicité ceux qui en
euſſent acheté; qui euſt eſté encore accroiſſement de frais,
& grande longueur & retardement à paſſer par tant de
mains. Mais i'ay deſia écrit à V. M. comment ce coup auoit
eſté rompu, & qu'il n'eſtoit plus beſoin d'y rien faire. Ie diray à Monſieur le Cardinal de Sainte Croix la réponſe qu'il
vous a pleu me faire à ce qu'il demandoit d'eſtre payé des
ſix mil eſcus qui luy ſont deus; & remercie tres-humblement V. M. de la recharge qu'il vous a pleu faire au Pape
pour la diſpenſe de mon frere le Prieur de Toulouze, & de
ce qu'il vous plaiſt que le ſieur de Pardeillan m'aſſiſte à la
pourſuite d'icelle, qui eſt touſiours accroiſtre de plus en
plus les infinies obligations que moy & tous les miens a-
uons à V. M. A tant ay-ie répondu à tous les points des ſuſdites lettres. Quant aux occurrences de deçà, i'ay entendu de fort bon lieu, que le Pape eſt fort courroucé de ce
que V. M. a ordonné qu'on ne donnaſt plus la paix à ſon
Nonce, & meſme qu'il auoit eſté en terme de s'en plaindre
en plein Conſiſtoire. On ne nous a rien écrit de Fráce, de ce

faict, de façon que ie ne fçay que répondre quand on m'en parle. I'ay auffi entendu que ledit Nonce écrit par deçà en fort mauuaife part des chofes de France, & des actions & intentions de V. M. toutefois ie ne le tiens point pour chofe certaine, auffi vous l'écris-ie à toutes aduantures. On dit que le Roy d'Efpagne, quand on luy a parlé de marier le Prince de Parme auec vne fœur du Cardinal Montalto, a répondu que ledit Prince eftoit ià marié. Auffi dit-on qu'il n'a voulu licentier de fa Cour le Seigneur Dom Pietro de Medicis, & que la galere que le Cardinal auoit enuoyée audit fieur D. Pietro s'en eft retournée fans luy. Quelques-vns tiennent qu'on traite de marier ledit fieur Cardinal Grand Duc auec vne fille de l'Archiduc Charles, & fœur du Cardinal André, & que d'ailleurs ledit Grand Duc veut faire vne affemblée à Florence, où fe doiuent trouuer le Duc de Ferrare & de Mantouë, & fi ainfi eft, ce n'eft pas fans myftere. SIRE, ie prie Dieu qu'il &c. De Rome ce 21. Feurier 1588.

SIRE,

Ie répondis hier aux trois lettres de V. M. que le courrier Valerio m'auoit apportées des 26. 27. & dernier iour de Ianuier, & ne me referuay qu'vn poinct, à fçauoir celuy qui eft le premier en celle dudit dernier iour, & qui concerne ce que V. M. vouloit eftre dit au Pape, fur le refus qu'il a fait de vous aider d'argent. Pour lequel poinct i'ay efté ce matin à l'audience, & ait dit à fa Sainteté que par les dernieres lettres que i'auois receuës, V. M. répondant à celles que nous vous auions écrites, aprés que le fieur Mario Bandini euft eu audience de fa Sainteté, me commandoit de luy dire que vous vous côtenteriez toufiours de tout ce qu'il plairoit à fadite Sainteté, & attendriez les effets de la bonne volonté qu'il a toufiours monftré vous porter, quand il luy plairoit vous les départir, & qu'il iugeroit eftre à propos pour le feruice de Dieu, & pour l'aduancement de la Religion Catholique, pour laquelle vous acheueriez d'employer tous les moyens qui vous reftent, & voftre perfonne propre, fi befoin eftoit. Mais il falloit qu'en vne fi

sainte entreprise V. M. fuſt aſſiſtée & ſeruie de tous vos
ſuiets Catholiques, & que tous conſpiraſſent en vne meſme
volonté de vous ſuiure, & de dépendre entierement de vos
commandemens, ſans vouloir faire des entrepriſes à part.
A quoy la faueur & authorité de ſa Sainteté pourroit beaucoup, & que V.M. le prioit de la vous départir. Sur cela,
ſans attendre que ie m'expliquaſſe dauantage, il m'a dit
que cela eſtoit trop plus raiſonnable, & que de ſa part il y
feroit tout ce qui ſeroit en ſa puiſſance, & s'eſtendant plus
auant en declaration de ſa bonne affection qu'il vous portoit, m'a dit que V.M. eſtoit plus maiſtre de Rome & de tout
ſon Eſtat que luy-meſme, ce ſont ces meſmes mots, & que
i'aduiſaſſe ce qu'il pourroit faire pour vous. Ie l'en ay tres-
humblement remercié, & paſſant outre luy ay dit, que peu
auparauant que l'armée eſtrangere heretique entraſt en vôtre Royaume, ceux de la Ligue auoient ſurpris des villes
en Picardie, qui eſtoit vne des premieres prouinces & des
plus nobles & ſaines de la contagion d'hereſie qui fuſſent
en France, & maintenant ne ſe mettoient en aucun deuoir
de les rendre, & alloient faiſant leur cas à part, arriere &
loin de V. M. Qu'vne armée eſtrangere ſi puiſſante entrant
en voſtre Royaume, vous n'auez peu ny voulu aller, ny enuoyer pour recouurer leſdites villes ainſi ſurpriſes, ains
eſtiez accouru pour eſteindre les feux que les heretiques
eſtrangers allumoient partout où ils paſſoient. Auſſi maintenant que vous eſtiez ſur le poinct de pourſuiure voſtre
pointe, & aduancer la reſtauration de la Religion Catholique; vous ne pouuiez auec voſtre dignité, ny auec ſeureté aller en Guyenne, & aux autres Prouinces lointaines, aſ-
ſieger les villes que les Huguenots detiennent, & laiſſer
derriere vous des villes priſes tout auprés de Paris, & de
voſtre principale & ordinaire demeure. Qu'auſſi d'aller aſ-
ſieger ces villes icy, & les prendre par force, comme vous
feriez contraint, ce ſeroit autant de temps, de finances &
d'hommes perdus pour le party Catholique, & gagnez
pour les heretiques. Que ſa Sainteté par bonnes & ſaintes
admonitions pouuoit auancer ce bon œuure, & empécher
tous ces maux & inuentions. Et partant ce ſeroit choſe digne

gne du zele qu'il auoit à l'aduancement de la Religion
Catholique, & de l'affection paternelle qu'il vous portoit,
d'y employer son authorité, & ses saints records au plûtost que faire se pourroit. Il m'a dit qu'il le feroit tres-
volontiers, & qu'il n'auoit point entendu qu'ils eussent
pris des villes, sinon quelques-vnes qui estoient detenuës par les heretiques, ou qui estoient à leur deuotion.
Ie luy ay repliqué, que de toutes les villes qui auoient esté
surprises par eux depuis le commencement de la Ligue, il
n'y en auoit pas vne qui fust detenuë par les Huguenots,
ny à leur deuotion. *Comment*, dit-il, *ils m'écriuent de si belles*
lettres. Ils me font tenir de si bons propos, qu'ils sont si bons serui-
teurs du Roy, qu'ils n'ont autre but que la conseruation de la Reli-
gion Catholique, l'extirpation des heresies, l'authorité de sa Maie-
sté, & le bien commun du Royaume. Tres-saint Pere, dis-ie, *ils*
sçauent bien que s'ils disoient autrement, vous ne les écouteriez pas.
Aussi auons-nous dit autrefois en general sans parler, en particulier
de personne, qu'il n'y eust iamais sedition qui ne fust couuerte,
& alterée de quelque beau pretexte, & que personne ne suiuroit des
gens qui se diroient méchans, & qui découuriroient leurs mauuai-
ses intentions & pernicieux desseins. Et après m'estre vn peu
estendu sur ce propos, ie l'ay finy, en priant sa Sainteté d'exhorter ces Princes à vous rendre vos villes, & à vous obeyr
entierement, & de s'interposer aussi enuers le Roy d'Espagne, à ce qu'il ne les fauorisast point, & ne fomentast les
diuisions entre V. M. & vos suiets, mesmement Catholiques. Sur cela il m'a dit qu'il ne croyoit pas que le Roy
d'Espagne les aidast, & que sa Sainteté luy en auoit autrefois fait parler, & qu'il l'auoit tousiours asseuré qu'il n'en
estoit rien. Bien confessoient les Ministres dudit Roy, qu'il
aime & estime ces Princes Lorrains comme Catholiques
& valeureux, mais non qu'il y ait autre participation ny intelligence entre luy & eux. Ie luy ay dit que les Espagnols
n'auoient garde de confesser telles choses, & qu'en cecy
aussi bien comme au reste auoit lieu la maxime d'auparauant, que personne ne confesse volontiers ce qui est re-
prochable. De là ie suis passé à vn autre propos, dont
Monsieur l'Ambassadeur luy auoit parlé Vendredy 19. de

a a

ce mois, & dont nous auions arresté luy & moy, que ie luy
parlerois encore , & luy ay dit que ie croyois que la paix
que le Roy d'Espagne traitoit auec la Reyne d'Angleterre,
& dont il en estoit ià bien auant, c'estoit à mon aduis chose
dont il auroit fait part à sa Sainteté. Il ma répondu que
non ; ains que l'ayant entendu d'ailleurs, & en ayant inter-
rogé l'Ambassadeur d'Espagne, il luy auoit tousiours asseuré qu'il n'en estoit rien. *Et moy, dis-ie, Tres-saint Pere, ie*
vous asseure du contraire, & que le Roy en est tres-bien aduerty,
& prie vostre Sainteté de n'en douter point. Et m'estendant là
dessus, luy ay dit ce que i'auois retenu des lettres de V.M.
à Monsieur l'Ambassadeur, comment le Roy d'Espagne
vouloit r'auoir la Zelande & Hollande, & par ce moyen
acheuer facilement tout ce qui restoit és Paysbas en terre
ferme. Que la Reyne d'Angleterre vouloit aussi restituer
à ses pays le commerce & trafic, duquel ils ne se pouuoient
bonnement passer, & s'emparer de la personne du Roy d'Escosse, par le moyen de ses partisans qu'elle auoit ià prés de
luy, & fauoriser plus librement & plus amplement le Roy
de Nauarre, & les heretiques de la France. En cet endroit
le Pape s'est mis en colere contre le Roy d'Espagne, & a dit
mille maux de ce traité de paix, comme d'vne chose qui
estoit contre la conscience, contre l'honneur, & contre le
profit dudit Roy d'Espagne ; en chacun desquels poincts
il s'est arresté fort longuement. Quand il en a eu assez dit,
ie luy ay proposé que sa Sainteté exhortast le Roy d'Espagne de mettre en ses conditions de paix auec la Reyne
d'Angleterre qu'elle n'aideroit point le Roy de Nauarre ;
& il me dit que puisque les Espagnols luy nioient que cette
paix se traitast, il ne les pouuoit requerir de cela, mais s'ils
s'en laissoient entendre quelque chose, il n'oublieroit point
de faire l'office. Et sur ce ie l'ay derechef prié de s'asseurer que ladite paix se traitoit, & qu'on en estoit fort auant ;
il s'est de nouueau mis en colere contre le Roy d'Espagne,
qui est aussi tout le fruit que i'esperois du propos que ie luy
en tins. Car comme V.M. peut trop mieux iuger, quand on
auroit trouué moyen de faire que le Roy d'Espagne mist en
ses conditiõs, que la Reyne d'Angleterre n'aideroit le Roy

de Nauarre, & que la Reyne d'Angleterre mist aux siennes,
que le Roy d'Espagne n'aideroit la Ligue: & quand lesdits
Roy & Reyne l'auroient promis, ils ne lairroient de le faire
secretement, comme ils ont fait iusques-icy, & diroient
lors comme ils disent maintenant, à sçauoir qu'ils ne font
rien contre V. M. en faueur de vos suiets. Le reste de mon
audience a esté en recommendation de quelques particuliers, partie François, partie Italiens affectionnez au seruice de V. M. A laquelle ie prie Dieu qu'il doint, &c. De
Rome ce 22. Feurier 1588.

SIRE,

S Par la lettre que l'ordinaire de Lyon arriué auant-
hier m'a apporté, V. M. aprés auoir reïteré son intention,
que le Pape ne soit plus pressé d'argent, me commande de
mesnager au reste sa bienueillance au mieux que faire se
pourra, & d'assister Monsieur le Marquis de Pisany en ce
dont V. M. luy écrit. A quoy ie ne feray faute Dieu aidant.
Ledit sieur Marquis m'a communiqué la dépesche que V.
M. luy a faite, sur les poincts de laquelle ie luy ay dit mon
aduis, & le seruiray de tout mon pouuoir, comme ie feray
en tout le reste qui sera de vostre seruice, ou de son contentement particulier. Qui est tout ce peu que i'ay à répondre à la susdite lettre de V. M. & si ne sçay bonnement que
vous écrire des occurrences de deçà, si ce n'est des choses
communes. Nostre saint Pere continuë tousiours à amasser
de l'argent, & inuente de iour en iour quelque moyen d'en
auoir; & dit-on que quelques banqueroutes qui sont aduenuës icy & à Naples depuis peu de iours, sont prouenuës de
ce qu'il serre tout l'or & l'argent dans le chasteau S. Ange,
& qu'il n'en court plus comme il souloit pour fournir au
commerce des banques & autres trafiques. Sa Sainteté
qui iusques icy auoit fauorisé le party de Maximilian au
fait du Royaume de Pologne, a depuis la prise dudit Maximilian écrit au Nonce qu'il a en Pologne, qu'il recon-
noisse le Prince de Suede pour Roy, pourueu qu'il soit
Catholique, & dit-on qu'il y enuoye vn nouueau Nonce.
V. M. a cy-deuant entendu comme il fait faire des galeres,

& icy & à Gennes. Maintenant on dit qu'il en veut faire
fortir iufques au nombre de 12. pour plus grande feureté
de cette cofte de mer, & pour quelque dignité & reputation du S. Siege. Vn de ces iours gras eftant paffé par icy
vn courrier d'Efpagne qui alloit à Naples & en Sicile, il
fe leua puis aprés vn bruit, qu'il apportoit que le Marquis
de Sainte Croix eftoit mort en Portugal ; ce qui fut poffible caufe que quelques-vns qui auoient enuie de rire, &
qui font peu affectionnez au party d'Efpagne, enuoyerent
enuiron vne heure de nuit des billets à certaines compagnies de deuotion au nom de l'Ambaffadeur d'Efpagne, à
ce que l'on fe mift en prieres & oraifons pour le Duc de
Parme, qui eftoit ià defcendu & entré en Angleterre, &
fur le poinct de donner la bataille à la Reyne d'Angleterre, qui luy vouloit faire tefte, auec vne grande armée. On
dit que Monfieur le Cardinal Farnefe marie le Seigneur
Iulio Cefarini fon petit neueu, auec vne fille du Duc
de Bouino au Royaume de Naples, laquelle doit fucceder audit Duché, n'y ayant point de fils mafle. Il fe parle
auffi de quelques leuées de gens, tant de pied que de cheual, qu'on eft aprés à faire en l'Eftat d'Vrbin, & dit-on
que c'eft pour les Pays-bas. Auffi fe dit que le Cardinal
Grand Duc enuoye de nouueau vers le Roy d'Efpagne
le Cheualier Figliucci auec vne galere, pour porter en çà
le fieur D. Pietro de Medicis fon frere. On bruit encore
de quelque coniuration faite à Plaifance contre le Prince
de Parme, & d'vne querele qu'il eut à Parme auec le Seigneur Fuluio Gonzague, qui eft vn ieune Seigneur de
Mantoüe, parent du Duc, qui ne s'eft tenu en l'Eftat de
Mantoüe pour quelque faute qu'il y a faite, eftant l'vn &
l'autre mafquez, & ne s'entre-connoiffans point, & dit-on
qu'ils furent en termes de s'entre-tuer : Mais enfin ledit
Seigneur Fuluio s'eftant apperceu que c'eftoit au Prince
qu'il en auoit, defifta, & luy en fit la fubmiffion & reparation qu'il conuenoit. Il y a aduis que Monfieur le Cardinal
Grand Maiftre eft arriué à Malthe, & quelques-vns l'ad-
iouftent que trois ou quatre iours aprés, il y eft tombé malade. A tant ie prie Dieu qu'il vous doint, SIRE, &c. De
Rome ce 7. Mars 1588.

SIRE,

L'ordinaire de Lyon qui arriua icy Ieudy 17. de ce mois, ne m'a apporté lettre de V. M. de façon que n'ayant à vous faire aucune réponse, ny à rendre compte d'aucune negotiation, il faudra qu'à faute de meilleur & plus solide suiet, ie remplisse cette lettre des particularitez qui se font, ou se disent pardeçà. La derniere fois que ie fus à l'audience, qui fut l'onziéme de ce mois, pour obtenir le Bref dont i'ay écrit à V. M. par vne autre lettre de ma main, ie mis nostre S. Pere en propos des choses de Pologne sur l'occurrence de la prise de Maximilian, pour voir ce qu'il en pensoit, & comment il auoit pris cet euenement. Il me dit plusieurs choses là-dessus, comme il parle volontiers à toutes occasions, & entre autres me dit que les pechez de la Maison d'Austriche estoient cause de ce mal, qui leur estoit aduenu. Que cet Empereur estoit vn pauure Prince, sans aucune vertu, & tres-froid Catholique. Que son pere auoit esté vn tres-mauuais Prince, sans aucune Religion. Qu'à cette entreprise de Pologne ils n'auoient apporté ny iustice ny preuoyance. Que puisqu'il y auoit desia vne ellection faite, on ne deuoit point auoir brigué pour en faire faire vne autre. Que l'ayant fait faire, il falloit auoir des forces & de la conduite & proüesse con- uénables pour la maintenir & faire valoir. Qu'ils auoient voulu auoir de son argent aussi bien que d'autres; mais il eust esté aussi mal employé, que mal rendu, outre que le Prince de Suede luy en eust voulu mal, & en eust esté moins affectionné au party Catholique. Que maintenant il esperoit que ledit Prince aideroit non seulement à la redu- ction des heretiques de Pologne, mais aussi à celle de ceux de Suede, aprés que le Roy son pere seroit mort. Le Mer- credy auparauant neufiéme de ce mois, sa Sainteté fit lire en Consistoire la Bulle, par laquelle il fait S. Bonauenture Docteur de l'Eglise, & n'en demanda point aux Cardinaux leur aduis, de peur que la Compagnie ne dist tout autre- ment, comme auoient fait les Cardinaux de la Congrega- tion qu'il auoit fait faire là dessus, de la part desquels luy estant rapporté par l'vn, qu'ils estoient d'aduis de ne le faire point : il répondit qu'il le feroit neantmoins, & que le S. Esprit estoit auec luy, & que c'estoit à luy, & non pas aux Cardinaux que le S. Esprit auoit esté promis. Lundy 14. de ce mois il fit Chapelle à sancto Apostolo pour ce faict. Audit Consistoire 9. de ce mois sa Sainteté nous dit comme le Nonce qu'il a en Suisse, luy auoit dépéché vn coürrier, pour l'aduertir de la conuersion d'vn grand nombre d'heretiques du Canton d'Appenzel; & qu'à cause de ce bien, & du bon succez que Dieu auoit donné dernierement aux choses de France, & que d'ailleurs il entendoit que V. M. se preparoit pour aller assieger les villes que les heretiques occupoient en vostre Royaume, il vouloit donner vn Iubilé general. Voila comment il a mieux pensé à son faict, & à son deuoir depuis qu'il dit en Consistoire qu'il n'auoit voulu faire aucun signe de resiouïssance publique pour la défaite de l'armée estrangere en France, dautant que les hommes n'y auoient rien fait; & le veut maintenant raccoustrer. Au mesme Consistoire dernier tenu le 16. de ce mois, nostre S. Pere fit vne declaration comme il auoit donné & donnoit à la ville de Rome la somme de deux cens mil escus, pour seruir de fonds à acheter des bleds par l'abondance, pour seruir en temps de sterilité & cherté. Quant aux galeres qu'il fait faire, il veut que la ville de Rome entretienne la principale, qui s'appellera S. Bonauenture, & des autres, chacune soit entretenuë par vne des Prouinces de l'Estat Ecclesiastique, dont aussi elle portera le nom. On dit que le mariage du Seigneur D. Michel frere du Cardinal Montalto se traite, ou est jà conclu & arresté, auec la fille du Comte de la Sommaglia au Duché de Milan, & qu'elle aura pour son mariage des terres & Seigneuries pour enuiron quatre cens mil escus. La conspiration que j'écriuis dernierement à V. M. auoir esté faite contre le Prince de Parme à Plaisance est vraye : mais ce ne sont pas ceux de la ville de Plaisance, qui l'ont faite, ains le Comte Claudio Landi, dont V. M. a oüy parler autrefois, en vengeance de ce qu'on luy a confisqué, & detient ses biens iniustement, comme il pretend, & mesmement le bourg du Val de Tar. Monsieur de Sauoye a obtenu ces iours passez fort secretement pouuoir de leuer sur son Clergé de deçà les monts, la somme de cinquante mil escus en cinq années, à dix mil escus par an. Mr le Cardinal de Lenoncourt partit hier pour s'en retourner vers V. M. & s'en va par Florence, & par Genes. Si l'entreprise d'Angleterre se fait, le Cardinal Alano Anglois partira d'icy pour s'y en aller Legat aprés Pasques. A tant, ie prie Dieu qu'il vous doint, S I R E, &c. De Rome ce 21. Mars 1588.

S I R E
S l'escriuis hier à V. M. & entre autres choses ie vous rendois compte d'vne assemblée qui se doit faire en Lorraine, où doiuent interuenir des gens pour le Pape, & pour le Roy d'Espagne. Ce matin i'ay esté au Consistoire, où le Cardinal de Pelleué m'a accosté, & m'a demandé des nouuelles de France. Ie luy ay dit que ie n'en sçauois point, sinon des communes; mais que des bonnes, ie les voudrois apprendre de luy. Il m'a dit qu'il n'en sçauoit point; *si faites, si faites,* luy ay-ie dit en sous-riant. *Moy,* dit-il, *ie vous asseure que ie ne sçay rien. De malheur!* dis-ie, *vous ne sçauez rien de cette diete qui se doit tenir en Lorraine.* A ce mot de diete il a changé de plusieurs couleurs; & puis m'a dit qu'il auoit ce matin dit la Messe, & qu'il me iuroit par le S. Sacrement qu'il auoit receu, & par la Sainte Messe qu'il auoit celebrée, qu'il ne sçauoit rien de cette diete, & que s'il en sçauoit rien, il prioit Dieu que le Corps & le Sang de nostre Seigneur I E S V S - C H R I S T qu'il auoit receu, fust à sa damnation. Aprés ce grand serment, ie n'ay point voulu le presser dauantage, sinon que ie luy ay dit, que puisqu'il faisoit vn serment si solemnel, ie voulois croire qu'il fust ainsi; mais sans cela i'eusse creu non seulement qu'il sçauoit ladite diete, mais qu'il l'auoit procurée & negotiée. Alors il a de nouueau changé de couleur, & reiteré son serment precedent; & aprés s'estre vn peu rassis, il est allé à la chaire du Pape parler à sa Sainteté, & est vray-semblable qu'il luy a dit, que ie sçauois que cette diete se deuoit faire en Lorraine, & que ie venois de luy en parler, & que le Pape luy a dit que ie luy en auois parlé hier, & qu'il

m'auoit dit ce que i'auois à en écrire à V. M. Car au partir
du Pape, il s'en est retourné prés de moy, & m'a dit qu'il venoit de demander au Pape s'il estoit vray qu'il se deust faire vne diete en Lorraine, & que sa Sainteté luy auoit répondu qu'oüy, & que ie luy en auois parlé hier, & que sa
Sainteté m'auoit dit ce que i'auois à en écrire à V. M. & a
adiousté qu'il auoit bien recommandé à sa Sainteté, qu'en
ladite diete il ne se fist rien contre V. M. En la lettre que
i'écriuis hier à V. M. i'oubliay à vous écrire, qu'en l'audience du iour d'hier ie parlay à nostre S. Pere de moyenner que V. M. fust comprise en la paix qui se feroit entre
le Roy d'Espagne & la Reyne d'Angleterre. Et sa Sainteté
me répondit qu'il auoit dit à Monsieur l'Ambassadeur qui
luy en auoit parlé en sa derniere audience, qu'il luy en
baillast vn memoire, & que i'en fisse souuenir ledit sieur
Ambassadeur, & il enuoyeroit le memoire au Roy d'Espagne, & au Duc de Parme. Ie pense que ledit sieur Ambassadeur fera difficulté d'en bailler rien par écrit. Aussi sera-
t-il meilleur que si le Pape fait cet office, il monstre de le
faire de son propre mouuement, & non à vostre requeste,
& la chose n'est pas si longue, que s'il la veut faire, il ne
s'en puisse souuenir. Le sieur Lotario Conti a esté enuoyé
pardeçà par le Duc de Parme, & arriua icy le 22. de ce mois,
& le lendemain fut à l'audience. Ie ne sçay si le voyage
dudit sieur Lotario, seroit pour chose qui concernast l'assemblée qui se doit faire en Lorraine. Il m'a esté dit qu'il
se leue quelques compagnies de gens de pied en cet Estat,
sans qu'on ait sceu dire pourquoy. Aussi dit-on, qu'au
Royaume de Naples en Calabre il s'en leue pareillement,
& ne sçait-on si c'est pour augmenter les garnisons à cause
des Corsaires qui commenceront à venir d'icy à quelque
temps, ou si c'est pour les enuoyer hors dudit Royaume.
Au Consistoire que nostre S. Pere tint le 23. de ce mois, il
nous dit comme il auoit acheué d'assembler les trois millions qu'il s'estoit proposé du commencement, & qu'il
n'en vouloit plus amasser, ains vouloit soulager son peuple
le plus qu'il pourroit, nous declarant qu'il l'auoit déchargé, & le déchargeoit du quatrin qui dernieremét auoit esté
imposé

impofé fur chaque feuillet de vin. Depuis vous auoir écrit
ce que deſſus, le Cardinal de Sens m'a enuoyé faire vn meſ-
fage par l'Abbé d'Orbais, qui n'eſtoit comme ie me ſuis
apperceu bien-toſt, que pour me ſonder combien auant ie
ſçauois de la diete de Lorraine. Mais ie n'ay voulu monſtrer autre choſe ſinon qu'il s'y deuoit faire vne diete, ſans
me laiſſer entendre qu'il y deuſt auoir des gens pour le Pape, & moins pour le Roy d'Eſpagne. Et ceſtuy m'a nié &
iuré auſſi bien que l'autre, qu'il ne ſçauoit & n'auoit entendu rien de ladite diete, que ce que le Cardinal de Sens
luy en auoit dit depuis le Conſiſtoire. Ce qu'il faut tenir
pour faux & impoſſible ; comme il faut tenir pour choſe
vraye & neceſſaire, que puiſqu'ils le nient ſi fort, & qu'ils
en ſont tant en ſoucy, ladite diete doit tendre à quelque
fin tres-mauuaiſe. Cependant il m'a dit qu'il luy auoit eſté
écrit, que tous les Princes de la Maiſon de Guyſe s'en deuoient aller vn de ces iours faire les funerailles de la Reyne
d'Eſcoſſe à Rheims. Ce qui me fait croire que ladite diete
ſe fera bien-toſt aprés ces funerailles, & qu'aprés que ſous
ce pretexte de funerailles, ils ſe feront aſſemblez & auront
comploté enſemble ce qu'ils auront voulu, vne partie d'eux
auec ce qui reſultera de l'aduis de tous, s'en ira à Nancy à
la diete, comme pour viſiter Monſieur de Lorraine chef
de leur Maiſon, s'en trouuans ſi prés, & non pour autre affaire qu'ils y ayent. Si d'auenture Monſieur de Lorraine
luy-meſme ſe trouuoit à ces funerailles de Rheims, pourroit eſtre que ladite diete ſe feroit là meſme, afin que V. M.
s'en doutaſt tant moins. Toutefois l'aduis que le Cardinal de Sens & l'Abbé d'Orbais leur donnent de la découuerte de leur diete, pourroit y faire changer quelque cir-
conſtance du lieu, ou du temps. De Rome ce trentiéme
Mars 1588.

SIRE,
   I'ay écrit à V. M. par le Grand voſtre valet de chambre deux lettres aſſez longues, des 29. & 30. Mars. Celle-cy
qui ſera portée par l'ordinaire, ne contiendra que quelques particularitez. Par madite derniere lettre du 30. Mars,

b b

i'ay donné aduis à V. M. comme au Confistoire que nostre
S. Pere tint le 23. Mars, il nous dit comme il auoit acheué
d'assembler trois millions d'or, & qu'il n'en vouloit plus
amasser, ains soulager son peuple en tout ce qui luy seroit
possible. Au Confistoire suiuant, qui fut le 30. Mars, il pour-
ueuten l'Euesché de Verdun de la personne du sieur Bou-
cher, pour lequel V. M. auoit écrit, & dit qu'il auoit fait
voir à la Congregation des Eglises Cathedrales les raisons
alleguées par le Chapitre de Verdun, & pour celuy qu'ils
auoient esleu ; & auoit esté trouué que quand bien l'Eglise
de Verdun seroit comprise és Concordats d'Allemagne,
comme ledit Chapitre pretendoit, l'élection seroit nulle,
& la prouision d'icelle appartiendroit à sa Sainteté, pour
auoir vaqué par le decez d'vn Cardinal. Là dessus Monsieur le Cardinal Madruccio qui est Allemand de nation,
& d'affection, & d'ailleurs Protecteur des affaires de l'Empereur, quand vint son tour à dire son opinion, remercia
le Pape de ce qu'il reconnoissoit que le Chapitre de Verdun
estoit compris és Concordats d'Allemagne. Et quand ce
fut à moy à dire mon opinion, ie dis que sa Sainteté m'auoit
fait cet honneur de me mettre au nombre de ceux de ladite
Congregation des Eglises Cathedrales, & que i'auois esté
present à toutes les fois qu'elle s'estoit tenuë, & y auois dit
mon aduis, & mesme en ladite cause du Chapitre de Verdun : mais il n'y auoit point esté dit que le Chapitre de Verdun fust compris és Concordats d'Allemagne, & que par
lesdits Concordats il est expressément porté que le Pape se
reserue de pouruoir à toutes les Eglises & autres benefices qui vaqueront par le decez des Cardinaux : que ladite Congregation qui sçauoit que cet Euesché vaquoit par
le decez de Monsieur le Cardinal de Vaudemont, sans
vouloir entrer plus auant à disputer, & connoistre si le Chapitre de Verdun estoit compris és Concordats ou non, auoit
iugé que ores qu'il y fust compris, il n'auroit neantmoins pû
eslire à cette fois ; & que par les Concordats mesmes sur lesquels seuls il se fondoit, il auroit perdu sa cause. Et partant
ie suppliois sa Sainteté tres-humblement, qu'il fust ainsi
écrit en l'acte que le Secretaire du Confistoire en retien-

droit conformément à ce qui auroit esté arresté en ladite
Congregation. Et nostre saint Pere de l'aduis des Cardinaux l'ordonna ainsi. Et à ce propos, SIRE, ie ne veux obmettre que le susdit sieur Cardinal Madruccio fit en ladite
Congregation tout ce qu'il put pour nous faire deliberer
sur ledit poinct general, si le Chapitre de Verdun estoit compris és Concordats d'Allemagne, ou non. Mais ie m'y op-
posay & l'empéchay formellement, remonstrant que puisque le fait particulier se pouuoit vuider contre sa partie par
son dire propre, ce seroit temps & peine perduë d'entrer en
la dispute generale, qui au fait particulier estoit superfluë.
I'adioustois aussi qu'il ne falloit aisémét rentrer en vne chose de si grande importance, & de si grand preiudice, quand
ce ne seroit que pour le respect de ceux qui y auoient interest, qui estoient trois Princes les plus grands de la Chrestienté, à sçauoir le Pape, qui pretendoit que le Chapitre ne
pouuoit iamais en aucun cas eslire, & que c'est à luy à y pouruoir tousiours pleinement & librement: l'Empereur qui pretendoit que l'Euéché de Verdun est compris és Concordats
d'Allemagne, & que ledit Chapitre peut eslire és cas portez par lesdits Concordats : & V. M. qui tient la ville en sa
protection, & qui a interest, que ny par voye d'eslection,
ny par voye de prouision, cet Euesché ne soit iamais accordé par le Pape à personne qui ne soit au gré de V. M. comme aussi vous ne pourriez autrement souffrir qu'on en prist
possession, ny qu'on en iouïst. Par ce moyen, SIRE, i'obtins que les choses passassent par où elles deuoient. Et auant
que sortir de ce propos, ie ne veux obmettre d'aduertir V.
M. comme le Chapitre de Verdun, ou Rambouïllet par eux
esleu, ou eux & luy tous ensemble, ont en ce fait eu recours
à l'Empereur, qui en a écrit non seulement audit sieur Cardinal Madruccio ; mais aussi au Pape, & aux principaux
Cardinaux de cette Cour, en faisant son propre fait comme si c'eust esté pour vn Euesché de Boheme, & ont dit,
allegué & produit infinies choses, pour monstrer comme ils
estoient d'Allemagne & non de France. En quoy ils ont
monstré non seulement leur peu de deuotion, mais aussi
leur peu de prudence en s'aduoüant & accommodant à ce-

bb ij

luy qui ne leur peut de rien aider, sinon que de rendre leur
cause plus odieuse, & des aduoüant & laissant celuy qui
seul, aprés Dieu, a moyen de les faire contens, & faire iouyr
de ce qu'ils desirent. Quant à l'Euesché de Toul, & le Chapitre & l'Esleu ont esté plus modestes, & n'ont rien dit, ny
produit, ny fait, sinon que demander seulement vn delay,
pendant lequel ils ont dit esperer que V. M. les honoreroit
de ses lettres de recommandation en faueur de leur Esleu.
Et celuy qui fait icy pour eux, m'a declaré, que sans le congé
& recommandation de V. M. il n'y vouloit rien faire. En
quoy ils se monstrent & plus deuots enuers V. M. & plus
sages & mieux connoissans où est leur profit. Ledit delay
leur a esté accordé pour vn mois, encore que i'aye remonstré que i'auois secondes lettres & fresches, par lesquelles
V. M. persistoit tousiours en faueur du sieur de la Valée
Precepteur d'Erric Monsieur : mais on a voulu les contenter, en leur accordant gratieusement ledit delay, qui sera
bien-tost passé, & lors ledit sieur de la Valée sera pourueu
dudit Euesché de Toul. Le Dimanche 27. Mars, le Pape
benit la Rose qu'on a accoustumé de bénir le quatriéme
Dimanche de Caresme, & ladite Rose sera pour la premiere grande Princesse qui se mariera. Depuis que le Roy
d'Espagne a declaré ne pouuoir entendre au mariage du
Prince de Parme auec la petite niece du Pape, on parle de
la marier auec le sieur Virginio Vrsino, fils & heritier du
sieur Paul Iordan Vrsin. Toutefois on ne pense pas que ny
le Pape, ny les autres y entendent volontiers, pour ce qui
s'est passé autrefois entre ledit feu sieur Paul Iordan, & le
feu neueu du Pape, mary de l'Acorambone, dont V. M.
aura oüy parler. I'entends que l'Archeuesque de Naples
qui est Nonce en Pologne demande son congé, & qu'en
son lieu sera enuoyé d'icy le sieur D. Pietro Orsino Euesque de Spoleto, & que le Prince de Suede enuoye icy le
sieur Rescia qui estoit Secretaire du feu Cardinal Hosius,
pour baiser de sa part les pieds au Pape, en attendant qu'il
y enuoyé vn Ambassadeur pour luy prester l'obedience de
Pologne. I'ay à diuerses fois receu des lettres de V. M. pour
des faits particuliers. La premiere du quatriéme Ianuier

pour le gratis de l'expedition de l'Archeuesché de Vienne,
en quoy ie m'employeray tres-volontiers. La deuxiéme du
trentiéme du mesme mois, pour la dispense de mariage
d'entre Monsieur le Marquis de la Chambre, & Madamoiselle de Ternane, laquelle dispense est accordée, & la sup-
plication signée, & si elle n'est enuoyée par ce courrier, elle
le sera par le prochain. La troisiéme lettre du 17. Feurier,
en recommendation de la poursuite que fait icy Monsieur
du Fargis, en laquelle ie me suis employé, & m'employeray à toutes les fois que besoin sera. La quatriéme du mesme iour 17. Feurier, touchant l'Abbaye de Fermes, à laquelle i'ay donné si bon ordre, qu'il n'en passera rien contre
l'intention de V. M. A tant ie prie Dieu &c. De Rome ce
4. Auril 1588.

SIRE,

Le courrier Baptiste arriua en cette ville le 23. de ce
mois, & me rendit la lettre qu'il pleut à V. M. m'écrire le
14. en réponse de celles que ie vous auois écrites les 8. 21.
22. & 24. de Feurier. La moderation dont V. M. a usé enuers le Pape pour le regard de ce qu'il dit au Consistoire
touchant la victoire que Dieu vous auoit donnée sur l'armée estrangere, est grandement loüable en soy, & d'ailleurs d'autant mieux employée, que comme i'ay depuis
écrit à V. M. sa Sainteté en vn autre Consistoire tascha de
racoustrer cela aucunement en parlant d'vn Iubilé qu'il
vouloit faire publier. I'ay écrit à Madame la Comtesse de
la Mirande ce que V. M. me commandoit, & feray mon
deuoir de faire renuoyer le procés de Sexte, & de Damoiselle Belliseau de Blois pardeuant vn des Euesques de vôtre Royaume, des plus prés du Marquisat de Saluces. Aussi
mettray-ie peine de sçauoir la verité de ce qui m'a esté dit,
que Monsieur le Nonce écrit pardeçà en mauuaise part des
choses de delà. Auquel propos il me vient en pensement,
que comme ceux de la Ligue ont des gens icy qui sont tou-
iours aux oreilles du Pape, & des principaux de cette Cour,
pour leur dire & inculquer toutes choses vrayes & fausses,
qui sont pour eux ; aussi il est vray-semblable qu'ils en ont,

bb iij

qui en font de mefme auprés dudit Nonce, fous apparence de le reuerer, & de luy rendre compte de ce qui fe paffe, comme à celuy qui reprefente noftre S. Pere. Et comme V. M. iugera aifément ce que telle affiduité & aftuce peut à la longue, auffi fçaura-t-elle trop mieux aduifer les moyens de contreminer tels artifices, & y fera prendre garde tant plus diligemment, qu'vn mot dudit Nonce écrit en faueur ou defaueur, a plus de creance enuers le Pape, que cent de ceux que les perfonnes intereffées écriuent ou font dire. La fplendeur & magnificence des funerailles qu'il a pleu à V. M. faire faire à mon frere, a comblé & couronné les infinies obligations qu'il auoit à voftre liberalité & bonté, & nous a de plus en plus obligé, nous qui luy auons furuefcu, à viure & mourir à fon exemple, comme nous ferons à toutes occafions pour voftre feruice. Et celuy qui s'eft porté fi mal en l'oraifon funebre, n'a pas tant ofté de la grandeur de l'acte & de l'honneur que V. M. a voulu faire à la memoire du defunt, comme il a adioufté à l'opinion & experience qu'on a long temps y a, qu'il n'y a auiourd'huy gens plus paffionnez, violens & feditieux, que ceux qui ont deuoir, obligation & poffeffion d'enfeigner & prefcher tout le contraire. Si i'oy parler pardeçà du reffentiment que V. M. en a fait, & qu'elle fera contrainte de faire cy-aprés enuers fes femblables, ie ne faudray à dire ce qu'elle me commande. Quant à l'office que i'auois fait enuers le Pape, à ce qu'il pleuft à fa Sainteté fauorifer la reftitution des places occupées en Picardie, il vint encore dernierement à propos de le reïterer en vne audience que i'eus le 22. de ce mois. Car fa Sainteté m'ayant demandé quelles nouuelles i'auois des chofes de France, ie luy répondis que le dernier ordinaire ne m'auoit porté aucune lettre de V. M. mais que i'entendois d'ailleurs que les chofes de Picardie n'auoient de rien melioré, & qu'au lieu de vous rendre les villes qu'on y auoit furprifes, on tafchoit de iour en iour d'en furprendre d'autres, & que cela eftant, il ne falloit efperer que V. M. puft executer fon deffein, d'aller en Guyenne affieger les places detenuës par les heretiques. A quoy fa Sainteté me répondit, que fon Nonce luy auoit écrit cela mefme;

mais auffi V. M. monftroit de iour en iour plus grande défiance de fes Princes qui vous auoient fi bien feruyés guerres paffées , qu'au contraire vous deuiez vous fier d'eux,
qu'ils auoient toute bonne intention, & ne defiroient que
feruir V. M. qu'ils ne ceffoient de le protefter à fa Sainteté
par leurs lettres, & par les propos qu'ils luy faifoient tenir
tous les iours. Ie luy rememoray ce que ie luy auois autrefois repliqué fur telles réponfes, que quelques intentions
qu'ils euffent, ils ne faudroient iamais de parler ainfi. Que
fa Sainteté m'auoit plufieurs fois recogneu les grandes occafions de défiance que V. M. auoit, que ces occafions alloient tous les iours en augmentant, que le feruice par eux
fait en cette derniére guerre, pourroit eftre tiré en argument de leur bonne intention, fi par vrais effects ils mon-
ftroient maintenant l'auoir fait pour le feruice de V. M. &
non pour eftablir leur authorité & puiffance, & pour fe faire voye à chofes plus hautes & grandes. Et dautant que
noftredit S. Pere ne parloit point d'vne chofe, que ie fçauois qu'il auoit dit à d'autres pour excufe des nouueaux remuëmens de Picardie ; à fçauoir qu'on enuoyoit à la file
par la Picardie fix mil hommes de guerre pour fecourir la
Reyne d'Angleterre, & que les Princes de la Maifon de
Guyfe s'eftoient faifis de quelques places pour leur empê-
cher le paffage. Ie l'en mis en propos, & trouuay qu'il le
croyoit trop, mais il adioufta pour adoucir cela, qu'il ne
croyoit pas que ce fuft V. M. qui enuoyaft à la Reyne d'Angleterre lefdits fix mil hommes ; mais que c'eftoit le Roy
de Nauarre. Ie luy dis que ce menfonge eftoit femblable
à d'autres que ie luy auois autrefois cottez, non feulement
pour faux, mais auffi pour impoffibles. Que le Roy de Nauarre n'auoit pour cette heure moyen d'enuoyer fix mil
hommes non plus que cent mil, qu'à peine les auoit-il
eus en campagne prés de foy tout à la fois en cette guerre:
que s'il les auoit, il n'auroit garde de les enuoyer en Angleterre pour le befoin qu'il en a luy-méfme , & qu'il voyoit
qu'il en aura de plus en plus. Que s'il les pouuoit & vouloit
enuoyer, il ne les pourroit ny voudroit enuoyer par la Picardie, pour la grande diftance des lieux, & pour le grand

nombre de riuieres & de villes où ils auroient à passer , & où
ils feroiét attrapez. Que son plus court & plus seur seroit de
les enuoyer de ces endroits de la Rochelle par mer , & que
s'il n'auoit point de commodité de vaisseaux, ladite Reyne
ne luy en enuoyeroit que trop. Mais que sa Sainteté auoit
ià peu obseruer qu'à toutes les fois qu'on auoit voulu faire
quelque tel remuëment , on auoit par mesme moyen inuen-
té & fait courir quelque insigne fausseté pour le colorer. De
là nous vinsmes à tomber sur le propos d'Angleterre , &
luy dis des nouuelles que i'en auois entendu, & mesme d'vn
certain Prestre appellé Tirel , lequel comme V. M. aura
entendu , faisant semblant de vouloir abiurer la Religion
Catholique en auoit fait vne profession plus expresse que
iamais. Et sa Sainteté monstra auoir quelque doute , que
l'entreprise du Roy d'Espagne sur l'Angleterre , n'allast
auant pour quelque refroidissement qu'il en entendoit, &
pour des preparatifs que ladite Reyne faisoit de sa part. Et
puis se mit à dire que c'estoit vne vaillante femme , comme
l'on parle en ce pays, & que si elle n'estoit heretique elle
vaudroit vn monde ; que ce seroit vn bel œuure qui la pourroit conuertir. Ie luy dis qu'oüy , & que si cela pouuoit
aduenir de son Pontificat, ce luy seroit vne grande gloire.
Oüy, dit-il , mais cela ne se peut faire que par le moyen du Roy ,
& i'en parlay au sieur de Luxembourg quand il estoit icy , & le
chargeay d'en prier sa Maiesté de ma part ; mais i'entendis depuis
que l'office auoit esté fait si froidement, que ladite Reyne l'auoit
tourné en risée , & faudroit qu'à present cet office fust fait à bon
escient , & auec grande prudence & grande affection , & de fa-
çon qu'il ne semblast point que cela vinst de moy ; Ie vous prie , é-
criuez au Roy de ma part , que ie l'en prie de tout mon cœur , &
qu'en ce faisant , il fera chose non seulement agreable à Dieu , &
dont ie me sentiray grandement obligé , mais aussi tres-vtile à
ses affaires , & à tout son Royaume. Et aprés cela il adiousta
qu'il sçauoit assez, que quand bien ladite Reyne se voudroit reduire , elle ne pourroit en peu de temps disposer
les choses, de maniere qu'elle s'en pust si tost declarer seurement, & que cependant il se garderoit bien que les autres Princes n'entreprendroient rien contre elle, & ne la
molese-

moleſteroient point ; & l'en aſſeureroit. Il plaira à V. M.
me commander ce que i'auray à luy répondre là deſſus.

Autre Recueil de diuerſes Lettres dudit
Cardinal de Ioyeuſe.

Du Cabinet
de Mr Du-
puy MS. 19.
44. & 88.

A V R O Y.

SIRE,
  Par la lettre que i'écriuis hier à V. M. ie vous diſois
que ie taſcherois à ſçauoir comment le Pape auroit pris le
fait du Duc de Sauoye, touchant les villes de Carmagnolles & Cental. Dequoy i'ay eu bonne occaſion ce matin que
ſa Sainteté eſt allée oüyr Meſſe à ſaint François, où ie l'ay
accompagnée, & au retour ie l'ay mis en propos de ce faict,
ſur lequel il m'a dit pluſieurs choſes que i'écriray ſommai-
rement à V. M. Que le Duc de Sauoye, luy en auoit écrit
vne longue lettre, contenant que ledit Duc auoit eſté contraint de s'aſſeurer deſdites villes, pour l'intelligence qu'il
ſçauoit que le ſieur de la Fitte auoit auec Leſdiguieres, que
ledit de la Fitte les vouloit liurer aux heretiques, & qu'ils
eſtoient encore aprés à luy prendre Pignerol & autres villes de ſon Eſtat ; que pour obuier à tels inconueniens, &
preuenir le grand danger qui menaçoit luy & touté l'Italie,
& pour le bien de la Religion Catholique, il auoit eſté forcé d'en venir iuſques-là: Qu'il entendoit neantmoins tenir
leſdites villes pour & au nom de V. M. & pour voſtre ſeruice. Aprés m'auoir recité le contenu de ladite lettre, ſa Sainteté parlant comme de ſoy-meſme, m'a dit que le Duc de
Sauoye ne pouuoit mieux parler, qu'il ne pouuoit alleguer
vne plus grande occaſion, ny vne meilleure fin de ſon faict,
puiſque l'occaſion en auoit eſté ſi importante & neceſſaire,
& que la fin & intention n'en eſtoit autre que la conſeruation de la Religion Catholique, & de ſon Eſtat, & de l'I-
talie, & le ſeruice de V. M. Que vous ne pouruoyez point
à vos affaires, que vous mettiez vos voiſins au deſeſpoir,

Du 4. Octo-
bre 1588.

c c

que chacun feroit contraint d'en faire autant; que les heretiques luy auoient pris au Comtat vn lieu nommé En-
traigues, & tafchoient d'en prendre d'autres ; que vous
eftiez tenu de luy defendre & conferuer cet Eftat-là, que
vous n'en faifiez rien, qu'il vouloit y enuoyer des gens ; mais
le Dauphiné eftant quafi tout occupé, il ne fçauoit par où
les faire paffer : Qu'il feroit contraint de faire comme le
Duc de Sauoye, & prendre du Dauphiné ce qu'il pourroit;
que les places feroient auffi bien entre fes mains, qu'en celles des heretiques. Que iaçoit que Monfieur le Duc du
Mayne fuft à Lyon, toutefois on ne faifoit encore la guerre, & ne la pouuoit-on faire iufques en Auril ou May,
que cependant les heretiques fe fortifioient, feroient de
nouuelles conqueftes : en fomme qu'il valoit mieux que le
Duc de Sauoye euft lefdites villes, que fi Lefdiguieres les
tenoit. C'eft, SIRE, tout ce qu'il m'a dit d'vne teneur,
touchant ce faict, & moy qui ne m'eftois propofé autre
chofe que de l'ouyr, & découurir comment il l'entendoit,
n'ay voulu guere parler fur cela, ny en vfant de plaintes, qui
euft efté contre la dignité d'vn fi grand Roy, ny en conte-
ftant auec fa Sainteté, qui euft efté l'en aigrir, & faire qu'il
fe fuft teu du tout contre mon intention, ou qu'il euft dit
encore pis. Ie luy ay dit feulement que fa Sainteté par fa
grande prudence fçauoit que quand on vouloit faire quelque chofe mauuaife de foy, on en controuuoit ou faifoit
naiftre les occafions, & faite qu'elle eftoit, on la coloroit
le mieux qu'on pouuoit : Que cet acte en foy eftoit tel, & de
telle confequence, que fa Sainteté en pouuoit iuger : Quant
aux occafions qu'on en alleguoit, i'en doutois bien fort,
& quand elles y euffent efté, il en falloit aduertir V.M. qui
y euft pourueu, & mefmes qu'on difoit qu'elles y eftoient
long-temps y a : Quant à la fin & intention, on verroit
bien-toft fi elle feroit telle que ledit Duc difoit, & que fi il
rendoit les villes incontinent que V.M. enuoyeroit au Marquifat, au lieu du fieur de la Fitte, vn perfonnage hors de
tout foupçon, on croiroit que fon intention auroit efté
telle qu'il difoit ; mais s'il en vfoit autrement, comme ie
craignois qu'il n'auoit rien pris pour le laiffer, vous auiez

dequoy recouurer le voſtre, & dequoy luy prendre le ſien:
Qu'il n'eſtoit pas ſi ieune, qu'il ne peuſt auoir oüy & entendu en quel eſtat s'eſtoit trouué ſon pere & ſon ayeul, pour
n'auoir reſpecté la Couronne de France comme ils deuoient : mais le pis que ie voyois en cela, & à quoy V. M.
auroit plus de regret, ſeroit qu'on perdroit autant de temps
& de forces & moyens, qui euſſent deu ſeruir contre les
heretiques : Que ſa Sainteté y auoit trop grand intereſt pour
la Religion Catholique, & que ie m'aſſeurois qu'elle ad-
moneſteroit ledit Duc de ſon deüoir, & de ſon profit, & de
l'intereſt commun de tout le party Catholique. Sa Sainteté m'a repliqué qu'auſſi feroit-elle. Et moy pour l'y obliger dauantage, luy ay dit derechef, que ie m'aſſeurois que
s'il ne tenoit qu'à oſter au Duc de Sauoye le ſoupçon & la
crainte qu'il diſoit auoir, V. M. y enuoyeroit bien-toſt vn
perſonnage duquel il n'auroit à ſe craindre ny ſoupçonner.
Alors faudra, dit le Pape, que le Duc rende les villes. *Et ſi*
il ne les rend point, dis-ie. *S'il ne les rend point*, dit-il, *alors il*
luy faudra faire du pis qu'on pourra, & moy-meſme i'employeray
contre luy mes moyens & mes armes ſpirituelles & temporelles. Ie
vous ſupplie donc, dis-ie, *Tres-ſaint Pere, vous en ſouuenir. Auſſi*
feray-ie, dit-il; & ainſi a eſté mis fin à ce propos.

Aprés lequel il m'a dit que ie vous écriuiſſe de ſa part,
qu'au lieu de faire deux armées, vne pour Guyenne, l'autre pour Dauphiné, il luy ſembloit que vous deuiez enuoyer en Poitou ſeulement autant de forces comme il en
faudroit pour contenir le Roy de Nauarre, & garder qu'il
ne gagnaſt rien ſur les Catholiques, & employer tout le
reſte à faire vne tres-puiſſante armée en Dauphiné, où V.
M. feroit pour ſoy, & par meſme moyen pour le Duc de
Sauoye, & pour l'Eſtat d'Auignon; & ayant fait au Dauphiné, on iroit puis aprés auec toutes les forces contre le
Roy de Nauarre, & par ce moyen vous viendrez à bout des
heretiques.

Il m'a dit auſſi qu'il ne trouuoit point bonne l'Aſſemblée
des Eſtats, & qu'il luy ſembloit que V. M. deuoit premierement faire ce qu'elle auoit arreſté auec les Princes Catholiques, & puis tenir les Eſtats pour bien ordonner & re-

gler toutes chofes. Et pource qu'il ne m'en difoit aucune
raifon, ie luy ay dit que les Eftats auoient toufiours efté le
principal remede aux maux publiques, & que c'eftoit ordinairement les Rois qui n'en vouloient pas, & que V. M.
neantmoins de fon propre mouuement les auoit offerts &
affignez, & que tous les gens de bien en efperoient beaucoup pour le bien du Royaume, & pour l'authorité de V.
M. & en particulier pour l'execution de l'Edit de reünion,
& que ie ne pouuois imaginer qu'il puft venir aucun mal
de la tenuë defdits Eftats. Il m'a repliqué qu'il en pourroit
aduenir vn mal, pource que quelques-vns eftimoient que
le Roy de Nauarre y pourroit enuoyer & offrir de fe faire
Catholique. Ie luy euffe volontiers répondu, que ce mal ne
feroit poffible pas fi grand comme on luy auoit donné à entendre, mais i'ay eftimé que c'eftoit chofe qu'il ne falloit
point difputer pour cette heure. Il a allegué vn autre inconuenient, à fçauoir que les Princes de la Maifon de
Bourbon s'y trouueroient auffi, qui n'y feroient pas tout le
bien qui feroit requis. Et fur cela, fans me donner loifir de
luy répondre, il m'a dit que V. M. ne deuoit point abfoudre
Monfieur le Comte de Soiffons quant au temporel, que fa
Sainteté ne l'euft premierement abfous quant au fpirituel,
attendu que le delit auoit plus de la fpiritualité que de la
temporalité. Ie luy ay dit fans vouloir contefter auec luy
de cela, que V. M. n'eftoit point verfée en telles fubtilitez &
diftinctions, & qu'elle auoit regardé feulement à l'effence
& à la fubftance de la chofe, receuant vn ieune Prince du
fang qui fe reconnoiffoit & repentoit, & qui auoit iuré
l'Edit de reünion, & affoibliffant d'autant le party du Roy
de Nauarre & augmentant celuy des Catholiques. Il m'a
repliqué que fi V. M. ne le fçauoit, elle s'en deuoit eftre
confeillée auec le Cardinal Legat que vous auiez vous-
mefme demandé, & duquel vous vous louëz tant. En fomme i'ay bien veu par là qu'on luy auoit imprimé vne mauuaife opinion des Eftats, defquels neantmoins aprés Dieu
& V. M. dépend toute l'efperance qui refte pour le iour-
d'huy du reftabliffement de voftre authorité, & remettre
voftre Royaume en quelque eftat tolerable.

De là il est venu à parler des facultez dudit sieur Legat,
& m'a dit que Monsieur le Cardinal de Vendosme auoit
demandé audit sieur Legat s'il n'auoit pas des facultez, &
que ledit sieur Legat ayant répondu qu'oüy, ledit sieur Cardinal de Vendosme luy auoit dit qu'il faudroit donc les presenter à la Cour de Parlement. Dequoy ledit Legat ayant
écrit à sa Sainteté, elle luy auoit répondu ne vouloir que
ses facultez fussent presentées à ladite Cour : Que sadite
Sainteté n'auoit point creé ledit Legat pour ses affaires,
ains pour les affaires de V. M. Que si vous vouliez pour vôtre seruice que ledit Legat eust quelques facultez & les luy
demandiez, elle les luy donneroit, & qu'en cela il n'y falloit point d'autre approbation ny presentation. Ie luy ay
dit, que pour les affaires d'Estat, que ledit sieur Legat auroit à traiter, il ne falloit rien presenter à la Cour de Parlement ; qu'aussi bien n'appelle-t-on cela facultez, ains
c'estoient des memoires & instructions, comme quand
il estoit Nonce : mais s'il auoit pouuoir de conferer
des benefices, donner dispense, absolutions, Indulgences,
faire visitations & reformations, & telles autres choses,
c'estoient des facultez cela, lesquelles par le style & pratique de France il ne pouuoit exercer, sans que prealable-
ment elles fussent presentées à ladite Cour, & qu'elle eust
donné son arrest là dessus. *C'est vn mauuais style*, dit-il. Et
moy sans vouloir entrer en autre iustification ny dispute,
luy ay dit, que quoy qu'il fust de la iustice de telle coustume, elle estoit si ancienne, & tenoit si bien qu'on ne la sçauroit oster qu'auec l'Estat mesme. Et ainsi a pris fin madite
audience, de laquelle i'ay voulu, suiuant ma coustume &
mon deuoir, rendre particulier compte à V. M.

Aprés laquelle audience, i'ay parlé à quelques-vns des
Cardinaux, qui estoient semblablement venus accompagner sa Sainteté, dont les plus sages & moins passionnez
m'ont dit que si V. M. ne recouuroit ses places de Mr de Sauoye bien-tost, elle ne les recouureroit jamais, & si ledit
Duc en prendroit encore d'autres, l'exemple duquel seroit
bien-tost suiuy par des autres Princes vos voisins, qui prendroient chacun sur vous tout ce qu'ils pourroient : Qu'il

faudroit prendre ledit Duc de Sauoye en mettant au Marquisat vn personnage qui ne luy fuſt point ſuspect, & cependant faire approcher vne armée pour ſe ruer ſur le ſien, ſi il differoit à faire comme il parle. Ie ſçay que V. M. le ſçaura trop mieux faire qu'on ne le ſçauroit icy penſer; toutefois ie vous ay voulu mettre icy ce qu'on m'en auoit dit, comme ie ferois vne autre nouuelle.

D V R O Y.

Du 8. Octo-
bre 1588,
MON COVSIN, Par les lettres que ie vous ay écrites en recommendation de mon Couſin le Comte de Soiſſons, vous aurez entendu les raiſons qui m'ont meu interceder pour luy enuers ſa Sainteté, en luy rendant témoignage de l'information que i'auois euë, qu'il a touſiours continué durant ſon éloignement de faire profeſſion & exercice de la Religion Catholique Apoſtolique & Romaine, & de la perſeuerance qu'il luy promet à l'aduenir. Sa Sainteté auoit commis la puiſſance à Monſieur le Legat de luy donner l'abſolution; mais il s'eſt trouué vn nouueau mandement de ſurſeance entre ſes mains, lors que mondit Couſin eſt arriué icy pour receuoir cette benediction & grace. Ce qui le met en grande peine & tous les ſiens, comme de ma part i'en porte beaucoup de regret & déplaiſir. Et à ce que ie puis entendre, ce changement eſt aduenu ſur quelque mauuais rapport fait à ſa Sainteté, qui ne deuoit auoir plus de lieu & force enuers elle, que le témoignage ſuſdit que ie luy ay donné, & la nourriture qu'a euë mondit Couſin, prés & ſous l'inſtruction de mon oncle le Cardinal de Bourbon depuis l'âge de cinq à ſix ans. L'on doit plûtoſt fortifier le ſouſtenement de ladite Religion de ceux qui s'y monſtrent affectionnez, meſmes de telle qualité, que les en reietter. I'en écris derechef à ſa Sainteté, enuers laquelle ie deſire que vous vous employez, afin qu'il luy plaiſe remettre audit ſieur Legat ladite puiſſance qu'elle luy auoit donnée pour entretenir mondit Couſin au bon chemin qu'il monſtre vouloir touſiours ſuiure, & ne luy donner occaſion par le deſeſpoir, où la rigueur le pourroit

mettre, de s'en éloigner; il importe à l'Eglise & à mon seruice: vous le sçaurez assez iuger, & le mettre en si bonne consideration à sa Sainteté, que i'espere qu'elle ne fera difficulté de reuoquer la susdite surseance. A quoy tant plustost elle se resoudra, tant plus de gré ie luy en sçauray, & à vous pareillement, du bon office que vous y aurez fait, Priant Dieu &c.

AV ROY.

SIRE,

Ie receus auant-hier la lettre qu'il pleut à V. M. m'écrire le 25. Septembre, par laquelle ie voy que les miennes du 5. du mesme mois ne vous auoient encore esté renduës, dont ie m'émerueille grandement. Ie n'ay laissé, & ne laisseray iamais, Dieu aidant, passer aucun ordinaire sans écrire à V. M. & s'il aduenoit quelquefois que V. M. n'en receust point, elle se pourra asseurer qu'il n'aura tenu à faute de luy auoir esté rendu ce deuoir par moy. Mesdites lettres du 5. Septembre ne contenoient pas grand cas, pour autant que ie n'auois eu à vous faire aucune réponse, ny à vous rendre compte d'aucune negotiation: tellement que la perte n'en seroit pas grande. Toutefois afin que V. M. voye ce peu qu'il y auoit, ie vous en enuoye vn duplicata, vous remerciant bien-humblement de la part qu'il vous a pleu me faire de l'estat auquel estoient vos affaires touchant la tenuë des Estats, & priant Dieu qu'il vous fasse la grace d'y ordonner toutes choses à l'honneur de Dieu, au bien de vostre Royaume, & contentement de V. M.

Au demeurant, depuis mes dernieres lettres, l'Ambassadeur de Monsieur de Sauoye me vint voir le 21. de ce mois, & me dit de la part de son maistre ce que ie sçauois desia qu'il alloit disant aux autres Cardinaux: qui est en somme, que Monsieur de Sauoye s'est saisi du Marquisat de Saluces, pour preuenir les heretiques du Dauphiné qui s'en vouloient emparer, & qu'il entend le garder à V. M. & le tenir pour vostre seruice. Ie répondis audit Ambassadeur, que comme seruiteur & ministre de V. M. i'attendois vos

Du 27. Octobre 1588.

commandemens pour eftimer & parler de ce faict, felon que vous l'auriez prins, & que vous me commanderiez d'en parler, & que comme tel, ie ne luy pouuois faire autre réponfe : mais comme Cardinal, & comme toute autre perfonne, ie voulois croire la bonne intention qu'il me difoit que Monfieur de Sauoye auoit ; & mefmes quand ie penfois à l'honneur qu'il auoit de vous appartenir, & aux grandes obligations qu'il auoit à V. M. & aux Rois vos predecefleurs, & particulierement au Roy Henry voftre pere, & au Roy Charles voftre frere : Que ie me mouuois encore à le croire par l'vtilité propre de Monfieur de Sauoye, laquelle ne requeroit pas qu'il offenfaft vn fi grand Roy, & vne Couronne fi puiffante & fi voifine, qui auroit toufiours moyen de s'en faire raifon, & fur luy & fur fa pofterité, comme fans rechercher les exemples de plus loin, il les troueroit chez luy-mefme : mais que le vray moyen de faire croire à vn chacun ce qu'il me difoit, eftoit de rendre ledit Marquifat, & le remettre incontinent entre les mains de perfonnes non fufpectes, qui feroient commifes par V. M. A quoy pour mon regard, ie m'attendois, & en reconnoiffance de l'honneur que mondit fieur de Sauoye me faifoit de me faire parler de ce faict, ie l'en fuppliois pour fon honneur & profit, & pour le repos de l'Italie, & de toute la Chreftienté.

C'eft, S I R E, ce que l'Ambaffadeur de Sauoye me dit, & la réponfe que ie luy fis. Et pource que diuerfes perfonnes parlent diuerfement de ce faict, i'eftime eftre de mon deuoir de vous mettre icy ce qu'en iugent les plus clairvoyans, non que V. M. ne le iuge trop mieux que tout autre, mais ie le mettray au lieu d'autres nouuelles que nous vous écriuons bien fouuent de perfonnes, & de chofes qui ne vous touchent de rien. Ceux donc qui font eftimez les plus aduifez, difent que Monfieur de Sauoye faifant defia fon compte, que la France ne peut demeurer entiere aprés vous, en veut prendre fa part de bonne heure, commençant par ce qui luy eft plus prés & mieux feant, & s'ouurant le chemin à d'autres conqueftes, felon que le têps & les hommes luy en offriront les occafions : que cette-cy eft fa vraye

inten-

intention, & que tout le reste ne sont que feintises &
déguisemens : que pour cette heure il prend le pretexte
de la Religion Catholique, dautant que tel pretexte est
plausible, & pour durer vne bonne piece, n'estant la
France en estat de pouuoir estre repurgée des heretiques d'vn long-temps, à cause du grand nombre de
villes qu'ils tiennent, & l'opiniastreté & l'obstination
qu'ils ont à les defendre : que quand ce pretexte viendroit à manquer, lequel neantmoins luy-mesme & ses
semblables feront durer le plus qu'ils pourront, il en
aura d'autres, comme il publie desia, que ledit Marquisat a appartenu & appartient aux Ducs de Sauoye; il
voudra encore dire qu'il y aura fait de grandes dépenses
pour vostre seruice, & que en tout euenement il faudroit
qu'il en fust remboursé auant que rien rendre, offrant de
parfaire le surplus s'il en reste, & telles autres choses qui
sont aisées à controuuer. Quant à la hardiesse qu'il a de faire vn tel attentat contre vn si grand Roy, on estime qu'il l'a
fondé sur la diuision du Royaume, & sur l'exemple de vos
propres suiets, & sur l'intelligence particuliere qu'il a auec
aucuns d'eux, outre l'esperance qu'en general il donne à
tous les Catholiques qu'il ira en Dauphiné assaillir les heretiques d'vn costé, pendant que vostre armée les assaudra
de l'autre, & outre le particulier plaisir qu'il pense faire à
quelques-vns de vosdits suiets, en ostant du Marquisat le
sieur de la Valette, & diminuant autant de ses moyens, &
de sa reputation. On pense aussi qu'il s'appuye sur l'alliance qu'il a auec le Roy d'Espagne, qui n'abandonnera son
beau-fils, sa fille & ses petits fils, & qu'il trouuera bon, ou
pour mieux dire, qui a ià trouué bon que le passage d'Italie
soit fermé aux François, ne pouuant à son aduis ses Estats
d'Italie estre troublez que par les François. Aussi disent
desia les partisans d'Espagne, que Monsieur le Duc de Sauoye a mis le cadenat à la porte d'Italie du costé de France,
qu'il a aussi fait trouuer bonne cette entreprise au Pape,
tant pour la consideration commune de la Religion Catholique, qui touche principalement sa Saincteté, & mesme de l'entreprise de Geneue, que ledit sieur de Sauoye

d d

dit eſtre par cette conqueſte grandement facilitée, que
pour le particulier intereſt que noſtredit ſaint Pere a à la
conſeruation de l'Eſtat d'Auignon voiſin du Dauphiné.
Ioint que ce qu'on n'a pû faire cy-deuant par voye de negotiation, on eſpere par ce moyen contraindre V. M. de prendre ledit Eſtat d'Auignon, qui n'apporte que dépenſe au
S. Siege, pour le Marquiſat de Saluces, qui demeurera audit ſieur de Sauoye, par la recompenſe que le Roy d'Eſpagne en faueur de ſon gendre, & de ſes petits fils, fera au
Pape du coſté de Naples, d'vn quartier de pays tenant aux
terres de l'Egliſe.

C'eſt, SIRE, ce qui s'en dit de plus vray-ſemblable.
Quoy qu'il en ſoit, il eſt bien certain que le Pape & le Roy
d'Eſpagne ont ſceu cette entrepriſe auant qu'elle ait eſté
executée. Car outre qu'il eſt vray-ſemblable qu'vn Duc
de Sauoye ne l'euſt oſé faire ſans l'approbation de plus
grand que luy, le Pape meſme en vne audience que i'eus
de luy Mercredy 12. de ce mois, s'eſtant mis en propos de
ce fait de luy-meſme, ſans que ie luy en parlaſſe pour lors,
fit tout ce qu'il put pour me perſuader que V. M. ne deuoit ſe remuër pour cecy, ny douter aucunement de la bonne foy de Monſieur de Sauoye, & qu'il rendroit le Marquiſat quand la France ſeroit reduite en meilleur eſtat. Et entre autres raiſons qu'il m'allegua de cette future reddition,
il me diſoit que le Roy d'Eſpagne n'auoit aucune part en
cecy, & qu'il ne le trouueroit point bon, & que Monſieur
de Sauoye ne ſe pourroit aucunement preualoir de la faueur dudit Roy en cecy. Mais pour me faire croire cette
raiſon, il me fit vn conte qui m'apprit que ſa Sainteté & le
Roy d'Eſpagne auoient ſceu le proiet de tout cecy. Il me
dit donc qu'il y auoit quelque temps, que le Duc de Sauoye
declara à l'Ambaſſadeur d'Eſpagne reſident prés de luy,
qu'il auoit grand deſir de s'emparer du Marquiſat de Saluces, & que ledit Ambaſſadeur le pria & exhorta de n'en
rien faire, & luy dit que le Roy d'Eſpagne le trouueroit
fort mauuais, comme au contraire il trouueroit touſiours
bon que ledit Duc ſe maintinſt aux bonnes graces de V. M.
Et non content de ce, ledit Ambaſſadeur en parla au Non-

ce de sa Sainteté, resident auprés dudit sieur Duc, le priant
de dissuader cette entreprise audit Duc, & d'écrire aussi à
sa Sainteté afin qu'elle l'en détournast; que sa Sainteté aduertie de cecy par sondit Nonce en auoit parlé à l'Ambassadeur d'Espagne resident icy, qui l'auoit aussi trouué fort
mauuais, & auoit prié sa Sainteté d'empécher que ledit
sieur Duc ne remuast rien de ce costé-là, ce que sadite Sainteté disoit auoir fait; mais que depuis estoient suruenuës
ces occasions si vrgentes, que ledit Duc de Sauoye n'auoit
pû faire de moins. De ce propos, quand il n'y auroit autre chose, il se void que Monsieur de Sauoye auoit designé
cecy de longue main, quoy qu'il dise maintenant, & que
le Pape & le Roy d'Espagne l'ont sceu. Mais outre cecy,
i'ay opinion que sa Sainteté me cela beaucoup de choses, &
me dit seulement ce qu'il estimoit faire à son propos & intention. Et le desir qu'il monstre auoir que V. M. dissimule cette iniure, & laisse iouir paisiblement ledit Duc de sa
conqueste, donne à penser, que non seulement il en a sceu,
mais aussi approuué le dessein. A quoy si V. M. adiouste
les mots qui luy sont échappez autrefois, & dont ie vous
ay aduerty par mes dépéches des dernier Iuillet, & 20.
Aoust, V. M. trouuera qu'elle a occasion de se douter que
d'autres que Monsieur de Sauoye ayent des desseins en son
Royaume sans son sceu. Ie voulus en ladite audience reprendre les derniers erremens de la procedure que i'auois
euë le quatriéme de ce mois, & luy faire promettre que si
Monsieur de Sauoye ne rendoit le Marquisat incontinent, en
y mettant par V. M. vn Gouuerneur qui ne luy pourroit estre
suspect, sa Sainteté employeroit contre luy ses armes spirituelles & temporelles, comme elle m'auoit asseuré; mais
ie ne l'y trouuay pas si determiné comme il s'estoit monstré
du commencement. Cependant ie m'apperceus bien qu'il
apprehendoit plus qu'auparauant les inconueniens qui
pourroient aduenir de cet attentat, si V. M. s'en ressentoit,
& crois que depuis la premiere nouuelle quelques gens
d'entendement le luy auoient remonstré. Aussi luy fis-ie
confesser d'ailleurs, que pour la seureté du S. Siege mesme
il estoit bon que les Rois de France eussent le passage libre

d d ij.

en Italie pour le venir secourir à vn besoin, comme ils
auoient fait autrefois, & mesme contre les Espagnols. Mais
ie me doute qu'il s'est engagé en ce faict, sans possible en
auoir assez consideré l'importance & la consequence. En
quoy i'ayme mieux faillir à estre vn peu soupçonneux, qu'à
estre trop negligent & peu soigneux, de ce qui importe tant
au seruice de V. M.

Hier ie retournay à l'audience pour bailler à sa Sainteté
comme ie fis la minute de la Bulle, pour laquelle V. M. a enuoyé le sieur de Vulcop, laquelle nous auons fait dresser de
la façon que nous auons estimé la meilleure & la plus appro-
chante de vostre intention. Sa Sainteté me dit qu'il la verroit & complairoit à V. M. de tout ce qu'il pourroit. Quand
il la nous aura renduë, nous la vous enuoyerons, pour y receuoir vos commandemens.

Le sieur Comte Hercole Estense Tassonne desireroit
qu'il pleust à V. M. l'honorer d'vne lettre de recommendation au Pape, pour estre promeu à la dignité de Cardinal,
& m'a prié de representer à V. M. ce sien desir. Ce que ie
ne luy ay pû refuser, & mesmement luy estant, comme ie
vous ay autrefois écrit, personnage de grand merite & tres-
affectionné au seruice de V. M. & au bien de vostre Couronne.

SIRE, ie ne sçay comment i'oubliois à vous dire, que
suiuant le commandement qu'il plaisoit à V. M. me faire
par sa derniere lettre du 25. Septembre, ie parlay en mon
audience d'hier à nostre S. Pere de vostre part, pour la promotion de Monsieur l'Abbé Bandini, & connus qu'il auoit
le suiet pour fort agreable, & qu'il en contentera V. M. si
elle ne demande que luy pour vne seule promotion. Mais
il me sembla aussi que sa Sainteté n'estoit pas encore bien
resoluë de faire promotion aux Quatre-Temps prochains,
à cause que de 70. Cardinaux, qu'il y peut auoir en tout par
sa Bulle, il y en a 67. de viuans, & qu'il luy semble deuoir garder tousiours quelques places pour les occasions extraordinaires qui peuuent suruenir, comme fut dernierement
celle de Monsieur le Nonce Morosini.

Monsieur le Cardinal de sainte Croix vient de me dire

tout maintenant, que le Cardinal de Sens a fait secretement
impetrer par vn quidan le Prieuré de Lithous en Santerre,
au diocese d'Amiens, auec intention de luy faire perdre;
me priant d'en escrire à V. M. & la supplier de sa part de
n'endurer qu'il luy en soit fait tort, & le vouloir auoir en
vostre protection, comme tres-humble & tres-affectionné
seruiteur qu'il vous est.

AV ROY.

SIRE,
 Par la lettre qu'il pleut à V. M. m'escrire le 10. de ce
mois, laquelle i'ay receuë le 28. i'ay veu comme la mienne du 5. Septembre vous auoit enfin esté renduë, & ay
esté bien aise qu'elle n'ait point esté égarée, comme ie craignois depuis que i'entendis par vos precedentes, qu'elle ne
vous auoit esté renduë en son temps. I'ay desia donné aduis à V. M. comme nostre S. Pere auoit differé la reuocation du Vice-legat d'Auignon, dequoy il ne se parle plus
pour cette heure, combien que ie sçay tres-bien que le
mécontentement que sa Sainteté a eu de luy dure encore,
mais elle le dissimule iusques en vne autre saison. Cependant sadite Sainteté sera tres-aise de l'assistance qu'il plaist à
V. M. faire prester audit Vice-legat pour la conseruation
de l'Estat d'Auignon, & du Comtat; & ie ne faudray de
luy dire à ma premiere audience la protection que vous
voulez continuer audit Estat. Ie diray à Monsieur le Cardinal de Sainte Croix la réponse qu'il a pleu à V. M. me faire sur la requeste peu ciuile, touchant l'Euesché de Tolon
cy-deuant par vous accordée audit Vice-legat.

 Le commencement que V. M. donne à ses Estats par
prieres & oraisons à Dieu en tout vostre Royaume, est digne d'vn Roy tres-Chrestien, & de la particuliere pieté &
deuotion que V. M. a tousiours euë par dessus le commun
des Rois, & nous promet vne bonne & heureuse fin de cette assemblée pour le bien vniuersel de toute la France, &
contentement particulier de V. M. Nous ne faudrons par
deçà d'adiouster nos prieres & deuotions à celles de delà,

Du 30.
Octobre
1588.

d d iij

& de procurer par tous exercices de pieté la faueur & grace de Dieu, aux mesmes fins que dessus.

Quant aux occurrences de deçà, ie n'en puis gueres sçauoir pour cette fois, pource que depuis la dépeche que ie vous fis par le precedent ordinaire, i'ay fait vn voyage à Nostre-Dame de Lorette pour vn vœu que i'y auois fait, dont ie fus de retour hier au soir. I'ay trouué qu'on ne fait encore que parler de l'attentat de Monsieur de Sauoye sur le Marquisat de Saluces, & que chacun attend de voir le ressentiment que V. M. en fera. Il arriue souuent des courriers dudit sieur de Sauoye à son Ambassadeur resident icy, & quelquefois deux iours de suite; & m'a esté dit que l'vn desdits courriers auoit esté enuoyé pour sçauoir du Pape, en cas que V. M. ne voulust laisser ledit Marquisat en la garde de Monsieur de Sauoye, & qu'il fust contraint de le quitter, s'il ne feroit pas bien de démanteler Carmagnolles, & les autres places, & les vous delaisser ainsi démantelées. Quant à la réponse du Pape, ie n'en ay encore rien pû sçauoir. Ledit sieur Duc de Sauoye, outre ce qu'il a de ses forces, est aprés à leuer six mil hommes és autres Estats d'Italie, donnant à entendre que c'est pour aller contre les heretiques; & à cette fin a dépéché six Colonnels, desquels celuy qui doit venir leuer mil hommes en l'Estat du Pape, est vn bastard de la Maison des Vitelly, appellé Alexandre-Marie. Monsieur l'Ambassadeur & moy nous opposerons à cette leuée, & dés demain prieray le Pape de ne l'endurer point. L'on dit icy, mais ie ne sçay s'il est vray, que celuy qui commandoit à Carmagnoles aprés auoir trahy & liuré la place à Monsieur de Sauoye, s'est retiré à Malte auec vingt-quatre mil escus qu'il a eus pour le loyer de sa trahison; & disent icy que s'il en auoit fait autant à vn de ces Ducs d'Italie, ils l'auroient vif ou mort auant qu'il fust long temps, en quelque part qu'il fust, pour donner exemple aux autres de ne commettre semblables déloyautez & trahisons.

Depuis la mort du sieur Federic Madrucio, qui estoit icy Ambassadeur pour l'Empereur, il n'y a point eu d'Ambassadeur resident pour ledit Empereur; mais à present on

dit qu'il en enuoye vn, & qu'on est aprés à luy trouuer vn
Palais. A tant ie prie Dieu, &c.

AV ROY.

SIRE,
Depuis la lettre que i'écriuis hier à V. M. i'ay receu Du dernier
la minute de la Bulle de la Croisade, corrigée de la main Octobre
de nostre S. Pere le Pape, qui en a retranché quelque cho- 1588.
se, que nous tascherons à faire remettre. Cependant le
sieur de Vulcop vous enuoye vne copie de ladite minute
ainsi corrigée comme sa Sainteté l'a renduë, pour sçauoir
si elle sera au gré de V. M. Vne des choses les plus considerables en ladite minute, me semble estre le Commissaire
qui arbitrera la contribution que chacun aura à faire, & le
temps qu'il y faudra perseuerer pour estre participant des
graces que nostre S. Pere offre par ladite Bulle. Nous
auons obtenu que ledit Commissaire sera celuy que V. M.
choisira elle-mesme. Mais parce que vostre Royaume est
d'vne grande estenduë, & que ce seroit vne chose de trop
grande longueur, despense & danger, que de toutes les
parts de la France, on allast ou enuoyast vers vn seul homme, & mesme en ce temps de guerre; I'ay opinion qu'il seroit bon qu'il y eust plusieurs Commissaires, comme pourroit estre chacun Euesque en son diocese, ou bien s'il n'y
en a qu'vn, qu'il ait puissance d'en substituer autant que
besoin sera, soit les ordinaires ou autres. A quoy V. M.
aduisera, s'il luy plaist, & en commandera sa volonté. Vne
autre chose, qui me semble aussi estre digne de consideration, est le temps dans lequel il faudra entrer en ladite contribution. Ladite minute porte trois ans, à compter de la
publication de la Bulle en chacun lieu. Pour vn regard, il
est bon que ce temps soit long, afin que plus de gens y puissent entrer, & que les Indulgences en soient plus durables,
& mesme dautant qu'il est porté par ladite minute, que les
trois ans expirez, la Bulle n'aura plus aucun effet ny vigueur. Mais pour vn autre regard, la longueur ne semble
y estre gueres bonne, parce que tant plus de terme on a de

faire quelque bonne œuure, tant moins on s'y haste, &
pendant qu'on differe de demain à demain, on se refroidit.
Or vne sainte entreprise telle que celle-cy, doit proceder
d'vne certaine ardeur & zele de deuotion, & estre executée
promptement, comme quasi de toutes choses les plus grandes chaleurs sont au commencement, & principalement
entre les François, qui sont ordinairement bouillans, &
procedent en la pluspart des choses auec impetuosité. De
sorte que qui aura esté vn an & tant à regarder faire les autres sans se mouuoir, ne s'y échauffera gueres puis aprés.
Et partant il plaira à V. M. aduiser audit temps qui semble
estre assez bien moderé ausdits trois ans. Quant au temps
qu'il faudra perseuerer en ladite contribution, il est laissé
à l'arbitrage du Commissaire, comme il ne se pouuoit bonnement faire autrement pour la varieté des personnes, &
de leurs moyens, & de la mesure des graces ausquelles on
voudra participer. Toutefois encore y a-t-il à considerer
cela en general, que tant plus le temps sera prefix long, tant
mieux seroit pour faire la guerre aux heretiques, eu égard
à ceux qui entreroient, & qui auroient à seruir plus long
temps. Mais aussi d'vn costé la longueur du temps & la pe-
santeur de la charge fera que tant moins de gens y entreront, comme au contraire la briefueté du temps pour le regard de ceux qui y seront jà entrez seroit moindre bien en
soy, mais elle feroit aussi que la suiection estant moindre,
tant plus de gens y entreront; à quoy aussi sera bon qu'on
ait égard. Outre les susdits poincts generaux, il y en a quelques particuliers à considerer, comme la clause qui concerne les Euesques & autres Beneficiez, lesquels semblent
estre vn peu trop chargez en ladite minute, attendu les
grandes charges que d'ailleurs ils ont, comme de decimes
& autres, outre la persecution que les heretiques leur font.
Surquoy est à noter, que cette minute a esté faite principalement sur la Bulle qui fut concedée au Roy Sebastien de
Portugal, où les Ecclesiastiques n'ont point telles charges
ny vexations. Il y a vne autre clause, par laquelle le Pape
exhorte les Prelats de France de conuertir les peines pecuniaires, & mesmes les corporelles en ce sainct œuure. Dequoy

quoy ne me femble pas pouuoir reuenir grand fruict en France, attendu que les Prelats ne peuuent condamner les Laics en peines pecuniaires, & moins en corporelles. Mais cela m'a fait penfer de propofer à V. M. fi elle trouueroit bon de faire vn tel commandement à fes Officiers & Iufti-ciers par tout fon Royaume, dont pourroit fe tirer bonne quantité d'argent, & quelque moyen de faire la guerre aux heretiques. I'en eftois icy quand ie fuis allé à l'audien-ce, où i'ay parlé à noftre S. Pere de deux chofes qu'il auoit retranchées en ladite minute. L'vne, que ceux qui feroient le deuoir porté par la Bulle, feroient difpenfez pour le regard des iours de ieufnes, voire de Carefme, de l'aduis de l'vn & de l'autre Medecin, comme l'on parle icy. L'au-tre, qu'ils pourroient eftre abfous par le Confeffeur qu'ils auroient choifi, des cas portez par la Bulle *in Cœna Domini*. Et l'ay prié que les deux chofes y fuffent remifes, & pluftoft augmenter toutes telles graces que en diminuer, afin de tant plus animer & encourager tous les Catholiques con-tre les heretiques, puifqu'il ne fe prefenteroit iamais vne meilleure ny plus importante occafion d'ouurir les threfors de l'Eglife. Noftredit faint Pere a fait vn peu de refiftance du commencement; mais il a puis aprés dit qu'il feroit vne declaration, par laquelle la difpenfe des ieufnes feroit ac-cordée auffi pour le temps de Carefme, & pareillement l'abfolution des cas contenus en ladite Bulle, *in Cœna Do-mini*, excepté quelques-vns dont fera aduifé, voulant neantmoins que la Bulle demeuraft ainfi comme il l'auoit renduë corrigée de fa main.

Aprés cela, il s'eft mis de luy-mefme fur le propos du Marquifat de Saluces, & tant luy que moy y auons efté fort long-temps. Mais parce qu'il eft nuit, & qu'il eft befoin de dépécher l'ordinaire entre-cy & au matin, ie n'en mettray icy que le fommaire : qui eft que de plufieurs chofes qu'il m'a dites, i'ay veu qu'il eftoit en grand foucy, pour auoir entendu que V. M. fe reffentoit de ce que Monfieur de Sa-uoye y auoit fait, & m'a exhorté de faire tout ce que ie pourrois pour adoucir le mécontentement que V. M. en auoit. Il m'a auffi affez fignifié qu'il voudroit que ledit Mar-

e e

quifat demeuraft entre les mains de Monfieur de Sauoye,
au moins iufques à ce que le Dauphiné fuft du tout repur-
gé des Heretiques, & que i'aidaffe à vous le faire trouuer
bon. Ie luy ay dit que V. M. ne m'auoit rien touché par fes
lettres dudit Marquifat; mais que i'entendois d'ailleurs
qu'elle en eftoit fort indignée, comme elle en auoit tres-
grande raifon: Que ie ne pouuois en bonne confcience ny
auec feureté faire vne telle chofe : Que moy vous eftant
non feulement fuiet & feruiteur, mais obligé d'infinies obligations pour moy & pour les miens, ie violerois tout droit
diuin & humain de conniuer enuers V. M. en vne chofe fi
contraire à fon profit, & à fon hôneur & reputation: Que V.
M. d'ailleurs eftant Prince doüé d'vn grand entendement,
& tres-clair-voyant, m'eftimeroit vn grand niais, ou bien
vn grand traiftre, fi ie vous voulois donner du noir pour du
blanc; Que ie priois fa Sainteté d'exhorter pluftoft Monfieur de Sauoye à rendre ledit Marquifat au pluftoft, en fe
fouuenant que les plus courtes folies font les plus tolera-
bles. Et parce que fa Sainteté s'eft mife à me dire des difficultez que V. M. auroit fi elle faifoit la guerre à Monfieur
de Sauoye : Ie luy ay dit, que outre la différence qu'il y
auoit d'vn Roy de France à vn Duc de Sauoye, nous fçauions que Monfieur de Sauoye eftoit le Prince d'Italie, le
plus fouffreteux d'argent, & le moins aimé de tous fes fuiets; que dans Thurin mefme on regretoit auiourd'huy le
temps auquel les François y commandoient; que fa milice
n'auoit ny cœur ny experience, qu'vn petit nombre de
François auprés de Chafteaudauphin l'auoit défaite, qu'il
n'y auoit Prince en Italie qui le vouluft auoir aidé d'vn
homme, & mefme en cette guerre qu'il s'eftoit fufcitée luy-
mefme, qu'ils feroient tous bien-aife qu'il fuft bien battu,
& reduit vne autre fois à l'épée & à la cappe. Et là deffus ie
luy ay dit comme i'auois entendu que ledit Duc enuoyoit
vn baftard de la Maifon des Vitelly pour leuer des gens en
l'Eftat de fa Sainteté, & que ie m'affeurois qu'elle ne l'endureroit non plus que les autres Potentats d'Italie qui l'a-
uoient défendu tres-eftroitement, & que à toutes auentu-
res encore que ie n'eftimaffe point qu'il en fuft befoin, ie

l'en suppliois tres-humblement : sur quoy il m'a dit & promis bien expressément qu'il ne l'endureroit point.

De là ie suis venu à luy dire que le bruit couroit par Rome que Monsieur de Sauoye luy auoit enuoyé demander conseil, si estant contraint de rendre le Marquisat, il ne feroit pas bien d'en démanteler les places : & que ie ne pensois pas qu'il fust besoin de dire à sa Sainteté de quelle importance & consequence seroit vne telle enormité. Et là dessus, il m'a dit & iuré que ce bruit estoit faux, & que Monsieur de Sauoye ne luy auoit iamais fait parler ny écrit de telle chose : qu'aussi ne le pourroit-il trouuer bon : que ce seroit vn trop grand mépris, & vn affront irreparable, & vne inimitié à iamais implacable.

Sur la fin ie luy ay dit, que V. M. m'écriuoit de la Protection en laquelle vous voulez auoir l'Estat d'Auignon, & le commandement qu'il vous a pleu faire à Monsieur le Duc du Mayne, & au sieur Colonel Alphonse, dequoy sa Sainteté a esté bien-aise, & m'a commandé d'en remercier V. M. de sa part, & la prier de continuer. Il m'a dit aussi que i'en écriuisse audit sieur Alphonse de sa part. Ce qui est en somme, SIRE, ce qui resulte d'vn plus long propos tenu en vne grosse heure & demie d'audience. Que V. M. monstre d'en vouloir auoir la raison à bon escient, sa Sainteté sera d'aduis que Monsieur de Sauoye rende incontinent tout ce qu'il a occupé au Marquisat, & qu'elle fera tout ce qu'elle y pourra, de crainte qu'il n'en aduienne pis. A tant ie prie Dieu qu'il &c.

Dv Roy.

MON COVSIN, La deliberation en laquelle ie suis d'enuoyer par delà le sieur de Gondy, pour affaires concernans mon seruice, & le faire partir dans peu de iours, sera cause que vous n'aurez à present longue ny particuliere réponse de moy à vos lettres du 17. du passé, me remettant à y satisfaire amplement par luy. Seulement ie vous diray que i'ay eu à singulier plaisir d'entendre par le menu ce que nostre S. Pere le Pape vous auoit dit touchant l'en-

Du 7. Nouembre 1588.

treptife de Monfieur de Sauoye, les réponfes que vous luy a-
uez faites, ce qui eftoit auffi paffé pour ce regard entre vous,
& l'Ambaffadeur dudit fieur de Sauoye, & les difcours &
iugemens que autres font fur ce fuiet par delà. Ce que i'ay
eu fort agreable, que m'auez reprefenté ainfi au long, &
vous fçay particulierement tres-bon gré de la façon que
vous en auez parlé, tant à fa Sainteté, que audit Ambaffadeur, qui ne pouuoit eftre auec plus grande confideration
de ma dignité, ny plus grande réponfe. Vous aurez depuis
veu ce que ie vous ay écrit, dont la dépéche s'eftant trouuée prefte lors que voftre homme arriua icy auec celle qu'il
m'apporta de voftre part, ie fus en volonté de la vous enuoyer par luy; mais fe prefentant la commodité d'vn courrier qui s'en retournoit auec autres dépéches, ie luy fis bailler cette-là, & retins voftredit homme pour vous renuoyer
par luy la minute de la Bulle de la Croifade. Ce que toutefois n'a peu encore eftre fait, pour les continuels empéchemens que i'ay eus à l'occafion de cette affemblée des
Eftats. Par mefdites lettres vous aurez entendu la refolution que i'auois prife, d'enuoyer le fieur de Pongny vers ledit fieur de Sauoye, & la charge que ie luy donnois, enfemble les raifons qui m'ont fait prendre cette voye la premiere, quoy qu'il femblaft eftre plus de ma dignité de faire autrement; le refpect de la Religion, & de la paix entre les
Princes Catholiques, que ie ne voudrois voir alterer, a
furmonté toute autre confideration que ie pouuois auoir,
eftant neantmoins mon intention, s'il ne m'eft fait raifon
fur la femonce que i'en ay enuoyé faire audit fieur de Sauoye, de l'auoir à quelque prix & peril que ce foit. Ce que
vous ferez entendre à fa Sainteté fi l'occafion s'en prefente,
en termes qu'elle connoiffe que ie n'y veux rien épargner,
& auons feulement regret, ainfi que ie vous ay écrit, d'eftre
contraint de changer la guerre que ie fais, & defire continuer contre les heretiques de mon Royaume, en vne autre
guerre qui ne pourra eftre que tres-preiudiciable & dange-
reufe à la Religion Catholique, pour la commodité que les
heretiques auront cependant de mieux eftablir leurs affaires, fans la confideration de quoy i'euffe prins autre che-

min en cette occafion que ie n'ay fait. Vous pourrez là-
deffus faire telles remonftrances, vous trouuant en lieu
où il foit à propos d'en parler, que l'on ne demeure en
opinion, que ny faute de moyens ou de generofité, ny la
crainte de puiffance quelconque n'eft caufe de la patience
que i'ay voulu auoir en ce faict. Ledit fieur de Gondy portera les lettres que vous defirez de moy pour le differend
que le Cardinal de Sens vous veut mouuoir fur l'Archeuef-
ché de Narbonne. Et quant au Cardinal de Sainte Croix,
ie luy feray toute la faueur que ie pourray pour luy conferuer ce qui luy appartient. Priant Dieu &c.

A v R o y.

SIRE,
   Ie receus le 7. de ce mois la lettre qu'il pleut à V. M. Du 14. No-
uembre
1588.
m'écrire le 23. d'Octobre, & Monfieur le Marquis de Pifa-
ny me communiqua celle que vous luy écriuiez du mefme
iour, par où i'apprins le langage dont Monfieur de Sauoye a vfé enuers V. M. fur l'occupation qu'il a faite du
Marquifat de Saluces, & la refolution que vous auez prinfe
là deffus, & les offices que nous auions à faire par deçà auprés du Pape. Surquoy ledit fieur Marquis & moy aduifa-
mes qu'il iroit à l'audience dés le lendemain, & que i'irois à
deux iours delà. Il vous rendra compte de ce qu'il y fit de
fa part, comme ie feray de la mienne par la prefente, aprés
vous auoir fupplié tres-humblement de la voir à part, fans
qu'il y ait autre que V. M. & fon Secretaire d'Eftat, pour
l'importance des chofes y contenuës. Ie fus donc à l'audience Ieudy 10. de ce mois, & trouuay noftredit faint Pere, du commencement fort peu enclin à entendre, que
Monfieur de Sauoye vous rendift vos places; mais fur la fin
il fe laiffa perfuader, foit que ce fuft en effect, ou en apparence, ne pouuant refifter à la force de la verité, raifon &
iuftice. Ie voulus commencer par luy dire que nous auions
receu lettres, & entendu l'ouuerture des Eftats, & la belle
& fainte propofition que V. M. auoit faite. Et luy fans me
laiffer aller gueres auant, me dift qu'il l'auoit auffi enten-
duë; mais qu'il voudroit bien que vous ne prinffiez pas fi

fort à cœur le faict de Saluces, comme vous faisiez. Ie luy répondis qu'à la verité vous le preniez fort à cœur, & que de l'ouuerture & proposition des Estats & de telles autres choses V. M. n'en écriuoit quasi rien ; mais que toutes vos lettres estoient sur le suiet dudit Marquisat, & que ie ne vous auois iamais veu écrire de chose auec plus de ressentiment que de cette-cy. *C'est grand cas*, dit-il, *qu'vn si grand Roy se soucie si fort de si peu de chose. C'est aux grands Rois principalement*, dis-ie, *Tres-saint Pere, à repousser l'iniure, & à maintenir leurs Estats ensemble auec leur reputation & authorité, sans laquelle ils ne peuuent regner ne subsister, ains les Rois de France sont en possession, non seulement de conseruer le leur, mais aussi de proteger les autres Potentats leurs alliez & confederez ; & y a peu de Couronnes en l'Europe qui n'ayent quelquefois receu secours & protection de celle de France, & lors mesme que nostre nation n'estoit point vniuersellement si aguerrie, comme elle est à present : Comment pourroit donc le Roy ne se soucier point qu'vn Estat si important luy fust emblé & rauy par vn Duc de Sauoye, qui n'a rien que ce que la France luy a librement rendu, & se peut mesme dire, donné ?* Il me repliqua qu'il auoit autrefois couru vn temps en France, & qu'il y en auoit maintenant vn autre, & que si vous vouliez à present recouurer ces places par force, vous ne feriez rien, parce que vous ne feriez aidé ny des Catholiques, ny des heretiques. Ie luy dis que des heretiques V. M. ne s'en voudroit point seruir ; mais que ie ne pensois point qu'il y eust vn Catholique en France qui refusast de marcher pour vne si iuste querelle. *Oüy da*, dit-il en se moquant, *le Mareschal de Montmorency ira fort volontiers contre vn Prince sien parent, duquel il attend appuy & support.* Ie luy répondis que i'auois parlé des bons Catholiques, & en outre que ie sçauois que le Mareschal de Montmorency auoit plus à perdre en France qu'à gagner en Sauoye, & que s'il aimoit son propre profit & celuy de ses enfans, comme il estoit à presumer, il feroit tout autrement que sa Sainteté n'estimoit. *Oüy*, dit-il en continuant de se moquer, *& le Duc de Guyse ira contre le gendre du Roy d'Espagne.* *Oüy*, dis-ie, *Tres-S. Pere, il y ira fort volontiers, ie m'en asseure.* Et le Pape se moquant tousiours de plus en plus, se print à

dire, *Ie ne sçay pas comment le Duc de Guyse est auec le Roy d'Es-*
pagne; ie ne sçay pas que lors que le Duc de Guyse print Paris, le
Roy d'Espagne luy fit bailler quarante mil escus; ie ne sçay pas
qu'encore maintenant le Duc de Guyse ne danse point plus haut ny
plus bas que le Roy d'Espagne veut; & n'ay point de Nonces, &
mes Nonces ne s'enquierent de rien, ils ne m'aduertissent de rien.
Et pource qu'en cet endroit, aprés qu'il ne parloit plus, ie
demeuray pensif sans luy rien répondre; il recommença, en
me disant, *Et le Duc du Mayne, quoy ira-t-il contre le Duc de*
Sauoye? Ne le sçauoit-il pas à Lyon prés de luy quand il s'est em-
paré du Marquisat? Ne sçauoit-il pas que le Duc du Mayne les
deuoit conduire? A-t-il laissé pour cela, de prendre le Marquisat?
Que vous semble de tout cela? Et vne autre chose encore, le Duc
du Mayne, que fait-il si long-temps à Lyon sans mystere, qu'en
croyez vous? Ie croyois, dis-ie, *qu'il y seiournoit en attendant que*
toutes choses fussent prestes en Dauphiné, n'estant de la reputa-
tion d'vn Prince comme il est, d'y entrer, qu'il ne vist y pouuoir
faire d'entrée quelque bel exploit: mais maintenant il me semble que
Vostre Sainteté sçait qu'il seiourne à Lyon pour quelque autre des-
sein. Ie ne dis pas que ie le sçache, dit-il, *mais ie suis ainsi de*
mauuaise nature, ie soupçonne aussi tost, ou plustost le mal que le
bien, & Dieu veüille que nous n'en ayons point de mauuaises nou-
uelles vn de ces iours. Tres-saint Pere, luy dis-ie, ie me confes-
serois aussi volontiers moy-mesme de ce peché de soupçon, commençant ià à soupçonner que Vostre Sainteté en sçait plus qu'elle n'en
dit, & que ce n'est pas par soupçon seulement. *Baste,* dit-il, *si*
vous estes bon Dialecticien, tirez-en la conclusion vous-mesme.
Quand ie veis qu'il ne vouloit point s'en laisser entēdre plus
auant, ie luy dis qu'à la verité il n'estoit pas trop mal-aisé
de deuiner ce que sa S^{té} vouloit dire; mais que ie luy voulois
bien dire aussi que Messieurs de Guyse ne pourroient faire
pis pour eux-mesmes, que de recōmencer à prendre des vil-
lés, & rōpre la paix publique, aprés que V. M. leur auoit accordé plus qu'ils n'auoient demandé; & maintenant que V.
M. tenoit ses Estats, & estoit aprés à faire les plus belles loix
& reglemens du monde, que de fauoriser & tenir la main
aux Princes estrangers qui enuahissent le Royaume, ne
seroit pas le chemin de paruenir là où l'on voudroit dire

qu'ils afpiroient, & ne fçauroient pas mieux donner congé
à tant de gens qui les ont fuiuis, fous le nom de la Religion Catholique ; *& le Roy*, luy difois-ie, *ne fçauroit en meil-*
leure occafion leur faire monftrer ce qu'ils ont dedans, ny s'éclair-
cir de leurs intentions , & les faire connoiftre à toute la France,
& quand ils s'oublièroient tant ; fa Maiefté à toutes les fois qu'il
fe voudra refoudre eft affez fort pour ruiner le Duc de Sauoye auec
eux , & eux auec le Duc de Sauoye. Il vaut mieux , dit le Pape, *que fa Maiefté employe fes forces contre les heretiques , & qu'il*
continuë fon entreprife contre eux, fans s'en détourner aucune-
ment , & puis fi le Duc de Sauoye ne luy veut rendre fes places,
il luy fera la guerre ; mais il ne fera point befoin de guerre : car il
les rendra de fon bon gré fans doute. Ie luy dis alors , que
pour le regard des heretiques vous vouliez ce que fa Sainteté vouloit, qu'il n'y auoit perfonne qui euft plus de zele
ny tant d'intereft à l'extirpation des heretiques que V. M.
comme vous auiez tres-bien dit à l'ouuerture des Eftats, &
comme il le fçauoit affez d'ailleurs, quand V. M. ne l'auroit pas dit. Outre le premier ferment que vous en auez
fait , & fait faire par tout voftre Royaume, vous auiez voulu commencer les Eftats par vn nouueau ferment voftre
& de toute l'affemblée, & par faire de voftre Edict de reünion vne loy fondamentale du Royaume : Qu'il n'y auroit ainfi perfonne qui fuft fi marrie fi vous eftiez détourné
d'vne fi fainte & fi ferme entreprife , comme V. M. feroit.
Mais ce ne feroit pas vous qui vous en détourneriez ; ains
ce feroit le Duc de Sauoye qui vous en détourneroit , &
c'eftoit au Duc de Sauoye qu'il falloit faire ces exhortations de ne retarder point l'entreprife contre les heretiques. Quand vn homme iroit en quelque lieu, pour bonne, fainte & vrgente qu'en fuft l'occafion, ce n'eft pas à dire que fi on l'affailloit en chemin, qu'il ne deuft point fe
defendre, la defenfe eftoit naturelle & neceffaire. Le Duc
de Sauoye venoit de prendre des villes, il en affiegeoit &
battoit encore d'autres, & on voudroit que V. M. le laiffaft
faire fans vous defendre, afin que le Royaume de France
n'eftant point defendu, chacun à l'exemple du Duc de Sauoye en prinft, d'où il luy tourneroit plus à commodité, le
Roy

Roy d'Efpagne du cofté de Prouence, Languedoc ou
Guyenne, le Duc de Parme du cofté de la Picardie, la Reyne d'Angleterre de la mefme Picardie, & de la Normandie
& Bretaigne, les Allemans du cofté de Mets, Toul & Verdun, Monfieur de Lorraine de ce mefme cofté, & d'autres
endroits. Et afin auffi que vos propres fuiets, & principalement la Nobleffe qui ne peut pas feulement endurer la
moindre parole qui aille vn peu de trauers, perdift tout refpect enuers V. M. quand ils verroient qu'elle fe laifferoit
tout ofter à vn chacun, & que les heretiques mefmes contre qui elle vouloit aller, l'en eftimaffent & redoutaffent
moins, & s'en rendiffent plus audacieux & indomptables,
& afin auffi que le Duc de Sauoye mefme continuant fa
nouuelle conquefte, comme il fait, & ne trouuant aucune
refiftance, fe rendift maiftre d'vne grande partie du Royaume de France, là où il n'oferoit auoir touché à la moindre
chofe du plus petit Duc d'Italie: comme ny luy ny fon pere
n'ont iamais ofé faire aucun femblant contre le Duc de
Mantoüe pour recouurer fur luy le Duché de Montferrat,
qu'ils ont toufiours pretendu eftre feur. Quant à ce que fa
Sainteté difoit, qu'aprés que V. M. auroit fait contre les heretiques, le Duc de Sauoye vous rendroit vos villes; Ie luy
répondis que perfonne ne pouuoit ny deuoit en répondre,
& moins encore V. M. s'en affeurer ou s'y attendre: Que
tant s'en falloit qu'il vouluft en rendre, qu'il alloit tou-
iours prenant, & quand ce pretexte d'heretiques luy manqueroit, il en controuueroit affez d'autres; outre que cette
couleur mefme eftoit pour durer trop long temps, & que
infinies autres chofes pourroient naiftre entre cy & là, qui
rendroient ce recouurement plus mal-aifé. I'adiouftois
que pofé qu'il euft la volonté de rendre lors les villes, ainfi
qu'il difoit, ce n'eftoit point de la dignité & reputation
d'vn Roy de France d'attendre à r'auoir le fien iufqu'à ce
qu'il plairoit à vn Duc de Sauoye, & de fembler que le Roy
tres-Chreftien n'alloit pour faire la guerre aux heretiques
pour zele qu'il euft; ains pour ce qu'vn Duc de Sauoye l'y
contraignoit, en luy prenant & retenant fes villes. Que ie
priois fa Sainteté de fe mettre en voftre place, & me dire

ff

si c'estoit à faire à elle, à sçauoir si elle attendroit alors, il
me répondit que non. Ie luy fis encore vne autre interro-
gation, si V. M. luy en demandoit conseil, à sçauoir si en
Dieu & conscience il vous conseilleroit d'attendre, & il me
répondit aussi que non. *Vostre Sainteté donc*, dis-ie alors, *ne*
dois point trouuer mauuais que le Roy fasse ce que vous-mesme fe-
riez, & que vous mesme luy conseillericz. Non, dit-il, *ie ne le*
trouueray point mauuais aussi. Alors ie luy dis que V. M. s'attendoit non seulement qu'il ne le trouueroit pas mauuais;
mais que s'il estoit besoin il vous aideroit, & que moy vous
ayant écrit comme en la premiere audience que i'auois euë
de luy sur ce suiet, il m'auoit dit qu'il vous aideroit de ses
armes spirituelles & temporelles, V. M. m'auoit commandé de l'en remercier, comme ie faisois tres-humblement.
Il s'en souuint, & reconneut me l'auoir dit. Et moy continuant, luy dis que i'esperois qu'il n'en faudroit point venir
là, & mesmement si sa Sainteté s'employoit à bon escient
enuers ledit Duc de Sauoye, à ce qu'il rendist au plustost vos
villes, en quoy elle feroit conuenablement à sa dignité de
Pere commun de la Chrestienté, preuenant les maux & inconueniens qui en aduiendroient à toute la Republique
Chrestienne, & la ruine mesme dudit Duc de Sauoye, &
de tous les siens: Que ie le priois d'en parler à l'Ambassadeur de Sauoye resident prés d'elle, & d'en écrire mesme
de sa main audit Duc. Il me répondit qu'il ne pouuoit en
écrire, dautant que ledit Duc disoit que les heretiques
estoient aprés à s'emparer du Marquisat de Salusses & de
son Estat propre, & de descendre en Italie, & qu'ils l'eussent fait s'il ne les eust preuenus; *& si ie luy écriuois*, disoit-
il, *qu'il rendist les villes, & qu'il en aduinst mal, le Duc de Sauoye*
& chacun m'en accuseroit, & m'en donneroit le tort, & i'en serois
responsable à toute la Chrestienté, & principalement à toute l'Ita-
lie. Ie luy dis que V. M. y donneroit si bon ordre, qu'il n'en
aduiendroit point d'inconuenient, & que sa Sainteté n'auroit à en répondre à personne, & que cecy mesme qui
estoit aduenu feroit que lesdites villes seroient mieux gardées, & contre les heretiques, & contre le Duc de Sauoye
mesme. Sa Sainteté pour cela ne voulut encore accorder

d'en écrire, difant qu'il en pouuoit mef-auenir, parce que
vos villes eftoient ordinairement mal munies & mal gardées , & que puis aprés tout le reproche tomberoit fur
luy. Ie luy repliquay qu'il n'en mef-aduiendroit point, &
que fa Sainteté pourroit écrire au Duc de Sauoye qu'il rendift lefdites villes, V. M. y pouruoyant de bons Gouuer-
neurs & de garnifon telle qu'il n'en peuft aduenir inconuenient. *Ie ne vous puis refufer cela*, dit-il alors, *i'écriray au Duc*
de Sauoye de cette façon là. C'eft, S I R E , tout ce que i'en
peus tirer, à fçauoir qu'il confeffa que ce feroit bien fait
de n'attendre point à recouurer vos villes, & qu'il écriroit
auec la fufdite modification : & encore accorda-t-il ce peu
là auec grande difficulté, & Dieu veüille encore que ce fuft
de cœur & non exterieurement & en apparence feulement.
Ie fupplie tres-humblement V. M. de me permettre, fuiuant la fidelité que ie luy dois, de luy dire ce que i'en croy, &
ce qu'on m'en a dit icy : c'eft que V. M. ne recouurera iamais
fes villes par negotiation, & que le Pape ne confeillera iamais à bon efcient qu'elles vous foient renduës, & le Duc
de Sauoye n'y entendra point auffi, quiconque le luy con-
feille, fi on ne vous voit refolu & preft à les reprendre par
force ; mais cette refolution & appareil y eftant, le Pape fe
haftera de confeiller, exhorter & prier le Duc de Sauoye
de les rendre, & cela fans aucune doute : car ny eux ny les
Efpagnols mefmes ne veulent point la guerre auec les
François en forte du monde : mais ce qui les fait ainfi hardis & entrepreneurs, c'eft qu'ils ne penfent point l'auoir,
quoy qu'ils fçachent faire. Au demeurant l'Ambaffadeur
de Sauoye refident icy, a fort fouuent des courriers, & quafi tous les iours audience du Pape, & bien fouuent il entre
par la porte de derriere. Le Pape auffi a fort écrit de fa
main ces iours paffez, & penfe-t-on que tout cela regarde
le Marquifat de Saluffes ; & l'vne des fois que ledit Ambaffadeur a efté au Pape, ie fçay qu'il a prié fa Sainteté de la
part du Duc de Sauoye, qu'il luy pluft d'écrire à fon Nonce qui eft prés ledit Duc, que lors que Monfieur de Pongny y feroit arriué, ledit Nonce luy donnaft de belles paroles, & affeurances de la part de fa Sainteté, pour mettre

l'affaire en negotiation, & le faire durer le plus long-temps qu'il feroit poſſible. I'en écris audit ſieur de Pongny, afin qu'il ne s'y amuſe point, comme ie croy qu'auſſi ne feroit-il, quand bien il n'en feroit aduerty ; mais il le fera tant moins. Quand ie ſortis de madite audience, ie fus trouuer Monſieur le Cardinal Montalto, & luy dis comme noſtre ſaint Pere m'auoit accordé d'écrire au Duc de Sauoye, le priant d'en vouloir faire ſouuenir ſa Sainteté, & tenir la main que la lettre ou brief fuſt de bonne encre. Ce qu'il me promit de faire, & hier que nous nous trouuaſmes enſemble au ſermon du Pere Toleto, il me dit qu'il en auoit fait ſouuenir le Pape, & que ſa Sainteté vouloit écrire la lettre de ſa main. A tant ie prie Dieu &c.

DV ROY.

Du 15. No-
uemb. 1588. **M**ON COVSIN, Le ſieur de Gondy vous fera entendre le deſir que i'ay que le fait de la Legation d'Auignon ſoit dépéché en faueur de mon couſin le Cardinal de Guyſe, ſuiuant la reſignation que luy en a faite mon oncle le Cardinal de Bourbon, ſe monſtrant mondit couſin ſi affectionné au bien de mon ſeruice, que i'ay occaſion de fauoriſer ſon contentement en cela. Ioint qu'il importe pour mes affaires de Languedoc & de Prouence, qu'il y ait en ladite charge perſonne, de laquelle ie puiſſe prendre confiance, comme ie l'ay de mondit couſin. A cette cauſe ie deſire que vous vous y employez de voſtre pouuoir, en ſorte qu'il en puiſſe auoir prompte expédition, embraſſant cette pourſuite de la meſme affection que auez accouſtumé rendre en tout ce qui eſt de mon ſeruice, aſſeuré que vous ferez en ce faiſant choſe qui me ſera tres-agreable, ainſi que vous dira plus particulierement ledit ſieur de Gondy, ſuiuant la declaration que ie luy ay faite de mon intention en cet endroit. Priant Dieu &c.

DV ROY.

Du 5. De-
cembr 1588. **M**ON COVSIN, A ce que i'ay veu par voſtre lettre du 14. du paſſé, noſtre S. Pere le Pape ne change

point fa premiere opinion de me vouloir faire fouffrir &
diffimuler l'iniure que m'a faite le Duc de Sauoye, les artifices duquel ie ne me puis affez émerueiller qu'ils ayent tant
de force enuers fa Sainteté, que de luy auoir fi fermement
perfuadé d'auoir eu iufté caufe d'entreprendre ce qu'il a
fait, qu'elle veüille encore trouuer bon qu'il retienne ce
qu'il a pris du mien, & que ie ne m'en émeuue point. Ce
que ie trouue encore plus eftrange, veu qu'elle aduoüe que
fi c'eftoit fon fait, elle ne le voudroit endurer. Ie porte
beaucoup de refpect à fa Sainteté, & croy qu'elle eft meuë
à tenir ce langage par les difficultez qu'elle vous a alleguées, que ie pourrois trouuer de la part de mes propres
fuiets au reffentiment que i'en voudrois faire, pluftoft que
par mauuaife inclination qu'elle ait en mon endroit. Mais
cette perfuafion ne luy peut venir que de la mefme forge
que les autres artifices, pour luy faire plus viuement embraffer la compofition de cet affaire, à laquelle ledit Duc
me voudroit faire condefcendre. Car ie ne croy point que
tous ceux que fa Sainteté vous a nommez, foient fi ennemis
de leur patrie, & de la gloire d'eftre defcendus de fi bons
François, qui ont tant aimé la grandeur & l'honneur de leur
nation, qu'ils fe voulfiffent rendre miniftres, ou conniuer
en chofe qui leur laifferoit vne marque enuers la pofterité,
d'vne trop grande perfidie & lafcheté, quelque paffion
qu'ils puiffent auoir en autre chofe. Et ores qu'ils fuffent
tant dénaturez comme elle prefume, ie m'affeure d'auoir
encore tant d'autres bons fuiets, & tant ialoux de leur honneur, que nonobftant tous les empéchemens dont ledit
Duc penfe fortifier fa mauuaife caufe, i'en auray ma raifon.
En quoy ie n'eftime qu'il foit fouftenu de Prince ny autre
quelconque qui ait la crainte de Dieu & la iuftice deuant
les yeux. Les voyes qu'il cherche pour retenir ce qu'il a
prins, font voir à vn chacun toute autre intention que celle
dont il a voulu couurir fon attentat, qui ne pourroit plus autrement eftre excufé de fes plus partiaux, mefme par les caufes qu'il a feint de l'honneur de Dieu & de mon feruice, finon
en faifant prompte reftitution; laquelle efloignant comme il fait, le pretexte de mon feruice, ne luy peut plus feruir.

ff iij

Et si le zele de l'honneur de Dieu estoit si viuement graué
au cœur, comme il veut que l'on croye, il eust deu dés long-
temps commencer à le faire paroistre en ses propres Estats,
où au contraire, il souffre en quelques vallées l'exercice public de l'heresie. Ce qui deuroit suffire pour effacer de l'esprit de sa Sté toute la bonne opinion qu'elle monstre auoir
encore de ce qu'il a fait, & luy faire mettre la main à bon
ecient pour esteindre le feu qu'elle voit allumer, au detriment de la Religion Catholique, & de toute la Chrestienté. Ce que combien qu'il sera à mon tres-grand regret,
toutefois i'auray cette consolation en mon ame, d'auoir
patienté plus que la raison ne vouloit, pour en éuiter l'occasion; vous sçachant tres-bon gré, mon Cousin, de ce que
vous en auez remonstré à sa Sainteté, laquelle ne pourra
trouuer que raisonnable, si ie prends plustost pour conseil
ce qu'elle dit qu'elle feroit, que ce qu'elle monstre vouloir
que ie fasse; & s'il en aduient du mal, la cause sera non
moins de n'y auoir esté remedié par ceux qui ont le pouuoir & l'authorité de ce faire, que de celuy qui a entrepris
ce qu'il ne deuoit. Le Roy Catholique m'a fait dire par son
Ambassadeur qu'il n'approuue point cet acte, & qu'il a enuoyé vn de son conseil vers ledit Duc, pour faire qu'il me
rende content, ayant cestuy-là mesme eu charge de me venir après trouuer pour me rendre plus certain & éclaircy
de la volonté de son maistre. Ie verray ce qu'il en rapporte-
ra, & ne laisseray de penser, & pouruoir cependant à ce
que i'estime deuoir à cette Couronne, pour la maintenir
entiere comme il a pleu à Dieu la me donner. Les deliberations de mes Estats s'aduancent, de sorte que i'espere ne
tarder plus gueres d'en voir vne bonne resolution. Aprés
ce qui est du seruice de Dieu, par où ie les voulus commencer; i'ay accordé tout ce qu'ils ont desiré de moy, pour
le soulagement de mon peuple, sur l'asseurance qu'ils
m'ont donnée de pouruoir de moyens suffisans pour l'entretenement de ma dignité, auec la seureté de mon Estat,
& pour les frais de la guerre. Mon cousin le Duc de Neuers a assiegé Montaigu, & m'a donné esperance par ses
dernieres lettres d'en auoir bonne issuë, y estant aidé de

mon beau-frere le Duc de Mercœur, qui s'y eſt ioint auec
luy, accompagné de quelques forces qu'il a menées de ſon
Gouuernement de Bretagne. La ſaiſon commence d'eſtre
mal propre pour camper, toutefois ils ne laiſſeront d'employer mon armée le plus à profit qu'il ſera poſſible.
Priant Dieu &c. *& en enſuiuant eſt écrit,*

MON COVSIN, Monſieur le Legat a fait offre enuers
moy de la part de ſa Sainteté, pour me perſuader ne m'é-
mouuoir pour le fait du Marquiſat de Saluſſes, mais pourſuiure l'extirpation des heretiques de mon Royaume, promettant au nom de ſa Sainteté, que ſi apres les auoir reduits, le Duc de Sauoye ne me rendoit ledit Marquiſat,
comme il auoit promis, elle employeroit ſes armes ſpirituelles & temporelles pour le contraindre à le faire; qui eſt
vn conſeil que i'ay trouué fort eſtrange, & ſi éloigné de la
Iuſtice, que ſa Sainteté doit garder à vn chacun comme
Pere commun; que ie ne puis croire qu'elle luy ait donné
cette charge, eſperant tous autres effets de ſa Sainteté, que
de me vouloir faire endurer cette iniure qui touche ſi auant
mon honneur & ma reputation.

AV ROY.

SIRE,
  Ie receus auant-hier par le ſieur Hieronymo Gondy *Du 12. De-*
les deux lettres qu'il a pleu à V. M. m'écrire par luy du 15. *cébre 1588.*
Nouembre, deſquelles l'vne eſt en creance ſur luy, touchant
les affaires pour leſquelles V. M. l'enuoye, dont il m'a fait
part, & ie luy en ay dit mon aduis, & l'aſſiſteray de tout mon
pouuoir, afin que V. M. en reçoiue tout le contentement
qu'elle deſire. L'autre lettre que le ſieur de Gondy m'a
rendüe, concerne particulierement la promotion de Monſieur l'Archeueſque de Lyon. A quoy ie m'employeray auſſi de toute mon affection; mais noſtre S. Pere au Conſiſtoire qu'il tint il y a auiourd'huy huit iours nous diſt, que s'il
faiſoit promotion Mercredy prochain iour des Quatre-
Temps, comme il en eſtoit preſſé, & y ſeroit quaſi contraint, il ne feroit qu'vn Cardinal ou deux tout au plus. Et

ces deux Cardinaux feront; premierement vn ieune Prelat appellé del Monté que le grand Duc de Tofcane demande d'eftre mis en fon lieu & place, puifqu'il a refigné fon chapeau de Cardinal, ce que le Pape ne luy peut honneftement refufer : L'autre fera, comme chacun eftime, l'Auditeur de la Chambre, de l'eftat duquel le Pape fera cent cinquante mil efcus, moyennant certain démembrement qu'il en veut faire. Sa Sainteté dit ne pouuoir pour cette heure faire plus grand nombre de Cardinaux, dautant que par vne fienne Bulle il a limité le nombre des Cardinaux à feptante, & qu'il y en a encore de viuans foixante & fix, & qu'il fe veut referuer toufiours quelque lieu pour les occafions qui pourroient furuenir de faire extraordinairement quelque Cardinal, comme il aduint dernierement en France de Monfieur le Cardinal Legat. Si fa Sainteté euft pû faire promotion de huit, ou tant comme elle a fait les années paffées, ie ne doute point qu'elle n'euft fait ledit fieur Archeuefque de Lyon, comme elle fera fans doute à vne autre promotion, fi V. M. perfifte en la volonté qu'elle a maintenant.

Outre lefdites deux lettres, ie receus le mefme iour d'auant-hier la lettre qu'il pleut à V. M. m'écrire le 27. dudit mois de Nouembre, en réponfe de la mienne, du dernier Octobre. Le fieur Hieronymo Gondy ne m'a encore rien dit touchant la Bulle de la Croifade. Quand il m'en parlera, ie luy en diray ce que i'eftimeray eftre pour l'honneur de Dieu, & pour le bien de voftre feruice. Au demeurant, V. M. a tres-grande raifon, de trouuer eftrange le confeil que le Pape vous donne, de laiffer à Monfieur de Sauoye le Marquifat qu'il vous a vfurpé, & fuiuant voftre commandement, ie continuëray à en parler auec fa Sainteté, & auec tous autres comme i'ay fait iufques icy, à fçauoir que V. M. ne peut pour fa reputation, & pour la feureté de fon Royaume, & de fa perfonne propre faire de moins que de reprendre au pluftoft par la force, ce que le Duc de Sauoye luy a occupé, s'il ne le rend de bon gré, & qu'elle y eft toute refoluë. Auquel propos ie ne dois obmettre de vous dire, que fa Sainteté perfifte plus que iamais en fes premiers aduis &

conseils.

conseils. Ce que i'ay euidemment conneu en la derniere audience, qui fut Ieudy huitiéme iour de ce mois, en laquelle
sa Sainteté me fit grande feste, de ce que ledit Duc auoit
prins Chasteaudauphin, & auoit tué tous les heretiques
qu'il auoit trouué dedans, & me demanda s'il ne valoit
pas mieux que ledit Duc eust vos villes, que si les Huguenots les tenoient. Et moy ayant répondu que i'estois
bien-aise de l'extirpation de l'heresie; mais que i'aimerois
mieux que vos places fussent entre vos mains, qu'en celles
du Duc de Sauoye. Il me repliqua, *Comment entre les mains
du Roy, n'y sont-elles pas ? Ie vous réponds que Chasteaudauphin
& les autres places du Marquisat sont aussi bien entre les mains du
Roy, comme Blois, où sa Maiesté est en personne, & où elle tient
ses Estats.* Aprés cela il se mit à discourir comme le Duc de
Sauoye n'auoit moyen de tenir ledit Marquisat contre vôtre gré, & entre autres raisons il faisoit vn grand fondement sur ce que le Roy d'Espagne, comme il disoit, n'a-
uoit rien sceu de cette entreprise de son gendre, & qu'il ne
luy aideroit point en cela. Et là dessus il se leua & alla
querir vne lettre que le Roy d'Espagne auoit écrite à sa
Sainteté, & me la leut tout ainsi qu'elle estoit en langue
Espagnole. Le sommaire de ladite lettre estoit, que le
Roy d'Espagne auoit entendu les propos qui s'estoient passez entre sa Sainteté & le Comte d'Oliuares son Ambassadeur, touchant ledit fait de Saluffes, & qu'il prioit sa Sainteté de croire qu'il n'y auoit aucune part, & qu'il n'en auoit
rien sceu; au reste le supplioit aussi d'adiouster foy à ce que
ledit Comte d'Oliuares luy diroit de sa part sur cela, & sur
autres choses. Aprés que sa Sainteté eust leu ladite lettre,
continuant son propos, il me dist que par là il se pourroit
voir que le Roy d'Espagne ne seroit point pour le Duc de
Sauoye, si en temps & lieu il ne vous rendoit vos places,
& adiousta que sa S.té seroit aussi contre ledit Duc. Ie luy
repliquay que le Roy l'auoit sceu aussi bien que le Duc de
Sauoye mesme, & que ladite lettre auoit esté écrite à poste
pour diminuer l'enuie & la haine de cette vsurpation, &
afin que le bruit du contenu en courust çà & là, & que V.
M. & tous les François portassent plus patiemment cette

g g

iniure, & fuſſent plus lents & plus tardifs à la pourſuiute
& à s'en faire la raiſon, eſtimant que puiſque autre que le
Duc de Sauoye ne s'en meſloit, ils en auroient bien la raiſon toutefois & quantes qu'ils voudroient, & qu'ils n'auroient que faire de ſe haſter, & pourroient differer pour toutesfois & quantes qu'il leur plairoit, & aller cependant contre les Huguenots, & s'occuper à toute autre beſongne.
Quant à ſa Sainteté, que c'eſtoit vn bruit & fame publique, & le Duc de Sauoye meſme s'en vantoit, qu'il ne faiſoit
rien que par l'aduis & conſeil de ſa Sainteté. A cette replique noſtredit ſaint Pere ſe reſſerra tout en ſoy, & répondant
ſeulement au dernier poinct, diſt auec vn ton plus bas
qu'auparauant, qu'à la verité il conſeilleroit touſiours au
Duc de Sauoye de faire toutes choſes, qui ſeroient pour le
bien de la Religion Catholique, & pour empeſcher que les
heretiques ne vinſſent planter l'hereſie en Italie; mais qu'il
ne luy conſeilleroit point de retenir les villes de V. M. &
que ie deuois croire & m'aſſeurer qu'il les rendroit. Ie luy
dis que ie voudrois bien ſçauoir quand ce ſeroit, & il me répondit que ce ſeroit lors que vous auriez donné ſi bon ordre à vos affaires, que le Marquiſat de Salluſſes & le Piedmont ne ſeroient plus en danger d'eſtre troublez par les
heretiques. Ie ne faillis à luy oppoſer les meſmes raiſons
que ie luy auois autrefois alleguées, pour monſtrer que la
reputation ny le profit de V. M. ne comportoit point que
vous attendiſſiez à recouurer le voſtre, iuſques à ce que le
Duc de Sauoye ne trouuaſt plus que dire, lequel ne manqueroit iamais de pretextes. Mais ie ne ſceus en dire tant
que ſa Sainteté ſe départiſt de ſon opinion. Si i'euſſe lors
ſceu ce que i'ay apprins par voſtre lettre dudit 27. Nouébre,
que V. M. euſt offert au Duc de Sauoye Monſieur de Nemours pour Gouuerneur dudit Marquiſat de Saluſſes, ie
l'euſſe dit à ſa Sainteté, qui le deura trouuer bon, puiſqu'il
y a enuiron ſix ſemaines qu'il m'a eſté dit que ſa Sainteté en
auoit écrit en France à Monſieur le Legat, afin de le propoſer à V. M. & que ſa Sainteté auoit eſté induite par Monſieur de Guyſe à vous faire propoſer ledit ſieur Duc Nemours. Et d'ailleurs i'ay ſceu de tres-bon lieu, que lors que

V. M. faisoit partir le sieur de Pongny pour Sauoye, Monsieur de Guyse dépécha vn courrier vers le Duc de Sauoye, & que ledit courrier arriua, & parla audit Duc auant ledit sieur de Pongny. Aussi sçay-ie que aprés que le sieur Hieronymo Gondy en venant à Rome eust parlé à Monsieur de Sauoye, ledit Duc de Sauoye dépécha vn courrier au Pape pour faire sçauoir à sa Sainteté, que ledit sieur Gondy luy diroit force choses, & entre autres de belles resolutions de luy faire la guerre, si le Marquisat n'estoit incontinent rendu; mais que sa Sainteté le laissast dire, & ne se souciast au reste de cela, & que ce n'estoit que du tonnerre sans foudre, & des nuées sans pluye. V. M. s'il luy plaist, considerera le tout, & y employera sa generosité & prudence, sans attendre d'icy ny d'ailleurs, sinon entant que la crainte de la guerre qu'ils ne veulent en sorte du monde, leur extorquera.

Outre cette audience derniere, de partie de laquelle ie viens de rendre compte à V. M. I'en auois eu vne autre depuis le precedent ordinaire, à sçauoir le dernier iour de Nouembre, où ie parlay à nostre saint Pere de l'absolution de Monsieur le Prince de Conty, suiuant le commandement que V. M. m'en auoit fait par ses lettres du 4. dudit mois de Nouembre. Et sa Sainteté me répondit qu'elle commettroit à Monsieur le Cardinal Legat de luy donner ladite absolution. Ie luy parlay aussi du Vicelegat d'Auignon, suiuant les lettres particulieres que V. M. m'auoit écrites le 19. Octobre, & sa Sainteté me dit qu'elle ne l'ôteroit point d'Auignon de quelque temps, & qu'elle estoit bien-aise qu'il fust au gré de V. M. Quant à la promotion dudit sieur Vicelegat, s'en excusa pour cette heure-là pour les raisons que i'ay cy-dessus touchées en parlant de Monsieur l'Archeuesque de Lyon. Au reste en cette audience & en l'autre aussi il se plaignit de V. M. & de tout le Clergé, du retardement qu'on faisoit aux Estats, sur la publication du Concile de Trente, & en particulier de V. M. de ce qu'elle auoit dit, que auant que condamner le Roy de Nauarre, il falloit enuoyer vers luy. Ie luy ay dit ce qui me sembla estre à propos pour les excuses de V. M. & desdits fieurs du Clergé. Il fe plaignit encore de Monfieur le Legat, de ce que à fon aduis ledit fieur Legat ne repliquoit point affez, quand V. M. répondoit aux demandes & propofitions qu'il vous faifoit fur lefdites chofes. Et fur tout ie voyois qu'il luy déplaifoit fort quand il fe fouuenoit de ce qu'on difoit par delà des franchifes & libertez de l'Eglife Gallicane, luy eftant d'aduis que c'eft autant diminuer de fon authorité, & de celle du faint Siege : ce qui n'eft point toutefois, comme ie luy euffe volontiers remonftré, fi ie l'euffe veu en l'eftat de le bien prendre, & comme i'ay deliberé de faire vn iour, Dieu aidant, lequel ie prie qu'il vous doint &c.

Meffieurs de Guyfe qui du commencement de la Ligue ont toufiours tenu icy vn agent prés du Pape, à fçauoir le fieur de Piles Abbé d'Orbais, pour aider au Cardinal de Pelleué à faire leurs intentions, ont enfin accordé fon congé audit de Piles, & en fa place y ont enuoyé le Doyen de l'Eglife de Reims, qui fera deformais ladite agence pour eux fous ledit Cardinal de Pelleué.

S IRE,
Depuis la prefente écrite, m'a efté renduë la lettre de V. M. du 20. Nouembre par l'ordinaire arriué auiourd'huy, par laquelle i'ay veu le commencement qu'a fait l'armée de V. M. conduite par Monfieur de Neuers, & prie Dieu qu'il en veüille faire profperer le progrez & la fin. Auffi m'a efté renduë la lettre de V. M. du 15. Nouembre, pour Monfieur le Cardinal de Guyfe, touchant la Legation d'Auignon, & vne autre du mefme iour, pour Monfieur le Marquis de S. Sollain, touchant la promotion à la dignité de Cardinal. Duquel dernier office ie parleray demain à fa Sainteté, Dieu aidant, & luy prefenteray la lettre que Voftre Maiefté luy en écrit.

DV ROY.
Du 24. Decembre 1588.
MON COVSIN, Aprés auoir tant de fois pardonné &c. Elle eft imprimée au cinquiéme tome de l'Hiftoire générale des Cardinaux, en la vie du Cardinal de Guyfe.

DV ROY.

MON COVSIN, Ie voy bien par ce qui m'eſt re- preſenté en vos depéches, qu'il ne ſe peut rien ad- iouſter aux raiſons & remonſtrances que vous mettez en auant par delà pour mes affaires, mais ſeulement deſirer les eſprits nets d'affections particulieres, afin de les receuoir & iuger auec la balance d'equité & iuſtice. Ie n'ay rien en plus ſinguliere recommandation que de pourſuiure l'extir- pation de l'hereſie en ce Royaume, ma vie & mes actions l'ont aſſez fait connoiſtre. C'eſt choſe que ie ne fais point plus pour l'amour d'autruy que pour l'amour de moy-meſ- me, & pour la conſolation & contentement de ma con- ſcience ; de ſorte que nulle perſuaſion ne m'en peut plus eſ- chauffer que ie le ſuis de ma propre inclination & volonté. Mais i'ay bien grandement à me plaindre des empéche- mens, qui m'y ont eſté & ſont encore donnez par tant d'en- trepriſes ſur mon authorité, & ſur mon Eſtat, & encore plus qu'elles trouuent ſupport & adueu en ceux qui ont plus de deuoir & intereſt au ſouſtenement de la Religion Catholique, receuant pluſtoſt des faux pretextes dont l'on s'aide pour me troubler, que la verité de mes actions & ef- fets. Or laiſſant ce propos, puiſque ie ne dois attendre que de Dieu & de moy-meſme le remede du tort qui m'eſt fait, ie vous diray que ie n'ay veu par les dernieres depéches re- ceuës de Rome, que ſa Sainteté euſt fait aucune réponſe touchant la diſpenſe de mon ñeueu le grand Prieur, enco- re que le ſieur de Gondy en propoſant le fait de la reconci- liation du ſieur de Montmorency fiſt par meſme moyen la requeſte de ladite diſpenſe, comme choſe connexe, & qui doit ſeruir pour la fermeté de ladite reconciliation. Et par- ce que c'eſt choſe que i'ay ſingulierement à cœur, i'ay adui- ſé de vous faire encore cette recharge pour vous en faire reſſouuenir ; à ce que ſi deſia elle n'eſtoit accordée, vous y teniez la main, de ſorte que ie la puiſſe auoir par la premie- re commodité. Auec l'aduis que ie vous ay donné de la mort des feus Duc & Cardinal de Guyſe, ie vous ay écrit

Du 4. Ian- uier 1589.

gg iij

vn mot de ma main, comme auſſi à mon Ambaſſadeur, afin que vous aduiſaſſiez par enſemble s'il ſeroit beſoin que pour le regard dudit Cardinal i'euſſe abſolution de ſa Sainteté, conſiderant neantmoins auant que d'en faire aucune ouuerture, de vous y conduire de façon que par là l'on ne pretendiſt s'attribuer plus grande puiſſance ſur les Rois de France, que celle qui a eſté reconnuë par le paſſé. Depuis i'ay trouué deuers moy vn Bref que ſa Sainteté m'a cy-deuant enuoyé, en vertu duquel a eſté iugé par Docteurs en Theologie, qui l'ont veu & conſulté, que ie pouuois eſtre abſous dudit cas par mon Confeſſeur tel que ie le voudrois choiſir, comme il m'eſt permis. Suiuant laquelle reſolution, ie m'en ſuis confeſſé deuant le Theologal de cette ville, perſonnage recommandé de doctrine, pieté & integrité de vie, qui m'en a donné l'abſolution; aprés laquelle i'ay communié, & receu le Corps de noſtre Seigneur à ce premier iour de l'an comme i'auois accouſtumé. Dont ie vous ay bien voulu aduertir, comme ie fais auſſi mondit Ambaſſadeur, luy enuoyant par meſme moyen la copie dudit Bref qui vous ſera commun, afin que tous deux en puiſſiez répondre d'vne meſme façon là où l'occaſion s'en preſentera. Ie ne veux auſſi oublier de vous dire vn nouueau artifice, duquel le Duc de Sauoye ſe veut aider pour tenir le monde en opinion que ie ſuis content de luy, qui eſt fondé ſur vne lettre que i'écriuis au ſieur de la Mente il y a quelque temps, & auparauant la prinſe de Rauel, ſur ce qu'il m'enuoya dire par l'Abbé de Mezieres ſon fils, qu'il tenoit la ville & chaſteau de Dromer, & le chaſteau de Verzel entre ſes mains, ſous le nom de ſes enfans qui en ont les Capitaineries, & qu'il auoit outre ce vn pouuoir de moy pour commander au Marquiſat, en l'abſence du Gouuerneur & du Lieutenant general, que n'y eſtant ny l'vn ny l'autre, ſi ie voulois qu'il vſaſt dudit pouuoir, il eſſayeroit de conſeruer leſdites places de mon obeyſſance. A cette heure ledit Duc l'a mis en ieu auec ladite lettre, & ont voulu faire interuenir à dreſſer cette partie les ſieurs de Pongny & de Sainctois, leſquels ſe doutans qu'il y auoit quelque choſe de cachée à mon preiudice, ont contredit le deſſein que de la Mente faifoit connoiftre en cela, lequel neantmoins n'a laiffé de paffer outre, & ledit Duc de découurir tout incontinent la fin à laquelle tout cela tend, qui eft s'en aider pour monftrer fous ombre d'auoir admis vn mien Lieutenant general à commander audit Marquifat, que ie fuis fatisfait; en ayant tout auffi toft fait fefte au Nôce de fa Sainteté, qui me fait croire que par tout il fera de mefme à fon auantage. Et pour cette caufe i'ay eftimé à propos de vous faire entendre la verité du fait. Vous pourrez oüyr parler de la prinfe d'armes faite à Paris & Orleans, par ceux qui ont craint mefme traittement que les chefs de leur faction, dont leur ayant voulu ofter l'apprehenfion, i'ay fait fur ce vne Declaration, que vous trouuerez auec la prefente, laquelle ie finiray en cet endroit. Priant Dieu qu'il vous ait, MON COVSIN, &c,

AV ROY.

SIRE,
Ie receus le cinquiéme de ce mois les deux lettres *Du Ianuier 1589.* qu'il pleuft à V. M. m'écrire le vingt-quatriéme du mois paffé &c. *Elle eft imprimée à la fin des Lettres du Cardinal d'Offat, & au cinquiéme tome de l'Hiftoire des Cardinaux.*

AV ROY.

SIRE,
Par vne lettre que i'écriuis hier à V. M. ie vous rendis *Des Ianuier & Feurier 1589.* compte comment la mort &c. *Imprimée pareillement à la fin des Lettres du Card. d'Offat, & au 5. tome de l'Hiftoire des Cardinaux.*

DV ROY.

MON COVSIN, l'ay receu vos deux lettres venuës *Du Feurier 1589.* enfemble des 5. & 6. de ce mois, & ne fçaurois affez loüer, &c. *Imprimée encore aux endroits fufdits.*

AV ROY HENRY IV.
Sur la ionction des deux Mers.

SIRE,
Quand i'eus l'honneur de prendre congé de V. M. *Du 2. Octobre 1598.*

elle me commanda expreſſément de luy donner aduis de
ce que ie pourrois apprendre ſur le ſuiet du canal d'eau qui
luy a eſté propoſé de faire, pour ioindre les deux mers.
Auſſi ne faillis-ie point d'enuoyer incontinent par vn homme exprés la dépéche de V. M. que Monſieur de Freſne
me fit tenir pour le ſieur Louys de Foix, que ie priay inſtamment de venir vers moy, afin que nous vous puiſſions donner quelque éclairciſſement ſur vn œuure ſi important que
celuy-là. Il me manda qu'il eſtoit en chemin pour vous aller trouuer, & qu'il feroit entendre à V. M. ce qu'il ſçauoit, & auoit iugé ſe pouuoir faire là-deſſus. M'eſtant auſſi
ſouuenu qu'vn nommé Pierre Reneau maiſtre Niueleur
de la ville de Salon de Crau en Prouence, m'auoit dit autrefois que ſon Maiſtre appellé Crappone auoit fait le deſſein de ce canal, & l'auoit preſenté à la Reyne Mere du feu
Roy, croyant qu'il en puſt auoir quelque memoire, ie l'enuoyay querir. Et outre cela, ie ne faillis d'en parler à tous
ceux que i'ay penſé m'en pouuoir apprendre quelque choſe: mais ie n'ay trouué perſonne qui m'en ait parlé auec
tant d'aſſeurance & de ſuffiſance que ie deſirerois, pour en
écrire ſolidement à V. M. Toutefois, SIRE, ie ne laiſſe-
ray de vous en faire entendre ce peu que i'en ay pû apprendre, pour iuger là deſſus ce que ie vous en diray.

Tous ceux auec qui i'ay conferé de cet affaire, iugent
qu'il faut que les batteaux qui viendront de Bordeaux, aillent de la riuiere de Garomne dans celle d'Ande, qui paſſe à Carcaſſonne, & va dans la mer Mediterranée. Pour
ce faire il ſe preſente vne difficulté, qui eſt de quatorze
lieuës ou enuiron de pays, dont il faudroit que le canal
fuſt, il y en a ſix ou ſept iuſques à vn lieu appellé les Pierres de Nurouſe, qui vont en montant, & tous les ruiſſeaux
qui ſont en cet eſpace décendent dans la Garomne; par
ainſi il ſeroit impoſſible de faire monter ladite riuiere de
Garomne iuſques-là. Mais ledit Maiſtre Reneau qui s'entend aux meſures, répond qu'il ſe peut remedier à cela en
prenánt le canal non de la riuiere de Garomne; mais de
celle de Lariege, qui eſt vne belle & grande riuiere, qui
entre dans la riuiere de Garomne, à deux lieuës au deſſus
de

de Tholose, & vient de plus haut, & tellement haut, quil croit qu'on pourra aisément conduire vn canal iusques ausdites pierres de Nauroufe, & estant là, il n'y a plus de difficulté.

Mais il resteroit encore celle-là, de faire aller les ruisseaux de Garomne dans le canal de Lariege qui seroit plus haut. Il répond ainsi qu'il se peut aisément faire par le moyen d'vn autre canal, qui ne durera qu'vne lieuë, & prendra depuis le chasteau saint Michel, où estant arriué tout auprés de l'autre, il asseure de faire monter les batteaux par le moyen d'vne écluse. Ce qui est assez croyable à ceux qui ont esté sur le canal qui va de Vénize à Padouë, qui vous diront que les batteaux montent bien plus haut par le moyen d'vne tour qu'on ferme, que ceux qui auront icy à monter. Par ainsi, SIRE, ledit Maistre Reneau & les autres à qui i'ay parlé, iugent l'œuure fort faisable.

I'ay desiré sçauoir de quelle hauteur & largeur il faudroit que le canal fust: combien il faudroit qu'il eust d'eau: combien de poids il porteroit: combien il pourroit couster: & en quel temps il pourroit estre fait.

SIRE, il n'y a pas de gens en ce pays si entendus en ces affaires qui puissent ny doiuent iuger d'vn si grand œuure que cestuy-là, & moins oseray-ie vous en dire aucune chose sur leur iugement. Mais sçachant que V. M. prenoit plaisir d'en oüyr parler, ie prendray la hardiesse de luy conter ce qu'ils en discourent, & les fondemens qu'ils prennent.

Ils pensent qu'il suffiroit que le canal eust dix cannes de large, & vne canne de haut, & qu'ayant six pieds d'eau, il pourroit porter des batteaux plats chargez de mil quintaux.

Pour ce qu'il cousteroit, on iuge à veuë de pays qu'il ne sçauroit pas reuenir à plus de six cens mil escus. Et fondent leur opinion en ce qu'vne canne en toute quarrure où l'on iette la terre sur les bords couste vingt sols, & celle où il faut porter la terre, comme icy, en cousteroit prés de quarante. Par ainsi vne canne de canal qui en auroit dix de large, cousteroit vingt liures à faire. Or on fait estat que quatre mille

hh

cannes font vne lieuë de pays, qui reuiendroit donc enuiron de vingt-cinq mil efcus pour lieuë. Et s'il faut que ce
conduit foit grand de quinze lieuës, comme l'on eſtime,
tant pour le principal, que pour celuy qui viendroit de Garomne, ce feroit enuiron de quatre cent mil efcus.

Outre cela on fait eſtat qu'il faudroit bien deux cens mil
efcus pour les rochers qui fe trouueront en plufieurs endroits, qui couſteroit plus à couper pour les détours qu'il
faudroit prendre pour accommoder le conduit de la riuiere d'Ande qui a de groffes pierres en plufieurs lieux : pour
les éclufes qu'il faudroit faire : & auffi pour recompenfer
ceux de qui on prendroit les terres. Lequel article dernier
ne viendroit pas à plus de vingt mil efcus, y ayant foixante
arpens en vne lieuë, & 30. efcus de l'arpent.

Pour le temps, on fait eſtat que s'il plaifoit à V. M. y employer cinq mil pionniers, que l'œuure pourroit eſtre ache-
uée en deux ans. Parce qu'ils difent que vingt-cinq hommes feront bien par iour vne canne de conduit, par ainfi
cinq mil en feroient deux cens cannes. De forte qu'encore
qu'il y ait beaucoup de feſtes en vn mois, on feroit toû-
iours vne lieuë en vn mois, qui feroit quinze mois pour
tout. Les autres chofes qui refteroient à faire, comme d'accommoder l'Ande, & faire des éclufes, fe feroient bien
encore dans fix mois.

Pour la dépenfe, ie croy que les Prouinces de Languedoc & de Guyenne, & particulierement les villes qui font
affifes fur les riuieres y contribuëront fort volontiers ; car
ie voy cet œuure extrémement defiré & embraffé de tous
en general. Ie penfe qu'il merite bien que tout le Royaume y trempe, & croy auffi que dans bien peu de temps la
dépenfe qui en feroit faite, fe recouureroit bien aifément
pour ceux qui auroient aduancé de l'argent.

Si V. M. en veut auoir plus d'éclairciffement, & qu'elle
defire eſtre bien affeurée, fi ce canal dont ie luy ay parlé fe
pourroit conduire, ce Maiſtre Reneau affeure d'auoir ni-
uelé tout cela bien au vray dans vn mois : & s'il vous plaiſt
le commander, il y a vn honneſte homme en cette ville appellé Monfieur Baliſte, qui eſt Lieutenant de voſtre Iuge,
qui y pourra bien feruir V. M.

SIRE, fi le fieur de Foix, ou quelque autre de fa fuffi-fance euft efté icy, i'euffe tafché de mieux profonder cet affaire, & vous euffe écrit au long & auec plus de certitu-de, & fupplie tres-humblement V. M. me pardonner, fi i'ay encore ofé luy écrire ce peu que ie luy en mande, fur de fi foibles fondemens. Ie n'entends pas tant en cette ma-tiere, que ie vouluffe y auoir rien apporté de mon opi-nion; mais tout ce que ie luy en mande vient du iugement des gens tels que ie les ay pû trouuer.

I'oferay toutefois bien dire à V. M. que fi elle trouue l'œuure faifable, comme tout le pays tient affeurément qu'il l'eft, elle ne peut pas en temps de paix entreprendre vn def-fein plus proportionné à la gloire qu'elle s'eft defia acquife, que ceftuy-cy. Tout voftre Royaume en feroit grande-ment orné, plufieurs de vos villes bonifiées, & quelques-vnes en deuiendroient d'autres Paris, tout voftre peuple en fentiroit de grands fruits & de grandes commoditez; & non feulement voftre peuple, mais auffi toute la terre y par-ticiperoit, & feroit à vous vne grande gloire d'auoir penfé & eftre venu à bout d'vne telle entreprife, qu'autrefois vn des plus grands Rois qui ait iamais efté, a voulu tenter en fon pays, & ne l'a peu faire. Partant ie prie Dieu, SIRE, qu'il donne à V. M. tres-heureufe profperité, auec tres-longue vie. De Narbonne ce 2. Octobre 1598.

Au refte, SIRE, ie suis en chemin pour faire le voyage qu'il a pleu à V. M. me commander, & n'ay feiourné que 8. iours à Thouloufe. Ie n'en feray icy que trois. Ie prens le chemin de Prouence, d'où l'on m'affeure que i'auray de tres-grandes difficultez pour entrer en Italie, comme les ont ceux qui entrent par le Dauphiné, & par le Piedmont, à caufe de la pefte. Neantmoins ie m'en vais fur le lieu pour les furmonter, fur l'enuie que i'ay d'aller rendre à V. M. le tres-humble feruice que ie luy dois, & à quoy la Nature & fa bonté m'ont obligé.

A Mr LE CARDINAL DV PERRON.

MONSEIGNEVR, Encore que la dignité qui vous *Du 22. Iuin 1604.*

est à cette heure aduenuë, n'ait esté &c. *Elle est imprimée auec les Negotiations & Ambassades dudit Cardinal du Perron liure 1.*

Av Mesme.

Du 4. Aoust 1606. MONSEIGNEVR, l'auois desia receu vne de vos lettres par Monsieur l'Abbé d'Aumale, & lors que i'estois sur le point &c. *Imprimée au mesme endroit liu. 3.*

Av Mesme.

Du 23. Desembr. 1606. MONSEIGNEVR, Enuoyant vn des miens à Rome, ie n'ay point voulu manquer &c. *Imprimée au mesme endroit.*

Av Mesme.

Du 11. Ianuier 1607. MONSEIGNEVR, I'ay receu la lettre qu'il vous a pleu m'écrire par le courrier qui m'a esté dépéché &c. *Imprimée au mesme endroit.*

Av Mesme.

Du 3. Mars 1607. MONSEIGNEVR, Ie vous remercie tres-humblement du contentement que vous témoignez &c. *Imprimée au mesme endroit.*

Av Mesme.

Du 21. Auril 1607. MONSEIGNEVR, Dieu nous ayant fait la grace de mettre la derniere main à ces affaires, ie vous en ay voulu donner aduis &c. *Imprimée au mesme endroit.*

Av Mesme.

Du 10. Iuin 1607. MONSEIGNEVR, Les témoignages si frequens qu'il vous plaist me donner de vostre amitié par vos lettres, ne me laissent &c. *Imprimée au mesme endroit.*

Av Mesme.

Du 6. Auril 1611. MONSEIGNEVR, Ie fus trois ou quatre fois à vostre logis auant que partir, pour auoir l'honneur &c. *Imprimée au mesme endroit.*

Relation de la Journée de Coutrats 1587.

DuCabinet de Mr Du-puy MS. 428.

MONSIEVR le Duc de Ioyeuse ayant receu du Roy tres-exprés commandement de rencontrer le Roy de Nauarre & le combatre à quelque prix que ce fuſt, ſoit qu'il allaſt en Guyenne, ou qu'il reuinſt deuers la riuiere de Loyre, eſtant arriué à Barbezieux le 15. de ce mois *, fut reſolu d'en partir, & de gagner Chalais, ayant entendu que le Roy de Nauarre eſtoit à Ponts, & que ſon deſſein eſtoit de paſſer en Guyenne pour ſe placer au deuant de luy, & le prendre au paſſage de la riuiere de Drogne. Depuis eſtant aduerty que le Roy de Nauarre s'eſtoit arreſté à Montguyon, il partit dudit Chalais le 19. pour aller gagner le logis de Coutrats, qui eſt de là ladite riuiere, pour touſiours ſe trouuer au deuant de luy au paſſage d'icelle. Toutesfois eſtant en chemin il changea de deliberation, parce qu'il luy fut remonſtré que le Roy de Nauarre le ſçachant audit Coutrats il paſſeroit la riuiere ou plus haut ou plus bas en pluſieurs guais, qui eſtoient ſur icelle, de ſorte qu'il luy échapperoit. Pour cette cauſe il recula iuſques à la Roche-Chalais, encore qu'il ne fuſt qu'à vne lieuë dudit Coutrats, & enuoya à la guerre pour découurir où eſtoit le Roy de Nauarre. Sur le ſoir le Capitaine Mercure Albanois rapporta qu'il auoit pris le chemin dudit Coutrats, pour y paſſer la riuiere. Lors le Duc fut tres-marry d'auoir laiſſé gagner ce logis contre ſon premier deſſein, & reſolut de s'y loger. Et à l'heure meſme il donna le rendez-vous à toutes ſes troupes à vne heure aprés minuit ſur vne place qui eſt entre ledit Coutrats & la Roche-Chalais, deçà ladite riuiere, & partit enuiron ſur les vnze heures fort peu accompagné, pour s'y rendre, où les troupes s'auancerent, & ſuiuirent à la file. Sur le poinct du iour il ſe trouua en ladite plaine auec la plus grande partie de ſa caualerie, ſon infanterie eſtant demeurée derriere auec l'artillerie & quelques compagnies d'hommes d'armes qui n'auoient pû s'y rendre ſi toſt, pour eſtre ou plus loin logées que les

margin: * *Octobre*

h h iij

autres, ou plus tard aduerties. Là il fit ranger en bataille ſa
caualerie tant pour eſtre preſte au combat ſi l'ennemy ſe
preſentoit, que pour attendre le reſte de ſes forces. Cependant il enuoya reconnoiſtre l'ennemy par quelques-vns qui
prindrent vn homme de cheual du Roy de Nauarre, qui
rapporta ledit Roy auec ſes troupes eſtre prés & au deçà ledit lieu de Coutrats, ayant paſſé la riuiere, reſolu & deliberé de combatre. Dont ledit Duc fut ſi aiſe, qu'il promit audit priſonnier de payer ſa rançon, & luy donner encore autant que monteroit ladite rançon, pour vne ſi bonne nouuelle, ſi elle ſe trouuoit veritable, tant il auoit enuie d'executer le commandement de ſa Maieſté. De maniere qu'à
l'heure meſme il s'écarta vn peu des troupes, accompagné
ſeulement de ſon Eſcuyer, & eſtant décendu de cheual ſe
mit à genoux pour faire ſon oraiſon. Cela fait, remonta à
cheual, paſſa cinq cens pas plus outre auec l'armée, pour
aller gagner le champ où il combatit. Où eſtant arriué,
il voit pareſtre l'ennemy au deſſus d'vn bois, qui eſt contre
ledit Coutrats. Lors le Duc ayant receu toutes ſes forces,
les diſpoſa en la forme qui s'enſuit: Vn bataillon de gens
de pied à ſa main droite, compoſé du Regiment de Verlui-
ſant, commandé par le Capitaine Miramont, & prés d'iceluy le Regiment du ſieur de Tiercelin: Ces deux Regimens
eſtoient ſouſtenus de trois cornettes de caualerie rangées
en trois hayes, l'vne derriere l'autre; à la gauche, vn autre
bataillon de gens de pied, du Regiment de Picardie commandé par le Capitaine Villeneufue, ioint à iceluy le
Regiment du ſieur Deſcluſeaux, commandé par le Capitaine Chatenay, ſouſtenus de pareilles forces de caualerie
que les Regimens diſpoſez à main droite, & auec meſme
ordonnance: Le Duc ſe planta au milieu auec ſa cornette
blanche, ſeulement vn peu plus arriere que leſdits barail-
lons, ayant à ſa droite les ſieurs de Bellegarde & Lauardin,
& à la gauche, & à l'oppoſite d'eux les ſieurs de Souuré &
de S. Luc, & la caualerie legere prés d'eux, ſuiuie du reſte
de la caualerie. Au contraire, le Roy de Nauarre oppoſa
à la main droite dudit Duc, vn bataillon de gens de pied
armé de quantité de corcelets, & deux pieces d'artillerie

deuant iceluy, ayant fait auancer plufieurs bandes de gens
de pied plus auant dedans vn grand chemin foffoyé, & plufieurs hayes; à l'oppofite de la gauche, trois ou quatre Regimens departis par troupes à la faueur d'vn gros de har-
quebufiers qui eftoient dans la garenne dudit Coutras, qui
eft toute foffoyée; fa cornette blanche au milieu de fon infanterie, fort en arriere, accompagnée de trois cens cheuaux, deux gros de caualerie deuant luy de pareil nombre
chacun, & deuant iceux encore deux autres gros, dont l'vn
eftoit compofé de fa caualerie legere. Cette caualerie eftant
aux aiflés, vn peu toutefois auancées, garantiffoit la perfonne du Roy de Nauarre, qui neantmoins eftoit à front
noblement embaraffé, & pour difpofer & combatre. Les
deux armées eftant en cet ordre, l'artillerie du Roy de Nauarre commença à iouër, & endommager grandement nos
gens, & tira neuf volées, la noftre feulement deux, pource
qu'elle arriua trop tard. Le cheual du fieur de S. Sulpice
qui commandoit à vne bonne troupe de caualerie fut tué
d'vn coup de canon comme l'on alloit à la charge, & luy
porté par terre fort bleffé. Ce que defauorifa ledit Duc,
lequel voyant la perte du fieur de S. Sulpice, & que l'artillerie de l'ennemy endommageoit grandement fes troupes,
commanda la charge, & donna des premiers auec fa cornette, qui fut gaillardement receu par les ennemis à la faueur de leurs harquebuziers logez trop aduantageufement,
ainfi que dit eft, & fans s'aduancer que bien peu, qui fut
caufe que noftre caualerie fut bien-toft renuerfée, & le
cheual dudit Duc tué à cette premiere charge. Ayant efté
remonté par fon Efcuyer, il y retourna pour la feconde fois,
où il fut abbatu. Aucuns difent qu'il fut pris prifonnier
eftant bleffé & reconneu, & aprés tué par aucuns qui l'en-
uelopperent, & fut fon corps trouué par de là noftre artillerie bien auant. Le fieur de S. Sauueur fon frere fut bleffé &
apporté au logis du Roy de Nauarre, où il fut penfé. Le fieur
Comte d'Aubigeoux qui auoit vne compagnie d'hommes
d'armes fut trouué mort vn peu plus auãt que ledit Duc. Le
Comte de la Süze Capitaine de gens d'armes, & de la Brof-
fe, qui portoit fa cornette blanche, les Barons de Fiennes

& de Neufuy, enſemble le ſieur de Gallot, le ſieur de Rozil-
les, & tous les Gentils-hommes de la Maiſon dudit Duc
ont eſté trouuez morts auprés de luy, & pareillement le
ſieur de Ronzay frere puiſné du ſieur de Pienne, qui auoit
abbatu d'vn coup de lance le cheual du Vicomte de Tu-
raine à la veuë dudit feu ſieur Duc : le Comte de Vertus
frere du ſieur Dauaugour fut trouué prés dudit ſieur de
Ronzay : le ſieur de Bellegarde chargea des premiers, & fut
bleſſé de quatre coups d'eſtoc, dont il eſt decedé neuf iours
aprés : le ſieur de S. Luc abbatit d'vn coup de lance le Prince de Condé, lequel s'eſtant fait remonter à cheual le
prinſt priſonnier. A la premiere charge le ſieur de Lauardin ayant perdu deux cheuaux ſous luy, a receu vne har-
quebuzade à la cuiſſe, ſe trouuant à pied dedans le champ
de bataille, print vne enſeigne du Regiment de Picardie,
auec laquelle il rallia quelques ſoldats & ſe retira. Les
ſieurs de Montigny, de Sanſac & de Monſoreau furent
prins priſonniers aprés auoir combatu auec leurs compagnies de gens-d'armes, comme le ſieur de Sipierre ayant
eſté fort bleſſé. Le Marquis de Menelé frere aiſné de Monſieur de Pienne eſt tombé entre leurs mains en combatant.
Les ſieurs de Souuré, Pluuaux & la Roche du Mayne Capitaines de gendarmerie y ont combatu tres-vaillam-
ment, les deux premiers ayant quaſi perdu toutes leurs
compagnies, & ledit ſieur de Souuré ayant eſté bleſſé au
viſage, & en vn bras, s'eſt ſauué. Les Lieutenans des compagnies des Comtes de Thorigny & de Mortemar, & du
Baron de Luz ont eſté tuez, & leurs compagnies preſque
toutes défaites. Et ſi noſtre caualerie a eſté mal traittée,
l'infanterie ne l'a pas mieux eſté. Car tous les Capitaines
deſdits Regimens ont quaſi tous eſté tuez ou prins priſonniers. Il n'y auoit que le ſieur Tiercelin ſeul Maiſtre de
camp, qui a eſté tué. Les deux pieces d'artillerie qu'auoit
le Duc de Ioyeuſe audit combat ont eſté priſes : vn Officier
d'icelle ſe voyant enueloppé de quatre harquebuziers du
Roy de Nauarre mit le feu aux poudres, & en ſe brûlant
brûla leſdits quatre harquebuziers; ce qui ſert de preuue de
la furie ou rage auec laquelle on a combatu. Mais le Roy
de

de Nauarre est entré le premier & sorty le dernier du champ de bataille, & se retira auec 39. enseignes & 19. cornettes des nostres, pour partager le bagage de nostre armée qu'il a tout gagné auec infinis prisonniers, entre autres Marron premier Secretaire dudit feu Duc, chargé de tous les memoires & instructions. Du costé du Roy de Nauarre, on dit estre mort Roquelauré, Viuans, Dominge son Escuyer, & bien peu d'autres de moyenne qualité. Dieu par sa sainte grace aye mercy de tant de gens de bien perdus en ce malheureux rencontre, & nous preserue de semblables accidens.

Le trespas, obseques & pompe funebre faites pour DuCabinet
l'enterrement de tres-haut, & tres-puissant de Mr Du-
magnanime & valeureux Anne Duc de puy MS.
Ioyeuse, beau-frere du Roy, Pair & Ad- 324.
miral de France, Lieutenant general pour
le Roy en l'armée de Guyenne.

MONDIT Seigneur Anne Duc de Ioyeuse &c. ayant esté défait en la bataille donnée à Coutrats le 20. Octobre 1587. par Henry de Bourbon Roy de Nauarre, & estant ledit sieur de Ioyeuse reconnu mort en la place de bataille, ledit sieur Roy commanda le faire porter à son logis, où incontinent fut baillé aux seruiteurs dudit sieur de Ioyeuse qui se trouuerent là, pour l'embaumer, & en faire ce qui estoit de besoin. Lors ils le firent transporter par permission dudit sieur Roy à Libourne, où il fut embaumé, & mis en vn cercueil de plomb, attendant la volonté & commandement du Roy.

Ce qu'estant aduerty commanda le faire apporter à Paris auec son ieune frere Monsieur de S. Sauueur, & comme les corps furent proche de la ville, sa Maiesté commanda au sieur de Marle l'vn de ses Maistres d'hostel & des ceremonies, d'aduiser à tenir prest, & donner ordre à ce qui

eſtoit beſoin de faire pour l'enterrement. Voulant ſadite
Maieſté que toutes choſes fuſſent faites le plus honorablement que faire ſe pourroit, reſerué toutefois ce qui eſt deu
à la dignité Royale. Lequel ſieur de Marle fut accompagné du ſieur de Ville - louin pour l'execution du meſme
commandement, parent & allié de la Maiſon dudit ſieur
Duc.

Comme les corps deſdits defunts furent au bourg de la
Reyne, partirent de cette ville pluſieurs Seigneurs pour
aller au deuant deſdits corps, qui les ayant rencontrez, les
conduirent à S. Iacques du Haut-Pas, où ils arriuerent le
Vendredy 5. Mars 1588. ſans aucune ceremonie, c'eſt à dire de Preſtres ny autres Eccleſiaſtiques; lors leſdits corps
deſdits ſieurs de Ioyeuſe & de S. Sauueur, furent portez
par leurs ſeruiteurs domeſtiques à la ſalle de parade, qui
auoit eſté preparée pour cet effect.

SALLE D'HONNEVR.

LADITE Salle eſtoit enuiron de ſept à huit toiſes de long,
ſur quatre toiſes de large ou enuiron, toute tenduë des
plus belles & riches tapiſſeries des meubles du Roy, à la
teſte de laquelle eſtoit vn quarré de charpenterie de dix à
douze pieds de long ſur la largeur de ladite ſalle, auec vn
eſpace d'enuiron ſix pieds à rez de chauſſée ſur toute la largeur de ladite ſalle, fermé de charpenterie en appuy de
trois pieds de haut, & au milieu vne entrée de quatre à cinq
pieds d'ouuerture, ledit appuy des deux coſtez couuert de
toile d'or rez traiſnant en terre: dudit eſpace de ſix pieds
on montoit ſur deux marches, l'vne de pied & demy de large ſur huit pouces de haut, & l'autre de deux pieds & demy ſur leſdits huit pouces auſſi de haut, contenant leſdites
deux marches toute la largeur de ladite ſalle; & ſur le haut
& iuſtement au milieu eſtoit dreſſé vn grand lict de huit
pieds en quarré, de deux pieds de haut aprés le parterre
de charpenterie dudit quarré; ledit lict garny d'vne paillaſ-
ſe de huit pieds en quarré auec le trauerſin de meſme, ſur
laquelle fut mis vn grand drap de fine toile de Hollande
de quatre aunes, qui couuroit tout le quarré dudit lict,
traiſnant des trois coſtez ſur ledit parterre.

Et pardessus, vn grand poisle de drap d'or frisé à fond d'argent, croisé d'vne grande croix de satin blanc ; ledit poisle garny aux quatre coins de quatre grãds escussons aux armes dudit defunt, couronnez d'vne couronne Ducale, & des deux Ordres au tour, auec l'ancre au bas de l'escu, le tout de fin or & broderie, ledit poisle aussi garny tout au tour d'vn bord d'hermines mouchetées de noir, de pied & demy de haut ; tout le reste du parterre de charpenterie, mesme les susdites marches, & le susdit espace de six pieds, estoient couuerts de tapis de Turquie. Aux deux costez du lict d'honneur estoient dressez deux autels richement parez haut & bas, & chacun au haut du plancher vn dais de riche estoffe, comme aussi au plancher dessus ledit lict d'honneur y en auoit vn tres-riche. Aux deux costez au bout de chacun autel, tirant vers les susdites marches, y auoit des sieges en forme de banc, sur lesquels estoient continuellement assis, à sçauoir à la droite les Aumosniers & Religieux de S. Magloire & Mendians, chantans & psalmodians incessamment des deux costez, & derriere eux quelques Gentils-hommes, & autres domestiques dudit defunt Sieur, vestus de grandes robes de deüil, qui estoient releuez par d'autres, selon les heures qui leur estoient ordonnées ; par dedans le quarré d'embas y auoit deux sieges à chacun des costez de l'entrée, où estoient continuellement assis deux Rois d'armes par dessus le chaperon en teste auallé, qui presentoient aux Sieurs & Dames le guepillon pour donner de l'eau beniste aux corps desdits Sieurs ; & au milieu de ladite entrée enuiron vn pied plus auant, & proche des susdites marches estoit vn autre siege couuert de drap d'or, sur lequel estoit vn benoistier d'argent doré garny de son guepillon, & plus haut sur la derniere marche sur vn autre petit siege aussi couuert de drap d'or estoit vne grande croix d'or, aux deux costez de laquelle y auoit aussi deux grands chandeliers d'argent doré, portant chacun vn grand cierge de cire blanche du poids chacun de deux liures, garnis de doubles escussons aux armes dudit defunt : & outre aux deux costez dudit lict d'honneur, y auoit semblablement quatre grands chandeliers d'ar

En ce lieu ne se parle que du corps de feu M. de Ioyeuse.

gent, ayant chacun vn cierge de cire blanche du poids de quatre liures la piece, garny de mesmes escussons doubles de fin or de peinture. Tout le tour & quarré de ladite salle estoit tendu de riche tapisserie toute rehaussée d'or & de soye. Fut ladite salle ouuerte & percée en deux endroits, l'vn du costé du cloistre, qui estoit tendu de chacun costé d'vn lez de drap noir, & par dessus ledit drap garny d'escussons de trois pieds en trois pieds; & l'autre ouuerture tirant vers le cimetiere, qui estoit pour donner l'issuë au peuple qui venoit voir & ietter de l'eau beniste.

L'EFFIGIE.

Svr ce grand lict d'honneur ainsi richement paré, & iustement au milieu estoit posé l'effigie dudit feu Seigneur de Ioyeuse, tirée au vif, & après le naturel, estant la teste couronnée d'vne couronne Ducale, soustenuë d'vn oreillier de drap d'or, les yeux leuez vers le ciel, les mains iointes, vestu d'vne chemise à fraize ouuragée par le bout de ladite fraize, vne camizolle de satin cramoisi rouge rayé d'or, & par dessus, vn pourpoint de satin cramoisi plein, les chausses de satin cramoisi rayé d'or, les bottines de toile d'or plein, auec les semelles de satin cramoisi rouge, & le rebras par haut de mesme satin, la tunique de toile d'or damascé auec vne frange à l'entour, & par dessus le grand manteau Ducal de serge écarlatte violette, garny à l'entour d'vne bande de demy tiers, couuertes de hydres de toile d'or en broderie, fourré alentour par dedans d'hermine enuiron vn quartier, ayant la queuë d'vne aulne & demie de long, auec le petit rebras aussi fourré d'hermine mouchetée par endroits, & au col auoit le collier de l'Ordre du Saint Esprit d'or massif.

A costé dextre de ladite effigie, estoit le chapeau Ducal doublé d'hermines mouchetées, encore que quelques-vns ne trouuoient bon qu'il y fust, mais il se trouua, & dit-on que l'on l'auoit porté à feu Monsieur l'Admiral d'Annebaut, & à Monsieur de Longueuille.

A la fenestre, le sifflet de l'Admirauté, qui estoit sur vn carreau de toile d'or frizé, & aux pieds l'ancre.

En cet estat demeura trois iours entiers ladite effigie, & est à sçauoir, que le Dimanche à l'heure de disnée les façons du seruice furent obseruez ainsi que l'on auoit accoûtumé de faire du viuant dudit sieur, estant la table dressée par l'Officier de panneterie, le seruice porté par les Gentils-hommes seruans & Pages dudit sieur : puis la viande & seruice par vn Huissier, Maistre d'hostel, Pannetier, Escuyer de cuisine, garde-vaisselle, la seruiette presentée par au plus digne personnage qui se trouuast lors, pour essuyer les mains dudit sieur, la table beniste par son Aumosnier, la chaise dudit sieur comme s'il eust esté vif & assis dedans, les seruices de table continuez auec les mesmes forme & ceremonie comme ils souloient faire du viuant dudit feu sieur, auec la presentation de la couppe aux endroits & heure qu'il auoit accoustumé de boire, & la fin dudit repas continuée par le donner à lauer, & les graces dites par ledit Aumosnier.

Nota, que cette ceremonie ne fut faite qu'vne fois, qui fut comme i'ay dit, le Dimanche à disner.

Le Lundy ensuiuant le Roy auec la Reyne sa femme y vint ietter de l'eau beniste sans forme de ceremonie.

Ce mesme iour de Lundy ledit sieur de Marle accompagné de quelques Gentils-hommes vestus de longues robes, le chaperon sur l'épaule & bonnets quarrez en teste, furent prier Messieurs de la Cour de Parlement, des Comptes, des Aydes, du Chastelet, & de la Ville de Paris, pour se trouuer le Mardy ensuiuant, qui estoit le 8. iour de Mars à vne heure aprés midy audit S. Iacques du Haut-Pas, pour accompagner les corps desdits Sieurs iusques en l'Eglise des Augustins, & le lendemain 9. dudit mois à 8. heures du matin, pour oüyr le diuin seruice, & l'Oraison Funebre qui se deuoit dire en ladite Eglise.

Ledit iour de Lundy 7. desdits mois & an, furent vingt-trois Crieurs de corps de cette ville de Paris audit Parlement & autres lieux accoustumez, faire cry en la maniere qui s'ensuit.

Nobles & deuotes personnes, priez Dieu pour les ames, sçauoir, de tres-haut, tres-puissant, tres-illustre, magnanime & valeu-

ii iij

reux *Anne Duc de Ioyeuse* beau-frere du Roy, *Pair & Admiral de France, Gouuerneur & Lieutenant general pour sa Maiesté en ses pays & Duché de Normandie, premier Gentil-homme de sa chambre, & Lieutenant general en l'armée de Guyenne. Et de treshaut & puissant Seigneur Messire Claude de Ioyeuse, Cheualier sieur de S. Sauueur* son frere, *en son viuant Capitaine de cinquante hommes d'armes des Ordonnances de sadite Maiesté: lesquels furent occis en la bataille donnée à Coutras le Mardy 20. Octobre dernier passé, pour le seruice de Dieu & de leur Roy. Priez Dieu qu'il en ait les ames.*

Le Mardy à deux heures aprés midy, sera leué les corps desdits Sieurs de l'Eglise S. Iacques du Haut-Pas, pour estre portez en l'Eglise & Monastere des Augustins, auquel lieu seront dites Vespres & Vigiles des Morts, & y estre le Mercredy ensuiuant fait leurs seruices solemnels, où il vous plaira assister, suiuant la bonne & laüable coustume, le vouloir & commandement de sa Maiesté. Priez Dieu qu'il en ait les ames.

Le semblable firent lesdits crieurs conduits par Gaspar Mellon l'vn d'iceux, qui en auoit la principale charge, aux Compagnies & Cours cy-dessus nommées, par les carrefours & lieux accoustumez à faire les cris publics en la ville de Paris; ce qu'ils firent dedans le Cloistre, à la porte, & sans entrer en la salle d'honneur dudit saint Iacques du Haut-Pas.

Lors que tous les Seigneurs qui auoient commandement du Roy d'accompagner ledit conuoy furent venus, mesmes Messieurs de Parlement & autres, auec les Eglises & Religions furent arriuez, l'effigie fut mise sous la porte de ladite Eglise S. Iacques du Haut-Pas, attendant l'ordre du conuoy.

Commencerent à marcher,

Les 23. Crieurs sonnans leurs clochettes sans intermission, & faisans cris aux carrefours & lieux accoustumez, selon qu'il a esté dit cy-deuant,

Les enfans de la Charité, de la Trinité, rouges, & enfans du S. Esprit, les Penitens gris, noirs, bleus, Capucins, Capettes, Minimes, Cordeliers, Iacobins, Augustins, Carmes, Mathurins, Billettes, Blancs-manteaux, Sainte Croix,

Feüillans, Sainte Catherine du Val des Escholiers, auec toutes les Parroisses de Paris, & Eglises Collegiales, aufquelles fut baillé à tous à chacune de leur croix quatre torches du poids de trois liures, garnies chacune de double escusson aux armes dudit sieur Duc.

Messieurs de Saint Magloire.

Les torches de la Ville portées par les Archers aux armes d'icelle dite Ville.

Cinquante torches de cire blanche garnies de double escusson aux armes de Monsieur de S. Sauueur, portées par 50. pauures vestus en deüil.

Deux cens pauures vestus, portans chacun vne torche garnie d'écussons aux armes de feu Monsieur de Ioyeuse.

Les Valets de pied vestus de mandilles de velours, la teste nuë.

Les Officiers d'Escurie dudit sieur de Ioyeuse, vestus de robes de deüil, le chaperon en teste.

Les Trompettes vestus de robes de deüil, chaperon auallé; lesdites Trompettes couuertes de crespe.

Les Officiers de cuisine, eschançonnerie, panneterie & fruiterie, aussi reuestus de longues robes de deüil, le chaperon auallé, marchant deux à deux.

Les valets de Chambre, valets de Garderobe, Chirurgien, Medecin & Argentiers.

Les Pages, Secretaires, Tresoriers, & Gentils-hommes seruants, en mesme ordonnance.

Les deux Maistres d'Hostel, ayant chacun vn baston noir à la main, garny de velours noir par les poignées.

Messieurs du Conseil dudit sieur, ayans le chaperon sur l'espaule, deux à deux.

Les Officiers du Roy en l'Admirauté, en mesme ordonnance.

Le corps de Monsieur de S. Sauueur porté par les Penitens bleus de la congregation Royale, couuert d'vn grand poisle de damas blanc, garny aux quatre coins de quatre grandes armoiries de fin or en broderie.

Aprés suiuoit le grand chariot d'armes, sur lequel estoit le corps dudit sieur de Ioyeuse, ledit chariot couuert d'vn

grand poifle de velours noir croizé de fatin blanc, tiré par
quatre cheuaux houffez de velours noir, le cocher auffi
veftu de velours, le tout traifnant en terre, autour duquel
eftoient douze Penitens blancs de la fufdite congregation,
ayant chacun vn flambeau de cire blanche ardent.

Marchoit aprés nombre des Seigneurs Cheualiers du S.
Efprit, ayans l'Ordre au col, & autres Gentils-hommes
amis du defunt.

Pages montez fur les grands cheuaux caparaçonnez de
velours noir, croifé de fatin blanc, lefquels Pages eftoient
veftus de faye de velours noir, chaperon en tefte aualé.

Aprés fuiuoient les Gentils-hommes portant les pieces
d'honneur cy-aprés nommées, couuertes de crefpe noir, lefquels Gentils-hommes eftoient veftus de grandes robes de
deüil, le chaperon en tefte, à cheual, couuert de houffes
de drap noir : comme

Les efperons,	*Nota, qu'il ne fut porté aucune piece d'hon-*
Gantelets,	*neur pour feu Monfieur de S. Sauueur, &*
L'efcu d'armes	*fut difputé : Mais fut arrefté qu'il n'en feroit*
dudit Sieur,	*porté, & qu'il feroit fous l'honneur de cel-*
La cotte d'armes,	*les de Monfieur de Ioyeufe, & qu'il en fut*
L'efpée,	*ainfi fait au conuoy de feu Monfieur d'Or-*
La lance ou pa-	*leans, & de Monfieur le Dauphin, qui eftoient*
non,	*à celuy du feu Roy François leur père.*

Le heaume à couronne Ducale, garny d'vn mantelet de
velours bande d'enuiron quatre pouces de large femé de
hydres, doublé d'hermines mouchetées.

Le cheual de fecours, } houffez de velours noir croifé
Le cheual de bataille, } de fatin noir.

Le cheual d'honneur caparaçonné de velours cramoifi
brun, femé de hydres d'or en broderie, conduit par deux
Efcuyers à pied.

L'ancre porté par vn Gentil-homme à cheual, veftu auffi
d'vne grande robe de deüil, le chaperon en tefte.

Le fifflet de l'Admirauté eftant fur vn carreau de toile
d'or frizé, couuert de crefpe.

Les Lieutenant, Enfeigne & Guidon de la Compagnie
dudit fieur, ou autres, qui les reprefentoient, portans lefdites

dites pieces : comme le Lieutenant portant le baston de commandement couuert de crespe noir, estoit au milieu de ladite enseigne, & de celuy qui portoit le guidon, lesquels enseignes & guidon estoient couuerts de crespe noir, ledit enseigne à la dextre, & le guidon à la senestre, vestus de grandes robes, le chaperon en teste.

Messieurs de Nostre-Dame & de la sainte Chapelle faisans le seruice à dextre, & le Recteur à la senestre.

Les Aumosniers & Chapelains dudit Sieur auec leur surplis.

Les Archeuesques, Euesques & Abbez auec leur camail, deux à deux, selon leurs dignitez.

Deux Herauts d'armes du Roy, vestus de grandes robes de deüil, le chaperon en teste auallé, & leurs cottes d'armes par dessus.

Monsieur de Brezé Euesque de Meaux officiant, accompagné de ses Diacre, Sousdiacre & Chappiers.

L'effigie, à la dextre de laquelle fut porté la cornette blanche par Monsieur de Vitry, qui estoit à cheual, vestu d'vne grande robe de deüil.

Aprés marchoit Monsieur de Marle Maistre des ceremonies, vestu d'vne grande robe de deüil, le chaperon auallé, ayant vn baston couuert de velours noir.

Messieurs du grand deüil, qui estoient en nombre de trois, conduits & adrestez par trois Princes, le nom desquels ne me souuient, pour n'y auoir prins garde, & estoit au temps que ledit conuoy fut fait.

Aprés marcherent Messieurs de la Cour de Parlement, Chambre des Comptes, Aydes, Chastelet, & de la Ville, aux rangs & ordres qu'ils ont accoustumé de marcher à telles ceremonies.

Tente de l'Eglise des Augustins, Chapelle ardente, &
asiete des assistans.

La grande & principale porte de ladite Egise tenduë de deux lez de serge noire, auec vn lez de velours par dessus, garny d'escussons aux armes dudit sieur Duc seulement, sans qu'il y en ait esté mis de celles de Monsieur de S. Sau-

k k

ueur en aucun lieu, referué aux torches blanches dudit
fieur de S. Sauueur, qui eftoient au conuoy: & outre contre chacune defdites portes y auoit au deffus à chacun cofté
vn grand efcuffon aufdites armes dudit fieur de Ioyeufe
fur toile noire peintes de fin or, auec les deux ordres, couronne Ducale, mantelet, d'enuiron deux pieds & demy en
quarré.

La nef & enceinte de ladite Eglife auffi tenduë de ferges
& draps noir d'vn lez feulement, & par deffus d'vn lez de
velours chargé defdites armoiries de trois pieds diftantes
l'vne de l'autre, & au deffus des rateliers ou tringles de
bois garnis de cierges iaunes de pied en pied.

Le tour du chœur en haut prés des vitres du cofté de main
droite, & de l'autre cofté à mefme hauteur, auffi tendu de
drap noir, & deffus d'vn lez de velours, garny des fufdites
armoiries; & plus bas encore vne autre tenture de drap
auec vn lez de velours, auffi garny d'armoiries comme deffus; les chaifes tant hautes que baffes, & entierement tout
le parterre dudit chœur couuert de drap noir, & tout le
tour dudit chœur garny d'vn rang de pied en pied de cierges de cire iaune, qui eftoient enuiron du poids de demie
liure piece.

Le grand autel eftoit garny de paremens de velours
noir haut & bas, croifez de fatin blanc, garny aux armoiries dudit Sieur de broderie de fin or, auec les cuftodes
dedans des deux coftez, & du front du chœur, les pantes
dudit autel par haut de mefme : fur ledit grand autel &
autour d'iceluy y auoit huit grands cierges de deux liures
piece, garnis d'armoiries doubles, comme deffus.

Au milieu du chœur dudit lieu, fut dreffé vne Chapelle ardente de charpenterie de dix ou douze pieds en quarré, garnie de neuf clochers, croifez & recroifez, le tout
peint en noir, & garny d'vn nombre infiny de cierges de
cire iaune.

Tout le quarré de ladite Chapelle eftoit enuironné d'vn
lez de velours noir, garny des fufdites armoiries taillées &
d'or fin, & aux quatre coins & milieu de ladite Chapelle,
y auoit à chacun cofté vn grand efcuffon de fin or fur toile

noire de deux pieds en quarré, aux armes dudit sieur
Duc de Ioyeuse, auec les ordres, couronne Ducale, &
mantelet.

Sous ladite Chapelle ardente, garnie à l'entour de
six grands chandeliers de bois peints en noir, portant chacun vn grand cierge de quatre liures de cire blanche à doubles armoiries, fut mise l'effigie dudit feu Sieur, & hors ladite Chapelle, & aux pieds d'icelle fut mis le corps de feu
Monsieur de S. Sauueur son frere, couuert d'vn poisle de
damas blanc, comme dessus.

Au derriere de ladite effigie, hors de ladite Chapelle,
estoit dressé vn banc couuert de drap noir, où fut mis Messieurs les Officiers du Roy en l'Admirauté, & la Maison &
famille dudit Sieur, conduits par Monsieur Boullanger
Maistre d'Hostel dudit Sieur.

Sur le deuant de ladite Chapelle vers l'autel, estoit assis
les deux herauts aux deux coins, au milieu desquels estoit
Monsieur de Marle Maistre d'Hostel du Roy & des ceremonies, & au deuant de ladite Chapelle tirant à l'autel, fut
dressé des tables, où furent mises les pieces d'honneur
pour ce iour.

Du costé de main droite vers la Sacristie, à costé du grand
autel, fut dressé vn échaffaut tout couuert de drap noir
haut & bas, où se mit le Roy, la Reyne & autres grands
Seigneurs & Dames.

De l'autre costé vis à vis estoit dressé vn autre échaffaut,
non si haut, où estoit la Chapelle du Roy, faisant le seruice.

Du costé de main droite prés la Chapelle, que l'on nomme vulgairement la Chapelle du Prat, estoit Messieurs les
Princes, qui auoient conduit le grand deüil, & du mesme
rang aprés eux quelques chaises vuides, estoient assis Messieurs de la Cour de Parlement & Aydes iusques à l'entrée
du chœur: & de main gauche vis à vis lesdits Princes estoient
les Sieurs qui portoient le grand deüil, & à quelques chaises vuides prés desdits Sieurs du grand deüil, estoient assis
Messieurs des Comptes, de la Ville, Recteur de l'Vniuersité; & aux chaises basses de chacun costé estoient les Gentils-hommes qui auoient porté les pieces d'honneur audit
conuoy.   k k ij

Dudit costé de main droite & prés de l'autel, fut dressé des sieges couuerts de serge noire, où s'assirent Messieurs les Cardinaux de Bourbon, Vendosme, Lenoncourt, de Gondy & autres, & derriere eux sur autres bancs les Euesques, Abbez & Aumosniers.

Et à l'autre costé à main gauche, & vis à vis desdits Sieurs les Ambassadeurs du Pape, d'Espagne, Venize, Sauoye, & derriere eux les Cheualiers, Gentils-hommes & autres.

Monsieur l'Euesque de Meaux Prelat officiant auec les assistans, fit le seruice des Vespres des Morts ledit iour de Mardy huitiéme Mars : lesquelles finies, les Rois d'armes & Maistre des ceremonies conduirent mesdits sieurs les Princes conduisans lesdits Sieurs du grand deüil en vne salle ausdits Augustins, parée & tenduë de serge noire pour cet effect ; puis se retirerent chacun en son logis iusques au lendemain Mercredy neufiéme dudit mois. Chacun estant retiré, fut osté l'effigie de dessous ladite Chapelle ardente, & fut mis le corps dudit sieur de Ioyeuse.

Auquel iour sur les 9. heures du matin se continua le seruice en ladite Eglise, & la derniere Messe preste à celebrer par ledit sieur Euesque de Meaux à Diacre, Sousdiacre & Chappliers, mondit sieur de Marle Maistre des ceremonies & Rois d'armes auec leurs cottes allerent querir lesdits sieurs Princes & grand deüil estant à ladite salle nommée au iour precedent, lesquels furent par iceux menez & conduits en ladite Eglise iusques à leursdits sieges, comme le iour precedent à Vespres, accompagnez des Gentils-hommes qui auoient porté le iour precedent les susdites pieces d'honneur, comme aussi de toute la famille & officiers dudit Sieur, vestus comme deuant, lesquels se mirent au mesme lieu & place qu'ils auoient esté le iour precedent à Vespres. Et alors commença la grand' Messe de *Requiem* en Musique par les Chantres de la Chapelle du Roy, estans au lieu & échaffaut cy-deuant nommé.

OFFRANDE.

LEDIT Sieur Euesque, la face tournée vers les Princes la platine en la main, assisté de tous ses Diacres & Chap-

piers, d'Auuergne Roy d'armes fous ce titre faifant les reuerences accouftumées, allant à l'autel pour prendre vn
cierge de cire blanche du poids d'vne liure, garny d'vne
poignée de velours noir, & deux efcus d'or fichez à la pointe, garny de deux efcuffons taillez de peinture & fin or, lequel receu le porta auec les mefines reuerences au retour,
comme à l'aller, iufques deuant le premier Sieur du grand
deüil, & lors ledit fieur de Marle Maiftre des ceremonies,
aprés grandes reuerences, alla quérir le premier Prince,
qui auoit conduit ledit premier deüil, pour conduire iceluy à l'offrande, marchant deuant eux ledit Roy d'armes
portant le cierge. Tous lefquels enfemble faifans reuerence audit Prince defcendant de fon fiege, à Dieu vers l'autel, puis retournans vers le corps, & paffans pour aller vers
ledit autel, à Meffieurs les Cardinaux & Ambaffadeurs,
& vne autre reuerence vers ledit fieur Euefque de Meaux
officiant, aprés laquelle ledit fieur premier deüil baifa la
platine, & lors ledit Roy d'armes mit le cierge és mains dudit Maiftre des ceremonies, lequel le prefenta audit premier grand deüil, & iceluy l'offrit & prefenta à l'Euefque:
L'offrande ainfi faite, fut reconduit par ledit fieur Prince,
marchans deuant eux lefdits Maiftre des ceremonies, &
Roy d'armes en pareilles reuerences au retour comme à
l'aller iufques à fon fiege: durant lequel aller & retour les
Cardinaux, Euefques, Ambaffadeurs, & les autres Seigneurs fe leuerent, rendant autant de reuerences.

De mefme façon le fecond & troifiéme deüil accompagnez comme deffus firent le femblable.

L'offrande paracheuée, le Roy d'armes alla quérir Monfieur l'Euefque de Senlis, le conduit deuant ledit fieur E-
uefque de Meaux, duquel il reçout la benediction, puis le
conduit le Roy d'armes iufques à la chaire preparée pour
dire l'Oraifon Funebre: laquelle, & la grand' Meffe dite,
les officiers & feruiteurs domeftiques leuerent les corps,

Premierement, celuy de Monfieur de S. Sauueur, &
porterent à bras à vne Chapelle derriere le maiftre autel,
comme fi c'euft efté fa fepulture, puis celuy dudit fieur de
Ioyeufe; & iceux mis en icelle Chapelle fur deux treteaux,

Monſieur de Meaux officiant aſſiſté de ſes Diacre & Souſ-diacre ſe preſente à l'entrée de ladite Chapelle, faiſant les prieres & oraiſons accouſtumées en tels enterremens, dit le *De profundis*, iette de la terre ſur leſdits corps, & deuant ladite derniere eau beniſte dit *Requieſcant in pace*. Le Chœur luy ayant répondu *Amen*, & s'eſtant retirez les Officiers qui auoient porté audit lieu leſdits corps, ledit ſieur Eueſ-que à coſté, & le Maiſtre des ceremonies à l'autre, le Roy d'armes eſtant à l'entrée de ladite Chapelle, appella les ſieurs qui portoient les pieces d'honneur, pour les venir de-poſer ſur ledit corps dudit ſieur Duc, & commença à haute voix,

Monſieur   apportez l'Enſeigne de la compagnie de cent hom-mes d'armes des Ordonnances du Roy, dont feu Monſieur le Duc de Ioyeuſe eſtoit honoré.

Monſieur   apportez le Guidon.

Monſieur   apportez le Sifflet de l'Admirauté.

Monſieur   apportez l'Ancre.

Monſieur   apportez le Panon.

Monſieur   apportez les Eſperons.

Monſieur   apportez les Gantelets.

Monſieur   apportez l'Eſcu.

Monſieur   apportez la Cotte d'armes.

Monſieur   apportez l'Eſpée.

Monſieur   apportez le Heaume timbré.

Meſſieurs Boulanger Maiſtres d'Hoſtel dudit Seigneur venez fai-re voſtre deuoir. Au deuant deſquels vindrent toute la famil-le & ſeruiteurs domeſtiques faire la reuerence au corps; lors leſdits Maiſtres d'Hoſtel ietterent leurs baſtons dans ladite Chapelle.

Toutes leſdites pieces d'honneur diſpoſées dans ladite Chapelle, & rangées par ledit Roy d'armes ſur le cercueil dudit défunt Seigneur, le Roy d'armes d'Auuergne com-mença à dire à haute voix,

Tres-haut, tres-puiſſant, tres-illuſtre, magnanime & valeu-reux Anne de Ioyeuſe beau-frere du Roy, Pair & Admiral de Fran-ce, Gouuerneur & Lieutenant general pour ſa Maieſté en ſes pays & Duché de Normandie, premier Gentil-homme de ſa chambre,

& Lieutenant general en l'armée de Guyenne, est mort, Monseigneur Anne Duc de Ioyeuse est mort, priez à Dieu qu'il en ait l'ame.

Cela fait, les Princes reconduirent ledit grand deüil en la mesme façon qu'ils estoient venus, à l'Hostel saint Denys proche dudit lieu desdits Augustins, où le festin funebre estoit preparé: la salle duquel lieu où se fit ledit festin fut tenduë de drap noir.

L'on auoit preparé le festin pour Messieurs les Ambassadeurs en vne salle à part, qui n'estoit tenduë que de tapisserie: mais pas vn d'eux ne s'y trouua à cause des seances, comme ie croy, ou pour quelque autre particularité.

Le disné fait, ne fut fait aucune ceremonie des graces, sinon que par vn des Chapellains desdits Sieurs qui les dit. Lors chacun prit party & se retira chacun à son logis.

Trois ou quatre iours aprés, les corps furent portez dudit lieu des Augustins nuitamment au Monastere des Capucins au fauxbourg S. Honoré en vn carrosse sans ceremonie, où ils ont esté audit lieu long temps, puis à la fin portez à Montresor, où ils sont à present. Dieu leur fasse misericorde.

Bref du Pape Clement VIII. à Monsieur le Cardinal de Ioyeuse, Sur la mort de Monsieur de Ioyeuse.

Des Archives de la Maison de Ioyeuse.

CLEMENS PAPA VIII.

DILECTE fili noster, salutem & Apostolicam benedictionem. Nihil potuit nobis tristius nuntiari quàm de Ducis fratris tui obitu: nobis, inquam; nam ille summo suo tempore, in mediis scilicet laboribus & susceptis pro Catholicæ Religionis amplitudine Galliæque salute dimicationibus, vocatus est ad fructum laborum tum præteritorum, tum eorum, quos si diuturnior vita fuisset, sustinere paratus erat; voluntatem enim remuneratur Deus pro re ipsa, vbi eius explicandæ nobis facultas adimitur, causa vt sæpe nobis incognita, sic numquam non magno cum Electorum suorum

bono ab immenfa illius fapientia præuifa. Ille igitur beatus; Nos
quid aliud poffumus, nifi noftram atque Ecclefiæ vicem mærere?
ereptum effe nobis triftiffimo ac perneceffario Chriftianæ Reipublicæ
tempore eum virum, in quo maximum Ecclefiæ præfidium fitum
erat aduerfus nefarios Chrifti hoftium & perfidiæ plenos conatus,
fæpè ac multis in locis ab illo compreffos & fractos. Omnis hæc no-
ftra iactura eft, occulto Dei confilio, ac fi verum fateri volumus,
multis nec obfcuris hominum criminibus permiffa. Hæc te pro tua
fingulari prudentia agnofcere & cogitare non dubitamus, ac fimul
priuatam iacturam fummo fratris bono confolari, publicam mife-
rari ac dolere : qui quidem, etfi vix eft confolabilis dolor, tamen
debemus ad leniendum adhibere diuinæ prouidentiæ cogitationem,
& bonitatis ac mifericordiæ fpem, quæ neque Galliæ calamitati-
bus, neque fuæ caufæ fuorúmque faluti deerit; immenfámque illam
bonitatem orare, vt miferiarum & plagarum fit finis, vtque Gal-
liæ Regno vniuerfo, eiectis tum patria tum fuis hoftibus, veterem
religionem, tranquillitatem, gloriam, amplitudinem reftituat;
quod nos quidem fummis atque affiduis precibus poftulamus, té-
que idem facere certum habemus. Cæteris de rebus ex illo cogno-
fces, per quem nos eas fcire voluifti, quíque tuas nobis litteras
reddidit. Datum Romæ apud Sanctum Petrum fub anno Pifca-
toris die 15. Nouembris 1592. Pontificatus noftri anno 1. ANT.
BVCCAPADVLEVS. *Et la fufcription eft, Dilecto filio*
noftro Francifco tituli fanctiffimæ Trinitatis in Monte Pincio
Presbytero Cardinali Gioiof. nuncupato.

Des Archi-
ues de ladi-
te Maifon. *Copie en Italien, des Raifons reprefentées au*
Pape Clement VIII. pour obtenir la difpen-
fe de Monfieur de Joyeufe le Capucin.

IL *Clero della Citta & diocefe di Tolofa, la Nobilità della Pro-*
uincia di Linguadoca, & il Magiftrato & popolo della fudet-
ta Città di Tolofa mandano alli piedi di N. S. Clemente VIII.
vn Gentilhuomo à pofta per render conto a S. Santità della necef-
fità che li ha coftretti di ricorrere al remedio ftraordinario del R.
P. frat' Angelo di Gioiofa, per conferuation' della Religion Ca-
tholica

tholica & della santa vnione de' Catholici in quel paese : & per
supplicarla di aggradire quanto si è fatto, & dispensare con esso fra-
t' Angelo, accio puossi continuare nella diffesa che ad instanza di
tutti li sudetti ordini & per conseglio di molti Dottori, Theologi
& Canonisti hà presa della sudetta Religione, santa vnione & patria sua.

La morte del Signor Duca di Gioiosa Pare & Marescial di
Francia & Gouernatore di Languadoca accaduta improuisamente
alli 19. d'Ottobre nel modo che già si è inteso, empì la Città di Tolosa & tutti li Catholici circonuicini, prima di dolore & di pianti, & poi di spauento & desperatione. Il dolore era quasi vno in
tutti, ma li pianti diuersi, secondo che le varie virtù & belli fatti del defunto si rappresentauano alli piangenti. Chi piangeua per
la sua generosità, valore, vigilantia & celerità nelle cose della
guerra : chi per la bontà, giustitia, humanità, affabilità, liberali-
tà & splendore in tutta la vita sua : Tutti per la pietà, deuotione
& zelo della santa fede & Religione Catholica, per la cui diffesa
dopò hauer speso gran' parte del suo, haueua in fine spesa la vita
istessa. Chi diceua le tante rotte date alli heretici, & li varij stra-
tagemi vsati contra di loro : chi la presa di tante terre per l'adie-
tro stimate inespugnabili : chi altri fatti, & gesti suoi marauiglio-
si : chi li diffegni più & generosi per l'auuenire di nettar tutta quella Prouincia de' heretici & de' lor' fautori. Molti si doleuano particolarmente che egli fosse morto in questa età florente, auanti che
hauer riceuuto alcun' riposo ne altro premio di tante fatiche & pe-
ricoli : altri del modo & tempo della morte sua, sotto vna terra
heretica, che da 25. anni in quà non haueua vista messa, & alhora che quei ostinati non sapeuano più che farsi, & erano sul punto
di arrenderfi d'hora in hora. Molti ancora sopra questa occorrentia
pensando più oltra deplorauano la instabilità di questo mondo &
la infirmità delle cose humane : altri la sorte di tanti fratelli morti per la causa d'Iddio, & la orbità di casa Gioiosa, già feconda
& abondante di figliuoli ; casa veramente nata per la diffesa della
santa fede, & alla quale, doppo Iddio, si debbe la conseruatione
della Religion Catholica & delle buone leggi in quel paese. Ad al-
cuni ancora veniua apprehensione di quanto dolore restaria trafitta
la signora sua madre, laquale era per viaggio, tornando da quelle
bande di Parigi, & venendo d'affaticarsi ancora lei per la causa d'Id-

11

dio. Et questi reputauano manco male che il Signor Marescial suo padre fosse morto otto mesi prima che vedere vn caso cosi doloroso & vna tanta rouina di casa sua.

Li lamenti diuersi cosi sparsi per quel Signore, & per tutta casa sua, furono ben presto seguiti dal sudetto spauento & desperatione : giudicando ogni vno che la perdita di quel capo tiraua seco la perdita della Religion' Catholica & la rouina della santa vnione in quella Prouincia, & forse per consequentia in altre circonuicine. Perche come quel Signore era in quel paese il terrore delli heretici, & dopo Iddio, il propugnaculo & sicurtà de' Catholici, i quali anco teneua tutti in officio, in vigore & attione quasi perpetua; cosi, per solui, non vi era in tutto quel paese nissuno che li potesse succedere in quel gouerno : non che nella autorità, riuerentia & amore della Nobilità & di quei popoli, per ritenere insieme le forze Catholiche, & in fede le Città & Communità, & opporsi alli heretici diuentati assai più potenti & più audaci per quel successo.

La Nobilità Catholica, che è la principal forza in quel paese, come anco nelli altri della Francia, non era per accordarsi di vn' di loro, à chi tutti vbbidissero : per non essere in quel paese vna altra casa Catholica eminente sopra le altre: & per essere frà quei Signori, che sono puoco maggiori l'vno dell' altro, delle gelosie, inuidie, diffidentie, male sodisfattioni & partialità. Si che la sudetta Nobiltà & tutte le forze Catholiche, che erano insieme, se n'andauano rompere & diuidersi : con pericolo anco che il nemico non ne tirasse à se vna gran parte.

Certe terre & Communità, che già erano puoco ferme per esser parte stracche di cosi lunga & crudel guerra, parte gouernate da gente di puoca deuotione & di puoco feruore, parte ingannate dalli artefici de' Politici, si sariano senza dubio dichiarate per il partito contrario. Le altre Città quantanche zelanti & feruenti, nondimeno piene di diuisioni & di nemicitie intestine per cose delli tempi passati, sarian' facilmente, per non essere vn' Gouernatore nel paese, cascate in seditione: & massime che la plebe già stimulata dalla sua pouertà & dall'estrema carestia de' viueri che è quasi in tutto quel paese, si saria per ogni altra puoca cosa solleuata contra li Magistrati & contra le persone più honorate. Et già nella Città di Tolosa, Metropoli di Linguadoca, & doue le cose passa-

no con più ordine , nondimeno la gente più bassa parlaua di man-
dare per qualche particolare Gouernatore di quella Città , & chi
diceua che bisognaua aprir à vn certo Signore , & chi ad vn' altro.
Di modo che le fattioni & partialità di dentro , & la gelosia &
ambitione delli Signori di fuori , spingendo medesimamente il ne-
mico colla sua astutia & colla forza , erano per fare cascar le Città
le più Catholiche & le più deuote alla santa vnione , in grauissimi
inconuenienti , & in ogni desolatione , & finalmente in poter' del-
li heretici.

Mandare per hauere vn Prencipe Catholico per Gouernatore &
aspettare ch' egli si fosse posto in ordine & venuto dilà à sei mesi,
il mal presente & la necessità vrgente non patiua nissuna sorte di
dilatione : non che vn' rimedio così lontano & incerto. Et quan-
do bene , per qualche sorte si fosse alhora incontrato vn' Principe
o altro grande in quel paese ; nondimeno auanti che hauesse ac-
quistata l'authorità , la fede & l'amore della Nobilità , delle Città,
Communità & Popoli , vi saria andato vn' gran' tempo : & in
tanto le cose della Religione & della santa vnione sariano casca-
te in rouina.

In somma non v'era altro rimedio contra il' manifesto & eui-
dente pericolo che soprastaua à quella Prouincia di perdere la Re-
ligione Catholica , ne modo di ritenere insieme la Nobiltà , & in
fede le terre , & popoli Catholici , se Dio non ispiraua al Clero , alla
Nobiltà , alli magistrati & popolo , di dimandare che in questa e-
strema necessità il Reuerendo Padre Frat' Angelo già Conte di Bo-
ciage & fratello del defunto , amato , stimato & ammirato da tut-
ti , vscisse de Chiostro & pigliasse le armi per la conseruatione del-
la Religion' Catholica & per la salute di tante anime & della pa-
tria sua , denuntiando & protestandoli che mancando egli di questo
douere , restaria per sempre mai colpeuole della perdita della Religion
Catholica , & di tante anime & della rouina della santa vnione ,
& della essaltatione della heresia in quella Prouincia.

Et si bene la necessità , che non hà legge , fù causa principale di
questa risolutione di tutti li ordini , nondimeno concorreuano in
questo soggetto tante altre qualità , che pare che la elettione huma-
na vi hauesse ancora la parte sua. Perche , oltra l'esser lui fratello
del defunto , & esser quella Prouincia da sessanta anni in quà auez-
za ad vbbidire al giusto , prudente , amoreuole & felice comman-

damento della casa di Gioiosa; non era esso frat' Angelo come vn'
altro frate che non hauesse mai vista spada tratta, ne maneggiato
gouerni ne affari, anzi egli fu da putto alleuato nella profession'
delle arme: & sendo Conte di Bociage fù capo & condottore di es-
serciti, & con gran prudentia, valore & felicità fece molte belle
& honorate fattioni di guerra. Fù anco Gouernatore delle Prouin-
cie di Angio, Torena, Mena & Percia: & hebbe maneggio di affari publici & importantissimi nella corte Christianissima appresso il
Re Errico terzo. Et il tempo che egli ha vissuto ne i monasterij &
essercitij spirituali, non hauerà tanto minuito della sperienza delle
armi & d'altri negotij secolari, quanto li hauera accresciuto la benedittione, fauore & gratia d'Iddio, & l'autorità, reuerentia, fede & amore de' Popoli, Capitani & soldati: come à vna persona
di singolare pietà & deuotione, & particolarmente amata & fa-
uorita da Dio, sotto laquale lor' parera non poter loro accadere nissun sinistro accidente, ne esser lor' lecito di fare di quelle oppressio-
ni & violentie che ordinariamente si fanno dalla gente di guerra
troppo licentiosa, massime nelle guerre ciuili. V'è ancora questa
ragione, che può essere per molte altre, che in vna persona così pia
& deuota & che ha mostrato stimar così puoco li boni & grandezza
di questo mondo, non si potrà dubitare, come faria forse di qualche altro, che egli sia menato d'auaritia o d'ambitione o d'altra passione,
che dal puro zelo della Religion' Catholica: ne che egli sia per hauer'
mai altra mira che del seruitio, honore & gloria d'Iddio, dal qual solo
dipendendo lui, l'huom' ha manco ragione di marauigliarsi che in quella disgratia del Signor Duca suo fratello, egli solo restò intrepido & co-
stante: & li bastò l'animo di consolare & rileuare, & rincuorare il
signor Cardinal suo fratello & altri parenti, & tutta quella Città.

Oltre la necessità & le sopradette altre ragioni, che li tre ordini
hanno hauuto di venire à questo rimedio straordinario, è ancora da
notare il lor' modo di procedere in questa lor' risolutione. Perche
si bene vi era tanto pericolo & tanta fretta, nondimeno non vi si
fece niente temerariamente ne tumultuariamente: anzi ogni cosa
vi passò con matura & salda deliberatione di 19. Dottori, Theologi
& Canonisti secolari & regolari di tutti li principali ordini. Quali alli 21. d'Ottobre, dopo infinite raggioni, authorità & essempi
sopra ciò addutti, risoluettero che non solamente era lecito al sudetto Padre frat' Angelo, in pericolo così euidente della perdita della

*Religione Catholica & della santa vnione & patria sua, pigliare le
arme; mà che se egli ricusasse porgere questo aiuto alla Chiesa d'Iddio & alla santa fede, egli peccaria mortalmente, come desertore
della Religione & della patria & salute commune de' popoli Catholici: & di più che egli poteua & doueua à ciò essere costretto da
suoi superiori.*

*Et in vero questo era il solo modo di forzar quella pia & deuo-
ta anima ad vscir dal Monasterio, tirando lo per la conscientia,
& facendoli costare che altrimente egli cascaria in peccato mortale
& saria colpeuole di tanta rouina. Perche altrimente, si sa che nell'
anno della sua probatione dopò quella sua conuersione che fù mi-
rabile à tuità la Christianità, non potettero niente appresso di lui
le tante & tante preghiere & commandamenti del Re, delle Regine, del Signor suo Padre, madre, fratelli, parenti, affini, amici,
& d'infiniti altri Signori & Gentilhuomini. Si sà ancora che sendo in quel medesimo anno soprauenuta la morte del Signor Duca di
Gioiosa suo fratello primogenito & del Signor di san Saluatore altro suo fratello nella bataglia di Cotrasso, si bene lui era ancora li-
bero d'ogni voto di Religione, & che di sei fratelli che erano stati,
non ne restaua pur vno che potesse propagar la famiglia & casa
sua: nondimeno non potette questo così graue accidente ne la consi-
deratione della rouina di casa sua, farli voltar l'ochio verso il mondo; dal quale si era sequestrato: anzi sprezzando le cose più grandi
& le più care di questo mondo, fece la professione nella quale si è
portato come ogni vno sà. Et la medesima causa che all'hora lo fece
intrare & perseuerare nel Monasterio, l'ha adesso indótto à lasciar-
sene leuare, ciò è l'honore & seruitio d'Iddio, la fuga del peccato,
& la salute dell' anima sua & della Patria.*

*Oltra la sudetta matura deliberatione, si è in tutto & per tutto
hauuto à questa santa sede & à nostro Signore quel rispetto che à
buoni & zelanti Catholici si conueniua. Perche ogni cosa si è fatta con certa speranza che sua Santità l'aggradirebbe, & sotto con-
ditione espressa che si mandaria da S. B. per la dispensa necessaria, &
che niente s'intenderia esser fatto se non sotto il beneplacito suo. Et
così fù detto espressamente dalli trè ordini, quando dimandarono
il sudetto remedio straordinario; & dal Signor Cardinale, quando
permesse che se ne deliberasse, & dalli Theologi & Canonisti deli-
beranti, quando diedero la lor risolutione; & dal Padre Guardia-*

no, quando diede la benedittione al Padre frat' Angelo; & dall'
isteſſo frat' Angelo, quando vbbidì & ſi laſciò menare. Et ſe la co-
ſa non haueſſe hauuto biſogno di eſſecutione preſente & pronta, ſi
ſaria aſpettata la licentia di S. B. che hora ſi dimanda.

Di più, oltra che li huomini hanno hauuta neceſſità & aſſai al-
tre raggioni, & vi ſon proceduti con quella moderatione & ma-
turità, & con quei riſpetti che à buoni Catholici ſi conueniua; pa-
re anchora che Iddio iſteſſo li habbia viſibilmente menati per le ma-
ni à queſta elettione, ò requiſitione che vogliam' dire. In quell'
iſteſſo giorno che morì il Signore Duca di Gioioſa, che fù vn' Lu-
nedì 19. d'Ottobre, correua nel Breuiario la lettione nella quale ſi
narra qualmente dopo la morte di Iudda Macchabeo li ſuoi amici
vennero à Ionatha ſuo fratello & li diſſero. Ex quo frater tuus
Iudas defunctus eſt, vir ſimilis ei non eſt, qui certet contra inimicos noſtros. Nunc itaque te hodie eligimus eſſe
pro eo nobis in Principem & Ducem ad bellandum bel-
lum noſtrum. *Et facendoſi la deliberatione delli ſudetti dottori alli*
21. le lettioni del dì ſeguente diceuano, qualmente ſendo ancora
dopoi morto eſſo Ionatha, Symone ſuo fratello diſſe al popolo, quale
era tutto in timore & tremore; Vos ſcitis quanta ego & fratres
mei, & domus patris mei fecimus pro legibus, & pro ſan-
ctis prælia, & anguſtias quales vidimus. Horum gratia per-
ierunt fratres mei omnes propter Iſraël, & relictus ſum
ego ſolus; & nunc non mihi contingat parcere animæ meæ
in omni tempore tribulationis, nec enim melior factus
ſum fratribus meis. *Et il popolo riſpoſe gridando,* Tu es Dux
noſter loco Iudæ & Ionathæ fratris tui, pugna prælium
noſtrum, & omnia quæcunque nobis dixeris, faciemus.
Il che fù tanto più notato, che ſi vedeua gran' ſimilitudine trà li
fratelli Macchabei & li fratelli di Gioioſa, per eſſer quelli & queſti
morti combattendo valoroſamente per la vera legge & per la ſanta
fede: ſendo anco il Signore Duca primogenito inſieme col Signor di
ſan Saluatore ſuo fratello morti del 1587. nel meſe d'Ottobre, nel
quale corrono le lettioni delli Macchabei; & quaſi alli tanti del
medeſimo meſe.

Secundò, il Clero che fù il primo iſpirato à far tal requiſitione,
ſi truouò in quel tempo congregato in Toloſa, da tutta la dioceſe,
per il ſynodo che era ſtato intimato & comminciaua alli 26. d'Ot-

obre : ciò è il dì dopo l'accidente , & la vigilia della sudetta deli-
beratione. Tertiò , li Gentilhuommi che erano fuori di Tolosa in
diuersi luoghi , vi corsero tutti con questo pensiero di domandar per
lor' Generale il sudetto frat' Angelo , senza saper l'vno dell' altro
ne essi Nobili del Clero. Il che fece credere che fosse ispiratione
d'Iddio fatta à tutti in vn' medesimo tempo. Quarto , vn Padre
Predicatore consolando la Città il medesimo dì che s'era intesa la
disgratia , non si parlando ancora niente del Padre frat' Angelo,
disse tra altre cose , che non trouandosi huomo che fosse per com-
mandare all' essercito Catholico, Dio omnipotente & misericordioso ti
daria più presto vn' Angelo per Capo & Condottore , che la sua
causa restasse senza diffesa ; cosa che fù poi tenuta come prophetia,
& tanto più che il padre Predicatore non sapeua ne pensaua quel
che haueua da seguire del Padre frat' Angelo. Quinto , alquan-
ti giorni auanti questo accidente il Padre frat' Angelo era stato fatto Guardiano del lor' Conuento di Arles in Prouenza , & era vo-
luto partire per esso più volte : ma à tutte le volte fù ritenuto,
hora per vna cagione , hora per vn' altra ; di modo che si credette
poi che fosse stata prouidentia d'Iddio che egli non si fosse partito,
anzi si fosse truouato in Tolosa quando tal inconueniente arriuò,
per souuenire alla Religione & alla santa vnione & alla patria
afflitta.

Il concorso ancora di essi Clero, Nobiltà & Magistrati , quali
dopo la resolutione della Congregatione , insieme con essa Congregatione , andorno tutti ad intimarli la sudetta risolutione , & à pro-
testar con lui , & leuarlo dal Monastero con incredibile moltitudi-
ne del popolo che li seguiò, li continue acclamationi della plebe , la
consolatione & allegrezza che poi ne seguì in tutta quella Città
& nelle altre terre Catholiche , possono ancora esser tenuti per segni
della volontà d'Iddio : come anco il buon' successo che n' è seguito ;
sendosi con questa risolutione confirmati li animi de' tutti buoni,
& la desperatione tornata in ferma speranza , & parendo ad ogni
vno che il defunto fosse in certo modo risuscitato Nissuna Città ò
altro luogo si è smembrato dalla santa vnione : nissun' Capitano ò
soldato hà mutato di partito : tutti per gratia d'Iddio sono restati
in fede & in officio. Il campo nemico che era andato ad assediare
vn' forte appresso Tolosa , con dissegno di far poi maggior impresa,
intendendo la risolutione de' Catholici , si leuorno subito da quell'

aſſedio: ne lor' baſtando l'animo di tentar altra impreſa ſi diſperſero in quà & in là, di modo che fuori di quel che il nemico hebbe alli 10. non ſiè p oi preualuto niente di quella giornata.

Che ſono tutte gratie d'Iddio, fatte, come ſi crede, alla bontà & denotione di queſto religioſo Capitano, quale non hà ne anco egli mancato di tutti quelli mezzi, che la prudentia humana ſuole adoperare: hauendo ſubito che fù fatto Gouernatore, viſitato li principali luoghi della Città & datoui li ordini che ſi conueniua; ſcritto & mandato Gentilhuommi à poſta, alle altre Città & Communità, & alli lor' particolari Gouernatori; preſidiato li luoghi che ne haueuan' biſogno, & fatto tutte quelle altre prouiſioni che il tempo & lo ſtato delle coſe ricercauano; & andato poi in perſona dalla Citta Metropoli nelle altre più importanti; & radunato li ſtati del paeſe nella Città di Carcaſſona, vno delli acquiſti del Signor Duca defunto, doue era il ſudetto Padre frat' Angelo, quando il Gentilhuomo mandato à ſua Santita dalli trè ordini ſi partì di quel paeſe per Roma.

Hora ſi deſidera che le medeſime cauſe che hann' muoſſi li ſudetti ordini à pigliar la ſudetta riſolutione, muouino ancora S. Santità ad aggradirla & a dar licentia di perſeuerarci; come la medeſma dura & è per durare lungo tempo. Et ſi ſupplica humiliſſimamente & iſtantiſſimamente S. Santità da parte delli ſudetti ordini, & per quanto zelo ella hà à la conſeruation' della Religion Catholica & dell' authorità della ſede Apoſtolica, ch'ella ſi degni approuar il paſſato, & diſpenſar per l'auuenire. Et coſi, oltra che ſi prouederà alla neceſſità, ſi dara anco à tutta quella Prouincia infinita conſolatione, & ſe li augmentara il ſuo zelo & deuotione: come anco l'obligatione di pregare Iddio per la Santà & proſperità di S. B.

Tutto quanto ſi è narrato di ſopra, ſi verifica con ſcritture autentiche mandate dalli ſudetti trè ordini, oltra le lor' lettere à S. Santita. Et ſono queſte.

La Requiſitione del Clero della dioceſe di Toloſa, fatta al Signor Cardinale di Gioioſa alli 20. d'Ottobre ſotto lettera A.

In lingua Franceſe.

Requiſitione del medeſimo alla Congregatione de' Dottori, delli 21. B.

Requiſitione della Nobiltà alla ſudetta Congregatione delli 21. C.

Requiſitione del Magiſtrato & popolo di Toloſa al Signore Cardinale delli 20. D.

Requisitione de' medesimi al Signore Cardinale, & alla Congregatione, al Padre Guardiano de' Capucini, & al Padre frat' Angelo delli 21. E.

La resolutione delli Dottori alli 21. F.

} In lingua Francese.

Attestatione del sudetto Padre Guardiano delli 21. G.

Processe verbale del Signor Cardinale, come Arciuescouo di Tolose, di quanto si è fatto. H.

} In lingua Latina.

Bref du Pape Clement VIII. à Monsieur de Joyeuse.

Des Archiues de ladite Maison.

CLEMENS PAPA VIII.

DILECTE *fili, salutem & Apostolicam benedictionem. Superiori anno multis & grauibus causis impulsi te à Religione Fratrum Minorum Capucinorum ad Ordinem Hospitalis S. Ioannis Hierosolymitani transtulimus, atque vt inter Sacerdotes eiusdem Hospitalis connumerari ac solitam professionem emittere posses concessimus, indulgentes inter alia tibi, vt bello ac necessitate durante Religionem Catholicam ac Prouinciam Occitanam defendendi causa, veste curta indui, arma gestare, exercitui præesse ac eiusdem Prouinciæ regimen suscipere seu continuare & exercere tibi liceret, quemadmodum in litteris nostris ea de re die 9. Iunij anni proxime præteriti confectis latius continetur. Nunc autem cùm tuo nomine nobis fuerit expositum, pluribúsque documentis ac testimoniis grauissimis aliunde confirmatum, præsentiam & operam tuam in ea administratione quam hactenus exercuisti adeo esse necessariam, quòd si ab ea remouereris, Religio ibi Catholica his præsertim turbulentis temporibus maximè periclitaretur, cúmque nobis humiliter propterea supplicaueris, vt quædam tibi de nouo concedere dignaremur, quibus suffultus ac munitus maiori adiumento S. E. Catholicæ ac publicæ istarum partium vtilitati esse valeres: Nos hanc præcipuà Religionis causam attendentes, & insignium tuorum familiæque tuæ erga eandem Religionem meritorum memores, ac firmiter sperantes nullo te vnquam tempore tam in ea Prouincia, quàm in aliis Regni Franciæ locis cùm tempus & occasio dabitur,*

m m

eidem Religioni defuturum, sed in tua pietate, virtute ac solertia magnum ei semper fore præsidium censentes, precibus tuis, quantum cum Deo possumus, annuendum duximus. Quod quidem eo etiam libentiùs facimus, quo magis id ad tuam ac totius familiæ dignitatem tuendam & augendam, pacémque & quietem populorum stabiliendam pertinere, piorúmque votis ac desideriis consentaneum esse existimamus. Proinde harum auctoritate, ac de potestatis Apostolicæ plenitudine, vt etiam extra belli tempora quarumcumque Prouinciarum administrationes, regimina seu gubernia, præfecturas & alios quoscumque honores ac dignitates sæculares tam militares quàm ciuiles, accipere & obire, ac quò decentiùs & tutiùs fungi eisdem possis, tecum vt vita tua durante, dicta veste curta indui, & ense accinctus priuatim & publicè incedere, liberè & licitè possis & valeas, de speciali dono gratiæ dispensamus, plenámque, & liberam damus & concedimus facultatem, non obstantibus præmissis ac quibusuis Apostolicis & in Prouincialibus ac Synodalibus Conciliis editis, generalibus vel specialibus constitutionibus & ordinationibus, necnon omnibus iis quæ in prioribus litteris voluimus non obstare, cæterísque contrariis quibuscumque. Volumus tamen vt illud omninò caueas, sicut aliàs tibi præcepimus, ne quemquam manu tua, nisi tui ipsius tuorúmve legitima cogente necessitate occidas, nec sententiam sanguinis per teipsum feras, sed per ministros tantùm, ac etiam vt à sacrorum ordinum executione abstineas. Datum Romæ apud sanctum Petrum sub annulo Piscatoris die 5. May 1595. Pontificatus nostri anno 4.

SYLVIVS ANTONIANVS.

Autre Bref du mesme Pape audit sieur de Joyeuse.

CLEMENS PAPA VIII.

DILECTE *fili, salutem & Apostolicam benedictionem. Iampridem grauissimis de causis te à Religione Fratrum Minorum, qui Capucini vocantur, in qua tunc eras, ad Ordinem S. Ioannis Hierosolymitani transtulimus, tibíque permisimus, vt durante*

bello veste curta indui, arma gestare, exercitibus præsse & Prouin-
ciæ Occitanæ regimen atque administrationem gerere posses. Dein-
de maioribus gratiis & fauoribus prosequentes, habilitauimus te,
vt etiam extra belli tempora quarumcumque Prouinciarum admi-
nistrationes, regimina seu gubernia, Præfecturas & quoscumque
honores ac dignitates sæculares, tam militares, quàm ciuiles obtine-
re valeres, ac insuper quò hæc omnia decentiùs ac conuenientiùs
perageres, tecum dispensauimus, vt per omnem vitam cum dicta
veste curta & ense, publicè & priuatim incedere tibi liceret; prout
binis litteris nostris in forma Breuis desuper confectis latiùs fuit
expressum, quarum tenores hîc pro insertis haberi volumus. Quia
verò frustra hæc tibi concessa fuissent, nisi haberes vnde te, fami-
liámque tuam pro loci & gradus dignitate alere posses, idcircò æ-
quum & necessarium esse duximus, ei rei opportunè prouidère. Igi-
tur vt administrationes prædictas, honores ac dignitates honorificen-
tiùs, & sanctæ Religioni Catholicæ Regnóque vtiliùs gerere queas,
tecum vt fructus omnium & singulorum bonorum tibi à parenti-
bus agnatis, cognatis, aut etiam extraneis quibuscumque relictos
vel relinquendos, ad supradictos vsus & effectus capere, & distri-
buere, tanquam dispensator tantùm, liberè & licitè possis & va-
leas, auctoritate Apostolica tenore præsentium dispensamus, tibíque
plenam damus & concedimus facultatem: non obstantibus dicti Ordi-
nis S. Ioannis Hierosolymitani statutis, constitutionibus & ordinatio-
nibus, etiam iuramento, confirmatione Apostolica vel quauis firmita-
te alia roboratis, necnon consuetudinibus, vsibus & naturis, cæterís-
que contrariis quibuscumque. Datum Romæ apud Sanctum Mar-
cum sub annulo Piscatoris die 18. Septembris 1596. Pontificatus
nostri anno 5. SYLVIVS ANTONIANVS. Et la suscrip-
tionest : *Dilecto filio Henrico de Gioiosa Presbytero Ordinis San-*
cti Ioannis Hierosolymitani.

Extrait des dépéches de l'ambassade du Duc Memoire MS.
de Luxembourg à Rome 1597 & 1598.

SA Maiesté recommande Seraphin, le Comte de la Cha- Feurier.
pelle, Alexandre Pico, & l'Archeuesque de Bourges
pour estre Cardinaux.   m m ij

Dv Roy a Mr d'Ossat.

I'AY en teste vn ennemy qui me donne assez d'exercice, pour m'occuper entierement, sans m'en tirer d'autres sur les bras : & comme il n'a fait conscience du temps du feu Roy, de me faire offrir argent, & forces pour me defendre de luy lors que i'estois assailly de toutes parts auec ceux de ladite Religion, comme il n'en a fait de faire la trefue auec le Turc, pour pouuoir mieux troubler la France, & poursuiure ses desseins ambitieux, ie sçay qu'il fait encore ce qu'il peut pour allumer vn nouueau feu en mon Royaume, par le moyen desdits Catholiques qui se brouillent auec ceux de ladite Religion.

Si i'estois contraint d'accorder plus aux Huguenots qu'en l'Edit 1577. que sa Sainteté croye que ie le feray pour éuiter vn plus grand mal, & pour fauoriser & fortifier la Religion Catholique, dautant que ie le feray pour contenter & r'asseurer le general de ceux de ladite Religion, & en ce faisant renuerser plus aisément les desseins desdits ambitieux & factieux, lesquels font ce qu'ils peuuent pour desesperer les autres de ma protection, & les irriter contre les Catholiques qui viuent encore en grand nombre dedans les villes qu'ils occupent, dont ils les eussent desia chassez si ie n'y eusse remedié.

Rien ne conserue l'authorité des Princes, que la reputation, specialement en ce Royaume composé de Noblesse, qui fait profession d'honneur, & de mépriser son sang pour en acquerir.

Mon espée & ma foy à mes alliez, après la grace & bonté de Dieu, m'ont remis la couronne sur la teste, que mes ennemis par leurs corruptions & seductions auoient fort ébranlée; il faut que l'yne & l'autre l'y maintiennent & asseurent, & que ie perde plustost la vie, que de finir la guerre autrement qu'auec honneur, comme ie l'ay commencée & poursuiuie iusques à present.

Le bruit de telle recherche de paix porte grand preiudice à mes affaires, car mes ennemis publient par tout que i'en suis l'autheur, afin de mettre en défiance de moy mes amis

& alliez, & par ce moyen nous diuiser, faisant cependant traiter sous main auec eux pour les pratiquer.

AV ROY.

MON entrée fut le 16. de ce mois, faite fort solemnellement. Sa Sainteté estoit aux fenestres. Il y auoit bien mil à douze cens cheuaux. Dont il s'ensuiuit vn tel applaudissement de peuple, qu'en plusieurs endroits de la ville, cependant que ie passois, fut crié hautement, *Viue le Roy de France*. Le lendemain au matin auec la mesme compagnie, i'allay prester l'obedience pour V. M. & disnay ce iour-là auec sa Sainteté.

Dans l'instruction il y a cet article. *La coustume estant en ladite prestation d'obedience de prononcer vne oraison & harangue, sa Maiesté a fait choix & élection pour cet effet du sieur Bressius, personnage de sçauoir eminent, & qui a desia accompagné ledit Duc au precedent voyage, qui s'en acquittera auec la mesme suffisance qu'il a fait par le passé. Mais auant que ladite harangue soit prononcée, sadite Maiesté veut qu'elle soit communiquée à Monsieur le Cardinal de Ioyeuse, s'il est à Rome, & audit Euesque de Rennes, personnage fort consommé aux bonnes lettres, & qu'elle soit soumise à la censure de l'vn & de l'autre.*

A Mr DE VILLEROY.

EN nostre assemblée se trouuerent le sieur Syluestre Aldobrandin en l'absence de son pere le sieur Iean Francisco Aldobrandin, Iean Angelo Altaemps Duc de Galese, Allessandro Sforça Duc de Segni, Iean Antoine Orsino Duc de S. Gemini, Andrea Cesis Duc de Ceri, Federico Cesis Duc d'Aquasparta.

AV ROY.

IE dis au Pape que V. M. ne pouuoit alors affectionner le Cardinal de Giury, ayant tousiours esté contraire à son seruice : mais qu'elle s'estoit resoluë de l'aimer, puisque ce suiet plaisoit à sa Sainteté.

Que les Estats feroient la paix, si le Roy d'Espagne leur vouloit donner & maintenir pour ce suiet, ce qu'il leur a offert du temps du Duc de Parme, & qu'il leur offroit encore tous les iours pour faire la guerre en France.

Le Cardinal Iuſtinian m'a dit que le Pape auoit eſté trompé par le Roy d'Eſpagne, à la promotion qui fut faite à la Pentecoſte de l'année paſſée : dautant que ledit Roy ayant demandé le bonnet pour les Cardinaux Auila & Gueuara, afin qu'auec cette dignité, ils peuſſent dauantage honorer le Conſeil de ſon fils, pour la conduite duquel il les auoit choiſis pour ne bouger d'auprés de luy, il ne l'a pas pluſtoſt obtenu qu'il les a enuoyez icy.

I'obtins le *gratis* de l'Eueſché de Troyes pour Monſeur Benoiſt.

I'ay eu difficulté pour la tranſlation de l'Archeueſque de Bourges à Sens, dautant que le Pape ſe ſent offenſé de luy, pource qu'on luy a donné à entendre qu'il ſe vouloit faire Patriarche de France & chef du Schiſme, & qu'il eſtoit vn homme de mauuaiſe vie. Il me fit demonſtration d'auoir trouué mauuais qu'il ſe fuſt ingeré d'abſoudre V. M. ſans ſon exprés commandement. Et ie l'aſſeuray qu'il ne le fit que ſous l'attente qu'il y apporteroit ſon conſentement, iugeant qu'il eſtoit cependant neceſſaire de ne laiſſer V. M. ſans abſolution, puiſqu'elle eſtoit tous les iours au danger de ſa vie.

A Mᵉ DE VILLEROY.

IL y a vne proteſtation que les Eſpagnols font ordinairement en la preſtation d'obedience qui ſe fait pour le Royaume de Nauarre.

Ie vous enuoye vn Bref de N. S. P. pour eſteindre cette proteſtation, pour ſeruir de memoire perpetuel.

Iean Iacomo Grimaldi Geneuois eſt tres-affectionné à la France, cette affection l'a fait bannir de Gennes.

DV ROY.

Du 25. A-
uril I'AY perdu à Amiens toute l'artillerie que i'auois preparée auec les poudres & balles en bonne quantité. Ce fut ce qui me meut de tenter l'entrepriſe d'Arras, & m'y faire aller en perſonne, laquelle nous a cuidé reüſſir. Car nos

petards nous auoient ià ouuert deux portes, & abbatu deux
pont-leuis; & fi ceux qui les portoient n'euffent efté blef-
fez, nous y fuffions entrez, car nous en demeurafmes aux
farrafines, où les petards ou petardiers nous faillirent.

Ce qui m'afflige le plus, eft, qu'il y en a qui m'imputent la
perte d'Amiens, comme fi elle eftoit auenuë par faute de
preuoyance de ma part, ou d'ordre, dont ie fuis tres-inno-
cent. Car fi i'euffe efté obey ou feruy felon mon intention,
ce malheur ne fuft aduenu; dautant que i'auois commandé
à mon coufin le Comte de S. Paul de loger en ladite ville
ou aux fauxbourgs fix enfeignes de Suiffes du regiment de
Galaty, lefquels i'auois enuoyées au pays exprés pour cela,
& s'il euft fait l'vn ou l'autre, les ennemis n'euffent pû
executer ladite entreprife. Dequoy ledit Comte s'excufe
fur les habitans, lefquels ont efté fi ialoux de leurs priuileges, qu'ils n'ont iamais voulu receuoir lefdits Suiffes, ny
feulement permettre qu'ils fuffent logez aufdits fauxbourgs, tant ils fe fioient en leurs forces, & en la garde ordinaire qu'ils faifoient, dont ils ont efté tres-bien chaftiez;
car ils ont efté traitez tres-cruellement, & le feront encore dauantage tous les iours ; car aprés qu'ils les ont contraints de racheter leurs vies & leurs biens, ils les chaffent
de la ville & retiennent leurs biens.

Il femble que mes voifins, defquels ie me fuis toufiours
promis plus d'affiftance, ne foient marris de ma peine, efperant peut-eftre profiter de ma neceffité, & principalement
la Reyne d'Angleterre, laquelle veut maintenant m'obliger à luy quitter Calais, le reprenant, deuant que de me fecourir. Dauantage, mes fuiets de la nouuelle Religion
font plus les fafcheux que deuant, s'eftans faifis de mes deniers aux lieux des receptes où ils font les maiftres, & voulans me contraindre de leur accorder des chofes que ie ne
iuge raifonnables.

Ne faites difficulté de prefter l'obedience du Royaume
de Nauarre, auec la declaration qui fut faite du temps du
feu Roy mon pere, & par moy en l'année 1573 puifque
c'eft chofe que N. S. P. defire qui foit fuiuie. Car ie veux
m'accommoder à fes volontez tant qu'il m'eft poffible, &

me femble que ie ne dois refufer de fouffrir ce qui a ià efté
fouffert par moy, & par le feu Roy mondit pere.

A v R o y.

LE fieur Hieronyme Wechetto auoit efté enuoyé par
fa Sainteté en Alexandrie pour la reünion auec le
faint Siege.

A v R o y.

LE Pape ne veut entendre parler ny de Monfieur Serafin, ny du fieur Lomellin, ny du fieur Fabio Orfin
pour eftre Cardinaux, difant qu'il connoift mieux les Italiens que nous. Pour le Comte de la Chapelle Sourdis, on
luy a donné aduis qu'il a certaine indifpofition qui témoi-
gne fon incontinence.

Il ne defire en Monfieur de Rennes que l'extraction de
plus grande Maifon.

Le Pape me dit que fon Legat qui eftoit en France, eftoit
vne bonne perfonne, & qu'on luy auoit dit qu'il fe laiffoit
tromper.

Il m'a dit que fi le Roy d'Efpagne s'attachoit aux Huguenots contre noftre repos, qu'il l'excommunieroit ; & luy
difant que ç'auoit efté le mefme deffein de Sixte V. & mefme de luy ofter pour deux millions d'or de conceffions qu'il
a fur les benefices d'Efpagne, il me dit qu'il en feroit
autant.

A v R o y.

VN efprit irrefolu, comme eft celuy du Pape, il ne faudroit que cela pour l'étonner du tout, ou pour luy faire prendre tant d'opinion de foy, que s'eftimant feul capable pour nous tirer de mifere, nous n'en pourrions poffible
pas auoir aprés par fubmiffion, ce qu'il nous faut efperer de
la bonne fortune de V. M. iointe à la iuftice de fa caufe : &
V. M. doit croire, s'il luy plaift, que du Pape elle n'aura iamais aucun déplaifir, fi d'auenture il ne croyoit que V. M.
euft quelque mauuaife intention ou deffein contre la Religion Catholique. Mais auffi il ne faut pas qu'elle s'attende
qu'il

qu'il se voulust declarer contre le Roy d'Espagne, quelque necessité qu'elle luy fasse paroistre; car icy on ne court qu'à la bonne fortune, & penseroit-on estre desia accablé si l'on estoit attaché aux choses qu'ils estiment ruineuses.

Il semble que sa Sainteté eust bien desiré que V. M. eust quitté au Duc de Sauoye le Marquisat de Salusses pour d'autant plus éloigner la France de l'Italie, ce que toutefois les seruiteurs de V. M. ne peuuent gouster, specialement les Italiens qui ont l'ame Françoise.

On pourroit obtenir le Cardinalat pour Monsieur du Mans, s'il auoit éclaircy sa Sainteté de quelque reste de mauuaise impression qu'il a euë de luy pour ses predications.

I'enuoye à V. M. l'Indult pour les benefices de Bretagne, & de Prouence; ie n'y ay pû faire ioindre celuy pour Mets, Toul & Verdun.

Sa Sainteté desire que Monsieur de Troyes se iustifie de sa Bible deuant qu'auoir ses Bulles.

Il m'a octroyé vn Indult pour Monsieur de Rouën, par lequel il aura autant de priuileges que s'il estoit Cardinal, qui est tout ce qu'il peut faire pour luy.

Av Roy.

LE Pape a publié vn Iubilé, & enuoyera ie croy à Monsieur le Legat pour le faire publier en France. Ie ne blasme pas le suiet, qui est pour la paix de la Chrestienté, mais n'ayant pas à traitter auec des ennemis poussez de mesme zele, & qui tout au contraire des bonnes intentions d'autruy font naistre leurs mauuais pretextes, au trauers desquels ils voudroient possible faire cette action aux confederez de V. M. de toute autre couleur qu'elle n'est, & les débaucher ou soustraire de son amitié s'ils peuuent, i'eusse bien desiré, & mesme fait volontiers quelque instance, que ces prieres eussent esté differées iusques à vne autre saison, si sa Sainteté m'en eust donné le temps.

Nostre S. Pere a resolu d'enuoyer vn courrier exprés en Espagne pour semondre ce Roy-là d'embrasser cette paix, & comme il me l'a dit il l'a aussi fait entendre au Duc de

28. Iuillet

n n

Seſſe ſon Ambaſſadeur, lequel ne penſe pas que ſon Maî-
tre ſe puiſſe reſoudre d'entendre à aucun traitté, s'il n'eſt
informé par ſes Miniſtres, de ce qui s'eſt negotié : par ainſi
il demanda congé à ſa Sainteté de mettre vne lettre dans
ſon pacquet, ce qu'elle ne luy voulut permettre ſans me le
dire, s'excuſant que ſon courrier ayant à paſſer par la France ſous mon paſſeport, il ſeroit bon de m'en aduertir, comme
le Pape me le dit. A quoy i'ay répondu, que m'eſtant du
tout confié en ſa bonté, ſuiuant l'ordre que i'en auois de
V. M. i'eſtois content que cela ſe fiſt, pourueu que ledit
Ambaſſadeur vouluſt non ſeulement monſtrer & faire lire
ſa lettre à ſa Sainteté, afin qu'il luy pleuſt conſiderer
qu'il n'y euſt rien qui fuſt au preiudice de V. M. ny meſme
aucune choſe en chiffre ; mais auſſi la fermer & mettre
dans le pacquet en ſa preſence : qu'auec ces conditions,
ie donnerois mon paſſeport & non autrement. Cela a eſté
trouué iuſte, & a eſté fait.

Dv Roy.

4. Iuin.

IL eſt certain que le bruit de la paix m'eſt fort dommageable, parce qu'il met mes alliez en défiance de moy,
à quoy ie ſçay, que mes ennemis aſpirent, afin de refroidir
& retarder leur ſecours, & pour les pouuoir auſſi ébranler
& gagner plus facilement, comme ils s'efforcent tous
les iours. I'ay trouué ce Religieux tres-accort, & encore
qu'il doiue comme ſuiet de mon ennemy, pancher plus de
ſon coſté que du mien, toutefois ie croy qu'il voudra ſeruir
fidelement le Pape en cette negotiation, parce que c'eſt luy
qui le met en beſongne, & de qui il attend ſon aduancement. Ioint que i'eſtime qu'il fera tout ce qu'il pourra pour
auoir l'honneur & le gré d'vn tel traitté, choſe à laquelle il
peut bien reconnoiſtre qu'il n'arriuera iamais, s'il ne fait
mon compte auſſi bien que celuy de mon ennemy.

Il n'eſt pas ſi aiſé à l'Eſpagnol de prendre l'Angleterre,
qu'il le perſuade à ſa Sainteté, où que la pieté luy fait croire. Ie ne dois deſirer ny permettre que ledit Roy adiouſte
cette couronne aux autres qui ſont ià amoncelées ſur ſon
chef en ſi grand nombre, qu'il l'a tout courbé. Du temps

des Rois Charles I X. & Henry I I I. qu'ils auoient peu d'a-
mitié & d'intelligence auec la Reyne d'Angleterre, qu'ils
faisoient la guerre à outrance à ceux de la nouuelle Religion en ce Royaume, & que les forces dudit Roy d'Espagne estoient en France plus gaillardes, mieux conduites, &
en plus grande reputation qu'elles ne sont de present, que
ledit Roy auoit plus d'argent qu'il n'a, & que la Chrestienté estoit en paix ou en trefue auec le Turc, eux & luy n'ont
pû subiuguer ceux de ladite Religion en 30. ans & plus
qu'ils leur ont fait la guerre; quelle apparence de raison y
a-t-il d'esperer ou croire maintenant que ledit Roy d'Espagne en puisse venir à bout, sa personne & ses affaires estant
en l'estat qu'elles sont, & ceux de ladite Religion, si vnis &
si forts qu'ils sont. C'est à mon aduis vne opinion tres-mal
fondée, & dont l'espreuue allumera plustost qu'elle n'é-
teindra le feu qui brûle la Chrestienté, & fauorisera les
armes de l'ennemy d'icelle. I'estime aussi qu'elle est sug-
gerée artificieusement par les Espagnols pour tenir la
Chrestienté en combustion à leur accoustumée, & par ce
moyen paruenir plus facilement à leur but qui est d'enua-
hir & gourmander vn chacun sous pretexte de Religion,
aux dépens mesmes de la Religion, laquelle ne veut estre
restaurée, conseruée ny defenduë à force d'armes, comme
on a assez esprouué durant ledit temps. Car comme la guerre met en ialousie les Princes, & qu'elle engendre des factions dans vn Estat, quand elle est domestique, chacun s'at-
tache plus aux effets qui en succedent, qu'aux pretextes & à
la couleur que l'on y donne.

Nous voyons aussi plus de personnes auoir esté reduites
à la vraye Religion par instruction, que par force. Dequoy
ie dois seruir d'exemple à tout le monde, auec vn grand
nombre de mes suiets, qui ont pris depuis de cœur & d'affection le chemin que ie leur ay monstré, dont i'espere
que le nombre augmentera tous les iours, si ie puis contenir mes suiets en vnion, & empescher qu'ils se rebattent
pour la Religion, qui est ce à quoy i'aspire & trauaille le
plus, & en quoy ie suis plus trauersé par les factieux d'vne
& d'autre Religion qui sont encore en mon Royaume en
trop grand nombre.

Il y a peu d'esperance de fonder les esperances que l'on a de la facilité de la conqueste de l'Angleterre, sur les diui-sions qui sont entre les pretendans : car elles n'apparoissent point. Et si ledit Roy est plus vieil, caduc & vsé que ladite Reyne, & ses Estats ne sont moins menacez aprés sa mort de la mesme maladie que l'autre, & peut-estre auec plus grande enuie & mieux fondée.

Ie ferois grand tort à mes affaires, non moins qu'à ma re-putation, abandonnant mes amis, si ie defaillois au base seul sur lequel i'ay redressé ma couronne, que mes enne-mis auoient demy versée, qui est l'obseruation de ma foy, à laquelle ie ne puis consentir qu'il soit fait bréche, que ie ne tombe quant & quant en des inconueniens & precipi-ces tres-grands & mortels dedans & dehors mon Royaume.

Ie m'estonne des trois demandes que le Cardinal Saint Georges vous a dit que fera ledit Roy d'Espagne, quand il faudra traiter : La premiere est le remboursement de tous les frais qu'il a faits durant ces guerres auant toutes choses : La seconde, de retenir mes places acquises par droit de guerre : Et la troisiéme, qu'il pretend que la Bretagne ap-partient à l'Infante sa fille. Car elles sont si impertinentes, que ie ne puis seulement croire que luy, ny ses Mini-stres les proposent.

Ie n'ay pas voulu faire la trefue ; ce n'est pas aussi chose sans exemple de faire vn traité durant la guerre, au con-traire le succés en est plus prompt, quand chacun est pressé des incommoditez de la guerre. Car souuent la necessité ou le mal nous rangent plustost à la raison, que la raison mesme.

Dv Roy.

21. Iuin.

QVELQVES habitans de la ville d'Amiens desesperez des cruautez qu'excercent les Espagnols s'estoient laissez circonuenir & abuser à vne pratique dressée par eux-mesmes exprés pour découurir leur volonté, & auoir pre-texte de les faire mourir. Car celuy qui commande en la-dite ville, auoit gagné vn habitant, par lequel il auoit fait rechercher les autres de se ioindre & liguer ensemble, pour

m'aider à reprendre ladite ville ; dequoy ils auoient donné
aduis, & telle asseurance à mon cousin le Mareschal de Biron, qui tenoit l'entreprise pour certaine : sur quoy il m'a-
uoit pressé d'aller par delà, où ie ne fus si tost arriué, que ie
découuris la tromperie, de laquelle s'est ensuiuie la mort
de plusieurs habitans, Religieux & autres pendus & mas-
sacrez inhumainement, & l'exil de plus de deux cens pauures Prestres qu'ils ont chassez de la ville, sans leur donner
loisir de prendre leurs Breuiaires.

AV ROY.

L E commun bruit est qu'on a coupé au Roy d'Espagne *25. Aoust.*
vn doigt de la main qui estoit estiomené. L'Ambassadeur de Venise m'a dit auoir aduis d'Espagne mesme, qu'il
ne se pouuoit plus soustenir ny parler, & que ce n'estoit
qu'vn tronc.

Le Cardinal Aquauiua comme Neapolitain & suiet du
Roy d'Espagne, ne fait la charge de Vice-protecteur qu'en
crainte.

DV ROY.

I E desire que le Comte de la Chapelle Abbé de S. Iouin, *11. Aoust.*
soit honoré de cette dignité de Cardinal par preference
à tous autres François aprés ledit *Seraphin*, n'ayant point
d'indisposition que ie sçache qui l'en doiue exclure, & s'il
en a quelqu'vne, elle procede plustost de la nature que
d'incontinence ; car il est plein de temperance & moderation en toutes ses actions, & comme ie l'ay demandé pour
grace particuliere en consideration de ceux à qui il appartient, si i'en estois refusé, ie le receurois à défaueur particuliere.

Si ie ne tenois les Ligueurs & Huguenots en bride par ma
conduite, & la crainte de mes armes, ils éclatteroient &
feroient plus de mal que deuant, fomentez de dehors à diuerses fins, & toutes deux sous pretexte de religion. Les
Ligueurs ne sont marris quand ils entendent que les Huguenots se remüent, ils les inuitent sous main, leur offrent
assistance, & si i'vse de quelque remede pour empescher

qu'ils n'éclattent, ils me blasment & scandalizent comme s'il procedoit de faute d'affection & de soin de la conseruation de la Religion Catholique. Et les autres ont conceu vne si grande défiance de moy depuis ma reconciliation auec le saint Siege, l'arriuée en ce Royaume du Legat, & la negotiation de la paix auec le Roy d'Espagne, que ie n'ay point de foy ny de paroles assez fortes pour les asseurer, de sorte qu'ils vont cherchant des seuretez en eux-mesmes, qui sont tres-perilleuses.

Ces perplexitez sont incomprehensibles à ceux de loin, parce qu'elles sont déguisées par les méchans & prises diuersement par les simples & ignorans, ausquels souuent on adiouste plus de foy qu'à la verité.

Ie suis contraint de lascher quelques graces aux Huguenots pour oster le moyen aux chefs de party & factieux de les émouuoir, où ie fais plus que si i'y employois la force. Ils sont encore assemblez à Chastelleraut, & n'en reçois aucune assistance en ce siege d'Amiens, au grand retardement d'iceluy, & à mon tres-grand regret.

I'ay representé au General des Cordeliers, que ie ne pouuois traiter de paix sans les Estats & l'Angleterre, ayant six ou sept mil hommes de pied défrayez par eux; qu'au dernier traité du Chasteau en Cambresis la cause de cette mesme Reyne ià separée de l'Eglise, auoit esté embrassée & debatuë par les Espagnols mesmes, qui n'auoient voulu traiter sans elle, que les mesmes Espagnols faisoient tous les iours rechercher par l'Empereur, & par autres les Estats de s'accommoder auec eux, leur offrant toutes sortes de libertez en leur Religion, & autres auantages. Ie luy dis que si aprés auoir aduerty la Reyne & les Estats de cette proposition, ie m'apperceuois qu'ils refusassent d'y entendre, que alors ie traiterois sans eux, & ferois connoistre à sa Sainteté, que si ie suis ialoux de ma foy & parole, ie ne le suis pas moins de la conseruation de mon Estat. Mais s'il a esté loisible aux Rois mes predecesseurs, qui estoient des plus Catholiques Princes de la terre, de defendre & proteger les Protestans contre l'ambition de la Maison d'Austriche, & les comprendre en leurs traitez, sans en auoir receu aucun

plaifir : à plus forte raifon me doit-il eftre permis de faire
le femblable enuers la Reyne & les Eftats, de qui i'ay efté
affifté continuellement.

Il eft tres-certain que les eftrangers de l'Ordre des Capucins abufent fouuent de la liberté que l'on leur donne,
comme s'il leur eftoit loifible demeurans en vn Royaume,
de fauorifer les ennemis d'iceluy, fous couleur de Religion.

A v R o y.

LE Pape dit que le Roy d'Efpagne fait la guerre main- 10. Septemb.
tenant aux dépens de la France, qu'il fe fert d'elle
comme de fon champ de bataille, fe donnant fort peu de
peine d'eftre molefté en Flandres, que s'il y fait vne excef-
fiue dépenfe, elle luy apporte la commodité de la paix à
tout le refte de fes Eftats, & le trouble à tous ceux de V. M.

En la derniere audience que le Nonce eut du Roy d'Efpagne, le Roy dit qu'il fe contenteroit de rendre ce qu'il
detient en France, pourueu que V. M. luy quittaft ce qu'elle pretend en Nauarre.

Le Vice-protecteur fait ce qu'il peut, & comme Neapolitain, il fait poffible plus qu'il ne doit, car ie fçay bien que
pour ne preiudicier à fes parens, il n'oferoit toucher à des
points dont vn François ou autre fans intereft ne feroit difficulté.

D v R o y.

LE General des Cordeliers m'a demandé fi i'aurois 6. Septemb.
agreable, que luy comme Miniftre de fa Sainteté &
perfonne neutre s'éclaircift de nos volontez fur nos pretentions, & mift peine de nous en accorder fans faire aucun
bruit, à la charge de les faire cy-aprés conclure & arrefter
par nos deputez, & en la forme que nous iugerions eftre la
meilleure. I'ay répondu le trouuer bon, fi le Legat l'approuue. Le General veut tenir ce chemin.

Durant noftre fiege d'Amiens le Comte Maurice a pris
Rhimbergue.

Le Grand Duc, & Dom Iean de Medicis qui commande
à fes galeres, veulent que ie croye que pour le chafteau d'If,

tout ce qu'ils font est pour mon seruice, & toutefois ie vous declare que ie ne les en ay iamais requis, & que le tout s'est fait à mon déceu. Ie ne connois que trop le dessein dudit Duc. Il veut profiter de la ruïne & confusion de la France comme les autres ; mais sous pretexte d'amitié & d'assistance.

Ie ne puis gagner le Iubilé, me preparant à receuoir le Cardinal & son armée, i'en seray dispensé iusques à vn autre temps. Cependant que mes ennemis prient Dieu pour la paix, ils attisent le feu de la guerre tant qu'ils peuuent. Voila comme ils gagnent le Iubilé, & satisfont à l'intention de sa Sainteté. Ie n'en peux vser ainsi, car i'ay le cœur trop franc.

AV ROY.

18. Octobre. I'AY sceu la capitulation d'Amiens, & la confirmation par la voye de Venise. A ceux qui m'en parlent, ie dis que V. M. est assez empéchée à vaincre ses ennemis, sans se donner ce trauail, que de m'en faire écrire, & que ce m'est assez d'auoir l'honneur de ses commandemens, pour ce qui est icy de son seruice.

Le plus grand contentement du Pape en cette prise, est de quoy ceux de la Religion n'ont point de part en cette gloire.

Le General est retourné vers le Cardinal. I'ay fait rire sa Sainteté disant, que si le Cardinal part tousiours de si bonne heure deuant V. M. comme il fit à sa retraite d'Amiens, qu'il donnera de l'exercice au General.

A Mr DE VILLEROY.

ON a attaché vn placard sur l'estomach du Pasquin, auquel on auoit peint vn Cardinal à genoux, disant son Breuiaire, ayant vn écriteau où il y auoit *Libera me Domine à manibus Henrici Regis :* on disoit que c'estoit le Cardinal Albert.

AV ROY.

28. Octobre. LE Pape me dit qu'entre tous les Princes Chrestiens, il n'y auoit que le Roy de France qui se pust nommer Capitaine & Soldat.

Il

Il me dit qu'au traité de paix qu'il auoit fait eſtant Cardinal, entre la Maiſon d'Auſtriche & les Polonnois, on fut au commencement ſur meſme difficulté de rendre ce qui eſtoit pris.

DV ROY.

CEvx-là regnent en repos, qui regnent auec honneur. 6. Octob.

AV ROY.

LEs Anglois ont tenu Calais 210. ans : mais elle a eſté 9. Nouemb. repriſe ſur eux, ou pour mieux dire ſur le Roy d'Eſpagne, eſtant lors mary de la Reyne Marie d'Angleterre, c'eſt parauenture le droit qui faiſoit eſperer à l'Eſpagnol de la pouuoir retenir.

Le Pape dit qu'il ne peut faire Cardinal Mr Seraphin.

Il a pris en ſi grande haine M. Lomellin, qu'il eſt impoſſible d'obtenir cette grace. Il ſe plaint de luy, pour auoir non ſeulement parlé licèntieuſement, mais auoir écrit en France de luy, diſant qu'il falloit brauer & gourmander ſa Sainteté, qui en vouloit auoir quelque faueur. Dequoy il eſt ſi cruellement offenſé, que ie n'eſpere rien de bon.

DV ROY.

SAns les pluyes qui m'ont contraint de me retirer, i'euſ- 27. Octob. ſe pris Dourlens en 15. iours. Le Cardinal de Florence Legat s'eſt acheminé à Saint Quentin pour fauoriſer la negotiation de la paix commencée par le General, & ſon entremiſe y euſt eſté vtile, ſi l'aduis de la mort du Roy d'Eſpagne, que l'on dit eſtre aduenuë le premier de ce mois, ne fuſt ſuruenuë. Cette mort fera ceſſer le pouuoir du Cardinal Albert, iuſqu'à ce que ſon fils l'ait confirmé.

AV ROY.

LE Pape a deſia débourſé ſix cens mil eſcus. Il dit eſtre 22. Nouēb. aſſeuré de trois millions d'or comptans, ſans toucher à l'argent qui eſt au chaſteau S. Ange, attendu que toutes les villes & communautez ſuiettes à l'Egliſe s'eſtoient volonfaitement taxées pour le secourir, & apportoient l'argent iufques icy.

On eft refolu de ne donner prorogation à D. Cefare d'Efte des quinze iours à luy prefix par le Monitoire, encore qu'il ait offert de remettre tout ce different à ce qui en feroit dit par le Roy d'Efpagne.

Le Pape dit, que ne pouuant difpofer du patrimoine de S. Pierre, il n'en peut auffi rien compromettre, & que par la derniere inueftiture qui fut faite au temps de Paul III. en laquelle on remit à fept mil efcus le cens, dont on payoit auparauant cinquante mille, pour fatisfaire aux reparations & meliorations, fut accordé que de tous les differens qui pourroient aduenir, le Pape en feroit feul arbitre, & non autre, & quitte de toutes meliorations pour l'aduenir.

La mort de la Ducheffe de Sauoye eft furuenuë.

AV ROY.

29. Nouemb. LE Duc de Sauoye laiffe aller le Marquis d'Efte parent de D. Cefare à Ferrare. Le Comte de la Mirandole a vne fienne fœur pour femme.

Les Efpagnols fe font feruis des Generaux des Ordres pour eftablir leurs mauuais deffeins dans la France.

AV ROY.

6. Decemb. LE Cardinal de faint George m'a encore fort expreffément dit qu'en cas de befoin le Pape n'attendoit d'autre part que de V. M. du fecours; qui me fait iuger que fes efperances font bien étroites d'ailleurs, puifque fa Sainteté prenoit cette refolution : Laquelle toutesfois voulant dépendre quatre cent mil efcus par mois, dit n'auoir befoin de l'aide d'aucun Prince, fi fes ennemis n'en ont de leur part.

On a donné la fentence de deuolution du fief contre D. Cefare, & a-t-on deputé gens pour aller prendre poffeffion à Ferrare, où au plus prochain lieu. Aprés cela, en cas de refus on procedera à l'excommunication.

L'Abbaye de S. Manfu lez Toul iamais ne fut donnée à la nomination des Roys de France, comme auffi n'eft-elle pas affife dans le Royaume; mais fi eft bien le reuenu, de forte que la iouïffance d'icelle dépend des bonnes graces de Voftre Maiefté.

Dv Roy.

LA feule confideration de fa Sainteté me pouffe à la paix. 30. Nouemb.
Car encore que mon Royaume ait tout befoin de re-
pos, aprés auoir tant & fi longuement paty, toutefois mes fuiets & moy fommes fi accouftumez au mal de la guerre, que
nous y pouuons refifter gaillardement, encore autant que
nuls autres de nos voifins.

Ma caufe eft iufte, contre vn manifefte vfurpateur qui
employe le nom de la Religion pour couurir fon vfurpation.
Ie croy que Dieu le fait tant viure ou languir pour luy faire receuoir la iufte punition de fon ambition démefurée.

Mon Ambaffadeur qui eft en Leuant m'a écrit par fes
dernieres eftre n'agueres arriué pardelà vn Iuif auec lettres,
& charges du Roy d'Efpagne pour traiter auec le Turc
vne trefue, ou vne paix.

Les Miniftres du Roy d'Efpagne ont fait fonner fi haut
l'entreueuë du Prefident Richardot & du fieur de Villeroy,
que i'auois permife pour le refpect de fa Sainteté, fuiuie de
l'acheminement à la frontiere du fieur Legat, que i'en fuis
en grande peine. Car ils ont fait croire à mes alliez, non
feulement que noftre accord eftoit fait, mais auffi qu'il
eftoit fait à leurs dépens, & de mes fuiets de la Religion.
De forte que les vns & les autres en font alterez, & auray
peine à les remettre, craignant que i'auray guerre contre
eux. De forte que ie fuis contraint de me relafcher enuers
eux pour les contenir, & reprendre creance en Angleterre
& Hollande, iufques à ce que ie fois affeuré de la reftitution de mes places. I'en ay aduerty le fieur Legat par le fieur
de Sillery Prefident au Parlement, lequel i'ay depefché
deuers luy auec charge d'y refider pour voir fi on voudra
accorder ladite reftitution. I'ay auffi dépefché en Angleterre le fieur de Maiffe pour rabattre les artifices de mes ennemis, & m'acquiter enuers la Reyne de la promeffe que
ie luy ay faite par noftre dernier traitté d'alliance, & la
perfuader s'il eft poffible d'entédre à ladite Paix pour nous y
porter tous enfemble. I'ay fait pareille depefche en Hollande. Ils me feront fçauoir leurs deliberations par deputez.

La faute de l'Archiduc Maximilian est d'auoir si mal employé cette année l'armée des Chrestiens, qui a tenu la campagne long-temps sans rien entreprendre, & s'est retirée honteusement deuant Iauarin au bruit de l'approchement de Mehemet Bassa assisté de forces ramassées & pleines d'effroy. Et tant que l'Empereur se tiendra caché, & que ses freres ses Lieutenans viuront à l'Espagnole, sans se monstrer ny mettre eux-mesmes la main à la besongne, les Chrestiens seront tousiours batus.

Le Pape par le soin qu'il a pour Ferrare, iuge bien que le Prince qui a vne fois enduré vne vsurpation, en prepare & facilite vne autre, car il tombe en mépris, soit qu'il le fasse par prudence ou autrement, dautant que la perte estant conneuë de tous, & non la cause ou la décharge d'icelle, le nombre de ceux qui l'en blasment, excede tousiours celuy de ceux qui l'en excusent.

Encore que le dernier Duc de Ferrare ait bien autant panché du costé de mes ennemis que du mien, depuis que ie suis Roy.

Si i'auois le Marquisat de Salluces, i'aurois autant de moyen d'assister sa Sainteté que i'en ay de volonté. Si ie pouuois recouurer des galeres, i'irois par mer.

Le Prince Maurice a pris Linghen. Le Mareschal de Biron a failly Luxembourg.

DE Mr DE VILLEROY.

IE seray tres-aise de faire plaisir au ieune Marquemont, mais il faut que M. Seraphin m'écriue approuuer son élection pour luy succeder; car la France doit tant à sa vertu, que ie ne voudrois pas penser seulement dire ou faire chose qui le concerne, sans son consentement.

AV ROY.

20. Decemb: SA Sainteté dit que V. M. ne doit pas tant s'arrester de conclure la paix, pour Calais. Ie ne sçay si i'ose croire qu'il se soucieroit peu que V. M. y eust de la perte, pourueu que l'ennemy eust dequoy nuire à l'Angleterre, tant on y est icy animé contre elle, & tant on y tient la ruine d'icel-

le facile , quoy qu'on puiſſe voir par effet ſa puiſſance.
Sa Sainteté vous remercie de l'offre d'vn Chef de ſes ſuiets.
I'ay remarqué pour le Pape deux grands defauts au commencement de ſa guerre ; l'vn qu'il n'a point de gens de
commandement, l'autre que ſes gens n'ont point d'armes.
Il auoit enuoyé à Breſſe pour en auoir, mais on ne luy en a
point baillé, la Republique de Veniſe voulant qu'on luy
rende cet honneur de luy en demander. Mais en effet le
Pape n'en a pas beaucoup de fiance, car au contraire de tous
les autres Princes qui ont fait defenſe à leurs ſuiets d'aller
à la guerre pour qui que ce ſoit , ceux-cy permettent que
D. Ceſare faſſe des troupes ſur leur Eſtat : ce que m'a fait
dire vn Cardinal digne de foy. A Milan on en eſt de meſme, & toutefois on m'a dit que ſa Sainteté en demanderoit
au Conneſtable de Caſtille , mais en cas de refus le Cardinal S. Georges m'a demandé ſi l'on en pourroit bien recouurer de France. I'ay répondu, que poſſible s'en trouueroit-
il à Lyon de celles qu'on fait en Foreſts , mais qui ne ſont
ſi bonnes que celles de Milan ou de Breſſe.

Le Prince de la Mirandole ſe veut porter neutralement ,
& auec ſes ſuiets garder ſes frontieres.

Le Pape m'a dit qu'il vous enuoyeroit par écrit les raiſons qui peuuent exclure du Cardinalat le ſieur Seraphin.

AV ROY.

29. Decemb.

CHACVN s'eſt reſioüy de l'office de V. M. de venir en
perſonne au ſecours du Pape , ou d'y enuoyer de bons
Chefs de guerre, & de ſuffiſátes forces, veu ſes affaires; Que
ce ſecours n'appartenoit qu'au Roy tres-Chreſtien, car ayát
V. M. ſuccedé aux Roys de France qui donnerent l'Exar-
chat de Rauenne aux Papes, dont Ferrare eſt vn membre,
il eſt bien raiſonnable qu'elle leur en maintienne la poſſeſſion.

Peu d'heures auant que de venir à l'acte d'excommunication de D. Ceſare, le Pape ſe communia en ſa Chapelle,
& comme on luy preſenta la ſainte Communion il fit à haute voix cette priere, laquelle fut oüie de toute l'aſſiſtance :
Si pour le fait de Ferrare iamais i'ay eſté touché d'aucun particulier

oo iij

ou mondain interest, & si i'ay eu autre Zele que celuy de vostre gloi-
re, afin qu'à ce saint Siege soit rendu, ce qui est iustement sien : Fai-
tes Seigneur que ce soit au dommage de mon ame, & pour ce ie vous
supplie tres-humblement que si la sentence que ie vais prononcer n'est
iuste & raisonnable, & si elle n'est à la gloire de vostre diuine Ma-
iesté, à l'exaltation de vostre Eglise, & au bien de toute la Chrestien-
té, auant que ie la puisse prononcer ma langue me seche, & mes
yeux y perdent leur lumiere : Mais aussi si elle est iuste comme ie
le croy, inspirez Seigneur par vostre esprit les volontez de ceux qui
refusent de restituer ce qui est à vous & à vostre Eglise, amolissez
leur courage, afin qu'ils ne l'endurcissent contre les rigoureuses ar-
mes que vous m'auez mis en main comme à vostre indigne Vicaire;
c'est vn acte de vostre puissance, Seigneur, de faire que la raison ait
plus de lieu en leur ame, que l'obstination, & que le tout reuienne à
vostre gloire, à l'exaltation de la sainte Foy Catholique, & au bien
vniuersel de la Chrestienté. & puis communia.

DV ROY.

17. Decemb. IE ne permettray l'assemblée & conference de nos Deputez pour la paix, que ie ne sois asseuré de la restitution
de mes places.

L'ingratitude de Monsieur de Mercœur enuers le feu Roy,
qui auoit aché pté & recompensé cherement le Gouuernement de Bretagne exprés pour l'en pouruoir, auec lequel il
luy fit bien-tost aprés la guerre.

DV ROY.

19. Decemb. LE sieur de Breues m'a écrit que le Grand Seigneur a
depéché deuers moy vn Ambassadeur chargé du re-
nouuellement des capitulations faites par les Roys mes
predecesseurs, auec la Maison des Ottomans, pour la liberté
& seureté de mes suiets, & autres trafiquans en ses païs sous
la protection de mon nom, & me mande que c'est vne personne de qualité qui doit mettre en liberté passant par la
Barbarie, plusieurs de mes suiets qui y sont captifs, & mesme qu'il est chargé d'vne riche épée pour me presenter de
la part de ce Seigneur en témoignage & confirmation d'a-
mitié.

M. D. XC VIII.

AV ROY.

L'EXCOMMVNICATION de D. Cesare a esté portée 10. Ianu.
secretement à Ferrare à l'Euesqué qui l'a publiée, sans
qu'on s'apperçoiue que D. Cesare ny le peuple en ayent
esté plus estonnez.

Enfin le Gouuerneur de Milan & les Venitiens ont permis au Pape d'achepter & enleuer des armes à Milan & à
Bresse. Sa Sainteté & tous les Cardinaux ont opinion que
l'offre de V. M. est cause, non seulement qu'on s'est mis en
ce deuoir à l'enuy, mais aussi que plusieurs Princes se rendent plus officieux.

AV ROY.

ON dit que l'Empereur auoit recherché le Roy d'Espa- 25. Ianu.
gne de luy fournir gens du Milannois pour mettre
garnison dans Modene & Reggio, villes dépendantes de
l'Empire, afin d'empécher le Pape de s'en saisir. Mais D. Cesare connoissant l'ambitiõ Espagnole, le peu de secours qu'il
se pouuoit promettre des Princes Italiens a pensé luy estre
plus vtile de rendre Ferrare au Pape, se contenter de ces
Villes, & de la Principauté de Carpy, auec les acquisitions
de ses predecesseurs dans le Ferrarois, le tout valant enuiron quatre cent mil escus de rente : A accordé estant autrement en danger de ne pouuoir iamais retirer ses villes d'entre les mains de tels gardiens. La Duchesse d'Vrbin sœur
du defunt Duc de Ferrare a traité l'accord à Fayence. Chacun attribuë ce bon effet aux offres de V. M.

Le sieur Richardot faisant contenance de dire qu'ils ne
pretendoient rien sur les places, pensans fermer les yeux à
V. M. d'empecher de voir les sollicitations que parmy la
longueur de leurs sollicitations ils faisoient pour des-vnir
les Païs-bas, & la Reyne d'Angleterre de son alliance, mais
le tout ayant esté bien apperceu, V. M. auoit esté d'autant
plus contrainte de se ioindre plus étroitement auec elle, &
lesdits Estats, comme on verroit l'esté prochain.

Les Espagnols disent auoir pris Calais plûtost à l'Anglois qu'à la France, dautant qu'en la capitulation de l'année 1559. ladite ville deuoit estre renduë à la Reyne d'Angleterre, ce qui ne fut accomply. Et le Pape me dit qu'il auoit opinion que ce n'estoit pas ce qui retenoit V. M. mais bien voyant le Roy d'Espagne sur le bord de la fosse, elle auoit plus d'esperance après son trépas de pouuoir mieux auoir sa raison de ses ennemis.

Que si le Cardinal d'Austriche eust voulu rendre la ville d'Amiens pour la trefue qu'il demandoit, il n'eust pas perdu tant de reputation, ny tant de villes en Frise.

Av Roy.

16. Feurier. SA Sainteté ne peut croire que l'Infante renonce en faueur de son pere, ou de son frere à toutes ses pretentions sur la Bretagne, dautant qu'elle a les Fleurs de lys plus auant empreintes en l'ame, & est plus Françoise que ne le fut iamais Madame sa mere.

Le P. Commolet m'a dit auant que partir de cette ville, se vantant de le sçauoir de fort bon lieu, que si V. M. se vouloit contenter qu'on passât outre à ce mariage, qu'en Lorraine on n'auroit point d'égard à la Religion, mais qu'on le paracheueroit sans mesme se soucier d'aucune dispense du Pape. *Car*, disoit-il, *l'homme épousant vne femme heretique en intention de la reduire à la Religion, sa dispense luy est toute acquise pour le merite de cette intention, ayant esperance de la reduire après ledit mariage.* Le P. Commolet auoit quelque communication de cette affaire.

Le Pape se voulut comme resioüir que le mariage de Madame en Lorraine ne se faisoit pas, qu'il n'eust pas voulu qu'elle eust apporté vne tache de sa Religion en vne maison si Catholique. Ie releuay soudain la parole, suppliant sa Sainteté de considerer de bien prés le desir de la Maison de Lorraine pour cette alliance, dautant que possible elle y trouueroit plus d'ambition que de zele enuers la Religion. Sa Sainteté pense, que pour la rendre Catholique il la faudroit marier à Monsieur le Comte de Soissons.

L'on a donné aduis d'vn cheual de bronze fait pour Henry
II.

II. chez le sieur Ruccellay qu'on pourroit acheter, & y faire mettre dessus vne statuë de V. M. & esleuer vne base sur laquelle à demy bosse on mettroit à l'entour partie de ses victoires.

Dv Roy.

I'Ay enuoyé les sieurs de Bellieure & de Sillery deuers le Legat, pour s'aboucher en sa presence auec les deputez d'Espagne. L'Espagnol veut comprendre le Duc de Mercœur comme leur confederé, ce que ie ne consentiray iamais. Ie perdrois la Bretagne: car par ce moyen ledit Duc establiroit son vsurpation mieux qu'il a fait, & donneroit enuie à plusieurs autres de mes suiets de rechercher la mesme fortune & protection d'iceluy. Le feu Roy acheta cherement du Duc de Montpensier le Gouuernement de Bretagne pour luy donner.

I'ay sceu que les garnisons des principales places que les Espagnols tiennent sur la France se sont mutinées depuis peu, & saisi desdites places, & entre autres de la citadelle de Calais; chose que l'on estime faite à la main, & par l'aduis du Cardinal d'Austriche, pour s'excuser de les rendre, ou aprés en auoir accordé la restitution en differer l'execution, & en fin m'en priuer. I'ay esté aduerty qu'ils font rechercher sous main la Reyne d'Angleterre, pour s'accorder auec eux sans moy, par la friandise & offre de Calais, à quoy ils sçauent qu'elle aspire plus qu'à toute autre chose, soit par échange de Flessingue ou autrement. Ils font pareillement tout ce qu'ils peuuent enuers les Estats, pour leur faire croire que ie veux les abandonner, afin de les distraire de mon amitié, & traiter auec eux à part, dont ils ont esté éconduits iusques à present.

On a donné à sa Sainteté mauuaise impression de l'Euesque du Mans Rambouïllet, sur certaines censures mises en lumiere sous le nom de la Faculté de Theologie; par l'acte de la Faculté vous verrez l'imposture.

Av Roy.

L'Emperevr a erigé le Comté de Mirandole en Principauté, & la Concorde en Marquisat.

PP

21. Feurier.

ME s deputez ont commencé de traiter des affaires fort auant à Veruins, mais parce que les deputez du Roy d'Espagne n'ont apporté vn pouuoir de leur Maistre, pour traiter auec la Reyne d'Angleterre, comme ie m'attendois qu'ils feroient, & m'en auoient donné esperance, il en faudra enuoyer querir vn en Espagne. Ie ne veux pas donner occasion à ladite Reyne de se plaindre de ma foy, mesme à present qu'elle m'enuoye ses deputez exprés pour se ioindre auec moy audit traité.

Av Roy.

4. Auril.

ON dit que le Grand Duc auoit offert de mettre le château d'If és mains du Roy d'Espagne, & par ce moyen la ville de Marseille: mais que le Prince Doria son aduersaire en auoit détourné l'effect, monstrant le plan du château, & de l'Isle de Pomegues, remonstrant que cela ne valoit pas la dépense qu'on y feroit, que le Grand Duc aprés auoir fait de grandes offenses, les pensoit expier par de petites satisfactions. Voila comme vos ennemis vous ont fait seruice sans y penser.

En Espagne on contoit vne fable de trois diuers hommes qui alloient ensemble querir de l'eau en vne fontaine, dont les deux auoient leurs cruches de fer, & le troisiéme vne de terre; que les deux de fer vindrent en querelle, & se battant, leurs cruches demeuroient bien en leur entier, mais ils casserent la cruche de leur compagnon, qui s'estoit imprudemment entremêlé parmy eux: & qu'ainsi en pourroit prendre au Grand Duc.

Dv Roy.

26. May.

SA Sainteté porte au fait de Monsieur Serafin trop de respect à mes ennemis, qui ont pouuoir de faire valoir en son endroit vn peché veniel, mortel. Il semble qu'il importe à ma dignité de ne le laisser là plus long temps en l'estat qu'il est. Sur cela aucuns ont proposé de le rappeller en mon Royaume, & le loger en l'vn de mes Parlemens en qua-

lité de Président, & mesmes luy bailler la place de premier
Président, en celuy de Prouence, à laquelle il faut que ie
pouruoye, ou bien luy donner vn Archeuesché ou Euesché
digne de ses merites ou seruices.

DE Mʳ DE VILLEROY.

QVAND il eust esté question de sauuer mon ame, ie
n'eusse peu faire vn plus grand effort que i'ay fait,
pour vous faire enuoyer ce qui vous est deu ; mais quand
nous eussions deu perdre vne Prouince, ou toutes nos esperances de Rome, nous n'eussions pû y satisfaire icy, ny
en si peu de temps ; car vous déuez croire que ce n'a esté
sans mettre la main à la bourse à bon escient, que nous a-
uons regagné ceux du party de Monsieur de Mercœur qui
l'ont abandonné du commencement, & lesquels l'ont contraint de capituler.

Le Duc de Sauoye a gagné Aiguebelle, & Monsieur
Desdiguieres le fort de Barraux, qu'il auoit construit auec
tant de temps & de dépense.

DV ROY.

LA Reyne d'Angleterre & les Estats ayant icy enuoyé ²¹·ᴬᵘʳⁱˡ·
leurs Ambassadeurs, se monstrent tres-mal satisfaits
de la négotiation de la paix.

Si nous ne traitons auec les Huguenots, il seroit à craindre qu'ils ne se ioignissent au desespoir des Anglois & Hol-
landois, pour susciter en mon Royaume vne guerre plus
dangereuse que celle que nous voulons esteindre.

C'est le dessein des . . . . de nous y faire retomber, qui sont plus Espagnols que Chrestiens, & pour cette
occasion plus violens & ambitieux que charitables. Tels
ennemis couuerts, & qui aigrissent & exercent leurs passions & effects dedans les entrailles d'vn Estat, sont aussi
trop plus dangereux que ne sont ceux qui font la guerre à
découuert.

Av Roy.

13. May.

LE Pape me décriuit les humeurs du Grand Duc, dés qu'il estoit Cardinal, disant que c'estoit vn esprit brouillon & ambitieux, & qui trouuoit à redire au gouuernement d'vn chacun, & luy sembloit que ny Rome ny la France, ny l'Espagne ne se pouuoient assez bien gouuerner si ce n'estoit luy qui en donnast les preceptes. Que s'il n'auoit point vn trop ardent desir d'estre ce qu'il vouloit, il seroit indubitablement ce qu'il desiroit; mais que son inquietude propre estoit celle qui luy porteroit possible dommage.

A Mr DE VILLEROY.

LE Pape m'a nommé la Comtesse de Saut, qui écrit des nouuelles de ce qui se fait en Cour.

DE Mr DE VILLEROY.

29. Auril.

LEs Ambassadeurs d'Angleterre & de Hollande ont pris congé de nous assez mal satisfaits, de nous auoir trouuez plus disposez à la paix qu'ils ne desiroient.

Av Roy.

11. Iuin.

LE Pape a dit au Cardinal Mathei, que les Espagnols auoient beaucoup plus desiré & sollicité la paix que les François.

L'vne des plus fortes raisons pour le Marquisat, est que par la paix de 1559. laquelle sert de fondement à celle-cy, le Marquisat ne nous est point mis en dispute, ny au nombre des terres que nous deuions rendre au feu Duc de Sauoye, lequel en la restitution qui luy en fut faite depuis, eust bien sceu demander celles dont il est maintenant question, s'il eust creu luy deuoir appartenir, & ne les eust si facilement renduës quand il s'en empara depuis, & remit és mains de Monsieur le Duc de Rets. Que le mesme Duc qui est à present, quand il eust pris Carmagnole, & les autres places du Marquisat, fit dire à Rome & à Venise qu'il l'auoit fait pour le conseruer à la Couronne de France, &

empefcher que le fieur Defdiguieres ne s'en emparaft, &
y mift l'herefie, & de là en toute l'Italie.

Defia le Duc a fait dire, qu'à la verité le Marquifat appartenoit bien au Roy & à fes hoirs mafles de fa lignée; mais
icelle ayant failly en la perfonne de fa Maiefté, il luy eftoit
loifible de la reünir à fon domaine, comme fief dépen-
dant & mouuant de luy.

I'eftime que l'allarme qu'a euë le Grand Duc n'eftoit fi
grande qu'il en faifoit le bruit, & croy que ce n'a efté que
par artifice, pour reconnoiftre l'intention de V. M. ou vn
moyen de fe faire comprendre à la paix en quelque maniere que ce foit.

I'ay toufiours trouué le Cardinal S. Georges éloigné des
pratiques d'Efpagne, autant ou plus par aduenture qu'aucun Cardinal qui foit en cette Cour.

L'Efpagnol a tafché que le Turc rompift auec V.M. non
pas pour luy aider à le ruiner aprés; mais pour prendre la
place qu'elle a auprés de luy, & s'en preualoir contre fon
feruice.

Le Duc ne mal traite Madame l'Admirale de Chaftillon,
que pource qu'elle a toufiours affectionné le feruice de V.
M. fans toutefois auoir iamais commis aucune felonnie
contre le Duc.

Le Cardinal Aquauiua Vice-protecteur s'en paffe legerement, non pas qu'il n'ait affez d'affection à nos affaires;
mais d'vne part les Efpagnols luy en veulent mal, & fes parens qui en font plus mal traitez, le follicitent de quitter cette Vice protection ; & d'ailleurs que ce luy eft beaucoup
de peine, dont Monfieur le Cardinal de Ioyeufe a tout le
profit.

De ce lieu de Rome, fi l'on ne peut receuoir beaucoup
de bien, V. M. peut fçauoir par experience qu'il en peut
reuenir beaucoup de mal.

A M^r DE VILLEROY.

LA Sorbonne a defaduoüé depuis la reduction de Paris,
le liure qu'on publioit auoir efté fait auparauant contre Monfieur du Mans de Rambouillet.

On accuse Monsieur Benoist d'auoir inseré en sa Bible au marge quelques apostilles, & mesme quelques traductions dans le texte, prises de Caluin.

Dv Roy.

16. Iuin.

ILs me rendront mes places, Calais premier, & Blauet le dernier, qui doit estre démantelé. Ie ne débourse pas vn escu pour lesdites places, soit en remboursement de fortifications & autres frais qu'ils ont faits dans lesdites places, desquelles ils emportent seulement l'artillerie, viures & munitions de guerre, ainsi qu'il fut fait par le feu Roy Henry II. en la paix de 1559. aux places qu'il rendit, tant à l'Espagnol qu'au Duc de Sauoye.

* *l'affaire des Huguenots.*

Si sa Sainteté croit que i'aye l'intention bonne, il faut aussi qu'elle me laisse conduire cette * barque, si elle veut qu'elle arriue à bon port pour le bien de l'Eglise de Dieu, qui m'est aussi cher & recommandé qu'à tout autre Prince quel qu'il soit.

Av Roy.

10. Iuillet.

LE Cardinal Aldobrandin a accepté la protection des affaires du Duc de Sauoye, aprés la mort du Cardinal Alexandrin.

Le Duc de Sauoye enuoyera icy le Docteur Gouean, duquel il s'est serui desia en ce qu'il a disputé pour le Duché de Montferrat, contre le Duc de Mantouë auprés de l'Empereur, dont il a eu bonne issuë, ores que le Duc de Mantouë soit cousin germain de l'Empereur.

La Iustice sera bien de vostre part, & la probité de nostre S. Pere pour la maintenir; mais tout ainsi que la crainte de la ialousie que le Pape peut conceuoir, que le Gouuernement du Marquisat ne soit donné à quelque Huguenot, ou personne suspecte, n'est pas de soy assez puissante par raison d'affoiblir vostre droit; ainsi vous puis-ie asseurer que l'asseurance qu'on pourroit aussi auoir par deçà, que V. M. mist ce Gouuernement en la main d'vn homme de la Religion, seroit bastante de faire, ou que sa Sainteté en disposast autrement que vous ne desirez, ou qu'elle tinst les choses en vne longueur infinie.

I'ay efté conuié au banquet des Efpagnols à la S. Pierre.
Ie ne m'y fuis voulu trouuer, dautant que l'Ambaffadeur
d'Efpagne ne m'auoit encore vifité comme il deuoit faire
le premier, la couftume eftant que les derniers arriuez en
cette Cour comme ie fuis, font les premiers vifitez ; ce qui
fe pratique mefme entre les Cardinaux. Quelques Sa-
uoyards auoient propofé que i'allaffe vifiter la femme de
l'Ambaffadeur d'Efpagne comme caualier, veu mefmement qu'ils auoient tout octroyé à la paix. I'ay répondu
que nous n'auions rien demandé que ce qui ne nous pouuoit eftre refufé ; & que nous leur euffions bien ofté & dauantage, c'eft pourquoy nous l'auions eu.

Madame l'Admirale auoit efté mariée premierement à
Monfieur d'Authon de la Maifon du Bouchage.

A Mr DE VILLEROY.

L'AMBASSADEVR d'Efpagne a eu vingt mil efcus
comptans pour fon voyage, par deffus ce qu'il a accouftumé d'auoir de fon Maiftre, & ie n'ay pas feulement
le moyen de viure.

AV ROY.

I Epenfe que fi le Pape ne iuge du differend du Marqui-   *11. Aouf.*
fat dans l'an, qu'il n'eft plus arbitre, & que V. M. demeure en fa liberté premiere, & comme auparauant qu'elle s'y
fuft remife.

Le Prince de la Mirande a receu à grande faueur l'honneur que V. M. luy a fait non feulement de le comprendre
& prendre en fa particuliere protection ; mais encore de le
luy faire entendre. Son frere Alexandre Pico fe plaint toû-
iours que V. M. auoit fait plus d'inftance en faueur de Meffieurs Serafin & Lomellin pour le Cardinalat que de luy,
veu les feruices de fes predeceffeurs pour le feruice de la
Couronne, & que mefme durant les derniers troubles luy &
fon frere auoient conftamment continué à fe maintenir
François, & veu la dépenfe qu'ils auoient faite, & qu'ils
font encore pour entretenir la garnifon de leur ville.

17. Aoust. IE ne puis reculer les Huguenots des charges sans hazarder le repos de mon Estat. Car la partie de ceux de contraire Religion est encore trop enracinée en iceluy, & trop
forte & puissante dedans & dehors pour estre mise à non-
chaloir. I'en ay esté trop bien seruy & assisté en ma necessité. Ie remettrois des troubles en mon Royaume plus dangereux que par le passé.

Sur la demande pour les . . . . i'ay répondu au Legat ingenuëment, que si i'auois deux vies i'en donnerois
volontiers vne au contentement de sa Sainteté en ce fait ;
mais que n'en ayant qu'vne, ie la deuois ménager & conseruer pour mes suiets, & pour faire seruice à sa Sainteté,
& à la Chrestienté, puisque ces gens se monstroient encore
si passionnez & entreprenans, où ils estoient demeurez en
mon Royaume, qu'ils estoient insupportables, continuans
à seduire mes suiets, à faire leurs menées, non tant pour
vaincre & conuertir ceux de contraire Religion, que pour
reprendre pied & authorité en mon Estat, & s'enrichir &
accroistre aux dépens d'vn chacun. Pouuant dire mes affaires n'auoir prosperé, ny ma personne auoir eu seureté
que depuis que . . . . ont esté bannis d'icy. Il seroit impossible qu'en France ils fussent veus de bon œil, & souf-
ferts par ceux qui aiment ma vie & leur repos.

Ie ne desire le retour du Legat à Rome, sinon pour s'é-
claircir & consoler aux occasions qui se presentent à nostre
commun bien & contentement, & ie fais retarder la publication de l'Edit auec les Huguenots à cause de sa presence.

Av Roy.

4. Septemb. LE Connestable de Castille à son arriuée, aussi-tost qu'il
eust baisé les pieds à sa Sainteté, il s'assit sur l'escabel-
le qui est tousiours à costé de sa Sainteté, où il y a vn carreau
de velours, sur lequel on a accoustumé de tenir la clochet-
te, & mettre les lettres & memoriaux qu'on luy baille, dont
le Maistre des ceremonies luy dit tout haut qu'il se leuast,
& se tinst debout, ce qu'il fit, non sans vn peu de risée des
Cardi-

Cardinaux. Ie ne l'iray point visiter, puisque le Duc de Sessa ne m'est venu voir le premier.

On veut faire épouser Madamoiselle d'Antremont à D. Amedée, ou à quelque autre.

A Mr. DE VILLEROY.

LE Cardinal Aldobrandin m'a fait presser d'aller visiter le Connestable, ce que i'ay refusé, comme le Connestable a fait à l'Ambassadeur de Venize, qui luy ayant demandé l'heure plusieurs fois pour le pouuoir visiter à sa commodité, & finalement la luy ayant accordée, il luy fit dire quand il se vint presenter à son logis, qu'il reuinst vne autre fois, que pour l'heure il estoit empéché pour affaires de grande consequence. On dit qu'il en a autant fait à celuy de l'Empereur.

DV ROY.

LE Legat est resolu de partir Lundy, ie l'arresteray vn *25. Aoust.* iour ou deux.

Ie trouue bon que vous vous seruiez de l'occasion de vôtre approchement de deçà, pour demander congé à nostre S. Pere de me venir trouuer durant le temps que sa Sainteté demeurera à retourner à Rome, voulant que vous laissiez à l'Euesque de Rennes l'entrecharge de mes affaires durant vostre absence, & iusques à vostre retour, ou que i'en aye autrement ordonné, & quand vous serez icy, nous donnerons ordre au payement de ce qui vous est deu.

DE Mr. DE VILLEROY.

LE sieur de Gondy vous fera tenir iusques à cinq ou six *29. Aoust.* mil escus, pour vous dégager & défrayer.

Il semble que la Reyne d'Angleterre qui a perdu depuis peu son grand Tresorier, penche du costé de la guerre.

Vn courrier d'Espagne allant en Flandres, a dit la mort du Roy d'Espagne en passant.

Du Cabinet
de M' Du-
puy MS.
347. & de
M. Camu-
zat.

*Inuentaire des pieces de dissolution du mariage
du Roy Henry IV. Roy de France & de Nauarre, & de la Reyne Marguerite de France 1599.*

RESCRIT du Pape Clement VIII. par lequel il dele-
gue le Cardinal de Ioyeuse, l'Archeuesque d'Arles, &
son Nonce pour Iuges en ladite cause.

Acte par lequel Monsieur de la Guesle Procureur General du Roy, & les Procureurs de la Reyne Marguerite ont
presenté aux Iuges le Rescrit & leurs procurations.

Acte de creation des Officiers pour seruir en ladite cause.

Appointement à mettre dans trois iours.

Sentence par laquelle est ordonné, que tant le Roy que la
Reyne seront oüys & interrogez, & qu'il sera informé des
faits & articles.

Faits & articles pour faire interroger le Roy.

Interrogatoire du Roy.

Commission au sieur Bertier, pour interroger la Reyne
Marguerite.

Faits pour interroger ladite Reyne.

Interrogatoire de ladite Reyne Marguerite.

Commission à Claude le Charron pour seruir de Notaire
en la cause, en l'absence de Rossignol.

Faits & écritures pour le Roy.

Faits & écritures pour ladite Reyne.

Faits & articles, sur lesquels le Promoteur demande
qu'enqueste soit faite.

Faits & articles, extraits par Messieurs les Iuges pour faire ladite enqueste.

Noms des témoins produits par le Promoteur, pour estre
oüys.

Enqueste en laquelle ont esté oüys & examinez neuf témoins.

Procés verbal de l'enqueste.

Commission pour faire perquisition de la dispense au Greffe de l'Officialité.

Procés verbal de la perquisition de ladite dispense.

Appointement de reception de l'enqueste & reglement à produire.

Appointement à oüyr droit.

Dispense du Pape Gregoire XIII. pour le mariage cy-dessus.

Contract de mariage entre Antoine de Bourbon, Duc de Vendosme, & Ieanne Princesse de Nauarre.

Inuentaire des pieces produites par le Promoteur.

Inuentaire des pieces produites par le Roy.

Inuentaire des pieces produites par la Reyne Marguerite.

Conclusions diffinitiues du Promoteur.

Sentence diffinitiue en datte du 17. Decembre 1599.

Rescrit du Pape Clement VIII. par lequel il de-legue le Cardinal de Joyeuse, l'Archeuesque d'Arles, & son Nonce, pour iuger la dissolu-tion dudit mariage.

CLEMENS Episcopus seruus seruorū Dei, dilecto filio nostro Fran-cisco tituli S. Petri ad vincula Presbytero Cardinali à Ioyosa nuncupato, ac venerabilibus fratribus Horatio Archiepiscopo Arela-tensi, & Gaspari Episcopo Mutinensi, nostro & Apostolicæ Sedis in Re-gno Franciæ Nuntio, salutem & Apostolicam benedictionem. Roma-nus Pontifex, quem Deus in excelso iustitiæ throno supra omnes Prin-cipatus mundi constituit, pro commisso sibi Apostolatus officio, om-nium Christi fidelium & præsertim charissimorum in Christo filiorum suorum Regum & sublimium personarum preces libenter audit, & illarum iustitia & veritate comperta super eisdem statuit prout ra-tio exigit, & alias in Domino conspicit salubriter expedire. Ex-poni siquidem nobis fecerunt charissimus in Christo filius noster Henricus IV. Francorum & Nauarræ Rex Christianissimus, & charissima in Christo filia Margarita Franciæ, claræ memoriæ Hen-rici II. Francorum Regis Christianissimi nata, de facto vt asse-runt, coniuges, matrimonium, alias inter eos contractum & cō-

nali copula consummatum, ab ipso principio nullum fuisse, & nullum postea extitisse, tum ob defectum consensus prædictæ Margaritæ, quæ cum præfato Henrico sanguine sibi proximè coniuncto, atque à Catholica sua Religione tunc alieno, nullo modo nubere vellet, sua tamen erga claræ memoriæ Carolum IX. eorumdem Francorum Regem Christianissimum fratrem, & Catharinam Reginam matrem reuerentia, imò vi & metu qui in virum constantem, ne dum in teneræ ætatis fœminam, cadere potuisset coacta, matrimonium cum eodem Henrico contraxit, & postea occasionem nacta sæpius ab eo discessit, & cùm per tempus licuit prorsùs discessit, & per quatuordecim continuos circiter annos seorsim ab ipso mansit, & ad hunc vsque diem manet; tum ob impedimentum tertij consanguinitatis gradus, quo ipsi Henricus & Margarita coniuncti sunt, super quo neque ab initio tempore contracti matrimonij, neque postea saltem ipsa Margarita sciente, vel acceptante, aut aliàs de nouo in dictum matrimonium consentiente, nec cum effectu auctoritate Apostolica cum ipsis dispensatum fuisse asserunt: tum denique ob cognationem spiritualem inter dictam Margaritam & præfatum Henricum, quem supradictus Henricus II. Francorum Rex eiusdem Margaritæ pater, dum vixit, anno Domini 1554. de sacro fonte leuauit, contractam. Cùm autem propterea vterque exponentium prædictorum cupiat huiusmodi matrimonium nullum & inualidum declarari, & sæpius ac instanter & instantissimè nobis supplicari fecerint, vt in præmissis opportunè prouidere de benignitate Apostolica dignaremur: Nos matura super his, vt par est, etiam cum nonnullis venerabilibus fratribus nostris S. R. E. Cardinalibus, aliisque grauissimis, & vtriusque Iuris ac Theologiæ peritissimis viris consultatione adhibita, eorumdem Henrici Regis, & Margaritæ supplicationibus inclinati, ac iustissimis causis etiam publicum dicti Regni ac Christianæ Reip. bonum concernentibus adducti, de insigni vestra erga nos & Romanam Ecclesiam fide & singulari doctrina, prudentia atque integritate confisi, vobis per præsentes committimus & mandamus, vt vos aut si aliquis vestrùm legitimè impeditus interesse nequiuerit, saltem duo ex vobis; ex quibus tu frater Episcopus noster & Apostolicæ Sedis Nuntius vnus semper sis & esse debeas, coniunctim semper procedentes; seruatis seruandis & debita grauitate adhibita, de præmissis diligentissimam inquisitionem faciatis & exactissimam informationem capiatis : & si per huiusmodi inquisitionem & informationem ea vel eorum aliqua, videlicet vel quòd dicta Margarita ab initio per vim & metum, qui saltem in fœminam constantem cadere potuerit, præfatum matrimonium contraxerit, & posteà dicto metu illiúsque causa durante ab eodem Henrico discesserit, & per 14. continuos annos circiter seorsim ab ipso manserit, & ad hunc vsque diem maneat, vel quòd de dispensatione super impedimento tertij consanguinitatis gradus prædicti obtenta nesciuerit, seu illam non acceptauerit, aut de nouo in dictum matrimonium non consenserit, vel denique quòd dicta cognatio spiritualis inter dictum Henricum & Margaritam, prout suprà narratum fuit, intercesserit, vera esse, quódque præterea ex supradictis, vel earum aliqua, aut etiam ex aliis causis forsan ab ipsis exponentibus coram vobis deducendis & probandis, matrimonium præfatum iuxta sacrorum Canonum dispositionem nullum fuerit & sit, vobis legitimè constiterit, super quibus omnibus & singulis vestram, & cuiuscunque vestrum conscientiam oneramus, item matrimonium nullum & inualidum fuisse & esse, & tam Henrico cum alia muliere, quàm Margaritæ prædictis cum alio viro matrimonium contrahere, seruata tamen in reliquis sacri Concilij Tridentini forma licere, similiter coniunctim, vt præfertur, definientes auctoritate nostra Apostolica declaretis. Datum Romæ apud Sanctum Marcum anno Incarnationis Dominicæ 1599. 8. Kalend. Octobris, Pontificatus nostri anno 8. sub plumbo B. Dat. M. VESTRIVS BARBIANVS. Et sur le reply, A. DE ALEXIIS. Et sur le dos, *Ria apud Marcellum Secretarium.*

Acte par lequel Monsieur de la Guesle Procureur General du Roy, & les Procureurs de la Reyne Marguerite ont presenté aux Juges deleguez le Rescrit, & leurs procurations speciales.

FRANCISCVS *tituli Sancti Petri ad vincula*, S. R. E. *Presbyter Cardinalis de Ioyosa nuncupatus*, HORATIUS *Archiepisco-*

*pus Arelatensis, & Gaspar Mutinensis sanctissimi Domini nostri
Papæ & sanctæ Sedis Apostolicæ in Regno Franciæ Nuncius, Iudices & Executores in hac parte à sanctissimo in Christo Patre &
Domino nostro, Domino Clemente diuina prouidentia Papa octauo
& moderno commissi & deputati, vniuersis præsentes inspecturis
salutem in Domino. Bullas sanctissimi Domini nostri Papæ sub
plumbo cum cordulis canabis more Romanæ Curiæ bullatas, sanas
quidem & integras, non vitiatas, cancellatas, nec in aliqua sui
parte suspectas, sed omni prorsus vitio & suspicione carentes, vt
nobis constitit, sub data Romæ apud Sanctum Marcum anno Incarnationis Dominicæ 1599. 8. mensis Octobris, signatas A. de Alexiis, super declaratione nullitatis & inualiditatis matrimonij inter
Christianissimum Henricum IV. Francorum & Nauarræ Regem
ex vna, & serenissimam Margaretam Franciæ claræ memoriæ
Henrici II. Francorum Regis Christianissimi filiam obtentas &
impetratas ex altera, nobis per nobiles & egregios viros dominos
Iacobum de la Guesle præfati Domini Regis Christianissimi procuratorem generalem, litterisque procuratoriis eiusdem Domini Regis specialiter & litteratorie fundatum, & Martinum Langlois
etiam Consiliarium Regium, & libellorum supplicium Magistrum,
& Edoardum Molé ipsius D. Regis in suo Senatu Parisiensi Consiliarium præfatæ dominæ Margaretæ Franciæ etiam & respectiuè
procuratores litterisque procuratoriis eiusdem dominæ specialiter &
litteratorie quoad hoc fundatos, nominibúsque procuratoriis earumdem partium in iisdem litteris principaliter denominatarum, ac
earumdem litterarum impetrantium, & pro ipsis coram magistris
Iacobo de la Lie, & Iohanne Baudouin publicis auctoritate Apostolica, curiæque Episcopalis Parisiensis Notariis iuratis infrà nominatis & signatis, præsentatas & exhibitas, ac per alterum eorumdem Notariorum alta & intelligibili voce perlectas, quarum
procurationum tenor inferius inscribitur, nos cum ea quam decuit
reuerentia recepisse noueritis, prout eas auctoritate qua fungimur
in hac parte recipimus: prædicti procuratores nos instantissimè
supplicantes vt ad dictarum bullarum seu litterarum Apostolicarum debitam executionem, nos omni postposito negotio procedere
dignaremur. Quorum supplicationi tanquam iustæ & rationi con-
sonæ annuentes, nos ad executionem earumdem litterarum à nobis
requisitam esse paratos, atque ad eam quoties & quando expediens*

visum fuerit procedere obtulimus & offerimus. De quibus actum
prædictis procuratoribus id requirentibus expediri, & per prædi-
ctos Notarios dari statuimus & ordinauimus. Acta fuerunt hæc in
domo seu palatio præfati Illustrissimi & Reuerendissimi Domini
Cardinalis in vico Sequanæ in suburbiis Sancti Germani à pratis
prope & extra muros Paris. anno Domini 1599. die 15. mensis
Octobris, præsentibus nobis subsignatis Notariis.

    Tenor dictarum litterarum Procuratoriarum sequitur.

HENRY par la grace de Dieu Roy de France & de Nauarre, à noſtre amé & feal Conſeiller en noſtre Conſeil
d'Eſtat, & noſtre Procureur General en noſtre Cour de Parlement de Paris, le ſieur de la Gueſle, ſalut. Côme ſur la ſup-
plication, inſtance & pourſuite que nous & Marguerite de
France, fille de noſtre tres-honoré Seigneur le Roy Henry
II. Reyne, Ducheſſe de Valois, auons nagueres faite par
nos Ambaſſadeurs deleguez, & Procureurs, à noſtre tres-
faint Pere le Pape Clement VIII. ſur la nullité & diſſolution du mariage contracté entre nous & elle, ſa Sainteté
par ſa Bulle & Reſcrit du 24. iour de Septembre ait commis
& delegué noſtre tres-cher & amé couſin le Cardinal de
Ioyeuſe, Protecteur de nos affaires en Cour de Rome, nôtre amé & feal l'Archeueſque d'Arles, & l'Eueſque de Modena Nonce de ſadite Sainteté prés de nous, pour connoiſtre, s'informer & enquerir des cauſes & raiſons de la nullité dudit mariage repreſentées de noſtre part & de celle de
ladite Reyne, à ſadite Sainteté, declarées & ſpecifiées par
ladite Bulle, & autres que nous voudrons de nouueau alleguer : & ſoit ainſi que pour déduire & propoſer de noſtre
part auſdits Commiſſaires & deleguez de ſadite Sainteté
leſdites cauſes & raiſons ſur leſquelles ladite nullité eſt
fondée, verifier, preſenter & produire les témoins pour ce
neceſſaires, il ſoit beſoin de commettre quelqu'vn de nos
principaux Officiers, de l'affection & fidelité duquel nous
ayons entiere aſſeurance. A ces cauſes à plain confians
de vos ſens, ſuffiſance, loyauté, preud'homme, experience & bonne diſpoſition, & ſçachans que pour l'effect des
ſuſdites, nous ne pouuons faire meilleure ny plus conuenable élection que de voſtre perſonne, veu meſme que la

qualité de noſtre Procureur General en noſtre Cour de Parlement ; de laquelle vous eſtes pourueu , vous engage &
vous oblige de foy à ce deuoir , nous vous auons commis &
député , commettons & deputons par ces preſentes, pour
comparoir en noſtre nom deuant leſdits Commiſſaires deleguez par ladite Sainteté pour l'effect deſſuſdit , leur preſenter auec les Procureurs de ladite Reyne coniointement,
ou ſeparément ainſi que vous aduiſerez , ladite Bulle & Reſcrit de ſa Sainteté , demander, requerir & pourſuiure en
noſtre nom l'execution & accompliſſement d'icelle , leur
dire , remonſtrer & propoſer , tant ſur les faits ſpecifiez &
declarez par ladite Bulle , que autres que vous pourrez alleguer , tout ce que vous iugerez eſtre neceſſaire & expedient pour prouuer leſdits faits , & pour ce faire , produire
& adminiſtrer tels ou tels témoins que beſoin ſera , & generalement faire dire & procurer en ce que deſſus , circonſtances & dépendances tout ce qu'il appartiendra pour
obtenir la ſentence & le iugement diffinitif de la nullité
& ſeparation dudit mariage , iaçoit qu'il y euſt choſe qui
requiſt mandement plus ſpecial qu'il n'eſt contenu en ceſdites preſentes. Promettant en bonne foy & parole de
Roy , & par icelles ſignées de noſtre main propre , auoir
agreable , tenir ferme & ſtable tout ce que par vous ſera
fait , dit , requis, remonſtré & propoſé pour ledit effect , aller ny venir directement , ou indirectement au contraire.
De ce faire vous auons donné & donnons plein pouuoir,
puiſſance , authorité , commiſſion & mandement ſpecial :
Car tel eſt noſtre plaiſir. Donné à Fontaine-bleau le II.
iour d'Octobre , l'an de grace 1599. & de noſtre regne le II.
Signé HENRY , & plus bas , par le Roy , DE NEVFVILLE,
& ſeellé du grand ſeel en cire iaune , ſur ſimple queuë.

A Tovs ceux qui ces preſentes lettres verront, Iean
Montorcier Procureur en la Cour des Aydes , & Garde du ſeel Royal eſtably aux Contracts à Montferrand &
Charmac en Auuergne, ſalut. Sçauoir faiſons, que pardeuant Maurice Gayto & Blaiſe Portail Notaires Royaux en
la Chaſtellenie d'Vſſon , a eſté preſente en ſa perſonne tres-
haute

haute, tres-excellente & tres-puissante Princesse Marguerite de France, fille du tres-Chrestien Roy Henry, Reyne, Duchesse de Valois &c. laquelle de son bon gré & franche volonté, a fait, creé & constitué ses Procureurs generaux & speciaux les sieurs Martin Langlois sieur de Beaurepaire, Conseiller du Roy en ses Conseils, & Maistre des Requestes ordinaire de son Hostel, & Edouard Molé sieur de Montblin Conseiller du Roy en sa Cour de Parlement de Paris, ausquels elle a donné & donne par ces presentes plein pouuoir, puissance, authorité & mandement special & irreuocable, auec puissance de substituer en leur lieu telles personnes idoines & capables qu'ils verront bon estre en tout ou partie du contenu au present pouuoir; premierement de supplier en son nom tres-humblement le Roy son tres-honoré Seigneur de prendre en bonne part, puisqu'elle ne peut conuerser en bonne & seure conscience auec sa Maiesté en qualité de mary, pour estre le pretendu mariage d'entre eux nul en sa substance de toute nullité, contre toutes les loix diuines & humaines, comme fait entre des personnes iointes de consanguinité en degré prohibé pour conuention de mariage, estant aussi lors de contraire Religion, d'ailleurs sans consentement aucun, ne volonté de ladite Dame, mais par la force & contrainte de la Reyne sa mere, & du feu Roy Charles son frere; ne pouuant aussi apporter à sa Maiesté & au Royaume, la consolation de lignée qu'elle leur desire, ne pouuant à ces causes retourner auprés de sa Maiesté, ce qu'elle tiendroit au plus grand honneur & grandeur qu'elle pourroit esperer en ce monde; & consequemment supplier sa Maiesté trouuer bon que pour les mesmes causes leur mariage soit declaré nul par nostre S. Pere le Pape, ou autres Iuges Ecclesiastiques à qui la connoissance en appartiendra, pour & aprés telle declaration prendre autre alliance licite, dont puisse s'ensuiure la lignée, qui est requise pour la satisfaction de sa Maiesté, repos du Royaume, & bien de toute la Chrestienté. Secondement, pour & au nom de ladite Dame, comparoir par-deuant nostre S. Pere le Pape, & tous autres Iuges Ecclesiastiques que besoin sera, & là demander & pourfuiure la

rr

declaration de la nullité dudit mariage contracté auec ledit Roy, & ladite Dame conſtituante, & à cette fin faire,
dire, propoſer & alleguer toutes choſes ſuſdites, pour obtenir ladite declaration de nullité, & la ſentence & iugement diffinitif de ladite ſeparation, dire, iurer & atteſter
les choſes ſuſdites en l'ame de ladite Dame conſtituante,
tant pardeuant ſa Sainteté, que tous autres qu'il appartiendra; meſme qu'vne pretenduë diſpenſe que l'on dit auoir
eſté obtenuë coniointement au nom de ſa Maieſté & de ladite Dame conſtituante, n'eſt oncques venuë à ſa connoiſſance, & n'a iamais donné aucune charge de l'obtenir, &
ne luy fut iamais communiquée, & generalement faire, dire
& procurer ce que deſſus, circonſtances & dependances
par ſeſdits Procureurs & ſubſtituez, & chacun d'eux tout
ce qu'ils verront eſtre neceſſaire & expedient, conformement à ce que deſſus; ainſi que ladite Dame conſtituante
pourroit faire elle-meſme ſi elle y eſtoit preſente : promettant en outre ladite Dame, d'auoir pour agreable tout ce
que par ſeſdits Procureurs, & chacun d'eux & par leurs ſubſtituez, ſera conformement à ce que deſſus geré & negotié ſans iamais aller au contraire, ny contreuenir aucunement. Et neantmoins a promis & iuré les releuer de toutes
charges & ſatisdations, à peine de tous dépens, dommages & intereſts, renonçant à toutes choſes aux preſentes
contraires, voulant eſtre contrainte à l'entretenement de
tout ce que deſſus par tous Iuges qu'il appartiendra. Et en
témoin de ce, Nous Garde ſuſdit, au rapport deſdits Notaires, le ſeel Royal que tenons, auons fait mettre & appo-
ſer à ceſdites preſentes. Le tout fait dans le Chaſteau d'Vſſon aprés midy le 3. iour de Feurier 1599. en preſence des
ſieurs Michel de Bouzet Sr de Marin, & de ſainte Colom-
be, Conſeiller & Maiſtre d'Hoſtel de ladite Dame, & de
Virgile le Blanc Secretaire de ladite Dame, qui ont ſigné;
comme auſſi a ladite Dame Reyne. Ainſi ſigné, Marguerite, Marin, Virgile, le Blanc. Octroyé ſous le ſeel Royal
de Montferrand, B. Portal, & ſeellé en deux placards, l'vn
à dextre de cire verte, l'autre à ſeneſtre de cire rouge. Signé
Fr. Cardinal DE IOYEVSE, HORATIVS MONTANVS,

Archiep. Arelatensis & Commiff. GASPAR Episcopus
Mutin. Nuntius & Iudex delegatus. Signé plus bas, BAV-
DOVYN Not. publ. DE LA LIE Not. alter.

Acte, par lequel les Iuges deleguez creent des Officiers à l'effect de seruir en ladite cause.

FRANCISCVS tit. S. Petri ad vincula S. R. E. Presb.
Card. de Ioyosa nuncupatus, Horatius Archiep. Arelatensis,
& Gaspar Episc. Mutin. SS. D. N. PP. & sanctæ Sedis Apostolicæ in Regno Franciæ Nuntius, Iudices à SS. D. N. Clemente
diuinâ prouidentiâ Papa VIII. delegati in causâ dissolutionis matrimonij motâ & pendente inter Christianiss. Henricum IV. Franc.
& Nauarr. Regem ex unâ, & Serenissimam Reginam Margaretam
Franciæ claræ memoria Henrici II. Franc. Regis Christianiss. filiam partibus ex altera respectiuè actores.

Visis per nos & maturè inspectis litteris Apostolicis sub datum
Romæ apud S. Marcum 8. Kal. Octobr. anno Incarn. Dom. 1599.
quibus SS. D. N. Clemens diuinâ prouidentiâ Papa VIII. nos
in dicta causâ dissolutionis matrimonij coniunctim Iudices constituit sub hac clausula, vt vos, aut si quis vestrûm legitimè impeditus interesse nequiuerit, saltem duo ex vobis, ex quibus tu frater
Episcopus, noster & Apostolicæ Sedis Nuntius, vnus tu semper sis
& esse debeas : & actu coram Iacobo de la Lye, & Ioanne Baudouyn
publicis auctoritate Apostolica Curiæque Episcopalis Parisiensis Notariis de die 15. præsentium mensis & anni confecto, prædictarum
Apostolicarum literarum præsentationem & procurationem partium
nobis factam continente. Nos vt ad prædictarum litterarum Apostolicarum debitam & plenariam executionem seruato iuris ordine
procedere valeamus, Promotorem, Scribam seu Graphiarium, Notarium Apostolicum, & Apparitores ad prædictæ litis, seu caussæ instructionem necessarios, videlicet nobilem & egregium Carolum
Fayum Presbyterum Abbatem Commendatarium Monasterij S. Fusciani Ambian. diocesis, Ecclesiæ Parif. Canonicum, necnon in Senatu Parisiensi Consiliarium Clericum, pro Promotore nostro : nobilem & egregium Georgium Louet Presbyterum Abbatem Commen-

e\ rr ij

datarium Monasterij omnium Sanctorum in ciuitate Andegauensi,
Canonicum & Archidiaconum maioris Ecclesiæ Andegauensis, nec-
non dicti Senatus Consiliarium Clericum pro Scriba, seu Graphia-
rio: magistrum Christophorum Rossignol Clericum, publicum Apo-
stolica auctoritate Curiæque Episcopalis Paris. Notarium, pro Nota-
rio: & Baptistam Ponart & Guillelmum Charton, pro Apparitori-
bus, Parisiis in Claustro D. Mariæ, & vico Sorbonæ commorantes
accepimus & creauimus, accipimus & creamus per præsentes, qui-
bus omnimodam auctoritate Apostolica, quâ fungimur in hac parte
potestatem, officia, seu munera prædicta ritè & fideliter exercendi
concedimus, prout eis iniungimus, præstito per eos in manibus
nostris, vt moris est, iuramento, & palatium prædicti Illustriss. ac
Reuerendiss. D. Cardinalis in vico Sequanæ situm in suburbiis S.
Germani à Pratis prope & extra muros Parisien. pro exercitio iu-
risdictionis nostræ elegimus & eligimus. Datum in dicto palatio à
nobis electo ann. Dom. 1599. die verò 19. mensis Octobris. Signé,
Fr. Card. de IOYEVSE, HORAT. Archiep. Arelat.
& Commiss. GASPAR Episc. Mutin. Nunt. & Iud.
delegat.

Anno Dom. 1599. die 19. mensis Octobris, prædicti nobiles &
egregij Carolus Faye, & Georgius Loüet, quos pro Promotore &
Scriba, & Christophorus Rossignol, quem pro Notario elegimus &
accepimus, iuramentum in manibus nostris præstiterunt, & ea qua
decet fidelitate, integritate & probitate prædicta Promotoris, Scri-
bæ & Notarij officia exercere promiserunt & iurarunt. Signé
comme dessus.

Anno Dom. 1599. die verò 26. mensis Octobris, prædicti Po-
nart & Charton, quos pro Apparitoribus nostris accepimus, iura-
mentum in manibus nostris præstiterunt, & ea quâ decet fidelitate
prædicta Apparitorum officia exercere promiserunt & iurarunt. Signé comme dessus, & plus bas, LOÜET, ROSSIGNOL.

Appointement donné entre les Procureurs des parties à mettre dans trois iours.

*I*N *caußâ nullitatis matrimonij motâ & pendente coram nobis*
Francisco tit. S. Petri ad vincula S. R. E. Presb. Card. de

Ioyofa nuncup. Horat. Archiep. Arelat. & Gafp. Epifc. Mutin. S.
D. N. Papæ & S. Sedis Apoftol. in Regno Franc. Nunt. Iudic. à
S. D. N. Clemente diuina Prouidentiâ Papa VIII. deleg. inter
Chriftianiff. Henricum IV. Franc. & Nauarr. Regem ex vna,
& fereniff. Reginam Margaretam Franciæ, claræ memoriæ Hen-
rici II. Franc. Regis Chriftianiff. filiam, partibus ex altera, ref-
pectiuè actores.

    Procurator Chriftianiff. Franc. & Nauarr. Regis dixit, Que
les faits contenus par la Bulle ont efté trouuez legitimes &
fuffifans pour la nullité du mariage, & tels iugez par nôtre S. Pere le Pape, a fouftenu lefdits faits veritables, y a
perfifté & demandé l'execution de ladite Bulle, & que ce
faifant, ledit mariage fuft declaré nul, & que copie d'i-
celle Bulle luy fuft deliurée, fignée de noftre Greffier &
Notaire.

    Procuratores fereniff. Reginæ Margaretæ Franciæ dixerunt,
Qu'ils perfiftoient aux faits & moyens contenus en ladite
Bulle de noftre faint Pere le Pape, lefquels ils affermoient
en vertu de la procuration fpeciale qu'ils ont de ladite
Dame, & que par le moyen defdits faits, ledit mariage deuoit eftre declaré nul, à quoy ils ont conclu & demandé
copie de ladite Bulle, fignée de noftre Greffier & Notaire.

    Nobilis & egregius Carolus Faye Promotor requifiuit, vt Pro-
curatores partium rationes & facta fua, feu pofitiones ponant &
redigant in fcriptis intra triduum, & illi communicent, vt fuas
conclufiones dare poffit, non impediens exemplum litterarum Apo-
ftolicarum dictis partium Procuratoribus tradi, nec aliam, vel ma-
iorem dictarum litterarum Apoftolicarum, quam habuit communi-
cationem defiderare.

    Procuratoribus partium auditis ftatuimus & ordinamus, vt ra-
tiones & facta fua, feu pofitiones per articulos in fcriptis ponant &
redigant, eáque Promotori noftro intra triduum communicent, &
habebunt dicti Procuratores per manus Scribæ & Notarij exem-
plum dictarum Bullarum, feu litterarum Apoftolicarum. Datum
in palatio dicti Illuftriff. & Reuerendiff. D. Card. in vico Sequa-
næ fito in fuburbiis S. Germani à Pratis prope & extra muros Pa-
rifien. pro exercitio iurifdictionis noftræ à nobis electo, anno Dom.
1599. die vero 19. menfis Octobris. Signé comme deffus.

Sentence interlocutoire, par laquelle est ordonné que tant le Roy, que la Reyne Marguerite seront interrogez, & qu'il sera informé.

FRANCISCVS *tit. sancti Petri ad vincula* S. R. E. *Presbyter Cardinalis de Ioyosa nuncupatus, Horatius Archiep. Arelat. & Gaspar Ep. Mutinen. sanctissimi D. N. Papæ & sanctæ Sedis Apostolicæ in Regno Franciæ Nuntius, Iudices à Sanctissimo D. Domino nostro Clemente diuina prouidentia Papa VIII. delegati in causa dissolutionis matrimonij mota & pendente inter Christianissimum Henricum IV. Francorum & Nauarræ Regem ex vna, & Serenissimam Reginam Margaretam Franciæ, claræ memoriæ Henrici Francorum Regis Christianissimi filiam partibus ex altera respectiuè actores.*

Visis per nos & maturè inspectis litteris Apostolicis sub datum Romæ apud S. Marcum 8. Kal. Octobr. anno Incarn. Dominicæ 1599. quibus sanctiss. D. N. Clemens diuina Prouidentia Papa VIII. nos in dicta causa dissolutionis matrimonij coniunctim Iudices constituit sub hac clausula, vt vos aut si quis vestrûm legitimè impeditus interesse nequiuerit, saltem duo ex vobis, ex quibus tu frater Episcopus, noster & Apostolicæ Sedis Nuntius, vnus tu semper sis & esse debeas: Actu sub data 19. mensis & anni præsentium, Promotoris, Scribæ, Notarij & Apparitorum creationem continente. Alio actu seu appunctuamento ciusdem diei 19 Octobris, quo Procuratoribus præsentium, & Promotore nostro auditis, rationes & facta sua seu positiones per articulos in scriptis ponere & redigere, eáque intra triduum dicto Promotori communicare statuimus & ordinauimus, iniungentes & mandantes scribæ & Notario nostris exemplum dictarum litterarum Apostolicarum ab eis subsignatum prædictis partium Procuratoribus dare: Scripturis seu factis partium rationes & positiones earum continentibus, Promotorísque nostri conclusionibus, omnibúsque ad amussem consideratis, Christi inuocato nomine, dicimus antequàm diffinitiuam partibus sententiam pronuntiemus, dictum Christianissimum Henricum IV. Francorum & Nauarræ Regem, & Serenissimam Reginam Margaritam

Franciæ Valesiæ Ducem super certis factis & articulis tam ex præ-
dictis litteris quàm partium scripturis seu positionibus dependen-
tibus, & qui ex eis per nos desumuntur, interrogandos, & super aliis
articulis ex iisdem litteris Apostolicis & partium scripturis seu po-
sitionibus resultantibus, & ex eis à nobis desumendis pleniùs ex
officio nostro tam per litteras & instrumenta quàm per idoneos testes
& integra fama à Promotore nostro nominandos inquirendum &
informandum esse. Quas quidem partes & testes super contentis
in prædictis articulis per nos aut Iudices in partibus à nobis sub-
delegandos interrogari & examinari, ipsosque partium Procurato-
res simul & Promotorem nostrum producere debere quicquid vo-
luerint statuimus & ordinamus, vt iis legitimè confectis, quod iu-
stum duxerimus, decernamus. Mandamus Apparitoribus nostris,
Protonotariis ac Notariis Sedis Apostolicæ, & eorum primo super
hoc requirendo, vt præsentem nostram sententiam debitæ execu-
tioni ponant, in his quæ executionem requirunt & desiderant, om-
nimodam eis auctoritatem Apostolicam qua fungimur in hac parte
præsens id peragendi concedentes. Datum in Palatio dicti Illu-
strissimi & Reuerendissimi Domini Cardinalis in vico Sequanæ si-
to in suburbiis S. Germani à Pratis prope & extra muros Parisien-
ses pro exercitio Iurisdictionis nostræ à nobis electo, anno Domini
1599. die verò Veneris 29. Octob. Sign. FR. CARD. DE IOYEV-
SE, HORATIVS Archiepiscopus Arelatensis & Commissarius,
GASPAR Episcopus Mutinensis, Nuntius & Iudex delegatus.

Suprascriptam sententiam à Reuerendiss. & Illustriss. Cardinale,
& Reuerendis & Illustribus Archiepiscopo Arelatensi, & Episcopo
Mutinensi Nuntio, partium Procuratoribus, & Domino Promotori
pronuntiandam accepimus die & anno prædictis. Signé, LOÜET,
& plus bas, ROSSIGNOL.

Faits & articles pour faire interroger le Roy.

FACTA, *super quibus nos Franciscus tit. S. Petri ad vincula*
S. R. E. Presbyter Cardinalis de Ioyosa nuncupatus, Horatius
Archiepiscopus Arelatensis, & Gaspar Episcopus Mutinensis san-
ctissimi D. N. Papæ & S. Sedis Apostolicæ in Regno Franciæ Nun-
tius, Iudices ab ipso sanctissimo D. N. Clemente diuina prouidentia

Papa VIII. delegati in causa dissolutionis & nullitatis matrimony inter Christianissimum Henricum IV. Franciæ & Nauarræ Regem ex vna parte, & Serenissimam Reginam Margaretam à Francia Valesiæ Ducem ex altera respectiuè actores, statuimus & ordinauimus prædictum Christianissimum Regem per nos ad nostri Promotoris interrogari.

1. Et primùm an anno Domini 1572. contractum & celebratum fuerit matrimonium inter ipsum Dom. Regem & dictam Dom. Reginam Margaretam à Francia Henrici II. Francorum Regis Christianissimi filiam.

2. An eo tempore sciebat se cum dicta Dom. Margareta in tertio consanguinitatis gradu coniunctum esse, & Dom. Ioannam Reginam Nauarræ matrem suam ex Dom. Regina Margareta, quæ Christianissimi Francisci I. Francorum Regis ipsius Dom. Margaretæ à Francia aui soror erat, genitam fuisse.

3. An tunc ipsi Dom. Regi notum erat inter eo consanguinitatis gradu coniunctos prohibita esse matrimonia.

4. An ipse Dom. Rex ante hoc contractum matrimonium ad dispensationem à Domino nostro Papa obtinendam Romam miserit, aut suo nomine missum cognouerit.

5. An post contractum & celebratum matrimonium ipsam dispensationem obtineri curauerit, vel suo nomine impetratam fuisse sciuerit, eam receperit, eáque vsus sit.

6. An denique ipsam dispensationem Reuerendiss. & Illustriss. Domino Cardinali de Gondi tunc Parisiensi Episcopo, eius Vicario vel Officiali aut alteri ex Prælatis Franciæ præsentauerit aut præsentari curauerit, & super illa nouum huic matrimonio consensum ipse Dom. Rex. & dicta Dom. Margareta à Francia præstiterint, & ipse Dom. Rex ea dispensatione nunc vti velit.

7. An sciebat anno Dom. 1554. per Illustrissimum Dom. Cardinalem à Borbonio patruum suum Procuratorem specialem Christianissimi Henrici II. Francorum Regis dictæ Reginæ Margaretæ Patris in Paduacensi Bearnensi castro è sacro fonte baptismatis se leuatum fuisse.

8. An sciuerit tempore contracti matrimony hanc cognationem spiritualem ad nondum contractum matrimonium impediendum, & ad contractum dissoluendum sufficientem esse.

9. An priusquam ipse Dom. Rex cum dicta Dom. Margareta nuberet,

beret cognouerit, illam ad illud matrimonium perficiendum nullam
voluntatem, seu affectionem adferre, hocque illa declarauerit.

10. *An postquam ab aula Regis Henrici III. ipse Dom. Rex an-*
no Dom. 1575. recessisset, & in Aquitaniam profectus esset, prædi-
ctam dominam frequentibus litteris & nuntiis inuitauerit, vt ad
se veniret, hocque illa neglexerit, donec anno 1578. Regina mater
eam inuitam & nolentem eò deduxerit.

11. *An cum postea dicta D. Margareta Regina anno Dom. 1582.*
ad aulam Regis fratris rediisset, ad ipsum D. Regem maritum nun-
quam reuersa fuisset, nisi ipse Henricus frater illam recusantem
propria auctoritate remisisset.

12. *An eodem tempore prædictus D. Henricus III. Rex Dom.*
Bellicureum nunc Franciæ Cancellarium ad prædictam Dom. Mar-
garetam Reginam cum ipso Dom. Rege marito suo reconciliandam
in Aquitaniam miserit, & ad hoc perficiendum negotium ferè vnius
anni spatium consumptum fuerit.

13. *An post hanc reconciliationem ipse Dom. Rex cognouerit illam*
ipsum coniugali amore non prosequi, ipse autem illam similiter, &
qua vxorem decet beneuolentia exceperit.

14. *An anno 1582. paulo antequam bella ciuilia resurgerent, di-*
cta Dom. Margareta Regina ab ipso Rege Neraci agente clam reces-
serit, & in Agennensem Aquitaniæ ciuitatem, quæ illi in dotem à
prædicto Henrico III. fratre data fuerat confugerit, & ab eo tem-
pore ab ipso D. Rege marito suo seorsim vixerit.

15. *An cum hostibus ipsius D. Regis prædicta D. Margareta Re-*
gina fœdus inierit, milites in eum educi fecerit, nec se ampliùs
ipsius vxorem, nec Nauarræ Reginam dici voluerit.

16. *An ipse D. Rex prædictam D. Reginam in gratiam & in vxo-*
rem recipere velit, & in posterum amore ac beneuolentia coniuga-
li prosequi. Signé, Fr. Card. de Ioyevse. Ho-
rat. Archiep. Arelaten. & Commissarius Apostolicus. Gaspar Episcop. Mutin. Nuntius & Iudex deleg.

Interrogatoire du Roy.

INTERROGATORIVM *per nos Franciscum tit. sancti Petri*
ad vincula S. R. E. Presbyterum Cardinalem de Ioyosa nuncu-

ss

patum, Horatium Archiepiscopum Arelatensem, & Gasparem Epi-
scopum Mutinensem sanctissimi D. N. Papæ & sanctæ Sedis Apo-
stolicæ in Regno Franciæ Nuntium, Iudices à Sanctissimo D. N.
Clemente diuina Prouidentia Papa VIII. delegatos in causâ à disso-
lutionis & nullitatis matrimonij inter Christianissimum Henricum
IV. Francorum & Nauarræ Regem ex vna parte, & Serenissi-
mam Reginam Margaretam Franciæ Valesiæ Ducem ex altera; re-
spectiuè actores, ad instantiam nostri Promotoris prædicto Christia-
nissimo Regi factum, & à Scriba præsente Notario nostro receptum,
super contentis in certis factis, seu articulis, tam ex litteris Apo-
stolicis super nullitate & dissolutione prædicti matrimonij à præ-
fato sanctissimo Domino nostro Papa concessis, quàm ex partium
positionibus, seu scripturis per nos desumptis.

Veneris duodecima Nouembris anni Dom. 1599. Pari-
siis in Castro Regis, vulgariter le Louure nuncupato.

HENRICVS IV. *Francorum & Nauarræ Rex Christianis-*
simus ætatis suæ anno quadragesimo sexto, super contentis in
dictis articulis interrogatus, eisque lectis præstito iuramento, super
eorum primo hæc verba continente:

1. Et premierement, si en l'année 1572. mariage fut contracté & celebré entre ledit sieur Roy, & ladite Dame
Reyne Marguerite de France, fille du defunct Roy Henry II.

Sa Maiesté nous a reconnu le contenu audit article.

2. *Super secundo articulo hæc verba continente, Si lors il sça-*
uoit qu'il estoit parent, &c.

Sa Maiesté nous a reconnu la parenté notée par ledit
article estre veritable, qu'elle le sçauoit lors dudit mariage,
& estoit telle parenté assez notoire en ce Royaume.

3. *Super tertio articulo hæc verba continente, S'il sçauoit que*
les mariages, &c.

Nous a sa Maiesté dit qu'elle n'auoit esté nourrie, ny in-
struite en la Religion Catholique Apostolique & Romaine, par les constitutions de laquelle il estoit defendu de
contracter mariage en degré de consanguinité si proche,
& que pour cette occasion elle ignoroit telles prohibitions.

4. *Super quarto, articulo hæc verba continente*, Si auparauant ledit mariage, &c.

Sadite Maiefté nous a dit, que n'eftant lors de la Religion Catholique, Apoftolique & Romaine, elle n'auoit
penfé aucunement de demander à noftre S. Pere ladite difpenfe, ny enuoyé aucun de fa part pour en fupplier fa
Sainteté.

5. *Super quinto articulo hæc verba continente*, Si depuis ledit
mariage, &c.

Nous a ledit Seigneur Roy refpondu, que toft après ce
qui fe paffa à la faint Barthelemy, la Reyne mere du Roy,
& Monfieur le Cardinal de Bourbon peurent écrire à Rome pour obtenir la difpenfe qu'ils iugeoient eftre à propos; mais que pour fon regard il n'y penfa oncques.

6. *Super fexto articulo hæc verba continente*, S'il fit prefenter ladite difpenfe, &c.

Nous a ledit Seigneur Roy reconnu que le fieur Cardinal Saluiati lors Nonce en France, prefenta bien vn papier
à fa Maiefté, dans lequel pouuoit eftre ladite difpenfe; mais
fa Maiefté ne la leut, & la bailla à mondit fieur le Cardinal
fon oncle, fans fçauoir ce qu'elle contenoit; & tant s'en
faut que fa Maiefté l'euft fait prefenter à l'Euefque de Paris, & prefté nouueau confentement audit mariage depuis
icelle difpenfe, qu'au contraire elle n'en a depuis entendu
parler, & ne fçait ce qu'elle eft deuenuë, & ne s'en veut aucunement aider.

7. *Super feptimo articulo hæc verba continente*, Si en l'année
1554. &c.

Sa Maiefté nous a dit auoir entendu qu'elle a eu pour
parrain fur les fonts de baptefme le feu Roy Henry II.

8. *Super octauo articulo hæc verba continente*, Si lors dudit
mariage il fçauoit, &c.

Sa Maiefté nous a dit, qu'en la Religion en laquelle elle
auoit efté enfeignée, elle ne pouuoit fçauoir fi telle cognation fpirituelle pouuoit empefcher de contracter mariage.

9. *Super nono articulo hæc verba continente*, Si lors dudit mariage & auparauant iceluy, &c.

Nous a fa Maiefté affeuré n'auoir oncques reconnu que

ladite Dame Marguerite de France luy ait porté aucune
amitié ny affection, foit auparauant ledit mariage, lors d'i-
celuy, ou depuis leur feparation ; mefme que fa Maiefté
auoit plufieurs fois fait plainte au fieur de Beauuoir fon
Gouuerneur, de ce qu'on luy faifoit époufer ladite Dame,
laquelle il reconnoiffoit ne l'aimer aucunement, ne luy en
faifant aucune demonftration : & que depuis fon mariage
pour inciter ladite Dame à l'aimer, fa Maiefté l'auoit par
plufieurs fois priée de prendre la peine de connoiftre de fes
affaires, à quoy oncques elle n'auoit voulu entendre: Nous
remarquant fa Maiefté, pour plus grande preuue du peu
d'amitié qui eftoit entre eux, qu'auparauant l'année 1575.
fadite Maiefté & ladite Dame Marguerite ont efté par l'efpace de fept mois couchans enfemble fans s'entreparler,
mefme en ladite année 1575. fadite Maiefté partit de la
Cour pour fe retirer en Guyenne fans luy en rien dire.

10. *Super decimo articulo hæc verba continente*, Si lors qu'il fe
fut retiré de la Cour, &c.

Sa Maiefté nous a dit auoir par plufieurs fois écrit à ladite Dame, l'inuitant de venir en Guyenne, ce à quoy ladite
Dame ne voulut aucunement entendre, & aprés plufieurs
remifes, y fut finalement amenée contre fa volonté par la
Reyne fa mere.

11. *Super vndecimo articulo hæc verba continente*, Si depuis
eftant retournée à la Cour, &c.

Sa Maiefté a eftimé eftre plus feant de laiffer dire à d'autres la réponfe fur le contenu dudit article, & eftre à propos fupprimer ce qui fe paffa en Cour puis l'année 1582.
qu'y arriua ladite Dame Marguerite, iufques en l'année
1583. qu'elle fut contrainte d'en fortir pour retourner en
Guyenne, encore que ce foient chofes affez connuës.

12. *Super duodecimo articulo hæc verba continente*, Si eftant ladite Dame partie de Paris, &c.

Sa Maiefté fe rapporte du contenu audit article audit
fieur de Bellieure à prefent fon Chancelier, qui fçait la verité de ce qui fe paffa.

13. *Super decimo-tertio articulo hæc verba continente*, Si aprés
qu'il euft repris ladite Dame, &c.

Sa Maiesté nous a dit que ladite Dame Marguerite ne luy portoit non plus d'affection depuis son retour, qu'elle fit en l'année 1583. qu'elle auoit fait auparauant, continuant ses mauuaises volontez, ne voulant sa Maiesté en declarer les particularitez qu'elle desire taire & enseuelir.

14. *Super decimo-quarto articulo hæc verba continente*, Si en l'année 1585. &c.

Nous a sa Maiesté dit, que ladite Dame Marguerite se retira secretement d'auprés de sa Maiesté, & s'en alla en la ville d'Agen, emportant ce qu'elle put prendre de plus precieux; depuis lequel temps, qui est de quatorze ans, sa Maiesté n'a veu ladite Dame Marguerite.

15. *Super decimo-quinto articulo hæc verba continente*, Si depuis ledit temps elle s'associa, &c.

Sa Maiesté nous a dit, auoir entendu que ladite Dame Marguerite s'estant retirée en ladite ville d'Agen en l'année 1585. elle ne voulut plus prendre la qualité de Reyne de Nauarre, & que ladite Dame Marguerite auoit leué des troupes contre le seruice de sadite Maiesté, conduites par le sieur de Mauleon, lesquelles auroient esté par sadite Maiesté défaites.

16. *Super decimo-sexto articulo hæc verba continente*, S'il veut reprendre ladite Dame, &c.

Sa Maiesté nous a dit ne vouloir reprendre ladite Dame pour sa femme, qu'il en auoit fait trop de declaration; ce que reconnoissant assez ladite Dame, a fait prier sa Maiesté de pouruoir à la dissolution & nullité de leur mariage, sçachant en sa conscience, que ce qui s'estoit passé deuant & depuis ledit mariage, n'estoit que trop suffisant pour le dissoudre & annuller, & que sa Maiesté ne peut aucunement approuuer, ny luy donner le nom de mariage.

Quo interrogatorio prædicto Christianissimo Regi lecto, veritatem continere dixit, in eo perseuerauit, & illi subsignauit, præsente Domino Cancellario Franciæ. Sic signatum, HENRY.

Cet Interrogatoire fut redigé en Latin, & signé des Iuges deleguez, & signifié aux parties, pour estre produit.

Commiſſion de Meſſieurs les Iuges deleguez au ſieur Bertier, lequel ils ſubdeleguent pour interroger la Reyne Marguerite.

FRANCISCVS tit. ſancti Petri ad Vincula S. R. E. Preſbyter Cardinalis de Ioyoſa nuncupatus, Horatius Arelatenſis, & Gaſpar Epiſcopus Mutinenſis ſanctiſſimi Domini noſtri Papæ & ſanctæ Sedis Apoſtolicæ in Regno Franciæ Nuntius, Iudices à Sanctiſſimo Domino noſtro Clemente diuina Prouidentia Papa VIII. delegati in cauſſâ diſſolutionis & nullitatis matrimonÿ motâ & pendente inter Chriſtianiſſimum Henricum IV. Francorum & Nauarræ Regem ex vna, & Sereniſſimam Reginam Margaretam Franciæ Valeſiæ Ducem, claræ memoriæ Henrici II. Francorum Regis Chriſtianiſſimi filiam partibus ex altera, reſpectiuè actores: Nobili & egregio Ioanni Bertier Presbytero Canonico & Archidiacono Eccleſiæ Toloſæ, nec non Cleri Franciæ Syndico generali ſalutem in Domino. Procedentes ad prædictæ cauſæ ſeu litis inſtructionem, decreto noſtro ſub data diei 29. menſis Octobris anno Domini 1599. ſtatuimus & ordinauimus prædictos Henricum IV. Francorum & Nauarræ Regem Chriſtianiſſimum, & Sereniſſimam Reginam Margaretam Franciæ Valeſiæ Ducem ſuper contentis in certis factis, ſeu articulis tam ex litteris ſanctiſſimi D. N. Clementis diuina Prouidentia Papæ VIII. quàm partium ſcripturâ, ſeu poſitionibus dependentibus, & qui ex eis per nos deſumerentur interrogandos eſſe, & per nos aut Iudices in partibus à nobis ſubdelegatos interrogari debere. Sed cùm itineris longiſſima diſtantia locorum, itinerúmque maior difficultas nos huic ſpeciali negotio ſupereſſe non permittat, de tua erga prædictum ſanctiſſimum Dominum noſtrum Papam, Sedémque Apoſtolicam fide confiſi & certiorati, vitæque integritate, probitate, capacitate & doctrina nobis cognitis, te auctoritate Apoſtolica qua fungimur in hac parte, infraſcripto ſpeciali negotio ſubdelegauimus & ſubdelegamus, & per præſentes tibi mandamus vt prædictam Sereniſſimam Reginam Margaretam Franciæ Valeſiæ Ducem nunc in caſtro Vſſonenſi, aliàs d'Vſſon in montibus, ſeu remotioribus Aluerniæ partibus ſito com-

morantem, super contentis in certis articulis qui à nobis subsigna-
ti in rotulo clausi & nostris cancellati annulis, seu sigillis à Pro-
motore nostro tibi dabuntur, & exactè, vocato tecum M. Chri-
stophoro Rossignol publico Apostolica auctoritate, Curiæque Epi-
scopalis Parisiensis, & nostro in prædicta lite à nobis electo Notario,
& quem ad hoc Interrogatorium suscipiendum committimus, au-
dias & interroges, & Interrogatorium sic factum tam à prædicta
Serenissima Regina Margarita, quàm à te & prædicto Notario
subsignatum, nobis clausum, & subsignatum referas, aut per præ-
dictum Notarium, aut certum & fidelem nuntium cum omni di-
ligentia transmittere facias; omnimodam auctoritate Apostolica
qua fungimur in hac parte prædicta peragendi potestatem tibi con-
cedentes, vestram super hoc negotio conscientiam onerantes & no-
stram exonerantes. Datum in palatio dicti Illustrissimi ac Reue-
rendissimi Domini Cardinalis in vico Sequana in suburbiis sancti
Germani à Pratis prope & extra muros Parisienses sito, pro exer-
citio iurisdictionis nostræ à nobis electo, anno Domini 1599. die
verò sabbati 6. mensis Nouembris. Signé, Loüet, & plus
bas Rossignol.

Faits pour interroger la Reyne Marguerite.

F Acta *seu articuli secreti desumpti tam ex litteris Aposto-*
licis à sanctissimo D. N. Clemente diuinà Prouidentia Papa
VIII. *super dissolutione & nullitate matrimonij inter Christianis-*
simum Henricum IV. Francorum & Nauarræ Regem, & Serenissi-
mam Margaretam Franciæ Valesiæ Ducem clara memoriæ Henrici
II. *Francorum Regis Christianissimi filiam contracti, concessis sub*
data Romæ apud S. Marcum 8. Kal. Octobris anno Incarnat. Dom.
1599. quàm scripturis seu positionibus dictorum Henrici Regis &
Margaretæ Franciæ respectiuè nullitatem & dissolutionem dicti
matrimonij petentium. Super contentis in quibus articulis nos
Franciscus tit. S. Petri ad vincula S. R. E. Presbyter Cardinalis
à Ioyosa nuncupatus, Horatius Archiepiscopus Arelatensis, & Gas-
par Episcopus Mutinensis prædicti Sanctissimi D. N. Papæ & san-
ctæ Sedis Apostolicæ in Regno Franciæ Nuncius, Iudices à prædi-
cto Sanctissimo D. N. in dicta dissolutionis & nullitatis matrimó-

ny causâ delegati, statuimus & ordinamus prædictam Margaretam Franciæ ad instantiam nostri Promotoris, per nobilem & egregium Ioannem Bertier Presbyterum Canonicum & Archidiaconum in Ecclesia Tholosæ, necnon generalem Cleri Franciæ Syndicum, per nos ad hoc speciale negotium subdelegatum & commissum, examinari & interrogari, assumpto cum eo M. Christophoro Rossignol publico auctoritate Apostolica, Curiæque Episcopalis Parisiensis, & nostro in prædicta lite à nobis electo Notario, vt plenius in litteris subdelegationis nostræ sub data diei 6. Nouembris anni Domini 1599. continetur.

1. Premierement sera faite lecture à ladite Dame Marguerite Reyne Duchesse de Valois de la Bulle de nostre S. Pere le Pape Clement VIII. donnée à Rome le 24. Septemb. 1599. traduite pour cet effect de Latin en François, par laquelle sa Sainteté a commis & deputé Messeigneurs l'Illustrissime & Reuerendissime François Cardinal de Ioyeuse, & les Reuerendissimes Horace Archeuesque d'Arles, & Gaspar Euesque de Modene, Nonce de nostre S. Pere le Pape, & du S. Siege Apostolique en ce Royaume, pour connoistre & decider le fait de la dissolution dudit mariage entre le tres-Chrestien Roy de France & de Nauarre Henry IV. & icelle Dame, & sera ladite Dame enquise & interrogée si les faits contenus en ladite Bulle sont veritables, si elle a passé procuration speciale de son gré & pleine volonté pour exposer à sa Sainteté lesdits faits, demander & obtenir l'effect de ladite Bulle, & si elle approue pour Iuges lesdits Seigneurs Cardinal de Ioyeuse, Archeuesque d'Arles, & Euesque de Modene, Nonce de sa Sainteté, pour connoistre de la dissolution dudit mariage, & icelle iuger & decider.

2. Si la procuration faite & passée à Vsson par ladite Dame le 3. iour de Feurier 1599. és presences des témoins y dénommez & pardeuant Maurice Hayle & Blaise Portal Notaires Royaux en la Chastellenie dudit Vsson, & seellée en deux placards, l'vn en cire rouge, & l'autre en cire verte, a esté faite & passée de son bon gré & consentement, & sans aucune contrainte & induction, & ce aprés luy auoir fait lecture de ladite Procuration.

3. Si

3. Si en l'année 1572. elle fut coniointe par mariage auec ledit Seigneur Henry IV. pour lors seulement Roy de Nauarre, & quel âge elle auoit lors dudit mariage.

4. Si ledit mariage fut fait du gré, & vouloir & consentement d'icelle Dame, ou si elle y fut contrainte & necessitée par force, menaces & intimidations faites à sa personne, & quelles furent lesdites force, menaces & contraintes & par qui elles luy furent faites.

5. Si tant auparauant ledit mariage, que depuis, elle fit declaration à quelques personnes qu'elle ne portoit, & ne porteroit iamais affection & amitié audit Sieur Roy, & à quelles personnes elle a fait ladite declaration.

6. Pour quelle raison elle portoit si peu d'affection audit mariage & audit Seigneur Roy Henry IV. lors Roy de Nauarre.

7. Si ledit Seigneur Roy son mary s'estant retiré de la Cour en l'an 1575. il auroit plusieurs fois mandé à ladite Dame de l'aller trouuer en Guyenne, dont elle n'auroit tenu compte, & n'y fust allée, n'eust esté que la feuë Reyne sa mere l'y mena en l'année 1578. contre son gré & volonté.

8. Si depuis estant retournée en Cour en l'année 1582. elle ne s'estoit pas departie d'auec ledit Sieur Roy son mary, en intention de n'y retourner plus, pour le peu d'amitié & d'affection qu'elle luy portoit, & si en l'année suiuante 1583. le feu Roy Henry son frere ne la renuoya pas contre sa volonté vers ledit Sieur Roy son mary.

9. Si lors ledit feu Roy son frere n'enuoya pas vers ledit Sieur Roy son mary, le sieur de Bellieure à present Chancelier de France, pour la reconcilier auec sondit mary, & s'il n'y fut pas prés d'vn an auant que pouuoir faire cette reconciliation, & la remettre auec ledit Seigneur Roy.

10. Si aprés qu'elle fut remise auec ledit Seigneur Roy son mary, ils vécurent ensemble en l'amitié coniugale qui est requise entre mary & femme.

11. Si en l'année 1585. vn peu auant que les troubles recommençassent, elle se retira de la ville de Nerac d'auprés le Roy son mary, & s'en alla en la ville d'Agen, que le feu

tt

Roy luy auoit donnée pour partie de ses deniers dotaux, &
si depuis ledit temps elle a tousiours esté hors d'auec ledit
Seigneur Roy son mary.

12. Si pendant les derniers troubles elle n'a pas fait leuer
des gens de guerre contre l'authorité dudit Seigneur Roy
son mary, & si elle ne s'est pas associée auec ses ennemis.

13. Si lors & auparauant ledit mariage elle ne sçauoit pas
que ledit Sieur Roy estoit son proche parent au troisiéme
degré de consanguinité, & petit fils de Madame Marguerite Reyne de Nauarre, sœur du Roy François I. ayeul de ladite Dame répondante, & qu'il n'est pas permis de contracter mariage en ce degré.

14. Si auparauant ledit mariage elle a sceu qu'on ait enuoyé à Rome pour auoir vne dispense de celebrer ledit
mariage.

15. Si elle a sceu que depuis ledit mariage contracté &
consommé, on ait obtenu ladite dispense, si elle en a donné charge, si elle y a consenty, si elle l'a veuë, & en quel
temps elle en a eu la connoissance, & si elle s'en veut aider.

16. Si depuis ladite dispense obtenuë elle a presté nouueau
consentement audit mariage, pardeuant qui, comment, &
en quel temps.

17. Si elle a fait presenter ladite dispense à Monseigneur le
Cardinal de Gondy lors Euesque de Paris, ou à ses Grands
Vicaires, ou Officiaux, pour la faire publier, ou à autre Prelat Ecclesiastique.

18. Si elle a sœu que, outre ladite parenté & consanguinité au 3. degré, il y auoit entre ledit Sieur Roy & elle vne
alliance spirituelle, qui empeschoit qu'ils ne peussent valablement contracter mariage ensemble, dautant que ledit
Sieur Roy auoit esté tenu sur les fonts de baptesme par le
feu Roy Henry II. pere de ladite Dame, à tout le moins
par feu Monsieur le Cardinal de Bourbon, au nom & comme Procureur dudit defunt Roy Henry II.

19. Si elle a volonté de retourner auec ledit Sieur Roy, lo
tenir pour son mary, & viure en amitié coniugale auec luy.

20. Si ladite Dame de sa propre volonté, & sans auoir esté
contrainte ne forcée par autres, a declaré son intention sur

le contenu és articles cy-deſſus. Signé, LOVET, & plus
bas, ROSSIGNOL.

Les faits ſuſdits ont eſté mis en Latin, & ſignez de Meſſieurs les Iuges.

Interrogatoire fait à ladite Dame R. Margueri-te par ledit ſieur Bertier à Vſſon.

INTERROGATOIRE fait par nous Iean Bertier Preſtre
Chanoine & Archidiacre en l'Egliſe de Tholoze, Agent
general du Clergé de France, ſubdelegué en cette partie
par Noſſeigneurs l'Illuſtriſſime & Reuerendiſſime Cardinal de Ioyeuſe, & les Reuerendiſſimes Horace Archeueſque d'Arles, & Gaſpar Eueſque de Modene Nonce de noſtre S. Pere le Pape, & du S. Siege Apoſtolique au Royaume de France, Iuges deleguez par ſa Sainteté, pour connoiſtre & decider de la diſſolution & nullité
de mariage d'entre Henry IV. Roy de France & de Nauarre, tres-Chreſtien, & tres-haute, tres-excellente, &
ſereniſſime Princeſſe Madame Marguerite de France Reyne Ducheſſe de Valois, fille de defunt Henry II. Roy de
France tres-Chreſtien. Auquel Interrogatoire nous auons
vacqué auec M. Chriſtophle Roſſignol Notaire Apoſtolique, & de l'Eueſché de Paris, Notaire creé & eſleu par
noſdits Seigneurs en ladite cauſe, ſelon ce qui nous eſt
commandé, tant par la Commiſſion de noſdits Seigneurs,
en date du 6. des preſens mois & an, que par les articles &
faits ſecrets, ſur leſquels nous eſt mandé faire le preſent
Interrogatoire. Auquel Interrogatoire nous auons vaqué
comme s'enſuit.

*Du Mercredy 17. iour du mois de Nouembre 1599. au
Chaſteau d'Vſſon.*

HAVTE & puiſſante Princeſſe Madame Marguerite
de France Reyne Ducheſſe de Valois, fille de defunt
Henry II. Roy de France tres-Chreſtien, âgée de 46. ans
ou enuiron, par nous enquiſe & interrogée ſur le contenu

és faits secrets, après serment par elle fait en tel cas requis & accoustumé, luy auons premierement fait lecture de la Bulle de nostre S. Pere le Pape en date du 24. Septembre 1599. laquelle nous a esté baillée translatée en François par Monsieur Maistre Charles Faye Conseiller en sa Cour de Parlement, Abbé de S. Fuscien Promoteur, pris par nosdits Seigneurs en ladite cause, par laquelle Bulle sa Sainteté a delegué nosdits Seigneurs Cardinal de Ioyeuse, Archeuesque d'Arles, & Euesque de Modene Nonce de sa Sainteté & du S. Siege Apostolique en ce Royaume, pour connoistre & decider de la nullité & dissolution dudit mariage.

Et auons premierement demandé à ladite Dame Reyne si les faits contenus en ladite Bulle sont veritables, si elle a passé procuration speciale de son gré & pleine volonté, pour exposer à sa Sainteté lesdits faits, demander & obtenir l'effet de ladite Bulle, & si elle approuue pour Iuges lesdits Seigneurs Cardinal de Ioyeuse, Archeuesque d'Arles, & Euesque de Modene Nonce de sa Sainteté, pour connoistre de la dissolution dudit mariage, & icelle decider & iuger.

A dit que de sa pure & libre volonté elle a passé procuration, pour exposer à nostre S. Pere le Pape les faits contenus en ladite Bulle, lesquels elle soustient & afferme estre veritables, & en demande l'execution & enterinement, qu'elle se tient tres-heureuse, qu'il ait pleu à sa Sainteté commettre cet affaire à personnes si dignes & de si grande vertu comme sont lesdits sieurs Iuges deputez par sa Sainteté, & qu'elle les accepte tres-volontiers pour ses Iuges, ne pouuant esperer d'eux que toute Iustice.

Sur le 2. article contenant si la procuration faite & passée à Vsson, &c.

A dit auoir icelle passée de sa pure & franche volonté, sans aucune contrainte & induction, & qu'elle afferme de nouueau veritables les causes contenuës en icelle, qui sont la consanguinité au 3. degré & parenté entre ledit Sieur Roy & elle, la crainte & la force du feu Roy Charles son frere, & de la feuë Reyne sa mere, la contrarieté de Religion, & de n'auoir oncques veu ny fceu la pretenduë difpenfe qu'on dit auoir efté obtenuë au nom dudit Sieur Roy & d'elle, pour lefquelles elle pretend paruenir à la diffolution dudit mariage, & qu'à prefent il n'y a chofe quelconque, pour crainte de laquelle elle doiue eftre meuë de parler contre ce qui eft de fa volonté & de fon intention, fe trouuant, graces à Dieu, en telle feureté, qu'elle n'a occafiõ de nous dire chofe qu'elle ne iuge & fçache veritable.

Sur le 3. article contenant, fi en l'année 1572. elle fut &c.

A dit qu'en l'année 1572. eftant âgée de dix-neuf ans ou enuiron, elle fut mariée auec ledit Sieur Roy, par le commandement du feu Roy Charles fon frere, & de la feuë Reyne fa mere.

Sur le 4. article contenant, fi ledit mariage fut fait du gré, &c.

A dit qu'elle n'eut iamais aucune volonté de confentir audit mariage ; mais qu'à fon grand regret elle y fut neceffitée & contrainte par le Roy Charles fon frere, & par la Reyne fa mere ; Qu'elle les fupplia à chaudes larmes de ne la contraindre de confentir audit mariage ; Qu'à cette occafion ils fe courroucerent fort contre elle, & le feu Roy Charles la menaça, que fi elle n'y confentoit, il la rendroit la plus miferable de fon Royaume ; Qu'à cette heure pour euiter la fureur de fondit frere, & l'indignation de la Reyne fa mere, elle fut contrainte de leur obeïr, & confentir audit mariage, craignant que fi elle faifoit autrement, il y alloit du peril de fa vie, combien qu'à la verité elle n'ait peu iamais porter aucune affection audit Sieur Roy de Nauarre.

Sur le 5. article contenant, fi tant auparauant ledit mariage, que depuis, elle fit declaration, &c.

A dit qu'elle a fouuentefois declaré auparauant ledit mariage, qu'elle n'y auoit aucune volonté & affection, & mefme audit feu Roy Charles & à la Reyne fa mere, & au feu Roy Henry lors Duc d'Aniou, & Duc d'Alençon fes freres.

Sur le 6. article contenant, pour quelle occafion elle portoit, &c.

A dit, que fon defir euft efté d'époufer pluftoft vn autre

Prince, mesme qu'elle estoit nourrie, & estoit son inclination, de n'aimer aucunement ceux qui faisoient profession
de contraire Religion à la Catholique; ce qui a empéché
l'amitié d'entre eux, & que la concorde ne s'y seroit pû
nourrir telle qu'elle doit estre entre le mary & la femme,
dont elle a vn grand regret; mais elle n'a peu forcer son
naturel, aussi qu'ils estoient trop proches parens.

Sur le 7. article contenât, si ledit Sieur Roy son mary, &c.

A dit qu'à la verité elle n'auoit aucune volonté d'aller en
Bearn trouuer ledit sieur Roy, & que si ladite Reyne sa mere ne l'y eust conduite, elle n'y fust allée volontairement.

Sur le 8. article contenant, si depuis estant retournée en
Cour, &c.

A dit que le feu Roy son frere luy commanda d'y retourner; ce qu'elle ne desiroit pas, pour les causes contenuës au
present Interrogatoire, qui luy ont tousiours fait desirer
de s'en separer.

Sur le 9. article contenant, si lors ledit feu Sieur Roy, &c.

A dit que le sieur de Bellieure fut enuoyé par ledit feu
Roy son frere vers ledit Sieur Roy son mary, & qu'il y demeura ledit temps, & luy fit entendre qu'il s'employoit à
les remettre bien ensemble.

Sur le 10. article contenant, si aprés qu'elle fut remise
auec, &c.

A dit qu'auparauant, ny depuis, il n'y a eu entre eux aucune priuauté, & qu'à son tres-grand regret l'amitié coniugale n'y a pû estre comme le deuoir le requeroit.

Sur l'onziéme article contenant, si en l'année 1585. vn peu
auparauant, &c.

A dit, qu'à l'occasion du mauuais ménage qui estoit entre
ledit Sieur Roy & elle, & continuoit pour la diuersité de
Religion, elle fut bien aise de prendre l'occasion du Caresme pour aller à Agen, ville sienne & Catholique, comme
elle auoit accoustumé en ce saint temps pour faire ses deuotions plus commodement en ce lieu qu'à Nerac, qui
estoit ville Huguenote. Elle y estant, ledit Sieur Roy luy
écriuit deux ou trois fois pour l'aller trouuer, dequoy pour
les mesmes causes s'excusa iusques aprés Pasques: durant

lequel temps, ceux de la Religion & ceux de la Ligue, ayant pris les armes, ledit Sieur Roy fut mandé du feu Roy fon frere pour l'aller trouuer en France auec les forces de ceux de ladite Religion, & la guerre continuant, elle n'eft plus retournée auec ledit Sieur Roy fon mary.

Sur le 12. article contenant, fi pendant les derniers troubles, &c.

A dit, qu'à la verité pour les mefmes caufes contenuës au precedent article, voulant conferuer fa vie & Religion, elle mit quelques compagnies dans la ville d'Agen, comme en toutes les villes prochaines tant Huguenotes que Catholiques il y en auoit.

Sur le 13. article contenant, fi lors & auparauant ledit, &c.

A dit, que lors qu'on luy parla dudit mariage, & auparauant elle fçauoit fort bien qu'elle eftoit proche parente dudit Sieur Roy, & que c'eftoit vne des caufes pour lefquelles elle ne vouloit confentir audit mariage.

Sur le 14. article contenant, fi auparauant ledit mariage, &c.

A dit que non, & n'eftime point qu'on euft enuoyé à Rome pour obtenir ladite difpenfe, dautant que ledit Sieur Roy ne reconnoiffoit point noftre S. Pere le Pape, eftant lors de la Religion contraire à la Catholique.

Sur le 15. article contenant, fi elle a fceu que depuis ledit mariage contracté & confommé, &c.

A dit qu'elle n'a iamais fceu qu'on ait obtenu ladite difpenfe, finon ce qu'on luy en a dit depuis vn an ou deux; qu'elle ne l'a veuë, & n'a aucunement donné charge de l'obtenir, & ne s'en veut aider.

Sur le 16. article contenant, fi depuis ladite difpenfe obtenuë, &c.

A dit, que n'ayant iamais rien fceu de ladite difpenfe, elle n'y a prefté aucun confentement, & qu'elle n'a iamais volontairement confenty audit mariage, declarant qu'elle ne fe veut aider de ladite pretenduë difpenfe, & par cette occafion elle n'a iamais voulu que fon contract de mariage fuft ratifié ny infinué, comme il n'eft pas encore.

Sur le 17. artic. contenant, fi elle a fait prefenter lad. &c.

A dit que non, & qu'elle y a satisfait cy-dessus.

Sur le 18. article contenant, si elle a sceu, qu'outre ladite parenté, &c.

A dit n'en sçauoir aucune chose, sinon qu'elle a bien oüy dire dés long temps y a, que le feu Roy Henry pere de ladite Dame répondante, estoit parrain dudit Sieur Roy.

Sur le 19. article contenant, si elle a volonté de retourner, &c.

A dit que plusieurs choses qui se sont passées entre eux luy font desirer de viure separée d'auec ledit Sieur Roy, estimant que sa conscience ne luy peut permettre, pour les causes contenuës en sadite procuration. Et ce qui la confirme dauantage en cette volonté, est pour se voir tant pour son âge, que pour les ennuys qu'elle a eus, ne pouuoir apporter au Roy & à ce Royaume, ce qui est necessaire pour le bien & contentement de l'vn & de l'autre, qui sont des enfans, ne le desirant moins affectionnement que le Roy mesme, qui la contraignent de demeurer en sa premiere resolution telle que par sa procuration, elle a fait entendre à nostre S. Pere.

Sur le 20. & dernier desdits articles contenant, si ladite Dame a de sa propre volonté, &c.

A dit que ce qu'elle a deposé par son present Interrogatoire, est la pure verité, & que ce qu'elle en a dit a esté de sa pure & libre volonté, n'estant à ce faire inuitée que par la verité mesme.

Lecture faite de la presente deposition à ladite Dame, y a persisté & dit qu'elle contient verité, & l'a signée. Ainsi signé, MARGVERITE, BERTIER, ROSSIGNOL.

Præsens Interrogatorium cum factis secretis per prædictos Dominum Io. Bertier, & Magistrum Christophorum Rossignol, nobis traditum fuit, die 28. Nouembris anni Domini 1599.
Signé, LOÜET.

Commißion des Sieurs Iuges à Cosme le Charron, pour seruir de Notaire en l'absence de Roßignol.

FRANCISCVS tit. sancti Petri ad vincula S. R. E. Presbyter Cardinalis de Ioyosa nuncupatus, Horatius Archiep. Arelatensis, & Gaspar Episcopus Mutinensis S. D. nostri Papæ & sanctæ Sedis Apostolicæ in Regno Franciæ Nuntius, Iudices à Sanctißimo Domino nostro Clemente diuina Prouidentia Papa VIII. delegati in caußa dißolutionis & nullitatis matrimonij motâ & pendente inter Christianißimum Henricum IV. Francorum & Nauarræ Regem ex vna, & Serenißimam Reginam Margaretam Franciæ Valesiæ Ducem, Henrici II. Francorum Regis Christianißimi filiam partibus ex altera, respectiuè actores. M. Cosmæ le Charron, publico Apostolica auctoritate Curiæque Episcopalis Parisien. Notario in claustro sanctæ Mariæ huius ciuitatis Parisiensis commoranti, salutem in Domino. De creatione & electione Officiariorum ad nostræ Iurisdictionis exercitium prædictæ litis, seu caußæ instructionem necessarioru tractantes, M. Christophorum Roßignol, etiam Sedis Apostolicæ Curiæque Episcopalis Parisiensis Notarium pro Notario nostro in prædicta lite elegimus: cùm autem ad interrogandam prædictam Sereniß. Margaretam Franciæ, nobilem & egregium M. Io. Bertier Presbyterum Canonicum & Archidiaconum in Ecclesia Tolosæ, necnon generalem Cleri Franciæ Syndicum in partibus subdelegauerimus, & ad Interrogatorium suscipiendum prædictum Christophorum Roßignol commiserimus, ne longa ipsius absentia dictæ litis, seu caußæ instructioni detrimentum aliquod afferat, in illius locum alium Notarium Sedis Apostolicæ, qui prædicti Roßignol absentis munere fungatur, eligere necessarium duximus. Tua igitur probitate, fide & capacitate, vt à multis accepimus, nobis cognitis, te in prædictæ nullitatis & dißolutionis matrimonij lite pro Notario nostro in locum prædicti Roßignol absentis commisimus, & committimus per præsentes, omnimodam tibi in absentia eáque tantùm durante dicti Roßignol, potestatem dictum Notarij nostri officium ritè & fideliter exercen-

u u

*di, Apostolica auctoritate qua fungimur in hac parte concedentes,
prout præstito per te in manibus nostris priùs iuramento, concedimus. Datum in palatio dicti Illustrißimi &c. vt suprà, anno Domini 1599. die verò Sabbati 6. Nouembris.* Signé, FR. CAR-
DIN. DE IOYEVSE, HORAT. *Arelatens. Archiep. &
Commissarius Apostolicus.* GASPAR *Episcop. Mutin. Nuntius
& Iudex delegat.*

*Die 12. Nouembris ann. 1599. præfatus le Charron, quem pro
Notario nostro in absentia Christophori Rossignol elegimus, iuramentum in manibus nostris præstitit, & ea qua decet fidelitate &
probitate prædictum Notarij officium exercere promisit & iurauit.*
Signé comme dessus desdits Seigneurs Iuges.

Faits & écritures pour le Roy.

FAITS & articles que met & pose pardeuant vous,
Messrs les Illustrissime Cardinal de Ioyeuse, & Reuerendissimes Archeuesque d'Arles, & Euesque de Modena, Nonce de nostre Saint Pere le Pape en ce Royaume,
Commissaires & deleguez de sa Sainteté, pour l'instruction
& iugement du procez de declaration de nullité & dissolution de mariage cy-deuant contracté entre tres-Chrestien
Prince Henry par la grace de Dieu Roy de France & de
Nauarre, & Madame Marguerite de France Reyne Duchesse de Valois, Messire Iacques de la Guesle Conseiller
dudit Seigneur en son Conseil d'Estat, & son Procureur
General, au nom & comme fondé de pouuoir special de sa
Maiesté, porté par ses lettres patentes données à Fontaine-
bleau le 11. Octobre 1599. signées, HENRY, & plus bas
par le Roy, DE NEVFVILLE, & seellées de cire iaune
sur simple queuë, demandeur en execution de ladite Bulle,
suiuant vostre sentence du 19. de ce mois d'Octobre dernier passé.

Premierement, que le Roy François I. ayeul de Madame
Marguerite de France Reyne, Duchesse de Valois, & Marguerite Reyne de Nauarre, ayeule du Roy à present regnant, estoient frere & sœur, & partant ledit Seigneur

Roy & ladite Dame parens au troisiéme degré.

Que cette parenté & consanguinité a esté sceuë par eux mesmes auparauant le mariage dont est question, & n'a peu estre ignorée tant pour estre si proches, qu'entre personnes si illustres.

Que ledit Seigneur Roy fut baptisé à Pau en Bearn l'an 1554. ou enuiron, & fut tenu sur les fonts par defunt Monsieur le Cardinal de Bourbon, au nom & comme Procureur, & ayant charge speciale du feu Roy Henry II. pere de ladite Dame Reyne, & par Henry aussi II. Roy de Nauarre ayeul maternel de sa Maiesté : auquel baptesme neantmoins ledit sieur Cardinal de Bourbon, comme representant le Roy, tint le premier lieu.

Que tant auparauant que depuis le Concile de Trente, telle cognation spirituelle, suiuant les anciens Canons a tousiours esté tenuë en France pour empéchement legitime de contracter mariage, & cause suffisante de le separer.

Que c'est vne façon fort vulgaire en France, de faire presenter vn enfant au Baptesme par Procureur, mesmes entre les Princes & autres Grands, & celuy au nom duquel il est presenté, est tenu pour le vray parrain, & reputé contracter cognation spirituelle.

Que ledit Seigneur, & ladite Dame Reyne furent mariez le 18. iour d'Aoust 1572. sa Maiesté n'ayant fait aucune declaration de se remettre au giron de l'Eglise, & partant sans auoir obtenu dispense de nostre S. Pere le Pape.

Que ledit Seigneur Roy s'estant retiré de la Cour au mois d'Octobre 1575. il manda par plusieurs fois ladite Dame Reyne pour le venir trouuer, à quoy toutefois elle ne se mit en peine de satisfaire, & falut que la Reyne sa mere l'y menast iusques en Guyenne en l'an 1578.

Qu'estant depuis reuenuë en la Cour en l'an 1582. elle y demeura iusques en l'année 1583. sans que par lettres & messages dudit Seigneur Roy, elle fust induite de le retourner trouuer, iusques à ce que le feu Roy Henry III. son frere l'y renuoya d'authorité absoluë au mois d'Aoust de ladite année 1583.

Qu'estant auprés dudit Seigneur Roy son mary, chacun

uu ij

reconnoiſſoit qu'elle ne viuoit auec la priuauté ny amitié coniugale, comme auparauant il n'y en auoit iamais beaucoup eu.

Qu'en l'an 1585. elle ſe retira de la ville de Nerac d'auprés dudit Seigneur Roy en celle d'Agen, & s'aſſocia depuis auec ceux qui auoient leué les armes, tant contre l'authorité du feu Roy ſon frere, que contre ledit Seigneur Roy ſon mary, depuis lequel temps ils n'ont eſté enſemble.

Qu'aprés ladite retraite, comme ne ſe portant plus femme dudit Seigneur Roy, en pluſieurs expeditions & actes publics n'a pris la qualité de Reyne de Nauarre. Signé, DE LA GVESLE.

Faits & écritures pour la Reyne Marguerite.

TRES-haute, tres-excellente, & tres-puiſſante Princeſſe Marguerite, fille du tres-Chreſtien Roy Henry II. Reyne, Ducheſſe de Valois, Comteſſe de Senlis, Lauraguais, Agenois, Condomois & Roüergue, Dame des Iugeries de Riuiere, Verdun & l'Iſle d'Albigeois, & de la Baronie de la Tour &c. demandereſſe & requerant l'entherinement des Bulles ou Reſcrit de noſtre S. Pere le Pape, ſur la declaration de nullité & diſſolution du mariage, d'entre le Roy & elle, ladite Bulle donnée à Rome le 24 iour de Septembre 8. des Kalendes d'Octobre.

Dit pardeuant vous, Monſ l'Illuſtriſſime & Reuerendiſſime Cardinal de Ioyeuſe, & Meſſieurs les Reuerendiſſimes Archeueſque d'Arles, & Eueſque de Modene Nonce de ſa Sainteté, Iuges deleguez par icelle, pour la verification de ladite Bulle.

Que par le moyen des faits declarez par ladite Bulle, & cy-aprés articulez, leſquels ſont tres-veritables & pertinens, le ſuſdit mariage cy-deuant contracté entre le Roy & icelle Dame ſera declaré nul, & comme tel diſſolu, & leſdits Seigneur & Dame libres, pour pouuoir contracter mariage ailleurs.

Premierement le conſentement qui donne l'eſſence & la

perfection au mariage, doit estre de la pure volonté des contractans, & non pas par le commandement de ceux qui ont
pouuoir, puissance & authorité sur eux, comme auoient
sur ladite Dame les defunts Rois Charles IX. & Henry
III. ses freres, & la feuë Reyne leur mere.

Lesquels ayant en affection le mariage du Roy & d'icelle
Dame, luy imposerent cette necessité de l'espouser, n'ayant
pouuoir de resister à leur commandement, contrainte &
menaces, telles qu'vne personne plus âgée qu'elle n'estoit
lors n'y eust pû resister, estant sous leur suietion & puissance, & sans pour quelque declaration manifeste qu'elle fist
d'vne contraire volonté, il luy fust possible de desmou-
uoir leurs Maiestez.

Cette force fut notoire aux Princes, grands Seigneurs,
& autres estans à la suite de la Cour, & fut tenu pour constant que ladite Dame n'y apportoit aucune affection, mais
vne necessaire obeissance.

Ladite Dame consideroit que tel mariage estoit nul, &
contraire aux constitutions Canoniques pour la consanguinité qui estoit entre le Roy & elle, dautant que le feu
Roy François I. son ayeul auoit eu vne sœur nommée Marguerite, laquelle fut mariée auec le Roy de Nauarre Henry
ayeul dudit Seigneur Roy.

Dudit mariage naquit la Reyne Ieanne mere dudit Seigneur, & partant sa Maiesté & ladite Dame demanderesse
sont yssus de germain, & au troisiéme degré, au dedans lequel les mariages sont defendus par les Decrets & Cöciles.

Il n'a öncques esté requis ny octroyé dispense auant le
mariage, & s'il s'en trouue quelqu'vne, elle a esté obtenuë
depuis, à la poursuite du feu Roy Charles & de la Reyne sa
mere, au déceu & sans charge d'icelle Dame.

Cette pretenduë dispense n'a esté presentée à Monsieur
l'Euesque ordinaire des Rois, & des enfans de France, ou
à autre Prelat du Royaume, pour estre fulminée, publiée,
ou enregistrée, dont ladite Dame ait eu connoissance.

D'ailleurs en la celebration du mariage, les ceremonies
ne furent obseruées; mais ledit Seigneur Roy aprés quelques paroles proferées au deuant de la porte de l'Eglise de
uu iij

Paris, se retira, sans qu'en la celebration de la Messe auant ou aprés les ceremonies ordinaires en telle affaire ayent esté gardées, & qu'il y ait eu Procureur pour sa Maiesté.

C'est pourquoy ladite Dame, tant que luy a esté possible, s'est abstenu de la conuersation de sa Maiesté, & n'y a adheré sinon pour obeïr ausdits defunts Rois & Reyne ses freres & mere.

Notamment depuis quatorze ans ou enuiron, elle s'est continuellement distraite de la presence & frequentation de sa Maiesté, attendant l'occasion de pouuoir requerir la declaration & nullité: ce qu'elle n'a pû faire du viuant desdits Rois & Reyne, pour la mesme crainte & reuerence, ny depuis, à l'occasion des guerres & troubles.

Finalement ladite Dame ne peut apporter au Roy & au Royaume consolation de lignée tant necessaire.

Par ces moyens ladite Dame conclud à la verification & enterinement de ladite Bulle. Signé, LANGLOIS. MOLE'.

Faits & articles sur lesquels le Promoteur demande qu'enqueste soit faite, & témoins oüys & interrogez.

FACTA seu positiones & articuli extracta tam ex Bullis Sanctissimi Domini nostri Papæ super dissolutionem matrimonij inter Christianissimum Henricum IV. Franciæ & Nauarræ Regem, & Serenissimam Reginam Dominam Margaretam à Franciâ Valesiæ Ducem, quàm ex factis seu positionibus & scripturis per Dominos procuratores dictorum Regis & Reginæ respectiuè datis in caussâ dissolutionis dicti matrimonij pendente coram Illustrissimo ac Reuerendissimo Dom. Francisco Cardinali de Ioyosa, & Reuerendissimis Dominis Horatio Arelatensi Archiepiscopo, & Gaspare Mutinensi Episcopo præfati D. N. Papæ & sanctæ Sedis Apostolicæ in hoc Franciæ Regno Nuntio, Iudicibus in hac parte ab ipso Domino nostro Papa commissis ac deputatis: super quibus, seu depositionibus & articulis Promotor requirit inquisitiones, seu inquestas ex officio fieri, testésque per eum nominandos examinari.

Premierement, qu'en l'année 1572. au mois d'Aoust mariage fut contracté & celebré entre ledit Seigneur Roy,
lors Roy de Nauarre, & ladite Dame Marguerite de France, contre le gré, volonté & affection d'icelle Dame, qui y
fut contrainte & forcée par le feu Roy Charles I X. son frere, & la Reyne sa mere, lesquels auoient toute puissance &
authorité sur elle.

Que leur ayant ladite Dame lors ieune fille âgée de dix-
neuf ans, declaré auec larmes & souspirs, qu'elle n'auoit aucune volonté ny affection audit mariage, ils l'auroient auec
plusieurs rudes & rigoureuses paroles, menacé de la rendre tres-miserable, si en cela elle contreuenoit à leur volonté ; de maniere que par telles forces, contraintes & menaces, qui estoient suffisantes, non seulement d'émouuoir &
ébranler la fragilité d'vne simple fille, mais le courage d'vn
homme constant, elle fut necessitée d'assister & prester
consentement à la celebration & consommation dudit mariage, n'estimant sa vie asseurée si elle s'obstinoit à resister
aux volontez desdits Seigneurs & Dame sous la puissance
desquels elle estoit : & fut dés lors ladite force & contrainte toute notoire aux Princes, Seigneurs & Dames qui
estoient à la suite de la Cour.

Que tant auparauant, que depuis ledit mariage contracté
& celebré, ladite Dame Marguerite auroit declaré à plusieurs personnes qu'elle n'y auoit eu, & n'y auroit iamais aucune volonté ny affection.

Que ledit Seigneur Roy son mary s'estant departy de la
Cour au mois d'Octobre 1575. & retiré au pays de Guyenne, il auroit mandé par plusieurs fois à ladite Dame de le
venir trouuer, à quoy toutefois elle ne se seroit mise en deuoir de satisfaire, & fallut que sa mere l'y menast en l'an
1578. contre son gré & volonté.

Qu'estant depuis reuenuë en la Cour en l'an 1582. elle y
demeura iusques en l'an suiuant 1583. sans monstrer auoir
aucune affection de retourner vers ledit Seigneur Roy son
mary, iusques à ce que le feu Roy Henry III. l'y renuoya
d'authorité absoluë au mois d'Aoust de ladite année 1583.
& enuoya auec elle l'vn de ses principaux Officiers pour la

reconcilier auec ledit Seigneur Roy son mary ; & à ce fait fut employé presque vn an de temps.

Qu'aprés cette reconciliation, ladite Dame estant auprés dudit Seigneur Roy son mary, chacun reconnoissoit qu'elle ne viuoit auec la priuauté & amitié coniugale, comme auparauant elle n'y en auoit iamais eu.

Qu'en l'an 1585. elle se retira de la ville de Nerac d'auprés ledit Seigneur Roy en la ville d'Agen, qui tenoit le party de ceux qui auoient leué les armes contre l'authorité du feu Roy son frere, pour exterminer ledit Seigneur Roy son mary : depuis lequel temps ils n'ont demeuré ensemble, & dés lors ne se voulut plus dire sa femme, ny prendre la qualité de Reyne de Nauarre, ains en plusieurs expeditions & actes publics elle se qualifioit seulement Marguerite de France Duchesse de Valois, & durant les troubles derniers a fait des leuées de gens de guerre contre l'authorité dudit Seigneur Roy son mary, s'estant iointe auec les ennemis, & conspiré pour luy oster sa couronne.

Que ledit mariage a esté dés le commencement nul, & contraire aux constitutions Canoniques, pour la proche parenté & consanguinité, qui estoit entre ledit Seigneur Roy & ladite Dame, dautant que le feu Roy François ayeul d'elle, & le pere de Henry II. duquel elle estoit fille, & Madame Marguerite femme de Henry de Nauarre, & du mariage desquels nasquit la Reyne Ieanne mere dudit Seigneur Roy Henry IV. estoient frere & sœur ; tellement que sadite Maiesté & ladite Dame sont yssus de germain, & au troisiéme degré, au dedans duquel les mariages sont defendus par les SS. Decrets & Conciles.

Que cette parenté & consanguinité a esté sceuë & connuë par les contractans dés auparauant ledit mariage, & ne pouuoit estre ignorée, estant si proches & de maisons si illustres.

Qu'auparauant ledit mariage n'a esté demandée ny obtenuë aucune dispense de nostre S. Pere, & ne s'en pouuoit obtenir, dautant que lesdits Seigneur & Dame estoient de contraires Religions, & n'eust iamais à cette occasion sa Sainteté octroyé ladite dispense.

Que

Que peu aprés ledit mariage contracté & celebré au mois d'Aoust 1572. la plufpart des principaux officiers & feruiteurs dudit Seigneur Roy ayant esté tuez, le feu Roy Charles I X. & la Reyne fa mere firent obtenir vne difpenfe dudit mariage fans le fceu, vouloir & confentement de ladite Dame Marguerite, laquelle n'en a iamais entendu parler, finon depuis que l'on est à propos de cette diffolution de mariage, auquel iamais auparauant, ny depuis, elle n'a eu aucune volonté & affection.

Que cette pretenduë difpenfe ne fut prefentée à Monfeigneur le Cardinal de Gondy lors Euefque de Paris, qui estoit l'Euefque ordinaire des Rois, & des enfans de France, ny à fes grands Vicaires, ny à fes Officiaux, & ne s'en trouuera aucun acte au registre de l'Euefché de Paris, ny à autre Prelat de ce Royaume. Et fur icelle difpenfe n'a esté presté aucun nouueau confentement audit mariage par lefdits Seigneur Roy & Dame, ce qui estoit toutefois neceffaire pour valider le Sacrement de mariage.

Qu'outre ladite parenté & confanguinité, y auoit entre lefdits contractans vne alliance fpirituelle, dautant qu'en l'année mil cinq cens cinquante quatre, ledit Seigneur Roy fut tenu fur les fonts de baptefme à Pau en Bearn, par defunt Monfr le Cardinal de Bourbon fon oncle, au nom & comme Procureur, & ayant charge expreffe du Roy Henry I I. pere de ladite Dame Marguerite, & par Henry auffi fecond Roy de Nauarre, ayeul maternel de fa Maiesté, laquelle cognation fpirituelle annulloit ledit mariage.

Que c'est vne façon fort vulgaire & fort commune en ce Royaume de faire prefenter les enfans au baptefme par Procureurs, mefmes par les Princes & autres Grands, & celuy au nom duquel l'enfant est prefenté, est tenu pour le vray parrain, & reputé contracter cognation fpirituelle. Signé, C. FAYE.

Faits & articles sur lesquels les témoins doiuent estre oüys en l'enqueste.

FACTA seu articuli secreti ac desumpti tam ex positionibus seu scripturis Christianiss. Henrici IV. Franc. & Nauarr. Regis ex vna, & Sereniss. Regine Margareta Francia clara memoria Henrici II. Regis Francia Christianissimi filia partibus ex altera, respectiue nullitatem & dissolutionem matrimony petentium, quàm ex litteris Apostolicis S. D. N. Clementis diuina Prouidentia Papa VIII. Super quibus articulis nos Franciscus tit. sancti Petri ad vincula S. R. E. Presbyter Cardinalis de Toyosa nuncupatus, Horatius Archiep. Arelaten. & Gaspar Episc. Mutinen. S. D. N. Papa & Apostolica Sedis in Regno Francia Nuntius, Iudices à S. D. N. Clemente diuina Prouidentia Papa VIII. in hac parte delegati & deputati, statuimus & ordinauimus plenius ex officio per idoneos testes à Promotore nostro nominandos per nos, aut Iudices à nobis in partibus subdelegandos, de hisque inquisitiones & informationes fieri.

Dictus Promotor eâ quâ decet fidelitate & diligentiâ idoneos testes & integra fama nobis nominabit, qui de contentis in sequentibus articulis deponere possint, à quibus testibus, prastito per eos prius iuramento, sciscitabitur.

1. Si anno Dom. 1572. contractum fuerit matrimonium inter praedictos Henricum IV. tunc Nauarra Regem & Serenissimam Reginam Margaritam Francia Valesie Ducem ea inuita, & si adhoc celebrandum vi & metu per Christianissimum Carolum IX. Francia Regem & Reginam matrem, sub quorum tutela, ditione & potestate erat, inducta & coacta fuerit.

2. Si tempore dicti matrimony celebrati ipsam Reginam Margaritam Francia in 19. sua atatis anno constitutam, ipsis Carolo Regi fratri & Regina matri cum lachrymis & suspiriis se huic matrimonio consensum prastare non posse dicentem & declarantem viderunt, in eamque ob id praedictos Carolum Regem & Reginam matrem atrocissimis verbis exarsisse, multa in eam mala comminantes, si eorum obnixa voluntati & imperio non obtemperaret, ita vt existimaret ipsa Domina Margareta sibi vita periculum im-

minere , ſi tantorum Principum imperio parere recuſaret.

3. *Si ante matrimonium, eóque contracto multis ipſa Margareta Franciæ multoties ſe huic matrimonio liberum conſenſum numquam præſtitiſſe , nec præſtituram dixerit & declarauerit.*

4. *Si prædictus Dom. Henricus Rex, omiſſa aulâ Regiâ , cùm ſe anno Dom. 1572. in Aquitaniæ partibus ſeceſſiſſet , frequentibus nuntiis & litteris prædictam Sereniſſimam Margaretam, vt ad ſe in Aquitaniam rediret inuitauerit, ipſáque veluti negligente aut nolente cum Regina matre anno Dom. 1578. tantum redierit.*

5. *Si anno Dom. 1582. ipſa Regina Dom. Margareta in aulam Regiam Henrici III. Francorum & Poloniæ Regis redierit, & in eâ vſque ad annum Dom. 1583. remanſerit, omiſſa aut potiùs reiecta omni coniugali affectione erga prædictum Henricum IV. Regem, à dictâ aulâ Regiâ non diſceſſura niſi iubente prædicto Henrico III. & imperante Reginâ matre , qui eam inuitam & contradicentem in Aquitaniam remiſerunt cum vno ex præcipuis Regni & arctioris Conſilij Conſiliariis ad reconciliandum prædictam Dominam Margaritam cum prædicto Henrico IV. Rege adhibito , in quibus peragendis anni ſpatium præteriit.*

6. *Si ipſa reconciliatione factâ quamdam amicitiam aut coniugalem affectionem inter prædictos Henricum IV. Regem & Margaritam Franciæ recognouerunt.*

7. *An ab eo die quo ipſa Dom. Margarita clam ab aulâ Henrici IV. qui in caſtro Neraci erat ſeceſſit, ſcilicet anno 1583. & ad Agennenſem Aquitaniæ ciuitatem iter arripuit, quæ ciuitas tunc inimicorum Regis Henrici IV. parteis fouebat, cum ipſo Henrico IV. redierit & cum eo conuerſata fuerit.*

8. *Et an ipſa D. Margareta in dicta Agennenſi ciuitate commorante , & Reginæ Nauarræ & vxoris Henrici IV. Regis qualitatem reſpuerit & dimiſerit, & in multis publicis actis Margaritam filiam Franciæ Valeſiæ Ducem ſe tantùm dixerit & nominauerit.*

9. *Si in his bellorum ciuilium vltimis tempeſtatibus , & ab ipſo die quo ipſa D. Margarita in ipſam Agennenſem ciuitatem confugit , militum cohortes eduxit, vt cum inimicis Henrici IV. Regis fœdera iniret.*

10. *Super conſanguinitatis gradu inter prædict. Henricum IV. Franc. & Nauarr. Regem Chriſtianiſſ. & dictam D. Margaritam Franciæ ſciſcitabitur à teſtibus.*

11. An Sereniss. Margarita soror Francisci I. Francorum Regis Christianiss. matrimonio coniuncta fuerit cum Serenissimo Principe Henrico Nauarræ Rege, & ex eo matrimonio Sereniss. Ioanna Nauarræ Regina mater prædicti Henrici IV. Franc. & Nauarr. Regis Christianiss. nata fuerit, an etiam prædicta Margareta Franciæ Henricum II. Franc. Regem Christianiss. patrem habuerit, qui Henricus, prædictum Franciscum Francorum Regem patrem habuerat & eo modo dictus Henricus IV. Franc. & Nauarr. Rex Christianiss. sint in tertio consanguinitatis gradu. Et an hæc consanguinitas in tertio gradu contracta matrimony tempore partibus cognita fuerit.

12. An tempore contracti matrimony, ann. scilicet Dom. 1572. dictus Henricus IV. Franc. & Nauarr. Rex Christianiss. & Margarita Franciæ contrariam Religionem profitebantur.

13. An dispensatio quæ à S. D. N. Gregorio diuina Prouidentia Papa XIII. ann. Dom. 1572. super prædicto consanguinitatis gradu concessa fuit ad instantiam claræ memoriæ Caroli IX. Franc. Regis Christianiss. & sereniss. Catharinæ Reginæ matris, nota & cognita fuerit prædictæ Margaritæ Franciæ antequam de dicti matrimony nullitate & dissolutione tractaretur.

14. An dicta dispensatio Reuerendo Dom. Episc. Parisiensi, Regum, filiorum Franciæ & Principum Præsuli præsentata & oblata fuerit, aut suis Vicariis generalibus, & an in publicis actis registrata, & executioni mandata, & post datam dictæ dispensationis prædicti Henricus IV. tunc Nauarræ Rex, & Margarita Franciæ consensum super dicto matrimonio denuo, seu de nouo præstiterint.

15. Reuerendiss. & Illustriss. Dom. Petrus tit. Sanctiss. Trinitatis in monte Pincio S. R. E. Cardinalis de Gondy nuncupatus, & qui tempore datæ prædictæ dispensationis Parisiensis Episcopus erat, examinabitur an huiusmodi dispensatio ad sui notitiam peruenerit, si ei præsentata & oblata fuerit, aut suis Vicariis generalibus. Et super cognatione spirituali inter prædictos Henricum IV. Franc. & Nauarr. Regem Christianiss. & Margaritam Franciæ contracta testes erunt examinandi.

16. An Henricus II. Franc. Rex Christianiss. pater prædictæ Margaritæ Franciæ dictum Henricum IV. Regem Christianissimum in Paduæ Benearnensis Principatus oppido per Reuerend. & Illust. Cardinalem a Borbonio Procuratorem suum specialem ann. Dom.

1554. *de sacro fonte leuauerit, cum Sereniss. Henrico Nauarr. Rege auo dicti Henrici IV. Franc. & Nauarr. Regis Christianissimi.*

17. *An in Regno Franciæ vigeat & sit in vsu inter Reges, Principes & Proceres huiusmodi consuetudo, vt per Procuratorem compaternitas contrahatur, & is cuius nomine infans de sacro fonte leuatus est cognationem spiritualem contrahat, & per Procuratorem infantes à sacro fonte leuari soleant. Signé, FR. CARD. DE IOYEVSE. HORATIVS Archiep. Arelaten. & Commiss. GASPAR Episc. Mutinen. Nuntius & Iudex deleg.*

Suprascriptos articulos à Reuerendiss. & Illustriss. Domino Cardinali, Reuerend. & Illustriss. Dom. Archiep. Arelatensi, & Episc. Mutinen. Nuntio, Domino Promotori communicandos accepimus. Signé, LOÜET, *& plus bas* ROSSIGNOL.

Nomina & cognomina Testium quos Promotor in caussa dissolutionis matrimony inter Christianissimum Henricum IV. Franciæ & Nauarræ Regem, & Serenissimam Reginam Margaretam à Francia Valesiæ Ducem intendit examinari in Inquisitionibus, seu Inquestis ex officio ad suam instantiam faciendis.

ILLVSTRISSIMVS *ac Reuerendissimus Dom. Petrus tit. Sanctissimæ Trinitatis in monte Pincio S. R. E. Presbyter Cardinalis de Gondy nuncupatus.*

Illustrissimus Dom. Albertus de Gondy Dux de Retz Marescallus & Par Franciæ.

Reuerendus in Christo Pater Stephanus le Roy Abbas Commendatarius Monasterij S. Martini Niuernensis.

Dominus Hieronymus de Gondy vnus ex nobilibus Cameræ Regiæ.

Dominus Claudius Pinart arctioris Consilij Regis Consiliarius.

Dominus Nicolaus Brulard eiusdem arctioris Consilij Regis Consiliarius.

Magister Stephanus Pean Dominus temporalis du Sauger defunctæ Reginæ matris Secretarius.

Illustris Domina Carola de Beaulne coniux Illustrissimi Francisci de la Trimoüille Marchionis Nigri-monasterij.

Francisca Miquelot Damicella defuncta Reginæ matris cubicularia. Signé, C. FAYE.

Enqueste en laquelle ont esté ouys & examinez neuf témoins.

INQVISITIO seu testium examinatio ex officio per nos Franciscum tit. S. Petri ad vincula S. R. E. Presbyterum Cardinalem de Toyosa nuncupatum, Horatium Archiep. Arelat. & Gasparem Epsc. Mutin. S. D. N. Papæ & sanctæ Sedis Apostolicæ in Regno Franciæ Nontium, Iudices à S. D. N. Clemente divina Prouidentia Papa VIII. delegatos in causâ dissolutionis & nullitatis matrimony motá & pendente inter Henricum IV. Francorum & Nauarræ Regem Christianissimum ex uná, & Serenissimam Reginam Margaretam Franciæ Valesiæ Ducem partibus ex alterá respectiue actores, facta super contentis factis, seu articulis desumptis tam ex positionibus, seu scripturis prædictorum Henrici Regis & Margaritæ Reginæ Valesiæ Ducem, quàm ex litteris Apostolicis præfati S. D. N. Papæ, super quibus inquirendum & informandum esse per testes idoneos a Promotore nostro nominandos, per sententiam nostram sub data diei 29. Octobris anni Domini 1599. statuimus & ordinauimus.

Luna 8. Nouembris 1599. in palatio Reuerendissimi & Illustrissimi Domini Cardinalis.

FRANCISCA Miquelat Serenissimæ Reginæ Doariæ Domina Cameræ, & defunctæ Serenissimæ Catharinæ Reginæ matris Cubiculariá seu foemina ordinaria Cameræ, in sexagesimo quarto ætatis suæ anno constituta, præstito per eam iuramento in manibus nostris, & per nos interrogata super contentis in sequentibus articulis, super quibus ei perlectis dixit super primo eorum articulo incipiente his verbis: Si anno Dom. 1572. contractum fuerit &c.

Auoit bonne connoissance du temps que le Roy, qui estoit lors Roy de Nauarre, fut marié auec Madame Marguerite de France Duchesse de Valois, & que ledit mariage fut contracté par force, & qu'a ce faire le defunt Roy Charles IX. força ladite Dame, luy disant, que l'on luy

feroit bien faire, & vſa de meſmes paroles la Reyne mere,
qui la contraignit à conſentir audit mariage, diſant à ladite
Dame Marguerite, que l'on la rendroit la plus miſerable
Damoiſelle du Royaume, ſi elle ne conſentoit audit mariage, & a veu par pluſieurs fois plorer ladite Dame Marguerite, qui ſe plaignoit de ce que l'on la vouloit faire épouſer
par force, & qu'elle n'auoit aucune amitié auec ledit Seigneur Roy.

Et par nous enquiſe du lieu où ladite depoſante a oüy leſdites paroles, nous a dit que ce fut au cabinet de la Reyne mere.

Sur le 5. article, commençant par ces mots, *Si anno Dom.*
1582. ipſa Regina Margarita, &c.

A dit, que ladite Dame Marguerite de France eſtant reuenuë en Cour, en l'année 1582. elle ne vouloit retourner auec le Roy, & luy eſtant commandé de retourner,
tant par le defunt Roy Henry III. que par la Reyne mere,
ladite Dame Marguerite ſe print à plorer, & pour la rame-
ner en Guyenne, fut employé Monſieur de Bellieure, de
preſent Chancelier, qui l'accompagna pour mettre peine
de la reconcilier auec ledit Sieur Roy. Et pendant le temps
que ladite Dame Marguerite de France fut en Cour, elle
demonſtroit aſſez qu'elle n'auoit aucune affection audit
Sieur Roy ſon mary, & eſtoit fort aiſe de le faire connoiſtre,
tant par ſes paroles que actions.

Sur le 10. article commençant, *super conſanguinitatis gra-*
du inter prædictum Henricum IV. &c.

A dit qu'elle a veu en Cour la defunte Reyne de Nauarre
qui mourut en l'année 1570. qui eſtoit fille de la Reyne de Nauarre, ayeule dudit Sieur Roy & ſœur du
Roy François I. & que c'eſtoit choſe par trop notoire en
Cour.

Sur le 12. article commençant, *An tempore contracti ma-*
trimonÿ, anno videlicet Domini 1572. &c.

A dit que c'eſtoit choſe notoire que ledit Sieur Roy eſtoit
lors de ſon mariage de contraire Religion à ladite Dame
Marguerite de France, laquelle Dame portoit grande inimitié aux Heretiques, leſquels, à ce qu'elle diſoit, elle ne

pouuoit aucunement aimer, ny conuerser auec eux.

Qua expositione perlecta, eam veram esse dixit, & in ea perse-
uerauit, & eam subsignauit. F. MIQVELOT.

Veneris 12. Nouembris anno Domini 1599. in palatio Reuerendissi-
mi & Illustriss. Domini Cardinalis.

ILLVSTRISSIMVS Dom. Albertus de Gondy Dux de Retz
Mareschallus Franciæ ætatis suæ anno 71. præstito per eum in manibus nostris iuramento, & per nos auditus & examinatus super
contentis in dictis articulis ad instantiam nostri Promotoris, eisque
ei lectis, & ab eo intellectis.

Super 1. art. hæc verba continente, Si anno Dom. 1572. &c. Su-
per 2. art. hæc verba continente, Si tempore dicti matrimony &c.
& super 3. incipiente, Si ante matrimonium, eoque contracto &c.

A dit qu'il se souuient auoir esté present aux ceremonies
du mariage du Roy, lors seulement Roy de Nauarre, &
de Madame la Reyne Marguerite, & combien qu'il n'estoit
apparu audit sieur deposant de l'interieur de leurs affections reciproques par si expresses declarations qui se pourroient desirer pour en iuger au vray, auoir neantmoins estimé auec la generale & plus apparente opinion, que le tout
fut fait dés lors par l'authorité & commandement rigou-
reux de la Royne, mere de ladite Dame Reyne Marguerite,
meuë de la necessité & bien du Royaume. Que pour ce qui
est de l'affection mutuelle & reciproque des parties, qu'il les
a tousiours crû contraires, par les actions particulieres que
le sieur deposant en a remarquées : outre les plaintes souu-
uent faites par ladite Dame Reyne mere, de la dureté de ladite Dame Marguerite, mesme en chose qu'elle tenoit si importante & necessaire pour le bien du Royaume. Qu'il
estoit lors crû generalement des principaux de la Cour,
qu'il en estoit passé entre les parties paroles assez rigoureuses, desquelles ledit deposant n'a ou si speciale & particuliere connoissance.

Super 4. art. hæc verba continente, Si prædictus Dom. Henricus
Rex omissu aula Regis &c.

Nous a dit ledit sieur deposant, auoir souuenance que
s'estant ledit Sieur Roy retiré en Guyenne, c'estoit chose
notoire

notoire à vn chacun que ladite Dame Marguerite fist tout
ce qu'elle pust pour ne retourner auec luy, & ne fust retournée sans la contrainte de ladite Dame Reyne sa mere, laquelle s'efforça de la luy conduire elle-mesme.

Super 5. art. hæc verba continente, Si anno Domini 1582. ipsa
Dom. Margarita in aulam Regiam &c.

A dit se souuenir que estant ladite Dame Marguerite
reuenuë en Cour l'an 1582. elle y demeura iusques en l'an
1583. sans monstrer vouloir retourner vers ledit Seigneur
Roy, & que lors la commune opinion estoit, que ladite Dame n'y fust retournée, sans que le feu Roy Henry III. son
frere la renuoya d'authorité absoluë, auec les rigueurs ap-
parentes, dont tout le Royaume a pû auoir connoissance,
enuoyant aprés elle Monsieur de Bellieure, de present
Chancelier de France, pour la reconcilier auec ledit Seigneur Roy.

Super 6. art. hæc verba continente, Si ipsa facta reconciliatione
quamdam amicitiam &c.

A dit ledit sieur deposant, qu'il ne pouuoit ignorer le
bruit commun estre par tout le Royaume, que ladite Dame
depuis ladite reconciliation, estant prés dudit Seigneur
Roy, n'y viuoit auec la priuauté requise entre mary &
femme.

Super 7. art. hæc verba continente, An ab ea die qua ipsa Do-
mina Margareta &c.

Nous a dit ledit sieur deposant, qu'en l'année 1585. ladite Dame Marguerite se retira de Nérac d'auprés dudit Seigneur Roy pour aller à Agen, sans que du depuis elle soit
retournée vers ledit Seigneur Roy, ayant ladite Dame
Marguerite seiourné quelque temps en ladite ville d'A-
gen auec nombre de gens de guerre, faisant actes signalez
d'hostilité.

Super 10. art. hæc verba continente, Super consanguinitatis gra-
du inter prædictum Henricum IV. &c.

Nous a dit ledit sieur deposant, auoir bonne connoissance, que la Reyne Ieanne mere dudit Seigneur Roy estoit
fille de Madame Marguerite Reyne de Nauarre, sœur du
Roy François, qui estoit ayeule de ladite Dame Margue-

yy

rite de France, & que ce degré de confanguinité entre ledit Seigneur Roy & ladite Dame Marguerite de France,
eſtoit tel que chacun en murmuroit : qui eſtoit l'vne des
occaſions, ioint la diuerſité de Religion, pour laquelle ladite Dame Marguerite faiſoit grand fondement de ne ſe
pouuoir affectionner audit mariage, comme ladite Dame
luy a ſouuentefois dit, & que pour cette cauſe elle n'auoit
iamais voulu conſentir audit mariage.

*Super 13. art. hæc verba continente, An diſpenſatio quæ à S. D.
N. Gregorio Diuina &c.*

Nous a dit ledit ſieur depoſant, n'auoir particuliere connoiſſance de la diſpenſe octroyée par noſtre S. Pere, ſur ledit degré de conſanguinité, ſinon qu'il a touſiours cru auec
beaucoup d'autres de ſemblable opinion, que telle diſpenſe ne ſe pourroit aiſément octroyer par ſa Sainteté, pour la
diuerſité de Religion dudit Seigneur Roy, & n'a ledit ſieur
depoſant oncques eu connoiſſance que telle diſpenſe ait
eſté preſentée au Reuerendiſſime & Illuſtriſſ. Cardinal de
Gondy, lors Eueſque de Paris.

*Super 17. art. hæc verba continente, An in Regno Franciæ vi-
geat & ſit in vſu &c.*

A dit ledit ſieur depoſant, que c'eſt vne façon vulgaire
en ce Royaume de faire porter les enfans au bapteſme par
Procureur, meſmes entre les Princes & autres grands Seigneurs, & que celuy au nom duquel l'enfant eſt porté ſur
les fonts de bapteſme eſt tenu pour le vray parrain.

*Quâ depoſitione dicto Domino deponenti lecta, in ea perſeuera-
uit, veram dixit & ſubſignauit,* & a ſigné ainſi. Fait par nous
ce 12. iour de Nouembre 1599. DE GONDY Duc de Raiz.

*Reuerendiſſimus & Illuſtriſſ. Petrus tit. ſanctiſſimæ Trinitatis
de Monte Pincio S. R. E. Presbyter Cardinalis de Gondy nuncupatus in 68. ætatis ſuæ anno conſtitutus, præſtito per eum, vt moris eſt,
iuramento per nos interrogatus ſuper contentis in quibuſdam ex dictis articulis.*

*Super 14. & 15. art. hæc verba continente, An dicta diſpen-
ſatio &c.*

A dit que telle diſpenſe n'eſt oncques venuë à ſa connoiſſance, encore qu'au temps d'icelle, & auparauant il fuſt

Euefque de Paris, ne luy a efté prefentée, ny à fes Grands
Vicaires, auffi ne fe trouuera-t-elle enregiftrée és Greffes
de l'Euefché & Officialité de Paris, & n'en a oncques entendu parler.

Super 17. art. hæc verba continente, Au in Regno Franciæ vi-
geat, & fit in vfu inter Reges &c.

A dit que c'eft vne couftume ordinaire en France, mefmes entre les Grands, que l'on fait tenir par Procureur des
enfans fur les fonts de baptefme, & que la cognation fpirituelle fe contracte en la perfonne du conftituant, qui eft
eftimé le vray parrain, & non le Procureur.

Qua depofitione dicta Reuerendiff. & Illuftriff. Domino Cardi-
nali lecta, in ea perfeuerauit, eámque vt veram fubfignauit. PIER-
RE CARD. DE GONDY.

Mercurij 17. Nouembris anni prædicti in palatio prædicti
Illuftriff. Domini Cardinalis.

DOMINA *Carola de Beaune coniux Illuftriff. Francifci de*
la Trimoüille Marchionis de Nigro-monafterio, annum agens
43. præftito per eam iuramento, & per nos fuper contentis in dictis
articulis audita & examinata.

Super eorum, hæc verba continente, Si anno Dom. 1572. con-
tractum fuerit matrimonium &c.

A dit auoir bonne connoiffance du mariage cy-deuant
contracté entre ledit Seigneur Roy, lors Roy de Nauarre,
& ladite Dame Reyne Marguerite de France, & eftoit lors
ladite Dame depofante au feruice ordinaire de la Reyne
mere, luy feruant de Dame d'atour. Sçait à cette occafion
que ledit mariage a efté fait contre la volonté de ladite Dame Reyne Marguerite, qui fut contrainte & forcée d'y
confentir par les commandemens exprés, & plufieurs fois
reïterez de ladite Dame Reyne mere, & fe fouuient ladite
Dame depofante, qu'eftant vn iour au cabinet de ladite
Dame Reyne, où l'on parloit dudit mariage, icelle Dame
Reyne dit à ladite Dame Reyne Marguerite qu'elle faifoit
refus de confentir audit mariage qui fe faifoit pour le bien
du Royaume; ce qu'ayant refufé ladite Dame Marguerite,
difant qu'elle ne pouuoit porter aucune affection audit Sei-

gneur Roy, luy fut dit par ladite Dame Reyne mere, qui
fi elle ne confentoit audit mariage, qu'elle la rendroit la
plus miferable Dame du Royaume : aprés lefquelles paroles fe print ladite Dame Reyne Marguerite à plorer, reïte-
rant à ladite Dame Reyne qu'elle ne pouuoit confentir audit mariage, ne portant affeʒction aucune audit Seigneur
Roy, lors Roy de Nauarre, & fe pafferent plufieurs paroles
d'aigreur, fuppliant ladite Dame Marguerite auec larmes,
ladite Reyne mere de ne permettre ledit mariage, ce que
ladite Dame Reyne mere ne vouloit aucunement accorder, difant que c'eftoit chofe qui eftoit neceffaire de faire
pour le bien du Royaume : Et à ce que deffus eftoit prefente audit cabinet la Dame Renoulliere femme de chambre de ladite Dame Reyne mere.

Super 2. art. hæc verba continente, Si tempore diʒti matrimonÿ
ipfam Margaritam Franciæ &c.

A dit y auoir cy-deffus fatisfait, & qu'il fe paffa pour
lors plufieurs paroles d'aigreur, que particulierement ladite Dame depofant ne peut rapporter pour le long temps
qu'il y a ; mais bien fe fouuient que ladite Dame R. Marguerite fe plaignoit de ce que l'on la contraignoit & for-
çoit à confentir à vn mariage auquel elle ne pouuoit auoir
aucune affeʒction, & ploroit en difant lefdits propos, & fe
fouuient ladite Dame depofante que en vn iour entre autres ladite Dame R. Marguerite en continuant fes plaintes, difoit qu'elle eftoit comme defefperée, de ce que l'on
la faifoit confentir audit mariage contre fa volonté.

Super 3. art. hæc verba continente, Si ante matrimonium, eóque
contraʒto multis ipfa Margarita &c.

A dit auoir entendu par plufieurs fois ladite Dame R.
Marguerite faire lefdites plaintes en plorant, & que l'on la
faifoit confentir à vn mariage auquel elle n'auoit aucune
affeʒction.

Super 4. art. hæc verba continente, Si prædiʒtus Dom. Henri-
cus Rex vmiffa aula Regia cùm fe anno 1575. &c.

Se fouuient ladite Dame depofante, que aprés que ledit
Seigneur Roy fut abfent de la Cour en l'année 1575. ladite
Dame R. Marguerite n'auoit volonté aucune de l'aller

trouuer, & toutefois & quantes que l'on la luy vouloit enuoyer, elle trouuoit moyen de s'en exempter, & fut enfin
contrainte ladite Dame Reyne mere de la conduire contre sa volonté ; & sçait la Dame deposant beaucoup de
particularitez de la part de ladite Dame R. Marguerite, qui
taschoit par tous moyens à rompre le voyage.

Super 5. art. hæc verba continente, Si anno Dom. 1582. ipsa
Dom. Margaritá in aulam Reginam Henrici III. &c.

La Dame deposante a bonne souuenance qu'en l'année
1582. ladite Dame R. Marguerite reuint en Cour, & y fit
seiour iusques en l'an 1583. que pendant ce temps elle donna assez à connoistre le peu d'affection qu'elle portoit audit
Seigneur Roy son mary, & par ses propos & deportemens
vn chacun pouuoit connoistre qu'elle n'y en auoit aucune,
& se passerent pendant ledit temps beaucoup de choses
qu'il est plus seant de supprimer, que de dire : & fut ladite
Dame renuoyée de la Cour vers ledit Seigneur Roy contre sa volonté, & aprés beaucoup de pleurs.

Super 12. art. hæc verba continente , An tempore contracti ma-
trimonij anno scilicet Domini 1572. &c.

A dit que c'estoit chose assez notoire, que ledit Seigneur Roy & ladite Dame R. Marguerite estoient de contraire Religion.

Qua depositione dictæ Dominæ Carolæ lecta, & ab ea intellecta,
veram esse dixit, in ea perseuerauit & eam subsignauit. Signé,
C H A R L O T T E D E B E A V N E.

Hieronymus de Gondy vnus ex nobilibus cameræ Regiæ Christia-
nissi. annum agens 64. præstito per eum iuramento, & per nos exami-
natus super contentis in 14. art. hæc verba continente , An dicta
dispensatio Reuerendissimo Dom. Episcopo Parisiensi &c.

A dit auoir bonne connoissance, qu'en l'année 1572. le
sieur deposant ayant dés lors la charge & conduite des Ambassadeurs, fut requis par l'Illustrissime Cardinal Saluiati
lors Nonce en France, de luy faire donner audience, ce
qu'il obtint fort aisément du defunt Roy Charles IX. &
assisterent à icelle audience auec ledit defunt Roy Charles,
la Reyne sa mere, le Roy Henry IV. n'estant lors que Roy
de Nauarre, l'Illustrissime Cardinal de Bourbon, & quel-

ques autres Seigneurs; en laquelle audience ledit sieur
Cardinal Saluiati presénta vne Bulle qu'il disoit contenir
la dispense du mariage d'entre ledit Seigneur Roy Henry,
& Madame R. Marguerite de France, pour le degré de
consanguinité. Laquelle dispense, sans qu'il leur en fist aucune lecture, mesmes sans faire ouuerture du paquet dans
lequel elle estoit enclose, fut baillée audit Sr Cardinal de
Bourbon, & ne vit ledit deposant que ledit Seigneur Roy
Henry fist aucune demonstration de vouloir voir ladite dispense, & beaucoup disoient qu'il donnoit assez à connoistre que c'estoit chose qu'il n'auoit agreable, mesmes ne la
demanda audit Seigneur Cardinal son oncle. Sçait aussi le
deposant, que à ladite audience n'assista ladite Dame R.
Marguerite, & n'a du depuis le deposant aucunement entendu parler de ladite dispense, & ne sçait qu'elle est
deuenuë.

*Qua depositione lecta, in ea testis perseuerauit, & vt veram
subsignauit.* Signé, IHE. DE GONDY.

*Veneris 3. Decembris 1599. in domo Dom. Archiepiscopi Arelaten-
sis in ciuitate Parisiensi in vico de* Pain Molet *sita.*

ILLVSTRIS. *Claudius Pinart Regis ac Regni à secretis Consiliis
Consiliarius, Dominus temporalis Baroniæ de Cramaille annum
agens 64. & per Promotorem nostrum nobis nominatus, & per nos
super contentis in dictis articulis secretis auditus & examinatus,
eisque ei lectis prastito per eum iuramento.*

*Super 1. art. hæc verba continente, Si anno Dom. 1572. contra-
ctum fuerit matrimonium &c.*

Nous a dit auoir bonne connoissance dudit mariage, &
sçauoir que Madame Marguerite de France n'a apporté aucun consentement au mariage, & n'auoir onéques aimé
ledit Seigneur Roy, & a entendu par plusieurs fois aux filles de ladite Dame, qu'elle n'auoit aucune volonté & affection audit mariage, & a souuenance auoir oüy dire à ladite Dame Reyne mere, ces mots ou semblables, Ma fille se-
» ra bien heureuse d'épouser vn si grand Prince que le Roy
» de Nauarre, & qui est de si bonne & grande esperance: da-
» uantage, que sçait on qui peut aduenir de mes enfans? Ce

mariage sera cause de la paix, & est necessaire pour le bien „
de la paix & repos du Royaume, & aussi que le Roy mon „
fils le veut. „

Super 10. art. hæc verba continente, Super consanguinitatis gradu inter prædictum Henricum IV. Francorum &c.

Nous a dit estre chose toute notoire, que l'ayeule dudit Seigneur Roy estoit Madame Marguerite sœur du Roy François I. qui fut mariée auec le Roy Henry de Nauarre, duquel mariage la Reyne Ieanne mere dudit Seigneur Roy est yssuë.

Super 17. art. hæc verba continente, An in Regno Franciæ vigeat, & sit in vsu Reges, Principes &c.

Nous a dit que la coustume est ordinaire en ce Royaume, de leuer les enfans sur les fonts de baptesme par Procureur, mesmes entre les Grands, en a veu le deposant plusieurs de cette façon, & que celuy pour lequel l'on tient l'enfant est tenu & reputé pour le vray parrain.

Lecture faite de la deposition, y a persisté & l'a signée. Signé, PINART auec paraphe.

Illustris Nicolaus Brulart Secretioris Regni & Regis Consilij Consiliarius, Dominus temporalis de Crosne annum agens 60. à Promotore nostro nobis nominatus, & per nos super contentis in dictis articulis secretis, auditus & examinatus præstito per eum in manibus nostris iuramento.

Super contentis in 1. art. hæc verba continente, Si anno Dom. 1572. contractum fuerit matrimonium &c.

Dixit, estant le deposant en Cour, pour la charge qu'il y auoit de Secretaire d'Estat en l'année 1572. auoir bonne souuenance dudit mariage d'entre ledit Seigneur Roy, & Madame Marguerite, & qu'il fut fait contre la volonté de ladite Dame Marguerite, & par le commandement du defunt Roy Charles IX. & de la Reyne mere, & pour le bien & repos du Royaume, & auoir aussi entendu, & c'étoit chose assez connuë en Cour, que depuis l'an 1585. que ladite Dame Marguerite s'est retirée dans la ville d'Agen, qu'elle n'a veu ledit S.r Roy, ne aucunement conuersé auec luy.

Super 10. art. hæc verba continente, Super consanguinitatis gradu inter prædictum Henricum IV. &c.

A dit estre chose trop notoire, que l'ayeule dudit Seigr Roy Henry estoit Madame Marguerite Reyne de Nauarre, sœur du Roy François I. de laquelle est yssuë la Reyne Ieanne de Nauatre mere dudit Seigneur Roy Henry.

Super 17. art. hæc verba continente, An in regno Franciæ vigeat & sit in vsu inter Reges &c.

A dit que la coustume ordinaire en ce Royaume est, mesmes entre les Grands, de faire tenir les enfans sur les fonts de baptesme par Procureur, & que l'on estime le parrain, non le Procureur, mais celuy au nom duquel il est tenu.

Lecture faite de la deposition, y a persisté & l'a signée. Signé, BRVLART.

Reuerendus Pater Stephanus le Roy Abbas commendatarius S. Martini ordinis sancti Augustini, Niuernensis diœcesis, nec non Consiliarius, & Eleemosynarius ordinarius Regis Christianissimi annum agens 58. à Promotore nostro nobis nominatus, & per nos super contentis in dictis articulis secretis auditus & examinatus, præstito per eum in manibus nostris iuramento.

Super 1. art. hæc verba continente, Si anno Dom. 1572. contractum fuerit matrimonium inter prædictos Henricum IV. &c.

A dit qu'ayant eu cet honneur d'estre fort proche du defunt Roy Charles IX. pour auoir esté nourry dés son enfance prés de sa Maiesté, auoit souuenance d'auoir receu commandement dudit defunt Roy Charles en l'année 1572. peu auparauant ledit mariage, d'aller voir vn matin ladite Dame Marguerite de France, & y estant allé, ledit deposant trouua ladite Dame Marguerite au lict plorant, & se plaignant de ce que ledit Seigneur Roy son frere la vouloit faire épouser contre sa volonté, n'y ayant aucune affection & nulle apparence audit mariage, dautant que ledit Seigneur Roy, lors Roy de Nauarre n'estoit de sa Religion; & à souuenance que lors dudit mariage, ledit defunt Roy Charles commanda au sieur Euesque d'Auxerre grand Aumofnier de se trouuer audit mariage & y assister, ce que ledit sieur Euesque refusa, suppliant sa Maiesté trouuer bon qu'il n'y assistast, dautant que ce ne pouuoit estre mariage; & estoit present le deposant lors dudit commandement;

dement, & ledit depofant a entendu du depuis dudit fieur
Euefque, que beaucoup de chofes manquoient en ce mariage, le confentement & la Religion. En outre, nous a dit
eftre tres-notoire en ce Royaume, que depuis l'an 1585. ladite Dame Marguerite n'a veu ledit Seigneur Roy, &
n'ont efté aucunement enfemble.

Super 17. art. hæc verba continente, An in Regno Franciæ vi-
geat, & fit in vfu inter Reges &c.

A dit eftre chofe affez notoire qu'en France les Grands
ont accouftumé faire tenir les enfans fur les fonts de baptefme par Procureur, & que l'on eftime le parrain non le
Procureur, mais celuy au nom duquel l'on tient l'enfant.

Lecture faite de ladite depofition, y a perfifté & l'a fignée. Signé, E. LE ROY.

Magifter Stephanus Pean Dominus temporalis de Sauge defunctæ
Sereniff. Reginæ matris Secretarius ordinarius annum agens 58. à
Promotore noftro nobis nominatus, & per nos fuper contentis in di-
ctis articulis fecretis auditus & examinatus, præftito per eum in
manibus noftris iuramento,

Super contentis in 1. art. hæc verba continente, Si anno Dom.
1572. contractum fuerit matrimonium &c.

A dit qu'en l'année 1572. il eftoit Secretaire ordinaire
de la defunte Reyne mere, & eftoit ordinairement à fa fuite, & fçait que lors qu'on commença à parler dudit mariage auec ledit Seigneur Roy, lors Roy de Nauarre, il voyoit
ordinairement ladite Dame Marguerite fe tourmenter &
plorer de ce que l'on la vouloit faire confentir audit mariage auquel elle n'auoit aucune affection, & a veu fouuentefois venir le defunt Roy Charles IX. en la chambre de
ladite Dame Reyne mere, qui parloit auec ladite Dame
fa mere dudit mariage, defirant y faire confentir ladite Dame Marguerite de France, laquelle n'y vouloit aucunement entendre, & continuoit toufiours fes plaintes. Se ref-
fouuient le depofant auoir quelquefois receu commandement de ladite Dame Reyne mere fa maiftreffe d'aller trouuer ladite Dame Marguerite, mefmes peu de iours auparauant ledit mariage; mais qu'il la trouuoit plorer ordinairement, & fe plaindre dudit mariage auquel l'on la vouloit

zz

contraindre, bien qu'elle n'y eust aucune volonté ny affection. Se ressouuient aussi que en mesme temps ladite Dame Reyne mere manda la Dame de Curton gouuernante
de ladite Dame Marguerite en son cabinet, auquel estant
auec ladite Dame Marguerite, y ayant esté plus d'vne heure auec ledit Roy & le defunt Roy dernier decedé, les vit
le deposant sortir, & ploroit ladite Dame Marguerite,
comme a semblable ladite Dame de Curton; qui fut occasion que ledit deposant demanda à ladite Dame de Curton l'occasion pour laquelle elle ploroit : laquelle Dame de
" Curton luy fit réponse en ces mots, Comment est-ce que ie
" ne plorerois, puisque ie vois que Madame Marguerite ne
" fait que plorer & se plaindre de ce que l'on la veut faire con-
" sentir à vn mariage contre sa volonté? Et au mesme instant,
deuisant ledit deposant dudit mariage auec ladite D. Marguerite, dist ces mots au deposant, Ie croy qu'il nous arriue-
" ra de ce mariage comme de ceux qui fiancent sans espouser,
" dautant que Madame Marguerite de France ne faisoit que
" plorer & se plaindre, & ne vouloit entendre audit maria-
" ge : Nostre maistresse (entendant parler de ladite Dame
" Reyne mere) plore aussi fort que ladite Dame Marguerite,
dautant que ledit Seigneur Roy Charles luy reprochoit
" qu'elle n'vsoit pas de la puissance qu'elle auoit sur ladite
" Dame Marguerite sa fille.

*Super contentis in 10. art. hæc verba continente, Super consan-
guinitatis gradu inter prædictum Henricum IV .&c.*

A dit que c'est chose certaine & fort notoire en Cour,
que Madame Marguerite de Nauarre sœur du Roy François I. estoit ayeule dudit Seigneur Roy Henry, & qui
fut mariée à Henry Roy de Nauarre, aussi ayeul dudit Seigneur Roy Henry, duquel mariage seroient yssuë Madame
Ieanne Reyne de Nauarre, mere dudit Seigneur Roy Henry, & est aussi notoire que ladite Dame Marguerite de
France est fille du Roy Henry II. qui estoit fils dudit Roy
François I.

*Super 17. art. hæc verba continente, An in Regno Franciæ vi-
geat, & sit in vsu &c.*

A dit que c'est vne coustume assez vsitée en ce Royau-

me, mefmes entre les Grands, de faire tenir fur les fonts
de baptefme les enfans par Procureur, & que celuy eft tenu pour parrain qui fait tenir l'enfant par Procureur.

Quâ depofitione lectâ teftis addidit quod fequitur, & quæ ob-
fcurè dixit dilucidiùs explanauit, & dixit.

Que vn certain iour, duquel il n'eft memoratif, faut que
ce fuft peu auant ledit mariage, & vne aprefdinée, ledit
Roy Charles arriua en la châbre de la Reyne fa mere, y arriua auffi le defunt Roy Henry dernier decedé, & s'affeyrent
en la ruelle du lict de ladite Dame Reyne mere, & parle-
rent dudit mariage, où après le feiour d'vne heure ou enuiron, enuoyerent querir Madame Marguerite de Frâce, de
prefent Reyne de Nauarre, laquelle arriuée, entrerent tous
quatre fans nul autre dans le cabinet de ladite Reyne mere,
où ils furent longuement, & iufques à ce que ledit defunt
Seigneur Roy Henry dernier decedé ouurift la porte, pour
appeller Marguerite femme de chambre de ladite Dame
Reyne mere, laquelle entra audit cabinet, & en fortit incõ-
tinent pour aller querir Madame de Curton Gouuernante
de ladite Dame Marguerite, laquelle Dame de Curton arriua incontinent, & entra audit cabinet, où elle demeura
affez longuement, & fortant la premiere les yeux tout ef-
plorez, fut enquife par quelques Dames de l'occafion de fes
pleurs, laquelle fit réponfe qu'elle ne pouuoit voir fa petite maiftreffe s'affliger fi fort, qu'elle ne s'affligeaft auffi. Et
à l'inftant ladite Marguerite femme de chambre, s'adreffa
à ladite Dame de Curton, & luy dift que c'eftoient des
femmes & filles qui eftoient caufe de ce mal, que la Reyne
fa maiftreffe les connoiffoit bien, & qu'elle en feroit cha-
ftier quelqu'vne, daurant qu'elles perfuadoient madite
Dame Marguerite à s'opiniaftrer contre les volontez du
Roy, & de la Reyne fa mere. Aufquelles paroles ladite
Dame de Curton allegua beaucoup de paroles pour s'en
décharger particulierement. Et ayant ladite Marguerite
femme de chambre quitté ladite Dame de Curton s'affeift
prés le depofant fur vn bahu, luy difant, Ie crains qu'il »
n'arriue comme à ceux qui fiancent & n'époufent pas: car »
voila Madᵉ Marguerite toute fonduë en larmes, pource »

z z ij

„ qu'on luy parle d'acheuer ce qui est encommencé, dequoy
„ le Roy est en vne merueilleuse cholere, & noftre maiftreffe
„ auffi qui plore, parce que le Roy luy reproche qu'elle ne
parle point à madite Dame auec la puiffance abfoluë que
„ doit parler vne mere. Et comme elle voulut continuer ce
propos, ledit defunt Seigneur Roy dernier decedé, fortit
pour la feconde fois dudit cabinet, qui appella ladite Marguerite, laquelle a dit au depofant par plufieurs fois, qu'elle s'eftonnoit comme cette Princeffe pouuoit tant auoir à
contrecœur ce Prince qui eftoit tant agreable à vn chacun
fors à elle. Et s'eft reffouuenu que en ce mefme temps, &
audit lieu, la Dame Daudumoys eftoit affife prés du pied
du lict de ladite Dame Reyne mere, auec plufieurs autres
Dames qui parloit dudit mariage, & difoit que les fimples
Damoifelles eftoient de meilleure condition que les grandes Princeffes, parce que fous la confideration du bien public on ne leur faifoit époufer des Gentils-hommés qu'elles ne pouuoient aimer. Et que au mefme temps eftant le
depofant vn foir au coucher de ladite Dame Reyne mere,
le fieur de Villeroy y arriua de la part du defunt Seigneur
Roy Charles, & ayant parlé à ladite Dame, & s'en eftant
retourné, ladite Dame Reyne enuoya vn nommé Fran-
gueil autrement furnommé Moneton, fçauoir ce que faifoit ladite Dame Marguerite, lequel rapporta qu'elle ploroit en fon cabinet, que lors ladite Dame Reyne mere dift
„ ces mots, Cette creature me donne bien de l'affliction.

Qua depofitione denuò lectâ, in ea teftis perfeuerauit, veram dixit & fubfignauit. Signé, PEAN.

Cette Enquefte a efté mife en Latin, & deliurée Latine
au Promoteur. Signée, FR. CARD. DE IOYEVSE,
HORATIVS Archiep. Arelaten. & Commiff. Apoftol.
GASPAR Epifc. Mutin. Nunc. & Iud. deleg. & plus bas,
Signé, LOÜET, LE CHARRON, ROSSIGNOL.

Procez verbal de l'Enquefte.

ANNO *Dom. 1599. die 8. menfis Nouembris poft meridiem coram nobis Francifco tit. S. Petri ad vincula S. R. E. Pref-*

bytero Cardinali de Ioyosa nuncupato, Horatio Archiep. Arelat. &
Gaspari Episc. Mutin. S. D. N. Clementis diuina Prouidentia Pa-
pæ VIII. & sanctæ Sedis Apostolicæ in Regno Franciæ Nuntio,
Iudicibus à sua Sanctitate delegatis in caussâ dissolutionis & nulli-
tatis matrimonij inter Christianissimum Henricum IV. Franc. &
Nauarræ Regem ex vnâ, & Sereniss. Reginam Margaritam Fran-
ciæ Valesiæ Ducem partibus ex alterâ respectiuè actores, præsenti-
bus nobili & egregio Georgio Loüet Abbate commendatario mona-
sterij Omnium Sanctorum, Canonico & Archidiacono maioris Ec-
clesiæ Andegauensis, necnon Senatus Parisiensis Consiliario Clerico,
& Christophoro Rossignol Sedis Apostolicæ & curiæ Episcopalis Pa-
risiens. Notario, quos in præsenti lite pro Scriba & Notario elegi-
mus, comparuerunt in palatio prædicti illustriss. Dom. Cardinalis
in vico Sequanæ in suburbiis sancti Germani à pratis prope & extra
muros ciuitatis Parisiens. sito, pro exercitio nostra Iurisdictionis à
nobis electo, nobilis & egregius Carolus Faye Abbas Commenda-
tarius sancti Fusciani, Canonicus Ecclesiæ Parisiens. necnon Chri-
stianiss. Francorum Regis in suo Parisiensi Senatu Consiliarius Cle-
ricus, quem in Promotorem nostrum in præsenti caussa elegimus:
nobilis ac illustris Iacobus de la Guesle prædicti Christianissimi
Regis in suis, Regni & arctiori Consiliis Consiliarius, necnon suus
Procurator generalis & specialis in lite præsenti ex vna: & nobi-
les & egregij Martinus Langlois prædicti Christianiss. Regis Con-
siliarius & libellorum supplicum hospitij Regis Magister, & Edouar-
dus Molé in dicto Senatu Consiliarius, prædictæ Sereniss. Marga-
ritæ Procuratores ex altera. Qui quidem de la Guesle prædicto no-
mine ex parte nostri Promotoris se vocatum fuisse dixit, vt ad de-
creti nostri sub data diei 29. Octobris nouissimè præteriti execu-
tionem procedere dignaremur, & non tantùm prædictos Christia-
niss. Regem Henricum IV. & Reginam Margaritam Franciæ su-
per certis factis ex lite desumendis interrogare, sed à testibus per Pro-
motorem nominatis & nominandis iuramentum recipere. Quoad
primam decreti nostri partem, prædictum Regem Christianiss. no-
stris parere decretis paratissimum. Quod verò testium examinatio-
nem spectabat, ob Promotoris nostri vitæ integritatem hos testes
probare quos nominauerit, hisque de caussis consentire, vt à testibus
à dicto nostro Promotore nominatis iuramentum reciperemus. Præ-
dicti verò Langlois & Molé pro Sereniss. Regina Margareta Fran-

cia Valesiæ Ducæ, clara memoriæ Henrici II. Franc. Regis Chri-
stianiss. filia, dicto Langlois proferente, dixerunt se etiam pro decre-
ti. nostri executione ad instantiam nostri Promotoris per apparito-
res nostros vocatos fuisse, & consentire, vt à testibus per Promoto-
rem nostrum nominatis iuramentum reciperemus, hósque idoneos
& probatæ vitæ existimare, nec alios Promotorem nostrum nomi-
nare velle; Serenissimam autem Margaritam Franciæ interrogari
nullo modo recusare per Iudicem à nobis in partibus subdelegatum,
mandatísque & præceptis nostris parare paratissimam.

Et ex parte Promotoris nostri requisitum fuit Procuratoribus
partium actum dari de eorum dictis, & declarationibus & consen-
su, testésque per eum nominatos, & ad hanc horam vocatos iura-
mentum præstare.

Super quibus actum Procuratoribus partium de eorum declara-
tionibus, & consensu dedimus, & statuimus, quòd in eorum præ-
sentia à testibus per Promotorem nostrum nominatis iuramentum
recipiemus.

Quibus ita peractis comparuit Francisca Miquelot Domina tem-
poralis de la Renoulliere, & Reginæ Doariæ Domina cameræ, nec-
non defunctæ Serenissimæ Reginæ matris Catharinæ fæmina ordi-
naria, cui ad instantiam nostri Promotoris ad veritatem dicen-
dam dies dicta erat, & ab ea præsentibus cum dicto Promotore no-
stro partium Procuratoribus iuramentum accepimus, præhabita ad-
monitione vt in tam graui negotio, in quo de dirimendo Matrimo-
nij sacramento, & de publica Regni vtilitate agebatur, & in causâ
Regis, quid ingenuè & liberè sentiret solum Deum præ oculis ha-
bendo deponeret. Quæ Domina Miquelot, in omnibus veritatem
dicendam esse, & præcipuè in his arduis causis, nihilque aliud in
votis habere respondit. Tunc secessis partium Procuratoribus, præ-
dictam Miquelot in præsentia Scribæ & Notarij nostrorum super
contentis in dictis articulis audiuimus & examinauimus.

Et adueniente 12. mensis, & anni prædictorum coram nobis com-
paruerunt in prædicto palatio præfati Promotor, & partium Procu-
ratores. Qui quidem Promotor prædictis Procuratoribus, necnon
Reuerendissimo & Illustrissimo Dom. Cardinali de Gondy nuncu-
pato, Illustrissimo Alberto de Gondy Duci de Retz, & Franciæ Ma-
rescallo testibus per eum nominatis per apparitores nostros diem de-
disse dixit, & magistro Cosmæ le Charron, Sedis Apostolicæ & Curiæ

Episcopalis Parisiensis Notario publico, quem in absentia prædicti Christophori Rossignol pro Notario nostro acceperamus, & ante omnia necessarium esse vt à dicto le Charron & posteà à dictis Illustriss. Dominis Cardinali & Marescallo iuramentum in talibus fieri solitum reciperemus. Qui requisitioni annuentes prædicti partium Procuratores & consentientes, prædictus le Charron in præsentia prædicti Scribæ nostri prædictum Notariatus officium cum ea quà decet fidelitate & integritate exercere promisit, & in manibus nostris iurauit, & à dictis Illustriss. Dominis Cardinali & Duci de Raiz comparentibus, & ad hanc horam ad instantiam nostri Promotoris per apparitores nostros, vt dixerunt, vocatis iuramentum, præhabita eadem veritatis deponendæ admonitione, accepimus. Et cùm dicti partium Procuratores à dicto Palatio discessissent, prædictos Illustrissimos Dominos Cardinalem & Ducem super contentis in dictis articulis præsentibus nostris Scriba & le Charron Notario audiuimus & examinauimus.

Die verò 17. mensis & anni prædictorum coram nobis comparuerunt in dicto palatio dicti Promotor & partium Procuratores: comparuit etiam Domina Carola de Beaune vxor Illustr. Francisci de la Trimouille de Nigro-Monasterio Marchionis, & Hieronymus de Gondy vnus ex Nobilibus cameræ Regiæ Christianissimi, testes ad instantiam dicti nostri Promotoris per apparitores nostros, vt dixerunt, ad hanc horam vocati; & à quibus Dominâ de Beaune & Domino de Gondy, partium Procuratoribus consentientibus & præsentibus cum Scriba & dicto le Charron Notario nostro, iuramentum præhabita eadem veritatis dicendæ & deponendæ admonitione accepimus, eósque in dictorum partium Procuratorum absentia super contentis in dictis articulis audiuimus & examinauimus.

Veneris autem 3. Decembris anni prædicti comparuerunt coram nobis præfatis à summo Pontifice delegatis Iudicibus, & præsentes fuerunt in domo prædicti Reuerend. Dom. Archiepiscopi in vico Pain Molet huius ciuitatis Parisiensis sita, prædicti egregij & nobiles Promotor & Scriba, nec non Magister Christophorus Rossignol Notarius noster, vt & illustris Iacobus de la Guesle, & nobilis & egregius Martinus Langlois, prædicto quo agunt nomine; comparuerunt etiam nobiles ac illustres Nicolaus Brulart Dominus temporalis de Crosne, & Claudius Pinart Dominus temporalis Baroniæ de Cramaille, Christianissimi Regis à suis priuatis Consiliis

Confiliarij, Stephanus le Roy Presbyter Abbas Commendatarius Monasterij sancti Martini Niuernensis ciuitatis, & M. Stephanus Pean Dominus temporalis du Sauge, Sereniss. Regina matris Secretarius, vocati ad instantiam dicti nostri Promotoris, à quibus id requirente dicto Promotore & consentientibus dictis partium Procuratoribus prahabita pradicta veritatis deponenda admonitione iuramentum recepimus. Et qui per nos super contentis in dictis articulis examinati veritatem dicere promiserunt & iurarunt. Et quos testes super contentis in dictis articulis, pradictis partium Procuratoribus absentibus, in prasentia tamen nostrorum Scriba & Notarij examinauimus. Signé, FR. CARDINALIS DE IOYEVSE, HORAT. *Archiep. Arelaten. & Commiss. Apost.* GASPAR. *Episc. Mutin. & Iud. deleg.* Et au dessous ont signé, LOÜET, LE CHARRON, ROSSIGNOL.

Commission desdits Seigneurs Iuges aux Sieurs Loüet & Rossignol, de faire perquisition de la dispense au Greffe de l'Officialité.

FRANCISCVS *tit. S. Petri ad vincula S. R. E. Presbyter Cardinalis de Ioyosa nuncupatus, Horatius Archiep. Arelaten. & Gaspar. Episc. Mutin. S. D. N. Papa & Sancta Sedis Apostolica in Regno Francia Nuntius Iudices à S. D. N. Clemente diuinâ Prouidentiâ Papa VIII. in caussâ dissolutionis & nullitatis matrimonij inter Christianissimum Henricum IV. Francorum & Nauarra Regem ex vna, & Serenissimam Reginam Margaretam à Francia Valesia Ducem, respectiuè actores partibus ex altera, delegati, nobili & egregio Georgio Loüet Presbytero Abbati Commendatario Monasterij Omnium Sanctorum ordinis sancti Augustini, diocesis Andegauensis, Canonico & maiori Archidiacono Ecclesia Andegauensis, necnon in supremo Parisiorum Senatu Consiliario Clerico, & Magistro Christophoro Rossignol sancta Sedis Apostolica Curiaque Episcopalis Parisensis Notario, quos pro Scriba & Notario nostris in prasenti lite elegimus, Salutem in Domino. A Promotore nostro nobis supplicatum & expositum fuit, necessarium esse dispensationem à summo Pontifice Gregorio XIII. concessam super*
tertio

tertio consanguinitatis gradu, quo prædicti Henricus IV. & Regina Margareta reperiuntur coniuncti, tam in registris graphariatus Curiæ Episcopalis Parisiensis, quàm secretariatu Reuer. Parisiensis Episcopi perquirere, cognoscere & certò scire, an huiusmodi dispensatio dicto Reuer. Episcopo Regum, filiorum Franciæ ac Principum Præsuli præsentata, & in dictis registris registrata, aut aliàs executioni mandata fuerit, multúmque hoc ad dissolutionis ac nullitatis dicti matrimonij decidendam quæstionem proficere, hisque de causis hanc in dictis registris exactam perquisitionem facere, aut ad id agendum aliquem committere aut subdelegare dignaremur. Cui supplicationi annuentes, vos ad prædictam in dictis graphariatus & secretariatus registris exactam perquisitionem faciendam, & ad dictam, si fieri possit, dispensationem inueniendam, & de his processum verbalem faciendum commisimus & subdelegauimus, committimus & subdelegamus, per præsentes omnimodam auctoritate Apostolica quâ fungimur in hac parte potestatem id peragendi vobis concedentes, prout concedimus, prædictis Registrorum custodibus, seu gardiatoribus, Scribæ & Secretario dicti Reuer. Episcopi Parisiensis, vestris præceptis & ordinationibus præsentium plenariam executionem spectantibus omnimodo parere & obedire mandantes. Datum in domo habitationis dicti Reuer. Dom. Archiepiscopi Arelaten. Parisiis in vico de pain molet nuncupato sitâ, die Veneris 3. Decembris 1599. Signé, FR. CARD. DE IOYEVSE, HORAT. Archiep. Arelaten. & Commiss. Apost. GASP. Episc. Mutin. Nunt. & Iud. deleg.

Procez verbal de la perquisition de ladite dispense.

ANNO Dom. 1599. die 7. mensis Decembris, nos Georgius Loüet Presbyter Abbas Commendatarius Monasterij Omnium Sanctorum diœcesis Andegauensis, Canonicus & maior Archidiaconus Ecclesiæ Andegauensis, & supremi Parisiorum Senatus Consiliarius Clericus, & Christophorus Rossignol sanctæ Sedis Apostolicæ Curiæque Episcopalis Parisiensis publicus Notarius commissi & subdelegati in hac parte ab Illustriss. Dom. Francisco tit. sancti Petri

aaa

ad vincula S. R. E. Presbytero Card. de Ioyosa nuncupato, ac Reuerendiss. Dom. Horatio Archiep. Arelaten. & Gaspare Mutin. Episc. S. D. N. Papæ & sanctæ Sedis Apost. in Regno Franciæ Nuntio, Iudicibus à sua Sanctitate delegatis in caussâ nullitatis & dissolutionis matrimony inter Henricum IV. Francorum & Nauarræ Regem ex vna, & Sereniss. Reginam Margaretam à Francia Valesiæ Ducem partibus ex altera respectiuè actores, vt nobis per eorum subdelegationis litteras sub datum diei 3. Decembris anni prædicti legitimè constitit, nos contulimus circa horam primam post meridiem in claustrum D. Mariæ huius Parisiensis ciuitatis apud barram Capituli sic vulgariter nuncupatam, insequendo assignationem ad instantiam nobilis & egregij Dom. Caroli Faye Abbatis Commendatarij Monasterij sancti Fusciani in nemore Ambianensis diœcesis, Canonici Ecclesiæ Parisiensis, ac in dicto supremo Parisiorum Senatu Consiliarij Clerici, in dicta nullitatis & dissolutionis matrimony caussâ Promotoris, datam Magistro Ioanni Baudouyn Reuer. Dom. Parisiensis Episcopi Secretario. Ibíque prædictus Dom. Promotor & dictus Baudouyn comparentes, à prædicto Dom. Promotore requisitum fuit vt prædictus Baudouyn exhiberet libros collationum, expeditionum, litterarum Apostolicarum, ac aliorum actuum dicti Secretariatus, quos Registra vocant ab anno Dom. 1572. mense Augusto vsque ad mensem Septembris anni Dom. 1575. vt in his libris seu registris, dispensationis à summo Pontifice Gregorio XIII. concessæ super 3. consanguinitatis gradu, quo dicti Henricus IV. Francorum & Nauarræ Rex Christianissimus & Serenissima Regina Margareta erant coniuncti, diligens & exacta perquisitio fieri posset. Super quibus ordinauimus dictum Baudouyn prædictos libros seu registra dicti Secretariatus & collationũ, litterarum Apostolicarum, expeditionum, ac aliorum actuum ab anno Dom. 1572. ad annum Dom. 1576. nobis exhibere. Qui quidem Baudouyn nostris mandatis parere paratissimum se esse dixit. Et vt facilius dictorum Registrorum seu librorum nobis fieri posset exhibitio, prædicti Secretarij Baudouyn domum in dicto claustro B. Mariæ sitam adiuimus, multorúmque registrorum volumina dictus Baudouyn nobis exhibuit, & præstito per eumdem Baudouyn iuramento in talibus fieri solito asseurauit nulla alia prædictorum annorum volumina quarumcumque expeditionum in dicto Secretariatus loco esse nec habere, nullósque alios ..... quo Secretariatus notitiam habet, libros dictarum

expeditionum vidiſſe nec defunctum Magiſtrum Hatton qui tri-
ginta annorum ſpatio dicti Secretariatus officium exercuit, &
quem dictus Baudouyn longo temporis ſpatio pro Domino habuit,
alios habuiſſe. Ex quibus regiſtris duo in præſentia dicti Domini
Promotoris accepimus & præ manibus habuimus, eáque integra,
non cancellata, lacerata nec in aliqua parte vitiata inuenimus : horum primo de pergameno cooperto in prima pagina per hæc verba incipiente (die 9. Septembris ann. 1572. viſa certâ ſuppli-
catione,) & in folio non ſcripto præcedente, (Regiſtrum in-
ceptum anno Dom. 1572.) & in vltima pagina per hæc verba finiente, (præſentibus magiſtro Nicolao Forgeux Presbytero in dicta Ecclesiâ Pariſienſi habituato, & Nicolao Ellain
Doctore Medico Pariſienſi teſtibus) cui littera T ſuper co-
opertura eſt inſcripta cum additione anni 72. 8. Septembris : ſe-
cundo verò de pergameno etiam cooperto, hiſque verbis notato pro
annis 74. prima Aprilis, 75. 76. 77. 78. 79. 30. menſis Iulij in
prima pagina ſcripta per hæc verba incipiente (Regiſtrum collationum , & aliarum expeditionum ſub ſigillo Reuer. in
Chriſto Patris & Dom. Dom. Petri de Gondy Pariſienſis
Epiſcopi expeditarum) & per hæc verba in vltima pagina finiente (facta eſt magiſtro Lino de Glatini Presbytero diœ-
ceſis Lexouienſis ſufficiente & idoneo, dictóque Reuer.
Dom. Pariſienſi Epiſcopo litteratoriè præſentato præſentibus prædictis teſtibus.) Quæ duo volumina à prima pagina ad
paginam de anno Dom. 1576. menſe Ianuario hæc verba facientem
euoluimus, & de verbo ad verbum perlegimus, nihílque de dicta
diſpenſatione penitùs inuenimus, nec in his duobus regiſtris de ea
aliquo modo mentionem fieri, licèt in multis locis diſpenſationum,
reſcriptorum & Bullarum à ſummo Pontifice Gregorio XIII. obten-
tarum tenor enarretur ; de quibus actum dicto Domino Promotori
id requirenti dedimus & conceſſimus, dictáque regiſtra ſeu volumina in dicti Baudouyn manibus reliquimus.

   Adueniente autem die 9. prædictorum menſis & anni in dictum
clauſtrum B. Mariæ circiter horam nonam ante meridiem ad dictam
Barram Capituli nos contulimus, ibíque prædictus Dominus Promotor, & magiſter Adrianus Thinot Apoſtolicæ Sedis Curiaque Epi-
ſcopalis Pariſienſis Notarius & Scriba, ſeu Grapharius dictæ Curiæ
comparuerunt. Cui Scribæ ſeu Graphario ad inſtantiam dicti Dom.

Promotoris, & virtute nostra ordinationis dies dicta erat ad hanc horam, vt dicti graphariatus registra, seu volumina ab anno Dom. 1572. ad annum vsque Dom. 1576. exhiberet & nobis representaret. Quorum registrorum exhibitionem petiit & requisiuit dictus Dom. Promotor, vt in inuenienda & perquirenda dicta dispensatione aut instrumentis de ea mentionem facientibus diligens & exacta perquisitio fieret. Qui quidem Thinot ordinationi nostra parendo dicta registra seu volumina secum attulisse, hacque nobis & dicto Dom. Promotori exhibere paratissimum esse dixit. Super quibus statuimus & ordinauimus praedictum Thinot praedicta registra, seu volumina praedictorum annorum expeditiones continentia nobis exhibere. Cúmque duo Registra seu volumina nobis exhibuisset, praestito per dictum Thinot iuramento in talibus fieri solito se nullos alios libros, seu Registra, expeditiones & acta Curia Episcopalis continentia, quàm supradicta duo qua nobis superiùs exhibuit volumina ad sui notitiam peruenisse nec vnquam habuisse, nec vidisse asseuerauit, certóque scire defunctum Magistrum Ludouicum Ioisel praecedentem grapharium, & qui in graphariatus officio & exercitio ab anno Dom. 1566. ad annum Dom. 1582. remansit, nulla alia habuisse nec habere potuisse quàm ipsemet Thinot habet, cùm in dictis Registris omnes expeditiones cuiuslibet diei ab anno 1568. computando ad annum 79. inueniantur. Hacque duo Registra accepimus & integra, non vitiata nec in aliqua parte suspecta comperimus & agnouimus, & primum eorum de pergameno coopertum 44. folia scripta continens, incipiens autem folio 1. per hac verba (Veneris 21. Maij ann. Dom. 1568. de Magistro Petro Breaule Presbytero actore contra Magistrum Philippum reum etiam Presbyterum *) folio vltimo per hac verba finiente (* Cum partibus actore secum Gilbert, & reo secum dicto patre, & per eum eius Procuratore 13. Decembris ann. Dom. 1572.*) & in cuius inscriptione hac verba leguntur,* Tertius liber Minutarum. *Secundum verò eamdem pergameni cooperturam habens 340. folia continens, horum foliorum 1. per hac verba incipiente.* (Sabbati 13. Ianuarij anno 1573. de Iacobo Picquet actore in caussa matrimoniali, seu sponsalium contra Georgetam Delle *) & finiente folio vltimo per hac verba (* Die Mercurij 21. Octobris ann. Dom. 1579. electis domiciliis in domibus Procuratorum partium) & cui libro hac verba inscripta sunt,*

Liber quartus Minutarum 1573. 74. 75. 76. 77. 78. & 79.
*Quibus duobus libris seu registris à primo ad vltimum folium ea
qua decet diligentia & fidelitate lectis nihil de prædicta dispensatione
penitus inuenimus, & reperimus. Et de præmissis actum dicto Dom.
Promotori id requirenti dedimus & concessimus, dictósque duos
libros prædicto Thinot restituimus. Datum Parisiis diebus, & anno
supradictis,* LOÜET, ROSSIGNOL.

Appointement de reception de l'Enqueste, & reglement à produire.

IN *caußà nullitatis & dissolutionis matrimony motâ & pendente coram nobis Francisco tit. sancti Petri ad vincula S. R. E. Presbyter. Card. de Ioyosa nuncupato, Horatio Archiep. Arelaten. & Gaspare Episc. Mutinensi S. D. N. Papæ & S.S. Apost. in Regno Franc.
Nunt. Iudicib. à S. D. N. Clemente diuina Prouidentia Papa
VIII. delegatis inter Christianiss. Henricum IV. Franc. & Nauarr. Regem ex vna, & Sereniss. R. Margaritam à Francia Vales.
Duc. claræ memoriæ Henrici II. Franc. Regis Christianiss. filiam,
partibus ex altera respectiuè actores.*

*Nobilis & egregius Carolus Faye Promotor dixit inquestam seu
testium examinationem ad sui instantiam ex officio in hac ciuitate
per nos factam fuisse, huiúsque receptionem & productionem, partium communicationem, & partium Procuratores ad audiendum ius
appunctuari requisiuit.*

Procurator Christianiss. Franc. & Nauarræ Regis dixit, Qu'il
consentoit la reception de ladite Enqueste, & n'entendoit
bailler aucun moyen de nullité, offroit de sa part produire
dans le premier iour ; mais dautant qu'il pourroit y auoir és
productions des parties quelques pieces suietes à contredits, qu'il estimoit necessaire que les parties fussent par
nous reglées à bailler contredits & saluations, & a requis
copie signée des interrogatoires faits aux parties pour s'en
aider en sa production.

Procuratores Sereniss. Reginæ Margaritæ à Francia, ont consenty la reception de ladite Enqueste, & dit qu'ils offrent

produire de leur part dans le premier iour, declarant aussi
de leur part n'auoir & n'entendre bailler aucuns moyens de
nullité contre ladite enqueste. Nous ont requis & supplié
ordonner que les productions des parties fussent communiquées pour bailler contredits & saluations, & ont demandé copie des interrogatoires.

Statuimus & ordinauimus, inquestam, seu testium examinatio-
nem ex officio per nòs factam recipi debere, prout eam dicto nostro
Promotore requirente & partium Procuratoribus consentientibus, &
poterunt partes producere, contradicere & saluare intra triduum pro
omni dilatione, vt dictis testium examinationibus & partium pro-
ductionibus Promotori nostro communicatis, quod iustum duxeri-
mus, decernamus; actum dicto Promotori se pro omni productione
conclusiones suas, & partium Procuratoribus nullas contra prædi-
ctas testium examinationes causas nullitatis dare velle decernentes,
& dabitur partium Procuratoribus per manus nostrorum Scribæ &
Notarij exemplum Interrogatoriorum & Responsionum partium, &
tàm dicto Promotori quàm partium Procuratoribus ad audiendam
ius dicimus. Datum in Palatio dicti Illustriss. ac Reuerendiss. Dom.
Cardinalis sito in vico Sequana in suburbio S. Germani à pratis
prope & extra muros Paris. pro exercitio iurisdictionis nostræ à no-
bis electo, anno Dom. 1599. die Iouis 9. Decembris. Signé, FR.
CARDINALIS DE IOYEVSE, HORAT. *Archiep. Arc-*
laten. & Commiss. Apost. GASPAR. *Episc. Mutin. & Iud. de-*
leg. Et plus bas, LOÜET, ROSSIGNOL.

Autre appointement à oüyr droit.

IN *causâ nullitatis & dissolutionis matrimonij &c.* côme en l'appointement precedét, iusques à ces mots, *respectiuè actores.*

Procurator Regis Christianiss. dixit, auoir eu communication de la production de Made Marguerite de France Reyne Duchesse de Valois, qu'il n'y auoit aucune chose de produit qui meritast de bailler contredits; à cette cause qu'il
renonçoit à contredire la production, & nous supplioit
proceder au premier iour au iugement de la cause, laquelle
estoit de sa part en estat de iuger.

Procuratores Sereniss. Reginæ Margaritæ dixerunt, qu'ils

auoient eu communication de la production dudit Seigneur Roy, & que tant s'en faut qu'ils vouluffent bailler contredits, qu'au contraire ils entendoient s'en aider en ce que par icelle y a preuué par écrit de partie des faits que les parties ont expofez à noftre S. Pere; à cette occafion renoncent à bailler contredits, en nous faifant la mefme fupplication de vouloir proceder au premier iour au iugement du procés, lequel eftoit auffi de leur part en eftat de iuger.

Nobilis ac egregius Carolus Faye Promotor fuas conclufiones fcriptis mandaffe & Scribæ noftro dediffe dixit, nihilque aliud in caufâ, nec agere nec producere, nobifque fupplicare Procuratoribus partium de eorum declaratione actum dare velle, & caufam fic perfectè inftructam primo die iudicare & decidere.

Damus Promotori noftro & partium Procuratoribus actum de eorum declaratione, fupplicatione & confenfu, & poftquàm in cauffâ concluferunt, caufam per nos iudicari ftatuimus. Datum in dicto Palatio 13. menfis Decembris anni prædicti 1599. Signé comme le precedent appointement.

Difpenfe du Pape pour le mariage cy-deffus.

GREGORIVS *Epifcopus feruus feruorum Dei, chariffimæ in Chrifto filio Henrico Regi, & chariffimæ in Chrifto filiæ Margaritæ Reginæ Nauarræ Illuftribus, falutem & Apoftolicam benedictionem. Pro huius fanctæ Sedis officio quo omnes ad fe confugientes ingenita pietate exaudit, illa vobis benignè concedimus & clementer quæ faluti & ftatui veftro videmus conuenire. A Maieftate autem veftra nobis fignificatum eft quòd aliàs vos non ignorantes mutuò coniunctos effe tertio confanguinitatis gradu, matrimonium inuicem per verba, aliàs legitimè, de præfenti & in facie Ecclefiæ, te tamen Henrice Rex fili chariffime nondum ex hæretica prauitate ad Ecclefiæ Catholicæ vnitatè conuerfo, contraxiftis & carnali copulâ confummaftis. Cùm tamen in fic contracto matrimonio remanere nequëatis difpenfatione Apoftolica fuper hoc non obtenta: & ficut chariffimus in Chrifto filius nofter Carolus Francorum Rex Chriftianiffimus, & chariffima in Chrifto filia Catharina Regina mater illuftris, per frequëtes nuntios & litteras nobis indicarunt,*

Reip. expediat vos in dicto matrimonio contineri, proinde hac &
aliis caussis nos mouentibus, vestris in hac parte precibus inclinati
vos ab incestus reatu & excommunicationis sententiâ, quam pro-
pterea incurristis, auctoritate Apostolica tenore præsentiũ absoluimus,
ac vobiscum, vt impedimento tertij gradus prædicti, & Apostolicis
ac in Prouincialibus ac Synodalibus Conciliis editis, generalibus &
specialibus constitutionibus & ordinationibus, cæterisque contrariis
nequaquam obstantibus, in matrimonio sic per vos contracto rema-
nere liberè & licitè valeatis, de speciali gratia dispensamus, ac præ-
sentes ex die contracti à vobis matrimonij prædicti valere, vobis-
que proinde prodesse statuimus, ac si illæ diem ipsum contractus præ-
cessissent, & tu fili Rex tunc in eo, quo nunc es, religionis statu consti-
tutus esses, prolem de eodem matrimonio iam forte conceptam & de-
hinc concipiendam & suscipiendam legitimam decernendo: Volumus
autem vt pænitentiam quam Confessor idoneus à Maiestate vestra
eligendus vobis pro præmissis iniunget, omninò teneamini adim-
plere. Nulli ergo omnino hominum liceat hanc paginam nostræ ab-
solutionis, dispensationis, statuti, decreti & voluntatis infringere,
vel ei ausu temerario contraire. Si quis autem hoc attentare præ-
sumpserit, indignationem omnipotentis Dei ac beatorum Petri &
Pauli Apostolorum eius se nouerit incursurum. Datum Romæ apud
S. Petrum ann. Incarnat. Dom. 1572. 6. Kal. Nouembr. Pontificat.
nostri anno 1. sub plumbo. GREGORIVS Papa XIII. & subsignatum
M. Dat. CÆ. GLORIERIVS. & super plicam H. CVMYN.
& à tergo, Rta apud Cæsarem Secretarium.

Contract de mariage entre Antoine de Bourbon Duc de Vendosme, & Ieanne Princesse de Nauarre.

HENRY par la grace de Dieu Roy de France, à tous presens & à venir, Salut. Comme vn de nos plus grands & singuliers desirs, soit de voir les Princes de nostre Royaume, & mesmement ceux qui de plus prés nous attiennent de sang & de lignage, ioints & vnis sous nostre Couronne, & viure ensemble pacifiquement en bonne paix,

paix, amitié & vnion, connoiſſans que de ladite vnion, loyauté, obeyſſance & fidelité qu'ils nous portent, noſtre Royaume en demeure plus grandement aſſeuré & eſtably, & la grandeur de noſtre Couronne plus honorée, ſouſtenuë & defenduë : Sçachant auſſi que le plus ferme lien pour conioindre & aſſeurer les amitiez, eſt celuy de mariage, deſirant ſingulierement pour ces cauſes approcher la Maiſon de noſtre tres-cher & tres-amé couſin le Duc de Vendoſmois, qui aprés noſtre fils le Dauphin eſt le plus prochain de noſtre Couronne, auec celle de nos tres-chers & tres-amez oncle & tante les Roy & Reyne de Nauarre, & de noſtre tres-chere & tres-amée couſine Ieanne Princeſſe de Nauarre leur fille ; voyans auſſi & connoiſſans que le mariage de noſtred. couſin le Duc de Vedoſmois & d'icelle noſtre couſine Ieanne Princeſſe de Nauarre eſt grandement ſortable & ſuiuant noſtre vouloir, deſiré d'vne part & d'autre; Sçauoir faiſons que nous conſiderans ce que deſſus, & aprés auoir entendu le commun conſentement des parties, leſquelles en la preſence de nous, & de nos amez & feaux Notaires & Secretaires & de la Maiſon de France cy-deſſous ſignez, furent preſens en leurs perſonnes, à ſçauoir noſtredit couſin le Duc de Vendoſmois, & noſtre tres-cher & tres-amé couſin le Cardinal de Bourbon ſon oncle d'vne part; & noſdits oncle & tante les Roy & Reyne de Nauarre, & noſtredite couſine la Princeſſe de Nauarre leur fille, d'autre part, entre leſquelles parties a eſté accordé le mariage futur, qui au plaiſir de Dieu ſe fera en face de ſainte Egliſe, entre noſtredit couſin Antoine Duc de Vendoſmois, & noſtredite couſine Ieanne Princeſſe de Nauarre ſelon la forme & teneur de certains articles, leſquels de l'accord & conſentement des parties ont eſté paſſez & accordez en noſtre preſence en la forme qui s'enſuit.

Ce ſont les articles du pourparler du mariage d'entre treshauts & tres-excellens Prince & Princeſſe Monſeigr Antoine Duc de Vendoſmois &c. & Dame Ieanne Princeſſe de Nauarre fille vnique de tres-hauts & tres-excellés Henry par la grace de Dieu, Roy de Nauarre, & Dame Marguerite de France Reyne & Ducheſſe &c. en la preſence,

b b b

du bon plaisir & vouloir du Roy.

Premierement, que ledit sieur Duc de Vendosmois, dispensation Apostolique premierement obtenuë & impetrée, prendra ladite Dame Princesse de Nauarre, auec le vouloir & consentement de sesdits pere & mere à femme & espouse, & ladite Dame Princesse prendra ledit sieur Duc de Vendosmois à mary & espoux.

En faueur & contemplation duquel mariage lesdits Roy & Reyne de Nauarre pere & mere de ladite Dame Princesse constitueront & assigneront en dot & mariage pour leurdite fille la somme de cent mil escus d'or soleil, qui seront payez en cette maniere, c'est à sçauoir par chacun an la somme de vingt-cinq mil liures tz. desquelles les dix mil liures seront au lieu d'interest, pour l'entretenement de ladite Dame Princesse, & les quinze mil restans desdits vingt-cinq mil liures seront déduits & comptez en sort & payement de ladite somme de cent mil escus iusques au parfait & entier payement d'icelle, de laquelle somme de cent mil escus les deux tiers sortiront nature de meuble, & l'autre tiers ledit sieur Duc sera tenu employer en heritages, sortissans nature de propre du costé & ligne de ladite Dame Princesse & des siens, si autrement par elle n'en est disposé, ou bien rendre ladite somme iusques audit tiers.

Aussi a esté accordé que là où par cy-aprés ladite Dame Reyne de Nauarre iroit de vie à trespas auparauant ledit Roy de Nauarre son mary, & que depuis ledit Roy de Nauarre conuolast en secondes noces, & que dudit mariage y eust enfant masle vn ou plusieurs, que pour l'assignation ou payement de ladite somme de cent mil escus, ladite Dame ne demeurera excluse, qu'elle ne puisse oudit cas auoir son droit de legitime és biens & succession de sondit pere, selon la qualité de ses Maisons & coustumes des lieux, où sesdits biens sont situez & assis, en rapportant la moitié de ce qui se trouuera auoir esté payé de ladite somme de cent mil escus durant& constant le mariage desdits Roy & Reyne de Nauarre, & le total de ce que ledit Roy de Nauarre luy pourroit auoir payé sur icelle somme aprés le trespas de ladite Reyne sa femme.

Et moyennant ce que deſſus , ledit ſieur Duc de Vendoſmois a doüé & doüe ladite Dame Princeſſe de doüaire prefix à iceluy prendre ſi toſt que doüaire aura lieu, c'eſt
à ſçauoir de la ſomme de douze mil liures de rente ou reuenu par chacun an , la vie durant de ladite Princeſſe , ſoit
qu'elle demeuraſt en viduité , ou qu'elle conuolaſt en ſecondes noces,& lequel doüaire ledit ſieur Duc de Vendoſmois ſera tenu aſſeoir & aſſigner, & dés à preſent aſſignera
ſur la Comté de Marle, terres & ſeigneuries de Vandeuïl
& Ham, iuſques à la concurrence de ladite ſomme de douze mil liures par chacun an , & où cas que leſdites terres ne
valuſſent de reuenu par chacun an ledit doüaire , le ſurplus
ſera fourny de proche en proche iuſques à l'entiere aſſiete
& parfourniſſement d'iceluy , & aura ladite Dame pour
ſon habitation la maiſon de Marle, ou la maiſon de la Fere,
telle des deux que ladite Dame voudra choiſir & eſlire,
meubles & vtenſiles ſelon ſon eſtat & qualité iuſques à la
valeur de dix mil liures , & ſans que ladite habitation puiſſe
eſtre comptée ſur ledit doüaire de douze mil liures tournois de reuenu cy-deſſus aſſigné.

Auſſi a eſté conuenu & accordé pour la conſeruation &
perpetuation deſdites hautes Maiſons, que le premier maſle qui ſortira dudit mariage, ſuccedera en tous & chacuns
les biens deſdits futurs mariez qu'ils ont de preſent , ou qui
leur pourront eſcheoir par cy-aprés par ſucceſſion directe
où collaterale, & aduenant le cas deſdites ſucceſſions eſ-
cheuës à ladite Dame Princeſſe aprés ſon treſpas , ledit
maſle portera les armes écartelées de Nauarre & de France,
le quartier de Frāce tel que ceux de la Maiſon de Bourbon
le portent, à la charge de pouruoir aux puiſnez ſelon leur
eſtat & couſtumes des Maiſons, & de doter & marier les
filles en argent , ainſi qu'il ſera aduiſé ſelon leurs qualitez.

Sera tenu ledit Duc de Vendoſmois enioyaller ladite
Dame Princeſſe ſa future eſpouſe de bagues & ioyaux à elle conuenablement appartenans & ſelon ſon eſtat & qualité.

A eſté conuenu & accordé que leſdits mariez ſeront vns
& communs enſemble en tous meubles & conqueſts qui ſe

bbb ij

feront durant & conſtant leurdit mariage.

Si ledit mariage eſt diſſolu par le treſpas dudit Duc de Vendoſmois, ſoit qu'il y ait enfans ou non enfans, ladite Princeſſe ſuruiuant, pourra prendre & choiſir ladite communauté, ou bien renoncer à icelle ſi bon luy ſemble, auquel cas demeurera fraſche & quite de toutes debtes & hypotheques, & pourra neantmoins ladite Dame retenir franchement & quittement tous ſes habillemens, bagues & ioyaux ſeruans à ſa perſonne iuſques à la valeur de dix mil eſcus d'or ſoleil, enſemble les bagues & ioyaux qu'elle aura apportez auec ledit ſieur Duc de Vendoſmois ſelon qu'ils auront eſté baillez par inuentaire, ſi d'iceux autrement ladite Dame n'en auoit diſpoſé, & encore prendra ſon douaire & propre tel que deſſus.

Si dudit mariage y a enfans, & que ledit Duc de Vendoſmois allaſt le premier de vie à treſpas, ladite Dame Princeſſe ſera vſufructuaire & adminiſtrareſſe de tous & chacuns les biens de ſeſdits enfans, & aura leur gouuernement & adminiſtration durant le temps qu'elle ſera & demeurera en viduité, iuſques à ce que les enfans maſles ayent l'âge de 18. ans, & les femelles l'âge de 15. ans complets, ſans qu'elle ſoit tenuë rendre compte & reliqua, en portant les charges ordinaires de ladite Maiſon, & entretenant leſdits enfans ſelon leur eſtat & qualité, & gardant les droits deſdites Maiſons.

A ce faire a eſté preſent Monſeigneur le Reuerendiſſime Cardinal de Bourbon oncle dudit ſieur Duc de Vendoſmois, lequel a eu pour agreable tout le contenu en ces preſens articles & pourparler de mariage, & en faueur d'iceluy a declaré auoir fait par cy-deuant donation audit Duc de Vendoſmois ſon neueu des terres de Condé, la Ferté en Brie appartenans & dépendans, à luy eſcheus par le partage des maiſons de Vendoſme & de Luxébourg receu par Germain le Charron, & Eſtienne Duneſme Notaires au Chaſtelet de Paris, en datte du 4. iour de Iuin 1547. Laquelle donation entant que beſoin ſeroit ledit ſieur Reuerendiſſ. a ratifié loüé & approuué en faueur & contemplation de ce preſent mariage, & lequel autrement n'euſt eſté fait. Et

outre a ledit fieur Reuerendiffime Cardinal dit & declaré
que haute & puiffante Dame Françoife d'Alençon Ducheffe de Beaumont doüairiere de Vendofmois, mere dudit fieur Duc, l'a reconnu & declaré en faueur de ce prefent
mariage, fon fils aifné & principal heritier, & comme tel
luy a donné, cedé & tranfporté tous & chacuns les droits
qui luy peuuent competer & appartenir en la fucceffion
des Duchez d'Alençon, Comtez du Perche & d'Armai-
gnac, Baronnies, terres & Seigneuries de ladite fucceffion,
aux conditions & modifications contenuës audit contraĉt
de donation receuë le 14. iour de May l'an 1548. pardeuant
le Peige Tabellion de la Fleiche. Et a promis ledit fieur
Reuerendiffime dedans fix mois prochainement venans
faire ratifier par ladite Dame le contenu en ces prefens
articles & pourparler de mariage. Fait à Moulins le 20. iour
d'Octobre l'an 1548. Signé, BOCHETEL, CLAVSSE,
& DV THIER.

Lefquels traitté, accord, promeffes, obligations, cef-
fions, tranfports, & toutes autres chofes en ces prefentes
lettres contenuës & écrites, lefdites parties & chacune d'i-
celles endroit foy, & en tout ce qui leur touche, & peut toucher, ont promis & promettent par leur foy & ferment de
leur corps, & en parole de Princes, bailler és mains defdits Notaires & Secretaires deffous la foûmiffion, hypo-
theque & obligation de tous & chacuns leurs biens, & ceux
de leurs hoirs & ayans caufe, meubles & immeubles, prefens & aduenir, lefquels ils ont foûmis & foûmettent à toutes Cours & Iurifdictions, de inuiolablement entretenir,
obferuer & accomplir de point en point, & auoir agreable,
ferme & ftable tout le contenu en cefdites prefentes, fans
aller ne venir, ne faire aller ne venir par eux ou par autres,
au contraire directement ou indirectement, en quelque
forte ou maniere que ce foit, & en ce faifant ont renoncé
& renoncent lefdites parties, & chacune d'icelles par lefdits foy & ferment à tout droit écrit, canon & ciuil, vs, ftil,
couftumes & vfances de pays, à ce defrogeans & contraires. Et outre ce ont voulu & accordé lefdites parties, que
toutes claufes & autres chofes feruans à l'efficace de ce pre-

sent traité se puissent cy-aprés mettre & apposer au dit des
sages, la substance d'iceluy non muée. Toutes lesquelles
choses ont esté faites, passées & accordées par les personnes & en la forme que dessus, en la presence de l'exprés
vouloir, accord & consentement de nous, authorisans &
approuuans tout le contenu audit contract en tous ses
points & articles entierement & selon leur forme & teneur,
condamnans lesdites parties respectiuement à l'entiere obseruation, entretenement & accomplissement d'iceluy
traité. En témoin & approbation dequoy nous auons fait
mettre nostre seel à cesdites presentes. Donné à Moulins au
mois d'Octobre l'an de grace 1548. & de nostre regne le 2.
Ainsi signé, Par le Roy, BOCHETEL. Et visa, lesdites lettres seellées sur lacs de soye de cire verte.

*Collation a esté faite par nous Notaires Royaux au Bailliage de
Vermandois, demeurans à la Fere sur Aise, sous-signez aux
lettres originales cy-dessus transcrites qui se concordent à cette
copie, le 26. iour du mois d'Octobre l'an 1552. Signé,* SELENGRE & GOVSTE.

Inuentaire des pieces produites par le Promoteur.

INVENTARIVM *seu summaria descriptio earum rerum quæ
in hoc sacculo continentur, & quæ producta sunt coram Illustrissimo Dom. Francisco tit. sancti Petri ad vincula S. R. E. Presbyter.
Card. de Ioyosa nuncupato, ac Reuerendiss. Dom. Horatio Archiep.
Arelaten. & Gaspare Episc. Mutinensi SS. D. N. Clementis diuina Prouidentia Papæ VIII. & S. Sedis Apostolicæ in Regno Franc.
Nunt. Iudicib. à S. S. delegatis in caussa nullitatis & dissolutionis
matrimonij inter Henricum IV. Franc. & Nauarr. Regem Christianiss. ex vna, & Sereuiss. Reginam Margaritam à Francia Valesia Duc. clara memoriæ Henrici II. Franc. Regis Christianiss.
filiam, partibus ex altera respectiuè actores.
Imprimis facta seu articuli secreti tam ex litteris Apostolicis*

prædicti SS. D. N. Papæ super prædicta matrimonij nullitate & dissolutione à sua S. concessis, quàm ex dictarum partium scripturis seu positionibus desumpti, super quibus statutum fuit prædictum Henricum IV. Regem interrogari. qui articuli per litteram A hîc annotantur A.

Item alia facta seu articuli socreti ex prædictis litteris Apostolicis & partium scripturis, seu positionibus desumpti, super quibus decretum fuit prædictam Serenißimam Reginam Margaretam interrogari, quibus alligata sunt litteræ vestræ subdelegationis nobili & egregio Ioanni Bertier Canonico & Archidiacono in Ecclesia Tholosa, necnon Cleri Franciæ Syndico generali. qui articuli hîc annotantur per litteram B.

Item alia facta seu articuli secreti ex prædictis litteris Apostolicis & partium scripturis seu positionibus desumpti, super quibus decretum fuit testes à Dom. Promotore nominandos ex officio examinari: quibus articulis inquesta seu testium examinatio in ciuitate Parisiensi per prædictos Illustriß. D. Card. & Reuerendiß. D. Archiepiscopum Arelaten. & D. Mutin. Episc. in Regno Franciæ Nunt. ex officio facta alligata est, & hîc annotantur signo litteræ C.

Item catalogus seu enumeratio testium à dicto D. Promotore nominatorum & ex officio examinandorum, cui dicti D. Promotoris signum est appositum, hicque sub littera D producitur D.

Item conclusiones dicti D. Promotoris ab eo subsignatæ, quæ per litteram E hîc annotantur E.

Item præsens Inuentarium seu supradictorum Instrumentorum & actuum summaria descriptio, quæ per litteram F hîc annotatur F.

Signé, LOÜET, ROSSIGNOL,

Sur l'etiquette du sac du Promoteur,

In hoc sacculo continentur secreta caußæ dissolutionis & nullitatis matrimonij inter Henricum IV. Franc. & Nauarr. Regem Christianiß. ex vna, & Sereniß. Reg. Margaritam à Francia Valesia Ducem partibus respectiuè actores ex altera.

Inuentaire du sac du Roy.

LITIS *instrumentum litterarum Apostolicarum & testationum rotatione cumulatum, inque Indice ordine descriptum. Quod deponit apud vos, Dom. Illustriss. Card. à Ioyosa & Reuerend. Horat. Archiep. Arelat. & Gasp. Episc. Mutin. SS. Patris Clementis Papæ VIII. & S. Sedis Apostolicæ in Regno Franc. Nunc. Iud. à dicto Papa Clemente in hâc causâ deleg. Henricus Dei gratiâ Francorum & Nauarræ Rex Christianiss. actor & reus ex vna parte, Sereniss. R. Margaretâ Duce Valesiæ itidem actrice ex alia parte existente.*

Primùm profert Rex exemplum cum exemplari compositum litterarum Apostolicarum dicti Clementis Papæ VIII. sub data Romæ apud S. Marcum 8. Kal. Octobr. ann. Incarnat. Dom. 1599. Quibus causa dissolutionis matrimonij, quo ipse Rex & dicta Regina Margarita copulati fuere, vobis discutienda est commissa, atque etiam rite rectéque probatis articulis, seu factis in dictis litteris expositis, aut vno certè quidem eorum, iudicanda & definienda, éstque hoc instrumentum significatum littera A.

Item profert Rex quatuor instrumenta colligata.

Primum instrumentum est auctoritas consignata vestræ iurisdictionis, siue actus ann. 1599. 5. Octobris, quo paret dictas litteras Apostolicas apud vos depositas fuisse à Procuratoribus partium, eósque comprobationem litterarum à vobis postulasse: in quo quidem actu descripta sunt mandata specialia dictorum Regis Reginæque, quibus affirmant ea quæ sunt in dictis litteris Apostolicis edita vera esse.

Secundum est institutio officiorum in hâc caussa, nimirum Promotoris, & Scribæ, Notarij Apostolici, duorúmque Apparitorum, ac destinatio ædium tuarum, Illustrissime Cardinalis à Ioyosa, in quibus hæc exerceretur Iurisdictio, & in postremo actu relatum est iuramentum officiorum coram vobis præstitum 19. dicti mensis Octob.

Tertium est decretum à vobis pronunciatum dicto 19. Octobris, quo cùm Procuratores partium denuo affirmassent edita in litteris Apostolicis, iterúmque earum comprobationem per Iudicium vestrum petiissent, conuenienter postulationi Promotoris statutum est vt dicti Procuratores litteris mandarent rationes à se propositas, quarum communicatio fieret dicto Promotori, & vt exemplum dictarum litterarum Apostolicarum à vestris Scriba & Notario subsignatum eisdem Procuratoribus traderetur.

Quartum & postremum eorum instrumentorum, est sententia interlocutoria dicti 29. mensis Octobris, quâ etiam congruenter postulationi

*lationi dicti Promotoris partes interrogandas super certis factis &
articulis manantibus tam ex dictis litteris quàm partium scripturis, seu positionibus, & super aliis articulis à vobis definiendis pleniùs ex officio vestro tam per litteras & instrumenta, quàm per idoneos testes & integrâ famâ à dicto Promotore nominandos inquirendum, eásque partes & testes de iis quæ in prædictis articulis
continentur, per vos aut per iudices qui vobis à partibus subdele-
garentur interrogandos & examinandos decreuistis, simúlque tam
Promotori, quàm ipsis Procuratoribus partium proferre quicquid è
causâ videretur permisistis, & isthæc instrumenta significata sunt B.*

*Item profert Rex scriptiones, seu positiones suas cum exemplô
eorum quæ à Reginâ Margaritâ scripta sunt, in quibus rationes partium explicantur, quibus legitimè, vti factum est, probatis, nihil
esse quod vos ad dissolutionem matrimonij iudicandam moretur, in-
uenietur, & significatur instrumentum C.*

*Item profert Rex ea quæ ad interrogata vestra respondit, ex qui-
bus facile perspici poterit, quid inter partes tam ante quàm post matrimonium actum sit. D.*

*Item profert Rex authoritatem consignatam vestræ Iurisdictio-
nis, quâ paret vos propter absentiam M. Christophori Rossignol Notarij vestri, munus istud delegasse M. Cosmæ le Charron Notario
S. Sedis Apostolicæ, vt dum abesset dictus Rossignol vobis in hac
caussâ ministraret. E.*

*Item quo vobis rationes ad dissolutionem matrimonij spectantes
magis ac magis probentur, profert & agnoscit Rex tria instrumenta simul colligata.*

*Primum est mandatum vestrum 6. Nouemb. 1599. quo Magistro
Ioanni Bertier Canonico & Archidiacono Ecclesiæ Tolosanæ & Syndico generali Cleri Gallicani, dictóque Rossignol vestro Notario
commisistis interrogationem dictæ Reginæ Margaritæ degentis in
castro d'Vsson sito in agro Aruernorum, de quibusdam articulis à
vobis ex disceptatione excerptis.*

Secundum continet disceptationes facti à vobis excerptas.

*Tertium exemplum cum exemplari compositum à vestro Scriba, &
vestro decreto Procuratori dicti Regis traditum Interrogationis dictæ Reginæ Margaritæ per dictos Bertier & Rossignol 17. Nouemb.
1599. ex cuius responsionibus caussæ diuorij graues & necessariæ ape-
rientur, manifestúmque fiet dictam Reginam dictas litteras Apósto-*

licas probare admodum , veſtram agnoſcere Iuriſdictionem, manda-
túmque ſpeciale dediſſe , cùm dictas litteras obtinendi , tum exponen-
di iſthæc omnia quæ in eis relata ſunt. F.

Item quò vobis conſtet expoſita in dictis litteris Apoſtolicis omni-
nò vera eſſe , Rex profert & agnoſcit quatuor Inſtrumenta.

Primum continet diſceptationes facta à vobis excerptas tam ex di-
ctis litteris Apoſtolicis quàm ex ſcriptionibus partium, de quibus in-
quirendum ad poſtulationem Promotoris & per teſtes ab illo nomi-
nandos decreuiſtis.

Secundum continet Inquiſitionem ex officio veſtro à vobis ad po-
ſtulationem dicti Promotoris factam in hac vrbe Lutetia.

Tertium eſt elogium, ſeu , vt vulgò vocant, proceſſus verbalis In-
quiſitionis veſtræ , quod ſatis ſupérque declarat omnia rite & recte
acta & tranſacta fuiſſe.

Quartum eſt decretum à vobis pronunciatum 9. die Nouembris
1599. Procuratoribus partium, quo inquiſitiones ad Iudicium refe-
rendas decreuiſtis , vtque partes quod factum eſſe, aut non eſſe con-
tenderent , quódque è re ſua futurum eſſe putarent , id ſcriptione
proſequerentur , & inſtrumentis comprobarent, iiſque & ſcriptioni-
bus & inſtrumentis mutuò communicatis contradicere & contradi-
cta ſoluere poſſent.

Faciunt hæc inſtrumenta ad probationem vis metúſque , itémque
gradus tertij conſanguinitatis , ita vt matrimonium iſtud contra
ſacratiſſimas Eccleſiæ leges abſque mutuo conſenſu contractum , pro-
tinus per vos ſit diſſoluendum conuenienter litteris Apoſtolicis quæ
cauſam præiudicare , imo quoad ius pertinet planè iudicare vi-
dentur. G.

Item vt ſcripto etiam conſtet , profert Rex exemplum rite cum
exemplari compoſitum contractus matrimonij inter Antonium Du-
cem Vindocinenſem & Ioannam Reginam Nauarræ parentes dicti
Regis redacti in formam diplomatis Henrici II. Franc. Regis men-
ſe Octobri 1545. Quo paret dictam Ioannam filiam fuiſſe Henrici
Regis Nauarræ , & Margaritæ à Francia ſororis Regis Franciſci I.
& amitæ dicti Henrici II. vt non ſit quod cuiquam vel mediocriter
in rebus Francicis verſato in mentem veniat dubitare , quin dictus
Rex & dicta Margarita Regina filia dicti Henrici II. ſint propio-
res ſobrini, ideóque per leges Eccleſiaſticas maritale coniugium con-
trahi haudquaquam inter eos potuerit. H.

Quin verò poſſet obtendi matrimonium iſtud quidem iure nullum & infirmum, ſed reſcripto abſolutionis ſiue diſpenſationis confirmatum fuiſſe, profert Rex elogium Scribæ ad hoc à vobis ſpeciatim delegati, in quo accurata Commentariorum tam fori Eccleſiaſtici quam Secretariatus Epiſcopatus Pariſienſis diſquiſitio ab anno 1572. continetur, neque tamen in iis commentariis non ſolùm perfunctoriè volitando percurſis, ſed etiam ſtudiosè perlectis, quicquam reperiri potuit quod ad iſtam abſolutionem, ſeu diſpenſationem ſpectaret, ita vt certum ſit Reſcriptum Epiſcopo Ordinario non fuiſſe, vt par erat, oblatum, itáque nec executioni mandatum. I.

Item vt manifeſtum planéque exploratum ſit Reſcriptum iſtud diſpenſationis ſeu abſolutionis nullum eſſe, profert Rex exemplum dicti reſcripti, quod Romæ afferendum curauit, vt quid agendum ſit, in hac causâ Principi Chriſtiano & Catholico conſuleret. In illo primùm illud ponitur, diſpenſationem vel potiùs abſolutionem poſt contractum matrimonium à dicto Rege Regináque Margarita poſtulatam fuiſſe, nihil verò quidquam ab eis petitum, patet ſatis tam ex circumſtantiis temporum, quàm ex eorum interrogationibus ſuprà prolatis. Quin & Regina Margarita ne ſe etiam de reſcripto inaudiſſe ſæpius eſt teſtata. Deinde ponitur iudicatum fuiſſe ſummo Pontifici è Republica eſſe, vt dicti Principes in iſto matrimonio continerentur, quod ſecus eſſe euentus docuit: hæc cauſa impulſiua diſpenſationis falſa reperta procul dubio vitiat diſpenſationem, in qua cùm iuri communi derogetur, nec falſum exprimendum nec verum tacendum erat. Tertio loco næui ſiue defectus matrimony non ſunt omnes expoſiti, nimirum is qui ſpectat ad cognationem ſpiritualem omninò eſt prætermiſſus, quo caſu reſcripta dicûtur obreptitia. Quartò impoſitum eſt religioni ſummi Pontificis, qui quod ab eo coniunctorum nomine poſtulata fuerit diſpenſatio, exiſtimauit ſe diſpenſare in gratiam bene concordantis conſentiſque matrimony, neque veriſimile eſt eum tantum indulſiſſe, ac de iure communi condonaſſe, ſi per vim metúmque contractum eſſe ſciuiſſet, libertatémque conſenſus impeditam. Quintò imperfecta eſt adhuc diſpenſatio pænitentiâ per reſcriptum præſcriptâ non adimpletâ, vt integrum ſit partibus illa vti aut non vti. Poſtremò ſecundum leges quæ ſacroſancta Eccleſia Romana dixit diſpenſationibus, hæc committenda erat Epiſcopo ordinario qui de ſubreptione vel obreptione cognouiſſet, quod nuſquam factum fuiſſe vel textus reſcripti declarat ſatis. Non eſt igitur

cunctandum profiteri, si quid auctoritatis canonum relictum est loci,
istud rescriptum nullum, obreptitium & imperfectum adhuc esse.
Præterea par erat ac etiam in matrimonio per vim metúmque contracto necessarium, vt interueniret nouus consensus. Cùm enim
primus propter legitima impedimenta esset ipso iure nullus, conse-
quens est quæcumque illum consecuta sunt, nullam omninò habuisse
vim. Nouum verò suppleri non potuisse, cùm adeò esset necessarius,
tam certum est quàm quod certissimum. Et significatur hoc instrumentum. K.

Item Rex ad instrumenti sui cumulum, quod à Regina Margarita prolatum est, addit & agnoscit quatenus è suâ causâ est. L.

Postremò profert hoc instrumentum litis. M.

Iterùm addit Rex actum siue auctoritatem aliam vestræ iurisdictionis, quâ paret partes iacturam contradictorum spontè facere. N.
Signé DE LA GVESLE. Et sur l'etiquette du sac du Roy.

Productio pro Henrico IV. Franc. & Nauarr. Rege Christianiss. actore in causâ dissolutionis & nullitatis matrimonij.

Reuerend. Dom. Archiep. Rta 11. Decemb. 1599.
Arelatens. Relator. DE LA GVESLE.

Inuentaire du sac de la Reyne Marguerite.

INVENTARIVM instrumentorum, positionum, litterarum
& aliarum scripturarum productarum ex parte Serenissimæ &
Illustriss. Principis Margaritæ à Francia Reginæ & Ducis Valesiæ
&c. Coram vobis Illustrissimo Cardinale Francisco à Ioyosa nuncupato, Reuerendiss. Horat. Arelaten. Archiep. & Gasp. Episcop. Mutin. SS. D. N. PP. ac Sedis Apostolicæ Nuntio, deleg. in causâ dissolutionis matrimonij inter Christianissimum Regem Franciæ & Nauarræ Henricum IV. & Sereniss. Margaritam Reginam Ducem
Valesiæ.

Primum producit & exhibet copiam, seu exemplum Bullæ aut
Rescripti D. N. PP. sub datâ 8. Kal. Octob. ann. 1599. supplica-
tionem dictorum Henrici Regis & Margaritæ Reginæ continens, atque etiam rationes & causas, quibus inducti matrimonium nullum
& inualidum fuisse crediderint, & per vos declarari postulant. quæ
regia rescripti est sub nota A.

Item producit dicta Regina 3. sententias interlocutorias sub data dierum 15. & 19. mens. Octob. nuper praeteriti, continentes editionem & repraesentationem rescripti, constitutionem & nominationem Promotoris, Scribae, actuarij, & aliorum officiorum necessariorum ad causae & litis instructionem & expeditionem, atque iuramentum ab eisdem Officiariis praestitum. dictae sententiae productae sunt sub littera B.

Producit dicta Princeps facta seu positiones & causas, ex quibus colligere est supradictum matrimonium contra SS. Canonum dispensationem contractum fuisse, atque etiam per vim & metum, & propterea nullum & inualidum esse. quae positiones sunt productae sub nota C.

Producit etiam sententiam interlocutoriam 29. Octob. per quam inquisitionem ex officio super iisdem factis sumendam ad requisitionem Promotoris ordinastis. & est sub littera D.

Item producit interrogata & responsa tam Regis quàm dictae Reginae super factis respectiuè deductis, & sunt sub littera E.

Inducit dicta Regina inquisitiones & dicta testium plenam factorum probationem continentia, quae inquisitiones sunt apud acta.

Et vt constet omnia solemniter acta seruatis seruandis, producit Sereniss. Princeps processus verbales, vt vocant, seu enarrationes citationum testium, iuramentorum eorumdem, partibus vocatis, atque aliarum rerum gestarum secundùm ritum, & vsum fori Ecclesiastici. & citationes sunt sub littera F.

Posteà inquisitiones consensu partium admissae, & dies dictus ad ius audiendum per sententiam   Decembris, quae est producta sub littera G.

Quia de quadam dispensatione facta est mentio in rescripto, quae tamen ad notitiam & scientiam dictae Reginae non peruenit, neque reperitur apud acta Curiae Episcopalis Parisiensis, producit relationem perquisitionis factae per Scribam apud acta eiusdem Curiae sub littera H.

Inducit dicta Regina instrumenta litis, scripturas & caetera producta per Dominum Regem, in quantum faciunt ad finem suae petitionis.

Producit vltimò hoc praesens Inuentarium, & supplicat, si quid desit, pro officio & ex vestra benignitate placeat supplere. I. Signé, LANGLOIS. MOLE. *Et plus bas est ecri,*

ccc iij

Et visis instrumentis & productione Regis dicta Regina ipsam productionem inducit, nec in eam quid dicere voluit, vt constat per decretum 13. huius mensis. Signé, LANGLOIS. MOLE'. Sur l'etiquette dudit sac de ladite Reyne Marguerite.

Productio pro Serenissima Regina Margarita à Francia Valesiæ Duce, actrice in causâ nullitatis ac dissolutionis matrimonij.

LANGLOIS.   R[ta] 11. Decemb. 1599.
MOLE'.

Conclusions du Promoteur.

VISIS *per me Carolum Faye Abbatem Commendatarium S. Fusciani in nemore Ambianensis diœcesis, Regium in supremâ Parlamenti Parisiensis curiâ Consiliarium, & in causâ dissolutionis matrimonij inter Christianiss. Henricum IV. Franc. & Nauarr. Regem, & Sereniss. Reginam Margaretam à Francia Valesiæ Ducem, coram vobis Illustriss. Dom. Francisco Cardinale à Ioyosa, & Reuerendiss. Dom. Horatio Archiep. Arelat. & Gaspare Mutin. Episc. & SS. Dom. N. PP. ac S. Sedis Apostolicæ in hoc Franciæ Regno Nuncio pendente, Promotorem à vobis deputatum, Bullis seu litteris Apostolicis prædicti SS. D. N. Clementis diuina Prouidentia PP. VIII. delegationem huius caussæ à vobis instruendæ ac iudicandæ continentibus sub data Romæ apud S. Marcum anno Incarnat. Dominicæ 1599. 8. Kal. Octob. Actis caussæ tam super præsentatione dictarum Bullarum vobis facta, quàm super creatione officiariorum, sententia interlocutoria diei 29. Octobris, scripturis seu positionibus, interrogationibus & responsis partium, inquisitione seu testium examinatione per vos Illustriss. & Reuerendiss. Iudices ex officio ad meam instantiam facta, Actis tam receptionis dictæ inquisitionis seu inquestæ, quàm ad producendum & audiendum ius, litteris patentibus Christianiss. Henrici II. Franc. Regis, tractatum matrimonij inter Sereniss. Principem Antonium à Borbonio Vindocinorum Ducem, & Sereniss. Dominam Ioannam Henrici Nauarræ Regis & Margaritæ à Francia filiam continentibus sub data mensis Octobris ann. Dom. 1548. Exemplo seu copia dispensationis, seu absolutionis super 3. consanguinitatis gradu dictarum partium, sub data Romæ apud S. Petrum an. 1572. 6. Kal Nouemb. Processu verbali super perquisitione ex registris tam Curiæ Episcopalis quàm Secretariatus Episcopi Parisiensis per D. Georgium Louet dicti Parlamenti Consiliarium, & huius causæ Scribam, & M. Christophorum Rossignol Notarium Apostolicum, me præsente & ad meam instantiam facta, in quibus registris nihil de prædicta dispensatione, eiusque præsentatione & homologatione iuxta declarationem & depositionem per Illustriss. Cardinalem de Gondy coram vobis factam repertum est: Productionibus partium dictarum, postquam contradictis aduersus illas proponendis renunciarunt.*

Requiro prædictum matrimonium inter præfatos Christianiss. Henricum IV. Regem, & Margaretam à Francia Reginam Valesiæ Ducem contractum ac celebratum, nullum ac inualidum declarari, & vt in posterum tam dicto Dom. Regi cum alia muliere, quàm prædicta Dom. Margareta cum alio viro in Domino nubere liceat. Signé, C. FAYE.

Sentence diffinitiue.

FRANCISCVS *tit. sancti Petri ad vincula S. R. E. Presb. Cardin. de Ioyosa nuncupatus, Horatius Montanus Archiep. Arelaten. & Gaspar Episc. Mutinensis, SS. D. N. Clementis diuina Prouidentia Papæ VIII. & S. Sedis Apostolicæ in Regno Franc. Nuntius, Iudices à SS. D. N. delegati in causa nullitatis & dissolutionis matrimonij inter Henricum IV. Franc. & Nauarr. Regem Christianiss. ex vna, & Sereniss. Reginam Margaretam à Francia Valesiæ Ducem claræ memoriæ Henrici II. Francorum Regis Christianiss. filiam, respectiuè actores, nullitatem, & dicti matrimonij dissolutionem requirentes, & nobilem & egregium Carolum Faye Presbyterum Abbatem Commendatarium Monasterij sancti Fusciani in nemore Ambianensis diœcesis, Canonicum Ecclesiæ Parisiensis, & in supremo Parisiorum Senatu Consiliarium Clericum, reum, quem in hac causa pro Promotore nostro elegimus, partibus ex altera.*

Visis per nos & maturè inspectis litteris Apostolicis super dicti matrimonij nullitate à SS. D. N. concessis sub datâ Romæ apud S. Marcum 8. Kal. Octobr. anno Dom. 1599. quibus prædicta litis seu causæ instructio & certa decisio sub hac clausula (vt vos aut si al quis vestrûm legitimè impeditus interesse nequiuerit, saltem duo ex vobis, ex quibus tu frater Episcope noster & Apostolicæ Sedis Nuntius vnus semper sis & esse debeas) nobis ea lege committitur, vt si per inquisitiones & informationes dictam Reginam Margaretam ab initio per vim & metum qui saltem in fœminam constantem cadere posset, matrimonium cum dicto Henrico IV. Rege contraxisse, & postea dicto metu, ipsius causa adhuc durante, ab eodem Henrico discessisse & per 14. continuos annos seorsum ab ipso mansisse & ad hunc vsque diem manere, vel dispensationem super tertio consanguinitatis gradu, qua prædicti Henricus & Margareta reperiuntur coniuncti, à Sede Apostolica obtentam ignorasse, illam non acceptasse, nec de nouo in dictam matrimonium consensisse, vel cognationem spiritualem plenius ibi enarratam & declaratam inter dictos Henricum & Margaretam intercessisse legitimè constaret, prædictum matrimonium iuxta sacrorum canonum dispositionem nullum & inualidum fuisse, & esse pronunciaremus; & tam Henrico cum alia muliere quàm Margaretæ prædictis cum alio viro, matrimonij contrahendi libertatem auctoritate Apostolica concederemus: Instrumento diei 15. Octobr. anni prædicti 1599. dictarum litterarum Apostolicarum præsentationem per prædictorum Henrici & Margaretæ Procuratores, & dictarum litterarum Apostolicarum comprobationem postulantes & requirentes, nobis factam continente: Decreto nostro sub data 19. Octobris anni prædicti Officiariorum nostrorum ad præsentis litis instructionem necessariorum creationem & prouisionem, videlicet nobilium & egregiorum prædicti Caroli Faye, Georgij Louet Presbyt. Abbatis Commendatarij omnium Sanctorum in ciuitate Andegauensi, Canonici & Archidiaconi maioris Ecclesiæ Andegauensis, in supremo Parisiorum Senatu Consiliarij Clerici, pro Promotore, & Scriba, Magistri Christophori Rossignol publici S. Sedis Apostolicæ Curiæque Episcopalis Parisiensis Notarij pro Notario, Baptistæ Ponart, & Guillelmi Charton pro apparitoribus nostris, & palatij dicti Illustrissimi Dom. Cardinalis pro nostra Iurisdictionis exercitio electionem, & dictorum Promotoris, Scriba, Notarij & Apparitorum iuramenti præstationem continente: Decreto prædictæ diei 19. Octobris, quo prædictos partium Procuratores litteris mandare facta seu rationes, positiones seu articulos ab ipsis positos, & Promotori nostro intra triduum communicare, darique dictis partium Procuratoribus dictarum litterarum Apostolicarum exemplum à Scriba & Notario nostris subsignatum statuimus:

Scriptu-

scripturis dictorum Henrici Regis & Margaritæ, factis, positionibus seu articulis : Interlocutorio nostro Decreto sub data 29. Octobris
anni prædicti, quo super contentis in certis factis seu articulis tam
dictis litteris Apostolicis, quàm dictarum partium positionibus seu
scripturis dependentibus, & qui ex eis per nos desumerentur, plenius tam per litteras, & instrumenta, quàm per testes idoneos & in-
tegræ famæ à promotore nostro nominandos ex officio inquirendum
fore, dictósque testes examinari, & super aliis factis, seu articulis ex
eisdem litteris Apostolicis & partium scripturis, seu positionibus
desumendis, Henricum Regem, & Margaretam à Francia prædictos per nos aut iudices à nobis in partibus subdelegandos interrogari debere decreuimus, & ipsos partium Procuratores simul & Promotorem nostrum producere statuimus : Interrogatoriis, seu responsis datis super interrogationibus, tam per nos prædicto Henrico Regi
in castro Regio huius ciuitatis Parisiensis die 12. mensis Nouembris
dicti anni, quàm per nobilem & egregium Ioannem Bertier, Presbyterum Ecclesiæ Tholosæ Canonicum & Archidiaconum, & Cleri
Franciæ Syndicum generalem à nobis in hac parte cum dicto Christophoro Rossignol Notario nostro subdelegatum, Reginæ Margaritæ in Castro Vssonensi die 17. prædicti mensis Nouembris factis:
Inquisitione ex officio super contentis in dictis articulis per nos in
hac ciuitate Parisiensi facta : Instrumento à Scribâ & Notario nostris per nos in hac parte subdelegatis confecto sub data septimâ &
octauâ dierum Decembris anni prædicti, quo constat dictam dispensationem super tertio consanguinitatis gradu concessam, apud
acta Curiæ Episcopalis Parisiensis & Secretariatus Reuerendissimi
Dom. Episcopi Parisiensis registratam, & in registris expeditionum, causarum, prouisionum & dispensationum consignatam, seu
insinuatam, & prædicto Reuerendissimo D. Episcopo Parisiensi aut
suis Vicariis generalibus, seu Officialibus oblatam, & præsentatam
non fuisse : Partium productionibus : Decreto nostro sub data diei
9. huius mensis Decembris, quo dictam Inquisitionem ipsis partium
Procuratoribus consentientibus & probantibus iudicandam recepimus, & dictas partes ad producendum, contradicendum & contra-
dicta dissoluendum intra triduum pro omni & peremptoria dilatione admisimus, vt testium examinationibus, seu inquisitionibus
& prædictorum Henrici Regis & Margaretæ productionibus Promotori nostro communicatis, quod nobis iustum videretur decerne-

remus, & actum dicto Promotori se pro omni productione conclusiones suas, & partium Procuratoribus nullas contra prædictas testium
examinationes nullitatis causas producere velle dedimus, diémque
tam dicto Promotori quàm partium Procuratoribus ad audiendum
ius diximus : Promotoris nostri conclusionibus : Decretò nostro sub
data diei 13. præsentis mensis Decembris, quo dicto Promotori, &
partium Procuratoribus, nec contradicere, nec quid suis productionibus addere, nec aliud in præsenti lite peragere velle, sed in causâ
concludere declarantibus, actum dedimus, & prædictam causam his
requirentibus & nobis supplicantibus sic perfectè instructam per
nos iudicari statuimus : Iisque omnibus accuratè, & ad amussim
consideratis & examinatis : Viso denique toto processu super hoc
confecto, & inspectis & maturè consideratis omnibus de iure con-
siderandis, Dei nomine inuocato à quo cuncta recta iudicia prodeunt,
per hanc nostram definitiuam sententiam, quam in his scriptis fe-
rimus auctoritate Apostolica vallati, asserimus, pronunciamus &
declaramus matrimonium aliàs de anno Dom. 1572. contractum ac
etiam consummatum inter præfatum Henricum IV. Christianiss.
Franc. & Nauarr. Regem & Sereniss. Reginam Margaretam à
Francia Valesiæ Ducem nullum & inualidum, & ideò de eo nullam
rationem habere debere, vtpote non celebratum cum debitis S. R. E.
solemnitatibus, ac aliis necessariis de iure requisitis ad validitatem
matrimonij, & proptereà licitum esse in posterum tam prædicto Henrico IV. Christianiss. Franc. & Nauarr. Regi, quàm prædictæ Sereniss. Reginæ Margaretæ ad alias nuptias transire, eorúmque vtrique
liberam facultatem esse aliis se in matrimonium coniungere, seruatâ
tamen in reliquis sacri Concilij Tridentini formâ, & ita meliori
modo quo possimus, dicimus, pronuntiamus, & sententiamus. FR.
CARD. DE IOYEVSE, HORATIVS MONTANVS Ar-
chiep. Arelaten. & Commiss. Apostol. GASPAR Episc.
Mutin. Nunt. & Iudex. deleg.

Præsens Decretum ab Illustrissimo Dom. Cardinale, Reuerend. &
Illustr. DD. Archiep. Arelat. & Episc. Mutin. Nuntio prædictis,
nobis scriba & Notario subsignatis partium Procuratoribus pronun-
tiandum traditum fuit in palatio prædicti Illustriss. D. Card. die
17. mensis Decembris anni Dom. 1599. & pronuntiatum in dicto palatio post Missæ celebrationem nobili & illustri Iacobo de la Guesle Secretioris Consilij Regis Consiliario suo Procuratori generali & spe-

ciali *in hac causâ, nobilibus & egregiis Martino Langlois libello-*
rum supplicum hospity Regis Magistro, & Edoardo Molé in supre-
mo Parisiorum Senatu Consiliario, Serenissimæ Reginæ Margaretæ
à Francia Valesiæ Ducis Procuratoribus, die Mercurij 22. mensis &
anni prædictorum, præsentibus Reuerend. D. Francisco Pericart
Abrincensi Episc. & Henrico de Mouredon Canonico & Archidia-
cono Narbonensis Ecclesiæ, & quampluribus aliis eum Baptista Po-
nart, & Guillelmo Charton prædictis apparitoribus. Signé,
LOÜET, ROSSIGNOL.

En la grosse de parchemin deliurée aux parties, aprés
ces mots, *dicimus, pronuntiamus & sententiamus*, y a ces mots
de suite, *Datum Lutetiæ Parisiorum in dicto palatio die Veneris*
17. mensis Decembris anni Dom. 1599. & ibidem post missæ celebra-
tionem pronuntiatum &c. comme cy-deuant iusques à ces
mots, *apparitoribus nostris.* Signé, FR. CARD. DE IOYEV-
SE, HORATIVS MONT. *Archiep. Arelat. & Commiss.*
Apostol. GASPAR *Episc. Mutin. Nuntius & Iudex delegatus.*
seellé de trois seaux de cire rouge en placart, desdits sieurs
Iuges deleguez, & sous-signé, LOÜET, ROSSIGNOL.

Bref du Pape Paul V. au Cardinal de Ioyeuse.

Des Archi-
de la Mai-
son de
Ioyeuse.

PAVLVS PAPA V.

VEnerabilis *Frater noster salutem & Apostolicam be-*
nedictionem. Opera & industria fraternitatis tuæ egemus, eas
nobis sedulò te præstaturum speramus. Cogitamus assiduè de refor-
matione istius Cleri, quam etiam plerosque ex venerabilibus fratri-
bus Episcopis Gallicanis desiderare intelligimus. Ad hanc nihil vti-
lius, nihil magis necessarium arbitramur, quàm introductionem Con-
stitutionum sacrosancti Concilij Tridentini. Nam quantum profue-
rint correctioni Ecclesiasticorum tum in Italia, tum in Hispania, op-
timè nosti. Ob id vehementer cupimus, vt eiusmodi SS. Patrum
Sanctiones in Galliam introducantur. Sanè huic nostro desiderio
multæ difficultates sese offerunt, nihilomiuus diuinâ gratiâ freti eas
superari posse non desperamus. Plurimum quidem in industria fra-

ternitatis tuæ confidimus, quòd scilicet per te multi ex Ecclesiasticis disponantur ad recipiendum prædicti Concilij decreta. Polles consilio, vales eloquentia, obtines auctoritatem & gratiam apud omnes istius Regni ordines; quibus omnibus mirificè obsequi potes huic nostræ voluntati. Scripsimus de hac eadē re diligentissimo charissimo filio nostro Henrico Regi, quem pro singulari studio quo prosequitur sanctam hanc Sedem, nobis minimè defuturum existimamus. Quare petimus à te vt omni studio atque diligentia efficias, vt quantum in te est, nostri huius laudabilis desiderij compotes euadamus. Nulla alia in re operam tuam gratiorem nobis nauare potes, quemadmodum ex iis quæ tibi nostro nomine declarabit Venerabilis frater Archiepiscopus Nazarenus Nuncius noster Apostolicus, intelliges, quem eadem fide à te audiri volumus, quà faceres si nos loquentes audires. Fraternitati tuæ omnia prospera ac secunda à Deo precamur, atque ex intimo cordis affectu nostra Apostolica benedictione benedicimus. Datum Romæ apud Sanctum Marcum sub annulo Piscatoris 15. Kalendas Septembris 1605. Pontificatus nostri anno 1. PE-TRVS STROZA. *Et la suscription est,* Venerabili Fratri nostro Francisco Episcopo Tusculanensi Card. de Gioiosa nuncupato.

Des Archiues de ladite Maison.

Autre Bref du mesme Pape audit sieur Card. pour le baptesme de Mr le Dauphin.

PAVLVS PAPA V.

VEnerabilis *Frater noster salutem & Apostolicam benedictionem. Significauit nobis charissimus in Christo filius noster Henricus Francorum Rex Christianissimus vehementer cupere, vt aliquem ex venerabilibus Fratribus nostris sanctæ Romanæ Ecclesiæ Cardinalibus legaremus de nostro latere, qui nostro nomine Compatris officium præstaret dilectissimo in Christo filio nostro Delphino in celebritate publici Baptismatis. Nos qui quantum cum Domino possumus, Regi satisfacere cupimus, cùm existimaremus neminem hoc tempore fraternitate tua melius hoc munus obire posse, qui, vt cætera sileamus, animi magnitudinem videlicet, generis nobilitatem, prudentiam, liberalitatem; optimè nouimus quantoperè te diligat Rex, & quanti te faciat. Propterea hoc manè consti-*

tuimus te summo omnium venerabilium fratrum nostrorum Cardi-
nalium consensu, qui in Consistorio aderant, nostrum & huius
S. Sedis Apostolicum Legatum de latere apud charissimum in Chri-
sto filium Regem Christianissimum, vt huic celebritati intersis, &
Regiis filiis benedictione nostra Apostolica benedicas, quemadmo-
dum ex litteris nostris Apostolicis, quibus continentur facultates
necessariæ ad huiusmodi Legationem administrandam intelliges.
Non dubitamus quin hæc recens significatio veteris nostræ in te be-
neuolentiæ fraternitati tuæ iucunda & grata sit, sicuti nos quoque
libenti animo eam tibi exhibemus. Quemadmodum etiam confi-
dimus te pro dignitate huius S. Sedis hoc officio egregiè perfuncti-
rum esse, ita vt nobis ac Regi cumulatè satisfacias. Quod vt eue-
niat optamus, ac simul tibi cum omni cordis affectu benedicimus.
Datum Romæ apud sanctum Marcum sub annulo Piscatoris 16.
Calend. Augusti 1606. Pontificatus nostri anno 2. PETRVS
STROZA. *Et la suscription est, Venerabili Fratri nostro*
Francisco Episcopo Sabinensi Cardinali de Gioiosa nuncupato, nostro,
& Apostolicæ Sedis apud Regem Christianissimum de latere Legato.

Autre Bref du mesme Pape, à la Reyne.

Des Archi-
ues de ladi-
te Maison.

PAVLVS PAPA V.

CHARISSIMA *in Christo filia nostra salutem & Aposto-*
licam benedictionem. Cum intellexerimus Regios filiolos Ma-
iestatis tuæ propediem solemni apparatu Catholicam fidem publicè
professuros esse, & charissimum in Christo filium nostrum Henri-
cum Regem virum tuum desiderare; vt noster & huius S. Sedis
Legatus de latere dilectissimo in Christo filio nostro Delfino tuo tan-
quam Compater nostro nomine assisteret: placuit nobis vt venera-
bilis Frater Franciscus Episcopus Sabinensis Cardinalis de Gioiosa
hoc munere Apostolici Legati de latere fungeretur. Quod quidem
hoc mane in Consistorio nostro consentientibus & laudantibus cun-
ctis venerabilibus Fratribus nostris S. R. E. Cardinalibus decreu-
imus. Multa nobis persuadebant vt ei hoc officium demandare-
mus, egregia ipsius virtus, animi magnitudo, generis nobilitas,
cæteráque ornamenta, quibus abundè præditus est. Sed nihil ma-

gis nos induxit, quàm quod pro comperto habuimus, & Maiesta-
ti tuæ, & Regi ipsi mirificè in hoc satisfacturos esse, quod in pri-
mis desideramus. Quam rem tibi significare voluimus, vt tanto
magis credas nos, quantum cum Domino poterimus, libenter ac-
cepturos esse semper omnem occasionem significandæ nostræ in te pa-
ternæ charitatis. Intereà omnia Maiestati tuæ prospera ac secunda
precamur, & tibi filiolísque tuis dulcißimis cum omni cordis affe-
Ctu benedictionem nostram Apostolicam impartimur. Datum Ro-
mæ apud S. Marcum sub annulo Piscatoris 16. Calendas Augusti
1606. Pontificatus nostri anno 2. Et la suscription est, *Fran-*
corum Reginæ.

Memoire
MS. com-
muniqué
par le R. P.
Louis Ia-
cob.

Arrest de verification des facultez baillées par ledit Pape, audit Sieur Card. de Joyeuse, sur ledit baptesme de Monsieur le Dauphin.

Auec l'action de Mr Seruin Aduocat General.

Extraict des Registres du Parlement, du Ieudy 17. Aoust 1606.

CE iour aprés que lecture a esté faite iudiciairement des lettres patentes du Roy, du 3. de ce mois, sur les Bulles du Pape, contenant le pouuoir par luy octroyé au CARDINAL DE IOYEVSE, pour celebrer les cere-monies & solemnitez du baptesme de Monseigneur le Dauphin, auec autres facultez attachées sous le contresel. Et que SERVIN pour le Procureur General du Roy a dit que si les Payens auoient le soin de la celebration d'vne solemnité qui estoit appellée *Onomatothesia* entre les Grecs, & par les Romains NOMINALIA *quæ fiebant die lustrico,* lors qu'on imposoit le nom à leurs enfans (ainsi qu'a remar-qué Tertullien) la sollicitude des peres Chrestiés doit estre d'autant plus grande qu'ils connoissent le vray Dieu, & sont reuestus de son fils nostre Seigneur Iesus-Christ par le sainct Sacrement du Baptesme. C'est pourquoy la pieté & deuotion de nostre Roy tres-grand requiert vne plus au-guste & grande ceremonie. Or comme Dieu, de qui tou-te paternité est nommée aux cieux & en la terre, l'a voulu

*Tertul. lib.
de Idolola-
tria.
Macrobius,
1 Saturnal.
e 16.
Claudia-
nus Pane-
gyr. de tertio
Consulatu
Honorij.
S. Paul aux
Galat. c. 3.*

faire pere, il a mis auſſi dans ſes entrailles toutes les iuſtes affections d'vne ame royale & paternelle, & luy a fait deſirer que Monſieur le Dauphin ſon tres-cher fils, ſoit tenu ſur les fonts baptiſmaux par la main ſacrée de noſtre ſaint Pere le Pape. Surquoy, comme ce tres-ſaint Pere a rendu le témoignage de ſa bien-veillance paternelle par les Bulles de Legation qu'il a enuoyées au CARDINAL DE IOYEVSE bon François, fidel ſeruiteur & affectionné à la perſonne du Roy ſon Prince naturel, & à l'Eſtat, & par meſme moyen luy a octroyé les facultez dont lecture a eſté faite, nous deuons receuoir ce qui vient de telle part auec tout reſpect & honneur, ainſi qu'il a eſté fait ſur les Bulles & facultez du Cardinal de Florence Legat enuoyé par le Pape Clement VIII. & à cet exemple ils ont baillé leurs concluſions par écrit, auſquelles ils perſiſtent.

La Cour a ordonné & ordonne, que ſur le reply des lettres ſera mis: *Leuës, publiées* & regiſtrées, oüy & conſentant le Procureur General du Roy, pour auoir lieu de ce iour, & en iouyr par le CARDINAL DE IOYEVSE, ainſi que ſes predeceſſeurs ont fait, aux charges du Regiſtre. Ainſi ſigné, VOYSIN.

Leſdites Lettres Patentes du Roy, auec ledit Arreſt de verification des Bulles du Pape, ſans l'action de Monſieur Seruin, ſont imprimées au 2. tome des Preuues des Libertez de l'Egliſe Gallicane chap. 23. §. 79. & 80. de l'edit. 1639.

Inſtruction baillée audit ſieur Card. de Ioyeuſe Legat en France, retournant reſider à Rome, en ſa charge de Protecteur des affaires de France, en Octobre 1606.

Du Cabinet de Mᵉ Du-puy MS. 584.

LE DIT ſieur Legat partira de Lyon, ou du lieu où il eſt preſent, auſſi-toſt qu'il aura receu la preſente Inſtruction, pour s'acheminer à Rome, ſous pretexte & mettant peine de faire croire que ſa Maieſté luy fait le commandement, tant pour y aller reſider pour l'exercice de ſa

charge, que pour remercier & rendre compte particulierement à sa Sainteté de sa Legation : mais en verité & en
effect pour voir & aduiser sur les lieux aux moyens & expediens de pouuoir terminer le different du Pape auec les
Venitiens par les voyes les plus faciles, vtiles & honorables aux parties.

Et afin qu'il le puisse faire conformément au desir de sa
Maiesté, & qu'il n'y obmette rien qui puisse retarder ou
empescher l'accomplissement d'vne si bonne œuure, elle a
commandé que ledit sieur Legat soit instruit par le present
memoire de tout ce qui s'est passé en cet affaire depuis le
commencement iusques aux termes ausquels il est auiourd'huy.

L'instance & solicitation que fit au commencement à sa
Maiesté le Nonce de sa Sainteté residant auprés d'elle, de
se vouloir entremettre pour accommoder ce different, la
fit resoudre, d'ailleurs desireuse & ialouse de la conseruation du repos public, & d'obuier à tout ce qui le peut alterer, de faire proposer à sa Sainteté la premiere ouuerture
de la suspension mutuelle, à sçauoir que au mesme temps
que sa Sainteté suspendroit ses censures, les Venitiens sus-
pendroient l'execution de leurs ordonnances, & reuoque-
roient leur manifeste, & tout ce qui auoit esté fait en suite,
& consequence d'iceluy pour autant de temps qu'il seroit
aduisé, pendant lequel on traiteroit du fond de l'affaire.
Auquel party sadite Sainteté, aprés plusieurs remonstrances faites de la part de sa Maiesté, des perils & inconueniens qui pourroient naistre de la continuation de ce different, condescendit pour le seul respect & consideration,
à ce qu'elle declara, de sadite Maiesté. Laquelle proposition fut aussi-tost & par courrier exprés enuoyée au sieur de
Fresnes son Ambassadeur à Venise, pour la representer à
ces Seigneurs de la part de sadite Maiesté.

Mais ils y trouuerent plusieurs choses à redire, qu'ils
pretendoient donner atteinte à leur souueraine authorité,
& principalement en suspendant l'execution de leursdits
decrets, dautant que, disoient-ils, ce seroit remettre à l'arbitrage d'autruy la liberté & souueraineté de disposer à leur
volonté

volonté de ce qui leur appartient, chose qu'ils reconnoisfoient par trop preiudicier à la puiſſance Souueraine, de laquelle ils ſont en poſſeſſion depuis tant de ſiecles, qui ne leur a iamais eſté debatuë par aucun Eſtat de la Chreſtienté.

Mais propoſerent lors meſmes audit ſieur de Freſnes pour faire entendre à ſa Maieſté, qu'ils eſtoient contens de terminer ledit different à l'amiable, & que s'il plaiſoit à ſa Maieſté de diſpoſer ſa Sainteté à conuertir ladite ſuſpenſion en vne entiere reuocation, qu'ils remettroient entre les mains de ſa Maieſté les deux priſonniers Eccleſiaſtiques pour en faire & diſpoſer ainſi que bon luy ſembleroit, reuoquant en outre leurdit manifeſte, & ce qui a eſté fait en conſequence d'iceluy.

Laquelle réponſe & nouuelle ouuerture ſadite Maieſté enuoya au ſieur d'Alincourt, pour la propoſer à ſadite Sainteté, qu'elle reietta entierement & ſans condition, ſe formaliſant de ce que leſdits Venitiens offroient de remettre leſdits priſonniers Eccleſiaſtiques entre les mains de ſa Maieſté, & non entre les ſiennes qui reſtoit offenſée, & par conſequent pretendoit que la ſatisfaction s'en deuoit adreſſer directement à elle.

Et adiouſta ces mots à la fin de ſa réponſe, *Que ſi au moins la Republique ſe fuſt miſe en deuoir de luy demander auec ſa Maieſté cette reuocation de ſes cenſures, & qu'elle remiſt entre les mains des Iuges Eccleſiaſtiques de Veniſe, & non en celles de ſadite Maieſté les deux priſonniers.*

Sur leſquels deux points ſa Maieſté a derechef eſtimé à propos de renuoyer vers ledit ſieur de Freſnes, non exprés, mais par l'ordinaire, ſeulement pour témoigner le reſſentiment qu'a ſa Maieſté du peu de compte qu'on a fait iuſques icy de ſes entremiſes, pour ſur iceux fonder & ſçauoir ce qui eſt de la diſpoſition & inclination de ce Senat.

Mais deuant que ſa Maieſté euſt eu aduis de cette derniere réponſe de ſa Sainteté, elle auoit de nouueau donné charge audit ſieur de Freſnes de remettre ces Seigneurs ſur la premiere propoſition de la ſuſpenſion mutuelle, eſtimant que peut-eſtre cette ſecõde fois ils la conſidereroient & en peſeroient la conſequence d'icelle plus meurement.

selon leur prudence accouſtumée. Mais ledit ſieur de Freſnes ſans commandement de ſa Maieſté en retrancha la reuocation de leur Manifeſte. Sur quoy ils demanderent
temps de deliberer, & n'auoient encore répondu par le dernier ordinaire de Venize, du 6. du preſent mois. Ils ſont
donc maintenant encore ſur ladite deliberation.

Par ledit ordinaire ledit ſieur de Freſnes écrit auſſi auoir
nouuelles de Rome, que ſa Sainteté a communiqué aux Miniſtres des Ambaſſadeurs des Princes, l'vn de ces deux
points, à ſçauoir celuy pour remettre entre les mains des
Iuges Eccleſiaſtiques leſdits deux priſonniers, dont ledit
ſieur d'Alincourt ne fait aucune mention par ſes dernieres du 3. Octobre, ains confirme ſa Sainteté plus reſoluë
que iamais à ne conſentir à autre party qu'à celuy de la ſuſpenſion mutuelle; car ces deux derniers points qu'elle adiouſte à la fin de ſa réponſe, n'ont eſté que par forme de
plainte, & non pour les faire propoſer. Car ledit ſieur d'A-
lincourt luy demandant qu'en cas que leſdits Venitiens y
conſentiſſent, elle s'en contenteroit, elle ne voulut iamais
laſcher la parole. Toutefois l'on a iugé ſe pouuoit encore
ſeruir de la propoſition de ces deux points, & eſſayer d'y
faire condeſcendre leſdits Venitiens : ce que aduenant,
l'on donne aſſez bonne eſperance de faire reſoudre ſa Sainteté à ſe contenter de cette ſatisfaction. Voila les termes
auſquels cette affaire eſt reduite à preſent.

Il ne faut douter, & il ſe manifeſte deſia aſſez que les
Eſpagnols employeront tout leur credit & pouuoir pour
trauerſer l'entremiſe de ſa Maieſté, & s'efforcent de luy
rauir la gloire & le degré de cet accommodement.
Dom Franciſco de Caſtro neueu du Duc de Lerme qui
eſt le Gouuerneur de Gaëte, deuoit partir au premier
iour par les aduis qu'en a ſa Maieſté, pour s'acheminer à Venize, & leur declarer de la part de ſon Maî-
tre, s'ils ne ſe reſoluoient de donner contentement à ſa
Sainteté, que ſon Roy eſtoit deliberé d'aſſiſter ſa Sainteté, & le S. Siege. De ſorte que s'il n'y eſt promptement
remedié & preuenu conuenablement, ils recueilleront le
fruict de l'affaire d'autruy. Choſe toutefois que ſa Maie-

fté fe perfuade qu'ils feront difficilement, tant pour l'honneur & refpect qu'ils ont témoigné en plein Senat audit fieur de Frefnes porter aux offices de fa Maiefté, que pour le fignalé intereft qu'ils ont de ne s'accorder par les moyens & entremifes des Efpagnols.

Ledit fieur Legat donc prendra fon chemin par Venize, où il fera inftruit & informé par ledit fieur de Frefnes de l'eftat auquel on fera pour lors de la difpofition de ce Senat, de ce qui y aura operé ce Dom Francifco de Caftro, & par les aduis prefens, & fur les lieux que luy en fçaura donner ledit fieur de Frefnes, & par la finguliere confiance que fa Maiefté a en fa fage conduite & prudence, elle fe promet qu'il pourra fuiuant la connoiffance qu'il a de toutes les fufdites circonftances, fi bien prendre fes mefures, que fadite Maiefté aura toute occafion d'en demeurer fatisfaite, & ladite Republique de fe loüer du foin & de l'affection d'icelle à leur repos & contentement, comme pareillement de la dexterité & induftrie du bon Miniftre qu'elle y aura employé.

Mais fi ledit fieur Legat par la conference qu'il aura euë auec ledit fieur de Frefnes reconnoift entierement n'y pouuoir eftre vtile, & s'y employer auec la dignité de fadite Maiefté, il s'abftiendra de propofer audit Senat chofe concernante ledit different; mais luy declarera en general feulement, que s'en retournant à fa charge à Rome, aprés cette Legation que fa Sainteté luy auoit commife, fa Maiefté luy a commandé, fon chemin s'adonnant par leur Eftat, de les vifiter, & affeurer de la continuation de fon affection, & fçauoir d'eux s'il peut, où il va, leur eftre vtile en quelque chofe, ainfi que portera la lettre que fa Maiefté a commandé eftre baillée audit fieur Legat pour ladite Republique, mettant le refte en creance fur luy, dont il fe feruira, ainfi qu'a efté dit, felon la difpofition des affaires qu'il fçaura eftant fur les lieux mieux iuger que perfonne.

Delà paffera à Rome, & luy feront données lettres pour fa Sainteté, le Cardinal Borguefe, les Cardinaux François & les autres penfionnaires fur le fuiet de fon retour, affeurera fa Sainteté aprés auoir rendu compte de fa Legation, de la

continuation de son affection & sincere intention, tant pour
ce qui concerne la paix publique, que pour la dignité & authorité du S. Siege, le contentement particulier de la personne de sa S^{té}, la grandeur de sa Maison & des siens ; & selon que ledit Legat aura aduancé à Venize, & reconnoistra
pour lors de l'inclination de sadite Sainteté, dira l'extreme regret qu'a sa Maiesté, de la continuation de ce different, & de la peine en laquelle elle sçait qu'en est iustement
sa Sainteté, par la connoissance qu'elle a de son zele
au repos public, & de son amour paternel enuers ses enfans,
preuoyant & apprehendant à bon droit par sa prudence &
bonté les diuers & perilleux accidens qui en peuuent naistre
au desauantage de la Chrestienté, mettant peine de faire
son profit auec elle de ce qu'il aura appris en passant à Venize pour induire sa Sainteté à ce qu'il iugera lors se pouuoir & deuoir faire pour le bien auquel sa Maiesté aspire.

Et si sa Sainteté, les affaires continuant en mauuais termes, vueille presser sa Maiesté de se declarer en sa faueur
contre les Venitiens, & qu'elle en parle audit sieur Legat,
il luy répondra ainsi qu'il luy a ia esté fait, que sa Maiesté
s'est abstenuë en repos iusques à present de se declarer, es-
perant par cette liberté estre plus vtile à luy pouuoir faire
donner quelque contentement par lesdits Venitiens, & par
ces voyes douces faire euiter les perils & euenemens incer-
tains de la guerre, chose qu'elle sçait estre aussi de l'intention de sadite Sainteté.

Et s'il vient à propos, & que ledit sieur Legat estime que
cela ne preiudicie à l'auancement de cette affaire, il pourra faire quelque ressentiment de la part de sa Maiesté de
cette derniere promotion ; mais le plus moderé & retenu
que faire se pourra, ayant ia esté fait par elle-mesme à son
Nonce, & donné charge audit sieur d'Alincourt de faire le
semblable par delà enuers sa Sainteté.

Sur tout il est necessaire que à Rome & à Venize ils croyét
estre vne rencontre inopinée, & non ordonnée, que ledit
passage dudit sieur Legat par ladite ville de Venize, & que
par deçà, afin qu'il ne soit mandé à l'vn ou l'autre lieu, on
ait opinion du semblable.

Il sera donné aduis ausdits sieurs d'Alincourt & de Fresnes de l'acheminement dudit sieur Legat à Rome & Venize, & de la vraye cause d'iceluy, afin que l'vn & l'autre deuant qu'il y arriue, luy puissent faire sçauoir quelque chose ou par lettres ou par homme exprés de la disposition des affaires, & qu'il puisse estre aucunement preparé pour mieux & plus fructueusement operer selon la loüable & sincere intention de sa Maiesté.

Ledit sieur Legat visitera pareillement le Cardinal Borguese, où aprés les complimens ordinaires & asseurance de l'affection & du desir de sa Maiesté de fauoriser en toutes occasions la grandeur & prosperité de luy & de sa Maison, il luy fera part de ce qu'il aura representé à sa Sainteté sur le suiet dudit different auec aussi particuliere confidence qu'il aura fait à elle-mesme, selon l'aduis qu'il en prendra dudit sieur d'Alincourt qui reconnoist les affections & inclinations dudit Cardinal Borguese, tant pour ce qui regarde le present affaire, que pour ce qui concerne le seruice de sa Maiesté, mieux que nul autre seruiteur & ministre d'icelle, qui reside maintenant à Rome.

Mais parce qu'il est difficile, voire impossible, pour les changemens soudains & inopinez qui arriuent en telles matieres, de se tenir tousiours ferme sur mesmes regles, & de prescrire ponctuellement ce qui seroit à faire pour dignement trauailler à vn si grand & si saint œuure; sa Maiesté aussi pour les preuues signalées qu'elle a de la prudence, experience & affection dudit sieur Legat, lesquelles parties ont tousiours operé également pour son seruice & contentement, remet à luy de les employer en cette occasion qui est plus publique & generale que particuliere; ainsi qu'il iugera pour le mieux, pour paruenir au but auquel sa Maiesté a continuellement aspiré & rapporté ses vœux & ses desseins, qui est la manutention du repos de la Chrestienté, dignes de sa bonté & generosité d'icelle.

Il sera baillé audit sieur Legat vn chiffre dont le double sera retenu deçà, pour s'en seruir aux matieres les plus importantes & serieuses, afin de conduire ledit affaire auec le secret & discretion, guides principaux & plus asseurez en

toutes occafions, & fur tout en celles qui regardent le bien
public, qui eft fuiet aux malins effets de l'enuie, & de la ialoufie plus que nul autre.

Eftant fur la fin de la prefente inftruction, eft arriué vn
extraordinaire enuoyé de la part du fieur de Frefnes, portant que le grand Duc auoit fait fçauoir à la Republique,
que fa Sainteté auoit declaré à fon Ambaffadeur refidant à
Rome, que pour témoigner fa bonne volonté enuers la
Seigneurie, elle eftoit prefte de reuoquer fon interdit, pourueu que premierement ladite Republique remift les Ecclefiaftiques qu'elle tient prifonniers, non en main Laïque
comme elle auoit offert à fa Maiefté, mais à tels Iuges d'E-
glife de fon Eftat que bon luy fembleroit: Secondement
qu'elle reuoquaft fon Manifefte, c'eft à dire les patentes
par lefquelles elle a enioint à fon Clergé de n'auoir nul
égard à l'interdit, & par mefme moyen reuoquaft tout ce
qui a efté écrit & publié en fuite d'iceluy: Tiercement
qu'elle reftabliffe tous les Religieux fortis de l'Eftat pour
obeïr aux cenfures: Et finalement qu'elle confentift que le
Iugement du different principal fuft remis à vne Congregation de Cardinaux, en laquelle fa Sainteté admettroit quelques fiens confidens, & promettroit entre les mains d'vn
grand Prince, foit de fa Maiefté ou dudit grand Duc, d'obferuer & auoir agreable ce que ladite Congregation en or-
donneroit; proteftant enfin fa Sainteté celle-cy eftre fa derniere volonté, à laquelle s'il n'eftoit donné de la part de la
Republique conuenable fatisfaction, elle eftoit refoluë
d'employer la force pour la manutention de fon authorité.

Sur laquelle propofition le Senat n'a voulu deliberer que
ledit fieur de Frefnes n'euft efté oüy là-deffus, & fur laquelle
pareillemēt fa Mté n'a eftimé à propos de refoudre quelque
chofe deuant qu'on ait entendu les propofitions de Dom
Frācifco de Caftro, & la réponfe qu'il remportera, ledit Senat ayant promis audit Sr de Frefnes de le luy faire fçauoir,
& de ne rien faire en ce fait, fans le fceu & confentement de
fa Maiefté. Mais il femble que la Republique s'arrefte principalement fur le dernier defdits points, qui eft la Congregation des Cardinaux, dautant, ce dit-elle, que ce fe-

roit remettre au iugement d'autruy leur fouue raine autho
rité, & faire fes parties Iuges de leur different : chofe à laquelle on eſtime qu'il fera tres-difficile de porter ce Senat,
s'il n'eſt trouué quelqu'autre expedient, ou que celuy-cy
ne foit adoucy, pour tirer defdites propofitions le fruit
qui s'en doit efperer. A quoy fa Maieſté s'attend que ledit
fieur Legat fçaura pouruoir par fon induſtrie au contentement des vns & des autres.

Extraict du Regiſtre du Greffe de l'Ordre du Saint Efprit.

Du cabinet
de M. Du-
puy MS.
572.

AVIOVRD'HVY 18. iour d'Octobre 1610. le Roy Chef
& fouuerain Grand-Maiſtre de l'Ordre & milice du
benoiſt S. Efprit eſtant à Reims, fa Maieſté a receu l'habit
dudit Ordre, & fait les fermens aufquels elle eſtoit obligée
par les ſtatuts d'iceluy, duquel le Confeil & Chapitre a eſté
tenu, & y ont interuenu ceux qui feront nommez cy-aprés.

Il auoit eſté refolu dés auparauant que le Roy partiſt de
Paris pour aller à Reims, que fuiuant les ſtatuts de l'Ordre
du S. Efprit, fa Maieſté en prendroit l'habit le lendemain
de fon Sacre, & le receuroit par les mains de celuy qui l'auroit facré, ayant eſté iugé que la Croix qui de fes premiers
ans luy en auoit eſté baillée par honneur & fans aucune ceremonie, ne fuffifoit pas pour fatisfaire aufdits ſtatuts, &
rendre fadite Maieſté capable de faire les fonctions de
Chef & fouuerain Grand Maiſtre dudit Ordre.

Pour à quoy fe conformer fa Maieſté ayant eſté facré le
17. iour d'Octobre, le 18. au matin tous les Princes, Prelats, Cheualiers, Commandeurs & Officiers dudit Ordre
qui fe font trouuez prés d'elle, fe font affemblez au logis de
Monfeigneur le Prince de Conty, où Monfieur le Cardinal de Gondy ne voulut interuenir, eſtimant que l'affemblée deuoit eſtre faite en fa maifon : mais Monfieur l'Euefque de Langres s'y eſt trouué,
Monfeigneur le Prince de Conty,
& Monfeigneur le Comte de Soiffons,

Meſſieurs les Ducs d'Eſpernon & de Montbazon,

Meſſieurs de Rambouillet, de Chaſteauvieux, de Souré, Mareſchal de la Chaſtre, de Beauuais-Nangis, le Mareſchal de Lauerdin, le Grand Eſcuyer, de Ragny, de Montigny, de Praſlin, le Mareſchal de Boiſdauphin, de Vitry, le Baron de Lux, d'Aumont, de Born, de Palaiſeau, le Vicomte d'Auchy, d'Alincourt, de Soürdiac, le Marquis de Villaine, le Comte de Choiſi, le Marquis de Trenel, de Chaſteauneuf Chancelier, de Roddes Preuoſt & Mᵉ des Ceremonies, de Puiſieux grand Treſorier, & de Seaux Secretaire, & les autres Officiers.

Ledit ſieur Chaſteauneuf eſtant en ſa place entre les deux derniers Cheualiers au bas de la table, à l'entour de laquelle tous leſdits Princes, Prelats, Cheualiers & Officiers Commandeurs eſtoient aſſis, & ledit ſieur de Seaux auprés de luy, écriuant ſur le bout de ladite table comme Secretaire dudit Ordre, ce qui ſe paſſoit en ladite aſſemblée, luy comme Chancelier a propoſé,

Premieremēt, que le ſuiet pour lequel elle ſe faiſoit, eſtoit pour aduiſer quand, & en quelle forme, & auec quelle ſuite de ceremonies le Roy receuroit l'habit de l'Ordre du S. Eſprit, & ſatisferoit à ce à quoy il eſtoit obligé par les ſtatuts d'iceluy, pour entrer en la place de Chef & ſouuerain Grand Maiſtre dudit Ordre : ſurquoy il a eſté conclu,

Que ſadite Maieſté receuroit ledit habit apréſdiſner, en l'Egliſe où elle auroit eſté ſacrée le iour precedent, aprés y auoir oüy veſpres auec l'aſſiſtance de tous leſdits Princes, Prelats, Cheualiers, Commandeurs & Officiers portans leurs grands manteaux, & auec l'ordre & toutes les ſolemnitez accouſtumées.

Mais que la ceremonie de la Meſſe qui ſe faiſoit ordinairement le iour ſuiuant, comme auſſi celles des Veſpres & de la Meſſe des Treſpaſſez ne ſe feroient point pour cette fois, attendu que c'eſtoit vn extraordinaire, qui n'eſtoit que pour donner l'Ordre au Roy, qui d'ailleurs eſtoit preſſé de partir de la ville de Reims; & que ſa Maieſté ne pouuoit mieux faire, que de ſuiure l'exemple du feu Roy ſon pere d'heureuſe memoire, lequel en pareille occaſion en auoit vſé de meſme.　　　　　　　　　　　Et

Et fur ce qu'il a efté adioufté par ledit fieur de Chafteau-neuf, qu'il falloit accommoder le ferment que le Roy auoità faire, à ce qui auoit efté changé par le feu Roy fon pere en l'obferuation des ftatuts dudit Ordre, afin qu'il ne iuraft ne promift rien qu'il ne vouluft & deuft tenir.

Il a efté ordonné que l'article qui concerne la reception des eftrangers audit Ordre fera reformé, non toutefois pour y pouuoir admettre indifferemment tous eftrangers qui s'en trouueroient dignes, comme porte la Declaration du feu Roy; mais feulement les Princes ou Souuerains.

Et qu'au lieu de fpecifier par ledit ferment les iours auf-quels fa Maiefté ne pourra difpenfer lefdits Princes, Pre-lats, Cheualiers, Commandeurs & Officiers dudit Ordre de communier, il fera dit feulement en general qu'elle ne les en pourra difpenfer aux iours ordonnez.

Il a auffi efté arrefté que le Roy aprés fa reception pour-roit receuoir & affocier audit Ordre Monfeigneur le Prin-ce de Condé, & Mᵣ le Cardinal de Ioyeufe, attendu que ceftuy-cy eft nommé dés l'an 1588. & que tous deux n'ont befoin de preuues.

A efté propofé par Monfieur de Chafteauneuf, que ledit fieur de Puifieux faifoit maintenant la charge de Threfo-rier dudit Ordre, que Monfieur de Beaulieu la luy auoit entierement remife & delaiffée, & que partant il fembloit raifonnable qu'il feruift en ladite ceremonie, & prift l'ha-bit dudit Ordre pour d'orefnauant le porter, & que ledit fieur de Beaulieu defiroit il y a long-temps rendre fes com-ptes pour fa décharge, mais que perfonne n'auoit pouuoir de les oüyr, ny de la luy donner, parce qu'il falloit fuiuant les ftatuts qu'il les rendift pardeuant cinq Commiffaires deputez & ordonnez au Chapitre general dudit Ordre pour la rendition d'iceux, que partant ils eftoient requis de nommer deux Ecclefiaftiques & trois Cheualiers d'en-tre eux, comme il eftoit accouftumé à cet effect.

A quoy a efté confenty par toute l'affemblée, & ont efté nommez pour Commiffaires à l'audition des comptes du-dit fieur de Beaulieu, pour Ecclefiaftiques, Meffieurs le Cardinal de Gondy, & l'Euefque de Langres, & pour laiz Mon-

fff

seigneur le Comte de Soissons, Monsieur le Duc d'Espernon, & Monsieur le Baron de Lux.

Et sur ce que ledit sieur de Chasteauneuf a fait entendre
à ladite assemblée, que la volonté du Roy & de la Reyne
estoit de gratifier les Princes, Prelats, Choualiers, Commandeurs & Officiers qui assisterent sa Maiesté à son Sacre
& à cette ceremonie, comme si le Chapitre dudit Ordre
se tenoit aux temps accoustumez, attendu la grande depen-
se que leurs Maiestez consideroient qu'ils auoient faite
pour le seruice du Roy en cette occasion, & qu'il se trouuoit pour cela assez de fonds entre les mains du Thresorier
dudit Ordre.

Il a esté ordonné qu'il sera à cet effet expedié vne ordonnance audit Thresorier pour sa décharge, & que le
payement se fera en or ou valeur d'iceluy.

En suite dequoy il a aussi esté dit & arresté en conformité
desstatuts, que les absens ne iouïront de ladite gratification.

Et sur le rapport qui a esté fait par ledit sieur Chancelier de la protestation que Monsieur de Bouillon de
Mauleurier auoit fait faire en ses mains, à ce que son absence ne luy peust preiudicier pour le rang & les droits qu'il
pretendoit luy appartenir en cette occasion :

Il a esté dit quant ausdits droits, qu'il ne pouuoit estre
traité autrement que les autres absens, & que pour ce qui
est de son rang il luy seroit deliuré acte de sa protestation.

Et sur ce que Monsieur de Chasteauneuf a dit, qu'il estoit
obligé par les statuts dudit Ordre de faire ses preuues de
noblesse pour entrer en sa place de Chancelier, & que
pour y satisfaire il auoit mis les titres & enseignemens entre
les mains de Monsieur de Rambouillet, & de feu Monsieur
de Chaumereau, que le decez dudit sieur de Chaumereau
estant aduenu, il falloit que ledit sieur de Rambouillet en
fist son rapport, à quoy il estoit tout preparé ; mais que suiuant les statuts il conuiendroit premierement luy donner six autres Commissaires pour voir auec luy lesdites
preuues, & puis en faire rapport au Chapitre ; qu'il les
prioit de vouloir nommer six d'entre eux à cet effet, si
mieux ils n'aimoient entendre eux-mesmes sur l'heure le-

dit fieur de Rambouïllet, qui auoit fes papiers en main, qu'il s'affeuroit qu'ils trouueroient fuffifans ; & qu'il fe retireroit , s'ils l'auoient agreable, pour les en laiffer deliberer.

Ce qu'il a fait, & il a efté dit, que Monfieur de Rambouïllet feroit fon rapport defdites preuues, comme auffi-toft il a fait, & elles ont efté receuës & approuuées.

Il a efté dit auffi que d'orefnauant le Chapitre general dudit Ordre fe deuoit tenir tous les ans, & que le Roy & la Reyne en feroient fuppliez.

Il a auffi efté ordonné que le Genealogifte dudit Ordre fera rembourfé en deux ans de deux mil cinq cens efcus qu'il a payé pour fon office, lequel moyennant ce, demeurera fupprimé, & ledit rembourfement fe fera des deniers de l'Ordre.

Et que les deux ou trois années de fes gages qui n'ont efté employez dans les comptes, feront payez & allouëz, comme fi elles y eftoient. Signé, POTIER.

Ledit iour fur les trois heures aprés midy , tous lefdits Princes, Prelats, Cheualiers, Commandeurs & Officiers fe font trouuez en la chambre du Roy pour accompagner fa Maiefté à l'Eglife en l'ordre & forme prefcrite par les ftatuts, comme ils ont fait auffi-toft qu'elle a efté prefte de fortir : auparauant quoy Monfeigneur le Prince de Condé a efté en fa prefence fait Cheualier de S. Michel , parce qu'il n'en auoit receu encore l'Ordre par Monfeigneur le Prince de Conty que fa Maiefté auoit deputé à cet effect.

Sa Maiefté eftant arriuée en l'Eglife, & y ayant prins fa place, comme auffi chacun defdits Princes, Prelats, Cheualiers , Commandeurs & Officiers, & mondit Seigneur le Prince de Condé s'eftant mis en celle qui luy eftoit preparée derriere Monfieur le Chancelier de l'Ordre, où ont toufiours accouftumé de fe mettre ceux qui doiuent eftre faits Cheualiers, les Vefpres ont efté commencées ; & icelles dites, le Grand Maiftre des ceremonies a efté aduertir Meffeigneurs les Princes de Conty & Comte de Soiffons de venir conduire fa Maiefté en fa place auprés l'autel , & l'eftant venus prendre , tous lefdits Officiers marchans en

leur ordre deuant elle, elle s'est acheminée en sadite place,
où estant arriuée, Monsieur le Cardinal de Ioyeuse partant
de l'Autel l'est venu trouuer, & a receu son serment en la
forme prescrite par lesdits statuts, l'ayant aprés signé de sa
main, comme elle a fait aussi le lendemain celuy qui est
pour la Religion, & qui contient la protestation de viure
& mourir en la foy Catholique, Apostolique & Romaine.

Incontinent que le Roy a eu fait son serment, mondit
sieur le Cardinal de Ioyeuse s'estant retiré, est approché de
sa Maiesté Monseigneur le Prince de Condé, conduit par
Messieurs les Ducs d'Espernon & de Montbazon, & s'estant
mis deuant elle les genoux en terre, & les mains sur les saintes Euangiles, il a fait son serment en la forme accoustumée, & puis l'a signé, & aussi-tost qu'il a esté reuestu des habillemens dudit Ordre, sa Maiesté s'en est retournée en sa
place au bas du chœur où elle auoit ouy Vespres, parce que
Monsieur le Cardinal de Ioyeuse n'a point eu à estre receu,
ayant esté remis à vne autre fois, à cause de la contention
qui estoit entre Monseigneur le Prince & luy, à qui le seroit
le premier. Sadite Maiesté estant en ladite place, tous les
Princes, Prelats, Cheualiers, Commandeurs & Officiers
dudit Ordre luy ont esté baiser la main, ainsi qu'il est accoustumé, & cette ceremonie finie, elle s'en est retournée
en son logis au mesme ordre qu'elle estoit venuë en ladite
Eglise.

Le lendemain de l'aduis de tous lesdits Princes, Prelats, Cheualiers, Commandeurs & Officiers, l'escu
pour le payement ordonné en or, a esté éualué à soixante
cinq sols, & les ordonnances expediées au Thresorier pour
sa décharge ont esté faites en conformité de cette derniere
resolution. Signé, POTIER.

Du Cabinet
de Mr Du-
puy MS.
1557.
*Instruction baillée à Monsieur le Cardinal de
Ioyeuse allant à Rome en Auril 1611.*

MONSIEVR le Cardinal Duc de Ioyeuse Protecteur
des affaires de France à Rome, meu de son affection
accoustumée au seruice du Roy, & au bien general du

Royaume, retournant prefentement à fa charge pour reprendre & embraffer le foin de la Protection defdites affaires au befoin qu'elles ont à prefent de fa vigilance & de fon
authorité, à caufe du bas âge de fa Maiefté, & des accidens
qui peuuent naiftre de fa minorité, a efté prié par fa Maiefté
& la Reyne fa mere Regente de faliier noftre S. Pere le Pape Paul V. & luy baifer les pieds en leurs noms, l'affeurer
de la continuation de leur affection & obferuation filiale,
la remercier des paternels confeils que fa Sainteté leur a
departis fur la perte que leurs Maieftez ont faite du feu
Roy leur Seigneur, luy reprefenter quelle a efté la confolation qu'elles en ont recueilly en leur affliction & necefli-
té, qui a efté d'autant plus violente & extrême que la caufe en a efté inopinée, & accompagnée d'accidens, non moins
épouuentables que de pernicieux exemple, de façon que
fi elles n'euffent efté affiftées & fortifiées de la grace de
Dieu, comme elles ont efté miraculeufement & notoire-
ment, & de la bienueillance de fa Sainteté témoignée à
leurfdites Maieftez par des effets tres-fignalez, elles n'euffent iamais eu la force de refifter à la diuerfité & multipli-
cité des affauts que leur a liurez ce malheureux & detefta-
ble parricide.

Mais comme Dieu n'abandonne iamais les fiens, ny ceux
qui ont leur principale efperance & confiance en fa iuftice
& mifericorde, il a vifiblement touché en cette occafion le
cœur des François de toutes qualitez, d'vne telle reconn-
noiffance, amour & obeyffance enuers leurs Maieftez, que
tous fe font eftudiez & efforcez de feruir leurs Maieftez à
l'enuy des vns des autres. Tellement qu'au lieu qu'il n'y
auoit que trop de fuiet de craindre qu'il naiftroit de ce
malheur des mouuemens tres-preiudiciables à l'authorité
fouueraine de leurfdites Maieftez, à caufe mefme de la diuerfité au fait de la Religion qui a cours en ce Royaume,
tous vnanimement ont par effect reconneu leurs Maieftez
& protefté toute obeïffance.

A quoy veritablement n'a peu feruy la reuerence que
tous ont porté à la memoire du feu Roy, les graces & bien-
faits auec lefquels il auoit obligé les principaux du Royau-

me, & le bon ordre qu'il auoit par prouidence & prudence
eſtably en ſon viuant dedans & dehors le Royaume.

Et comme ledit ſieur Cardinal de Ioyeuſe eſt l'vn de
ceux qui a plus courageuſement & heureuſement & fidelement aſſiſté & ſeruy leurſdites Maieſtez en toute vrgente
neceſſité, & qu'il a entiere connoiſſance de la conduite de
leurſdites Maieſtez, & de tout ce qui s'eſt paſſé, il pourra
informer ſa Sainteté de toutes les particularitez mieux que
tout autre: Et leurs Maieſtez ſeront bien-aiſes qu'elle ſçache par luy la verité de toutes choſes, comme vn témoin
qui doit eſtre approuué de toutes parts, & meſme de ſa Beatitude ne plus ne moins que de leurſdites Maieſtez : leſquelles comme elles abondent en pieté & deſir d'auancer
la gloire de Dieu en toutes choſes, ont pour obiet principal de s'acquitter de ce deuoir par preference à toute autre
conſideration, comme il eſt certain que le feu Roy a toû-
iours eu volonté de faire.

Mais ſa Maieſté defunte ayant approuué & laiſſé pour
exemple à leurſdites Maieſtez & conſeillé la concorde &
paix publique du Royaume eſtre vtile, voire neceſſaire
pour reſtaurer en iceluy la Religion Catholique, Apoſtolique & Romaine, leurſdites Maieſtez ont eſté conſeillées
obſeruer les Edits faits par luy pour cet effect, ainſi qu'il a
eſté de ſon viuant. Dequoy ledit ſieur Cardinal remonſtre-
ra à ſa Sainteté qu'il n'eſt que bien aduenu iuſques à preſent, eſtant certain que ſi elles en euſſent vſé autrement, au
lieu d'affoiblir le party de ceux que l'on nomme de la Religion pretenduë Reformée, il ſe fuſt fortifié & accrû grandement.

Car ce Royaume eſt encore remply de tant de ſortes de
gens nourris & eſleuez dedans les guerres ciuiles, & partant à la deſobeiſſance, & à toute ſorte de licence, qu'il faut
faire eſtat que la partie qui prendra les armes contre les
commandemens & volontez de leurs Maieſtez, en ſera for-
tifiée grandement ſans diſtinction de Religion, comme il
eſt aduenu durant les troubles paſſez, que ceux de contraire Religion ont eſté ouuertement aſſiſtez & ſecourus par
vn grand nombre de Catholiques, ſous le nom & pretexte

d'vnion pour la conſeruation du Royaume contre les Rois
defunts. Dont la Religion a receu des preiudices & deſ-
aduantages notables qui euſſent eſté ſuiuis d'effects encore
plus perilleux pour la Religion & pour l'Eſtat, ſi le feu
Roy dernier n'y euſt pourueu par ſa pieté & prudence, touché de la connoiſſance de la verité de la Religion, & de
ſon experience en la direction des affaires publiques.

Ledit Cardinal pourra repreſenter à ſa Sainteté à la ſuite
de ce propos, les menées qui ont eſté faites, & les inuentions deſquelles il a eſté vſé par aucuns de ceux de ladite
Religion depuis le decez de ſa Maieſté, pour alterer les eſprits des Catholiques, ſemer la diuiſion parmy eux, & ſe les
rendre fauorables par diuers moyens & pretextes. Car il
en pourra rendre meilleur compte à ſa Sainteté que tout
autre, comme celuy qui a ſouuent aidé à rompre telles pratiques, & qui y a fidelement & vtilement ſeruy leurſdites
Maieſtez. Leſquelles veritablement ont plus d'occaſion
& de raiſon d'apprehender & craindre la diuiſion deſdits
Catholiques, & l'vnion de partie d'iceux auec ceux de contraire Religion, que la puiſſance meſme de ceux-cy ; iaçoit
qu'elle ſoit telle encore qu'elle ſera repreſentée à ſadite
Sainteté par ledit ſieur Cardinal.

C'eſt pourquoy leurs Maieſtez ſont conſeillées, voire o-
bligées de ſe gouuerner & conduire auec grande retenuë
& moderation aux ſubiets & rencontres qui naiſſent iournellement de la diuiſion de ladite Religion pretenduë Reformée; eſtant certain que le nombre de ceux qui panchent
de ce coſté-là, voire de ceux qui ſont conſtituez aux principales charges du Royaume, n'eſt pas ſi petit & foible qu'il
doiue eſtre meſpriſé, notamment en cette ſaiſon qu'il ſemble eſtre loiſible à tels factieux de cenſurer le gouuernement, publier & faire valoir leurs paſſions & conſeils, ſous
couleur de defendre l'authorité ſouueraine, ſoit qu'en verité ils doiuent eſtre obligez d'en vſer ainſi pour le bien
public, ou que le plus grand nombre ſe laiſſe de cette maniere conduire par ceux qui aſpirent à deſ-vnir leſdits Catholiques pour en profiter.

Ce qui ſera dit & remontré à ſa Sainteté, ſur le ſuiet de

l'Arreſt donné en la Cour de Parlement de Paris, contre le
liure du Cardinal Bellarmin & les libelles diffamatoires &
ſcandaleux qui ſont publiez, & ce qui s'en eſt enſuiuy, afin
que ſadite Sainteté ſçache quelle a eſté la faſcherie que
cette action a dónnée à leurs Maieſtez, & les deuoirs qu'elles ont fait, d'y apporter les remedes qu'elles ont iugé neceſſaires; au contraire, le plaiſir & aduantage que ceux de
ladite Religion pretenduë reformée euſſent tiré d'vne plus
grande ſeuerité; ce que l'on auroit meſme preparé dedans
la Sorbonne pour accroiſtre & fomenter vn Schiſme, quels
euſſent eſté les deſordres qui s'en fuſſent enſuiuis; & combien il eſt encore neceſſaire que leurs Maieſtez cedent &
donnent par compaſſion quelque choſe de leur intereſt &
contentement particulier aux raiſons & contraintes qui
donnent la loy à leurs Maieſtez en ces occaſions, voire
meſme qu'elle leur aide à preuenir pareilles rencontres
pour euiter pis.

Que comme nous auons reconnu par experience qu'il
n'y a rien qui diminuë & affoibliſſe dauantage les Heretiques & leur faction en ce Royaume, qu'vne paix & tran-
quillité de longue durée, bien conduite & ménagée; auſſi
nous voyons qu'ils ont touſiours fait & font encore tout ce
qu'ils peuuent, principalement les chefs du party d'iceux,
pour l'interrompre. Car la guerre qui eſt accompagnée de
toute licence, les authoriſe, attire & vnit à eux tous ceux
qui veulent profiter de la confuſion & de l'impunité, ren-
uerſe les bonnes mœurs, & remplit le Royaume d'excez &
de deſordres au mépris de la Religion & de l'authorité
Royale. Et ſi tels maux ſont à craindre en tous temps, ils
ſont trop dangereux & contagieux en la minorité de nos
Rois, que les grands pouſſez d'ambition & de deſir de s'accroiſtre, comme les plus petits de dérober, fauoriſent yo-
lontiers tels mouuemens aux dépens irreparables de la Religion & de l'Eſtat, & ſans conſideration du detriment de
l'vn & de l'autre.

C'eſt pourquoy leurs Maieſtez ont depuis le decés du feu
Roy departy & élargy des bien-faits & gratifications aux
grands du Royaume, & autres de toutes qualitez pour les
obliger

obliger dauantage à leur seruice, & par telles commoditez legitimes diuertir & destourner ceux d'entre eux, qui seroient touchez d'appetits & de pensées contraires à leur honneur & deuoir, de ne s'y engager. Ce que ledit sieur Cardinal fera entendre à sa Sainteté auoir assez bien reüssi iusques à present à leurs Maiestez, lesquelles n'obmettent d'ailleurs ce qui dépend de leur preuoyance, vigilance & authorité, pour contenir vn chacun en ordre & obeyssance, par tous les moyens pratiquez par les Rois leurs predecesseurs.

Dauantage, ceux de la Religion pretenduë Reformée, ausquels le feu Roy auoit promis & accordé par breuet de pouuoir faire entre eux vne assemblée Politique tous les trois ans, ont aprés le decez de sa Maiesté defunte recherché & pressé tellement leurs M.tez de leur permettre ladite assemblée, qu'elles ont esté côtraintes d'en aduancer la permission, mais de deux ou trois mois seulement, pour leur donner toute occasion de bien esperer de leur protection & bienueillance. De façon que ladite assemblée a esté conuoquée & doit estre tenuë à la fin du mois de May prochain. Laquelle comme elle sera composée & remplie de diuerse sorte d'esprits, agitez de diuerses sortes de conceptions & passions, c'est à bon droit que leurs Maiestez apprehendent aucunement les deliberations qui y seront proposées, & partant qu'elles se conduisent & procedent auec grande discretion & circonspection en toutes les affaires ausquelles ceux de la Religion peuuent auoir quelque interest, pour ne leur donner suiets d'alteration & d'ombrage, esperans par l'exacte obseruation des Edits faits par le feu Roy en leur faueur, & par l'accomplissement des graces qu'il leur auoit concedées tant en general qu'en particulier, contenir & maintenir ce corps de ladite Religion en deuoir & obeyssance, nonobstant les pratiques & menées d'aucuns factieux & turbulens, lesquels s'efforcent de les ietter en défiance de la bonne foy & volonté de leurs Maiestez par toutes sortes d'inuentions & artifices.

Et neantmoins ledit sieur Cardinal dira à sa Sainteté,

que leurs Maieſtez ſont bien reſoluës de ne ceder aux demandes déraiſonnables & contraires auſdits Edits de pacification, qui leur pourroient eſtre faites par ladite aſſemblée au deſ-auantage de noſtre Religion Catholique, &
de leur authorité Royale, au cas que ladite aſſemblée vouluſt les en requerir contre les eſperances, voire aſſeurances que les principaux de ladite Religion leur ont donné
du contraire.

Que ſi ladite aſſemblée n'apporte aucune innouation &
alteration à la concorde & tranquilité publique, leurſdites
Maieſtez eſperent pouuoir couler & paſſer le temps de la
minorité du Roy en repos dedans & dehors le Royaume,
tant pour le bon ordre qu'elles eſperent donner au Gouuernement des affaires publiques, & ſur tout à l'adminiſtration de la Iuſtice & des Finances du Royaume, que par
le ſoin qu'elles veulent auoir de s'entretenir en amitié &
bonne intelligence auec tous leurs voiſins.

A quoy ledit ſieur Cardinal dira à ſa Sainteté auoir à ſon
depart laiſſé toutes choſes ſi preparées & diſpoſées tant de
leur part que de celles des Rois, Princes & Potentats leurſ-
dits voiſins, meſme de la part du Roy d'Eſpagne, ſuiuant
le conſeil de ſadite Sainteté, qu'il y a lieu d'eſperer que ce
loüable deſſein reüſſira au contentement & auantage de
toute la Republique Chreſtienne, laquelle n'eſtant ia que
trop diuiſée & troublée en ſoy, par la diuerſité & contrarieté des opinions en la Religion, & affoiblie d'vne longue
ſuite de guerres ciuiles, a tout beſoin à preſent de relaſche & repos pour regagner ſa premiere force & vigueur,
afin de pouuoir reſiſter à l'ennemy commun d'icelle quand
la neceſſité le requerra, ou quand il ſera iugé à propos
d'employer les armes Chreſtiennes contre luy d'vn commun aduis & conſentement deſdits Rois, Princes & Potentats, qui eſt vne reſolution à laquelle il ſemble qu'il y a lieu
d'eſperer que l'on pourra en cette ſaiſon plus facilement
induire & porter leſdits Princes, que l'on n'a peu faire cy-
deuant, pourueu que l'on peuſt terminer & compoſer les
diuiſions de la Germanie, comme il ſemble que l'on peut
à preſent facilement faire, eſtans auiourd'huy arriuées à

leur crife & periode, par le fuccés des derniers exploits de
Prague, par lefquels l'Empereur a éprouué fa foibleffe &
l'imprudence des confeils qu'il a fuiuis contre le Roy de
Hongrie fon frere, lequel l'on peut auec l'aduantage qu'il
a recueilly de fa mauuaife volonté & conduite des autres
en fon endroit, porter du confentement de tous les Electeurs de l'Empire à la Couronne Romaine, auec laquelle comme cefferoient lefdits differens, auffi l'authorité &
puiffance pourra eftre facilement releuée & reftaurée.
Qui eft vne action & refolution digne du foin paternel de
fa Beatitude, de laquelle, s'il luy plaift d'entreprendre la
conduite, ledit fieur Cardinal luy offrira l'affiftâce & creance de leurs Maieftez enuers lefdits Electeurs & les autres
Princes d'Allemagne alliez & confederez de la France,
enuers lefquels les bienfaits qu'ils ont receu du feu Roy,
& fa memoire ont acquis & conferué à leurfdites Maieftez
quelque creance & puiffance.

Ayant fadite Sainteté compofé & terminé les troubles
de la Germanie par la reünion de l'Empereur & de fes freres, & par l'affomption dudit Roy de Hongrie à ladite
Couronne Romaine, il femble qu'il feroit affez facile aprés
de difpofer les autres Princes de la Chreftienté à feruir
contre l'ennemy commun, & employer à cet effet vn grand
nombre de Capitaines & Soldats qui font demeurez inutils
des guerres paffées, & plufieurs autres fortes de gens aufquels les mains démangent, & font defireux de la guerre,
defquels lefdits Rois & Princes feroient toufiours tres-aifes
de purger & nettoyer leurs Eftats pour diuerfes confiderations. Car chacun d'eux fait demonftration de fe contenter de iouïr en paix des pays que Dieu & la nature luy ont
partagez, fans aucunement ambir ny conuoïter fon ac-
croiffement au defauantage de fon prochain, à ce portez
par inclination naturelle, ou par laffitude des guerres qu'ils
ont fouftenuës, ayant éprouué y auoir bien autant à hazarder & perdre, qu'à efperer & gagner par vne guerre eftran-
gere ou domeftique, fous quelque pretexte & iufte titre
que l'on s'y embarque; dequoy l'iffuë des guerres faites auec
tant de perfeuerance & conftance aux Pays-bas par la Cou-

ronne d'Espagne, & ce qui s'est passé en ce Royaume, rendent des preuues si signalées & irreprochables, que quiconque ne profitera de tels exemples, sera iustement argué de temerité & imprudence non vulgaire.

Nous voyons aussi que l'Espagne & les Archiducs des Pays-bas ont sagement preferé la tréue & cessation de la guerre à la continuation & poursuite d'icelle, ayant mieux aimé s'en retirer auec des-aduantage, que s'y opiniastrer plus auant.

La France a souuent pris & esleu ce mesme conseil, duquel, si Dieu eust conserué & fait viure plus longuement les Rois qui y ont regné depuis cinquante ans, ils eussent indubitablement tiré des aduantages tres-notables pour la Religion & pour la Chrestienté.

L'Angleterre est à present regie par vn Prince, lequel bien qu'il fasse profession de la Religion contraire à la nôtre, & qu'il traite rigoureusement les Catholiques, si a-t-il l'esprit du tout ordonné à la paix, non conuoiteux du bien d'autruy, & vray ennemy de toute rebellion, & des-obeyssance des suiets enuers leurs Princes souuerains; de sorte qu'il semble qu'il seroit facile de le disposer de ioindre ses voyes & moyens au benefice de la Chrestienté auec les autres Princes, voire mesme luy faire relascher quelque chose de la seuerité enuers les Catholiques, s'il estoit asseuré que l'on voulust s'abstenir d'impugner les loix & reglemens qu'il fait obseruer en son Royaume, pour conseruer sa personne & son authorité; ioint qu'il n'improuue gueres moins la creance & conduite des Caluinistes, qu'il fait celle des Catholiques: de sorte que s'il estimoit pouuoir regner en seureté & confiance de la part desdits Catholiques, il y auroit apparence d'en esperer vn changement en leur faueur. Pareillement il y auroit moyen & espoir de porter les Estats des Prouinces vnies des Pays-bas, auec le Chef de leurs armées, qui est le Prince Maurice, & ceux de la Maison de Nassau, à fauoriser de leur part vn dessein si loüable & si honorable. Car le general desdits Estats est entierement disposé à la paix, estant cette nation naturellement addonnée au trafic & aux voyages de la mer, & sont lefdits Princes de Naffau fi conuoiteux de gloire, qu'ils embrafferont toufiours volontiers les occafions d'accroiftre celle qu'ils ont ia acquife par les armes.

Or comme leurfdites Maieftez & la France font en bonne intelligence auec tous lefdits Rois & Princes, & que ledit fieur Cardinal les a laiffez aux termes de l'eftreindre encore dauantage auec la Couronne d'Efpagne, par les formes & auec les moyens qu'il reprefentera plus particulierement à fa Sainteté, comme celuy qui en eft bien informé pour auoir efté employé par leurs Maieftez en cette pratique auec toute confiance : ledit fieur Cardinal dira à fa Sté que leurfdites Maieftez luy ont permis d'en reprefenter les difcours pour les examiner & digerer par fa prudence, & luy faire offre du credit & pouuoir qu'elles peuuent auoir enuers les vns & les autres pour feruir la Chreftienté en vne telle occafion, laquelle fi elle pouuoit reüffir feroit caufe de diuertir plufieurs confeils & deliberations preiudiciables à la Religion Catholique, & à la Chreftienté. Car il eft vray-femblable, eu égard aux preuues qui en ont efté faites, que fi l'on n'employe & occupe les armes Chreftiennes contre l'ennemy commun, qu'il fera difficile que les vns ne s'en feruent pour nuire & endommager les autres, comme il a efté fait en ces derniers fiecles, & femble que le Duc de Sauoye veüille encore pratiquer.

Car s'il attaque la ville de Geneue & le pays de Vaux que les Bernois poffedent, il obligera leurs Maieftez & la France de s'y oppofer à force ouuerte, comme elles luy ont fait fçauoir par le fieur de Barrault, qu'elles ont enuoyé vers luy exprés pour cet effet, lefdites villes & pays eftans par traitez des Rois Henry III. & IV. en la protection de la France, tellement que par honneur & par iuftice leurfdites Maieftez ne peuuent endurer que ledit Duc opprime ladite ville & ledit pays. C'eft pourquoy s'il engage plus auant fes armes en cette entreprife, il allumera vn nouueau feu qui embrafera toute la Chreftienté. Car cette offenfiue indubitablement en engendrera vne autre, qui fera de perilleufe confequence.

Chofe que ledit fieur Cardinal remonftrera & fera libre-

ment entendre à fa Sainteté, afin qu'il ne fe laiffe furprendre aux perfuafions & efperances dudit Duc, pour tirer faueur d'elle en execution d'vn tel deffein, comme il publie auoir ià obtenu d'elle. Et neantmoins leurfdites Maieftez ne peuuent croire que fadite Sainteté fe foit encore
engagée, connoiffant comme elle fait, l'efprit dudit Duc,
fes forces & moyens, & le peu d'apparence qu'il y a qu'il
ait bonne iffuë d'vne telle entreprife : & au contraire les
inconueniens qui en peuuent proceder, lefquels eftans auffi reconnus par le Roy d'Efpagne, il ne blafme & ne reprou-
ue pas moins les mouuemens dudit Duc que font leurs
Maieftez, comme faits hors de faifon, & au preiudice de la
paix publique de la Chreftienté.

Leurfdites Maieftez n'ont encore aucune certitude de ce
que voudra faire ledit Duc de Sauoye fur les remonftrances qu'elles luy ont fait faire par ledit fieur Barrault, de
def-armer & fe déporter defdites entreprifes ; feulement
luy a-t il dit qu'il fe tient armé plus pour la iufte ialoufie &
méfiance qu'il a du grand nombre de gens de guerre Efpagnols, qui font à prefent au Duché de Milan, que pour
autre confideration, faifant contenance de n'eftre affeuré
de l'amitié & volonté du Roy d'Efpagne. Mais au mefme
temps qu'il a tenu ce langage audit fieur de Barrault, il a
fait dire aux Cantons des Suiffes Catholiques par fon Ambaffadeur, qu'il veut employer fes forces pour reftablir les
Euefques de Geneue & de Lauzane en leurs Eglifes &
diocefes; efperant par cette propofition, par laquelle il
veut leur perfuader qu'il n'eft meu que du zele de la Religion & de l'equité, & non de fon intereft priué, animer
lefdits Cantons Catholiques contre les Proteftans, & particulierement contre ceux de Berne, ià d'ailleurs enuiez
& mal voulus des autres.

Pareillement il promet en mefme temps au Roy d'Efpagne & à fes Miniftres des aduantages tres-grands pour les
affaires des Pays-bas, & l'execution & bon fuccez de fes deffeins, afin de les induire à l'affifter. Mais les feintes & dé-
guifemens defquels vfe ledit Duc enuers les vns & les autres, font auiourd'huy fi reconnus & découuerts, que cha-

cun en est des-abusé, tellement que ce sera merueille si ses
armes prosperent, auec lesquelles cependant il acheue de
détruire ses proptes suiets & pays.

Dauantage, ceux de Berne & de Geneue ont donné
tel ordre à leurs affaires, qu'vne plus grande puissance que
n'est celle dudit Duc, auquel toutes choses defaillent,
difficilement pourroit-elle les endommager. De façon
que le bruit de ses desseins n'aura seruy qu'à faire reconnoistre aux autres leur puissance, & diminuer la reputation de la sienne, estant certain qu'vn grand nombre des
suiets du Roy de la Religion pretenduë reformée sont ac-
courus au secours desdites villes, les vns à l'enuy des autres:
ce qui aura rafraischy & asseuré leur vnion & intelligence,
qui ne sera de petite importance à l'aduenir.

Ce sont les fruits qui naissent ordinairement des entreprises mal digerées, & faites plus par precipitation & colere, que par raison & consideration.

Ce qui sera representé à sa Sainteté par ledit sieur Cardinal, afin qu'elle veüille seconder de son authorité & de ses
conseils enuers ledit Duc l'instance pour le faire desarmer,
qui luy est faite de la part de leurs Maiestez, si à son arriuée
à Rome ledit Duc n'y a encore satisfait.

Dauantage leursdites Maiestez ne sont sans soupçon,
que ledit Duc veüille conseruer & maintenir ses armes,
pour s'en preualoir aux occasions des troubles, qu'il a opinion qui naistront de ceux de la Religion pretenduë Reformée en ce Royaume: car l'on voit qu'il recherche plus
que de coustume l'amitié, & comme l'on dit, l'alliance du
Roy de la grande Bretagne, vers lequel il a ces iours passez
fait passer à cette fin vn sien domestique, lequel on dit
aprés deuoir visiter les Estats des Prouinces vnies des Pays-
bas, & les Princes Protestans d'Allemagne. L'on voit aussi qu'il est plus soigneux qu'il ne souloit, d'acquerir & conseruer de la correspondance & creance auec aucuns Chefs
de ceux de ladite Religion pretenduë Reformée en ce
Royaume. Et encore que leurs Maiestez n'estiment pas
qu'il tire de ses pratiques les aduantages qu'il en espere
& recherche, neantmoins comme il manifeste ses in-

tentions, leurs Maieſtez iugent neceſſaire de les preuenir afin de les rendre inutiles par vne oppoſition ouuerte, ou autrement. Sa Sainteté ſera donc ſuppliée d'y interpoſer ſon authorité, ſans auoir égard aux eſperances que luy peut promettre ledit Duc en faueur de la Religion par le moyen de ſes entrepriſes, ſoit en diuiſant les Cantons Catholiques, & les animant contre les Proteſtans, comme il ſe figure qu'il luy ſuccedera, ou en aſſaillant ladite ville de Géneüe, & leſdits Bernois en faueur deſdits Eüeſques.

Et quant à l'ouuerture cy-deuant déduite d'vne vnion des Princes Chreſtiens contre l'ennemy commun d'iceux, encore qu'il ſoit euident que ce ſeroit vn bon moyen pour aſſeurer la paix de la Chreſtienté, à l'aduancement & propagation de la gloire & du ſeruice de Dieu; toutefois leurs Maieſtez conſiderans n'eſtre à propos, que la propoſition s'en faſſe en leur nom, tant pour le reſpect de l'alliance qu'elles ont auec le Turc, qu'elles ne doiuent offenſer legerement, que pour la ialouſie que les autres Rois & Potentats pourroient conceuoir d'elles s'ils ſçauoient qu'elles euſſent fait ce commandement audit ſieur Cardinal, & fuſſent auteurs de telles ouuertures.

Au moyen dequoy, leurſdites Maieſtez deſirent que ce diſcours ſoit fait à ſa Sainteté par ledit Cardinal comme de luy-meſme, meu des raiſons qui l'obligent, ou peuuent induire à faire cet office, s'il ne iuge eſtre plus expedient d'attendre que ſa Sainteté elle-meſme en ouure le propos. Dequoy leurs Maieſtez ſe remettent entierement à la prudence dudit ſieur Cardinal.

Lequel pareillement rendra compte à ſa Sainteté des diuerſes propoſitions d'alliances & mariages qui ont eſté faites à leurs Maieſtez, tant du coſté d'Eſpagne que d'Angleterre depuis le decez du feu Roy; & il ſemble que celles-cy depuis ſon depart de la Cour ayent eſté plus échauffées qu'elles n'auoient eſté par ceux qui les fauoriſent, & que l'on en promette à leurs Maieſtez des aduantages dignes de conſideration en faueur des Catholiques des Royaumes d'Angleterre & d'Eſcoſſe. Neantmoins ledit ſieur

Cardi-

Cardinal sçaura prou faire entendre à sa Saincteté que leurs
Maiestez persistent en la deliberation qu'elle sçait qu'elles
ont prises deuant son departement, d'entendre à celles
d'Espagne par preference aux autres, pourueu qu'elles y reconnoissent de la * seureté telle que l'on leur promet, dau-   * sinceri-
tant qu'elles iugent & esperent que celles-là seront plus té
vtiles & aduantageuses pour l'aduancement de la Religion
Catholique, & le bien de son Royaume, que les autres.

   Et neantmoins l'intention de leurs Maiestez, n'est pas
entendant ausdites alliances d'Espagne, de contreuenir à
celles que les autres Rois, Princes & Potentats anciens alliez de la France, qui ont esté renouuellées & confirmées
par leursdites Maiestez depuis le decez de sa Maiesté defunte, dautant qu'elles reconnoissent pouuoir par le moyen
d'icelles obuier à plusieurs accidens tres-preiudiciables à la
Religion & à leur Royaume, qui naistroient de la des-vnion
desdits Princes & Potentats d'auec la France, pour l'estroi-
te conionction & liaison qu'ils pourroient contracter tous
ensemble, au preiudice de la Religion & du S. Siege, s'ils
se voyoient abandonnez & delaissez entierement de leurs
Maiestez. Telles considerations & plusieurs autres raisons
doiuent donc faire trouuer bon à sa Saincteté, que leursdites Maiestez ménagent & conseruent leurs creances auec
lesdits Rois & Princes leurs voisins, comme elles y sont
obligées en toutes manieres, mesme quand cela ne deuroit
seruir qu'à faire valoir leur recommandation & intercession enuers eux au benefice & soulagement des autres Catholiques, qui viuent sous leur domination, qui n'a esté
iusques à present du tout inutile, ainsi qu'il a paru souuent,
tant en Angleterre qu'en la prise de Iuliers, depuis laquelle les Catholiques desdits pays ont esté maintenus & con-
seruez sous la faueur de leurs Maiestez, assez paisiblement;
ainsi que ledit Cardinal pourra voir par vne lettre qu'a
escrite de deçà celuy qui reside pour leur seruice à Dussel-
dorf, pour satisfaire à vne plainte faite par le Nonce de sa
Saincteté, sur ce suiet, delaquelle leursdites Maiestez ont
ennuyé vn double audit sieur Cardinal.

   Leursdites Maiestez souhaitent à sa Saincteté pour lo

h h h

bien de la Chreſtienté , & pour l'affection particuliere
qu'elles portent à ſa perſonne & Maiſon, vne vie d'auſſi longue durée qu'à elles meſmes; c'eſt pourquoy eſtant encore
à la force de ſon âge, elles n'ont pas eſtimé deuoir faire aucun proiet de leur deliberation & volonté, en cas d'vn Siege vacant, ſeulement elles deſirent que ledit Cardinal ſçache que leurſdites Maieſtez font eſtat, cela aduenant, de s'y
conduire entierement par ſon aduis , tant pour l'entiere
confiance qu'elles ont de luy, que pour ſon experience en
ſemblable cas.

Bien veulent-elles qu'il ſçache qu'elles n'ont à preſent
pour ce regard autre viſée que de voir ce Siege remply d'vn
perſonnage qui le puiſſe ſaintement & heureuſement gouuerner à la gloire de Dieu & à l'vtilité publique de la Chrê-
tienté, comme fait à preſent ſa Sainteté. Tellement qu'elles n'entendent former aucune excluſion à quiconque ſera
doüé des qualitez & parties requiſes pour cet effect. Et
neantmoins dautant que ceux qui peuuent pretendre part
à telles élections , pourroient moins eſperer des vœux &
ſuffrages de leurs Maieſtez, s'ils découuroient dés à preſent, que ce ſoin leur fuſt comme indifferent, ledit ſieur
Cardinal ménagera ce ſecret de leur deliberation à l'aduantage de leur ſeruice , & ſe contentera d'en conferer
auec le ſieur de Breues leur Ambaſſadeur, pour aprés en
vſer ainſi qu'ils aduiſeront enſemblement eſtre pour le
mieux.

Leurſdites Maieſtez s'attendent que ſa Sainteté , ſuiuant ſa promeſſe, fera Monſieur l'Eueſque de Beziers Cardinal à la premiere promotion , & ſi elle en fait deux pour
le Roy d'Eſpagne, qu'elle y adiouſte encore Monſieur l'Archeueſque de Rheims, ſuiuant les ſupplications que leurſdites Maieſtez en ont faites, & ſouuént reïterées à ſa Sainteté. Neantmoins elles luy ſeront rafraiſchies par ledit
ſieur Cardinal, comme pour choſe que leurs Maieſtez affectionnent grandement, & de laquelle elles luy demeureront tres-obligées, & receuront à ſinguliere grace & faueur, comme au contraire elles auroient quelque dégouſt
& cauſe de ſe douloir, ſi ſa Sainteté traitoit inégalement

leurs Maieftez auec le Roy d'Efpagne en ladite promotion,
comme elles ont entendu qu'elle eft follicitée. Car ce fera vne defaueur qui nuiroit merueilleufement à la reputation & aux affaires de leurfdites Maieftez en cette faifon,
& qui ne pourroit qu'elle ne donnaft atteinte à l'expectation que fadite Sainteté a voulu que chacun euft de fa bienueillance paternelle enuers leurfdites Maieftez, lefquelles feroient en ce cas comme contraintes & forcées de fe
laiffer aller à des declarations & reffentimens éloignez du
tout de leur volonté & de la reuerence qu'elles portent à
fa Sainteté & au S. Siege.

   Leurfdites Maieftez defirans engager Monfieur le Cardinal de Gonzague à leur feruice, en confideration de
l'honneur que luy & les fiens ont d'appartenir à leurfdites
Maieftez, comme pour le merite de fa propre perfonne,
luy euffent fait propofer par l'aduis & confentement mefme dudit fieur Cardinal de Ioyeufe d'accepter la charge &
direction de leurs affaires en Cour de Rome, en fon abfence en qualité de Vice-Protecteur; dequoy leurfdites Maieftez auront à plaifir que ledit fieur Cardinal de Ioyeufe
faffe ouuerture audit Cardinal de Gonzague, ou la luy faffe faire par ledit fieur de Breues à fon arriuée par de là, en
la forme qu'il iugera la meilleure. Mais dautant que leurfdites Maieftez ont efté aduerties que ledit Cardinal de
Gonzague a ià conceu quelque efperance qu'elles feroient trouuer bon audit Cardinal de Ioyeufe qu'il fuft honoré du titre de Comprotecteur, à caufe de fa qualité &
proximité du fang dont il attouche leurs Maieftez, fi ledit
fieur Cardinal eftant à Rome, & ayant veu ledit fieur Cardinal de Gonzague reconnoift qu'il defire obtenir cette
qualité, il fera chofe qui fera tres-agreable à leurs Maieftez, & comme elles eftiment, vtile à leur feruice,
s'il confent & approuùe qu'elle luy foit donnée, encore que ce foit chofe non vfitée, afin d'obliger ce Prelat à leur feruice auec fon confentement, leurfdites Maieftez ayans deliberé de le gratifier d'vne penfion par chacun an de quinze mil efcus, en attendant qu'elles le gra-
tifient de benefices en ce Royaume de pareille ou plus

grande valeur, afin qu'il ait plus de moyen de faire valoir cette dignité à l'honneur de la France. Et en cas que cette ouuerture reüffiffe au gré & contentement defdits fieurs Cardinaux, felon le defir de leurs Maieftez, elles prient ledit fieur Cardinal de Ioyeufe de prendre la peine d'inftruire aprés ledit fieur Cardinal de Gonzague de ce qu'il fera befoin qu'il faffe cy-aprés, & comment il aura à fe conduire pour feruir vtilement leurfdites Maieftez & la France en cette qualité.

Leurfdites Maieftez enuoyent audit fieur Cardinal de Ioyeufe des lettres pour le Pape, & le Cardinal Borghefe, comme auffi pour tous les Cardinaux du facré College, & pour le frere de fa Sainteté, & les Ducs Sforce & Santo Gemini, & pareillement pour ledit fieur de Breues leur Ambaffadeur. Elles font toutes en creance fur luy, laquelle il eftendra enuers fa Sainteté, fuiuant le prefent memoire, du contenu duquel il fera part auffi audit Cardinal de Borghefe, auquel il témoignera l'eftat que leurfdites Maieftez continuent à faire de fon affection & de fa perfonne, la confiance qu'elles ont en luy, & comme elles entendent qu'en toutes occafions qui fe prefenteront à fauorifer luy & les fiens, il fera affifté dudit fieur Cardinal, & de tous leurs fauteurs qui feront pardelà; voulans à l'exemple du feu Roy, qui particulierement cheriffoit ledit Cardinal, faire entiere profeffion de l'aimer, & fauorifer fon contentement. Il luy dira auffi ce qu'elles ont deliberé de faire pour ledit Cardinal de Gonzague, pour fuiuant fon aduis l'arrefter à leur feruice.

Il fe gouuernera enuers les autres Cardinaux & le fufdit frere de fa Sainteté, & les autres Seigneurs aufquels leurs Maieftez écriuent, comme il connoiftra eftant fur les lieux, qu'il fera neceffaire, & que leur affection enuers leurs Maieftez le meritera, afin de leur faire connoiftre l'eftime qu'elles font d'eux, & quelle eft leur obferuance enuers le facré College à l'imitation des Rois predeceffeurs de fa Maiefté.

Il affeurera pareillement le Cardinal de la Rochefoucault, du contentement que leurfdites Maieftez ont de sa conduite pardelà, & luy fera part des affaires comme à personne à laquelle elles ont entiere confiance.

S'il trouue le Cardinal Delfin pardelà, il luy dira aussi l'estime que leurs Maiestez font de son affection au bien de leurs affaires, & de sa prudence en toutes choses, le priant de perseuerer en cette bonne volonté, & attendre de leur bienueillance toute reconnoissance.

Ledit sieur Cardinal de Ioyeuse communiquera toutes choses audit S' de Breues, côme à vn Ministre, duquel elles ont éprouué la fidelité, affection & discretion en toutes les choses ausquelles il a esté employé par le Roy defunt, & depuis son decez par elles, faisans telle estime de ses vertus & bonnes mœurs, qu'elles l'ont destiné au gouuernement de la personne de Monseigneur le Duc d'Aniou, pour y seruir aprés sa Legation de Rome, en laquelle elles auront à plaisir de le continuer autant que sa commodité luy permettra de ce faire, pour la satisfaction qu'elles ont de ses actions.

Ledit sieur Cardinal prendra la peine aussi d'asseurer les Prelats qui sont pardelà, & affectionnent le seruice de leurs Maiestez, & particulierement l'Auditeur Marquemont, du contentement qu'elles ont du bon deuoir qu'ils font de les seruir, lequel leur est iournellement representé par ledit sieur de Breues.

Leursdites Maiestez desirent que ledit sieur Cardinal de Ioyeuse visite, allant à Rome, la Grande Duchesse de Toscane la Doüairiere, Monsieur le Grand Duc, & Madame la Duchesse sa femme, auec tous les Princes de cette Maison, pour les asseurer de la continuation de leur amitié, & de l'estat qu'elles font de la leur, qui leur a esté témoignée par tant de sortes d'effets, mesme depuis le trespas du feu Roy, qu'elles s'en ressentent tres-obligées à leurs Altesses, & desirent y correspondre en toute sincerité; ce qu'elles ont voulu luy faire dire par luy, en attendant que leursdites Maiestez leur rendent la visitation de laquelle ils ont voulu les consoler & saluër par le Cheualier Botti leur Ambassadeur extraordinaire, sur le trespas du feu Roy.

Lequel s'est conduit en cette occasion, comme en l'exe-

hhh iij

cution des commandemens que leurs Altesses luy ont departis lors qu'il est venu en France, & depuis qu'il y est arriué, auec tant de zele, d'affection, & de prudence enuers leursdites Maiestez, qu'elles ont toute occasion de s'en loüer, & d'en remercier leursdites Altesses : ausquelles ledit sieur Cardinal fera entendre en quels termes il a laissé la negotiation que ledit Botti a entreprise par le commandement de leursdites Altesses, pour le bien general de la Chrestienté, quand il est party de France, & leur representera la bonne volonté de laquelle leursdites Maiestez y procedent, le contentement qu'elles ont aussi de la correspondance qu'y apportent les Ministres d'Espagne, de qui ledit sieur Cardinal pourra leur exposer les particularitez, encore qu'ils en soient bien informez par ledit Botti, le bien que l'on en doit attendre, & finalement quel sera le gré & honneur que leursdites Altesses y acquerront, tant enuers ces deux grands Princes, que toute la Chrestienté.

Il leur pourra dire aussi les causes & raisons qui obligent leursdites Maiestez à proceder en ces affaires auec plus de retenuë & moderation, que leur affection à l'aduancement d'vn si bon œuure ne requiert qu'elles fassent, en les informant auec sa discretion & prudence accoustumée, de ce qui se passe en cela, & auec le Duc de Sauoye, auec la confiance que leur affection enuers leursdites Maiestez, & leur proximité meritent.

Or puisque leurs Maiestez doiuent estre priuées de la presence & assistance dudit sieur Cardinal de Ioyeuse auprés de leurs personnes durant le temps qu'il residera & les seruira à Rome, leursdites M^tez desirent qu'il continuë à leur faire part, & les secourir le plus souuent qu'il pourra de ses bons & prudens conseils & aduis par ses dépesches, qu'il rendra à cette fin les plus frequentes qu'il pourra, asseuré qu'elles seront prises en bonne part de leursdites Maiestez, lesquelles se promettent aussi qu'ayans besoin de son seruice en ce Royaume, où ailleurs, il sera tousiours prest d'obeyr à leurs commandemens, comme il leur a declaré & promis en partant d'auprés d'elles.

Fait à Fontaine-bleau le 12. iour d'Auril 1611.

Bref du Pape Paul V. audit sieur Cardinal
de Ioyeuse. 1615.

DuCabinet
de M^r Du-
puy MS.
91.

Venerabili Fr. Francisco Episcopo Ostiensi Cardinali de Gioiosa nuncupato.

P. A V L V S   P A P A   V.

VENERABILIS *Frater noster, Salutem & Apostolicam*
benedictionem. Planè dicere possumus, Expectauimus pa-
cem, & ecce turbatio. Superioribus namque diebus spem non le-
uem conceperamus fore, vt sacrosancti Concilij Tridentini de-
creta in Gallia reciperentur, & dum animum nostrum varietate
& multitudine pastoralium sollicitudinum penè oppressum subleua-
re hoc solatio curabamus, repentè ad nos allatum est quòd quarto
Nonas Februarij in publico conuentu istic attentatum fuerit in
detrimentum supremæ auctoritatis huius Sanctæ Apostolicæ Se-
dis. Sed Deo gratias agimus quòd hoc scandalum venerit, vt
manifesti fierent qui probati essent : nam quasi ignem discusso cine-
rè ex impetuosa hac commotione exarsisse intelleximus, omnes pa-
riter nostros venerabiles Fratres ac dilectos filios Ordinis Eccle-
siastici Zelo domus Dei accensos. Allata ad nos cuncta fuerunt vt
gesta sunt, atque imprimis vt Fraternitas tua, nullâ habitâ va-
letudinis ratione, deferri Lutetiam Parisiorum voluerit. Quod
quidem exemplum Zelantis, & verè pij Sacerdotis, quantum pro-
fuerit, non ambigimus. Quare speramus in diuinâ misericor-
diâ confisi, quando consensus animorum, qui hactenus in Ec-
clesiastico ordine apparuit, conseruetur, accedente potißimùm stu-
dio ordinis Nobilium, audaciam impiorum facilè comprimendam
esse ; præsertim cùm satis benigna atque propensa erga Ecclesiasti-
cos se ostenderit Regis voluntas. Erit igitur singularis tuæ pru-
dentiæ atque pietatis, negotij huius absolutionem iis officiis,
quæ tibi opportuniora videbuntur, curare, vt à te efficaciter pe-
timus & ex animo desideramus, sicuti vberiùs adhuc intelli-
ges ex venerabili Fratre Roberto Episcopo Montispolitiani, nostro

Apoſtolico Nuncio, qui præterea tibi ſignificabit, quid vlte-
rius oportere exiſtimem. Eum igitur non ſecus ac nos loquen-
tes audies, & nos Fraternitati tuæ Benedictionem noſtram Apo-
ſtolicam peramanter impartimur. Datum Romæ apud Sanctam
Mariám Maiorem ſub annulo Piſcatoris pridie Kal. Februarÿ
1615. Pontificatus noſtri decimo.

PETRVS STROZA.

F I N.

LISTE

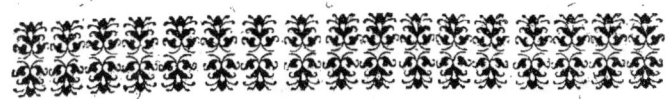

LISTE DES PIECES

CONTENVES AVX MEMOIRES

POVR L'HISTOIRE

DV CARDINAL DE IOYEVSE.

F I N.